雨無正

幸之 著

文匯出版社

图书在版编目(CIP)数据

雨无正 / 幸之著. —上海：文汇出版社，2020.12
ISBN 978-7-5496-3325-8

Ⅰ.①雨… Ⅱ.①幸… Ⅲ.①长篇小说－中国－当代 Ⅳ.①I247.5

中国版本图书馆 CIP 数据核字(2020)第 175984 号

雨无正

著　　者 / 幸　之

责任编辑 / 戴　铮
特约编辑 / 项纯丹
封面装帧 / 薛　冰

出版发行 / 文汇出版社
　　　　　上海市威海路 755 号
　　　　　（邮政编码 200041）
经　　销 / 全国新华书店
排　　版 / 南京展望文化发展有限公司
印刷装订 / 启东市人民印刷有限公司
版　　次 / 2020 年 12 月第 1 版
印　　次 / 2020 年 12 月第 1 次印刷
开　　本 / 890×1240　1/32
字　　数 / 760 千字
印　　张 / 25.75

ISBN 978-7-5496-3325-8
定　　价 / 78.00 元

故事脉络对照图

6. 秣陵　　　　　　　　　1. 辽东-襄平城、大梁河等地
7. 会稽郡-吴县、山阴等地　　2. 蓟县
8. 章安　　　　　　　　　3. 河内
9. 襄樊　　　　　　　　　4. 京畿洛京
10. 清河县
11. 长沙国-长沙城等地　　　5. 江夏-江夏城、江丰村等地

■ 汉江平原战区，宜城、当阳、竟陵等地
■ 西疆地区，陇西、张掖等地
■ 龙江胡

目 录

第 一 章 —— 融雪 …………………………………… 001
第 二 章 —— 探水 …………………………………… 064
第 三 章 —— 引舟 …………………………………… 155
第 四 章 —— 张帆 …………………………………… 224
第 五 章 —— 摇桨 …………………………………… 288
第 六 章 —— 测风 …………………………………… 402
第 七 章 —— 远渡 …………………………………… 446
第 八 章 —— 潮火 …………………………………… 523
第 九 章 —— 凛风 …………………………………… 569
第 十 章 —— 霜雨 …………………………………… 641
第十一章 —— 拔雾 …………………………………… 688
第十二章 —— 船歌 …………………………………… 761

尾声 ……………………………………………………… 814

第一章 —— 融雪

汉帝国，幽州

"这些胡人脑子不好用，没死的也一并埋了。"身披黑色重甲的将军甩干战戈上的血迹说道。

这座已成荒芜的辽东小山丘，刚刚经历了一场"打麦子"，遍地的死尸、武器与血迹，在辽东秋季的残阳下显得格外凄凉。

每隔一段时间，镇守大汉北境的镇北侯总是闲不住出来"打麦子"。所谓"打麦子"只是一个戏称，其实就是人称白人屠的镇北侯白济在耐不住寂寞时，亲率一支精骑外出打猎。但镇北侯的猎物却不是辽东山林常见的鹿、狍子乃至老虎，他猎的是人，胡人。

大汉镇北侯白济，汉帝国的开国将领之一，率领着大汉最精锐的黑甲骑兵，是大汉最勇猛的一柄重剑。镇北侯白济出身河东，他自称自己是古秦国某白姓将军的后裔，平日里行事他也是处处效仿这位白姓将军，便是连兴趣都照着自己祖先的传闻来。

传闻中，镇北侯最大的兴趣，便是杀俘。曾经在汉帝国对古秦国的战争中，镇北侯历战大小数十役共杀俘三十万，他白人屠的称呼就是这么来的。

在镇北侯有了白人屠这个称号后，他非但没有不悦，反而十分得意。再往后的征战中，他变得更加残暴。

当初大汉初定时，北境尤其不稳。

镇北侯直接北上迎击胡人。击溃胡人后，他凭着勇猛果敢，又生生地把大汉帝国的国境再度扩大,让襄平城与高显城成为大汉疆域的最东北之土。至此,镇北侯仍没有善罢甘休,驱逐胡人后他又在北境停留数年,直到屠光辽东全境的胡人部落才肯善罢甘休。此后,成建制的胡人尽数龟缩回龙江,而在辽东一带,胡人只剩下零星几股在山林中自生自灭的小聚落了。

在这之后,白济被天子封为镇北侯,世袭,永镇辽东。而世间对这位镇北侯最多的称呼则是,白人屠。

汉十六年冬,腊月初八。
"这两年冬天太冷了,胡人估计是活不下去了才敢出来捡饵。"
骑行在镇北侯身侧的兜帽男人说道。
"往常我们每月撒饵,逢双打麦子,这才刚到腊月便熬不住了。死便死了吧,被杀死总比饿死强。"镇北侯说道。
"天气逐年渐冷,稻谷收成也差了,幽州的粮价怕是又要涨。"兜帽男人有些感慨。
"钱粮不归我白人屠管,中原那帮怂人屯的粮再吃十年也够!"
听到镇北侯的怒喝,兜帽男人听后没有说话。沉默片刻后,镇北侯又对身旁的兜帽男人说道:"莲,回去考考某儿。最近我没空搭理他,你看看他本事怎么样了。"
"好。"莲简洁地答道。

归家之路,斜阳照人回……

辽东郡襄平县。
曾经天子册封白济为镇北侯时,他曾开恩让白济自己在幽州挑选封地。可白济却没有在幽州最繁华的涿郡选择封地,而是选择了位于大汉东北边疆的辽东郡襄平城。
在白济入驻襄平城后,他没有在城内修建豪华的镇北侯府,而是花了大工夫把襄平城重新翻修一遍,又于襄平城外筑造了数处有着高大围栏的军营。对于白济来说,襄平城中的府邸只是个睡觉的地方,城外的联营才是他真正的镇北侯府。

襄平城,白济府邸,傍晚。

今日是腊八,也是镇北侯白济历年设宴犒赏麾下众将的日子。赶巧,幽州太守也于今日到了襄平城。幽州太守每年年尾都会来襄平城逛一圈,其实他来襄平也没什么正事,说白了就是替天子打探打探白济的情况。

回到镇北侯府后,白济打算小憩一会,这样晚上他才有精神头喝酒。而莲则早就不知什么时候消失在白济身边了。

在镇北侯府东侧有个单独开门的侧院,院中有一个手持单刀的少年,身材偏瘦但精壮灵巧,略高的眉骨下眼睛泛着精光。不过若是细看则会发现,这个少年的仪表很不上台面,大冬天光着一身像女子般白嫩的膀子不说,头上还剃了个杂毛寸头。

这少年名叫白某,是镇北侯白济的独子,但不是亲生的。白某今年十六岁,是镇北侯征讨胡人时,在一个被胡人劫掠过的村子里捡到的。当时镇北侯拎起还是小娃的白某,而白某却没哭闹,只是直愣愣地盯着镇北侯另一只手上的战戈。白济觉得这小孩怪异好玩便晃了晃手中的战戈,没想小孩竟然笑了,边笑还叭叭地叫着,听起来竟像是在叫爸爸。

镇北侯早年丧妻丧子,于是便一冲动收养了这孩子。因不知这孩子父母是何人,也没见到孩子父母留下的任何信物,于是白济就把自己的姓给了这孩子,并取了一个单字"某"。从此这个孩子就叫作白某了。

此刻,白某正大汗淋漓,他忽然发现有人在暗处盯着自己,于是随手从腰间甩出一柄短斧掷向那人。短斧快准狠在空中打着旋,但眼见短斧命中时,那人却斜身一闪躲开短斧,然后迈着怪异的步伐一息之间便挪移到白某面前。

白某被此人的速度逼到步伐、架势全乱,他慌忙横起马刀架在身前。但见这人根本不像江湖武艺套路似的与白某对格兵刃,而是弓步向前半蹲,硬从白某横在胸前的马刀中抢到一处空档,下一个瞬间便是一道寒光闪过。

白某面色痛苦地站起身来，他看着自己腰肋处被刀背抽得紫黑淤青，说道："莲师傅，你下回就直接宰了我。这样我也少挨打了，你也不用麻烦了。"

"你父亲让我来考你的。"莲冷冷地回答道。

"你可考不着我，咱俩本事差太多了。"说着，白某又嘶了一声，看来他是真被抽疼了。

"呵呵。"

"你别笑，怪吓人。"

白某舀了一勺水，牛饮一顿后又问向了莲："这次打麦子收成如何？"

"和往常一样。"莲的口气很平淡。

"为什么每次都不带我去？我虽打不过你，但也不比父亲手下的那堆黑皮本事差。"白某有些愤愤不平。

"并非是你本事差，而是侯爷不想你成为他那样的人。"白某擦干了身子，边穿衣裳边说道："英雄啊……"莲听后低声感慨一句，随后他岔开话题对白某："去收拾下吧，晚上腊八宴，你有牙祭打了。"

白某听后十分欣喜，瞬间就忘了自己刚才说的事。回到屋中胡乱地洗了把脸，白某换上一身武人劲装，昂头挺胸地又走回院中。可能是觉得自己今天的装扮很不错，白某竟然注意到了莲的衣着。

"莲师傅，在我面前你怎么还一直披着这破斗篷？一身黑皮怪难看的，赶紧换了吧。"

"并非刻意，习惯了。"

"其实莲师傅啊，你的脸不细看的话真没事。再说就是有事又能怎样？这是在襄平，谁还能说你来路不明？"

"谨慎些好。"留下一句话，莲转身便走。

白某快走两步跟紧在莲身后，他又开始喋喋不休起来，"不过莲师傅啊，既然说到这了，其实我一直都很好奇。你到底是哪来的啊？可别再说什么淮海的渔人了！我不才不信呢，你瞧你那眼珠子和头发，只怕比咱们军中从关内来的将士都黑上不少。还有你那张脸，平坦得和辽西平原似的,这到底是哪来的长相啊?"

"你长大就知道了。"莲敷衍白某道。

"我都十六了,你就告诉我得了。"

"你再长大些就知道了。"

"你嫌我烦?那就告诉我呗!你告诉我了,我就不烦你了。"

"你长大就知道了。"

太阳落山了,就在两人并肩喋喋不休之间,天也黑了。

镇北侯府。

腊八晚宴之中,正座上的幽州太守与白济不停地交杯换盏。今年来的幽州太守是新人,长得又胖又蠢,言谈举止看起来也很懦弱,看样子就是个好欺负的货。

其实这胖太守啊,早在上任之前就听说镇北侯跋扈,所以他此刻坐在镇北侯白济身边其实是怕得很。而且关于镇北侯与历任幽州太守还有一段趣闻,据说曾有一任幽州太守,因在言语上刻薄了镇北侯几句,最后竟被镇北侯的手下绑在马背上一拍马屁股给"放生了"。后来好在那位太守身板还好,再加上托着他狂奔一夜的老马识途,被折腾个一宿还能留口余气。不过那位太守从此算是废了,以后只要听见马蹄声他就迷糊。

而这新来的胖太守本就胆小,又被白济连逼再吓灌了不少白汤,所以此刻虽酒宴上的菜还没上全呢,胖太守却已经要晕厥过去了。

"今日腊八,胖老兄你来巧了。不过我这条件简陋,没女人歌舞招待你。不如这样,底下坐的都是当兵的,我叫两个人练把式给你看可好?"

胖子太守听到白济说话,赶忙把冷汗擦干,扭头笑迎道:"全听侯爷安排。"

但胖太守却没想到,他谄媚的笑脸换来的却是一顿呵斥。只听啪的一声响,白济重重地拍在桌案上喝道:"老兄你爱看咱就练,你不爱我白济还能逼你看?"

听到白济呵斥,胖太守差点俯身跪拜,他双眼惊恐地看着白济,嘴上不断地重复道:"在下求之不得,在下求之不得啊。"

"某儿，出来！"

正在席下与一群军卒抢夺酒肉的白某听到父亲呼唤，他来不及把口中的枣糕咽下去就跳了出来。白某一边嚼着口中的枣仁，一边大大咧咧地活动着筋骨。

"父亲，怎么比？拳脚还是兵刃？讲规矩的，还是什么招都能上的？"

镇北侯没有理会像个兵痞似的白某，他四下看了一圈，发现在不起眼的角落里坐着个很显眼的壮汉。稍微回忆了下，白济想起，这壮汉好像是他的亲兵黑甲营中的一名领骑，名字记得叫作王铁胆。

"王铁胆！出列！"

王铁胆被白济喊出，站得笔直等待着白济的命令。

"你们比画两下。"

"好嘞侯爷！刚才这小子把我酒偷了，我正抓他呢！"王铁胆捏着拳头坏笑地看向白某。

这名叫作王铁胆的汉子，身长至少得有八尺，壮得和小山一样。在黑甲营中，将士们都叫他铁蛋。其实年龄不算大，也就二十出头的样子，可生得却好像山里的黑瞎子一样，又黑又壮。王铁胆曾是铁匠学徒，后来家乡被胡人袭击时，他冒死与胡人对战，用锤子敲漏了好些胡人的脑袋，最后赶上镇北侯的军队到来所以捡了条命。从那以后他就当了兵，几年证明下来他确实是个当兵的料，现在已经混上一个领骑了。

"等等！"大堂上的白某跳出了王铁胆五步远大喊道，"父亲！这厮膀大腰圆像个畜生似的，空着手我可打不过他，不如让我们换兵刃斗几下吧？"

王铁胆一听白某诋毁自己，顿时暴怒道："你才畜生，比什么我都收拾了你！上次我那块好铁就是被你顺走的吧？你别以为我不知道！"

王铁胆叫了白某一声畜生，说者无心听者有意，正座上的胖子太守顿时一口烈酒呛在胸中。可谁料镇北侯白济却好像不知畜生为何意似的，他豪爽地对下面喊道："行，只要别断胳膊断腿出人命，你俩随便闹！"

"得令！"

王铁胆、白某同时应道。

王铁胆与白某接到白济的令后分别找来了自己顺手的家伙，王铁胆的同营弟兄给他扛来了大铁锤，白某则随便向将官借了把配剑。被白某借剑的将官心疼得脸都抽搐了，任谁都看出来，这剑碰铁锤必断无疑。

"这可是我新打的剑，今天腊八宴才拿来露脸，平日我都舍不得用。你可千万仔细些，别磕碎了它。"被借剑的将官愁眉苦脸道。

"怕什么！一会赢了我向父亲要赏，到时给你打把新的，用精铁打剑首！"白某要了几个剑花自信道。

那将官听后摇头叹气，虽没说什么，但他心里却想，"你小子怎能赢得了王铁胆？我这把剑啊，今天算是没了。"

"起！"

听到喊令的瞬间，王铁胆斜握着铁锤，像牛犊似的用臂膀向白某冲了过来。虽然王铁胆看着愚笨，可打架时他却一点都不傻，他知道对上白某这种灵巧人，一定要把力量的优势发挥到极限，而速度则用招式来弥补。所以这是两招并一招，先以身体冲撞白某，若一击不中顺势便用铁锤横扫，以变化打速度。

可白某却不接不躲，只是轻巧地在地上一蹲，虽然样子难看，但王铁胆这一撞一扫却全都扑了个空。

白某这一出之后，顿时引得满堂大笑！也不知将士们是嘲笑白某好似个鼠窜的猴子，或是笑王铁胆被白某戏耍了个丑。

只有白济看着底下两人，轻轻蹙了一下眉头，然后露出一丝温柔的苦笑。

好在胖太守被场中的对招惊到了，不然白济这副"奇异"的面孔若是被他撞见，他一定会怀疑自己是不是得了夜盲症。

卖了乖的白某此时好似一个在街头卖艺的把式人，他对着众将士嬉皮笑脸拱拱手，样子丝毫不知廉耻。

第一章 —— 融雪

王铁胆一张黑脸涨红,他感到自己被嘲弄了,于是憋足力气,舞着锤花就向白某又冲过来。王铁胆心里骂着,"你不是快么,我用力气补,这密不透风的锤花看你怎么躲。"

可谁也想不到之后白某应对王铁胆的方法。白某把宝剑扔到地上,然后将宝剑踩在脚下往前一蹭,那柄刚刚上了剑油的宝剑便贴着地面滑向了王铁胆。

王铁胆此时挥着数十斤的铁锤,再加上他已经跑了起来,看着滑向自己足下的宝剑,此刻是再没办法停下了,于是一个瞬间之后,王铁胆便踩在了宝剑上结结实实地摔在了地上。

不过王铁胆还没有被这一下摔懵,他腰腹稍一用力就跳了起来。经过这么一摔,王铁胆反而更冷静了,虽然他长了一副憨猛无脑的样子,但实际上他却是个很聪明的人。尤其是在战斗中,王铁胆更是在聪明之余还有冷静,毕竟能在战场上一直活下来的人,没有几个是真正急躁冲动之人。

在宴堂里愈加高涨的哄笑声中,王铁胆重新摆好了架势,寻找起白某的破绽。

可再反观白某,他简直就像街头的地痞无赖一般,频频对着哄笑的同袍拱手起哄。

而就在白某得意时,王铁锤抓到了白某一个空隙,他单臂持锤好像投掷长枪一样把铁锤掷了出去!更加惊奇的一幕是,王铁胆的铁锤不是笔直射了出去,而是在空中飞舞打着盘旋飞向白某。

对于战斗,王铁胆从来都是聪明的,若有人眼力好便会发现,这铁锤其实并不是冲着白某而来的,而是白某的右侧,王铁胆的左侧。

之后白某的反应果然如王铁胆算好的那样,白某为了闪避铁锤而向左躲闪,于是他躲闪到了王铁胆的怀中。

哗啦一声重响,飞舞的铁锤砸翻了一旁的酒桌。可酒宴上没人关心是否有人被砸伤,而是全把心思放在堂中比试的二人身上。

此时,就连镇北侯白济都微微睁开了眼睛,他旁边的胖太守便更不用说了,整个人已经完全呆若木鸡了。

便在这时！

"我投降，我认输！"白某凄惨地叫喊道。

白某此举，引得宴席上军士无不喷酒错愕，回过神来后，所有人都骂向白某。

"你小子太没种了！"

"怂！"

"赔我的剑！"

当然，这场中最生气的还是王铁胆，他之前被白某各种戏弄，现在好不容易抓住这小子，刚准备给他松松骨，可白某却毫无尊严地认输！不，白某不是认输，他第一句喊的是："我投降！"

王铁胆也不管是否有人宣布他胜，气得一把扔飞了白某。而白某则是没皮没脸地又坐回自己的座位，好像全不在意似的与人骂骂咧咧地喝起了酒。

听见笑骂声不断在宴席上响起，胖太守也有些尴尬。他看向白济，却没想到白济脸上竟是没有丝毫不悦。

"白某。"镇北侯唤道。

白某听到父亲唤自己，于是便嬉皮笑脸地又走回了堂上。

"为何认输？"白济问道。

"回父亲，那憨货比猪还沉，虽然我用胳膊护住脖子了，但就我这身板只要他稍稍用力，怎么算下来我都得折几根骨头。对练而已，为这折骨头太亏了。"白某理直气壮地答道。

"小混蛋！"白济笑骂了一句。

而后白济起身举起酒杯对座下豪气喝道：

"众将士！喝酒！"

"侯爷！喝酒！"

至此后，整个宴席进入了狂饮，热闹到如果不用喊的，两个相邻的人也无法正常说话。

白某把满是划痕的剑还给了那个愁眉苦脸的将官，并顺带拿了那将官桌上的一只肘子，气得整桌人把无数碎骨酒杯化作箭雨向着白某射出。

夜到深时，这场狂欢一般的腊八宴终于在喧闹中结束。胖太守在宴席结束的第一刻便向镇北侯道别,逃荒似的连夜乘快马离开了襄平城。

然而这夜深时刻,镇北侯府已经空下来的正堂仍燃着一丝烛光。

"侯爷,这次上面有什么动作?"莲被烛光映着的脸看起来有些瘆人。

"没有,粮照给,饷照发。"白济的声音有些疲倦。

说完后,白济好像又想起些什么,便嘶了一声继续说道:"但有一事,怪也平常,平常却又怪。二皇子盈要娶王家的女儿,天子招我于明年夏季进洛京城赴皇子大婚。"

"嗯,皇长子肥早夭,二皇子盈便有可能是未来的太子。太子大婚,宣侯爵进洛京倒也无不妥。"莲略有所思说道。

白济听后皱皱眉,像是自问一般有些迟疑道:"可为何二皇子盈不先承太子之位再举行大婚? 虽然怎么论皇子盈都是未来的太子,但这明面上,他此刻仍还是个皇子啊。一个皇子成婚,让我大老远地进洛京,这……"

"侯爷您是怎么想的? 是否会对您有所不利?"

"应该不会,就算有人看我不过眼,也不会想着只用一个引蛇出洞就把我干掉。"白济说完叹了口气。

"既然如此,只怕是……"莲略带深意地看向白济。

白济沉默不语,把眼神看得很远很深。沉默少刻后,莲低声与白济确认道:"京畿中情况不对。"

白济微微点了点头:"等明日陈先生就结完岁银回来我再与他详聊吧。你明日就去京畿,不,还是去蓟县吧。蓟县近些,信儿也比咱们这多,藏好了快去快回。"

"嗯,这就睡了。"

白济轻摁额头,看起来真的很疲倦。

次日一早。

天刚蒙亮,白某便起身在院中玩起飞斧,到底是少年人,一夜狂饮之后丝毫看不出宿醉的痕迹。

短斧从左手翻了一个斧花过到右手,之后右手顺势甩出,短斧直奔向院外树上的鸟窝。冬日鸟窝空空如也,只剩一堆干枝枯叉被打得稀碎。一击得中,白某开心地跑出门去捡他心爱的小斧头,谁知他刚出现在灰蒙蒙的街头,便赶巧看见了莲正骑着马往城门方向去。

"莲师傅,这是要出门?"

"嗯,刚出门就看到你院中飞出一把斧头,再不要这么乱扔了。"莲教训白某道。

"这大黑天的街上哪有人?"白某嘴里应付着,眼睛却看向了莲的行李。看仔细后,白某坏笑着开口又道,"莲师傅,行李虽然少可你带了铺盖,要出幽州?你去哪?带我一起去成不?"

莲看着眼前这个机灵的猴崽子露出一抹察觉不到的苦笑,"青州有个本领高超的奇人,靠一杆猎杆打遍了河北,我准备去请他来北境教习一段时间。"

"那可行啊!他要是来了你可得马上喊我。我倒想试试这打遍河北的长杆。"白某自信地道。

"你?尽用些滚地刀、撩阴脚、插眼指。到时让人嘲笑幽州的十一国九十县都是些下三滥。"

说完,莲便再不理会白某策马疾走。

看着莲远去的背影,吃了一肚子尘土的白某心底暗骂道:"你个东海蛮子,行李瘪瘪囊囊哪里像带着钱的样子?还请人来教习,连个鸟都请不来!"

想着想着,白某脸上的坏笑越来越明显。

襄平城外,镇北侯联营。

镇北侯白济的大帐中有一张硕大的地图,地图画着西到河套东至瀛洲一角,地图的南北分别以黄河与塞北为疆界,整个大汉北方疆域无比详细地体现在这张地图上。

在地图旁有很多参军在忙碌着,他们有的正在飞快地打着算盘,有的则在记录各种各样的数据。当参军们把各项的名录整编好后,便由亲兵把这些名录交给站在白济身旁看着地图的陈先生。

陈先生本名陈怀,出身于扬州山阴一带的商贾之家,是镇北侯白济最重要的心腹部下。

在战时,陈怀是镇北侯麾下大军的军师,平日里,他便是白济的幕僚。除此之外,他更是镇北侯白济为数不多的朋友之一,是白济真正的至交。

讲起陈怀与白济的缘分,还要说到很多年前天下伐秦之时。

古秦时,天下以"法"治国,以"度"量民,世间百姓无不是榫卯工具,活得与芥草无异。古秦虽把国之疆界从上古禹皇九州扩为十三州,但偌大的十三州中却住满了木人僵畜。

而在旧天下中,不好过的还不只有百姓。古秦在一统天下中,曾屠戮了世间诸多诸侯王国。因恐惧这些诸侯国的余孽作乱,古秦颁布了极为严苛的律法压制诸侯公卿与各地士族。那时的古秦便好像一捆铁索,把天下人死死地捆住,士农工商无不例外。

可再坚固的尺长铁索也锁不住丈宽之物,古秦捆住天下的这把大锁,终于还是有人尝试去撬开了。

旧天下时,诸侯起兵伐秦之末。在偏远扬州的山阴县,陈怀在城里,白济在城外。那时,陈怀所居之城已被白济围困两月有余,城中虽未到易子而食的地步,但煮马烹狗却也平常了。

面对着围困在城外的白济大军,此城守将在弹尽粮绝、后援无望之下自知再无可能得胜,所以心底已许殉国成仁之志。他准备集合起城中所有活人向外突围,并决定在突围之前放火焚城,以效仿古秦国先辈济河焚舟之策。

此守将为古秦名将,他深知若想行得济河焚舟之策,除绝望外还得给与希望,于是又一出无中生有之计在他心头算起。

守将把此城巨富商贾中最有名望的陈怀之父唤来,在遣走了身边卫兵后,他对陈怀之父说出了自己的请求。

守将是个武人,所以他把请求讲得很简单,便是借陈怀之父的性命一用。

陈怀之父是个商人,所以他理所当然地与守将还价,最终他留下了陈家的香火。

便在这次密谈之后的第二日,城中守将以私囤军粮获利之罪杀了陈怀之父,并宣称在陈家查出可用来行军三月的粮草。之后,他在城中动员,说是要带城中百姓一起向西突围,前往那时还未沦陷的荆南。

但真实的情况却是,陈怀家中早就再无一石粮草,所谓的行军三月足用的粮草,便是这位守将无中生有出的"希望"。

守将的意图,陈怀之父当然明白,但他作为商人却没有违抗之力。所以陈怀之父算了一笔账,他欣然答应了守将,然后让自己的儿子活了下来。

之后,守将一把火焚烧掉整座城池后,便带着百姓与兵卒向西突围去了。在突围中,这名守将战至最后一刻,直到所有亲兵都倒下后,他才拔剑自刎而亡。

此将有勇有谋、有忠有义,可在茫茫岁月中不过也只是一粒沙子,后世再无人知其嘤嘤之年何月,荒冢之处何地。

而陈怀则在守将突围时,被守将分出的精锐斥候护送,后另辟蹊径逃出。山阴巨富陈家的独苗,在离开熊熊燃烧的城池后,能带走的也仅有几大包书卷。

但城池的故事结束了,陈怀的故事才刚刚开始。

城破的第二日,陈怀便出现在白济的营帐之中。他带着此地所有土地账目、税捐名录以及城志而来,用另一种方法把这座城"守"住了。

白济见了陈怀,二人以此城攻守为始,最后论到了天下大势所向。在这场谈论中,陈怀得知了白济的抱负,而白济看到了陈怀的所学、所知。而后,他忽然对陈怀问道:"城破,可怪我?"

"君如荒原之火、淤渠之洪,无可责之过。"陈怀坚定地看着白济的眼睛。

从那次谈话后,陈怀便再也不是个饱学经典的富绅之子,此后的二十载,他成了白济最信任的幕僚,以及知己至交。

"侯爷,今年北方米面收成正常,只是粮价上的波动却是隐约可见。还有工匠雇佣比往前贵了,不过想来这两年工匠难觅,贵些也是应该的。可奇怪的是,工匠价高难寻,但施工用的木材铁石却比去年贵了两成。"

"只说好事坏事吧。"

"若按常理,微微涨价不算坏事,但眼下我却觉得这里面有些古怪。到底这涨幅是怎么回事,那还得看清京畿那边的情况后再做定论。"

听着陈怀侃侃而谈,白济丝毫不觉得厌烦。他顺着陈怀的话皱眉想了会,却没想出什么更深的东西,不过虽然白济自己没想到,但他仍不放心,于是他又问向陈怀:"你说这些,对咱们有何影响?"

陈怀听后看向了白济,他眼神略带深意道:"侯爷何必问那么清楚?"

"别掖着了,就直说吧,北境还宽松么?"

陈怀听后沉默了会,然后他摆摆手,帐中便只剩下他与白济二人。

"哎,侯爷,我军数万人不卸甲胄驻扎在襄平,这数万人不能务农、不能归制为民,每一个人都是一张只进不出的嘴啊。再说咱们在辽东,不置产业、不设商栈,一切饷银粮草全都由京畿拨出。若在战时这是正常,但如今北境安稳已久,这样长此以往不是长久之计啊。"

"我倒是想拓荒垦农!想编军为民!"白济喝道。

陈怀听后摇头愁声道:

"想,但却不能。辽东太远,侯爷又是个军侯,在此扩人口兴基业,那不成了化外之国?纵使侯爷无心,千万里外的京畿中,怕是也有人起意啊。穷人与富鬼,到底还是当人好些。"

"人?看家护院的狗还好吃好喝呢,咱们现在都快成乞食的野狗了!"白济喘着粗气不忿道。

陈怀见白济发怒,可白济怒火的源头却是无从化解的"上意",因此他只能把白济的怒火引开,将话引到别处。

"侯爷,我听闻天子唤您夏季时到京畿赴皇子盈的成婚大礼?"

白济听后点点头:"对,早前就想问你这事,说说你的想法吧。"

"我之前也想了下,这事平常又怪,怪又平常。只可惜咱们的眼睛太少耳朵又堵,这忽然之间也想不到什么。"

白济听后沉良片刻,他对陈怀喃声询问道:"陈老弟,你会不会太小心过头了?"

"不过,咱们的眼睛耳朵不能伸出幽州,以侯爷的境地,别说又聋又瞎,就是有一人傻了都不为过。"

白济听后有些急躁道:"我堂堂正正的,这么小心又是何必?我讲句经典中的金玉良言给你听!怀中无刃者藏臂,早晚挨打,一时背手认怂,处处掣肘。"

听到白济这有些押韵的话,陈怀一懵,这话听着确实有几分道理,但他学富五车,却真的没在哪卷经典中看到过这句话。

"这是哪卷经典说的?"陈怀问道。

白济听后也是一愣,他咳嗽一声答道:

"啊,这是……这是,我忘了。"

"侯爷,那你可否还能记起是何人所著?"陈怀的神情十分认真。

白济转过身背对着陈怀沉默不语。

便在这时,一声叫唤把白济从尴尬中救出。

"父亲!"

白某大摇大摆地跑进了帅帐。

白济刚刚正处在尴尬中,他见到白某那副吊儿郎当的样子顿时更烦了几分,于是他抬手一掌就把跑跳着的白某扇了出去。

白某刚钻进帅帐便被父亲一掌拍了出去,他顿时委屈起来,于是便坐在了大帐外面。

"父亲!你不让我进去我就在这说了啊?我今天天蒙蒙亮时看见莲了,他骗我说去青州请教习。但我一眼就看出来了,他其实是去外面摸哨子了!我一想,不是说咱们的哨子不出幽州么?所以我就想来问问父亲,是不是……"

白济扯着嗓子话还没说完,只听帐内传来白济的大喝。

"滚进来！"

白某一反常态很郑重地向面色难看的陈怀施了一礼："某儿见过陈先生。咦？怎么陈先生是没睡好么？脸色这么青。"

陈怀听后向白济看一眼，然后他绷了绷脸对白某露出一张和煦的微笑，"某儿来了。"

白某对陈怀恭敬地点点头，等到他扭头再看向自己父亲时，恭敬还在，可微笑变成了坏笑，"父亲，天蒙蒙亮时看见莲师傅了，他带着厚铺盖，这分明是为枕风露宿准备的。还说什么请教习，哪有请人不带定金的？"

"你想怎么着？"白济不耐烦道。

白某听到父亲询问自己的诉求，便知道自己的图谋成了一半了，"我想向父亲要支兵，然后去高丽国转一圈看看他们老不老实。"

白济背过身看向地图沉默不语。

"拿一千黑甲骑去扫荡胡人？"

"一队哨骑去巡巡哨总行吧？"

"我绝不过大梁河！只带两日口粮！"

"一日！不愿意就滚蛋！我告诉你小子，北境的暗哨要是被你瞎嚷嚷见了光，我把你皮扒了！"白济对白某怒喝道。

听到父亲的怒喝，白某反而满脸雀跃。他一蹦四尺高，大喊一声："得令！"然后便美颠美颠地跑了出去。

"陈怀……"

"侯爷？"

"某儿，你怎么看？"

"虽心性未稳，但已是游刃有余。"陈怀平静地答道。

"可为栋梁之材？"白济又问道。

"这……"

陈怀听后口中有些别扭。白济见状又道："我视你为弟，某儿平日也最为敬你。于某儿，你便是亲叔义父。"

"某儿的心性，将才有余帅才不堪。但他此时尚年幼，也未免不是石包玉,蒙尘珠。"陈怀诚然答道。

白济听后笑笑没再说什么。

"侯爷?"白济问完后陈怀又开了口。

"……"

"莲哨统去……河北了?"

"是去蓟县。"

陈怀听后沉默。

襄平城西,黑甲营营寨中。

"王铁胆!你在哪睡大觉呢!给小爷滚出来!"

"王铁胆!你被小爷打傻了么?小爷喊你还不出来?难不成昨晚吃多了,今儿上不出号子了?"

在白某污言秽语中,王铁胆光着膀子从操练场地中冲了出来……手里还拎了个锤子。

"小兔崽子!你想干哈?"

也是这白某平日里既没有架子也没有派头,他的行为举止完全不像一个世子该有的样子。所以白济军中将士大多把白某当同袍,平日里总呼他一声"小兔崽子",至于"世子"这个称呼却是鲜有人叫。

其实白某十一二岁时刚到军营中瞎胡闹那会,众将士还不太敢怠慢他,直到后来有件事发生。

有次,小白某和一个偏将家儿子打架……然后还没打过。

当晚小白某越想越气不过,于是他趁夜跑到营房,把那偏将所辖将士的营帐放火烧了。当时的辽东,仍有胡人残存部落四处骚扰作乱。营帐一起火搞得白济以为胡人夜袭,于是便亲自领兵出城迎战。最后折腾得白济带着亲骑在襄平城逛了一宿,硬是连个胡人的影都没看见。

等到白日此事平息后,有人在营帐的废墟中翻出被吓得懵愣的小白某,然后白济问清了此事的原委……

后来年仅十一岁的白某被白济在操练场吊起来,当着所有将士面往死里好一顿毒打。小白某被打得皮开肉绽数次晕厥,更有些瘦弱的地方竟是连骨头都露出来了。看着小白某的凄惨样子，目睹白某挨打的将士心中再没有了一丝火气，甚至都开始同情起白某来。说到底，这只是个十一二岁的孩子啊。

后来白某昏过去后便开始高烧不止，最后白济也是心疼，连夜让莲去蓟城找了最好的大夫过来，此后又调理了好久白某才能又活蹦乱跳的。
不过心疼归心疼，白济仍然在军中下了道军令。
白某名头上虽为世子，但镇北侯麾下却没有纨绔的世子，只有勇武的将士。
而后军中便对白某有了一个共识："白某是世子，但更是同袍。"

看到王铁胆的一个锤子，白某立刻认怂，他摆着手向王铁胆凑了过去，好像市井无赖一般。
"王大哥，我这不是怕你昨日喝多了贪睡么。这么着急喊你，肯定是有好事！"
"呼呼。"
王铁胆喘着粗气看向白某，手中紧握的铁锤微微松松劲。
"父亲让我带一队哨骑去巡哨，我呢，这正好缺个参将？想来想去，我觉得这参将一职还得是王大哥来。"白某嬉皮笑脸地说道。
"放屁，你是个什么将军？还缺个参将？可别是骗我一起陪你闯祸当垫背的？"王铁胆喝道。
"那怎么会！"说着白某从怀中翻出来点兵的令羽，王铁胆一看到令羽马上跑回了自己的营帐，没用白某多等，他已换好马步装，提着自己的铁锤跑向白某：
"属下王铁胆听令！"

襄平城东北，大梁河南。

一队十几骑的哨马缓速跑在北境的雪原上,速度放缓是为了保持注意力,也能让战马节省些体力,以备应对突发情况。

"眼看都到晌午了,怎么连个胡人的影子都没有?没劲没劲,早知如此就磨父亲带我出来打麦子了。"

听到白某的抱怨,王铁胆却反常地没有和他拌嘴,而是仍一声不响地保持着军人应有的警惕。

"你说你这呆瓜畜生,平日我逗你一句就炸,怎么现在连个屁都不放?"白某挑逗王铁胆道。

王铁胆被白某惹得恼火,但最后也只是白了白某一眼,不去理会这小无赖。

别看王铁胆长着一副蛮蠢样子,但其实他却是一个很优秀的兵。他懂得每次看似平淡无奇的任务,都有可能发生意想不到的意外,而对于军人来说,意外则意味着送命。

就在这一路走一路抱怨之间,晌午时这队哨骑已到了大梁河边。

在休息吃饭时,除了看哨的哨兵外,军士聚到了一起低声聊了起来。行伍中男人闲聊的内容很简单,无非是武艺、打仗和女人这三样。

与其他哨骑不同,王铁胆没有参加到同袍的聊天中,他一边吃着干粮一边盯着白某,看得白某好不自在。

"憨货,你一直盯着我干吗?别是看小爷我白净起了歹念。按说你也老大不小了,找个婆娘吧,别没事总盯着小爷我看。"

白某这句话差点没噎死正在啃干粮的王铁胆,王铁胆顺势就要操起铁锤砸死这个小王八羔子。但这毕竟是在外巡哨,他又不能真像在营中那样追着白某喊打喊杀。可不能动手,王铁胆可以骂,只是对于白某来说,王铁胆的叫骂显得十分苍白,说来说去都是"娘""屁""杂种"这类没劲的词汇。

对于王铁胆的叫骂,白某扭过头装作没听见,他一边往干粮上抹着粗盐,一边哼着之前在蓟城学会的艳调。

白某越是这样王铁胆越气,王铁胆越气便越要骂,可越骂他却越憋屈。最后王铁胆气得实在无可奈可,只能使劲跺脚踩雪发泄。

等了会,王铁胆平静下来后忽然对白某说道:"别以为我不知道你小子想啥,你真以为我傻呢?"

白某听到王铁胆这话扑哧一乐,他打趣问道:"来!我铁胆哥哥说说小爷我心里想啥呢?"

"你小子从吃饭时开始就没怎么说话,可眼睛却四处乱转。想过河进山?没门!"王铁胆恶狠狠地说出了白某的盘算。

白某听后往王铁胆那边凑了凑,饶有兴致继续问道:"来!你继续说说,我看你还想到啥了?"

王铁胆听后往旁边躲了躲,和白某拉开些距离后才继续说道:"我可和你说明白,咱们一队人只有一天的口粮,你若敢违背军令乱跑,我先敲晕你给你背回去。"

"你看你!铁胆哥哥,你这说的是什么话啊?你以为我是小孩么?"

王铁胆没搭理白某,继续埋头啃起自己的干粮。

其实白某心底是真的想过跑到大梁河以东,可白某也懂得自己的"胡闹"是有限度的。再小的军令也是军令,是军令就没有自己胡闹的余地,这个道理白某懂得。

白某见王铁胆不搭理自己了,于是他走向其他正在细声闲谈的同袍。

"哥几个,你们知道我上次去蓟地跑哪看热闹了么?我啊,晚上跑到一间乐坊的后房顶上去了!你们猜我看见啥了?哎哟,那些个小娘子哟,啧啧!"

听到女人,众人兴奋地把白某围了起来,各个都竖起耳朵准备听白某讲自己的"冒险"。可就在此时,传入众人耳中的却不是香艳的故事,而是远处值哨的哨兵打起了鸟哨子。

对于哨骑来讲,鸟哨子可以意味着太多东西,只在转瞬间,哨骑眼神迅速回复到一个哨骑该有的神情,随即收食、踢墩、散点、趴马一气呵成。

在鸟哨子响起的瞬间,白某便一个翻滚趴到了王铁胆身旁,王铁胆趴在卧倒的马后神情十分谨慎,丝毫没有刚才与白某拌嘴时的莽蠢模样。

"世子,让左右值哨散开摸摸情况。"王铁胆的声音不大,但这一声"世子"却叫得白某心里一岔,心想这王铁胆平时和自己打趣胡闹,原来到要紧时还真是个稳重识局势之人。

不过白某心里虽在念叨王铁胆,可他却没有拿王铁胆打岔,因为白某虽平日里好似无赖一般,但骨子里却是一个极为"识趣"的人。白某素日调皮胡闹,但从没有人真正厌恶他也是因为"识趣",白某懂得他在什么时候,该做什么样的事,该说什么样的话。

"你打个手势,让值哨的弟兄把身子藏好。应不是什么要命的事,若真是敌袭或对面人多,箭矢恐怕早就飞过来了。"

得到白某的命令后,王铁胆立即向后打了手语。见到手语,几个趴在马后的哨骑用脚划了划雪,让自己趴地更稳些。更有两个手快的已经把弓紧好了,指尖也别上了箭羽。

片刻之后,两旁的树梢与矮丘传来了几声煤雀和山魈声。这是北境哨兵的暗号,煤雀表人数,为每响一伍,山魈则是表明对方是哨骑或轻骑。

"看来对面也没几个人。铁胆,一会你让左值哨的弟兄放几箭射个方位出来。"

听到白某老练的布置,王铁胆心中也不免一惊,以前他只知白某是个没架子但很无赖的小纨绔。可此时见到白某,没有在得知敌方人数不多后带队冲杀,而是下了一道只有老哨子才懂的放箭寻位。以前,王铁胆也曾陪过一些将官后代出去打猎,那些"少将军"们大多鲁莽气盛,懂得"穷寇莫追"的已是少数,像白某这般"老辣"的根本没有。

"这白某真是个表里不一之徒,看来以后还是少和他胡闹了。"一面心里想着,王铁胆一边把手语打了出去。

白某才没管王铁胆心里怎么想他,见王铁胆刚下完了第一道令,他马上下了第二道令。

"铁胆,他们应该没发现咱们,一会定位箭放出去后立即跳马追人!"

你打个手势,让趴桩的弟兄有个准备。"

嗖嗖!

白某左边百步外的矮丘中高飞出几只杂色长羽箭,杂色是为了在雪原上好辨认,长羽则是为了让箭矢飞得更慢更高。这种杂色箭矢并非为了伤敌,而是为了传递情报。

"河对岸!铁胆下令!"

在话出口的瞬间,白某勒死了缰绳把马撒了起来,他自己也麻利地顺着马起身的力量跳上了马背。在上马的一瞬间,王铁胆与其他哨骑的跳马速度丝毫不差。

"打令!右值哨待命,左值哨迂回游击!"

王铁胆刚把马踹起来,手势还没打完,白某第二道命令便脱口而出:"哨骑营听令,三百步高箭,过半射马,不足百步射人,十步上钩锁!留些活口!"

"得令!"

"哨对哨,得先机者胜半!"襄平城那个黑兜帽男人曾教导白某说道。

平常日子里,兜帽男人莲便是白某的师傅。只要莲在襄平,白某便早时习武午后杂学。白某身上,除了读书识字外,所有的本事基本都是莲教会的。但就算这位来历、身手都很神秘的莲师傅,怕是也想不到他的"弟子"可以在实践中,把他传授的本事发挥得如此游刃有余。

只在十余息的工夫,白某一队哨骑已将要越过大梁河。虽然白济曾和白某有约,不准他越过大梁河,但与白某约定时,白济绝不会想到竟然有胡人会出现在大梁河东北。白某明白,在这个月份胡人的哨骑出现在大梁河东岸,这绝不是正常现象。自己此刻既已遇到了这种反常的巧合,那便一定要把握住机会。白某从小是跟在莲屁股后面长大的,他当然懂得情报有多重要。而意外获得的情报是一种幸运,若是放走了这份幸运,则必然会为这份漫不经心付出代价。

白某这次巡哨看起来不过是个闲不住的军中纨绔出来瞎逛,但他从喊上王铁胆这种老兵一起踏马出营时,他便把自己当作一个哨骑营长了,而非镇北侯府的"世子",或者说,白某从来都没把自己当成一个世子。

"铁胆!一会至少抓三个人头,打令让迂回的值哨截住他们的退路。"

王铁胆打着旗语的同时,白某对身后哨骑喝令道:"再射一轮换钩锁!白刃战后留活口。"

说罢,白某的右手摸出了自己的小短斧。

遭到北境哨骑的数轮箭矢压制,对面的胡骑只能趴在被射翻的马后仓皇弯弓回击,可奈何的是他们趴在地上放箭,箭矢既没准度又没力道,根本对北境哨兵造成不了任何伤害。

这时,几个胡人站起身,不顾命地跳上了还能跑的马打算逃跑,但只跑出五十步不到,便被北境迂回过来的哨骑放箭点落下马。

等到白某出现在胡人眼前时,这伙胡人哨骑还能动弹的仅剩七人。胡人们狼狈地掏出兵器,恐惧地与白某一众哨骑对峙着。

白某骑在马上俯视着这几个胡人,白某知道自己胜了。

看着这群甲胄不整的胡人,白某不免起了一丝玩心,于是他坏笑着翻身跳下马背。王铁胆看见白某下马,他立刻明白了白某的心思,不过他没有阻止,因为军令中并没有不能玩笑俘虏的规矩。但为了保证白某的安全,王铁胆自己也提着铁锤下了马,并让其他哨骑在马背上保持警惕状态。

"你们谁会胡话?替我和这帮胡人说,来个人同我比画比画,若能胜我可以不用死!"白某对身后的哨骑喊道。

听到白某下令,白某身后一个哨骑对着胡人叽里咕噜地说了一堆。

过了会,从狼狈的胡人中站出一个身材适中的汉子,他对着白某叽里咕噜地说了一堆话。

"报,这胡人问是否用武器?要是把世子你杀了又怎么算?"哨骑向白某翻译道。

"别叫我世子,叫我……叫我游击大人吧。你和他说随便用什么,要是真能宰了我就把他们全放了。"

那哨骑开口转译之后,胡人们面色大喜。在叽里咕噜一顿嘀咕后,那名胡人掏出一把看起来还算新的铁剑向白某走来。

这名胡人把刀横在胸前,一边绕着白某踱步,一边叽里咕噜地说着什么。白某则是很随意地提着马刀原地不动,轻松地看着这胡人向自己身后绕去。

当这胡人快要挪到白某身后时,白某忽然"啊"地大叫一声,就在这冷不丁的大喝声中,白某抬手把马刀掷向这胡人。

胡人被白某吓了一跳,好在他很快回过神来,手里铁剑一挡便磕飞了白某掷来的马刀。见白某手中没了武器,胡人竖起剑就向白某跳来。

白某不避不闪,他右手中好似翻花似的甩出一柄飞斧,正钉向离白某还有不足三步距离的胡人头上。

距离太近,又借着这胡人的冲劲,这一斧头钉得很深很深。甚至能看出这胡人的颈骨都已经被斧子的力量带折了。

胡人倒地,死得不能再透了……

这场战斗发生得太快,过程又太短。除了王铁胆外,哨骑和胡人都是愣了会才反应过来。

这时,忽然有两个胡人站起来叽里咕噜地叫喊起来。

"他们说的什么?"白某拔出了钉在地上胡人脑袋上的小斧头。

"报……游击大人,他们说你不是勇士,卑鄙。"

"他妈的,上来就被我吓住。丢了先机怎么打这胡人都是个死,蠢蛋一帮。和他们说,要是不服就两个一起上。"白某不屑道。

哨骑转译之后,又有两个胡人站了出来。其中一人拿着短矛,一人捡起了已死同伴的弯刀。便在这两个胡人还没走到白某面前时,白某对身后大喊一声,"王铁胆听令! 敲碎这两个胡杂!"

王铁胆听后一愣,但下一刻一柄铁锤便从手中甩出,嗖的一声砸碎了那名刚捡起刀的胡人的脸。

看着刚刚还在身旁的同伴已变得满脸是鲜血脑浆,手持短矛的胡人惊恐地向后挪移,但王铁胆对胡人可没什么恻隐之心,他拔出腰间马刀轻易地一抬手,这名已经吓到浑身僵硬的胡人便丢了性命。

"他妈的,是让你们上两个,但谁说是我要打两个了?"白某看着地上两具尸体说道。

听到白某的言论,不光胡人,就是他身后的哨骑也全都惊得目瞪口呆。不过哨骑们的"惊"不同于胡人的"惊",哨骑们是在惊叹,怎么这位"游击世子"如此无赖。

白某扭身上马,扫了眼地上已经吓瘫的剩余胡人说道:"给他们三个上马套带回去,让待命的值哨快一步走,告诉城里准备接俘虏!"

说着白某一踢马腹,率先朝着襄平城而去了。

在回襄平城的路上,白某的马走在最前面。与来时不同,白某在返程途中他一言不发。

白某沉默,是因为今日是他第一次杀人。

人原来和畜生一样,只要干净利落地来一下子,就能死得透透的。

杀人这件事也同样很简单,没那么多杂七杂八的想法,甚至可以没有任何理由,杀就杀了。

白某的心中没有唏嘘也没有感慨,但他此刻的感觉却说不上轻松。这种感觉很奇怪,就像是没睡好觉一般。

不过是杀人,仅仅就只是杀了而已。

"镇北侯的儿子,哪里那么矫情。"白某甩甩头对自己说道,然后他啐了一口,仿佛那些琢磨不定的感想也被啐了出去。

在白某身后骑行的王铁胆看到白某的样子,他隐约猜到了什么,于是轻蹬马腹骑到了白某身侧,开始有一句没一句地与白某搭起话。

"干吗要和这帮胡人单挑?明明就是想找乐子。还赢了可以不死,你怎么不说放了?反正你也不会放,食言这种事对你来说是不是无所谓啊?"

"你傻啊？我干吗和他们找乐子？说赢了可以不死,这是让胡人觉得他们最好的结果就是不死,这样他们就不会再有些别的想法了。单挑也不是玩,而是让他们知道,他们没能力去做乱七八糟的麻烦事。这叫啥来着？那帮军师们说的？攻心！对！攻心你懂么？"白某得意扬扬道。

"别扯淡了,攻心又不是耍无赖。也就是打胡人,这要是正经和人对练,我都替你臊得慌。"

"你懂啥？你看过兵书么？你连字都不认识吧？"白某白了眼王铁胆道。

其实白某的想法不全是胡说,但也称不上真是为了"攻心",或许玩闹和攻心各一半吧。但心里话他不能和王铁胆说,于是咬死了自己这一切都是为了"攻心"。

王铁胆听后也很不屑,他傲然道:"我不认字怎么了？我又不是靠认字当上黑甲营的领骑。你再等几年,等我当上校尉时你就知道了,不认字照样可以当将军。"

白某听后呸了一声道:"行了吧你,要是你当了校尉,那还不一开战就自己提刀带着先锋官冲锋了？然后被人一个冷箭射落下马,最后你率领的千军万马全跟着你完蛋。"

"你！"

见到王铁胆被自己激怒,白某心中一喜,他不依不饶继续道,"要我说啊,领骑你也别当了,就做个大头兵挺好。可惜啊,你长得太丑了,不然在我身边当个近卫也不错。"

"我！"

王铁胆被白某憋得脸色发青,可又没什么办法,不是因为碍于白某世子的身份,而是他真的说不过白某。不过等喘匀了气后,王铁胆知道了白某并没有他猜测的状况,如此他便放心了。

"王铁胆。"白某忽然叫道。

"干哈？"王铁胆挑眉答应了声。

"你别以为我那么不中用,放心吧,不过就是杀人而已,我可是堂堂镇北侯之子！"白某的声音很平淡,很有力量。

"属下知道了！"王铁胆肃然道。

王铁胆的马走得越来越慢,在不声不响之间,他已经稍稍骑在了白某后面。就在这次带有"惊喜"的巡哨过后,王铁胆隐约看清了这个平日如同无赖一般的"世子"。

白某望着掩埋在茫茫雪原中的前路,他心中嘀咕道,"这蠢蛋倒是个心思细腻之人。"

大约傍晚时分,襄平城东北一处屯所外,殿军将乐毅奉镇北侯军令在此等候接押白某捕获的俘虏。

当捉到胡人的消息传回襄平城军营时,白济正在帐中打瞌睡。

听闻小崽子在巡哨时竟然碰上了胡人的哨骑,不光碰到还打了一仗,最后还打赢了甚至抓了俘虏。白济虽说不至于百感交集,但也心头微微闪神。

对于北境来说,活着的胡人哨骑是件大事,毕竟在这之前,大梁河两边别说哨骑了,就是活着的胡人都很少见到。因此白济听闻后马上让人出城接白某,并传来陈怀与众将一起讨论军务。

陈怀在得到白济的传信后立即到了军营,但等到陈怀刚走到白济大帐门口时,他便被帐内的叫嚷打断了思路。

白济的帅帐,此刻正吵成一团。

偌大的帅帐中,叫骂最凶的两人分别是黄栎将军与周揽将军,他们俩可以说是白济最信任的两名副手。

在白济麾下,有两营兵战功最显,第一营叫作虎背营,全营皆是重甲步兵,营中将士都是由战兵中的精锐挑选编入,而这虎背营就是由黄栎将军率领的。第二营便是周揽将军率领的黑甲营了,黑甲营有多强不必赘言,这些身披黑甲的重骑兵被誉为大汉第一强骑。

其实刚开始时,白济的帅帐中还没有吵成一片。黄栎与周揽二位将军只是在叫嚣,说过完年就要带兵清扫大梁河。之所以此时大帐吵成这样,那还得多亏了大帐中那位年轻的"射声校尉"龙玮冷不丁的一句废话。

"这胡人这么大摇大摆地出来,你们该先问问速仆丘将军,这帮胡人是什么意思?至于打不打的,先问清楚也不急。"

被龙玮提起的速仆丘也在这大帐中,龙玮对同袍如此阴阳怪气只因为一件事,"胡骑营统将"速仆丘是个胡人。

其实不光速仆丘是胡人,他的胡骑营营中将士也都是胡人。很久以前,速仆丘因为胡人部落之间的仇怨而归顺白济。在归顺白济后,速仆丘屡立战功被封为胡骑营统将。

在龙玮一句冷话出口后,原本坐在一旁不愿意发表意见的速仆丘蒙了。听见有人把这糗糊事泼到自己头上,速仆丘既焦急又无奈。焦急的是因为他就是胡人,这碍着身份他确实不好说,无奈则是因为他的汉话说不利落。

速仆丘急啊,不说话惹人怀疑,想自证又说不明白,于是他情急之下一把抽出弯刀,想用自裁以证清白。

之前冷言风语的龙玮看见速仆丘急要抽刀自尽,他不仅不拦反而又甩出一个蔑笑。龙玮轻咳一声,眼看他就要再度开口而逼死速仆丘了。便在这时,一泼凉水从正座上甩到龙玮脸上。

泼水的人坐在白济身侧,正是龙玮的亲大哥"北中郎将"龙琦。

"旁人叫你一声将军,你这草头校尉还真把自己当作手掌金印的将军了?侯爷还没发话呢,有你在这胡扯的份?"

北中郎将龙琦的这泼水泼到了龙玮身上,但这句话却说到了帐中每一个人头上。

龙玮听后瘪瘪嘴,平日里他确实有些嘴损跋扈,又仗着自己身为北中郎将龙琦亲弟,所以他从来不待见与他同为校尉的速仆丘。但看到自己的亲大哥发怒,龙玮心中确实有些慌。

这时正座上的白济发话了,"一队胡人哨马而已,瞧瞧你们的样子,是慌了还是怕了?这几年闲得怂了?"

白济冷冷的眼神扫过这群桀骜不驯的"将军",座下众将顿时冷汗溢出,就连平日最虎最没脑子的黄栎都清楚,刚才自己好像干了件蠢事,触了老虎的怒。

"一帮怂货！你们每人随营中士卒同操练一月！都滚蛋！"

白济又是一声吼，心惊胆战的众将便都悻悻地起身领罚，然后行礼离开。在龙玮领完罚刚要转身时，白济座旁龙琦的声音传了下来。

"射声校尉龙玮，再多领罚几鞭子。"

陈怀站到帅帐门口时，恰好是龙家大哥龙琦扔茶杯时，听到大帐内尴尬，陈怀便站在帅帐之外没有着急进去。以陈怀的城府，他知道此时绝不是自己进入帅帐的时机。他虽是镇北侯的心腹幕僚军师，但军议就是军议，作为区区幕后之士不宜过多地参与其中。更何况，若此时进去，怕少不了见到他人窘态，陈怀可从来不是"趁人之危"的人。

待陈怀与从帅帐中被骂出来的将军们一一见礼后，他苦笑着走进了白济的大帐。

与白济、龙琦见礼后，陈怀于白济右手边侧座坐下。

龙琦把发现胡人哨骑的事与陈怀叙述了遍，而后陈怀便开始沉默起来。

"如此……不对，或许……不该，这样……不合情理啊。"陈怀低头苦思，并嘴中不断地念叨着。

"陈先生，只说或许与预兆便好，具体是个什么情况，等小崽子把人押回来再探也不急。"白济说道。

"是，侯爷。"陈怀应了声，然后用指尖轻扣了几下面前桌案，"此事看似只是咱们的哨骑打掉了一队胡人，但在此事的背后，应该藏了很多事情。"陈怀顿了顿，手指轻叩桌案说道，"此事，绝不是胡人饿了寻食、部落冲突或小规模迁徙能解释的。几年前，侯爷已扫清大梁河两岸的胡人，那些大的部落早就迁徙到千里之外龙江以北了。余下几个在辽东的渔猎小部落，到了冬天也只能靠着我们扔饵过活。这些小部落，没能力组织起一队刀马齐全的哨骑。更何况我军每逢双月便要打麦子，那些冒死出来抢食的胡人也未曾拴马配刀，如此便更可说明，这队胡人哨骑背后的诱因只在近日不在往年，只在幽州之外而不在其内。"嘭，陈怀的手指再扣。

第一章 —— 融雪 | 029

白济听到陈怀的推语不住地点头,但他身旁的龙琦却有些不得要领。

"先生,末将稍有些理不清思路,为何此事并不起于幽州范围内?"龙琦问道。

陈怀听后对龙琦微微一礼,然后手指又扣向桌案道:"龙将军,两日前侯爷带黑甲骑打麦子。那些熬不住饿,宁死都要来捡饵的胡人手中却没有任何兵刃。那如今这些有马有刀的胡人是从哪里冒出来的?并且,想必龙将军也有所耳闻,我军在幽州设有一众暗哨。据暗哨最近的探查,幽州并无奇异之处。"

"原来如此,龙某愚拙,费先生口舌了。"

"无妨,龙将军细心了。"陈怀摆手道。

白济没有参与龙琦对陈怀的询问,在陈怀向龙琦解释完后,他示意陈怀接着讲。

陈怀点点头,再次用指尖轻叩桌案道:"关于此事,我这般猜想。此事非由胡人策划,并一切布置都在幽州境外发生。至于再深一层的情报,便只能等某儿把人带回来再作分析。"

而就当白济与龙琦以为陈怀的话只说到这里时,嘭的一声,陈怀的扣指声又响了起来。"但此事真正的重点是,这队胡人哨马目的是什么?策划此事的势力有何得益之处?这到底是一步明棋还是暗棋?若是明棋,它却是被刚巧出去巡哨的某儿碰上。若是暗棋,那仅靠着这一小队哨骑能探出什么消息?话说到这里便又有问题了,那胡人哨骑背后之人,他想探出什么消息?胡人没有军队,便是能探出消息又有何用?"

陈怀收齐了手,用拇指与食指互相揉搓,陷入思考。良久之后,他叹气道:"思来想去,我倒觉得这队胡人哨骑是故意让我们发现的。至于目的么,为的就是让我们如此刻这般坐在这,没头没脑地猜来猜去……哎,到底是明棋还是暗棋啊?"

看到陈怀纠结起来,白济轻咳一声道:"听陈先生言,条理确实清晰许多,余下情报等小崽子带人回来再做深推吧。"

"是,侯爷。"陈怀回过神来答应道。

白济大手一拍椅子扶手总结道:"陈老弟,今夜还得劳烦你先审个大概,给暗哨头子留两条活蹦乱跳的就行。龙兄,这几日军中事务还得劳你多细致些。看来啊,这年前咱们是闲不下来了。"

白济说完后,陈怀与龙琦施礼离开。

酉时,夜色浸没天空。

殿军将乐毅把白某抓到的俘虏送到押房后便回了府。走在路上,乐毅开始胡思乱想起来。他先想到白某,这个毛都没长齐的世子竟然这么有本事。而后又想到自己,成亲多年岁数一把了,竟连半个儿女都没有。

虽说乐毅是个入赘女婿,催这事的人少,但看着内弟龙玮都有了后,他自己总觉得脸上无光。

想着想着,乐毅已到家中。

龙府正堂中,一家人正准备用饭,乐毅一眼就扫见趴在席上的龙玮,看着龙玮满是膏药的屁股,乐毅询问道:"你这是咋了?"

龙玮哼了一声没有回答姐夫,反问道:"姐夫,你今日接俘虏时,可把俘虏看得仔细?"

"啊,是啊。啊,不是,内弟你这是怎么了?"

龙玮仍没有回答乐毅。

"姐夫,那些俘虏装备马匹如何?"

"弓马完整啊,但你到底是怎么了?挨打了?"乐毅皱眉道。

"他!嘴欠呗!"

一道清脆利落的声音回答了乐毅的问题,只见龙家二姐龙白璧端着一盆煮肉进来。虽然自己妻子开口回答了他,但乐毅还是蒙头蒙脑的。龙玮瞥了眼自己的姐姐对乐毅道,"姐夫,你别听我姐乱说。我就觉得这帮胡人没准就是速仆丘那小子的手下!现在整个北境除了速仆丘的兵,哪里还能找到弓马完整的胡人?"

"你不吃饭就滚回屋里趴着去?几鞭子打不住你那张嘴?"

一声喝骂随着龙琦从堂外进来,随后他向乐毅道清了龙玮挨打的原委。

龙玮听到大哥满口都是自己的不是，他有些愤愤不平道："哥，难道我说得不对？我就不信你没这么想过！"

"这事的因由是你能想出来的？管好你那张破嘴吧！再废话，我还打你！"

龙玮听后不服，但当他想再开口说些什么时，刚坐到他身旁的妻子稍稍扯了他一把。这时龙玮才看清自己大哥的脸，铁青铁青的，真是讲不出的吓人。

"吃饭！"随着龙家之主龙琦的这一声大喝，龙家一家大小开始了晚饭。

"多吃些，晚上你还要巡夜。"龙白璧边给身旁的乐毅添菜边说道。

"够了，够了。"乐毅嘴里塞满吃的含糊不清地说道。

见到俏丽的妻子对自己这般好，乐毅心中很幸福。幸福之中他又开始胡思乱想起来，想到除了自己之外，军中几个将领今天都被罚了操练，内弟龙玮更是被抽了几鞭子。看来自己出去接哨还真是躲过一劫，想必这就是爱妻龙白璧总说的"傻人自有福"吧。

白某在押送完胡人俘虏后，便同王铁胆被陈怀拽到自己家中询问情况。

在陈怀府中，陈怀就着一碗凉水足足问了他们一个时辰。陈怀的问题无比细致，从如何发现胡人到与胡人战斗过程，他全都问得清清楚楚。

当陈怀问清楚后，他对白某潦草地留下几句"辛苦了""长大了"之类的客套话便匆匆离去了。

陈怀走后，又累又乏的白某与王铁胆正打算找个地方吃饭，他们刚走到陈府中庭便见到了陈怀的妻子陈夫人。陈夫人平日里很疼白某，再加上她与陈怀并无子嗣，所以对待白某说是视如己出也不为过。这会见到白某饿得脚下踉跄，于是便把他们留在陈府吃饭了。

按理说，王铁胆是根本不够资格被留下吃饭的，但陈夫人并不懂军中规矩，她见王铁胆憨憨地跟着白某，只以为他是白某的"小朋友"便也把他一同留下来。

面对陈夫人的邀请王铁胆受宠若惊，他不懂如何有礼地推迟答谢，急得只会慌忙拱手作揖摆手连道："不劳夫人，不劳夫人。"

王铁胆这慌忙模样反倒看得陈夫人抿嘴轻笑，最后还是被白某摁下。

在陈府这顿饭吃得王铁胆窘态百出，因为是围食，他连腿都不敢盘，但凡有仆人来上菜他便站起来作揖。看着王铁胆的样子，坐在一旁的陈夫人笑着留下了句"多吃些，我在这怕你们抹不开"后便走了。见到陈夫人离开，王铁胆绷地站起身子，立正敬礼目送陈夫人离去。

"铁蛋！你没吃过这么好吃的东西吧？"白某狼吞虎咽地吃着问道。

"这一桌子菜都和神仙食似的，都是说不出来的好吃。"

"我和你讲，陈夫人可和咱们这边的女人不一样，那是正经出身江南那边的大族。你看这菜烧的，不像咱们这边的婆娘烧饭，弄熟了撒点盐巴就端上来。"

白某对王铁胆吹着牛，可白某是真的不知道，其实这一桌菜肴并不是陈夫人亲自做的。

"喔喔，喔喔。"王铁胆已吃得顾不上和白某说话了。

"来！你尝尝这个猪肘，这可是用曲米挂的色，再用小火加香料费时烧煮的！这道菜，就算是蓟城最好的饭铺都没有陈夫人做得精细。"

说着，白某将桌上的猪肘卸了一半自己拿走，剩下另一半分给了王铁胆。

"哎呀呀，我的老天，我说小兔……世子啊。"王铁胆咳嗽了一声改口接着道，"世子啊，这肘子做得都不像是肉了！一进嘴还没等咬就化了流进喉咙了！哎，还没仔细地品尝出啥滋味就给咽下去了，光知道好吃，都忘了记下啥味了。"王铁胆睁着一双熊眼对白某说道。

"你这蠢蛋。"白某笑骂了一句，但他却不知道自己的吃相也不比王铁胆好多少。

待到两人吃饱喝足后，陈夫人又给他们端上了南方的米糕，于是这不大不小的米糕又再次把两人吃得惊为天人,只当口中这糯糯甜甜的东西有如神食。

白某曾经吃过所以还算好些,王铁胆的吃相则是要多夸张有多夸张,他捧着米糕咬下一口含在嘴里都不敢下咽,又壮又高的汉子竟看着好像要哭出来。

陈夫人见到两人的吃相再次笑得合不拢嘴,看着白某狼吞虎咽的样子,她满眼都是高兴。

陈夫人本是江南大族之女,在曾经白济大军进军江南时,她被负责安抚百姓的陈怀所吸引,毅然决然地嫁到了只有陈怀自己的陈家,而不许自己爱慕的男人入赘家中。按照陈夫人自己的话讲,自己的夫君有古时纵横天下的大贤之能,怎能入赘一商贾百姓之家?

而后她便随着陈怀行遍大江南北,直到如今定居在这苦寒辽东。对于辗转之苦,陈夫人从来没有埋怨过一句,反而两人十分恩爱。但在与陈怀相伴的岁月中,却仍有一事令她难过,便是他们一直没有子女。不过陈怀从来没有埋怨过她半句,更没有纳妾的想法,只是一如既往地对发妻相敬如宾。好在后来她身边有了白某,白某从小便要在午后来陈府学习读书,因此陈夫人的一腔母爱也有了宣泄的渠道。

新月初上之时,月如绸承银盘。

白某与王铁胆离开了陈府,王铁胆则是一定要护送白某回府才肯离去。在路上,两人有的没的闲聊着。

"要我说啊,以后一定娶个像陈夫人这样的媳妇。"白某边吧唧着嘴边说道。

"我可不敢想,要是天天吃这神仙食,那还不得罪了神仙?"说起刚才吃的饭,王铁胆使劲地想回忆起刚才那猪肘的味道。

"呦呵,你这天不怕地不怕的蠢蛋还怕得罪神仙? 按你这意思,那陈先生岂不是给神仙得罪得没边了?"

"这可不一样,像我这种人的命,那都是神仙给的,不然哪能活到现在? 所以当然不敢得罪神仙。我小时候听集里跳大神的说过,有的人天生就是神仙星宿下凡。我觉得像侯爷、陈先生他们就是这种人,所以他们不用怕得罪神仙。"王铁胆嚷嚷地道。

"你这厮倒是会说话。唉？跳大神的是啥？他咋知道神仙的事？咱们有空去你说的集里看看啊？"白某问道。

"集早就没了，村都被胡人给烧了哪里还有集？那会要不是侯爷的兵来了，我也没了。"王铁胆望着天上的月亮说道。

白某听后没再说话，又这么走了一会，王铁胆忽然没头没脑地说道："世子……像我这种人和你生来就不一样。你迟早会是下一个镇北侯，而我这种人一辈子也就是个兵，只要不死就是神仙保佑了，若能再有个媳妇给传个后，那就真是神仙开眼看我们了。你对我好，我就为你拼命，但咱们不可能当朋友。与一帮大头兵走得太近，对世子你没啥好处。"

王铁胆这话把白某吓了一跳，从来机灵的他反倒不知道该怎么接茬了。情急下，白某目瞪口呆道："你你你……你不是傻子么？怎么会……会说出这种你自己都不明白的话？"

"我不傻！不过就是不识字罢了。"王铁胆粗着气答道。

之后，两人再无话可聊，直到他们到了白某所居的镇北侯府侧院。

站在院门口，王铁胆忽然站住，他郑重其事地对白某施礼道："今日之后，世子你必定会正式在侯爷麾下崭露头角。世子今日所现的本领让王铁胆心服口服，以后必当恭谨尊敬世子。还有今晚这一饭之恩，往日里世子对我的平视相待之情，王铁胆记下了！若有机会，用命还！"

白某看着面前郑重的王铁胆，他没有去开玩笑，也没有再说什么多余的话，只是淡淡地道："嗯……但平日里的繁礼就免了，累！"

回屋之后，白某望月默念道："王铁胆啊，你确实不笨。也不坏，不坏。"

此时月悬正眉，绸盖银盘。

在这一夜，襄平城并不宁静。虽然有人睡得很香如白某、王铁胆，但也有人根本没睡，比如正在牢房中审讯俘虏的陈怀。

在这些俘虏被抓回来后，陈怀特意嘱咐牢中侍卫不要给他们进食，水也仅仅保持在最基本范围之内。在询问过白某与胡人交战的过程细节后,陈怀便赶忙到了牢房。

陈怀的审问有些特别,他没有让刑牢人员跟随自己,而是找来了军中的大夫与北境的暗哨。

牢房昏暗的灯火下,几个胡人俘虏因没有进食而显得精神不足。

开始时,陈怀并没有出面亲自询问俘虏,而是由负责刑讯的狱官大致询问了几个胡人的信息,陈怀则是在帷幕后观察着审讯的过程。

这几个胡人嘴很硬,除了名字年龄等信息外狱官什么都没有问出,若不是陈怀已告知了狱官不得拷打他们,估计这几个胡人能被活活打死。

看到狱官从这几个胡人嘴里再也问不出什么来后,陈怀便让狱官退下了。陈怀带着暗哨和大夫进了大牢。

此时三更天。

陈怀没急着对胡人开口,他先吩咐大夫给这些胡人俘虏看了面相,把了脉。等到大夫们把胡人的信息记录后,便收拾东西从侧门先离开牢房了。

大夫走后陈怀叫来了狱卒,他吩咐狱卒先把一个已受伤的胡人抬出了牢房。

而后,牢房便只剩下三名胡人、一名暗哨与陈怀自己了。

面对这几个胡人,陈怀先让暗哨给他们松了绑,又让人拿来酒食分给这些胡人吃喝。然后他便坐在那里,只看着这些胡人一言不发。

待胡人们吃喝后有了精神头后,陈怀仍是坐在那里,安静地盯着座下的胡人。

渐渐地,恢复了精神的胡人们实在坐不住了,他们心里开始微微发毛,于是一个黑瘦胡人张口乌鲁乌鲁地对陈怀说了几句话。

"先生,胡人问刚才那个胡人被带去哪里了?"暗哨翻译道。

"治伤。"陈怀简单地说了两个字。

暗哨翻译给了胡人后,几个胡人相互看看,然后小声讨论了一会。

过了会后,刚刚那个黑瘦胡人被同伴推了出来,意思像是就由他做胡人们的代言人。

黑瘦胡人开口了,虽然磕巴但讲的是汉话。

"你不杀我们,还给我们治伤,给我们吃喝,什么都不问我们,也不让走,你想做啥?"

陈怀听后沉默了好久,知道那胡人以为自己没说清楚打算再重复一遍时,陈怀冷冷道:"因为我全都知道。"

陈怀此话一出,黑瘦胡人瞬间愣住了。还没等这黑瘦胡人把陈怀的话翻译给同伴,陈怀开口讲了第二句话,"你们三个,我能放走两人。但留下的人得死,用酷刑,惨死!你们自己选一个吧。"

说完,陈怀便起身离开了牢房,没有给胡人多一句发问的机会。

暗哨见到陈怀离开,他对着胡人留下一句:

"想好了就叫唤一声,外面能听得到,你们只有一盏灯的时间。"说罢他点了一盏半满的油灯后,便也离开了牢房。

此时牢房中,只剩下三个胡人彻底懵愣在那里。

牢房中,没人知道胡人们是怎么做的决定,总之没过一会,牢中的胡人便喊了起来。等到暗哨进来后,他只见刚才负责翻译的那个黑瘦胡人哭丧着脸坐在角落,而其余两个胡人则是向着暗哨乌鲁乌鲁地比画着。

暗哨看懂了这些胡人的意思,于是喊来狱卒带那两个胡人离开。逃出升天的两名胡人看起来虽有些紧张兮兮,但眼中却不难看到一丝希望和窃喜。

在那两名胡人走后,暗哨询问那个被留下的黑瘦胡人,为什么他被留下送死?

黑瘦胡人脸色十分难看,他哭着回答道:"我能说你们的话,要死就是我死。"

……

许久之后,夜色应是再腥稠了几分。

襄平大牢外,陈怀送走了被他请来的大夫后,对身边的暗哨说道:"等你们哨统回来,马上把解剖出的结果给他看。"

暗哨恭敬点头。陈怀想了会又问道:"刚才那两名胡人知道要剖他们时有何反应?"

"回陈先生,无非就是哭闹不止嘴里没什么好话罢了。"

"嗯…"

行走在夜色中,已入不惑的陈怀看起来有些疲倦,他微微抬头望月,只见那绸中之物已不知何处。

十六年,腊月初十。

早间,白某起床便在院中活动起了筋骨,到底是少年人,昨日一天的疲惫只睡了一晚便恢复了精神。

折腾了一会后,周身舒适的白某胡乱吃了些东西,然后他便又开始无聊了。莲不在襄平,他一整个白天都无事可做,再加上昨日他还在与胡人"鏖战",今日便闲在家中,这巨大的反差也让他很难受。

想着,白某便换好了出门的衣裳,顺手在腰襟处别好了小斧头,他就出门朝着镇北侯府正院走去。他要去找自己的父亲白济,想凭着自己昨日的功绩再要些人马出城玩。

走进镇北侯府,白某正遇到父亲与陈先生在正堂里说话。见到白某,白济没好气得问道:"你大清早跑来做啥?"

"来给父亲请安。"

见到父亲明显气不顺,白某随机应变道。可知子莫若父,白济根本就不搭理白某这茬,他直接喝道:"放屁!你有话快说,我没工夫搭理你!"

白某见瞒不过父亲,于是他瞬间便换上一副谄媚的笑脸道:"父亲,我寻思着昨日所捉哨马来头一定不小,说不定他们身后就有藏着的胡人大军。所以我合计向父亲要一营黑甲骑,为父亲当先锋探探这帮胡人的底子。"

"你懂个屁!"白济骂道。

白某听到父亲训斥赶忙躬身,但在低头之间他把余光看向了脸色古怪的陈先生,于是便笃定了昨日的胡人哨骑事情不小,"父亲,你看咱们北境安稳已久,此时忽然蹦出来一队弓马完整的胡人,这怎么想来都很奇怪。依我看,现在便是带兵出去的好时候,有事可以提前侦探,无事也能震慑震慑。"

"赶紧滚蛋!你若闲得没事就滚去操场同军士操练!"

在白某悻悻地离开后,白济与陈怀又继续商讨了起来。

"昨日审讯可有收获些信息?"

陈怀听后摇摇头道:"我也只是把新鲜的息儿保留住,并再深审,把伏笔画好,等哨统回来了,他亲自审问比我们这些外行做的来。"

"辛苦你弄这些暗行攻心之术了。"白济深看向陈怀说道。

白济能想到,陈怀在审讯时所用之法并不干净。他了解陈怀是个行阳谋举正势的磊落之人,行此暗谋攻心法必定会心中有些旮旯。至于陈怀所说别人比自己更擅长此道,白济同样也明白,陈怀口中的不擅,其实是不屑。但既然陈怀能这么说,也说明这件事还来得及。

"哎,侯爷何必客气,本就是因我无能……"陈怀有些歉意地说道。

白济一抬手止住了陈怀:"咱俩别扯废话了,你就只给我讲讲现在能看出些什么吧。"

陈怀叹了口气点头答道:"这伙胡人果然如同先前所想,他们是近期出现的,甚至我敢断言是近日出现的。"

"有何根据?"

"昨夜我命大夫剖了一个受伤的胡人。"说到这里,陈怀眼中闪过一道稍纵即逝的顿意。轻咳了下,陈怀继续讲道:"这群胡人胃里食物还未消化,能看出是稻米。"

白济听后眼神一凛道:"这寒冬腊月,我军都吃不上连顿稻米!"

陈怀迎着白济的目光略带惊奇地点点头:"是稻米无疑。而后我又命大夫取下了胡人的胃,发现胡人的胃很小并且没有多少弹性。由此可以得知,他们也不过只吃了几日饱饭。"

白济听后点点头,示意陈怀接着说。

"另外我还发现,这群胡人并不是兵,就算是的话,那也是长时间不碰刀了。"

"这你又是如何得知的？"白济惊奇地问道。

"此事三点可证。其一，虽然这些胡人脚掌结茧很厚，可手指却没有厚茧。胡人精于骑术，所以会骑马不为怪，可手上没弯弓时磨出的茧却是件怪事。其二，昨日我问过某儿，得知这伙胡人的战斗力很弱，战术与之前同咱们交战过的胡人更是天差地别。其三，他们所带的武器，有些是新的，是第一次使用。"

听着陈怀的分析，白济的呼吸声越来越重，能明显感觉到他此时的心情很差。

"这都是什么乱七八糟事！"

陈怀并没有宽慰白济，而是继续说道："此事最复杂之处在于，它的策划从头到尾都不在咱们势力范围内发生。甚至我总感觉，这伙胡人的目的就是为了让咱们坐在这里瞎猜。"

"那咱们就如他们所愿在这无事可做？"白济急道。

陈怀叹了口气回答他："当然不能什么都不做，我想了下，目前咱们要做三件事。一，命人带黑甲铁骑数千赶往高丽，只说是年末怕胡人挨不住冬出来作乱即可。此举是为惊醒高丽王，无论高丽国有没有参与到这件事中，只要北境有变，敲打一下高丽国总没坏处。"

白济点头表示同意。

"二，命速仆丘将军带人去探探大梁河外，看看这些年来躲在山林中，靠咱们'撒饵'过活的胡人现在是什么情况。若发现苗头不对，只要打强扶弱一番便好。如果侯爷不放心速仆丘单独带兵，可让龙玮将军与其同去也好互相牵制。"

"速仆丘我放心，你接着说。"

听到白济的话，陈怀并不意外，本来他那句"不放心"也只是随口说说。

"这最后一点，是个守策。胡人哨骑这件事，咱们先不要上报。侯爷你只如常去京畿赴盈皇子的大婚，并明面上放空北境。到时咱们在京畿若当真遇到危难事，便用此事作为开脱撤离那是非之地。"

白济听完皱皱眉对陈怀问道："难不成你算准了京畿有事？"

陈怀摇摇头:"我哪有那般妙算,只是刚好想到那皇子婚宴也是百思不得解的事,便利用此时胡人之变给咱们留一线余地罢了。"

"你安排吧。"

白济答应了陈怀,但关于这最后一条,白济却仍不是很清楚陈怀的用意。但白济对陈怀十分信任,自己又不愿去想太多关于权谋算计的事,所以陈怀怎么说,他便只怎么做罢了。

陈怀点点头,但看样子他还有话没说完。白济见到他的样子,两人相交十余载,当然知道陈怀是什么意思。

"别掖着了,说吧。"

陈怀听后有些别扭地笑笑,又磨叽了会后他才对白济开口。

"侯爷,还有件非公之事,不知当讲不当讲。"

白济看着陈怀微微皱眉,一副在说"你和我扯啥淡呢?"的样子。

陈怀又欲言又止了会,然后摇头笑道:"哎,只是些僭越之言,侯爷不听也罢。"

"你骂我呢?"

"啊?"陈怀一愣。

"我待你如亲弟,你却扯什么僭越。你骂我岁数大了六亲不认?"白济这句话把陈怀弄得十分尴尬,话既然说到这份上了,他也只能开口了。

"是关于某儿的。"

"哦,那小兔崽子啊!怎么了?他又惹祸了?你带几个人去揍他一顿。"白济司空见惯地说道。

陈怀听后摇摇头对白济道:"某儿今年已经十六,不小了。"

"咋地?你要给他说亲事?"白济反问道。

陈怀听后一愣,连忙摆手说道:"不是这事。"

"哦。"

白济喝了口水点点头。一通打岔之后,陈怀也没有心思再磨叽了,他叹了一口气直接对白济开口问道:"我只想问问侯爷,侯爷你怎么看待某儿的?"

看着陈怀看向自己的眼神,白济明白,此刻陈怀很认真,他再不能用小兔崽子之类的话打岔过去了。

白济长吁一声,沉默片刻,之后又是一声长吁,"哎,这世间知我懂我者一只手也数得过来,若死了的不算,陈老弟你当是我第一知心人。"

白济此时并没有用先生或是名字来称呼陈怀,而是像寻常人家的大哥对弟弟聊天一样,他叫了陈怀一声老弟,"老弟啊,我待某儿视如己出,只是不知该如何待他好。其实我也很为难,我想把这一身本事都传授给他,可又怕他成为我这样的人。但什么都不管他,这也不是长久之计。所以我才让他独居在侯府侧院,除了你和那个东海夷子教他本领外,其余时间让他自己野去。可野来野去一转眼他都十六了,我虽说不想让他成为我这样的人,但也不愿意任凭他每日吊儿郎当的。可我若管他,他便要效仿我,我不管他,他就胡乱瞎混。我说句实话,现在我是看见他就烦得慌,真是不知道怎么管教他了。"

"哎……"

这一声叹息是白济与陈怀二人近乎同时发出来的,叹息之后,两人又是对视一阵苦笑。

"其实啊,我不想让那崽子继承什么镇北侯爵位。你还记得你我年轻时酩酊大醉后所说的话么?"白济对陈怀问道。

"当然,我只以为侯爷你忘了,所以便不再提了。"

"放屁,我怎么会忘!我啊,就想让小崽子在咱们酒盏中的世间好好活着,随他想干吗都行,那样的盛世,干吗都有口饱饭吃。哎,只是看着这小崽子越来越大,咱们也在这摊烂泥中撤不出脚了。像今天这话,也就是你问了,不然我才懒得扯出来絮叨。"白济说完,又是仰面一阵长吁。

陈怀听后低头沉默着,许久之后他站起身对白济拜道,"侯爷,是我气量小了。我只以为岁月长久侯爷已忘了当初之言了,没想到忘了的人竟是我。"

白济听后随意摆摆手。陈怀站起身忧愁地又道:"只是侯爷,你我酒盏中的盛世并不见于世间,而且咱们此刻也是半只脚踏入泥中。此间浊世,某儿不可缺了生存的本领啊。某儿自小在我身边,古有云七岁看老,我观某儿之性情天赋虽不绝伦但却出众。往后他可为将领,却不能胜任统帅,可操伐谋帷幕之法,但王佐纵横之能却不够。"

"挂帅入相这等苦事,没法便没法了,这有什么打紧的?"白济毫不在意道。

然而陈怀却摇摇头,他声音低了几分道:"挂帅入相是行上善事,可若是旁道……某儿虽没有大能大贤的天赋,却有做个行遮天大恶的邪人之才能。"

白济听后沉默,陈怀直视着白济的双眼沉声道:"侯爷,如今这世间,是行上善事轻松,还是走了邪路容易?"

"你想怎么安排?"白济问道。

"先把某儿编入军中,此次入京畿让他与侯爷同行。等京畿事罢,我替他寻名师教诲世间大道理。往后事,等某儿出师之后再做打算。"

白济点点头:"名师何处可寻?"

"侯爷可还记得古秦未平时,天子帐下那几个纵横天下的弄潮儿么?"陈怀问道。

"呵呵,当然记得。清河的何义老头、小东西游琳、荆州外道青苗老鬼还有老兄你。"

陈怀老脸一红连连轻咳几声:

"侯爷说笑了,此三人都为那时间真正的大才,天子得取天下之功此三人占半数。至于我,区区俗人,不足挂齿。"

白济听后呵呵乐了起来,没有搭理陈怀。

"某儿的老师,我便想在这三人中寻找。其实说起传授弟子,何义老先生最为合适。何义老先生乃是执天下文法礼教之牛耳者,清河何家也是传世的大族。可老先生年岁已高,人又在京畿这是非地。再说某儿也是个邪性脑筋,老先生怕是禁不起折腾……"

"何老头人是不错,但太死板了。还有,游琳小子不行,他太邪,我也厌恶他。某儿同他学习没好处。"

白济的一句话接连否定了两位高人,尤其是对于那位侍奉在豪门王家的游琳,他更是用一个"邪"字,直言表明了自己对此人的厌恶。

"如此便只剩下青苗先生了,他原离朝堂多年,在天子登基之后便跑回荆州老家种地了。如我之意,某儿的老师,便拜在青苗先生门下最合适。"

"我对这青苗老头没什么印象,不过我记得他岁数只怕比何老头还大吧?况且这人有些神叨,你上哪里寻他?"白济问道。

"青苗先生有一子,其子自称枯秧,与我有些书信往来,是位大才。"

"老子叫青苗,儿子唤枯秧,不知道这帮人名号都是怎么起的。不过,你能请得到这枯秧小子?"

陈怀听后摇摇头:"不请,只把某儿送到荆州便好。想必我求于这位枯秧先生,他会答应的,因为曾经我与青苗先生有过一番过往。昔日,我曾在学问上得益于青苗先生,只不过我天资愚钝,虽与青苗先生有师徒之实,但青苗先生却不肯受我师礼,只与我同辈而交。"

"行吧,反正小崽子视你如叔如父,他的事你定就行了。"

二人说完后,时间已是正午。白济想留陈怀吃饭,而陈怀却推脱了,因为昨日他一直在忙着胡人哨马一事,本该他做的查账计算他却一点没干。陈怀做礼后转身向门外走去,但只刚走到门槛处,只听堂内白济的声音传来。

"老弟啊,若是没有今日这席话,我竟不知道你与我疏远到如此境地了。咱们已这般岁数,就再别胡思乱想隔阂你我二人了。"

陈怀在堂外站住。他转身对着堂内的白济深施一礼。

正午时。

襄平城外,闲到无事可做的白某在军营独自溜达起来。他本想找王铁胆寻寻开心,可想到昨夜王铁胆的郑重其事,他明白自己以后怕是再不能和王铁胆乱闹了。爬上军营的一座哨塔,白某看着下面正在进行的军士操练,可看的时间长了,操练军士的一一二二、进进杀杀便把他看困了。

"襄平城到底还是太无聊了。"白某打了个哈欠心中感叹着。

襄平这座小城确实无聊,别的都不讲,只说这座城里的人就很无聊。住在这东北边疆小城的人,半数都是兵,区别只是城外的兵是没家的兵,城里的兵是有家的兵。除了围绕军队而建的产业外,襄平内什么都没有,就连酒肆也只有一座。而就是这座襄平城唯一的酒肆,那也要按照军规不准卖酒给士卒,还要定时收铺子。

酒肆都只有一座,那便更别说乐坊、舞楼了。按军中开涮的荤话讲,襄平城女人都少,难不成让男人去唱歌跳舞?也是因此,白某自小就没见过什么像样的女人,反正一眼望去,城里都是务农的大娘与帮工的媳妇。除去这些女人不算,对于女人,已成人的白某只有两个印象,一个是如母亲一般的陈夫人,另一个则是龙家的二姐龙白璧。

又打了一个哈欠,白某在冬日阳光下开始昏昏欲睡。就在他迷迷糊糊中,曾经一桩"惨绝人寰"的旧事萦绕上白某心头。

此事,就是有关于龙家二姐龙白璧的。

那是白某还是孩童时的事了,那会小白某还没有独居一院,他每日都像今天这般无所事事。那时无聊的小白某最爱干的事便是蹲在镇北侯府门前扔石子玩。

有天小白某正在扔石子玩时,他碰巧见到少年龙玮正背着把漂亮的胡桃弓走过。而且在气宇轩昂的龙玮身后,还有一票军中后代与家丁跟随着。这一伙人耀武扬威地走在大街上,那真是好不神气!

龙玮别着弓,家丁给他抱着箭筒,走在他后面军中之后代各个腰间别着剑!如此场景在小白某眼中,便好似大将军要去建功立业!顿时小白某便心领神会了,原来那句"大丈夫如是也"便是眼前的景象。

之后或许是因为镇北侯府的侍卫粗心,谁也没发现白某拿了个树棍,傻呵呵就跟在龙玮那群人屁股后面走了,而龙玮这帮人也没发现自己后面跟了个小孩。

于是乎,街上出现了一幕有些令人发笑的场景,龙玮一帮子人在前面迈着阔步走着,但身后却有个小孩傻呵呵地在后面跟着。小孩手里拿着根小棍在空中胡乱比画着,嘴里还不停地发出"嗖嗖嗖"的声音。

过了会,龙玮这伙人在一户人家门口停了下来。见到这户人家门口竟然拴着一头牛,龙玮神情傲然地卸下了自己的胡桃弓,身边家丁十分有眼力地递上了箭。龙玮走远十余步,然后开弓三箭连中这头老牛的额头!龙玮展现完自己出众的射术后,跟在他身后的一群小伙子无不喝彩叫好,小白某也是!

见到一个小孩在后面蹦跶叫好,龙玮这时才发现原来一直有个手拿树棍的小孩跟在自己后面。见到白某,龙玮认出这是镇北侯家的儿子,便把白某叫到身边待着,并让人把那头老牛宰了生火烤肉。

再过不久,那便是白某儿时最为春风得意的时刻了。他坐在龙玮旁边,小手摸着龙玮那把漂亮的胡桃弓,另一只手里拿着别人给他串好的烤牛肉!小白某边吃得满嘴流油边求龙玮给自己一根箭玩,龙玮看这小孩有意思就答应了。

龙玮这一根箭矢可给白某高兴坏了,他兴奋地一顿上蹿下跳之后,便把龙玮给他的箭矢别在腰间上,好像自己成了个大将军一样威武。

坐在龙玮身边,小白某听着龙玮和他的小兄弟各种胡吹,什么万人敌千石弓的话把小白某唬得惊为天人。"大丈夫如是也!"小白某心中感叹着,并暗自给自己立下了一个目标,以后定要成为像龙玮大哥一样的"大丈夫"!

阿嚏!哨塔上的白某被风吹了个喷嚏,然后噩梦便随着鼻涕一同到来了。

就在龙玮带着小兄弟们正吃得兴起时,便只听哗啦一声,有人踹翻了他们宰牛烤肉的摊子。听到有人胆敢来惹自己,龙玮暴怒,他猛然站起身便要对那边叫骂!可这时令人吃惊的一幕出现了,只见气势汹汹的龙玮在站起身的瞬间就愣住了,然后他双腿一软又坐了下去。不过龙玮的"跟班"们没有见到自己的老大此时已经怂了,他们可不管来人是谁,只站起身张嘴就骂。更有几个脾气暴躁的把腰中的佩剑都拔了出来。这时,与自己的"部下"相比龙玮则很不争气了,他靠着"部下"给他争取的时间,一把抱起白某掉头便跑。只是他还刚没跑两步,眼前就被人钉了一根四尺的短矛,就在这一瞬间,龙玮已浑身冒着冷汗瘫坐在地上了。

待一阵打斗过后,龙玮的"部下"们都被摁倒在地时,龙玮抱着小白某惊恐地望向朝他们走来的那人。而此时小白某比龙玮还要狼狈,他被龙玮夹在手臂中,眼睛因恐惧所以睁得很大,眼中的泪水被硬咬着牙憋在眼眶里。手里死死握住龙玮给他的那根箭矢,小白某看着那恐怖的女人朝他们一步一步走来。

龙白璧俯视着龙玮甩了甩手,龙玮则是异常听话地把小白某放开。而就在小白某被他撒手的一瞬间,龙玮的胸口便重重地挨了一脚,然后就是劈头盖脸地一顿猛打。

原来啊,被杀牛的那户人家早就看见了龙玮这帮人,可这人看龙玮他们不是善茬便没敢言语,只在旁边观察了会,于是他便认出了平日里飞扬跋扈的龙玮。老农见到是龙玮杀了自己的牛,他本想就这么算了。可这年月里,一头牛比人的性命都值钱,若这牛平白无故地死了,那他这一家老小可怎么活?委屈之下,那人又想起城中的镇北侯治军向来严格,之前还当众重罚了好多强抢百姓的将官军校,于是这人便下定决心要去镇北侯的治军所喊冤。

可走到半路,老农又想到,既然自己已经认出了杀牛的是龙家的少爷,那便直接去龙家喊人就好了。若是真闹到镇北侯那里,龙家少爷吃了亏自己也没好结果,于是这人便直接去了龙府。

这人到龙府时,正巧龙家家主龙琦不在,所以此事便被那会还没嫁人的龙家二姐龙白璧得知了。于是后来便有了"龙小将军折戟襄平城"的故事。

这一晃好多年了,因时间太久,白某早已忘了龙白璧骂的龙玮什么,他只记得龙白璧放下鼻青脸肿的龙玮后便看向了自己。龙白璧一把抢走了龙玮送给他的箭矢,并连带着龙玮那把漂亮的胡桃弓一起砸烂了!然后她便说出了那句白某至今都记忆犹新的话,"若是侯爷知道了你和龙玮一起胡闹,看不扒了你的皮!打烂你的肉喂狗!"

此时,小白某的眼泪再也忍不住了,他放声哭嚎起来。当白某流着眼泪向龙玮望去以求得到帮助时,他只见"大丈夫"龙玮也是好似打了败仗一样低着头。

顿时白某的哭嚎又多了几许伤心。

"女人啊!可以温柔如陈夫人,亦可以恐怖如龙白璧。"哨塔上的白某

第一章 —— 融雪 | 047

抹了把鼻涕感叹道。

碰巧,昨日被白济罚了操练的参将黄栎正在哨塔下练兵。

黄栎他手拿着一根将棍在阵前比比画画,几番变阵抢攻后,发现自己最引以为傲的虎背营精锐动作竟有些迟缓,黄栎气得叫停了变阵,把阵中伍长喊了出来抬手就一棍子骂道:"娘蛋的没吃饭?安生了几年软了?"

骂完,黄栎又在这伍长背上抽了几棍子。挨了打的那位伍长被打得有些委屈,见到黄栎又要在他屁股上补几脚,他支支吾吾为自己开解,"将军,那边哨塔上坐了个人傻乐,好像是个疯汉。"

黄栎一听就怒了,他举起棍子又要打向伍长,"军营中哪来的疯汉!我看你真是皮痒了!"

伍长赶紧抬手一指不远处的哨塔,黄栎放下棍子向哨塔看去,只见那里确实有个人一会愁一会乐的,还真像个疯汉。黄栎见状让士兵原地休息,自己走向哨塔,想看看这疯汉到底何许人也。只待黄栎走到近处,竟发现是小世子白某。

还别说,那伍长眼神真的挺好的,白某果真是在流着鼻涕傻乐,像是一个十足的疯汉。

"世子,你在上面干啥呢?啥事乐成这样?那上面值哨的人呢?"

白某听到底下有人叫自己,他赶紧趴了下来。见到是黄栎,白某有些尴尬,他随口扯了个谎道:"没啥,我这练习听风呢。值哨的兵我让他走了。"

"啥听风啊?"黄栎不解问道。

白某咳了下,瞎话张嘴就来:"我百般武艺最不善射术,听人说,这弓道大成者都是'听风'的好手,所以我就跑到这哨塔上感受下什么叫'听风'。这一试,你别说,还真有点用。"

黄栎听后皱皱眉,他虽不是心细之人,可也从没听说过有人"听风"能听得傻乐。黄栎盯着白某那张明显在扯谎的脸,他忽然灵机一动,顿时心中便了然了。摆出一张难看的笑脸,黄栎对白某问道:"世子今年多大了?"

白某一听就愣了,他刚刚在扯谎,此时脑子里还在想怎么圆谎,可没想到黄栎竟忽然问自己这个。白某没多想答道:"过了年十七。"

黄栎一听,顿时确信了自己的想法,果然白某这小子是想女人了。心中得意,黄栎露出一副会心的表情。

白某自然不知道黄栎心中所想,他被黄栎那怪里怪气的笑搞得心里发毛。心想,"这黄将军怎么回事啊?原来竟一直不知他是个怪人。"

心里吃不准黄栎,白某便赶紧另起了个话题,想结束这场莫名其妙的对话,"黄将军,怎么今日亲自带虎背营出来操练?响午都要过了,你们饭还没吃吧?"

"啊,这不世子你昨儿出城巡哨抓了些胡人,我们得知后在侯爷那吵了一架,然后……"黄栎把昨天在白济那被罚了操练的事给白某讲了出来。

白某听完后又尴尬起来了,他心想这几个将军岁数也都不小了,怎么还是这般……白某不知该如何接话,于是随口便嗯啊应付了两声。

黄栎看向自己的虎背营,他又对白某道:"今日是我的虎背营,明日是老周的黑甲营,龙玮那小子等伤养好了再补回来。要说龙玮这小子啊,身手确实不错,就那张嘴太难听了。看着啊,也是愁坏了龙琦将军每每替他圆场……"

黄栎的话一开口便没完没了起来。白某听着有些厌烦,但又不好直接走人,于是终于等到黄栎一个停息,他赶忙道:"黄将军,你别只顾和我说话把站在那的军士忘了,这也快到响午了,不如早早练完让军士吃饭休息。等养足精神后,在日头下山前还能再操练一遍。我就不打搅了,黄将军!告退告退!"

说着白某也不等黄栎反应过来,只使了个礼就跑了。

黄栎看着白某一溜烟地跑走,只当是白某因为自己傻乐的事尴尬跑了,便更坐实了白某是想女人了。

"这世子也不小了,只可惜军城中也没个像样的人家,不然有空给世子说个媒也挺好。"

心中念了一句,黄栎便转身再次气势汹汹地走向了那名倒霉的伍长。

第一章 —— 融雪 049

下午。

回到自己院内,白某把肚子填饱后又开始无事可做了。自从昨日归来之后,白某便感觉到自己的生活真是格外无聊。此时,他闭上眼就是荒茫雪原,策马弯弓。除此外,心中再也容不下别的事了。

"得找点事干啊……"白某百无聊赖暗道。

躺在床上,白某手上转着自己的小斧头,心中一会率千军万马纵横天下,一会又是孤舟渡江深藏功与名。胡思乱想之下,脸上又是一副痴傻相。

心中正在天人交战,可手上功夫白某却一点不落。小斧头被白某转得如繁花飞舞,此时他正想到自己踏骏马提金戈,已是一路冲杀到敌人中军帐前。

"哇呀呀呀!"便在这一声叫唤中,白某已把敌军上将首级提于手中!

"我意已决!今日便要入伍为军!来日定要像父亲那般成为一个堂堂英雄伟男子!"白某心中下了决定!

少年人立志从来都是好事,可当白某兴奋劲一过他便又愁了起来。自己明了志确实好,但要如何向父亲开口还是个问题。若是连一生之志都像以往那般打诨过去,不说父亲会不会把自己踢出去,就是白某自己也觉得不妥。

白某思考了会便出门向陈怀府中走去,这种事,说到底还是要与陈先生商量一下。

不一会,白某便溜达到陈府,府内下人告知白某,陈先生正在值工不在家。白某叹了口气刚要离开便被人叫住,转身一看是陈夫人从内屋出来了。

"小某儿,来了就走,莫非是不想见姨娘?"

"某儿不敢,只是怕姨娘见我来了又给我弄些糕点,怕麻烦了姨娘。"白某腼腆笑道。

"张嘴就说糕点,又嘴馋了?你等会,我让他们给你拿些酥核糕吃。"说着,陈夫人便让下人去拿点心了。

一听酥核糕,白某刚吃过饭的肚子好像变得空辘辘了,于是他便兴高采烈地跟随陈夫人到了里屋。

过了会白某坐稳后,酥核糕便被端了上来,白某一声谢还没说完便将糕点塞到口中。

陈夫人看着吃得美滋滋的白某问道:"小某儿,你找你先生何事啊?先跟姨娘说说?"

"不足道,不足道。"白某吃得很香。

"哎,和姨娘生分了,有话也不同姨娘讲了。"陈夫人假装哀愁道。

白某听后赶忙放下了糕点,他抹了把手正襟答道:"可没有和姨娘生分!我啊,就是想让父亲许我正式参军到他麾下。"

陈夫人听后收起了玩笑的样子,她想了会认真对白某说道:"小某儿,你已下定决心了?做军士生死安危难顾,且军中规矩也是严苛,做了兵,你便再不能如现在这般自由。你只看你父亲与先生,在军中多少年了?便是到今天这地位也还是被军规锁得死死的。"

听了陈夫人的话,白某放下手中的酥糕面色沉重地开始思考了起来。要说陈夫人这话哪里劝说住了白某,那肯定不是生死,而是自由。

白某想了会说道:"姨娘,我想了下,这世间应是没有真正的自由。参军入伍是枷锁,读书出仕更是枷锁,为商者受金箔所困是枷锁,务农者受赋税所压亦是枷锁。其实在某儿想来,入伍反倒还自在些,平日只一颗心想着建功立业便好了,旁余的再不用操心,只要能得胜便有好前程。如此,入伍虽有枷锁在身,可心中却无杂务烦扰。"

白某说完后,陈夫人目瞪口呆地看着白某,怔了好一会后她才开口道:"小某儿说的话,姨娘并不能全懂,不过姨娘却能看出来,小某儿长大了,既然小某儿长大了,想好的事便去做吧。要说此事,某儿其实不用求陈先生指点,光是姨娘便可教你。"

"姨娘请讲!"白某兴奋道。

"简单,你父亲是堂堂磊落之人,某儿你只需认真郑重地把你心中所想如实与你父亲说了便好。"

白某听后有些不可思议,问道:"那父亲可会同意?"

"就算不同意他也会认真考虑的,但只切记,此事决不可耍往日的泼皮。"陈夫人微微一绷脸道。

"嗯,多谢姨娘!今晚我便与父亲言明。"

说完,白某开心地又抓了一块酥糕。

陈夫人和煦地笑笑,她看着白某人中处渐黑的绒毛,心中想着也该给白某留意留意好人家的女儿了。只刚想到这里,她的笑中又多了些许温柔。

白某嘴里嚼着东西,忽然他想起些什么便对陈夫人问道:"姨娘,你认识我父亲么?"

陈夫人一愣……

傍晚。

天色将暗时白某刚刚睡醒,从陈府回来后白某便踏踏实实地睡了一觉。此时白某精神充沛,他先热水烫了把脸,然后擦了擦身子。等到人看起来干净利落后,他从箱中翻出一套鲜衣换上,最后又套上件平日他不太舍得穿的兔皮坎袄。此刻的白某满面红光目中有神,新衣配少年,实在是好一副英姿飒爽。

不一会后,当白某出现在镇北侯府时,府内就连路过的下人都不免多看他几眼。旁人各个都是纳闷,今日的世子怎么打扮得如此精神,难不成府里有什么喜事?

白某入了正堂,正赶上镇北侯府开饭。而堂内除了白济以外还有三人,分别是北中郎将龙琦、周揽将军还有速仆丘。白济看到了打扮显眼的白某,但也只稍稍面露疑色,并没有多问什么就让白某挨着速仆丘下面坐到次席。

幽州相比其他地方资源本就有些匮乏,更何况是刚安稳没几年的辽东郡,所以就算是侯府的晚宴,看起来也着实简单清淡了些。这桌上就只有蒸饼、米汤、蒸肉,连着几道越冬的菜,并还有一壶热酒。

见到堂中有这么多人,白某心中有些焦急。他今日明明想和父亲单独谈谈,可没想到三位将军今日也来了侯府。但白某知道自己一定要沉住气,等父亲他们说完军事后再找个机会开口,几个将军在也不错,要是他们能帮着说几句话就更好了。

白济招呼几句后晚宴开始了,今日宴上都是行伍之人,加之白济自己也不太讲究什么规矩,所以很快大家便随意吃喝起来。

酒过三巡,白济按下酒盏开口道:"胡人哨马一事我与陈先生聊过了,今日把你们叫过来便是要布置下对策。"

听到白济开了口,大家都停下了手里的吃食,端坐好等待军令。

白某也是微微正襟,手上停下了玩弄的萝卜干。

"周揽。"白济叫道。

周揽应答了一声走到厅中听令。

"你明日点百骑,带我令状到高丽国平安西道驻扎演练。你部自备五日粮草,往后补给向高丽国索要。"

周揽听后有些狐疑,但还是大声答应了下来。

"速仆丘。"

白济接着叫道。

"在!"

"去扫扫大梁河东北的胡人部落需多久?"

速仆丘想了会问道:"是打扫还是清扫?"

"和往常一样。"

速仆丘听到白济的回答后,面上忽然闪过一抹稍纵即逝的欣喜,"侯爷,百骑,三日!"

"好!"

在白济交代完军令后几个将军又回席坐稳,龙琦看白济的正事说完,便玩笑一句把席上气氛暖回来,"周揽将军啊,看来你可以逃过操练了。哎,不知黄栎将军得知后又会絮絮叨叨些什么。"

堂内众人哈哈大笑。

白某坐在底下,他听到父亲发下的命令便想到了自己抓到的胡人确实有问题。

这几日他总感觉襄平城中的气氛有些不对，虽不知道发生了什么，但想必自己抓到的胡人便是原因之一。想到这里，白某心中高兴自己立了功，心下便对求父亲的事更加有自信了。

白某再深呼吸几口，手掌使劲地握了握拳，逮住一个将军们说话的空隙赶忙站了出来。

"父亲，某儿有话说。"

白济把酒盏放下，莫名其妙地看向白某，其余几位将军也被白某忽然这么一出弄得愣头愣脑。

见到席上尴尬，龙琦开口打圆场玩笑说道："我说今儿这世子怎么打扮这般俊，原来是有事要问侯爷，莫不是看上了谁家的姑娘要去提亲？"

席间众将大笑。

说到提亲，白某顿时脸红扑扑的，但龙琦这句话说完，白济的脸上也略有笑意，这便是好预兆。白某绷了股劲说道："父亲，孩儿想正式入行伍！"

顿时，厅内鸦雀无声。白某见父亲没有反应，白某咬了咬牙换上一副比刚才更认真的面孔继续央求道："父亲，孩儿这次绝不是泼皮胡闹，孩儿是认真思量了很久才与父亲开口的！"

白济与白某的眼睛对视，神情看不出心里在想些什么。

龙琦余光看向了白济而后把目光扫向白某，圆场的话刚要出口便咽了回去。

在席间众将沉默之下，过了好久白济忽然呵斥了白某一句："你懂个屁的思量！"

但白济喝完这句后，他发现底下白某的眼神丝毫没有退缩，于是语气又缓了缓道："为何认真要入行伍？"

"为纵横天下！为建盖世功绩！为成为父亲般真英雄！"

席间众将听后都是微微点头，白济又问道："那你要为谁建盖世功绩？如何才能算英雄？又要纵横谁的天下？"

"为父亲建盖世功绩！如父亲般便是真英雄！要纵横……"

"行啦！"

白某还没说完便被白济把话打断，最终白某也没把要纵横谁的天下说出口。白济喝了口酒道："当兵也好做其他事也罢，凡事都有个缘故。你为风光功绩当兵，那我便问你功绩如何算？英雄如何评？这天下可否又是任强人纵横之物？"

白济的问题把白某噎得哑口无言，虽然这三个问题他完全没有头绪，但白某仍是紧紧握住拳头没有丝毫退让的样子。

见白某在堂中哑口，龙琦稍等了会看白济不教训白某后，他开口道："世子从来就爱习武，自小也长在咱们这帮粗人身边，这次捉到的胡人也是他立的功。依我看啊，世子确实也是个天生的将才。这般年纪，便有如此经历本领，侯爷啊，世子想入行伍参军不为怪。"

龙琦说完后见白济没说话，他转头又对厅堂中的白某说道："世子啊，这当兵啊，也不是看上去那么自在。你平时在军中玩闹是一回事，可正式入了行伍后，那又是另一回事了。毕竟世子你还年幼，人生抱负是件大事，侯爷也需要细细考量。"

龙琦说完后，席间父子继续尴尬地对峙着，他叹了口气，想到自己话都说到这里了，镇北侯的家事他也再不便继续往深掺合了，于是他便不再对这对父子言语什么了。

"多谢龙将军替我分忧。"

白济这句话算是把龙琦刚才的调和给接下了，龙琦听后笑着向白济摆了摆手没再多说什么。

此时白济面色缓和了几分，他叹了口气，看样子这场父子间的对峙是他先打了退堂鼓，"某儿你先下去，好好想想为父刚才那三个问题。待酒席过后你我再论。"

白某见到父亲的话软了很多，他便懂得此时不能再咄咄逼人了，不然这好好的请求，最后又会变成少年人的撒泼打滚了，于是他做了个礼便回了自己的席位上。

一直在席间看戏的众将这会都是纳闷，想着世子不是早进了军中？世子若是以后不带兵，那他平日习武干吗？还有这胡人哨骑，那不也是白某巡哨时抓住的？

周揽与速仆丘两人是实在想不明白，不过他俩也懒得去想了。反正在他们眼里,白某早晚有一天袭镇北侯的爵位,现在怎么折腾都没大所谓。而龙琦却与二将不一样,他大概能明白白济是个什么想法。他曾出身名门,只是家道中落才当了兵,这当兵的苦,但凡有辙,谁会让子嗣当兵?不过龙琦虽然年轻,但他却是个极其老成的人,就算自以为看破了白济的想法,他此时也不会言明。

白某退下后,席间再次尴尬起来,不过好在又是龙琦出面把场面暖了回来。再起了两轮酒后,龙琦看气氛也到了好聚好散的时候了,更何况那对父子明显需要单独聊聊,于是他提杯再道:"不如今日咱们先到此吧,侯爷的军令既然已经下了,还是各自早安排下各自的事吧。"

在众人走后,白济却没有搭理白某,而是自己又慢悠悠地喝起酒来。白某拳头握紧起身再次站在厅中,他不言不语,就只是那么站着。

好一会后,白济放下酒盏说道:"行,定力比以前强了。"

白某不语,白济又道:"随便耍一套把式吧,只是别扔你那小斧头就行。"

"是!"

白某大声应道,随即他立刻展开了架势打了一套军中长操。但白某的这套操,不同于军中的威猛,而是格外轻畅顺溜。

便在这长操打完后,白某忽然一个原地翻腾,再落地时他整个身形都飘晃了起来,刚才握紧的双拳也变成了甩掌。白某两条手臂借肩起势,劲源腰腹,大开大合宛如两条长巾。脚下行进间碎步挪腾,双足飘忽不定,常侧势而进,寸进而退,退余瞬侧,走的竟是侧三进一退二的步伐。那自如的双掌打到顺时便变刀、变锥、变锤直取要害,手上功夫不沾不黏,点到即散,没有一丝拖累。

"好!这套散手是莲教你的?凭着这套散手,想必和你年纪差不多的,应少有人是你对手了!"

听到父亲夸赞,白某雀跃问道:"那孩儿能否入行伍?"

白济没有回答白某,他反问道:"行伍,你所想的行伍是什么?"

"纵横沙场,功满天下。"

白济听后没有否定白某,而是又问道:"我刚才那三个问题你有答案了么?"

白某点点头,他自信地回答道:"功绩由天下所证,英雄由百姓评说,这天下若不想任强人纵横,便要有更强人压制之!"

白济听后一乐,笑道:"更强人?这更强人倒是有点意思。讲讲,什么叫更强人。"

白某点头侃侃而谈道:"自上古巫祖补天造人,后禹皇定天下九州从此便有了华夏。百年前,古秦始帝一统华夏诸国,那时便是强人之天下,而后……"

"别扯玄的!说人话!我知道你看过多少书。"

白某被白济打断后便哑了口,就这些什么巫祖禹皇的,还是他刚才想了好久才扯出来的。此时被白济这么一喝了回去,他反而不知道说什么了。

白济看到白某支支吾吾的样子哈哈大笑起来。笑过,白济对儿子招招手,意思让白某坐过来。

白某见状心中一惊,奇怪父亲今日怎么对自己如此亲和,竟让自己坐到他桌案旁。

"你过了年就是十七了,咱们父子俩平日少说话,今天就喝点聊聊吧。"

白济在白某面前扔了一个碗,示意让他自己倒酒喝。白某虽然年纪不大,可长在军中所以早就对白汤习以为常。只不过对于酒,他说不上喜欢也谈不上讨厌,也就没有好饮的习惯。

与白济饮了一口,白某借着酒胆说道:"可是父亲,这三个问题我觉得都是坐而论道的问题,除了扯些瞎话,实在是不好找出答案。"

白济猛然瞪向白某一眼,白某顿时后脊梁一凉,心中暗骂自己又忘了形。不过随即白济便哈哈大笑起来:"我那三个狗屁问题是胡诌的,不过是为让你安静会。"

白某瞬间被父亲的话噎住了,不知该如何接话。白济笑过叹了口气感叹道:"今日晌午我与陈先生聊了聊你,哎,当年随手捡回来的扔回军营,转眼就这么大了。"

见到父亲唏嘘,白某却没什么感慨,他全心都在入伍这事上。

"父亲,是不是我昨日抓胡人立功了,然后陈先生举荐我入您的帐下?"

"是立功了,但陈先生却没举荐你参军。不过,你若想入伍也简单,反正凭你的本事到募兵所把自己捐了,倒也算个良兵。你当兵后,若是走了大运没仗可打,没准几年也能混上个百户了。可若要是赶上打仗,那就得看诸天祖神给你几分颜面了。"

"父亲,孩儿所想并不是……"白某虽是口口声声说要入伍,不过他想的并不是当个平头小兵。在他的预想里,再不济也得是个白济亲卫领骑吧?

"不然你封个征东大将军,再给你十万精骑去荡平辽东?"白济嘲讽儿子道,此话一出白某顿时哑口无言了。不过虽然被嘲笑,但白某心中却觉得暖暖的,因为这玩笑是来自于自己的父亲。

白济自己斟满了酒,饮了口,忽然对白某问道:"你那日杀人了吧?讲讲是啥滋味?"

白某不明白父亲忽然问自己这个干吗,于是他随口答道:"回父亲,没什么感觉。杀就杀了,他们该杀,所以就杀了。"

"呵,你倒不扭捏。那杀完后可否觉得心中兴起,仍想再度与人厮杀一番?"

白济问得很轻松。白某听后有些莫名其妙,回答道:"那倒没有,好端端的我干吗要杀人?"

白济听后点点头,看样子很满意白某的回答,他接着又问道:"那你有没有起了恻隐之心?毕竟你把人弄死了,血溅你一身。"

这回白某是真蒙了,他想今日莫不是父亲喝多了?怎么竟与自己问了些莫名其妙的话?不过既然白济发问,他还是如实回答道:"那些人都是孩儿用弓矢飞斧杀的,并没有溅到一身血。再说,杀的是些胡人,胡人有什么好恻隐的?"

白济听后沉默了,他绷起脸看着桌案,身子坐在那里前后晃来晃去。白某看向父亲只以为他醉了,所以也没再开口说话。呼出几口酒气,白济声音低沉道:"某儿,这胡人与汉人啊,为父倒是想给你讲讲往事。"

"往事?"

白济没给白某解释,他自顾自地问道:"你的身世,你自己清楚吧?"

"我是父亲行军时捡来的……"白某小声答道。

关于白某的身世,白济虽不多提,但却没有瞒过白某。在白某刚得知自己身世时,他心中遗憾过,他想着,若自己是堂堂镇北侯的亲生子该有多好。白某遗憾,并不是因为镇北侯权势滔天,而是因天下没有哪个男孩不希望自己父亲是个盖世英雄。同样,也是因为白某知道自己的身世,他才比别人家的儿子更向往父亲,甚至连抱负志向都靠向父亲白济。

"哈哈哈,其实你啊,并不是看着我的战戈咯咯地笑。"

白某笑着听父亲讲起自己幼时的事。"不过虽然没笑,不哭倒是真的。后来我看你不哭就奇怪了,小孩哪有不哭嚎的?于是我便用战戈去搌你的屁股,果然,瞬间你就哇的哭喊开了。"

白济笑着饮了口酒,白某也笑得很享受,这般场景真好似他梦中般融洽。

"某儿啊,你可知在幽州,过了辽东其实大多都是胡人与汉人混居?"

白某摇摇头,虽然曾经莲给他讲过这华夏大地十三州风土,但白某却并不清楚了解每地的人情。

"这居住在辽东的胡人啊,其实都是些小的游猎部落。他们在辽东生活,是因为没法与大梁河东北的强大部落抗衡,于是便慢慢迁徙到靠近汉人的地方生活。这些胡人呢,每日就是打猎,然后把猎物皮毛拿到汉人的集市里换米粮,就这么简简单单地活着。后来,胡汉相处久了,好些不善捕猎的胡人竟成为了汉人的雇农。那时的胡人与汉人,虽谈不上有多和睦,但也还算融洽。"

"那为何父亲要领兵征讨胡人?"白某问道。

"你听我说啊!后来啊,诸天祖神变脸了,古秦灭前那几年天数变了。先是中原大旱,而后江南暴雨,就是幽州这偏僻地方都开始越来越冷。有一年,刚到八月就下大雪了,好些还没来得及趴窝的畜生都冻死了。"

"因为天冷了,所以胡人们便在辽东劫掠?"

"唔……"白济摇了摇头,又灌了碗酒后他嘘声缓缓道,"当时除了天灾,人祸也不少。古秦国那会正与西边的戎胡骑交战,西南边的羌人也不

第一章——融雪

安分。在四处开战之下,世间的男丁大多都被强征当了兵或是劳役。如此,一年不到就出事了。天时本来就不好,地里又没男人耕种,那结果就是没粮了。没粮就要死人,最先死的是老者、小孩,然后是女人。本来一户人家,上有老下有小,这一通折腾后,男的被强征走了,饿死了老子小子,女人若不为奴也得饿死,如此之后这一家子就算绝了户了。那些个被强征走的男人,本就不愿意去打仗,这时他们身后的家没了,你说他们能干出什么事?"

白济的手向旁边一指,意思是酒空了,让白某给他拿酒。等到白某恭敬地把酒在白济面前盛满后,白济继续开口道:"不扯远的了,说幽州。全天下都挨饿,幽州也不例外啊!那时起,胡人拿来的皮毛开始换不上粮了。那个年月,什么都没有吃的值钱,人都饿成那样了,再上好的皮毛都能下锅烹了。所以说啊,人这东西,怎么苦都行,就是不能饿着。人一饿着眼就会红,为了一口粮,你让他杀人都容易!"

"父亲,后来因此胡人就开始抢掠了么?"

"抢掠?这人间的因为所以没有那么想当然,不是有一个因为便有一个所以的。那会辽东却是也有些饿急眼的胡人行凶,但到底还没出多大乱子。可你想啊,幽州都冷成那样了,这大梁东北那边的胡人给冻成什么样?于是,忽然有一天,辽东见到了龙江胡人的影子,再之后,便是数以万计的胡人大部落出现在大梁河西。这些龙江胡人与辽东的胡人不一样,我们虽都叫他们胡人,但他们却并不是一种人。龙江胡人以四处劫掠为生,他们边游牧边迁徙,迁徙到哪便劫掠到哪。此后,辽东、玄菟两郡便成了四处战乱之地。"

"那,原来在辽东生活的胡人可与他们里应外合了?"

白某在白济诉说时也多饮了几杯,此时这幽州往事他是越听越感兴趣。

"呵呵,所以我常说,你啊,虽看着机灵却还是少些世故。汉人又没比胡人多几双眼睛,少几根头发,大家都是两只手两只脚。咱们汉人虽自称华雅,但你见多少人能穿上华雅衣袍?对于穷苦荒蛮的人,汉人与胡人没啥区别。那些生活在辽东的胡人,其实早已与汉人无异了。甚至有的部落已变成了村落,就是与汉人通婚繁衍的也不少。"

白济这话让白某彻底震惊了，在听到这番话前，白某从不知道、也不敢相信曾经的胡人与汉人是那番光景。

　　"不过幽州的乱，确实是因龙江胡人。那些龙江胡人打来时，幽州这边各镇守军大多都被调走打西戎了，只剩下那些老弱残兵没怎么比画就被打没了。后来反而是那些居住幽州边境的胡人，他们为了保护自己的妻儿耕地而集结起来，同龙江胡人打了几仗，不过也是被打得干干净净。这些龙江胡人对待幽州的胡人村落比对待汉人的更加凶狠，粮、女人、马匹能搬走的他们都搬走，至于搬不走的村子、田亩便全烧了，人也全都宰了。"

　　白某瞪圆了眼睛，仿佛龙江胡人的杀戮便在他眼前发生一般。但白济接下来的话，却让白某更加震惊百倍，甚至于他自小以来的认知都被动摇了。

　　"但在龙江胡人屠戮之下，却还有些村子幸存下来。那些幸存下来的村子大多是胡汉混住的村子，村中的胡人因早知龙江胡人的恐怖，便提早带领村中的汉人逃到了深山野林中避难。后来时间一长，这些村子就变成了现在辽东山林里的'胡人'，汉人就变成了胡人。"

　　在白某心中，胡汉之别一直很深，可听完白济的故事后，白某心中深深地被这些曾经发生在幽州的往事震惊了。尤其是白济最后那句"时间一长，汉人就变成了胡人"，这让白某对胡人的观念崩塌了。

　　"父亲！你的意思是我们平日里打的'麦子'可能是汉人？而且我……我也可能是胡人之后？"

　　白某开始怀疑了，他杀胡人时，心中没有一丝动摇，因为胡人是胡人，人烹杀畜生天经地义。但若他杀的是汉人，"打麦子"打的是汉人，那便是杀人了！同类相残而无感者，若非是混沌的愚人，那便是无心之大恶者。

　　白某没有那么聪明，但他不愚笨。

　　白某是个无赖泼皮，但他不崇恶。

　　杀人，对于人来讲，这绝非是件愉悦的事情。

　　白某开始担忧，他不知道自己此时该有一种怎样的心境才算是正常。他不懂自己从来敬爱的父亲、热衷于"打麦子"的父亲到底是怎样的人？但这些都不是最让白某心颤的，父亲如何都是自己的父亲，可他呢？他还是父亲的儿子么？听完白济的故事,白某很自然很简单地想到了一件事,便是,被从废墟中捡来的自己,到底是汉人,抑或是……胡人？

这对此时的白某很重要,重要到这个答案会成就他,或是毁了他。

便在白某眼神中的战栗越来越明显时,白济的一双大手抚在了白某杂草般的头顶。这双手很有力,能将人的生死握住,"人饿极了会杀人,胡人和汉人饿极了也都会杀人。人这东西,把衣服扒了都是困惑在吃饱与挨饿中的畜生罢了。黄狗与黑狗都是狗,胡人与汉人饿极了又有什么区别？某儿,你姓白,名字是我对着天地给你取的,唤作某。管他什么胡人、汉人、戎人、狗人、马人,你只需记住你是我白济的崽子。"

白某眼圈红了,因为从他懂事时起便一直在纠结的问题得到了答案。在白某很小的时候,当他知道自己是被捡来的时候,他就懂得自己要如何当好这个白济的"世子"了。他知道自己要表现得很纨绔,因为这样他便有可让人非议之事,所以便没人再会死揪着他是捡来的这事了。但纨绔之余,他还不能凌傲于人,因为这样别人便可以欺负他了。人嘛,都是只要能解了眼前之恨,往后便不会再处处惦记算计了。最后白某成了个没架子的小无赖。可想当个捡来的世子,光是没架子的耍无赖可不行,他还要硬,让那些欺软怕硬惯了的人这辈子都不敢招惹他。所以在白某儿时,那个欺负白某的小子被白某一把火烧傻了。所以白某贵为"世子",他却能同军中最小的小兵一言不合就扭打到一起。而今日,此时此刻,这些荒唐事白某再不用做了,因为白某心中的惶恐随着白济的话消失了。"只需记住你是我白济的崽子。"白某终于等来了这句肯定,有了这句话,纵使天下人都说他是捡来的也无所谓了。白某站起来,朝白济俯身跪拜下去。而白济也坐得挺直,他正视着白某,凝重地受了这一拜。

"某儿,为父再告诉你一件事,知道此事的人甚少,往后你切不可与襄平城外的人随意说起。"

白某跪在地上,在起身时偷偷遮着蹭干了没憋住的眼泪,"是,父亲。"

白济把眼睛眯起,认真地看着白某低声道:"某儿,你可否想过为何为父只逢双'打麦子',但却是月月撒饵？"

"难道不是怕胡人因为惧怕'打麦子'而不敢出来捡饵?"

白济凝重地摇了摇头。白某皱起眉,但只是一瞬间,他的双眼就瞪圆了。白某想到了一个答案,但这个答案让他后脊梁开始发麻,"孩儿应是懂了,可这样的话,不懂的便更多了。"

"不懂就慢慢懂吧,慢慢的若是再不懂你也别来问我,只让它不懂便不懂也罢了。繁杂往事讲得为父也累了,说这么多只是想告诉你人是个什么东西。如人一样,这世上任何事都很简单却又复杂,你想的参军也是。"

白济又填满了一盏酒:"不管多大的功、多威风的英雄,参军便要是杀人,杀胡人、汉人、好人、坏人,杀那些活在为父往事中的人,你以为的英雄功绩,其实是杀很多在故事里被一句带过的人。没有因由、没有事故、没有人情,给你杆枪去捅死所有和你不一样的人就行了,哈哈,然后你就成了英雄。"

白济饮尽盏中酒,然后把酒盏向下扣上,长吁一口,缓缓对白某说道:"好好想想什么是参军吧,再想想什么是人。过段时间速仆丘出大梁河去往胡域,你带几个亲兵与他一起上路。但记住,你不是作为军士同去,而是作为军使配合速仆丘。路上多看看,多想想,不用做些什么,也不可无所事事。过年得假时正好得空多合计合计,等过了年和我去京畿看看这世间人情后再说什么英雄、功绩。回去吧!"

白济说罢起身回了后堂,饮了许多酒水,却不见一丝散脚。

白某对着白济的背影再度深深一拜,当父亲的背影消失在正堂后,困惑再次缠上了白某。什么叫作"多看看,多想想,不用做些什么,也不可无所事事"?还有,自己的请求,父亲这是答应,还是没答应?

第二章 —— 探水

腊月十一，襄平城。

因明日要随速仆丘去胡域，白某早起便欣喜地准备行李了。没用多会，白某收拾完行李便去了城外军营。虽说白济让他担任军使，但好歹他也有了携带亲兵的权利，既然可以带亲卫，白某心中自然有了合适的人选。心念在此，白某已走到黑甲营营外。

黑甲营的一间营帐中，白某屁股还没有坐热，王铁胆便掀帘出现在他面前。在看见等待自己的人是白某后，王铁胆也是一愣。

"领骑王铁胆见过世子！"

白某看着王铁胆一副端正样子心中一乐，但面上还是严肃下令道："王铁胆听令！在黑甲营中选五名精骑，明日随本军使入胡骑营下出征。"

王铁胆听后眼睛眨眨，但瞬间便立正应答道："王铁胆领命！"

宣完军令后，白某便借着视察之名在黑甲营中转了起来。

"世子，你是要正式带兵了？"

"没听见是作军使么？带几个亲卫罢了。"

"这军使是啥意思？督军么？"王铁胆愣愣地问道。

"还督军，军使说白了就是跟着看看，啥也干不了。"

"哦，侯爷定是要锻炼下世子！"

白某没接王铁胆的话，也没对王铁胆说自己想参军的事被父亲摁下了。他另起了个话头问道："王铁胆，我认真问你，你觉得我的身手在你们营中如何？"

听到白某忽然这么问，王铁胆有些莫名其妙，但他还是想了想回答道："强过军中八成人吧。"

"嗯……那与你相比呢?"

王铁胆一愣,身为一个习武之人,上到战场上提刀勒马的将军,下到市井中摆弄拳脚的武夫,这天下怕是没有哪个武人愿意在自己的本领上谦虚。所以,虽然此刻的王铁胆已不会再对白某随意玩笑,但他也没有谦虚应付白某,而是低头想了一会措辞后才回答。

"嗯……若是世子你我皆未着甲,并不限使用兵刃,我应有半数以上的胜率。但若是百无禁忌的偶然动手,我恐怕只有一成胜率。"那日酒席时,王铁胆与白某对练,虽然白某输了,但白某那好不讲究的打法确实让王铁胆印象深刻。

"那若是在千军万马的战场中呢?或是咱俩都身披重甲呢?"

白某问完,王铁胆又是想了会,然后低头抱礼道:"战场之中瞬息万变,丢了性命最是平常,这个假设属下做不了。"

"嗐!我说王铁胆,你现在怎么那么尿?原来拿着锤子追我那劲呢?赶紧说!"

听到白某骂自己,王铁胆也烦得慌,他心想道,以前我追的那个是军中最大的泼皮无赖、一流混子白某。现在这个混子成了"世子",我这大头兵难不成还拿着锤头追着你砸?心中念叨着,王铁胆也有些不忿,他自信道:"若是两军堂堂厮杀,最多三个来回,我定能把世子砸落下马!而我最惨不过被卸一条胳膊罢了。"

"一条胳膊就能换我的命啊……"白某轻声念道。

两人又在营中走了会,站在黑甲营操练马战的校场外,白某忽然又开口问道:"唉?铁蛋,这黑甲营中可有比你更强者?"

"回世子,军营中虽然有时也互相比画比画,但如何算强可真不好说。"

白某听着觉得有意思,他继续问道:"这强怎么还不好说?强便是最能打的啊!"

"世子,若是只拼力气,那在黑甲营众多领骑中我王铁胆是当仁不让的第一!"

王铁胆这话说得很是傲然,但随即他语气一转。

"但,军中的强弱并不按照力气算。"

"那怎么算强弱啊?"

"世子,在军中啊,力气再大、本事再高都排在后头,最重要的是能活。能活下来就是强,活下来还没吓傻就是更强,没吓傻还能捡人头换钱就是最强!"

白某听后大感兴趣,他兴奋道:"对!对!我想听的就是这个,你接着说!"

"嗯!就比方说吧,我手下有个叫马毛的小兵,力气不大,刀枪射术全不太行。但他就有一个本事,我是从没见到有人比他更厉害!"

"啥本事?"白某声音很是催促。

"这小子啊,他通马性!一般军中马匹,能日行一百五十里已是上等良马。可这小子胯下的马,就算是普通的军马都能行到这个数!若是给他匹良马,不敢说能日行二百里,但一百八十里定是有余的。"

白某听后直感叹神奇,他继续追问道:"那他这算是懂驭马之术,还是懂练马之法?"

王铁胆听后有些犯糊涂:"啊?世子,啥意思玉马连马的?"

"你个……算了算了,意思就是他是骑术精湛?还是懂得如何操练马匹?"白某懒得解释便把话换个说法重说了遍。王铁胆听后满脸了然之色回答道:"啊,这样啊!这我们也不知道啊!反正这小子说啊,他能听懂马语!"

"马话?"

"啊,是啊。这马毛啊,原是个本地帮农的胡人,他那会人下农活干不好,于是只能替人家养马,每日吃喝拉撒都和马在一起。后来辽东打仗了,他家老爷带着家眷跑到蓟县避难,把家扔给下人们打理。后来胡人打进他们那时,他便偷了匹马跑了,最后为了能吃饱饭就当了兵。"

听了这马毛的故事,白某又想起昨夜父亲讲给自己的往事,他对王铁胆问道:"王铁胆,我记得你是辽东本地人吧?"

"是啊,属下以前是打铁的。"

"那以前辽东这里有很多胡人生活么?"

"说不上很多,但也不少。那会挺多胡人过来卖皮毛或卖马,像我以前打铁的时候,打马掌比打农具还多呢。"

"那胡人与汉人的关系是否融洽?是否有很多胡人长期生活在这里?"

"融不融洽不好说,反正是没什么大闹腾,顶多喝多了打一架,打完倒也就完了。生活的话,是有些胡人长期生活在村子里,能帮农的就帮农,不能的就干体力活,马毛那小子不就么。怎么了世子?怎么忽然问起这些来了?"

白某没理王铁胆,他继续问道:"那咱军中除了速仆丘的胡骑营,像马毛这样的胡人多么?"

王铁胆听后表情怪异,刚要开口回答忽然想到了什么。他听白某一直在询问胡人的事,便以为白某打算在营中抓人,于是他赶忙央声对白某道:"世子啊,他们可和咱们打那些胡人不一样啊!世子不是要把他们都抓起来吧?这营中少说也有百来个胡人,可他们与我们并无异处,那都是同袍啊!就算是胡人……可,可世子你这要不说,我们都忘了他们是胡人了!"

"你有病?我抓人干吗?"白某瞪着王铁胆道。

"世子,你不抓人问那么多胡人的事做啥?"王铁胆有些委屈。

"我……我就想知道一下曾经的辽东是什么样的风土!"

王铁胆一听瞬间舒了一口长气,他笑呵呵地讲道:"哦,呵呵,这辽东郡啊,啧啧,可冷了!我还记得我小时候打铁啊,冻得我这手啊……"

"行了行了,我才不想听你和隔壁养马的胡人娘们的那点破事!"

"啊,世子,不是胡人姑娘啊……"

……

之后,白某交代王铁胆明日行动的一些事项后便离开了黑甲营,在归家路上他一直沉默着,他在思考,胡人究竟是什么?汉人究竟是什么?人又究竟是什么?

人会饿,是饿极了什么都吃的东西。人会死,是找准地方一抬手就会被杀掉的东西。这人啊,到底是个什么东西呢?

此时的白某很想找陈先生或者莲聊聊,可他知道陈先生正忙着捕捉

第二章 —— 探水 | 067

最近在北境涌动的暗流,而莲也不在襄平。

白某向自己的侧院走去,这一路上他比往常多看到了许多风景,冬天的乌鸦,被黄栎操练得更严谨的士兵、在城门下打哈欠的卫兵、驿站门前替人刷马的伙计、背着一捆捆柴火的老汉、在酒肆门前招揽客人的寡妇老板。

"这些都是人,可人究竟是个什么东西呢?"

腊月十二,清晨。

天将蒙亮,早就因为兴奋睡不着的白某推开了屋门,此刻的白某身着一套得体的轻甲,腰上崭新的马刀下,右腿上还着三把漂亮的小短斧。

站在院门前微微舒展筋骨后,白某看到了远处王铁胆与几骑牵马而来。

王铁胆几人下马对白某见礼,白某随意摆摆手便算是打过了招呼。见到王铁胆给他牵来坐骑,他心中大喜,上去就掰开了马嘴道:"漂亮!齿瓣分明!毛鬃清润!并且……通体乌黑,王铁胆你够机灵啊!"

"嘿嘿,世子,并州马,特意从侯爷马圈里牵出来的!怎么说这也是世子第一次领军出兵,可得弄得威风些!"

白某跃上这匹良驹的背上道:"铁蛋!咱们不是出兵,是怀柔胡人!我也不是领兵的,是军使!"

说罢,白某一踢马腹,只听乌黑宝马一声嘶叫,几息功夫便在百步之外了。

白某疾走后,王铁胆众人喝马一声跟了上去。看着白某的背影,王铁胆心想道:"管他怀柔还是军使,只要世子威风了,我也算威风了!"

片刻后,白某五人便在襄平城东门与速仆丘率领的百骑大部队汇合了,而后他们一路向东出发。

路途刚开始,速仆丘便对白某讲起此次行动的计划与目的。

此次速仆丘的队伍共有百骑,这百余骑里轻骑三十名,弓骑二十名,哨骑二十名,速仆丘的亲骑十名,剩下二十名骑手每人配两匹马装载着粮草物资。

他们此次目的为：探探大梁河东北处四个胡人群落的底子，对平和部族的怀柔，对藏有异心的部族的敲打，若是在这四个部族中发现与之前胡人哨骑有牵连，视情况轻重将其灭掉也未尝不可。

这四个部族里前三个为次，最后一个为主。关于这最后一个到访的部族，名叫柯尔各部族，是个人数上千的大部族，也是整个辽东一带胡人大萨满居住的部族。

关于此次行动不多的信息，速仆丘足足说了一个多时辰，不过即使这样，白某也能听出个大概，这恐怕也要多亏了他是个机灵人。

尽管弄明白这次出兵到底是要做什么，但白某内心中的问题仍还有很多，可他却为此开始犯愁了，因为他实在不知道该怎么让速仆丘听懂自己的问题，并且能听懂速仆丘回答自己的问题。

干干地嗯啊了几声后，白某一咬牙强问道："速仆丘将军，咱们北境扫了胡人这么多年，虽说没有彻底灭光，但怎么会在大梁河东北出现这好几个大部族呢？"

速仆丘听后，嗯嗯了两声。

"侯爷大善人，圣鸦的使者，嗯嗯。"

说完这句没头没脑的话后，便没了下文。

白某听完当场就傻了，这都什么和什么啊？他想，我虽然见识浅薄，但父亲、陈先生、莲师傅这些人杰自己也能与他们正常交流，可这速仆丘是怎么回事啊？怎得话都说不明白？什么大善人啊？什么圣鸦使者啊？

两个人互相定定地看了会，最后竟然是速仆丘先开的口：

"世子啊。"

"啊？"

"睡会。"

说罢速仆丘就在马背上闭上了双眼。

为了保持马的体力，这百余骑速度不算很快。

在路上白某观察着速仆丘所带的这百名精骑，他们虽都裹着汉制两当铠，但从打扮举止来看，这队骑兵至少七成都是胡人。不过虽是这么说，若抛开束发无须这些特点，还真看不出来胡人和汉人有什么区别。

白某早就知道速仆丘手掌三千胡骑，也知道这次要与一堆胡人去胡人那里。但此时真到与他们同行，看着这帮胡人奇怪的举止，说着不一样的话，白某还真的有些别扭。

因为队伍骑行速度不算很快，白某有些无聊。等速仆丘睡醒后，白某本来想与速仆丘搭两句话，可每次自己起了话头，都被速仆丘莫名其妙的回答与傻乎乎的笑弄得没法继续聊。

就比如白某问："速仆丘将军，我看咱们之中也有许多汉人，你这胡骑营中汉人占几成？"

速仆丘答："对，也有汉人。"

白某硬着头皮再问："汉人在你营中大约几成？"

速仆丘答："呼呼，挺多。"

……

又比如白某问："速仆丘将军，咱们这胡骑营是弓骑为主么？"

速仆丘答："都骑马。"

白某莫名其妙又问："咱们平时战术是以游击地方侧翼为主，还是抢攻敌方中军？"

速仆丘答："都会射箭。"

……

要说这白济手下这几位亲信，抛开白某从小跟在屁股后的龙玮就不说了，其他几人他也都有所攀谈，可唯独速仆丘因领的是一支胡兵，而且驻扎地又远离襄平，所以他与速仆丘基本没有来往。而今日，他只与速仆丘闲聊几句，便理解了为何黄栎周揽他们总与这位胡将吵成一团。

正午时，这轻骑兵队伍已在冬日的和煦阳光下走了近两个时辰。在这两个时辰，白某一直胡思乱想，从如何立功想到军使该怎么立功？从胡人平时吃什么想到他们怎么上厕所？从为何陈夫人的糕饼那么好吃，想到龙白璧为何那么吓人。少年人眯着眼看天上的日头,想为何天要下雪?看着有些胡骑随手拿出酒喝,奇怪为何胡人都那么白?

最后白某想来想去又想回了如何立功,只是眼看着他们离第一个部族越来越近,他到底也还是没得出这个问题的答案。

见到远处第一个胡人部族寨门时,速仆丘让几个骑兵快马跑去传信,告诉这些胡人分食了。大约在队伍离这部族不到百余步时,从部族中走出许多胡人,看样子是在等待队伍到时帮着卸下物资。随后白某与速仆丘带着几个亲卫入了部族寨子内,其余大队伍则留在胡人部族外休息吃粮。

跟随白某进寨的王铁胆在看见胡人送出来喂马的马草后微微一皱眉,他回头对身后的小兵说道:"马毛,咱们的马吃自己带的马草,黑甲营的马怎么能吃这些东西。"

而白某却无暇理会这等闲事,他从走入胡人部族后就在观察胡人所居的营寨,以及营寨之中的胡人。

胡人这个词,对于每一个生活在辽东的人都不陌生,但真正走到胡人身边时,白某的好奇心还是被引了起来。只是白某此时所在的营寨却让他有些失望,说是胡人营寨,可除了营寨外那一圈围墙外,白某再也找不出这里与汉人的破落山村有什么区别。

就在白某摇头张望时,速仆丘叫住了白某,他指着刚才给速仆丘牵马的老汉说道:"世子,部族头领。"

老汉一听到白某竟然是镇北侯的世子,他赶忙俯身下跪道:"哎呀哎呀,老朽见过世子!"

白某赶忙搀起老汉随口应和着。见到老汉毕恭毕敬的样子,白某心中很怪异,明明自己父亲杀了那么多胡人,为何胡人却对他如此恭敬?

走进胡人头领的帐房后,老汉自然而然地把速仆丘让到了主座,速仆丘却没动,而是看向了白某。白某明白这是速仆丘在让自己去坐主座,于是他摆了摆手道:"速仆丘将军为领军之主,我此次跟随不过是个军使,千万不要与我客气。"

说完,白某就坐到了速仆丘右手边的次席上。

坐下后,白某打量起了四周,他心想道,"这胡人的地方虽说简陋了些,但他们厅堂布置、坐席习俗怎么与汉人毫无差异?"

正想着时,胡人营寨为他们准备的酒食到了。在一切布置好后,那个身为胡人头领的老汉起身对速仆丘与白某敬酒,而速仆丘摆摆手用别扭的汉话回道:"不喝,吃完就走。"

说罢速仆丘拿了碗水意思一下,之后就抓起块野味吃了起来。

见到速仆丘开始大快朵颐,白某却没有动手吃东西。他干坐了一会,直到王铁胆走进帐房内对他点点头后,白某才放心大胆地吃了起来。

帐房内一众人闷头吃了会后,头领老汉忽然提着杯向白某走来敬酒。

"老汉我啊,今日见了世子可真是积德了。咱们这冬天不好过啊,能活到这般舒服,那可都是靠着镇北侯给咱们扔饵。世子军务在身不能饮酒无妨,老汉这边独饮以敬世子和侯爷!"

老汉的话把白某吓了一跳,什么叫作靠镇北侯"扔饵"过活?又是为何这老汉竟讲的一口辽东腔十足的汉话?白某稳住了心神,他用一碗水应付了下老汉后问道:"老汉你怎么会说汉话?以前在汉人府中做过事么?"

白某记得父亲讲过多年以前辽东汉胡混居的故事,想想这老汉的岁数,那么他会说汉话也不奇怪,只不过这老汉的这口辽东腔实在太过于标准。

老汉听后摆摆手笑道:"回世子,老汉本是汉人,当然会说汉话啦!老汉家三代都住在辽东,后来是因为打仗了才带着大伙跑到这里藏起来的。"

白某听后点点头,他本想再深问出这其中的细节原委,且想弄清楚什么老汉话中的"捡饵过活"是什么意思。但此刻他身背军使之职,若是问得太细反而让人觉得他不懂人情世故。更何况,更深的问题就算问这老汉,这老汉也并不一定知晓,于是白某便只好随口应付几句继续吃饭了。

在吃饭的半个多时辰里,那老汉的嘴巴一直胡话汉话转个不停。汉话问到白某时,白某只是嗯啊地应付,反而速仆丘倒是与这老汉聊得很开心。

吃完饭后众人稍稍收拾下便动身了。

在走前,白某叫住正要上马的速仆丘道:"速仆丘将军,你先带人收拾准备启程,我带着几个人在这寨子中转转不打紧吧?"

"行,后两个地近,来得及。"

而后大约一刻钟,白某面带狐疑地回到速仆丘身边,一行人继续向北行去。

下午的阳光很好,晒得人有些睁不开眼,很多中午喝了酒的胡人军士已经能看出明显的瞌睡状。

速仆丘与白某的队伍走在去往下一个部族的路上,骑行在白某马前的速仆丘也是微微有些瞌睡。关于之前白某在离开第一个部族时为何要自己逛逛,又逛出了些什么速仆丘并没有问白某。

速仆丘虽然不是什么聪明人,但从这半天白某的行为来看,他感到白某并不是十分信任自己。比如之前中午吃饭时,就连他也看出来了白某一定让人看了下饭菜有没有问题。想到此处速仆丘回头看了眼白某,看到白某正在与骑行在他身旁的那个大块头亲兵说话。

"铁蛋,你们之前和胡人打仗时可有发现胡人有用马车运辎重?"

"回世子,虽说我入伍时大股的胡人便都被侯爷打没了。可就算我没打过几次大仗,也知道胡人就没有带轮子的东西。他们都是带几日干粮打到哪抢到哪。"

"那胡人每次打仗是只有部队纵深出击,还是整个部族迁移到目的地附近呢?"

"世子你这不是在说笑,龙江胡人的老家在老远了,要是每次只是部队出击还不都饿死在半路了?他们每次都是整个部族迁徙到某地,再以整个部族为中心劫掠。把周围劫掠一空后再迁徙走。"

王铁胆对白某的问题越来越摸不到头脑,可白某的下一个问题却是让王铁胆彻底找不到方向了。

"铁蛋,你见过胡人女人么?他们都是啥样的?是和咱们汉家女子一样从不抛头露面,还是和那些农户女子似的也要干体力活?"

"这……军令上严禁掳掠胡人女子,再加上打仗谁也没多出双眼睛看她们啊。"

"那到底是见过还是没见过啊?"

王铁胆黑脸一红,心里想骂一声小兔崽子,但还是让他忍了回去。

王铁胆别扭答道:"好像……挺白的。"

"你脸红什么啊?我认真问你呢?"

王铁胆心中真猜不透白某是认真还是玩笑,只好又仔细想想说道:"我小时候在铁匠家当学徒,也见过些生活在村子里的胡人,那些胡人女人好像和男子一样,正常干活出门倒是没什么避讳。"

白某听后点了点头对王铁胆道:"一会到下一个胡人部族时精神点,马草还吃自己带的。让咱们带来的几个兄弟路上吃干粮,到地方不下弓马眼睛机灵点。"

王铁胆虽有些莫名其妙但还是答应了一声,慢骑几步把白某的命令下达给了他带来的几个哨骑。

传达完命令后,王铁胆一蹬马腹又缓步骑在白某的身旁,想了想便对白某问道:"世子,你要是看出些什么状况,不如去与速仆丘将军说说?"

"不必。"

"难道世子觉得速仆丘将军不可信任?"王铁胆瞪大眼睛道。

"别乱说!行啦,趁着骑速不快你也养养神。"

王铁胆听后应了声,而后便缓缓与白某的马离开了半匹马的距离,眼睛微闭做假寐状。

其实白某也在想要不要与速仆丘提前打个招呼,但想来想去他还是觉得算了。

白某不与速仆丘沟通的原因并不是他不信任速仆丘,白某相信自己的父亲,父亲既然把他交给了速仆丘,那速仆丘就算不是个值得性命相交的同袍,但至少在这次行动中,他绝不会做出对自己或是对北境不利的举动。

白某不想与速仆丘沟通,其实是他自己也不能确认自己想到的事情是否属实,他看到的所有异常都像是捕风捉影一般。

另还有一点则是,他觉得速仆丘笨……

少年人在马背上轻轻一叹,他好像明白了父亲为何让他参与这次活动,以及什么叫作军使。白某此刻虽然还是想不明白父亲所说的"多想想",但他已经明白父亲让自己参与这次行动的用意了,便是作为"愚蠢"的速仆丘的眼睛。

"哎,早知道父亲让我当个军师,我还何必穿这一身黑甲?真是怪里怪气……"少年人心中叹气道。

速仆丘与白某的这支队伍又走了不到两个时辰,他们隐约见到了下一个部族的炊烟。

与第一个部族一样,速仆丘让几个骑兵快马先去通知部族接物资,准备马草休整。

看着不远处的胡人部族,白某想了又想,最后还是一踢马腹骑到速仆丘身旁。有些话,此时就算讲不明白个所以然,但他还是觉得先给速仆丘打个招呼,省得真出什么状况后弄得大家手忙脚乱。

"速仆丘将军,有些情况我想和你说下。"

速仆丘听到白某叫住自己,他有些莫名其妙。

"世子讲。"

"请问将军,今晚我们是否在这部族中留宿?"

"是,喝酒啊。"

"……白某又是一头雾水,但他还是耐着性子继续说道:"将军,有些事情我感觉不对,但现在还说不明白。不过我想与将军商讨三条。"

"哦,讲几下。"

"其一,咱们一会把物资卸下后,所有人不卸兵甲原地休整,你我进部族时也要带着甲胄齐全的亲兵。其二,我部今晚不在这胡人部族中过夜,咱们在部族外扎营,并安排人值夜哨。最后一条是,我与将军进部族后,若遇部族族长款待还请将军不要饮酒,并在用食前看我手势。"

白某说完两人面面相觑了会,就在白某以为速仆丘没听懂自己的话,想再把话简单说遍时,速仆丘开口了。

"啊,不喝酒啊?"

……

"嗯,不喝酒。"

十六岁的白某正当少年气盛,又生来机敏达练,就是陈怀都要评价他一声聪慧。可白某在与这胡人将军速仆丘对话时却是处处受堵,无从排解之下,白某心中大叫三声,闷!闷!闷!

白某深纳一息,压着心中堵闷强问道:"将军可否明白属下之意?"

"嗯,带刀吃饭,不睡部族,不喝酒。"

"嗯……"

听到速仆丘答应,白某松了口气,此刻他感到一种前所未有的疲劳。

白某正在马上运气调息时,速仆丘开口了。

"为啥?信不过?"

"稍晚些我与将军分说。"

说罢轻扯了下缰绳骑到了速仆丘身后。

待白某与速仆丘进入部族时,天色已经暗了下来。而当白某见到这第二个部族的族长同样是个汉人时,他已经没有上午的那般意外了。虽然他不懂为何这些胡人部族的族长都是汉人,但他没想在这种场合下直接发问。

晚宴时,看来速仆丘确实听懂了白某的话,面对满桌吃食,他一直等到白某给了眼色后才开始动嘴。

晚饭过后,速仆丘与白某离开了部族,他们的队伍已在这胡人部族外扎好了帐篷。今夜休息之后,他们将于明天天蒙亮时出发,再光顾一个小部落,之后前往最后一个,也是辽东境内最大的一个胡人部族。

白某见速仆丘处处听从了自己的意见,他心中开始觉得,速仆丘可能不像自己以为的那样蠢笨，或许速仆丘的迟钝，不过是因为他的汉话不好罢了。想到此处，白某认为自己还是要和速仆丘好好谈谈自己的发现。就算速仆丘真的听不懂，他也需要与速仆丘聊聊。因为在走过两个胡人部族后，他越发觉得胡人大有异处，心中的想法渐渐得到了确认。还有就是，白某不想让速仆丘觉得自己不信任他。

在自己的帐中把甲胄卸下后，白某便向速仆丘的帐篷中走去。正在白某与王铁胆在营中穿梭时，王铁胆忽然对白某说道："世子，你知道如何分辨这些军士谁是胡人，谁是汉人么？"

白某好奇，他不解地看向王铁胆。

"嘿嘿，我有一个方法，虽不敢说保准，但至少八成准。"

"哟，说说看。"

"世子你可以交代下军中今夜禁酒，然后再从军士中看出，没饮酒的便是汉人，饮酒的便是胡人。"王铁胆得意道。

"那你是怎么分辨他们是喝水还是喝酒的？"

"那还不简单，一小口之后好久不再饮的是水，一大口后马上又来一口的则是酒。"

"为何？"

"世子你想啊，这大冷的天谁没事喝那么多水？酒就不一样了。暖身又不起夜。"

白某听后觉得有趣，他嘶了一声后转头看向王铁胆："原来如此，我似乎有些小瞧你了。"

王铁胆得到夸奖后开始傻乐，但白某语气一转又道："如此看来，那便说明胡人军纪不严，可治无视军令之罪。"

"倒也不是。"王铁胆嘟囔一声。

"为何不是？"

"胡人饮酒如饮水，不能饮酒这条军令在他们那觉得便是不能痛饮。"

"原来如此……"

说话间白某已走进速仆丘的营帐，和速仆丘的亲兵打了个招呼，交代王铁胆在门外守着后他便进去了。

说来也巧，刚与王铁胆说完饮酒的问题，此时白某刚掀开营帐帘布的一瞬间便愣住了,顿时想了半天的话不知道该从哪里开口了。

帐篷中的速仆丘,此时正拿着两个酒碗来回地倒酒,然后把脸贴在酒碗上抚案闻着弥漫在整个营帐中的酒香,并时不时露出一脸陶醉的模样。

发现白某进了营帐,速仆丘抬起头,两人四目相对,十分尴尬。片刻,速仆丘开口道:"我没喝!"

"……"

白某是实在想不通了,若是此刻有他人撞见如此场景该做何感想?军使到主将的营帐中报告军情,然后正巧看到下了禁酒令的主将,正偷偷摸摸地闻酒。最后,主将被下属撞见,竟如同被撞见与寡妇偷情一般说道,"我没喝"。

此时此刻,白某尚为稚嫩的心中,时而如猛虎啸山林,时而如苍鹰拂山麓。

少年人想了很多,从上古禹皇斩黄蛟治水,到前代古秦始帝横扫八荒六合,再到当代镇北侯统十万大军连克淮南十二城。

少年人入定了,从至圣丘祖以礼育天下,到道祖老子紫气西出函谷关,最后幻圣庄周于梦中化蝶成仙。

"哎,到底是自己年少,见识短浅啊……想父亲曾率十万大军,手下如速仆丘这种怪异之才定是多不胜数。年少浅薄,年少浅薄。"白某心底开解自己道。

强压住了心性,白某默默找了个垫子坐下。他也不管正在收拾酒碗的速仆丘有多狼狈,白某只自顾自地说道:"速仆丘将军,我来此是想与你报告一些我发现的情报。不知速仆丘将军可否需要精通胡汉两语之人来做转诉?"

"明白,难说。"

和速仆丘说的话多了,白某也大概能听懂速仆丘的话了。他的意思应是他能听明白,但说不明白。白某接着说道:"今天让将军下令禁酒并扎营在胡寨之外的原因有三个。"

"哦,来讲。"

"一,我在这两个胡人部族中发现了车轨的痕迹,虽然被雪掩盖些许,但从痕迹的硬度推测,这些痕迹是常态。胡人从无辐重轮载,我北境更是从没明面上给这些部族运送过物资,这车轨辎重的痕迹从何而来,又是在运送些什么?"

"啊。"

白某不理会速仆丘,接着说道:"二,这些胡人部族没有多少少女,就是光女人都很少。这些胡人少说在此地繁衍也有十年了,能看见十一二岁的孩子,可是女人都在哪里?据我所知胡人并没有汉家女性不能抛头露面的习惯,且不论这些女人哪里去了,单是这两个部族里没有女人这点就值得推敲。"

"是啊,我婆娘住襄平呢。"

白某没有接速仆丘婆姨的话头,接着道:"三,这些胡人虽没有精粮可吃,但这入冻的三四月份并没有饿到过,就算有饵可捡但也不可能如我们看到那样丝毫没有挨饿的样子。"

听到此处,速仆丘神色忽然变了,白某观察到速仆丘神情的变化心中也是开始觉得不妙。

白某心想,难道这胡人酒足饭饱与速仆丘有关?父亲都已经把撒饵的事告诉自己,如果还有救济胡人的事没有理由在行动前还瞒着自己。想到此处白某心中暗叫不好,怕不是自己撞到了速仆丘的暗事?到底,他也是个胡人……

白某心中打鼓,面上没有过多的表情,但手已经缓缓摸到绑在腰后的短斧。"五步之内我的短斧从无虚发,只是不知道速仆丘功夫如何,若是中,凭自己和王铁胆抢马飞奔应该问题不大,只是那几个带来的小兵怕是……若是不中……"几息之中,白某脑中已推敲到如此境地。

"你咋看出的?我撒饵,知道哪里来的粮。"速仆丘瞪着眼睛紧紧地盯着白某大声问道。

白某被速仆丘的举动惊得心中一紧,他接着死死地盯着速仆丘的眼睛。但瞬息之后,白某深吐一口气放松了桌案底下已经摸到腿间短斧的手。

因为白某在速仆丘脸上看到了许多神情,有疑惑、有惊奇、有不解,但唯独没有杀意。

"某儿,你知道人动了杀心时是什么样么?"曾经,莲对小白某问道。

"目露凶光?"

"呵呵,走,我带你去看城中养的猪。"

"为何我们要去看猪?"小白某稚声问道。

"人动了杀心时,就像猪看见泔水时一样,甚至更丑。"莲把手放在小白某的头上回答道。

"那莲师傅你又是怎么知道的?"小白某收起了刀,擦着身上的汗问道。

"我……呵呵,我年少时看到的。"

同夜,襄平城,镇北侯府。

"莲哨统,此行多有劳顿,连夜回城本应早些休息,只是目前军中有些许突发状况,如此便只有劳烦哨统了。"陈怀微躬身道。

"陈先生客气,不然也该尽快与侯爷、陈先生商议。"

正在莲与陈怀相互寒暄时,白济的声音从正座上响起。

"行了,你们两个别客套了,现在堂中只有我们三人,并无不可尽言者。你们两个先互相把底交了吧。"

白济说完,镇北侯府正堂次席上的陈怀与莲互看了一眼,然后同声对白济道了一声:"是。"

在莲吃东西补充体力时,陈怀大体把莲离开北境后发生的事情与莲讲了一遍,而后他又补充了下自己在这些事情之中的猜想。最后,当陈怀快要讲到他在牢房中的那些事时,陈怀的话停住了。

莲见到陈怀忽然闭口不语,于是他抹了抹嘴道:"还请陈先生多恕,鄙人原本化外之人不知礼数。只是连夜赶回还未吃食,想着此刻得空吃些东西,一会便不用多耽误时间,只直奔刑房了。"

陈怀听后摆摆手:"哨统言重了,在下怎会因这等小节对哨统起了非议?在下不言,只是在下所言之事恐呕了哨统。"

听到陈怀这么说莲便明白了,陈怀接下来的话可能会比自己想象的更有趣。

"陈先生言重,鄙人感恩陈先生关切。但鄙人长行于脏污墨渍,早已习惯此道,还请陈先生开口吧。"

陈怀听后轻叹一声道:"当日世子所捕四人,在下连夜带着军中大夫剖了三人,从胃到肌里,如此这般……"

在陈怀叙述解剖结果时,正座上的白济微作假寐不语,而陈怀对席的莲则是胃口仍然很好。听完陈怀的话,莲蹭蹭手把陈怀话中的重点复述出来:"这些胡人的胃质感柔软、形状偏大,足弓足韧均为坚实,而腿内肌里却并不强壮。其中两人前臂手环均有肿胀。"

(注:胃袋内脏肌柔软,偏大。足弓韧带坚硬没柔韧性,大腿里四头肌肌肉不发达。小臂肌肉过劳肿胀,手腕拉伤。)

之后,莲抬头与陈怀对视道:"陈先生,以我的经验,这些胡人并没饿着,至少在半月有余,他们是能吃饱的。还有,与真正的胡兵相比,这伙胡人不精于骑术,并且他们也不善兵刃。"

陈怀听后微微点头说道:"若再算上这些胡人所用的刀马弓箭俱是崭新的,那么……"

莲听后笑笑,之后的话是二人异口同声道:"这些胡人不是兵……"

一阵沉默之后,白济开口道:"这事说完就完了。莲,说说你在蓟县所探。"

白济此话说完,一旁的陈怀立即起身告退。白济看向陈怀皱眉道:"你去哪啊?这堂里没外人,谁也用不着掖着。"

陈怀听后向白济拱手一礼,又坐回座上。莲抹了把嘴直接开口道:"变化不小,何义老先生举家回到清河了,现在除了何义老先生的长子何明外,京畿再没一个何家人了。而此时在京畿中,相国王暮可以说是权倾朝野。"

说到何义,莲把余光看向了陈怀,见陈怀眉头微皱好像在想些什么。莲见状暂把话语摁下,好像在等对席的陈怀发问一般。

莲这一顿,陈怀果然发问了。

"相国已得滔天权势,其女又嫁与皇家,难道这朝堂之上就没人提出

第二章 —— 探水

非议?"

"回先生,是有的。在何义老先生离朝后,太尉戚博便站出来与相国王暮对垒了。不过两方旗鼓相当没多久,王暮便把其弟子游琳召回京畿,而后在游琳与太尉一党的数次冲突后,太尉戚博也败下阵来。"

"请哨统细细讲来,冲突何故,何果?"

随着陈怀的问题,一直在做假寐状的白济也睁开了双眼看向莲。

莲喝了口水道:"此事说来话长,在何义老先生离朝后,太尉一党便趁势收拢了原先依靠着何家的各职官吏,之后他们便一同向王暮发难。而就在朝堂争端愈演愈烈之时,戚博走了一步昏招,他竟把远在长沙的长沙王刘可也拉到了朝庭争斗中。"

"长沙王?这!"陈怀惊讶道。

连点点头意味深长地道:"拉上长沙王刘可,或许是太尉戚博想一鼓作气除掉王暮吧。但戚博除了太尉之外的第二层身份天下皆知,他本就是当今皇后的亲兄,外戚勾结亲王,这步确实是昏招。反之再看王暮那边,见到戚博出此昏招,他们反倒以逸待劳安分起来了。果然,不出两月太尉一党也安分了。"

"那怎么就变成皇子盈与王家的姑娘成婚了?"白济有些莫名其妙问道。

听到白济的问题,莲答道:"在相国一党接连压制住何义老先生与太尉戚博后,他便摆出一副以退为进的样子,三番五次向天子请辞。可天子不允,另还赐大婚与王家。至于这到底是何缘故,属下也不得而知。"

莲说完后,白济与陈怀都是长吁一声开始沉默起来。

过了会,白济感慨道:"咱们可真是在北境呆傻了。我是真没想到,一场皇子婚礼的背后竟有这么多故事。"

陈怀听后也是点点头:"是啊,可咱们却对此全然不知,哎……"

听到陈怀的话,莲躬身道:"侯爷,先生,是鄙人失职无能,还请责罚。"

陈怀见状赶紧摆手道:"在下只是无心之言,并无责怪哨统之意。哨统多苦劳,在下怎……"

"行了!是我不让北境的哨子出幽州的,你们不用扯那么多没劲的。"白济打断二人道。

又稍过了会,陈怀向莲开口问道:"还请问哨统,关于青冀豫的粮市……"

"回先生,关于粮市的涨价看似是商贾所为,但鄙人却敢断定这里面有古怪。鄙人在清河时,曾见到扬州义博侯的车队往渤海去,看样子是准备运载大量的粮草。既然说到渤海,很难不让人想到高丽国啊。于是在下猜测,或许是发生了些什么事,逼得扬州的义博侯需要囤积粮草,可在中原大地他又难以行动,无奈只能跑到远方的高丽国购粮。"

陈怀听后沉默了起来,许久之后他张口另往他处问道:"请问哨统,哨统今夜所言之讯息是从何处探得?"

"清河何家。"

"哨统见了何义老先生?清河与蓟县相隔千里,何义老先生何故在冬季跑到这天寒地冻的幽州?"陈怀的语气有些激动。

莲摇摇头道:"不,鄙人在蓟县遇到了一个叫作何茂的年轻后辈,算辈分应是何义老先生的侄子。只去了一趟蓟县便能得到这么多信息,便是得他所赐。不过说来也巧,这何茂不然也是要到襄平的,说是要代表何家给侯爷传信。"

听到清河何家还想着北境,陈怀的脸上露出一丝宽慰。但随即莲再次开口道:"另外,陈先生,关于何义老先生,有件事说出来你或许会担忧。"

陈怀听后眉毛一皱看向莲,莲叹了口气说道:"何义老先生回清河后便得了重病,据何茂说,看状况怕是长不了了。"

"哎,何老先生啊……"陈怀听后长叹一声,眼圈有些发红,显然是听到何义重病后,陈怀心情非常难过……

话到此时,莲已把他这次出行所有探明的信息讲完了。看着此时堂上的气氛,莲觉得也是时候离开了,于是他站起身向白济与陈怀告退,转身直奔襄平城大牢去了。

莲走后好一会,白济见到陈怀仍是消沉,他对陈怀问起了问题,想让陈怀把心分给别处些。

"陈老兄,我是真有些看不透了。这京畿的状况,任谁都会以为天子被王暮和游琳小子把持了。"白济皱眉说道。

第二章 —— 探水 | 083

"嗯,而后天子借皇子大婚成一石二鸟之计。一边稳住相国,一边借机让诸侯进京畿,可谓是进可勤王、退可平势。"陈怀心不在焉答道。

"哈哈,对对对。娶王家的女儿,王暮就算想拦都拦不住!最后咱们这票人再得天子授意,领兵攻下洛京城!真像戏词啊!哈哈哈!"白济哈哈大笑,而陈怀却仍是那张萧索低沉的脸。思索片刻,白济又对陈怀问道:"老兄想啥呢?说说,看看咱们可是想的同一人?"

听到白济再三与自己搭话,陈怀抬起头苦笑道:"确实与侯爷一样是在想人,可在下不敢似侯爷一样揣测天意。"

"哈哈,你知道我在想谁,那我也猜猜你在想谁。游琳小子嘛……不是,你虽嘴上不说,可我知你兄心中一向看不上他。怎么?还在想那何义老头?"

"侯爷说笑了,游琳自有游琳之才,在下对他也是佩服的。但我确实在想何老先生,先不说何老先生重病令我心痛。只想,这京畿中得有多大的风波才能把何老先生逼到如此境地?在下想到此处,心中担忧啊。"

见到陈怀说完后眉头又凝重起来,白济想了会后对陈怀问了一个问题。

"老兄你可否深知天子?"

陈怀听后一愣,随即他惶恐道:"在下区区一介幕内怎敢度天。侯爷与天子逐鹿时便已深交,又何必询问在下天子之能?"

白济听后摆摆手道:"老兄你不说,但你也应该知道。天子既能为天子,便不是古秦时那些草垛大王可比的。若不然天子打天下时,谢家肯倾家族之财助他?李老狗和天子那糙弟弟刘可肯乖乖地替他卖命?就连我不也……也,在这地冻天寒的地方替他看门打更。"

听到白济评论天子,陈怀在座下闭口不语,只当没人说话。白济则不管这个继续开口道:"就说何义老头,当年不也是在酒席上被天子说得泪流满面?而后带着河北各大望族前来投奔。就算是青苗老鬼那种散修方士大骗子,那都能被天子弄出来辅佐他。"

白济这一句"散修方士大骗子"说得陈怀扑哧乐了出来,于是他便再也做不得装聋作哑了。

"在下明白侯爷的意思,侯爷的意思是以天子之能,是绝不会使朝堂陷入这种境地。可侯爷可曾想过,天子的岁数并不比何义老先生年轻多少,这般年月过去了,可是连何义老先生都……"

陈怀的话说完后,反倒是白济开始沉默起来了。

两人相闻不语,沉默良久。忽然白济趴桌子喝道:"他娘蛋胖太守!腊八时竟然什么都没和我说!等咱们去京畿路过蓟县时,他若设宴款待咱们,便让某儿那小崽子坐得离他近点!"

夜更深些,襄平城大牢。

此时,襄平城牢房中的那个胡人正就着鼻涕眼泪喝一碗咸米糊。

在这顿饭之前,这名被同伴放弃的胡人已经很久没吃饭了。但今晚,忽然有人进来给他送了一顿"丰盛"的吃食,不但有米糊,还有几块酱菜。

这胡人在牢里的这几天,都处于恐惧中度过。他不知道自己是否还能活下去,也不知道自己什么时候会死。最要命的是,这牢中竟没有半个人过来审问他。

于是,这段时间里,恐惧与饥饿已把这个胡人折磨得开始神志迷离。

就在这胡人快到达极限时,他开始每天躺在地上一动不动装死,想用装死来引起关注。可在装死一段时间后,非但仍没有人搭理他,他自己竟是想坐起来都没力气了。胡人太饿了,太害怕了,于是他索性就一直在地上躺着,想着赶紧把自己饿死算了,可不想继续在这大牢活受罪了。

于是,那胡人便每天都躺在那里发呆,可如此之后,他的心竟然开始渐渐冷静了,在恐惧饥饿之余,他还能空出心思回想自己的往事。

这胡人想到在自己小时候自己的部族被打进了山林,记忆力好像自打记事起就没有连续三天吃过饱饭。后来自己的部族越走越偏远,很多和他们一起逃进山林的汉人慢慢变成了掌管部族的人,自己又因为住所挨着汉人学会了汉话。

还记得半月前,部族的几个年轻人忽然神秘兮兮地叫自己出来,说是有好吃的。然后就被拉到了一处自己从没去过的小群落,虽然不知道在那干啥,但是那几天真的过得是神仙日子。每天有酒有肉的,晚上还有高丽女人陪着。想到女人的滋味……

而就在这胡人正想入非非时,竟然有人打开了大牢给他端来吃的,看到吃食胡人瞬间便哭了。他此时的哭泣已不再是因为饥饿,而尽是恐惧。因为胡人想到了一个传说,是他以前部族里的汉人老头给他讲的。说汉人的习惯是不让人饿死,所以杀人前都会给一顿饱饭。看着眼前这碗米糊,胡人端起它就着鼻涕眼泪吃了起来……

"啧,这胡人果然都如畜生一般,哪有人吃饭时这副模样。"刚给这胡人送饭的狱卒啧声说道。

"那是因你没饿着。"有声音从狱卒的身后传来,狱卒一听就怒了,他扭头就想朝声音骂去。

"你他娘……"

只是话还没出口,狱卒便颤抖起来,因为声音是由一个披着黑兜帽的男人发出的。而在这男人身后,还有两个身穿黑缎的哨子。

"先让他吃饱,一会我审他。"

"是,哨统。"

胡人吃饱喝足,刚有了些力气便趴在地上哭了起来,再哭着哭着他又嗷嗷开始干嚎。一碗米糊撑不起多少力气,没多久的工夫胡人眼里便没了眼泪,嗓子也嚎不出来了,于是这胡人便又趴在地上像死猪一样一动不动。

莲坐在这间牢房的正座上,看着地上的胡人不禁感叹道,"就算自己,怕是也难做到陈怀设的铺垫。"

莲一言不发,就这么直勾勾地看着这个已丧失了希望的胡人。

足足半个时辰后,莲忽然开口道:"你不用死了。"莲的语气很平静,就像是东家告诉伙计今天不用去干活了一样平淡。

莲说完后,地上的胡人没有出声。但见到这胡人呼吸间的起伏开始渐渐明显后,莲继续道:"你虽不用死,但胡人那边是回不去了。因为和你一同被抓的同伴被放了,他们要是看你回去,你应也活不了。你就在这多待几天吧,不会再饿你了。等你胡子再长长些,我给你钱粮米面并把你送去汉地。钱虽不多,但足够你在汉地撑到找到谋生的行当。"

胡人的呼吸越发开始急促。

"汉地天气好,粮田也足。到处都在招人兴农,你想找个糊口的活不难。若是给你的钱你节省点,往后做事麻利点,我想用不上三五年你就有自己的田亩了,有了田亩就能娶妻啦,到时讨一个农家姑娘没什么问题。以后你们两个一起垦农,有了娃后等到娃长大了你就清闲了。"

在漆黑恐怖的暗室中,莲对着一个处在崩溃中的人叙述起了盛世之乐。他的语气平淡,却显得非常自然。胡人艰难地爬了起来,他看向莲的眼神没有一丝恨意,神情中全是渴望与祈求。

"哦,我忘了件事,汉人都是有名有姓还有祖宗宗籍。这样吧,我帮你起个姓名,再给你个幽州证籍。你先告诉我你叫什么名字?"

"善……善善。"

听见胡人开口,莲知道这次的审讯结束了。

"你就姓单吧,名字叫作单山。"说罢莲在帛纸上写了两个字扔向地上的胡人。

"单……单山,单山,单山。"这胡人看着地上这绢黄柔软的薄布,还有薄布上那自己不认识的形状。他嘴里不断地重复自己的名字,而后他开始浑身颤抖,接着他流出了眼泪。此时胡人的眼泪再不是恐惧了,而是欣喜与向往。

"只是,能不能当单山还得看你自己。"莲蹲在了胡人面前,当他见到胡人的眼神在烛火中变得越来越坚定时,莲笑了。

夜深时,镇北侯府刚熄灭不久的灯火再次点亮了。

在镇北侯府正堂中,还是刚刚那三个人,但他们的神态却与之前很不一样。陈怀很疲惫,莲很焦急,白济则是睡蒙了的样子。

"这队胡人哨骑果然如陈先生所言,他们不是兵。他们被人收买,然后扮成胡兵整日在大梁河外溜达,目的就是来'碰'我们的哨骑。"

第二章 —— 探水

陈怀听后皱起眉头,他没有开口打断莲。莲继续说道:"这胡人提到了高丽女子和一些听不懂的话,那么此事应是策划于高丽国与大汉边境之间。除此外便再没其他有用的信息了。"

　　听莲说完了,陈怀总结道:"那么此事的脉络大体便是,有人找了一些不安分的胡人散民,把他们拉到汉土与高丽国边境用酒饱饭足收买之后,再让他们撞大运似的在大梁河找咱们的哨骑。"

　　听完陈怀的总结,莲默默点头。

　　啪!

　　"什么东西!让快马传讯周揽,让他直接去汉江城找高丽国国王寻晦气!"白济睁开睡眼拍案叫骂道。

　　陈怀没有劝阻暴怒的白济,而是意味深长道:"想到莲哨统所说京畿之中的消息,看来是有人不想让咱们去京畿啊。"

　　白济听完陈怀的话满脸都是狐疑之色,但陈怀并没有立即对他解释,而是把话问向莲。

　　"莲哨统,京畿中闹得那么凶,请问你可否听闻义博侯谢寻在这中间做了些什么?"

　　莲摇摇头答道:"义博侯谢寻在这次风波中好像消失了一样,除了知道他急于买粮囤积外,其余什么都不知晓。"

　　白济听后把话插进来怒道:"要是这事真起于高丽,谢寻那老小子跑不了。"

　　"侯爷,谢公之真性情在与商贾之间。此时咱们什么都不清楚,一切都不好说啊。对了,侯爷,你可还记得我之前所说三法中的最后一条?"

　　"啊,记得。胡人哨马的事先不上报朝堂。"白济答道。

　　陈怀点点头:"嗯,这边患一事,等咱们入京畿后,就由侯爷你亲自与天子说吧。既然都当咱们北境是瞎子,那便把灯挑亮,以后咱们所有的布置全都明来。往后在这棋局上,谁都可以坑咱们,但'谁'都会知道,是谁在坑咱们。"

　　陈怀这句话说得很冷,从他的脸上看不到一丝往日老好人的样子。陈怀的表情被白济看在眼里,他哈哈一笑道:"你这张脸我是多少年没见了?也罢!这事你弄吧,我不管了!"

白济此话一出,陈怀却是愣了下,再转眼时他又是那个温文尔雅的陈先生了。

"话说世子那边需不需要我带一队人在暗中看着?"莲的声音忽然响起。

"算了,有速仆丘带着他就够了。就算有些危险也好,只当我罚这小子了。"白济道。

"世子又闯祸了?"听到罚,莲有些不解。

白济听后哼笑一声道:"你出去了所以不清楚,你可知道此时这些乱七八糟事情的起因在谁?"

莲皱皱眉没回答,白济佯怒道:"就怪你和那小崽子!"

莲听后一愣,他立刻朝白济跪下,虽然脸上仍是莫名其妙,但嘴上却什么都没说。白济见状把莲一把拎起大笑道:"我逗你呢!起来吧!不过我告诉你,就是因为你没瞒住那小子,所以他跑来找我撒诨,而后这队他妈的胡人哨骑就被这小崽子碰着了。"

"这……"莲有些语塞。

"不过我倒要看看,等那小崽子回来后,你从哪给他变出一个善用枪棍的青州奇人?"

说罢,白济哈哈哈大笑离开了正堂,看样子是要继续睡觉了。

腊月十三,大梁河东北皑皑雪原之上。

荒茫雪原,凛风与胡马的呼唱声交织在一起。白某抬头看见鹰鸟破啸长空滑过苍穹。心随意往间,天上有星星点点落于眼中,他缓缓伸手盛接,口中不自知地念叨:"下雪了。"

便在这风雪之中,白某速仆丘一行人终于到了他们此行的终点,整个辽东最大的一个胡人部族,也是胡人大萨满所在的部族。

这座大部族与之前那三个小部族相比截然不同,除了没有城墙外,它已经可以说是一个小型的城池了。

待走进部族时,部族中的长老早已在部族外等候了。接到速仆丘的队伍后,部族长老把速仆丘一行人引进了部族主帐,而速仆丘与白某的队伍则由部族中的胡民带着,在部族中的一处空旷地方安扎下来。

走进这座部族的主帐后,白某发现这座部族竟然有三个长老,并且其中两个是汉人。因未到晚饭时候,速仆丘与白某便在主帐中与长老们寒暄聊天起来。

一阵闲聊之后,帐中几人便无话了。又憋了会,速仆丘便用胡语与这些人乌鲁乌鲁地沟通着。

几句话后速仆丘明显脸色不太好,他转头对白某说道:"大萨满病了,不能起,我们晚去。"

听到速仆丘说胡人大萨满病了,现在暂时见不到,得等晚些才能去找大萨满,白某还略微有些失望。白某心中,他一直非常好奇胡人的大萨满,再加上这次自己作为军使的主要任务便是要去见这个大萨满。

知道暂时见不到大萨满后,干坐在这早就按不住性子的白某便提出要在部族中走走。听到白某的要求,帐内的一个汉人长老立即表示让部族内的少壮陪着白某同去,免得迷了路。

白某摆手,谢绝了长老的提议,随后便翻帘出了帐,叫上了王铁胆等几个亲兵一起,在这胡人部族中四处转了起来。

走了会后,他们到了这个部族的繁华地带。这个大部族完全不似先前那两个部族一般人口稀少。这个时候,有些看似汉人的女子已经开始准备晚饭了,街边更有好多竖着暨子和绑着辫子的小孩在一起玩闹。

看着眼前这一幕融洽景象,白某心底不禁自问道:"难道自己之前多虑了?前两个部族只是因为人口稀少所以没有女人孩子?是否父亲所说的北境,曾经就是眼前这般光景?"

白某的心中正在感慨着,忽然之间,只见一个胡人冲出帐子,抓起一个正在缝制皮衣的胡人女子的头发就往屋子里扯。

白某见状深感惊奇,虽说汉人也是习惯男外女内,可如此这般抓着自己女人的头发就往屋子里拽的,白某是从来不曾见过,也不曾听过。但白某环顾四周,如此残暴的一幕除了有两个汉人女子碎碎的暗骂几句外,所有人都司空见惯一般。

其实白某心中有心想拦下这胡人的,但见就连王铁胆和他一旁两个亲兵都没什么反应,他惊奇地问道:"铁蛋,胡人都是这般粗鲁,还是这其中又有什么风俗?"

王铁胆听后没有很快回答白某,看样子他对此情景也不得甚解。想了会,王铁胆身边那个叫马毛的小兵开口了。这马毛白某之前是听王铁胆说过的,这是功夫不行但骑术了得的胡人小兵。

马毛蹿到白某身旁,语气十分恭敬地说道:"答世子,也不是所有胡人都这样,只不过有些胡人有自己的奴人,那女人应就是个奴人。既然是奴人,便只要自己高兴,把她当人当畜都无所谓了,这也说不出来什么大不好。"

"奴人?这些奴人都是哪来的?"

关于奴人,白某只在故事中听过,据说汉土在远久时期也是有奴人的,但后来远周的文武王定世间大礼后,汉土便是礼法的天下。再少见真正意义上的"奴人"了。

听到白某的问题,马毛很自然地说道:"抢来的呗,也有的是奴人的仔。"

"怎么奴人还能成亲?"

白某的问题让马毛扑哧一乐:"嘿嘿,世子,成亲可说不上,但猪都能下崽,别说人了。"

马毛这话刚说完,他便发现王铁胆正使劲瞪自己,瞬间马毛就明白自己说话嬉戏了,于是他赶紧退后闭口不语。

王铁胆见白某面色带有一丝不悦,他问道:"世子可是要教训一下这胡人?"

白某沉了口气摇摇头:"胡人自有风俗,既然他们自己都司空见惯,咱们管他作甚。"

说罢白某便再不理这茬,迈着大步接着向前走去。但只刚走了几步白某又停下了问王铁胆:"铁蛋,那现在的胡人还去抢掠奴人么?"

"答世子,现在辽东一带的胡人都被咱们打成这样了,吃都吃不饱了还抢啥奴人了?不过啊,我听说龙江胡人那边还是这样。"

听到"龙江胡人"四个字,白某眉毛一皱心中怪异问道:"龙江胡人?不是说整个龙江地域都是他们的地盘么?既然都是他们的,他们还能去哪里掠夺人当奴人?"

"世子,其实这胡人啊,那只是咱们汉人定的统称。就好比速仆丘将军与马毛,他俩都是胡人,可若细论,速仆丘应是鲜族人,而马毛则是乌族人。"

"我也是鲜人。"马毛在王铁胆身后小声嘟囔道。

王铁胆扭过头瞪了马毛一眼,马毛顿时不再吭声,然后王铁胆继续对白某讲解道:"这龙江部胡人也是这样。其实啊,原本在龙江那边有很多不同族的人定居,只不过那些族群都被龙江部族或掠夺或烧光了,所以慢慢便只有一个所谓的龙江部族了。"

白某听后点点头,对于如何细分胡人他并不关心。反正在白某心中,胡人只有两样,好胡人与坏胡人。管他什么族的,速仆丘、马毛这种归属大汉的就是好胡人,其他则全是该杀的坏胡人。

没再多说什么,白某几人接着向深处走去。渐渐的,路两旁的人开始越来越少,玩闹的孩子也已经看不见了。这时王铁胆就对白某说道:"世子,咱们回去吧,看着街道的样子不像是汉胡混居的地方了,再往里走啊,估计就全是胡人了。"

"胡人怎么了?这路上胡人也不少见啊?"白某毫不在意道。

"世子,这有些胡人啊,原先就与汉人混在一起生活,所以他们和汉人没什么差别。但咱们越往里走这路上人烟气越少,我就怕遇到些未开化的胡人。"

"啥?什么叫未开化的胡人?"

"过来时我听胡骑营的兄弟说了,躲藏在这部族中的胡人,有不少曾是在辽东作乱的胡人。他们在这里只因为胡人大萨满仁慈收留,也因为大萨满在,所以他们不会惹出什么乱子。但要是咱们贸然进入他们群居的地方,恐怕就没那么安全了。"

白某听完一乐道:"怕什么?难不成你王铁胆不使锤子就尿了这帮胡人?"

王铁胆被白某一激,他咽下了继续劝阻的话嘟囔道:"用剑也能打他十个八个!"

"随你扯去吧!"白某扔下一句笑骂便继续走向深处。

在连续几个弯弯绕绕之后,路旁的景色便大不一样了,此时别说造炊用的器具了,即便是木头搭的小屋都很少见了。这条乱七八糟的路上到处都是些秽物,除了偶尔能看见醉醺醺的胡人出来解手,再也看不到有人在路上行走了。

白某闻着这路上的茅厕味道,没多久他也有了水涨腹中之感,于是便要找地方小解。王铁胆见状怕白某不安全便也跟了过去,街上就只留下马毛和另一个小兵等着。

白某与王铁胆二人在一间帐篷后找到一处背阴地方,在白某得一阵舒爽过后,王铁胆才开始解带放闸。白某系好腰带后便随意向四周望去,但就只是这么扫了一眼,白某的背后渗出了涔涔冷汗。

"铁蛋,我问你胡人是否有带刀的习惯?"

"嗯,若有刀的话,男人的确是人人佩刀。"正放水的王铁胆漫不经心答道。

"长刀?"

"短刀。"

"那马枪呢?"

"啊?"

"甲胄也是习惯?"

"啊?"

"这他娘的怎么还有草料与煤油?"

"娘蛋!浇手上了!"

"走!"

"走!"

便在白某与王铁胆二人快步回到街上时,马毛他们竟正与一伙胡人掏出兵刃对峙着。而且,马毛身边的那个小兵虽然也提着一柄刀,但臂膀处鲜血却已殷透他的衣裳。很明显,白某他们被人袭击了。

白某与王铁胆见状立刻掏出兵器跑到马毛身旁,马毛见到王铁胆回来,他有些愤怒地说道:"铁蛋哥,这伙人当街拖拽一个女子行凶,我看不过去用胡语说了两句,他们就忽然攻击过来。"

王铁胆听后看向了白某,看样子是询问白某该怎么办。
　　白某看着这帮胡人,数了数大约七八个人,而自己这边算上他自己这边也就四个人,其中还有一个受了伤。不过人数还只是其次,此时最麻烦的是自己这边四人没有一个着甲的,甚至连兵刃也没有把长过一丈的。
　　如此境地,打是讨不到任何好处的。别说打不打得过,就算他们能把面前这些胡人拿下,但谁知道一旦他们打起来,还会有多少胡人蹿出来。
　　心中算计好了利弊,白某开始左右环顾起来,寻找旁边有没有什么东西来帮助自己一方逃脱。
　　但就在白某的余光之中,他从胡人后面的布帐旁瞥到了一个蜷缩着的女子,那女子脸上都是淤青,看面孔衣着并不像是汉家女子。看来,这个女子便是此时窘境的起因。不过虽然白某在瞥到这女子后,打心眼里生出一股可怜之情,但白某却没有在此时泛滥恻隐之心。对白某来讲,此时最重要的就是先跑掉,其余事等逃出险境后再说。
　　心中想好,白某对马毛喊道:"马毛,告诉他们咱们是襄平城来的军使,此刻是走错路了。他们自己的奴人让他们随便处置,咱们不管了。"
　　马毛听后有些犹豫,但还是用胡语乌鲁乌鲁地说了一堆。
　　对面几个胡人听到马毛的话后,面色都是微微放缓,但手中的兵刃却没有收起。胡人中有人站出来,他对着马毛开始说话。
　　等胡人说完后,在就马毛刚要把话翻译给白某时,只见那蜷缩在一旁的胡人女子忽然站了起来!她从怀中拿出小刀,再把刀插进一个胡人的后腰,只在一瞬之间便做完了。
　　在这个被刺伤的胡人撕心裂肺的嚎叫声中,白某把那个胡人女子的脸看清楚了,那是一张染着血的白皙脸庞,脸上有一双细得有些发冷的眼睛。
　　白某张大了嘴,他惊于这女子竟有如此胆量,但同时他也知道这事麻烦了……

　　在见到同伴被人刺伤后,一个胡人反应过来了,他拽起这女子的头发,反手就在这女子脸上甩了一拳。只是瞬间,女子的眉角便裂开了一道大口子。之后,更多的拳脚砸向这消瘦的女子,女子蜷缩在地,在叫骂与痛殴中向白某这边滚爬过来。这时,有一个胡人对着女子飞起一脚,只见女子如滚木皮球一般在地上滑出好远,一直到白某面前一步才停下。

看着匍匐在自己脚边的可怜女子,白某愣住了,此刻他的脚真的挪不动了。

"走不走?"此时白某心中就只有这一个问题。

但眼前的局面没有给白某过多时间思考这个问题,一个胡人从怀中掏出短刀走向这女子。这个胡人长得很丑,他那把锈渍斑斑的刀旁是一双令人作呕的双眼,这眼中透着十足的残忍,还有淫邪。

把这一切都看在眼中的白某仍然没有动,此刻他心中的问题更多了。

"走不走?""带不带这女子走?""带着她要怎么走?"

便在这时,白某脚边的女子强撑起身子给了白某答案。

"我不是奴人!"

不是胡语,是汉话!虽口音古怪,但这说的就是汉话!

"娘贼操的猪狗蛋子!王铁胆!把她扛着!咱们跑!"

在白某的嘶喊中,一柄短斧从他手里起时飞出钉在那丑陋胡人的面上。不待胡人们反应过来,白某从胡人的脸上拔出小斧头竟是掉头直接开跑!

在白某落跑的一瞬间,王铁胆反应最快,他一把扛起那个胡人女子,另一只手拎起被白某钉死的胡人扔向对面。而马毛则是等到对面胡人们反应过来后,他才架起受伤的同伴掉头开跑。

几人逃命一般地跑了会,白某回头看去,想看看自己是否甩远了胡人们,可他一回头才发现,追逐他们的胡人竟是越来越多,并且看样子他们是快被胡人们追上了。白某见状,焦急之下想出一条阴招。

"狗娘贼,天干物燥的,给你们暖和下!"

说着白某随手捡了一根枯树枝放在腋下夹着,两只手摸出火石啪啪地对树枝打着。可因为跑起来有风,火石上零星的火星如何也点不起枯枝头。

"王铁胆!你能拦一会不?"

"多久?"

第二章 —— 探水 | 095

"一泼尿!"

"娘贼!"

叫骂一声,王铁胆猛然停下,他放下肩上的胡人女子,一把掀开了身旁的木帐,然后把支撑帐篷的长木拔了出来,顿时一根长木杆变作他的铁锤。王铁胆铁锤在手所向披靡,他又是一声怒喝便调头冲向胡人,一根粗木被他挥舞出一夫当关的豪气。

在王铁胆拖延的几息工夫里,时间对于白某变得无比漫长。就在四周都渐渐开始静止时,一闪微弱火苗在白某手中闪烁起来。

"铁蛋!跑!"

随后,这微弱的火苗在枯枝上变成了小火把,小火把点燃了秽渍遍布的布帐,火苗成了浓烟滚滚。在燃烧的劈啪作响声中,白某等不及王铁胆跑回,他扛起了那胡人女子继续开始狂奔,并不断地发出怪叫,给浓烟中的王铁胆指引方向。

部族的中心局域,速仆丘正与部族中的长老在大帐中喝酒,几人正喝到兴头上时,忽然听见外面有人喊着火了。

冬季天干物燥,胡人部族又拥挤凌乱,对于胡人来说,一把小火或许真可能烧光整个部族。在几个长老慌忙离开大帐后,速仆丘也跟了出去。着火的地方看起来像是部族深处,他四下看去又没见到白某几人,于是速仆丘心中忽然感到有些不对。

就在速仆丘准备叫营下的兵帮忙救火,并去寻找白某时,远处白某跑进了他的视线中。

"你放火啦?"速仆丘看着躺在地上喘粗气的白某问道。

"我杀人了!"

在这胡人部族的最中心位置,便是部族长老们的大帐。平日里,部族长老们就是在这里商讨事务、举办宴会。

在大帐外还有一片较空旷的空地,但凡这部族中举行什么活动,或是有什么大事宣布，便都在这片空地上进行。

此时，这片空地上围满了部族中的老老少少，速仆丘站在最中间，他旁边是略显狼狈的白某、王铁胆，另一边则是这部族中的几个长老。

而在这空地的中央，是那些和白某产生冲突的胡人们。

见到速仆丘后，白某便把这路上的所遇所见对速仆丘讲了，并连放火这事的前因后果也说了。当然，他发现胡人们藏着兵器甲胄的事没说，因为这事太重要，白某现在还不清楚这些胡人长老都是什么底细，所以这话他打算私下里再和速仆丘说。

这时一个汉人部族长老在询问完胡人后对白某问道："世子，他们认了，小老儿想知道世子打算怎么处理他们。"

但在汉人长老说完后，白某还没发话时，一个胡人长老用口音奇怪的汉话把话插了进来："胡人管教自己的奴人是胡人的规矩，世子这看着也没有大碍。再说，世子与那女人不是还杀了两个人么，就算了吧。"

白某听后有些生气，其实他并没想着怎么在这事上较劲，但自己还没发话便被人打断，而且白某觉得，这个"算了吧"说也得是自己说，不能是别人逼他说。于是白某皱眉道："那女子说的是汉话，并亲口说自己不是奴人。况且此事是胡人们先动刀的，我的亲卫都被砍了一刀，要不是我们跑得快，估计也被这伙人剁了。这要是我真死了，你们也敢去与我父亲说算了？"

白某说完后那胡人长老脸色顿时一青，随后便不再开口了。这时那胡人长老身旁走来一个胡人，这胡人张口就是乌鲁乌鲁地对白某说了一堆。胡人说完后，胡人长老刚要给白某翻译。白某却连看都没看他一眼，只对一旁的马毛问道："马毛，他说的什么？"

"世子，他说这女人的父亲出去捡饵没回来了。胡人家里没了男人，谁管女人饭吃女人就是谁，他们给女人饭吃，所以女人就是他们的奴人。"

白某听后顿时火气更大，他站到那胡人长老对面怒道："好好的女人，你们七八个人说是奴人就是了？奴人就能随便糟蹋？行！按你们的规矩，现在这帮胡人被我抓了，他们就是我的胡奴了。既然他们是奴人,我现在就烹了你们!"说罢白某招呼过来王铁胆,让他取一口大锅生火。

其实白某也不知道自己哪来的那么大火气,或许是他对奴人这种东西天生反感吧,总之,一想到刚才那名胡人女子声嘶力竭的场景他就莫名胸闷。

王铁胆见白某的样子丝毫不像玩笑,可他也没听说过有谁真会把人拿来烹煮。如此,便是王铁胆一时也愣在那里不知该做什么。

这时速仆丘站了出来把白某拦住,然后便与那汉人长老商量这事到底该怎么弄。而就在这时,一句冷不丁的话从一旁胡人长老的口中飘出。

"在胡人的地方欺负胡人的规矩,速仆丘将军在汉地这么多年,呵呵,倒也变成了个汉人。"

白某听到此话顿时觉得十足恶心反胃,这简直就像是戏词里没那活的阉角讲的废话。

白某把牙磨得作响,心中烦躁之下,他索性也不管这些乱七八糟的了。反正他现在手里有兵有马,他想从这部族跑掉,那是肯定跑得了。白某已下定决心,等回到北境,他便要带兵把这破地方剿了。就凭他看见的那些马枪、当甲,这就坐实了这帮胡人不是什么好东西。心想至此,白某的手便向腿侧摸去,打算先弄死这个胡人老小子再说。

可就在他右手刚刚摸到自己的短斧时,白某的手忽然一把被人攥住。这双大手极其有力,纵使白某功夫高于常人,可此刻他的手却被攥得丝毫不得动弹。

顺着攥着自己的手往上看,白某看到了面色肃然的速仆丘。

"害北境军使,伤我的兵。我是汉人,早宰了你。"

速仆丘说的是汉话!用汉话说向那个胡人长老。

那胡人长老听后身子开始微微发颤,但面上却仍没退缩之意,只听他嘴里啐了一口,而后乌鲁乌鲁地又开始轻声碎念起来。

便在这胡人长老的碎言碎语还没说完时,只见速仆丘猛地一脚蹬出,正踹在那胡人长老的胸口上。那胡人长老瞬间一口浓血喷出,若不是他四周站得很挤，不然定会被速仆丘踹飞出去。

速仆丘这忽然的一脚给白某看愣了。白某心想，这胡人咕噜咕噜说得绝对不是什么好话。不然速仆丘怎么会把自己手攥住了，而他却忍不住开踹呢？

速仆丘这一脚踹完，空地的人群顿时炸开了。胡人们全都开始叫嚷起来，更有些已经拔出了随身短刀。而白某此时却冷静下来了，他观察到，空地上那些汉人打扮的人，无论是长老还是普通男丁，全都是一副看热闹看不成随时准备回家吃饭的表情。

见到这些胡人汹涌起来，速仆丘的亲兵也都拔出了刀，口中一边冒着胡话一边与胡人们对峙着。白某则是拍了拍一个胡人兵和他说了几句，那胡人兵点点头后就挤出了人群。

速仆丘倒是没有管胡人们"民情激愤"，他踹完一脚后嘴里嚷着胡话，撸着袖子便又走向那个胡人长老。这胡人长老也就四十岁左右，被速仆丘一脚踹在胸口上倒也没死。见到速仆丘来势汹汹，胡人长老惊恐地四下招呼，在他招呼之后，一个胡人青壮站到胡人长老前，并拔出一把小刀恶狠狠地把速仆丘拦在身前。

速仆丘则是正眼都没看这个年轻胡人一眼，他嘴里嘟嘟嚷嚷一拳砸在那个年轻胡人的脸上，之后又对着那胡人的膝盖补上一脚。之后这胡人便嚎叫着躺在了地上，看他腿的样子应该是断了。

白某看着此刻正在发狂的速仆丘，他心底彻底冷静了。什么叫作一力降十会、拳砸下山虎，见到此情此景他全都懂了。想起那夜自己还想"作了"速仆丘跑路，现在想来可真是幼稚啊……

父亲手下的校尉，怎么可能被自己说作了就作了？

白某把话问向了身旁神色紧张的王铁胆："铁蛋，你觉得你与速仆丘拼力气怎么样？"

"啊？"

"他一脚竟能把人膝骨踹断！"

"我也行！哎，不是，世子你怎么还看热闹？眼下这状况可不妙啊。"

第二章 —— 探水　　099

王铁胆的手放在剑鞘上左右环顾道。

"别慌,你没看那些起哄的胡人眼神开始慌了么?"

听了白某的话,王铁胆这才仔细地看向空地中蹦出来的胡人青壮,虽然他们仍在叫嚣着,可眼神中却都有些闪烁。

再看向速仆丘那边,他把地上的胡人长老拎了起来,然后提着胡人长老的衣领就往空地中走去。见到速仆丘如恶煞般走来,空地上那些刚才还在叫嚣的胡人都开始微微后退。

速仆丘随手把那胡人长老扔到了地上,对着胡人们怒喝了几句胡语。

马毛即时替着白某翻译道:"速仆丘将军说,不滚就拧掉这胡人长老的脑袋。"

听到速仆丘发狠,胡人们都收起了手里的武器,往后退让。

过了会后,空地上渐渐安静起来了,而速仆丘却开始尴尬了。其实他这一顿折腾也是冲动了,虽没闹出人命,但此刻眼见一个长老半死、一个后生残了,速仆丘自己也有些不好收场。

看着速仆丘在空地中,脸上阵阵阴晴圆缺,白某浮现出一抹坏笑对王铁胆道:"铁蛋,你活动活动筋骨,估计也快了?"

"什么?"

"那些半吊子胡人你打三个没问题吧?"

"啊?"

白某话音刚落,还没等王铁胆反应过来时,空地中挤出一个衣着白袍、身披鹿皮并颈间系着狼牙的中年人。

马毛见状感叹道:"哟,这回热闹了,连萨满都来了。"

听到萨满,白某好奇地打量起这个衣着奇怪的中年人,心中惊奇道,"原来这就是胡人的萨满,奇奇怪怪好像咱们巫卜似的,真是天上神仙一般怪。"

速仆丘看见萨满忽然出现,他虽心中奇怪,不过面上还是恭敬起来。那中年萨满走向速仆丘后,与速仆丘小声嘀咕了几句,速仆丘对着他点点头走回了白某身边。

看着正在对着自己坏笑的白某,速仆丘仿佛猜到了为什么此刻萨满会忽然出现,于是便也对白某有点发讪地笑了笑。

白某看着刚才还一副杀神面孔的速仆丘,一转眼又是那副脑袋不太灵光的模样,他不由得心中暗念了三遍"人不可貌相,人不可貌相,人不可……真傻"。

站在空地中的白袍中年萨满对着人群开口了,他先是用胡语说了一遍,接着又用非常标准流利的汉话重复了一遍:"大萨满已经知道这里发生的事了。大萨满说,这女娃不是奴人,我们部族也早没有奴人了。若定要在此事上争个对错,那既然是在胡人的地方,就用胡人的方法来吧!但此事只论对错,不议后果。之后怎样,这女娃都不是奴人。"

白袍中年萨满大声说完后,便走向了速仆丘。他与速仆丘点点头后对白某说道:"镇北侯世子,果然聪颖。大萨满得知你们此次要来后,就一直希望与你聊聊。只可惜大萨满身体越来越差,今天早些又忽然昏迷。刚才大萨满醒来时要我对你说,希望今日晚宴过后与你相谈。"

听到这话白某心中有些怪异,心里合计着怎么这位白衣萨满的汉话如此纯正,甚至连辽东口音都没有。想必这胡人的事,确实不是自己原以为的那么简单。

不过白某心中虽好奇,但他知道萨满的地位在胡人中至高无上,此时也不是多说话的地方,所以他也就没有多说些什么,只是恭敬地对着这中年白袍萨满点了点头。

在白某与白衣萨满说完话后,一个汉人长老走到了空地中,用胡语与汉语交替喊道:"按照胡人的规矩,起了争执又各占着几分道理时,那便以比试论个对错。胜者对,败者错,不论生死!"

听到这话后,白某拍了拍身旁的王铁胆,对着他嘿嘿一乐:"走吧铁蛋,咱俩上去和他们比画两下。"

王铁胆听后嘿嘿一乐,他这才知道为什么刚刚白某让自己活动活动,白某也是松开了肩膀又紧了紧腰带,但他刚要出来便被王铁胆拦住了。

"世子,这不是你动手的地方,我和马毛两个人就行。"

白某听后想了想,觉得王铁胆说得也对,这场合确实不是玩的地方。于是他便收起了玩心,对王铁胆说道:"马毛能行吗,瘦得跟个棍似的,不然换个人跟你去?"

王铁胆则是一摆手道:"行!世子你别看他瘦,小子手黑着呢。"

听着王铁胆自信的话语,白某看向了马毛,只见这小子掏出一把匕首,又把哨马们平时勾人的钩锁在另一条胳膊上缠了一圈。此刻的马毛,正一脸痞子相地看着刚才追逐白某他们的胡人。

"铁蛋,弄残可以,但最好别闹出人命。"

"啊?"

"我或许有用!反正尽量别弄死。"

一阵松筋活骨后,王铁胆手持着铁锤已站到空地中央。

白某在远处兴奋地向空地望去,对于这场由他引起的比试,白某其实非常期待。首先是因为胡人的比试没有那么多乱七八糟的规则,什么点到为止,木棍擦白灰之类的统统没有。二来是因为马毛,白某想不到这马毛看起来瘦瘦弱弱的竟然也能打。

白某所见过的"强人"很多,如父亲白济、虎背营的黄栎,还有刚刚的速仆丘,他们都是身形宽厚壮实有力之人。另外虽也有一些身形稍微轻盈点的,如莲师傅、龙玮这种。但轻盈并不是柔弱,莲看着虽并不壮实,可实则他腰腿间却有股奇劲,刀法又是格外诡异奇妙。而龙玮则是臂长肩圆,两石力的大弓他能连放十余箭而不懈力。

可再看马毛这小子,是既不强壮也没有哪点突出,看样子就像是当铠都撑不动。可既然王铁胆能对这个小兵如此放心,那白某也乐得把好奇变作期待打算好好观摩一番。

随着速仆丘一声胡语大吼,这场比试算是正式开始了。

在围观人潮中不断爆发出的叫嚷声中,王铁胆如滚石一般的双手正持铁锤冲着一个胡人面门砸去。那胡人不得躲闪只能手持短矛相迎,可就在一声又沉又脆的巨响后,王铁胆的铁锤从上而下重重地砸断了那胡人短矛。便在王铁胆砸断短矛的瞬间,他的铁锤转了锤锋,直下变作斜敲,一个回合间那胡人的左膀子已被敲烂。

踹开在地上疼得打滚的胡人,王铁胆已抬眼寻找起下一个胡人。而这时他却发现了场中出现了一幕戏谑。

只见稍远处的两个胡人,一个拿着短矛另一个拿着马刀,正在这空地中追着马毛来回绕圈。而马毛则是闷头只管开跑,全然不管两个胡人在他身后如何叫骂。

这一场景也同样看在白某眼中,他面色嬉笑心想:"这帮胡人还算聪明,打算一个人拦住王铁胆,两个人先把看似瘦弱的马毛打掉,而后再三人合围王铁胆。只不过他们没想到,铁蛋这凶货会一个照面就砸残面前的胡人。估计他们也更看重些,马毛这小子竟会直接开跑。唉?是不是别人平日看自己就像自己目前看马毛这般滑稽?"

场地中,闷声狂奔的马毛转眼看见王铁胆已经干掉了一个,他立即大声向王铁胆呼喊。

在马毛的呼喊下,两个胡人也看到同伴被放倒,于是他们对视一眼后便没有再管马毛了。两人一起转身向王铁胆冲去,打算先合力弄倒这个看起来最厉害的,之后再慢慢抓那个四处乱窜的小子。

王铁胆见两人气势汹汹地向自己冲来,他重重地呼吸了两下把气换足。

就在三人离刀兵相接还剩不足五步时,王铁胆猛地向前重踩一步,抡起锤子绕着自己画圆。王铁胆忽然这么一手顿时把两个胡人逼停,他们晓得这铁锤一旦抡起来,那就是真正的无计可施了。

这时,在肉陀螺般的王铁胆面前,有一个胡人把手中短矛换反手而持,看样子是想对王铁胆投掷出去。可当这胡人刚把短矛举起时,瞬间他便肩膀一沉,只见此时他肩上已多出一把深嵌锁骨的铁钩。

"好准头!"

白某见马毛这手钩锁甩得精准,他兴奋地喊了声好。

就在马毛在钩锁命中的一瞬间,他掏出腰间的匕首冲向了那胡人,那胡人肩颈受伤疼痛难忍,又被铁索拽着挪动不便。他身边的同伴见状赶忙回身,想截住来势汹汹的马毛,只是他半个身子还没转过来,侧脸便被锤镦钉碎了面骨。

眼见有一个胡人被打掉,白某一句好还没叫出来,他只见瘦弱的马毛手中短匕由正手换做反手,纵身一跃扑向那身中钩锁的胡人身上,紧接着一柄锋利的匕首就在胡人腹中画了一个半圆。

"娘狗,别以为老子听不懂你俩刚才骂的啥!"

马毛拔出匕首,爬起来嘴里骂道。只是他话刚落地,脑袋上就挨了王铁胆一下。

"马毛你小子……"

挨了一下,马毛这才意识到自己手重了。他看向在地上抽搐得越来越慢的胡人,脸惨兮兮笑道:"铁胆哥,这人活不成了……"

"行了,一会你别说话,我去和世子请罪!"王铁胆发愁道。

"这是死透了啊。"远处的白某淡淡道。

说完他侧目看了眼速仆丘,只见速仆丘脸上倒是没什么不自在,反而有种看老子的兵多能打的样子。

白某看着从空地中向自己走来的两人,小的愁眉苦脸,大的更是一张糙脸又黑又臭。

"世子,我的错,回头我降为小兵去扫马房。"

说着王铁胆就摁着马毛半跪下去。

"行啦,别卖乖了,我又没说什么。"白某随意道。

"这是世子在第一次任务里给我们的一次军令,我等必须认真完成。现下没办好世子交代的事,王铁胆自知降为小兵罚轻了,等回去我再自领军棍。"

白某看着如此认真的王铁胆,眉头展展,随即他一脚把半跪在地的王铁胆踹倒,笑骂道:"这就算罚完啦! 这东西有一个喘气的就行,再说也不一定有用没用呢。行啦! 剩下的事咱们也不用管了,你们带我去看看刚才那个胡人女子。"

说罢,白某拽起了王铁胆和马毛,而后他便转身往人群外走去。

辽东的冬日天色早暗,还未到酉时,天已黑透。

在白某临时搭起的小帐篷内,一盏小小的碳炉烧得滚热。在冬日的夜里,碳炉带来了温暖,也带来了光亮。

"怎么把人放我这了?"

"世子,女人在行伍中不好安放啊。而且人咱们都救下了,也不能再送回胡人那里。"

听到小兵的话,白某有些为难地看着这个蜷缩在他帐篷里的胡人女子。

"哎,怎么也没给她包扎下?"

小兵听后脸色一红害羞道:"这是个姑娘,男女授受不亲的……"

"行了,出去吧。哦对了,你告诉王铁胆一会胡人请我们入宴时再找我,让他眯一会把精神养足。然后再告诉马毛那小子,让他把咱们的马给喂好了。"

"啊?世子,这出征在外还给马吃夜草啊?"

见小兵话痨,白某瞪了这小兵一眼。于是小兵便灰溜溜离开了白某的帐篷。

白某翻出膏贴后便对着眼前这个正在沉睡的女人犯起愁了,说实在的,白某虽然嘴上总是没个谱,但说起女人他也是没碰过。这会一个活生生的女人躺在他面前,他竟也开始手足无措了。

又盯着这胡人女人看了会,白某的心思开始胡思乱想起来。

"人都说女人身上自带香气,怎么这胡人女子却这般臭?"

想着想着,白某的眼神开始看得细致了。这胡人女子虽有些臭,但生得倒还挺白,但她相貌却谈不上秀丽,甚至有些直直勾勾的。到底是胡人女子,比起汉家的闺秀来没有那么丰富的秀美。不过说来怪异,这女子仿佛被简单勾勒出的面孔,在白某眼中却觉得很舒服。

不知看久了女人还是因为炭炉烧得旺,白某的脸开始烫了起来,心口也有些躁跳。慌乱之下,他便把膏药胡乱糊在这胡人女子的脸上,至于其他"地方",白某也真的是下不去手了。

或许是因为这间帐篷因白某回来所以有了人气,铺榻上睡着的胡人女子胸口间的起伏渐渐变大。

女子微微睁开眼,她褐色的眼睛被微弱的炉光映得发亮,嘴唇轻动低声点出了一句胡语。这声胡语不清不脆但很柔缓,从此白某发觉,胡语也没那么难听。

"你说什么?"白某问道。

"大鸟,好大的鸟,好多颜色。"女子的声音很轻很轻。

"祥凤?"白某确认道。

"大鸟。"

胡人女侧头看向白某,正巧与白某的目光相对望。

此时此间,炉中小炭忽然响起焚炭声,那轻轻噼啪声,让少年人的心充满一种好似跌落马背、脚不着地的忐忑感。

白某不知其间恍然为何,只道世事怪异。他身子慌忙,忙把目光转向别处。可白某的眼神到底还是慢了,女人的眼神已迎近了他的眼中。

"谢谢你。"女人对白某的眼睛说道。

白某赶忙把头扭开,他拿起一根木枝边捅着炭炉,边对女人说道:"膏药放在那了,你一会把身上的伤敷贴好,我不方便。"

"我不是奴人。"女人仿佛没听到白某的话,她只肯定并坚定地对白某说道。

白某沉默了会,然后他幽然对女人回道:"你是胡人。"

"你是汉人。"

而后,白某不语,女子不语。

好一阵沉寂的时间后,女子在炭火的微弱光亮中缓缓坐了起来。看到女人起身,白某心中惊奇胡人的身体可真好,一个女人挨了那么重的打非但没死,反而只在这休息了会就能动弹了。

"你做什么?"白某下意识问道。

"走。"女人简单地答道。

"走？去哪？"

女子并没有回答白某，她把目光下移低声道："我没有报答你的。"

"报答？"

白某皱起眉看向女人，他不懂女人的话是什么意思。但女人并没有回答白某，她此刻的眼神依旧很疲惫，在铺榻上发了会呆后，女人双唇微微颤抖了下，然后便又平躺回铺榻上。

"我被关了两天，身子有些臭。"

听着女人口音怪异的汉话，白某变得越发不解。但当他看见这胡人女人闭上了眼睛，而后在她青白平坦的颧骨上竟然泛起红霞时……

瞬间，白某什么都明白了。少年人满脸通红，此刻他想开口叫骂，可面对一个女人他又不知道此时此刻该去骂些什么？

"什么东西！我堂堂……我大汉……什么东西！"

白某慌忙地站起身往后闪躲，一个不小心他的头磕到了扎帐用的长木。此时的白某，再不见平日里那般口利舌快，他不知所措地掀开帐帘对胡人女子结巴道："你先待在这里，休息，养伤，睡觉，吃饭。"

说罢，白某立刻"逃"出了自己的帐篷。

站在小帐篷外许久，沁入肺腑的空气让白某的脑中清醒不少。

白某看着东边越发明亮的月亮，他心中感叹道："五颜六色的大鸟？呵呵，胡人真是愚笨，竟不知何为凤凰。"

在胡人接待北境的晚宴开始之前，白某与王铁胆已站到了胡人大帐门前。刚刚离开这里不到两个时辰，此时大帐外的气氛却和白日里截然不同。这里此刻多了很多甲胄完整的北境士兵，甚至速仆丘的胡兵腰间也没了酒袋。

见白某来了，一个蹲在帐外嚼干粮的胡将朝白某走去。这胡人白某眼熟，在他们行军时，这胡将便一直骑行在速仆丘身后。

胡将走到白某面前摆出一个军礼道："属下北境胡骑营偏将稚干，速仆丘将军让我在此等世子说些话。"

白某眉头挑挑,心想这速仆丘怎么忽然聪明起来了?竟然知道有事时提前和自己打声招呼了。白某点头后,稚干开口道:"速仆丘将军说,咱们所带七十余骑可动可走却不可战,世子如有计划请提前告知。这胡人部族中事乱且杂,若有行动还得从长计议。"

在稚干说完这番话后,白某差点绷不住直接问他这话可否真的是从速仆丘嘴里说出来的?

好在天色暗,稚干看不太清白某怪异的神色,他只看见白某点了点头,而后稚干便继续开口道:"另外……速仆丘将军还说,晚宴期间不要起骚动,等宴会过后会见大萨满再说。"

白某仍是点点头,不过就算稚干不说他也不会在晚宴中做什么,因为在白某心底对着这个所谓的"大萨满",胡人的半神,还是非常好奇的。

在晚宴之中,白某这顿饭吃得是极其无趣。饭食难吃不说,又要应付汉人长老敬的糟汤。不过不知道是不是因为速仆丘今日发飙的原因,这几个长老无论胡汉都极为热情客气。此时席间气氛极其融洽,白某看着放声大笑的速仆丘,好似今天是别人打残了胡人长老似的。

想着想着白某打了一个哈欠,渐渐宴上的胡语变成了催眠的歌谣,白某的眼皮有些睁不开了。而正当白某的倦意愈演愈烈时,帐帘被掀开,冷风顿时把白某吹了个精神。白某向门看去,见来人是今日在空地中制止住骚乱的白袍中年萨满。

萨满来后,几个长老除两个汉人外都是领首捂胸致意,而后才热情地请中年萨满入座。待中年萨满入座后,白某的困意也消失了,他转头对王铁胆问道:"铁蛋,你说这胡人,是萨满大还是胡人王大?"

"世子,这我哪知道,我都不知道胡人还有大王。"王铁胆小声答道。

"笑话,人多了就得有王,那胡人当然也得有王。你不知道,可能是因为胡人的王被咱们打没了。"

白袍萨满落座后,侍者并没有端上酒水,而是给他盛了一碗热水。中年萨满对着给他盛水的侍者躬身点了下头,这一举动差点让十多岁的小姑娘没拿住水碗。

中年萨满的这一举动令白某惊奇不已,就算是平日没架子的白某,也不会冲一个侍者施礼。

白袍萨满轻抿了一口水,微顿了下用流利的汉话开口道:"在下不请自来抱歉扰了各位的宴席,只是大萨满刚刚睡醒,还请速仆丘将军与军使有劳前去。"

众人听到大萨满脸上都是藏不住的欣喜之色,尤其是速仆丘当即就站起来意思赶紧结束这顿酒席。

在胡人部族的夜色中,白袍萨满在前,速仆丘与白某在后,他们一起赶往大萨满的帐篷。眼见大萨满的帐篷越来越近,速仆丘忽然对在他身旁的白某开口道:"你聪明,我笨,但不蠢。事情复杂,你有计划先告知我,让人转译也可。"

速仆丘说完便指了指他身后的偏将稚干。

白某听后有些惭愧,他觉得自己之前或多或少有些小看,或说是无视了速仆丘。于是白某稍微正色答道:"先前是我众多事情考虑不周,还请速仆丘将军无怪。若我再有计划,我定先与速仆丘将军商量。"

速仆丘听后则是十分大度地摆摆手:"没的,你单独谈大萨满,要认真,仔细。"

白某嗯了声,而速仆丘像是怕自己的汉话没说好似的,他语气更坚定几分对白某又补了句:"多想想,多想想。"

当大萨满的帐篷出现在众人眼前时,白某观察到这个帐篷并不像自己想象的那样豪华,甚至不大。

中年萨满转身对两人道:"大萨满非常期待与两位见面,但大萨满年岁已高,这两年身体又越发不好了,所以还请两位分别进去。"

速仆丘与白某点点头,中年萨满继续说道:"那便以长幼来论,速仆丘将军先入帐内吧。"

速仆丘听后神情兴奋异常,他连忙整理了下自己的发辫,又紧了紧扎衬外袄后才搓着手慢慢翻帘入内。

第二章 —— 探水

见速仆丘进去后那中年萨满仍站在帐外,白某哈着气问道:"你不用进去陪同么?"

"我只是大萨满的侍者,大萨满要单独见人,我便在门口候着就好。"

"我看胡人的样子,在他们心中这大萨满远比我以为的更加……神圣。"

白某不知该用一个什么样的词来形容这种感觉,便只说了神圣二字。中年萨满听后笑笑:"大萨满不是汉家的神巫,他只是个比常人更虔诚的智者。若定要说些奇幻的东西,他所做的也只是尝试与那些恒在之物沟通。"

白某没太听懂中年萨满的话,不过他没有兴趣纠结胡人的信仰,于是白某转而另问道:"那我一会见大萨满时要注意些什么?别坏了你们的礼数。"

"没什么注意的,只要你心里带着尊敬,一切自然而然就好。"

听到这话,白某心里倒是对这个近来听得耳朵都痒了的大萨满多了几分好感。

两人无话又站了会,见速仆丘进去了许久还未出来,冬夜中无聊伴随着的寒冷开始发酵。为了驱逐寒冷,白某又对身旁的中年萨满问道:"你是汉人?"

"是。"

"你应不是寻常汉人。"

"寻常不寻常又有什么区别啊。"中年萨满抽吸一口气感叹道。白某则是完全不在乎他莫名其妙的话,只是很直白地问出自己的问题。

"所以你到底是?"

"得大萨满解惑的人便是了。"

白某听后皱眉,但当他刚要张口刨根问底,那白袍中年人却忽然开口把话头止住在这里。

"往事无趣,不足挂齿。速仆丘将军也进去许久了,估摸着快要出来了。世子还是'多想想'自己想从大萨满那里得些什么吧。"

说罢,中年萨满便开始闭目养神。

话到如此,白某也懒得追问了。在白某脑中,这个中年萨满,顶多也就是曾经辽东一带的读书之人吧。白某在这胡人部族里已经见过大把汉人了,此时再多一个会识字写字的文士也不是什么稀奇事了。

与这个中年萨满的来历相比,白某这会倒是担心起与大萨满见面时要说什么了。虽然这一路上一直有人和他说"多想想",可他在此行中却没有一丝感悟,倒是胡人的诡异线索被他发觉了好多。

想到胡人,白某这半天来脑中一直在酝酿的计划开始渐渐成形,这计划执行起来并不难,只是需要好好布置一番。至于此刻他要见传说中的大萨满,白某却提不起什么兴致了,他心中便把这场会面当成一个过场,或是自己计划的一个掩护。

在白某胡思乱想间,时间过了很久。速仆丘从帐篷中走出来后,白某只见他满脸肃穆,眼角甚至能看到些疲惫、红肿。

速仆丘走到白某面前道:"若你一会不累,来我帐内。我打算多停一日,与你商议。"说罢,速仆丘留下白某自己先回去了。

看着速仆丘的背影,白某心念道,"多停一日,我也有此打算……只看你我所想各是何事吧。"

想罢,白某掀帘进帐。

走进大萨满的帐篷中,所有陈列摆设无不是白某毕生未见未闻。但面对如此多的奇异,白某还是自然而然地把目光移到了躺在帐篷正中的老者。

便只是一个对视,白某便无法将眼神从灰发老者的双眼中移去……

此间此时中,白某忽然有种奇怪的眩晕感,好像一个千百年前自己就曾见过的人在看着自己。

他不知道这种感觉是爱,是恨?是怀念,是祭奠?又好像这千百年来,只有自己在不断穿梭,而这个躺在铺榻上的老者却始终留在原地,或为少年,或为中年,或为自己的知己好友,又或为寻常人家的祖父阿公。

"娃子,你坐过来。"

老者从铺排伸出一只枯瘪的手。听到大萨满的招呼,白某的脑子混

第二章 —— 探水

沌,身子却不自控坐到了老者榻旁。

"娃子,扶我起来。"老者的声音十分微弱,但却很清晰。

"老师傅,你的身子骨……"白某不由自主地关心道。

老者笑笑摆了摆手,但他口中的笑已无力发出声音。

白某走上前把大萨满扶起,因离得近了,白某仔细地打量起他面前的大萨满。灰发,消瘦,有一张路上随处可见的五官,并在他的脸上,刺有一幅因为消瘦而认不清是什么的刺青。

"您是大萨满。"白某不由自主地恭敬道。

老者微微一笑,但嘴角很僵,他缓缓抬起一只手捧住白某半个脸颊。

"我是曾与你有过照面的那个路人。"

"我……"

白某望着大萨满的眼睛,那是道不清来源的熟悉之感。

"我倒要问问娃子你,你是谁?"

"大汉镇北侯白济之子,军使白某。"白某答道。

"哦,原来是那个住在路旁,在湖中捉月的娃子啊。"

白某的眼神有些迷离,大萨满不着边际的话并没让他愤怒,而是让他有些不知所措。

大萨满把手从白某脸颊处落下,然后又点向了他的腿。

"呼呼,我知道你是谁,但我不能告诉你。我若告诉你,你就不是你了。"

听见这些莫名其妙的话,白某心中却很平静,好像面前的这个老头有什么魔力一般,老者嘴里一言、手中一比便是如此了,让他再不用去思量猜测。

大萨满摇晃着身子,低头笑着,语塞已久的白某开口问道:"老师傅,我有几个问题请教您。"

大萨满抬眼看向白某,"你问我,我又哪里比你多知道些什么?我只是个曾经看着你嬉闹的路人罢了。但,你的问题,连你也不知道如何解?"

白某点点头,心中稍微措辞了下道:"不知,即是问题,自然是需要智者来解惑的。"

大萨满听后叹了口气,像是十分可惜地说道:"可惜啊娃子,你的问题都是问向你自己的。你想不到答案,只是你不曾去想也不愿去面对。若想解你的惑,还需要人来帮你的,但我并不是能助你解惑之人啊。"

"可……"不知为何,此刻的白某忽然非常急于向面前这个老人倾诉自己。大萨满见到白某急切的样子,他和蔼地笑笑道:"这样吧娃子,别问什么问题了。你就只管和我说说话,我来听。路上的雪大,天上的云美,任何事你都可以与我说。我们就只是聊聊,聊了。"

"胡人可否要作乱?"白某直接开口问道。

"胡人是什么?"

大萨满这个回问白某真的没想到,他一时间噎在原地。但看大萨满的样子,却不像是在开白某的玩笑。大萨满想了会又对白某开口问道:"哦,娃子,你是说那些整天叫嚷的娃,还是那些饿得乱蹦的娃?"

"就是胡人啊,和汉人打仗的胡人。"

"若说打仗,我倒觉得两边都是胡人,反正都是吃不饱饭没个安稳的。"

"这……"白某顿时语塞。

大萨满笑着叹了口气道:"我这副皮囊啊,活了太久。很多人我都曾见过,都是一会像个孩子似的乱跑,一会又似老头一样发呆,来来回回,周而复始。可也有很多人,我见过一面就再也没见到了。娃子,你说的这些与我只有一面之缘的人,他们是不是你说的胡人呢?"

"我……我听不大懂。"

"哎,是老东西我故弄玄虚了,其实我懂娃子你口中的汉人胡人。只是人这东西千奇百怪,好像有人前夜才杀了人抢了粮,后天又把最后一口粮给了个素昧平生的小孩。从始而终也好,千般无常也罢,一日变化,十年变化,又或者说一成不变,人就是这样。你说简单也好,复杂也罢,可这都是人,若要仅以这胡汉二字称人,是不是有些笼统了?"

话到此时,看大萨满的神情好似回春一般,话语间也渐渐有了中气。几段明理之后,白某的脑子也渐渐开始清晰。

"胡人骚扰大汉边境,在我辽东烧杀掳掠,我大汉边境之民多困于胡人之苦。"

大萨满听后点点头,但他仍是没有回答白某的话。

"娃子,你可曾去过中原?"

白某一愣,摸不着头脑答了声没有。大萨满听后把神色看到远处,幽然对白某说道:"多少岁月前,圣灵曾带我去过你们所谓的中原大地,那可真是漫山遍野都是田粮啊。我曾想啊,若是这天下人人都有个几亩耕地,吃饱饭后还能拿去换上些绸缎器皿,那这世间又有谁会把铁拿去做杀人的东西去打仗呢?"

"若不是胡人屡屡进犯,那我部何须日夜枕戈待旦?"

大萨满没理白某说的胡人进犯,只说道:"可汉家中原还是打了好久好久啊。"

白某咽住。

"所以若是非要像娃子嘴中的把人分个别,我觉得还不如分成吃饱的和没吃饱的来得妥当。"

说完,大萨满嘴里倒是干笑了两声,白某想来倒是也有些道理,可他笑不出来,只能不断叹气。

"坐累了,娃子可否扶老东西躺下?"

白某听后赶忙恭恭敬敬地慢扶大萨满躺下,又帮他盖好了铺盖。白某眼见大萨满脸上的红润已经不似先前。

"但娃子,老东西还要说,就算是圣灵也不是一味仁慈。老东西来不及,也讲不清人到底是个什么东西。只能和你说,人虽无类,但却有别。老东西能看到你眼中若隐若现的凶光,可无论你脑中闪过的是什么样的场景,老东西不希望今天的话干涉你的所为,只是娃子你脑子中要时时保持通透。"

白某瞳孔微睁,那个从自己在此行中进入第一个寨子时,便一直浮现在自己脑中的画面不断地清晰起来。他看见马,他看见人,他甚至听见了呼喊声,他最后看见了火……正当这个画面越来越清晰时,一只无力的手扶上了他的膝盖。

"娃子,你看见的东西或许会变成你的所为。可你做的任何决定,不论是错是对,都一定要思量……思量啊。"

白某闭上眼,他浅浅地念道:"量即是度,可谁又能给我一把衡度的尺子?"

"你心即是尺……"大萨满看着白某,他的笑仍是那般和煦。

说着,大萨满枯瘦的手握住白某,白某向大萨满的双眼看去,顿时他仿佛看到了无限。在无限中,那是一片盎然的生机勃勃,那里有好多的鹿,还有北归的雁。那里是春天,融化的雪水滋养着脚下的土地。便在这片土地上,出现了人类,是一个孩子,在笑在哭,在玩着泥巴。

"嘿嘿,娃子,我把这世界的清明送给你玩耍了。不是什么贵重东西,无非是在你心里种下一股清泉,让伪相再困不住你。愿你此生安乐,永远不会流离于真伪之中。"

白某睁大了双眼,那是一个世界,就从白某那谈不上清澈的眼眸中被注入。太宽广了,又太渺小了。

"我要它何用?"

双唇颤抖着,白某流下了莫名的眼泪。但就在这时,大萨满的手从被褥中探出,轻轻搭在白某的手上。他呜呼了几下虚弱地开口道:"娃子,我还想和你多说些话,但在这茫茫大千中,我终究不是你的机缘。言到此步,旁余的话无论真伪都有他人对你说。这一次嬉闹也就罢了,石母会原谅你,可往后你的选择,要……"

说到这里,大萨满的手一松,游丝般的话语便只剩下了呢喃:"神木焚天,圣鸦三顾无枝驻,还飞走。石母侧身,幼兽啼,娃子啊,你抬抬头,月亮在天上呢,呵呵呵呵……"

白某此时双眼已湿润不已,他不懂心中的情绪为何物,只是看着眼前这嘴中含笑面带释然的老者,他的心有些惘然。

"月亮在天上啊……"

在白某归帐的途中,这如小城般大小的寨子响起了哭啼声,随着白某的脚步渐渐作响。

不知走了多久,白某已站到自己的帐篷门口,但他没有进去而是蹲在了地上。王铁胆走到白某面前,白某对着他招招手,让他蹲到自己身边。

"铁蛋,你说我是不是个傻人。"

"世子?"

"大萨满死前和我说那么多话,我竟全忘了。"

第二章 —— 探水

王铁胆听后没有说话,因为他看出此时的气氛并非是自己打诨卖蠢的时候。

"铁胆你听,这寨子里不绝的哭嚎……连咱们营帐里都隐约有叹息抽涕之声。"

又是一声叹息后,白某又感叹道:"若是我此时是个真正聪慧之人,那么今日大萨满与我又会说些什么呢?"

王铁胆仍是不语,他就只蹲在白某身旁沉默着,肃穆着。王铁胆知道,此时他不该说话。因为他不知道该说什么,也不知道该用什么样的身份与白某说话。

又是一阵沉默后,白某站起身,他拍了拍身边的王铁胆。

一声叹息后,白某掀过了心中的惆怅,因为有些事,他更坚定地要做了。

"行了,铁蛋,你再帮我跑个事。帮我去给速仆丘将军带句话,就说有些事我还得细细合计一番,所以今晚就不找他了,明早我起身后再去与他会面。你传完话后也好好休息吧。"

"是!属下领命!"

王铁胆听后站起来对白某抱以军礼,说出他只能说出的话。白某听着这部族中不绝的哭嚎声,他又叹了一口气对王铁胆道:"让咱们的胡人弟兄今夜想做什么便做些什么吧,今夜中不着值哨了。"

说罢,白某重重地在王铁胆的肩膀上一摁,然后转身进了帐篷。

这夜晴朗,月似花黄盘,在襄平城中各人却无心赏月。

正在自斟自饮,白济可能有些微醺,倒酒的手一迟,酒便溢出了酒杯。看着溢在台案上的酒,白济的脸上看不出悲喜。

良久,他扑哧一乐,自言自语道:"小崽子瞎机灵,若能见到那位智者,不知此刻又是何等窘态!哈哈哈!"

说罢,他用袖袄抹干酒渍,抬杯一饮而尽。

陈府中，陈怀与夫人同坐在台榻上。忽然的一瞬，陈怀把手中书卷放下。

"怎么？"陈夫人问道。

"没事，只是觉得有人在看我。"

"谁在看你？是欢喜你，还是厌恶你？"陈夫人声音稍带一丝顽皮。

陈怀苦笑着摆摆手道："谈不上喜欢厌恶，像是与我熟识之人有事相托。"

说罢，陈怀把书卷放到一旁后走下了台榻。他打开窗栏，望着天上的明月笑道："夫人，这月不如你美。"

陈夫人笑意羞掩。

腊月十三清晨。

沉睡中的白某陷入了梦魇，他很累，但却无法从无尽的路途中归来或驻足。就在白某的心力将在这混沌的旅途中消磨殆尽时，有一个声音响起，而后梦魇破碎了。

"起来！起来！"

"啊！"

"快起来！"

"喔！"

啪！混沌中的白某脸上感到一阵火辣，而后他紧绷的身子放松了下来，随即疲乏爬到了白某身上。白某疲惫地睁开眼，他发现一夜留宿在自己帐篷内的胡人女子正在盯着自己。

白某使劲揉着脸，疲倦地说道："没睡好。"

"你被牙鲁里缠了，睡不好。"

"什么东西？"

"大萨满往生了，没人护着我们，牙鲁里就回来了。"胡人女子担忧地说道。

白某这才听明白，女子在说一个叫作"牙鲁里"的东西。

女子看白某满是不解，她向白某解释道："是作恶的怪，没了大萨满，石母看不到这里了，牙鲁里就会来。"

说完，女子眼圈红了，落下了几滴眼泪。

想到昨晚那个老者，虽然白某已记不清昨日大萨满与自己说了些什么，但他心中的悲悯低落此刻却是真实的。不过对于胡人女子说的这些怪力乱神的话，白某却是没在意，他只觉得是昨天铺榻让这女子睡了，自己在地上打铺盖没睡好，魇着了。

"你叫什么啊？"

"乌维。"乌维轻声回答着，并把一碗热腾腾的煮面送到白某手上。

"哦，那你多大？"

"没数过，十七，十八？"

白某听后一呛，在他心中，他本以为这女子的年纪会更老一些，竟没想到只比自己大一两岁。

"你叫什么？"乌维淡淡地向白某问道。

"北境镇北侯帐下白某。"

"哦，白将军。昨天多谢将军，我要走了。"

乌维的这一声将军把白某叫得心中欢喜，于是他顺嘴回问道："走？去哪里？"

乌维听后不语，白某皱皱眉毛道："救下你就想着走，看来胡人都是忘恩负义啊。"

女子听后没有什么表情，她的语气仍然很淡："我没东西报答你，汉人也不要一个胡人做下人。"

"你怎么知道我不会？"

白某反问一句，但乌维没有回话。因为起晚了，白某也没时间再陪这个胡人女人扯闲了。他一口把还剩下三分之一的煮面吞下，然后把甲披挂整齐，又绑紧自己腿间的斧头。

临出门前他转头对乌维道："今天这里不太平，你就在这待着，往后事我替你安排好了，到时候你跟我回北境，我找个好人家收留你。"说罢白某转身而出。

白某的帐篷外，王铁胆早已等候多时，两人见面后便一同赶往速仆丘的营帐。

走进速仆丘的营帐后,速仆丘正在一块毡皮上坐立不安。看到白某来了,速仆丘有些慌乱地抢先问道:"昨夜,大萨满说啥了和你?"

白某听后皱皱眉,他仔细看了眼速仆丘,见速仆丘的倦色比自己更甚,可能昨晚是一夜没睡。

"没说什么,只说了些我现在还参悟不透的道理。速仆丘将军怎么这般急躁?"

速仆丘听后对着稚干比画一下,之后的话便由稚干开口对白某讲解。

"速仆丘将军昨晚一夜未眠,大萨满往生后这部族有些乱。昨夜基本所有人都围到了大萨满帐前,人们开始是哭嚎,但等到夜深时便有胡人起势要向北迁徙。后来这部族中就起了冲突,甚至有些人动了刀,最后还是三个长老和大萨满的徒弟出面才暂时安稳下来局面。但这安稳就是暂时的,今日部族中就要商讨出个结果。"

"怎么这就闹上了? 难道胡人没有给往生者祭奠守灵的传统么?"白某疑问道。稚干则是摇摇头答道:"虽不能说没有,但也没太多规矩。"

"那速仆丘将军是怎么想的?"白某看向速仆丘,但回话的仍是稚干。

"速仆丘将军昨夜已派一众人马连夜赶回北境了,现在我们在等候爷定夺。"

听到此话白某心中一紧,他总感觉速仆丘的做法虽说并无太大不妥,但却少顾虑了很多事。

"我有一点疑问,这么大的部族,只因为大萨满往生了就能随便迁徙?"

稚干听后凝重地点点头对白某答道:"是的,我们胡人本就是四处游猎的,所以迁徙对胡人来讲并不是件大事。"

"懂了,但迁徙总得有个具体的理由吧? 总不能只因大萨满不在了就直接走掉。"

"理由很多,有的人说此地离大汉边界太近很危险,还有的说龙江才是胡人们的家,要重回龙江部族。"

听到"龙江部族",白某不屑地轻哼一声又问道:"部族里的汉人呢?"

"汉人们则是很摇摆,没有同意迁徙,但也没提出什么意见。"

白某听后沉默了起来,过了会后他抬头看向了速仆丘说道:"速仆丘将军,有些话我需要单独对你说。"

　　速仆丘疑惑地看着白某,然后指着他身旁的稚干道:"没事,稚干我外弟,信得过。"

　　白某听后也没再纠结,他轻咳一声对速仆丘问道:"速仆丘将军,你对我透个底,父亲让我们来这里究竟是要做什么？还有,他对这些塞外部族的态度又是什么？"

　　"安分的怀柔,不服的打掉。"速仆丘不假思索答道。

　　白某听后则是一摆手道:"太笼统了。详说的话,怀柔是怎么个程度？是给些粮米就好,还是保证安全？打掉又该怎么说？是打服了还是灭掉？若是灭掉的话,什么情况咱们才能动手？"

　　速仆丘听完后低头寻思起来,不知道他是在想白某问题的答案,还是根本就没听明白白某的话。

　　稍想了会后,速仆丘呼噜呼噜地说了一串胡语,而后他身旁的稚干开口道:"速仆丘将军说,侯爷不会事无巨细地给行动下达令则,一般若是真有为难的任务时,营中都会有参军跟着。但此次突发事太多了,他也不知道怎么办,既然世子是军使,那便听世子布置安排吧。"

　　白某听后一惊,他心中顿时热涌起来,一根暖筋从胸口一直窜到鼻梁,连拽着两块耳根都红了。白某心中感叹道:"什么多看、多听、多想,原来这话的意思在这啊！"

　　"我明白了。"

　　嘴里应答着,这几日白某所见的一幕幕画面在脑子里开始串联。忽然间,那些停滞的画面动了起来,渐渐连声音都有了。白某听到呼喊声与马啸声,然后他看到了好大的火……

　　"速仆丘将军,这部族里不光有刀刃,还有甲胄、短矛、马草、煤油。"

　　白某言罢,速仆丘顿时一凛。白某看到速仆丘的反应没有丝毫意外,他没给速仆丘发问的时间,只继续说道:"再说前几日那些小部族,我也发现了许多怪异,比如雪都掩盖不住车轨痕迹,又比如上百人的部族中竟没有几个年轻女子与小孩。据我所知,胡人少用车吧？况且一个在此地繁衍近十年的部族,怎么看不到女人与小孩？怕不是那些小部族早就成了歹人的前哨了!"

眼见速仆丘的神情越来越怪异,白某则是越来越自信。

"此时,大萨满刚刚往生就有人要迁徙,虽用胡人的习惯也能解释,但到底过于牵强。速仆丘将军你好好想想,咱们是为什么快过年了还要跑到这荒野之中?若我去想的话……"

说到这里,白某不再开口了,而是把时间留给了速仆丘,让速仆丘好好去思考他的话。

良久,速仆丘犹豫地开了口,同时稚干也用同样的语气说道:"将军问,会不会没有那么严重,可能只是小股子骚乱而已。"

白某则是自信地摇摇头:"若是小股骚乱,咱们此刻便不会有工夫在此商量了。陈先生曾对我讲过,骚乱因愤恨而起,但只是一时一念之间。看这胡人部族此时样子,虽然乱,但仍还算安稳。这便不是骚乱了,而是叛乱,因为叛乱往往是先谋而后动。"

说罢,白某叹了口气感叹道:"我寻思着,胡人们本想等大萨满死后再叛乱,可没想到现在咱们北境的人也在此。说不准啊,他们现在就在那间大帐中商量怎么对付咱们呢。"

白某说完,那稍显稚嫩的脸上满是自信得意。速仆丘的脸则与白某截然相反,踌躇、犹豫、迟疑全都挤在他那张愁眉苦脸的面容上。白某见状便明白了,速仆丘已经被自己说动了,现在离速仆丘同意自己"朝思暮想"的计划便只差一句话了。

"速仆丘将军先让人回北境报信并无不妥,只不过时间来不及了。咱们只有几十人,而他们有上千人,若咱们再没有任何动作,到时就算能逃出这险地,怕也是失了铲除'胡''乱'的时机。"

"那……怎么做?"速仆丘吐口了。

啪!白某一拍手露出了笑容。

"安分的怀柔,不安分的打掉,但要细致些……"

中午时,北境襄平城。

镇北侯府正堂中,白济背对着陈怀与龙琦,他的目光在桌案上的兵符与一把短匕上徘徊不定。

"事都是越来越糟心啊,这卡着年节怎么一天一个变数!"

见白济感叹,他身后的陈怀开口道:"老智者年岁本就已高,又苦撑了北境安稳数年,只是没想到这般巧合。"

"速仆丘做事还是糙,知道连夜走快马通报老萨满的事,旁事倒一句未提。"白济的话有些无奈。

说完后,白济又把话问向了龙琦。

"龙将军,我问你,若幽州并无我这镇北侯府,你为北中郎将领驻扎辽东郡领一镇兵马,遇到这事你怎么做?"

龙琦听后不假思索答道:"直接剿灭所有辽东郡边境部族。不管胡汉间的过往纠结再深,可在奏表里也只是'胡乱'二字而已。"

白济听后点头:"剿灭虽不如陈先生的怀柔之术万全,但至少绝无过失。"

白济说完这话,龙琦对身旁的陈怀拱拱手,意思像是在说得罪了。而陈怀则是笑着回了一礼,没说什么别的话。

等白济想了会,他又对龙琦问道:"龙将军,若是剿,你想怎么剿?"

"从胡骑营或黑甲营里点数百骑兵,放火,围猎。"龙琦斩钉截铁道。

"然后呢?"白济转身看向龙琦。

"便再没有然后了……"龙琦坚定地回望着白济的双眼。

白济听后点点头,但他的脸上并没看出是否赞同龙琦的话,他对龙琦道:"龙将军,今日起咱们北境的各处屯所,你在年节前重新整查下。不管事态如何,只要咱们北境稳,便什么变数都不怕,多辛劳了。"

龙琦听后拱手领命,有些话他到底是没有说。

龙琦走后,厅堂中只剩陈怀与白济两人后。白济随意对陈怀道:"这事这么办吧,让人带千百个兵到胡人那,就说给老智者吊唁,到时候视情况敲打一番,最多再杀些不安分的,吓唬胡人下就算完了。"

陈怀听后笑笑,虽然白济想的办法与他一样。但他还是摇摇头道:"此法稳妥,但只怕小某儿现在已经开始动他那颗机灵脑袋了。"

白济听后骂道:"是啊,我也愁在这,这小崽子身上差事呢!本来啊,我就是想让他亲眼见见他脑中那些乱七八糟的东西,也好趁着老智者还健在能点拨点拨他。可谁曾想,这事一件一件竟全挤到一块去了!"

陈怀听着白济的话,他露出一种"我懂"的笑容。不过陈怀并没有在白某的事上再多说,他对白济道:"这样吧,离老智者部族最近的两处胡人部族是咱们的起前哨。让人带兵在那两处部族集结,若是一日之内还未见速仆丘他们返程,那时再到老智者的部族去看看也不晚。给小某儿一天的时间,看看他要做什么。"

"行,让黄栎去点兵吧。"白济答应道。

陈怀摇摇头道:"还是让龙玮将军去吧,相较于黄栎将军,龙玮将军更变通些,某儿打小又与他相熟,如此若遇到些意外状况也好应对些。况且龙琦将军那边也……也好说话。"

日头过午时,胡人部族中。

"速仆丘还喝着么?"

"速仆丘将军喝了快一个时辰了,仍未有醉意。"

"好,铁蛋你去,告诉速仆丘再扯皮一个时辰就够了。"白某与王铁胆在一个大帐中低声耳语。

王铁胆离开后,白某向底下的十几口子人看去。

"各位乡老家长,各位乡老家长。"

听到白某发话,挤在底下的人便都闭了口,他们满是好奇地看向白某这个北境军使,想知道眼前这个少年为何将这么多汉人聚在一起。

"各位,我乃北境军使,更是大汉北境镇北侯白济之子白某。"

白某此言一出,除了两个早已知道他身份的汉人长老外,其他人都是互相交头议论。

"今日通过二位乡老把各位相约在此,说明各位都是我汉人同宗里德高望重之人。"

在这帐内,白某不再称谓人为长老,而是用了汉地的称呼乡老家长。

看着底下这群汉人的脸流露出一丝卖乖,可见这个称呼的确十分受用。

扯完了前情世故,白某对汉人们开口道:"不知各位乡老可否想过,虽然往日北境也常到这大梁河外走动,可为何这次却派来一个军使,而且这个军使还是个镇北侯府的世子?"

白某这话说完,底下汉人立即开始交头接耳起来,但白某却没让他们讨论太久。憨厚一笑,白某没有急于把答案讲出,而是又"描绘"起了另一片景色。

"乡老们!诸位都是离家多年,小子我先给大家讲讲此时汉土是什么模样吧!今我大汉可是四方稳定,咱们北境因有镇北侯领兵于此那安稳更是甚于他处。现在的北境啊,是真正的日耕劳作、饱足安逸,真好似那唱词里圣贤所治的乐土。"

看着底下众人都是目中放光嘴角咧着,白某又做出一副自嘲的嘴脸继续说道:"诸位乡老,你们且看看我。我身为堂堂镇北侯之子,却半点功夫不会,别说刀枪了,就是这两当铠穿得都是吃力,不然我又怎会当个军使?"

边说着,白某还一脸苦笑拍了拍自己身上的铠甲。听到白某的俏皮话,底下众人也是跟着发笑。这时,还有个年纪看起来稍年轻些的男人在底下起哄喊道:"看来啊,这汉土真是太平日子了,侯爷之子都去读书治民喽!"

白某听后一个抱拳,满脸都是"无奈"与"苦笑"。感到这里的气氛差不多了,白某转而又做一张苦脸叹了口气。

"只是啊,哎,各位乡老,这太平日子也不是那般顺利。"

底下众人听见白某口气一转,他们倒也跟着白某嘶气皱眉起来,好像白某的愁便是他们的愁一样。

"哎,诸位乡老咱们短说此话吧,想必大家也该听说过我父亲帐下有位陈先生,那可是大慈大善的星宿下凡。诸位乡老能在胡域暂安此处近十载,这便是靠着陈先生之慈悲。而他,也是传授晚辈我读书写字的老师。"

白某说完咳嗽一声接着道:"这有日啊,我随先生走在田间。望着那遍野的良田,我不解地问先生,为何如此良田却没人耕种?先生答曰,北境人丁不旺。那我又问先生了,咱们这不是有好些年轻劳力么?先生又答曰,劳力是有,可无乡老传授耕种之法。哎,有地、有人,可没人会耕。"

白某言到此处便不再做声,他见底下有些上了岁数的老者竟然开始擦拭眼睛,白某心中大为不解,怎么说到田亩荒凉这些人竟会如此动容?但他却不在乎为何了,因为座下汉人们的情绪比他预想的更加"好"。

忽然底下有人颤声向白某叫道:"世子啊,敢问下,小老儿们懂得耕犁辽东的地。能否带咱们回去啊?不出三年五载,小老儿们敢保证,这辽东也能长出好庄稼。"

白某向说话人看去,在发现说话人竟是这部族的汉人长老时,白某笑了,因为他的计划成了。

"老者你这想法与陈先生一模一样!我这军使就是为这事来的!"

听到白某的话,台下人的眼中尽是雀跃与欢喜。但喜事之后,往往都有一个只是……

"只是,这事不是我一句话的事,多多少少还有些麻烦。"

顿时,大帐中沉默了,白某也沉默了。许久之后,坐在前排的汉人长老咳嗽一声张口了。

"世子啊,我等虽流落这山野部族中,但这厅堂中人都是咱们纯良汉家人,只是因为世道无奈才如此这般。若能重归汉土,这是天大的好事,其中有何难事,作何解法还望世子直说。"

听了长老这话,白某心中一稳,暗念此事已成。于是他面色微正,话锋转道:"我且问各位乡老,咱们胡人与汉人最大的不同是什么?"

听到白某忽然从种地问到胡汉之别,众人虽摸不到头脑,但是也一句"没胡子"、一句"不束发"地回答着。而坐在台上的白某听后却一一摆手,等到白某看到回答得差不多了,他开口道:"各位说法都不足以全道出胡汉之分,光我知道这胡人中便分为匈胡、扶胡、通胡数种,但我们却统称他们为胡人,为什么?依后生看这胡人与咱们最大的不同便是祖宗、礼法。"

说到这里,白某随便找了个座位离他近的老者问道:"老人家尊姓为何?"

"我姓武。"

"那老人家远祖为何姓?"

听到白某的问题,老头呵呵咧着嘴乐了起来,好似这是个十分幼稚的问题。

"我姓武我家远祖自然也姓武。"

白某听后满意地笑笑,然后他对底下众人一摊手无奈道:"可胡人不知道……"

而后零零碎碎的笑声在底下响起,白某沉了沉又道:"昨日大萨满往生,是我陪在身边。大萨满虽是胡人,但确实是一个智者贤能。流落这胡人部族中的汉人也都得了大萨满的照顾,才能安生等到这太平日子快要到来。所以我想用咱们汉人祭祀立祠的方法,今夜便把所有纯良汉人召集起来共同送一程大萨满。"

说完,白某叫来刚办完事、正站在他后面的王铁胆。王铁胆听后点头,而后给白某送来一捆白布一捆黑布,白某拿着黑白两条布带对底下众人道:"过会,我会给诸位乡老家长每人黑白各一条麻布,凭此麻布为信物,今晚可带全家吊唁大长老。每条白布可保一户纯良,另一条黑布则可赠给其他今日未到场的纯良汉人。但有一点,各位乡老得记住你们手中那条黑布条分给谁,若是回了汉土被查到这人不是"纯良",那分给他黑布条的乡老可是要连带受过的。"

看底下人似懂非懂的样子,白某也不再多做解释,他凝重地对汉人们道:"此次吊唁非常重要,所有能来的纯良汉人都要到,女人孩子也不例外。今晚啊,除纪念大萨满生前对诸位保全之恩之外,更是本军使来分辨谁家是纯良的机会。若谁今晚不来,可别怪到时回汉土时不带上他。"

说罢,白某对底下拱手一礼便带人离开了,在他穿梭于汉人中间时,还勉励地拍了拍几个在他演讲时比较活跃的青壮。

在白某走远后,他身边的王铁胆对白某奇怪问道:"世子,你脸怎么红扑扑的?"

"嗨,瞎话说多了就这样。"

王铁胆听后愣愣便没再说话了,白某搓了几把脸问向了王铁胆:"唉,铁蛋,我刚才那个黑白布的话你听明白了么?"

王铁胆点点头,而后又马上摇摇头:"嗯,半懂不懂吧。是不是到场的有白布,有白布的是好人,而没到场的好人就只能分到黑布了?"

白某听后点点头,想着若是王铁胆都能听懂,那些汉人们应该也能明白。对于此计,白某心中稍有些得意,这便是他从古秦国的保甲中想来的。一黑一白两条纱布,可比什么几户一甲要简单。

正在得意时,王铁胆忽然憨声问道:"若好人没分到黑布呢?"

白某一愣,但他很快便向王铁胆解释道:"但凡政策,总是不可能面面俱到的。但好法令,却能涵盖大多数人。"

王铁胆听后哦了一声,但没过多会他又问道:"那要是他们听不懂呢?"

"长老们都是聪明人,会讲给他们听的。"

"那要是他们不把黑布分给别人呢?"

"这怎么会!"白某烦躁道。

"那要是……"

"你让我清静会!"

白某终于怒了。

而就在白某离开不久后,被白某叫来开会的汉人乡老们便讨论起来了。

对于白某的那番话,大家虽都是欣喜,但还有很多人不明白为何回幽州种地说得好好的,忽然又一句话转到什么吊唁去了?并且还给每人发了两条布条,又给又送的,莫名其妙。

众人正交头接耳时,部族中的汉人长老站了出来。在一个年轻后生一声吼后,众人全都安静下来了,长老轻咳一声道:"镇北侯世子是个读书人,人家的用心岂是你们在这瞎猜到的?便是老朽我,那也是想了好一会才明白世子的用心。"

听长老开口,众人都是好奇地看向他。长老吁着气继续道:"你们以为世子说的吊唁,那就是光是吊唁这么简单?也不想想,谁黑灯瞎火地去吊唁？还让你们带上全家老小？"

说着,长老神情开始得意起来,"世子的意思啊,是想通过吊唁,看看咱汉家纯良人有多少。让咱带上全家老小的意思呢,便是世子他还方便认个数,咱纯良汉人之间也好互相认认脸通个气。往简单点说,但凡是去吊唁的,那就是能跟着世子回幽州乐享太平的。"

长老此言一出,底下众人无不是脸上乐开了花。兴奋了一会后,底下忽然有人对长老问道:"长老,那这两条布条怎么办?"

长老听后想了会,然后一抹暗藏狡黠的笑容:"这白布条啊,那就是保定了纯良啦,你们收好,以后就凭它跟世子回幽州。至于黑布条嘛,你们既然不明白就别管啦,都放到我这里妥善安排吧。待会啊,你们把黑布条交到我家后生这。谁也不准藏,不然坏了世子的大事咱们谁都回不了幽州了!"

下午时,这部族中便再看不见北境军士了,因为所有的北境将士在中午时都接到了一项特殊命令,便是好好地睡一下午。

白某的小帐篷内,昨夜便没睡好的白某此时仍是辗转反侧。原因无他,只是因为他旁边多出一个女人。

"你可有兄弟家长在这部族中?"白某翻了个身对女人问道。

"没。"

"没有还是死了?"

"死了。"

白某听后又如自说自话般问道:"都怎么死的啊?"

"妈生弟时候死了,弟没长成,爸几天前走了,然后没回来,应该也死了。"

白某听后皱皱眉,他坐起来盯着乌维的眼睛问道:"这么那看来,你父亲或许是被我们弄死的。怎么？想不想报仇?"

"都是死,被谁杀没区别。"

女子这一句话倒把白某憋住了。心中莫名闷堵,白某站了起来,便对着乌维肩膀踹了一脚。虽没用力,但还是把这个消瘦的女子踹趴下去。

"什么话!什么叫没区别?若是我杀你父母兄弟,你就不想报仇?"

乌维吃了一脚但却没有吭声,她爬了起来,又重新坐稳,然后仍是不言不语的。

看着乌维的样子,白某忽然觉得自己这一脚十分不妥。明明踹的是别人,他的心倒开始闷起来了。

心里堵闷着,白某坐到乌维对面,他向乌维伸出手想帮她揉揉,但乌维却是一个激灵下意识向后躲。白某叹了口气,他瞧乌维身上还是昨日那身浸满泥秽的衣裳,于是白某岔开话道:"不是给你拿衣裳了么?怎么没换?嫌军士们的衣裳丑?"

乌维听后摇摇头,但依旧没说话。白某叹了口气道:"我刚才心中也是莫名烦闷,不该如胡人般鲁莽。向你赔罪了。"

乌维把头低下摇了摇。白某又向她问道:"刚刚我踹你,你心中做何感想?怒么?"

"没。"

白某听后咦了一声,好像对乌维的答案很诧异。

"胡人不都是好斗逞凶的么?我看你昨日一刀捅死那胡人时还挺血性么,怎么我欺负你,你却不怒?"

"不一样,你救我,又留我。"乌维眼睛看向自己的手轻声说道。

但就是这轻声轻语的一句话,却莫名其妙让白某慌张起来。在慌张之后,白某更是心生起了懊恼。

为了掩饰心底的慌张,白某故作镇定地又躺回了铺榻。余光扫在乌维的脸上,白某又把这女人看深在心中几分。她面容轻寡但却很有些意思,白皙的脸上细目唇薄,真是一个"凉意索寂"的女子。

"凭你这模样,等回北境我定给你找个好人家。哎,可惜你是胡人,面相又轻薄,不然凭你的模样给将官当老婆也够了。"

无缘无故地说出这一句话后,白某翻身闭上了眼睛。

这安静的下午,他仍是睡不着。

在白某的帐篷不远处就是王铁胆的帐篷,帐篷中的王铁胆正在闭目假寐。

今天真是奇怪了,王铁胆也睡不着。他的心思很乱,脑中全都是这几天接连发生的事情。

从白某这个平日里的泼皮世子忽然找自己去寻哨开始,王铁胆便觉得自己以前与白某对练时没放水就对了。而那次巡哨中,在见过那泼皮世子的手段后,王铁胆忽然有了一种感觉!他觉得自己好像碰到了一个机遇,一个自己想不通透但却十分难得的机遇。只是王铁胆从没想过,这机遇竟会如此快。没过几天,泼皮世子又把自己带在身边了。

王铁胆不知道白某为何如此器重自己,军中有膀子力气的人很多,拳脚棍棒他虽然顶尖但也绝不是第一。可他不敢,也不知如何去问世子。当然,王铁胆心中也没有读书人才能体会到的惶恐。王铁胆有的只是兴奋,心底上那种说不出来的兴奋。

王铁胆没读过书,他更不懂什么叫借势,他只知道只要把自己这一膀子力气押对了地方,或许他就能成为那个他以前不敢想的他。

别人视白某为泼皮世子,那他就要做第一个礼上世子的。别人与白某笑骂打诨,那他就要成为第一个对白某言行得体的。他是第一个给世子选马的,第一个给世子上鞍的,第一个给世子紧甲的。白某让他做的他就去做,白某让他打架他就打架,白某让他去杀人他就杀人,只要是"世子"下的令,他就死命地去做。

而就在今早,王铁胆确信自己这么做是对的了。世子脑中的计划,就连胡骑营统将速仆丘都只知个大概,但他却是全程与白某商讨的人。并且这计划中的柴垛、路障、灌水的马草、成堆的火油,这每一项都是他自己亲自干的。

"无论前路有多险凶都要在世子身边,替世子执戟牵马。如若不死,便能……"

王铁胆想着……随即他竟然乐出了声。

"铁蛋哥,你笑得真难看。"

马毛的嘲笑打断了王铁胆的思绪。王铁胆哼哼两声,翻身把屁股留给着马毛,又过了会王铁胆忽然对马毛开口道:"马毛,今儿晚上精神点,咱们赶上了……"

马毛听后皱皱眉,他不明所以地嗯了一声,而后闭上了眼睛。

天黑了,夜从东边急袭而来。

好像从离开襄平城开始,白某就有所预感,准确地说是有所冲动。同样是为了达成目的,冲动却与计划不一样。计划是使一切合理后达到目的,而冲动则是让一切不合理"变"得合理,从而强行达成目的。

白某的"冲动"就在眼前了,虽然这其中因为大萨满的原因出现了些许变故。但白某已绕开了这道心理障碍,因为他已为一些人留有"生路"。

此刻的白某,冲动得坦坦荡荡。

"待会我的亲兵会带你走,一路跟着就行,之后会怎样,看你自己造化了。"

说完白某又扔给乌维一摞面饼:"揣着,用得着。"

乌维捡起了饼,眼中尽是茫然地点点头。

白某看着乌维,这个总让他心中堵闷的女人,在临别之际他心中仍没有得到些许舒畅。

"走吧。"

白某把身子背过去,乌维被马毛带走了。

在一片满是垃圾的空地上,白某皱眉看着眼前聚集起来的人,他诧异地对身旁的汉人长老问道:"这顶多也就一百人吧?中午听我讲话的都有十几人,就是每家五口人也不止一百人啊?我不是发了很多黑布带么?人呢?是不是你没交代清楚?"

汉人长老听后满脸都是赔笑地说道:"世子你也知道我们是怎么流落到胡地,哪有多少整家整口的?更何况世子也说了,来的都得是纯良汉家人。在这地方胡汉混居了近十载,纯良汉人少了啊。"

听着汉人长老有理有据的说辞,白某借着火光向人群中细看去,空地

第二章 —— 探水

上的近百人竟是没几户缠着黑布的。

汉人长老见白某的脸色不对,他干笑几声后对白某又道:"世子啊,这样吧。如果世子觉得人少了,等过几日咱们动身回幽州前,我再给世子找些人来。世子你看,你还需要多少人,五十人,一百人?"

白某听后冷眼向汉人长老看去。此时的场面非常清楚了,虽然白某不知道缘故,但他能确信,面前的这个汉人长老诓骗了自己。不过白某在认清这件事后并没有发怒,因为他知道,很快这个诓骗自己的汉人长老将会露出什么样的表情。白某把汉人长老甩开,他站出来对聚集起来的汉人们喊道:"现在我说!你们听!不要吵闹,也不准问,叫喊一律按通胡就地斩首!"

当斩首两个字响起时,这片空地瞬间安静了,而那个汉人长老脸上也流露出白某预想中的表情来。

"过会所有人保持安静,跟着北境军士连夜返回幽州。之后会安排你们入籍分田。你们没有准备时间了,现在就动身。我不怕告诉你们,胡人今夜要开始屠戮汉人了!你们不要在途中起哄闹事,若被胡人察觉,这场中的人全得死!"

在满眼惊慌、惊讶、惊恐的表情中,有些人似乎是察觉到,白某这番话的语气比先前稍弱些,于是便有人三三两两站出来碎语。

"世子啊,这太赶啦,能回去收拾下么?"

"世子啊,我还有个族内兄弟没到呢。"

"世子啊,我舅公还在家呢!"

在几句零星的叫唤声后,人群渐渐嘈杂起来,之后所有人都扯着嗓子喊出同样意思的话,什么谁没来、忘带什么东西、还有个什么事没办。

看着吵闹不堪的人群,白某再没有说话,此时的他很烦很躁。他忽然觉得,这些在陈先生口中无比淳朴的民,竟是那么的令人生厌。

"聪明"的令人讨厌,"愚蠢"的也令人讨厌。

白某一抬手,瞬间有军士抽出了马刀。见了马刀出鞘,人群稍微安静了片刻,但随即,叫喊声竟又掺着哭喊声变本加厉而来。

白某的手落下了,那个把舅公忘在家里的汉子被杀死了。

终于,安静彻底到来了。

白某推开满脸都是惊愕的汉人长老,他来到马毛面前说道:"马毛!我提你为什长,此次就由你带队护送他们回北境。"

马毛听后满脸都是欣喜地向白某行以军礼。白某说完后又深看向一眼马毛身边的乌维,乌维的神情仍是那么凉。白某没说话,乌维也没说话。

"就这样吧。"

心中念道,白某转身离开。

白某不会知道,就是这个"寡情少语"的胡人女子乌维,是空地上百人中唯一一个凝望着白某离开的人。也是在这百人回归辽东时,唯一一个没有咒骂白某的人。

夜深时,这夜中的胡人部族被皎洁的月光映照得很静谧。静谧这种东西,看起来是最近似永恒的。但实际上,与"永恒"的沧桑不易相比,静谧是无比的脆弱。

而在这此时此刻之间,静谧与沸腾就只差了一团火。

于是起火了,静谧破碎了……

看着不远处胡人部族中的大火在夜空中越烧越旺,白某的眼中一片通红。除了火光的映射,还有血丝。

"速仆丘将军!若有逃出部族者一律射杀,他们弓马刀甲整齐,不可大意!"

白某很坚定很自然地下令,速仆丘略有些茫然地点头。

"一个时辰后,此地集合。"

说罢白某一勒马首,带领二十余名骑兵向部族西边的出口行去。

冬日天干物燥,这胡人部族中四处乱搭乱建,污秽之物更是满地。此时几处火势已起,没过多久便是无法熄灭的熊熊大火了。

随着火越来越大,部族中虽有白某早先设下的路障,但部族的各处出口还是涌出很多或是狂奔或是骑马的逃命之人。

只是这些仓皇而逃的人,往往都跑不远就会倒在北境骑兵的弓下。有些骑马的人能跑远些,可等待他的也只有马刀与钩锁。

第二章 —— 探水

这就是一场屠杀，火烧死了大多数人，人杀死了剩余的人。

屠杀往往都是令人兴奋的，便如那些挥舞马刀的骑兵，他们在焦臭的气味中起舞。尽管眼中已充满血丝，但疲惫却伴随着良心一起被封在了心中。

若屠杀是一份功绩，从来向往自己父亲的白某，在这份"功绩"上虽远远未及自己的父亲，但此时，他迈出了第一步。但若屠杀是一种罪恶，烧死近千人的白某，却已等同于坑杀过数十万人的白济。这份罪恶无关于人数，只在于行为。

白某紧握着缰绳的双手微微发颤，他咬着牙，嘴角微笑着。

什么杀错、误伤、女人小孩、老人纯良，都无所谓是否被牵连了。大火烧光了胡人部族，也烧光了此时白某心中最后一丝恻隐之心。

白某除了北境第一大害，之后整个辽东的胡乱将会消失。他的行为是对的，所以白某兴奋了！

便在白某恍惚间，远处有一胡人骑手穿梭出北境骑兵的包围向外逃去。这名胡人的骑术很好，他已纵马闪开数根箭矢，眼看着再过不久，这胡人便要逃到火光难以覆盖的黑夜中，而那时他便能活了下来。

而此时，离这名胡人最近的人在观望的是白某。白某张开弓把箭搭上，但因他射术并不精湛，所以他在拨动弓弦前需要更仔细地瞄准。

可就在白某的瞳孔聚焦时，他看到了这名胡人怀中还有一人，那是一个孩子。白某看不清孩子的脸，但他能想到这孩子此时一定非常惊恐。

就只这么多想了一瞬，不知怎的，忽然有一幅画面出现在白某心中。那是许多年前，白济在废墟中捡起一个婴儿的景象……

于是白某弯弓的手泄了力，箭矢掉到了地上。

"走吧。"

白某的一声轻语正巧被狂奔回白某身边的王铁胆听到。王铁胆看着已浸入黑夜中的胡人骑手没有说话，好像在等待着白某下一道命令。

"走吧铁蛋，已经杀光了，咱们回去吧。"

腊月十四日，清晨天色未亮时。

襄平城东北四十里外,龙玮等到速仆丘和白某的队伍时已是五更天。

在白某到达前,龙玮已从提前来报信的哨兵那里得知了白某的所作所为。见到白某后,龙玮上来就是一个熊抱,他大喜道:"世子!你可真行,直接把那部族剿了,你这可是大功啊。可惜我前几日身子不行,不然同你一路去就好了。"

但当龙玮兴奋地说完后,白某回应给他的却是一抹迟钝又麻木的惨笑。从小带着白某玩到大的龙玮从未见过白某露出过这种表情,于是他有些担心却故作轻松地问道:"怎么了你这是?吓着了?"

"啊,没有,就有些倦了。"

白某惨然一笑。

大约巳时未到正午,白某一行人已回到了襄平城。

就在把马骑进襄平城的一瞬间,白某的眼皮便难以睁开了。但此时白某还不能回去睡觉,他还需要先向自己的父亲白济报告此次行动的过程。

镇北侯府正堂中。

龙玮在交还完兵符后就告退了,堂内便只剩下白济、白某还有速仆丘三人。

向白济汇报的人是速仆丘,虽然他的汉话不利落,但这样反而把此次行动的过程说得更加直白准确。

白济在听速仆丘磕巴缓慢的报告时瞟了白某几眼,见白某呆愣地杵在那里,好像半睡半醒。

"收拢近百流民,并还剿了一个胡人部族,这倒是大功。可,我原本是让你们做什么去了?"

白济的声音听不出喜怒,好像就是随意发问一般。速仆丘听后把头低下沉默不语,被昨夜那一把火烧到慌神的不只有白某,速仆丘现在也是多少有些莫名其妙。虽然这火到底该不该放他到现在都没想通,但从白某说要放火时,他便有种像是着了道一样的感觉。

白济的厅堂内安静了许久,速仆丘仍是低着头,白济的脸上还是那般看不出喜怒。便在这时,白某晃荡着身子站了出来。

"我干的……"

在速仆丘领了奇怪的功离开后,陈怀便从镇北侯府的后堂走了出来。但只见陈怀才刚冒出个头,正堂中的白济便抬起一脚正踹在白某身上。

"几百条人命,你眨眼就杀了!"

白某被踹跌倒,但他没站起来而是坐在地上有些迷糊地说道:"烧的。"

白济一听这话瞬间暴怒,他抡起拳头便要再砸向白某,而白某的脸上仍是一副混沌懵愣的样子。便在白某那张疲倦的脸马上就要皮开肉绽之时,陈怀轻拉扯了下白济,随即白济的拳头便停在了半空。

见陈怀制止住自己,白济疑惑地回头望去。他只见陈怀凝重地对自己摇了摇头,然后用手向着白某指了指。

等到顺着陈怀的手再看向白某时,白济终于发现了自己儿子的古怪。

陈怀走上前来拉起白某道:"某儿,去吃点东西,然后睡觉吧。"

白某听后对着陈怀有些痴傻地点点头,然后便转身如脚踩棉花般离开了,竟是连礼都忘了对父亲与先生施。

看着白某的背影,白济皱眉道:"这小崽子傻了?"

"不是傻了,是吓着了。"

白济听后不解地望向陈怀,陈怀则是叹了口气道:"没事,某儿还知道害怕就没事。等他睡好了,侯爷还是把这胡人与汉人中的原委告诉某儿吧。先把事问清楚,其余的话我对某儿说。"

腊月十五。

昨日下午开始睡觉,白某醒时已是第二日上午。

起身后他草草吃了东西,而后便开始同往常一样活动起筋骨,但只稍微动他便感到浑身酸痛疲乏。

把兵刃随意扔到脚边,白某感觉自己的脑子似乎有些不灵光。这感觉有些迷糊,就像是在梦中看了一场大戏似的。仿佛昨日之前发生在大梁河西北的那些事,全都不是自己干的,他不过是跟在旁边看热闹的人。

白某站在原地,满脑都是糨糊,他什么事都不想干,什么人都不想见,他就想这么站着,或者找个地方躺着。此时的白某像是在梦中被大火烧掉了心神,回到襄平城虽然让他从梦中醒来,但心却没有被带回来。

正傻站着时,有一名传讯兵站到了白某院外,于是白某便被带到了襄平城外黑甲营的中军大帐中去。

在大帐外站了会,白某便被父亲喊了进去。

白济的大帐非常大,甚至比百姓的家宅还大,帐中最显眼的是一张硕大的辽东山势地略图。白济则站在那张地略图前,他背身对白某问道:"知道我叫你过来做什么么?"

"父亲要教训孩儿。"

"为何教训你?"

"杀人放火。"白某蔫声说道。

白济看到白某的样子果然有些古怪,于是他咽下马上就要骂出口的话,把语气缓缓又问道:"说说,杀人放火怎么了?"

"让我去怀柔,我寻了一路胡人反常。让我去当军使,我却诓骗主将不顾任务把人烧了了事。"白某用一种如同念书般的木讷语气说道。

见到白某这副样子,白济倒是真有点无从下手了。寻思了好一会后,白济从帐外唤来一个小将官,然后又让小将官在帐内搬出沙盘兵码来。

等一张硕大的沙盘上布置好千军万马后,白济对白某道:"我和他在沙盘上演武一次,你看仔细了。"

这沙盘演武是军中平日用来推演作战的,虽不能等同于对阵厮杀,但却使领军者更方便理解兵阵变化。而说到这沙盘演武,白某却是此间真正的好手。

听到父亲让自己观摩沙盘,白某空洞的眼中多少有了点神采。这沙盘上,白济持黑码那小将官持白码,双方在阵前各摆了三万"将士"。

在一切布置完后,白济却下了一道古怪的命令。他让那小将官在沙盘两军阵前隔上一张帐幕,并定下了一条新规则,便是白济不能看那帐幕之后的敌军,而小将官却能随意观看整张沙盘。

随后，一场"大战"在白济帐中上演。

白济的黑色大军，摆的是极为寻常的锥形阵。但这锥形阵却被白济稍作改良，本应是放在中军的骑兵被白济摆在后翼。如此一来本是用来分隔敌军的锥形阵，便又多了转守为攻的作用。

白某看完父亲的布阵后便想去看帘帐后小将官的布阵，但他刚挪脚便被白济喝止住不许去看。此时再看那个小将官，他在帐中来来回回踱步了好久，用了一刻钟都不止才布好了自己的战阵。

双方都排兵布阵后，战事一触即发。沙盘兵码你来我往之间，每次挪子都是一番刀影凶光，几轮交锋看下来白某也是脑上渗汗。

这场大战，白济无愧于世间名将之称号，他在战场上随机应变、战略上果敢勇猛体现得淋漓尽致，把无数次眼看便要全军覆没的战局稳住。

但最终此战的结果，白济还是输了。堂堂镇北侯白济输给了自己营中一个名不见经传的小将官，输给了一条轻易便能撕烂的帘帐。

在小将官领赏离开后，白济漠然感叹道："就是简单的伏兵、设饵，若遇到瞎子一般的敌军，那也是神仙般的战术。"

说罢他又向白某问去："此刻见到我输给一个小将官，你有何感想？说说吧。"

白某听后看着沙盘道："父亲没输，有这条帘帐在，什么人都打不赢的。"

白济听后点点头，他又走向辽东山势地略图旁，用一根长棍点在上面对白某问道："这是哪里？"

"襄平城。"

白某回答后，白济长棍滑到地略图的最东北处。

"这里有什么？"

"龙江野人！"

白济的长棍又连续点向各处，而这次白某却鸦雀无声了。在长棍的敲击声响了无数声后，白济开口道："鲜胡，乌胡，突兀人……这些都是你所说的胡人！他们有时互相攻伐，有时又同气连枝。当他们同气连枝时，他们便成了所谓的龙江胡人。而一旦龙江胡人成了气候,他们便只会一个事,南下!"

白某沉默着,白济把长棍扔开道:"应对胡人南下,北境只有两个办法。第一个是战,以大汉举国之力支援北境,在北境重铸雄城壮关,并布下几十万大军北伐。但打仗并不是儿戏,以举国之力征战若得不到数倍于消耗的利益,那这仗就算打赢了也是无用。龙江一带苦寒难住,又是传说中的荒厄之地,就算汉人能在那里生活,可又付出多少辛苦岁月经营它?"

白某低下头仍是沉默。白济叹气一声接着道:"既然战是不能战了,就只有第二种办法可用了,便是让这世上永远没有龙江胡人,用怀柔、离间、打压、扶持等等方法,让各族'胡人'各自安分生活。长此以往后,有的'胡人'便会成为汉人,而变成'汉人'的胡人,还能让更多的胡人变成'汉人'。这第二种办法,是现在最合适、也是我们唯一能做到的办法。"

说罢,白济走到沙盘处,把横在沙盘上的帘帐扯下,一把甩到白某身上怒道:"而你这一把火,却烧掉了北境数年的苦心经营!那个大部族,就是咱们用来怀柔打压'胡人'的第二种办法,这个办法便是你见过的大萨满想出的!现在没了这个部族,便如同你在北境眼前扯开一张帘帐!以后关于胡人,北境什么都看不见啦!"

在白济的怒喝中,白某的身子开始发抖,渐渐他的眼神不再麻木迟钝。白某很慌张、白某很惭愧,然后便只听哇的一声,少年人哭嚎了出来。

这哭声,宛如新生。

傍晚,襄平城内。

天刚刚黑,陈怀与莲却已坐在一家酒肆中许久。这间酒肆虽不豪华,但因为这有单独的隔间,还能提供一些现做温热的肉食,所以也算是襄平城为数不多的酒肆饭庄中最好的了。

随着到了吃饭的时间酒肆中越来越吵,莲提议道:"先生,不如你我移步换个僻静的地方?"陈怀则笑着摆手道:"不必了,这也赶上饭时,你我正好一块吃了。"

说着陈怀唤来侍者,点了狍腿丝、羊肝、蒸饼、渍菜等几样菜。点过菜后,陈怀又对着莲做了一个持碟饮酒的动作,莲明白陈怀的意思,于是便笑着点了点头,随后陈怀又点了几勺酒来。

酒过三巡,陈怀开口道:"哨统啊,某儿这趟回来似乎有些不妥啊。"

莲点点头,但没说什么。陈怀提起酒壶帮莲把酒满上后继续说道:"某儿的事,若是让哨统来教导,哨统会传授他些什么?"

"倒也传授不了什么,无非是带他再杀些人,并让他好好'体会'杀人的感触。"莲把"体会"二字说得很深。

陈怀听后不置可否地点点头,看不出他是否赞同。但莲说完后饮了口酒随即又开口道:"但某儿的事,最好还是由先生来开导。某儿到底是要读书明理的,他不是我这种活在暗垢中的人,我能教他的只是如何冷静地杀人。旁的,我自己都不懂。"

莲说完后提起酒壶帮陈怀满上酒,陈怀举起杯与莲对饮。

便在这酒肆中有人声嘈杂,但这嘈杂声中却透着说不出的热络情谊。月上树梢后,微醺的陈怀散着脚与莲走出酒肆。回头看向这间破烂的小酒肆,陈怀笑着感叹道:"此乃太平啊。"

腊月十七,早间。

这日一早,已在屋中说不上是思过还是发愣的白某,终于迈出了自己的侧院。

但被阳光熙照的白某,此时却仍是一副懵愣样子。他出屋,并不是因为自己想通了什么,其实这两天白某什么都没有想,每日就是发呆、吃饭、睡觉。

现在出门,不过是被自己的陈先生派人叫了出来。

白某刚到陈怀府中,还没等给先生问好便被陈夫人拦下。陈夫人带着两个布铺的伙计,把白某摁在堂中量了好一通尺寸。

"小某儿啊,你整日都是一身劲装结束的可不行。等过了年你去京畿,到时会让人笑话的。姨娘啊给你做三身衣裳,一套礼服,两套便衣换洗着穿。鞋靴呢,等年前山货到了姨娘再叫你来。巾冠佩饰什么的,等你们途中遇到好模样的再说,这裹平城没好样式。还有啊某儿,头发可不能再剃了啊,这仪表上可得上点心。"

听着陈姨娘的唠叨,白某这几日麻木的脸上终于露出微笑,像孩子一般的微笑。

就在陈夫人话刚停下时,只见陈怀披着一件裘皮大氅从后堂走出。白某仔细看去,见陈怀也是从头到脚一身新衣,真是好不潇洒。

白某问过好后,陈怀倒没什么废话,他直接邀请白某陪他出去走走。白某同样也没什么废话,当然是很欣喜地答应了。

可就在两人还没走出正堂时,身后的陈夫人忽然开口道:"回来!"

陈怀莫名其妙地回头望去,只见陈夫人对陈怀说道:"你先把衣裳换了,这身新衣裳过年才穿,别现在就弄脏了!这裘皮若是烧了烫了,这里哪有好人去补救!"

于是乎,白某便又在陈府内等了会,直到陈怀又换回之前那身有些褪色的衣裳后,二人才无奈出了门。

不到一个时辰后,陈怀与白某已慢行在襄平城外的村野中。在这安逸的景色中,阳光映着空旷有积雪的田垄,苍穹中尽是一片暖情寂寥。

走到一片村落前,陈怀勒住马对白某说道:"你从北境迁回来的那些汉民,暂时被安排在这了。昨天起,我便让城中户官来此分放田亩了。"

"那田亩还够分么?"白某问道。

陈怀听后笑笑,但他的笑似乎不像是笑话白某不了解"地"有多大。

"辽东郡的土地从来是富余的,别说这不足百人了,便是从中原迁来数万人都是够的。"

"我本想设法迁回百户以上的,但结果却只有这不足百人。"白某有些懊悔地说道。陈怀不在意地笑笑,他另对白某问道:"哈哈,某儿你可曾想过,迁民开垦是好事。可为何咱们却一直没有收拢人口开垦田地?"

"父亲曾点过我,我虽不清楚缘由,但想必是京畿中权谋心术之事。"

陈怀听后侧目看向白某苦笑摇头道:"哈哈,好一个权谋心术,小某儿也知这世上有权谋心术了。"

"大约能感觉得到,但不得详解。"

"那某儿,你想不想知道这权谋心术,是如何让北境不能开垦田亩的?"

陈怀问完,白某低头想了起来。好一会后,白某抬起头面有犹然答道:"先生,我不想。"

"为何不想?"陈怀好奇问道。

白某皱皱眉,他握紧了手中的缰绳低沉开口道:"先生,我近日总有感觉,我似乎是个愚笨之人。无论是权谋心术,还是策略算计,我可能……可能并不善此道。"

陈怀听完白某的回答后努起了嘴。沉默了会后,陈怀对身旁的白某淡淡地说道:"其实先生也是不谙此道。"

"先生?"

陈怀笑着摆摆手又说道:"若给你讲这其中缘由,我也讲不出个尽然。但至于你在胡人部族中所设的'计策'为何失算,先生倒是能帮你解惑。走吧,咱们今日的午饭便在这村落中用吧。"

白某与陈怀所在的这个小村,因襄平城户官已送来充足的食物,所以这些刚在此地安家的流民生活得还算丰足。

中午接待白某陈怀一行人的人家,正是之前那个部族中的汉人长老,也是此时这个村中的村长。在席间,村长不断向陈怀与白某二人敬酒,言中全是感激之情,嘴里更是张口太平、闭嘴盛世。

而陈怀也是非常健谈,他与这村长聊着来年农事计划,这一桌上真是好不热络。

饭罢,陈怀提出要在村中走走,于是便带着白某在村中散起步来。此时这村中的房屋虽然残破,但已能看出清扫休整的痕迹了。在冬日里,这个破落的小村子竟然能看出一抹盎然生机。

走在路上,有些村人应是认出白某了。他们一见陈怀与白某后,全都是躲得远远的并眼中有明显的惧意。

"小某儿,他们怕你?"陈怀轻描淡写问道。

"迁归他们时,手段差了些。但在我预想中,却不是结果那样的。"

"你那黑白布条的办法其实还算聪明。"

"但结果……"白某再次把头低下。

看着白某复杂的表情,陈怀驻足对白某道:"某儿啊,黑白布条确是妙计,但某儿你算落了人心。"

"人心?先生,他们的心中不就是回汉土安享太平么?"

陈怀听后笑笑,他伸手掸了掸白某肩头上的杂物说道:"某儿啊,你那黑布条是为了广而告之之余,又让每户相互作保,这层心思我是明白的。但这事差就差在,我明白,那些乡老村长自然也明白,而被分到黑布条的汉人却不明白。或说是,他们明不明白却无所谓。"

"不明白?明不明白无所谓?"白某的声音有些迟疑。

陈怀点点头继续给白某讲道:"某儿你看,这分田的事往简单说,是否是分田亩的人少了,那各人分到自家的田亩便多了?你若这样想来,这为何没人分到黑布条的原因,是不是就清晰些许了?"

"就此,他们愿意牺牲同胞?"白某急道。

其实陈怀的话,白某早已隐约想到。可他觉得这想法太过于龌龊,所以便没让这想法停留心中太久。

陈怀摇头道:"牺牲谈不上,他们也不知道你会一把火烧了部族。更何况是某儿你自己给了他们空子钻,你要带回的是纯良汉人,他们便可说没有那么多纯良汉人了。那里与胡人混居已久,虽我们总说胡汉之别,但实则生而为人都是人子人父。久而久之自然相互交往结识,甚至通婚成家。若真论起这纯良,是与不是都是没法细说的事。他们可用没'纯良'来搪塞你,你也没法用'纯良'去鉴定他们。"

白某听后叹了口气,陈怀继续对白某道:"这黑布条另还有一点不妥。某儿啊,你可曾想过,你发到村人手里的黑布条最终会到哪里去?这黑布条是否真的会从各人手中再送到他人那里?"

陈怀此话说完后,白某瞬间便想到了这村中人对待自己的态度,与刚才宴请他们的村长截然不同。

白某怒道:"这长老诓我!"

"可你也诓了他。"陈怀答道。

第二章——探水 143

顿时,白某一阵无言。若是之前的自己,此刻他可能已提刀去寻那长老了,可此刻他心中却只有种近似于无奈、类似于沮丧的感觉。

看着白某的样子陈怀点头道:"嗯,不错。你这趟回来后虽然怪了些,但至少定力比以往好了。不过小某儿你也别拗心,这些乡民并不真的聪慧,只是狡黠而已。"

见白某并没因为自己的话表现出宽慰,陈怀接着道:"某儿你看,这村中一共就只有不足百人,算下来每户三五人。可分到他们手里的地,却是每户五十亩以上。等到来年农忙,这些地谁来耕种?便是分到再多的田亩,到头来还不是空算计?"

白某苦笑道:"所谓算计啊,就是一个比一个拙劣。"

陈怀听后倒是呵呵乐了起来:"自嘲,还是自省?"

"不知道,从回来后就想不透这结。其实某儿也想去寻先生解惑,可我自己都说不清这惑的究竟源出。"

"就只这一事便让你如此苦恼?"陈怀问道。

白某摇摇头:"那倒也不是,这次在胡人部族的事,我只是懊悔与不忿。真正让某儿困惑的是,最近我发现了太多太多令我不得详解的东西了。总感觉每一件事后面都串着一团东西,放在那不想又碍眼,想却是越想越疑惑。"

听着白某的话,陈怀坐在了身旁一块被扫干净的门墩上。他揉着自己的小腿对白某说道:"某儿啊,先生告诉你,你的所思所惑是好事。"

"好事?"

"嗯,好事,疑惑就是自省,自省便是好事。这世上聪明人太多,可是能自省的人太少。有些事啊,做便做了,只要不是因恶念而起,倒不必常常纠结。你父亲和我都能看出你有疑惑在心头,也都想为你解开我们能解开的点。但某儿啊,你若想看清自己的疑惑,旁人却没有办法,这只能靠你自己精进。"

白某听后深深对陈怀躬身道:"先生与父亲用心,某儿知道。"

陈怀摆摆手叹了口气:"等过了正月,咱们赶往京畿时你会见到更多的人、更多的事。那里有天下一等聪慧之人、有游戏天下的弄潮儿、有勇冠三军的勇士。另外,那里还有各种苟合勾当与不堪之事。到了那,看看他们再想想自己,你心中的疑惑或许会清晰些。"

白某听后点点头。不等白某说什么,陈怀又道:"等京畿的事完了,你便别回幽州了。我已与你父亲说好,让你去江夏,那里有人与你授业解惑。在那先待上三年,往后事,往后再做打算。"

白某听后大惊:"先生,我还想……"

"还想着立不世奇功?"陈怀笑问道。

白某顿时哑口,白某口中虽说"还想"可其实他却什么都没想。陈怀仿佛看出了白某的心思,他没理白某继续说道:"此事已定,不过却有件好事。你在江夏的三年,你想学什么都行,习武、论述、兵法、韬略无一不可,哪怕是烹饪、行医、种田都行。只要你听老师的话,并不去为非作歹,这三年你想做什么都可以。"

说完,陈怀站了起来,他没给白某继续废话的时间,伸了个懒腰说道:"酒的暖意散了,我到那村长家中小憩片刻。某儿你只四处逛逛吧,等我睡醒了咱们便起身返程。"

说完,陈怀便扭着腰挺着背走了。

陈怀走后,白某愣在原地好久。对于少年人来讲,一年便如老人一世那么长。而就在刚刚,自己的陈先生却"预言"了他的"三生三世"。

可就在他原地放愣时,一阵叫骂打断了白某发呆。

白某所站的地方,正是一户人家院前。他只听院中有妇人骂声不断,而且这叫骂声听起来离他越来越近。

"若不是看你可怜,早把你这胡娘们扔出去了!因为你,我们家被人嚼了多少舌头?这村里谁不念叨我们收养胡贼?你倒好,连个针脚都不会,好好的布全被你那脏血给污了!这下倒好,年节连新衣都穿不上了!你给我滚去外面,要不能给我弄来一尺新布,你就冻死在外面吧!"

便在这叫骂声中,白某身旁的院门被打开了,然后一个女人被从内而外推了出来。

白某看见倒在地上的女人,他瞬间一愣,而后竟不由自主笑了,"倒是巧!怎么还是一副邋遢相?"

第二章 —— 探水　　145

还真是巧,这个被人连打带骂推出的女人,竟是在胡人部族中被白某救出的胡人女子乌维。

听见白某说话,刚才在院中破口大骂的女人走了出来,但只对着白某一打量,这妇人便慌着转身回家喊男人去了。妇人慌乱,倒不是她看出白某是谁了,而见到白某那一身端正干净的衣裳。这年头,平民百姓谁有一套整齐衣裳每天穿着。

这户中的男人一出来,看见白某便匍匐跪了下来,然后磕磕巴巴地给白某讲了这事的前因后果。白某听后也没难为他们,他对这户人家说道:"你们去村长那要一份布料吧,就说算我的。"

男人一听连忙摆手,也不知道是不想要,还是不敢要。

白某把乌维扶起后对男人说道:"这女人与我有点缘分,你们往后对她好点吧。"

可还没等男人答应白某,男人身边的女人却是噗通一声跪了下去,"世子爷爷啊,求你把这胡媚子带走吧!这胡媚子本就是逃离部族那晚,一个兵长塞给我们的。我们看她可怜才养了几天。现在在此安定,因为她我们却总是被人嚼舌头,好好的一户人家天天被人当成通胡的贼人念叨。"

白某听后皱眉,听着这妇人的话,白某心中十分鄙夷。他不懂为什么这女人几天前还同胡人生活在一起,此时却一口一个胡贼、胡媚子地叫着。

但白某却没有发作,他还不至于同一个妇人扯什么义理。

白某对妇人问道:"多个人在家帮闲不好?况且你们若把她当女儿养着,等她嫁出去,不也能多一门亲家么?"

那妇人听后则是一副十分鄙夷的样子:"世子爷爷啊,我们可用不着帮闲。再说,咱们纯良汉家人,谁能看上个胡媚子啊?"

说完,妇人还白了一眼她身边的男人。

见到这妇人举手投足间的样子,白某心中阵阵发呕,于是便不再理会面前跪着的一男一女了。白某对身边的乌维问道:"你愿意走么?"

乌维点点头。

"那你想去哪?"

乌维摇摇头。

"那你跟我走吧,反正我院里也少了个伺候的人。"

说罢,白某便拉起乌维头也不回地走了。

而乌维则是脚步轻快地紧贴在白某身侧。

傍晚时,陈府门外。

白某施礼告退离开后,陈夫人拽住陈怀。

"怎么你们去郊游一圈,小某儿还带了个女娃回来?"

陈怀听后也是有些愣:"啊,好像是某儿碰到了落难之人。具体怎样,我也是不知。"

陈夫人听后点点头,看着白某离去的方向说道:"哦,小某儿过了年节都十七了,亲事也没个谱,这回屋里先放个人伺候着也挺好。可惜啊,这襄平城里没什么好人家,你这回入京畿可得多留意着点。别白济不当回事,你也不走心!这婚姻大事,人家、门户、性情,可是一样耽误不得。你也别嫌我啰嗦,小某儿没娘,就得我替他想着点。"

陈怀笑着点点头。合计了会,陈夫人又向陈怀说道:"这个姑娘我瞧着也是白净,模样虽有些寡淡,但也还顺眼。她是哪里来的啊?村野间还有这种模样的姑娘?"

"不是村中的,好像某儿在胡人部族中搭救过她。是个落难的胡人。"

"胡人!"

"嗯,胡人……"

"看来胡人也不是生得都丑啊……"陈夫人感叹。

腊月十八,中午。

襄平城外黑甲营中,早早便出门的白某已在这里逛游了一个上午了。原因无他,只是自己的侧院中忽然多出一个女人,这让他从昨晚到现在一直都在尴尬。

这一个上午间,白某先是找王铁胆对练了会。可现在的王铁胆是越来越没劲,每次与他动手,他都是点到为止,没有一点刺激,并且听着王铁胆一口一个"世子"地叫着,白某也有些烦得慌。

实在无聊他便甩开了王铁胆,跑到白济的帅帐中找人在沙盘上演武。可这演武也是乏味,这营中的演武好手们他都太熟悉了,白某能胜过的,他怎么都是胜,白某胜不过的,拼得他绞尽脑汁也还是赢不了。

于是乎,白某便又跑到校场的哨统上晒太阳去了。辽东的冬日只要没风,午后的太阳非常暖人,那真是一不留神就可能睡着。

便在白某迷迷糊糊正要睡着时,他的脑袋轻挨了一下。

"你要是在这睡着了,一场风寒是跑不了了。"

睁开眼,白某见到来人竟是龙玮,于是两人便相对开始傻笑起来。

倚在箭楼上,白某与龙玮东一句西一句地聊了起来。

"你看这底下的军士,这是我最精锐的一营人。各个肩膀都是厚实宽阔,还臂长力大的。"

龙玮得意地说道,白某则是感叹了句:"哎,可惜了,都当了弓步……"

"你懂个屁,寻常弓步手百步能射准就不错了。我这一营人,个顶个能射一百步。"

"能射一百步也是弓步手啊。"

"可别小看弓步手,就我这营人,他们平日对练时,精锐刀斧手都敌不过!"

"二十披甲骑士就能撞翻。"

两人呛了会,龙玮愣愣,转而捅了白某一下:"呛人啊?若真到了弓步手挨骑兵撞的时候,我早就拔剑自刎啦!"

白某嘿嘿傻笑。

两个"纨绔"又是言语嬉闹了会,三句两句后龙玮话锋一转说到了女人,他脸上带着调笑道:"听说你捡了个胡人女人回来?"

"昨儿的事,今日你怎么就知道了?"白某一脸疑问看向龙玮。

"我姐午间给我送吃食时说的。"

"那你姐又是怎么知道的?"

"嗨,襄平城这屁大点地方,什么事瞒得住?你这事都在军眷人家里传遍了。说世子今年十六,却仍未有姻亲事宜。于是乎,世子摁不住寂寞,抓了个胡人女子藏在屋内。"

龙玮说完后捧腹大笑,白某的神情讷然,半句话都说不出来。龙玮笑完摆出一副怪脸色对白某问道:"胡人可有点意思,怎么样?滋味还行?"

白某听后没吱声,只转过头看向校场,全当没听见龙玮的话。看着白某涨红的脸,龙玮坏笑起来:"唉!我明白了!你是让胡人女人吓出来了,没地儿去才跑到城外连营里闲逛。"

说完龙玮又凑近了白某几分,他拍着白某的肩头说道:"你这也不行啊,看我那媳妇被我管教得多服气。怎么着?哥哥教你几招?"

白某实在忍无可忍,他皱眉对龙玮只说了一句话,便把龙玮噎在那里。

"你媳妇服帖不是你厉害,是你姐厉害!"

白某这句说完,噎得龙玮半天没吭声。憋了好久后龙玮狠狈道:"行,那你自己在这杵着吧,我走了,我看你明天还能躲到哪?"

"别走!你讲讲!"

龙玮回头,满脸坏笑。

傍晚时,因白济在营中有事,所以镇北侯府没有开饭。无奈在腹中饥饿的驱使下,白某回到了自己的侧院。

归家后,白某正巧看到乌维在收拾自己的东西。乌维看见白某回来后,她指着院中一侧白某平日练力气时的石墩木桩道:"这些我搬不动,你把它摆到一旁边,整齐些。"

"好。"

白某听后不由自主地答应了一声。

边搬着,白某向洗干净脸的乌维看去。只见今日的乌维,全不似之前在胡人部族般那样,她眼睛细长皮肤很白,五官清晰而又简单,面颊虽不似汉人女子般圆润富贵,但棱角却很分明。还有乌维拿着抹布的手,看着虽不纤软但手指却十分修长,那是白某很喜欢的样子。

或许是盯着乌维看久了,白某忽然想起龙玮给他讲的"御女之法",于是他瞬间变得满脸涨红。

为了掩盖心中的窘迫,白某背过身道:"之前看你脏兮兮的,怎么现在爱干净起来了?"

"能干净些,还是干净些好。"乌维的声音很淡。

吃过东西后,白某坐在屋子里很不自在。他的屋子不大,乌维就坐在他对面一声不响。点起灯白某翻起了书,但只感觉读了后语忘掉前言,明明是掩饰尴尬的举动却让他更加无奈。

今晚的白某如同昨晚一样,仍是被憋得无所适从。为了排解这种感觉,白某向乌维搭起话:"你就这么坐着?"

乌维点点头没说话,白某有些噎喉。

"你为什么要跟着我?"白某问道。

"安全,你对我好。"

"啊?"

白某莫名其妙地看向乌维,乌维则是对着他点了点头。

白某心想道,这与胡人说话真是难受,速仆丘也好这个乌维也是。全都是说了上句没下句,一句话卡在天上怎么都下不来。

轻咳一声,白某又问道:"哎,其实你跟着我能做什么啊?女人又不会打仗,我平日里也没有要人伺候的习惯。不然我再替你找个好人家得了?"

或许是因为乌维没太听明白白某的话,白某说完后,她则是一脸困惑道:"那女人能做什么?"

白某听后一乐:"我问你的是,你能做什么?你却反问起我了,你说女人能做什么?"

听到白某的话,乌维低下头不再说话。白某看向坐在他对面的女人,女人像是在想些什么。白某只以为是乌维听不懂自己的话,于是也懒得再说什么,便又展开书卷,摇头晃脑地接着念起书来。

"诚有善无有哉?今俗之所为与其所乐,吾又未知乐之果乐邪?果不

乐邪?"(真有所谓的好？世俗所喜欢的好,我又不知到底是好,或是不好？——《庄子·外篇·至乐》)

便就在白某刚念出一段经典时,乌维忽然扶到了他的书案上。白某抬起头,但他莫名其妙地目光还没落到乌维脸上时,烛光就被吹灭。

渐渐,白某的眼睛适应了黑暗,迎着窗外月光屋里的一切又清晰了起来。

而在白某的目光之中,有一副一丝不挂的胴体映着月光,她的白皙比月光更为皎洁。纤瘦的乌维站在了白某的面前,她看着他。

白某有些恍惚,他感到窒息,胸口与下边都要炸开一般,他的脑中一片混沌。

乌维离白某越来越近,一直到能让白某感到她的提问。

女人张口道："我做女人能做的……"

乌维拉住白某如女人一般纤细的手,把它放在自己的下体。白某的手很烫很抖,抖到他感觉不到乌维的手也在发颤,烫到他感觉不到乌维下体的温度。

白某想嘶吼、想咆哮,此刻他不知道自己想做什么、该做什么,只是任由乌维的手牵引着他的手,摩挲着那不可知不可悟的境地。

渐渐的,白某有了一丝别样的触感,是黏糊,是温润。

在月光引起的潮汐之中,白某心中那不可知之物忽然爆炸。他咬紧了发痒的牙床,向前死死地抱住乌维,好似一头山林中的畜生,对着乌维细长的脖颈狠狠地咬了下去……

这夜中,白某并没有多少时间留给梦境。而就在他唯一的、短暂的一场梦中,他目睹了一场名为混沌的盛宴。

上面下面尽是黑暗,什么都看不见。前后左右也都是黑暗,寂静又危险,令人发抖。可是理智并不能决定身躯,仅能靠着欲望和恐惧前行。

天空也不安宁,扭曲的血肉触角在天上画出无尽的噩梦。永远都跑不到的尽头打开了一扇门,光从门中射出,在门后,那是无尽的苍白雪原。

第二章 —— 探水

雪原上依稀可见蹄印与车轨压出的路，只是看不见它们通向哪里。

终于，那遥不可及的门来到了白某面前。白某驻足向门内深窥，便在这一瞥之间，雪原、马蹄、车印都没有了，取而代之的竟是无限。

眼前的一幕让他的脑中开始眩晕，喉咙、胸口、四肢全都紧绷到麻木。

便在他形如僵骸之前，有一束不似阳光的光照在他的身上。

他向自己问道："他是谁？白某。我是谁？"

北境的冬天有一种香味，是阳光照在雪与柴火上的味道。白某自小就喜欢闻这个味道，他躺在自己的床榻上，望着天有些呆愣愣的。今早的屋子很暖，因为先起身的乌维已把火炉点起。

"往后我让府中每日送来两份饭。"

"嗯。"

"我待会去给父亲请早安，你在这随意做什么吧。"

"嗯。"

往后，在离年节还有不到十天的时间里，最近像是被赶上马车的襄平城，终于又得到了安宁。这份匆忙与安逸，好似辽东冬日和煦的阳光与不歇的暴雪交织着，让人分不清哪个才是冬日的常态。

年前的这段时间，白某近日来的怪异迟钝渐渐不再，不过他倒也没变回原来那副兵痞无赖的样子。往日里的快言坏嘴也少了，取而代之的则是各种各样的笑容，如微笑、如坏笑。

白某的这份变化，平日亲近他的人自然能感觉得到。不过大多数人并没有向白某问起，比如王铁胆、龙玮。

白某的长辈们比如陈怀倒是感觉到了他态度的改变，某一日陈怀在与白济聊天时询问了白济。白济听后则是愣愣，想了半天也只憋出一句"可能就长大成人了吧？"而后二人也没在白某的转变上多谈，只是自然而然地接受了白某这一转变。

在这段重回的宁静生活中，白某的生活也如同往日那般平静。每日早间，他会到营房中同莲习武，午后再去陈怀家读书。

在这段时间内,最得福的当属白某屋中"藏"着的乌维。因白某每日到陈怀府中读书,所以每日都会从陈府中带回好些陈夫人做的美味,于是日日守在白某偏院的乌维也有了口福。不到十天,她的身子也比以往稍长了些肉。

日子就这么一直平淡安然地到了除夕。

除夕当天一早,一身新衣的白某变出一支软铜钗子送给了乌维。见到这根并没有多么漂亮的钗子,平日里总是面无表情的乌维眼角也有些稍稍舒展。

白某笨拙地把钗子插到了乌维的头间,只是他怎么摆弄都觉得有些不对。折腾了几次后,白某实在弄不明白这女人的东西该怎么使了,于是便留下了句"你怎么看着美怎么弄吧"后,便离开侧院去向父亲白济拜安了。

说起除夕,镇北侯府中的除夕是年年无趣。

各路巫蛊鬼神白济不拜,家风习俗更是没有。每年除夕,白济都是早早散给府中下人岁钱后,便就带着白某跑到城外连营中。

到了除夕的晌午,在襄平城军中挂职的军士们便都会挤到黑甲营的校场。

襄平城外驻扎着五万战兵,五万战兵中大小将官便有近百人,而这近百人的将官中,有半数以上都是外乡人。当年他们跟着白济在这襄平城驻扎下来,然后这一待就是数年。这些年间,他们从未回过家乡,也未彻底卸下过甲胄,从来都是个兵而不是民。所以每当到了除夕年节时,白济都会在连营中陪他们一起度过,一夜畅饮直到第二天才会回府。

往年的除夕,白某也会在连营中四处闹腾,不过今年的白某倒是没多大的兴致。在营中少酌几杯后,白某便回了襄平城去陈府中拜安了。

虽然陈怀为白济的幕内,但他却很少出现在白济军中举行的各种庆典中。陈府下人不多,陈怀夫妇膝下也无子女,所以在除夕这天陈府往往是十分冷清。不过今年,白某来了。

白某向如父母般的陈怀夫妇拜安后,陈夫人的眼圈一阵泛红,就连平日里总是风轻云淡的陈怀也高兴地拉住白某,连声对白某说道:"某儿,反正你父亲会一夜待在营中,今晚你就在我这守岁吧。"

于是,陈府中的热络便一直持续到深夜。

这一晚吃得喘不匀气的白某没有听到陈怀对他理经典,而是跟着陈夫人聊了一夜家常趣事。

岁至新年,白某以拜父母之礼向陈怀与陈夫人跪拜。在白某离开时,他又被陈夫人塞了好多吃食带回。

回到自己的侧院中,白某推门入屋,他只见青灯下的乌维正如一个汉家女儿那般跪坐在那里。而乌维的头上,正是白某送给她的钗子。

白某坐到乌维对面,他见到灯火未及的暗处,乌维的脚正在微微发抖。

"脚麻了吧?你倒不必非变成汉人,这,这无所谓。"白某轻声道。

乌维点点头,而后便斜依在白某的怀中。白某的胳膊拦在乌维的小腿上,手轻轻揉着。

"你便只做自己就好了……"白某不自知的话脱口而出。

而他怀中的乌维却听得走心,双唇相碰含出一声好轻好轻的"嗯"。

灯火摇曳中,光终于燃尽在灯油之中。黑暗中,乌维对白某没来由地问道:"那你呢?"

"我?嗯,我也不知道。"白某琢磨不定地答道。

第三章 —— 引舟

新年过后，在冰雪还未来得及融化的春天，少年人将要远行。

若不出意料，等再次回归故土时，少年人已不再是少年。而在此时白某的心中，却没有即将步入未至前程的迷茫，好奇与憧憬掩盖了所有令人唏嘘的情绪。

于是，白济从襄平城启程了，他们将用五个月的时间前往京畿。

白济的队伍人数不多，陪同白济入京畿的"要员"也仅有三人，分别是陈怀、莲还有龙家的二公子龙玮。这趟行程中，白济带的人把下人、伙计、马夫、护卫全算上只不足三十人。不过这些人中，却藏着许多北境的暗哨。但至于谁是暗哨？那便不得而知了，反正龙玮的家丁不是，白某的护卫王铁胆不是，被白某莫名其妙带来的乌维更不是。

在京畿中，虽然皇子盈的婚期还未定准确日子，但朝中人对此大约都有个预期，应是夏至前后。所以镇北侯的队伍赶路速度不快，边赶路边游历中原大地。

他们先在蓟城小住了几天，其中那个胖子幽州太守先是接风宴时被白济连番灌酒，喝翻在自家大院。走时的送别酒又被白某和龙玮合谋戏弄，两人借酒非要表演对剑，这二人都是剑术不精之辈，从大劈大砍练到兵刃乱飞，几次差点扫到胖子太守，最后更是脱手一剑扎到太守案上。

以至于这胖子太守下午酒醒后还冷汗未退，感念着一定是自己平日公正清白，得了祖先保佑，这才没让刀刃见了血。

看一州太守被欺负成这样，胖子太守的眷吏都看不过去了，提议让胖太守给自己的老师相国王暮修书一封，控诉一下白济一行人的无理跋扈，等他们到了京畿让老师找找白济的霉头。

但胖子太守听后却摇头不止,捧着肚子一脸怠意地道:"算了算了就这样吧,镇北侯一向如此,并没有恶意。如今这天下事纷乱涌现,咱们能不添乱就别再添乱了。"

白济一行人赶到邺城时已是二月末,邺城繁华更比蓟城,商贾、走夫络绎不绝,货栈、酒肆更是遍地都是,街上也更不乏打扮华美的旺族文士。

但白济一行人只在邺城停留一日,仅仅是采购些物资后便默默离开了。主要是因冀州世家豪族太多,再加上城内各色官吏一应俱全。若真在此驻下,只怕一两日是走不了的,会无故耽误很久时间。

白济的行程计划尽是坦荡大路,每日慢行,又常做停驻。得闲时白某便与陈怀四处走访民市吏所,每有怪异晦涩事时陈怀都会为之详细解惑,各种新鲜见闻都让白某所得不浅。

不过白某也没只安分当一个待学启蒙的学子,只要被他逮住空子,他便磨着莲带他寻各地名家切磋武艺,一路见识了冀州的各色剑影枪芒好不快活。

河北繁华,中原富庶,白某每日都能见前所未见之物,食前所未食之食,兴致甚好不觉疲累。

更让他欢喜的是,他父亲白济竟然默许放纵了他此行中的活泼跳脱。白某机灵,一次两次之后他就揣摩到了父亲的态度,以至于到最后他竟然把早已成家立业的龙玮拉拢过来一起耍。龙玮本就和白某相熟,刚开始还人模人样地绷得紧。但他自幼也是个纨绔胚子,被白某这么一勾搭,两人顿时像强风陪劲弩一般变本加厉,以至于到最后二人已经甩开陈怀与莲的引领,一路自己找寻潇洒快活去了。

待白济经广平到达河内时,已经新树发芽,春风拂面。与北境迟来的春不同,中原尽是和煦阳光,青芽依依。

经过黄河,白某看看这条连绵不断的大河莫名发怵,心旷神怡,脑中尽是远大前程的虚影,豪情壮志令他充盈眩晕。

歇脚饮水的陈怀看到白某的模样哈哈笑了起来,他走到白某身边轻轻一拍。

白某便回过神来,陈怀抬手向西对白某激昂道:"顺着这条河一直向西,有一个函谷关!那是天下最难征的关卡,世间多少天纵之将都在那里驻足过。如今白云苍狗,天纵之将们早化作一团飞灰,可函谷关却仍扼在那绝涧黄河之间。"

陈怀说话间声调渐高,干云之气尽显。目光继续向西远眺,陈怀再道:"过了函谷关再往西就是京畿之地。先见洛水后,便是天子恒旦宫的所在,洛京城。"

白某站在汹涌的黄河旁空谷遥想,只道这天地真大,原来不只有雪原森林,这河、这山,这一路行来都是永不重样的壮阔。

早出河内,沿着连绵大河白济一路西行。

这关内的春天比辽东来得早,连风都是暖的。

于是北境众人的毛皮厚氅再也穿不住了,终于在某日午间,他们在大河边的一处茶肆休息时,队伍中的所有人都褪下了棉服。

当白某在车内换好陈夫人给他做的新衣时,他的目光落在了乌维身上。

"等到了京畿我给你做身好衣裳。"

乌维听后点点头,但脸上的表情仍是看不出悲喜,只是默默地替白某叠收着衣裳。正在白某觉得这女人莫名其妙时,乌维把一个囊水袋塞到白某怀中。

"路上燥,你骑马,喝水多些。"

白某接过水袋心中悸动,嘴上不自禁地咧嘴,而后瞬间又强把笑憋回去换上一本正经。

"燥就对了,我汉土之大各地都有不同。这才到哪,据说啊,咱们若一直往南走,那里连雪都没有,整年都是春秋之季。"

听到整年都是春秋还没有雪,乌维的脸上终于露出了明显的表情,那是难以置信的惊讶。于是乌维难得对白某开口问道:"走多久?"

乌维的反应很让白某受用，他面带得意斩钉截铁地答道："咱们走了快三月，到这里只是燥了些。若到那无雪的地方，至少得走五年！"

白某的信口开河惊呆了乌维，她惊叹道："五年！汉地这么大？可有尽头？"

白某很满意乌维的样子，他点点头更加笃信地道："尽头还是有的，古圣人讲过，咱们生活的天地叫作大千。大千是无边大的怪物，它有四足行走在更无边大的五行中，所以咱们这世上才有了春夏秋冬，日月星辰，风雨雷电。而我们则是独占在这大千上最中正的九州，故称中华。"

白某说完，乌维倒是没再说话，只点点头，脸上又变成了平日里那淡淡的表情。白某见状正想继续话痨，却听见车外陈先生在唤自己名字。

白某跑过去后，他只见父亲、先生正与一个少年在一张桌子旁围坐。

这少年一身黑绸衣裳合身雅致，头系月纹软丝束带，腰间还系有一块十分显眼的弯月玉绶。

白济让白某坐下，对那少年介绍道："我独子，白某。"

少年起身对白某施礼道："见过世子，在下清河何家，何朗。"

白某见状连忙拱手还礼，仔细看去，这少年年纪似乎比白某大不了多少，乌黑双眼下还有一副温润笑容。看着眼前这位翩翩公子，白某摸着自己毛毛糙糙的头发，心中有些惭愧。

几人寒暄一阵后，白济开口道："说吧，你老子让你在这等了我们三天想说什么？"

何朗对着白济施礼后说道："侯爷、陈世叔，我父亲年岁怕是无长了。近时他更是频频昏迷过去，就是偶尔醒了也是糊涂。但我父最近一次清明之时，他把我二哥与我唤来对我二人交代重要口信，并让我兄弟二人速去传达。"

听闻何义老先生身体的状况，陈怀深深叹了口气。白济倒是没什么反应，他问道："两份口信？我和谁？"

"除侯爷外，另一份由我二哥何皓传于西北抚西将军李行。"

"李老狗能听懂人话？"白济不屑地念道。

陈怀抬手示意何朗继续说,何朗笑笑继续开了口:"家父让我提醒侯爷,此行务必留心慎重。如若京畿中有任何吩咐、不解尽可找我长兄何明,另还要嘱咐恳请侯爷'三勿'。"

白济面上没什么波澜:"三勿?你先说这三勿。"

"第一勿,若天下风云再起时,希望镇北侯克制麾下不过河北。"

便这第一句话说完,陈怀立即就倒吸了一口凉气。何朗面容又肃正了些,他施了一礼后继续道:"这第二勿,若世事愈发无常,望镇北侯之威不入函谷关。"

此话说完,陈怀的脸也冷下来了,他拍案怒道:"你家老头怕不是病疯了!"

何朗却没有一丝怒色,他站起身,面色仍是真挚、诚恳。对着白济一丝不苟地再行了一个大礼后,何朗说出了第三勿。

"此礼,我为老父代行。这第三勿,无论是何境地,恳请侯爷切勿引胡人入中原。"

白济与陈怀哑然……

把这所有看在眼中的白某,虽想不透这几勿作何解释,但单从面上的话理解,这三勿好像是这个何朗的老子,让小子告诉自己的老子不要造反。

白济看着这个"替病父施大礼"的年轻人,他的愤怒渐渐变成了无可奈何。

白济不喜欢这少年的父亲,何义老头,但他仅仅是讨厌何义老头那副顽固样子。其实在心底,白济对这个在他们打天下时运筹帷幄、构略山河的老者还是钦佩的。

"小子,你直接说吧,你老头什么意思?"

"侯爷,晚辈不才,看不透家父思略。家父只附了一句,无论侯爷如何理解、如何抉择,此三勿在一切安然之前永不变。"

"李老狗那边也是这三勿?"白济问道。

"晚辈不知。"何朗的语气仍是很诚恳。

白济把面色缓和了下对何朗问道:"你父亲此举是为何?"

"侯爷,实不相瞒。晚辈以为我爹此举一为这天下社稷,二为我何家

第三章 —— 引舟

长久。我与二哥在清河老家于父亲膝下尽孝,则我二人不能出仕。再看家父身体,怕是来日无多了,我那京畿中的兄长何明也是早晚要回家丁忧的。如此三年五载一过,我何家再无人在京畿为陛下、为大汉分忧。若此时再赶上朝中风起云涌,何家或许就败在这年月中了。"

终于,何朗这番推心置腹的话到底还是打动了白济。白济叹了口气道:"哎,那你父亲是料定了这社稷有危?"

何朗听后满面愁云,只是轻轻一叹并未再多回答。

少许寒暄后,用过午饭白济一行人便在何朗的目送中继续向西而行了。

路途之中,白济向陈怀问道:"你怎么看?"

陈怀皱着眉显然也没什么答案,便只回答白济道:"不得要领,难窥全境啊。"

两人沉默了会后,白济随口说道:"这何家的小子,倒是不错。"

陈怀点头赞同,然后随口念了一句流传于天下士族间的顺口溜。

"何家三子,明明乾坤,皓日当空,朗月垂光。尽是人杰啊……"

几声感叹之后,白济与陈怀二人竟不约而同看向白某。只见远处的白某跟在黑兜帽男人身后,正满脸坏笑地磨人道:"莲师傅,这青州都过了,你说的那个青州用枪的奇人呢?"

往后便是一路西去,春变了夏。

洛京,汉帝国国都,天子之所在。

此地即是古秦发迹之地,又是当今大汉再续道统之城。

相传洛京城乃是承载天下的巨兽"乾坤"之心口,是上古祖巫大神飞升所留阵眼。从西方昆仑仙山一脉东行,八百里秦川横亘于上,如翔龙在天,枕着北方秦岭,有八山环绕,好似驾驭九龙吞吐天下。龙气抱元在洛京,吐纳于函谷关直入中原可为华夏,八条水龙由此奔流而出,滋养天下,谓此可为中国。

洛京城内的繁华更是一言难概，只说在此城内，只有未曾想之物，未有未曾见之物。便是夜至二更，洛京城中的各处酒肆、饭庄、舞阁依旧灯火通明。曾有高丽使节对高丽王道，洛京城内白日乃万疆帝王之都，入夜更为天外仙人之云阁。

便在这洛京城夏夜中，相国王暮府邸中又是一场盛宴刚过。

在洛京城相国府邸中，相国王暮已连续数日宴请入京畿赴皇子大礼的各地诸侯豪族。

这夜宴罢，王暮酒醉遣长子王芳、门生游琳送别一众宾客，并还为赴宴者送上绢帛细软等礼物。

宾客散罢，站在相国府门外的游琳松了松衣服，八字眉舒展开长舒了一口气。

"哎呦，连日这么饮酒，莫说是老师，便是我这身子也是看不住了。"

游琳身旁，身材挺拔面目严肃的王芳脸上倒是没看出多少疲惫感。

王芳笑笑道："看来师兄你也上岁数了。"

"屁的！我将至不惑哪里上岁数了？若是把饮酒换成女人，嘿嘿嘿……"

说笑间，二人并肩走入王暮正在休息的后厅。

此刻的王暮虽因酒醉头痛，所以宽衣松发有些不整，但却与刚才宴中流露出的昏老模样截然不同。他虽年至七十，但周身那一股挺拔庄正之气却丝毫不散。

王芳与游琳施礼后，便于堂内左右两侧坐下。与王芳端正的坐姿相比，游琳则显得非常懈怠。他刚坐下便拿起桌上的花羹，然后便侧躺着吃了起来。

王暮捶了捶胸口强压住了呕意，他开口感叹道："白济今晚还是没来啊。"

"辽东的人连洛京城都没进。"儿子王芳回答道。

这时，在一旁嗦着碗中花羹的游琳开口道："在外封侯须得旨入城，他倒知道显忠。哎，这主意定是陈怀出的，他那人忒老实。不过就算他来了也是白搭,白济这人没法与他商量事,况且他身边有陈老哥在,诓都诓不住他。唉！世兄,你这碗不吃别浪费了,给我吃吧。"

说罢,游琳指了指王芳桌案上那碗花羹。

王芳倒是没什么反应,好像已经习惯了这样的游琳,但他也没有把自己的花羹让给游琳,只是又招呼下人拿了一碗来。

游琳见状碎念道:"你说你也不吃,就直接给我呗。哎,真是何苦还再盛一碗,浪费。"

正座上的王暮没理他俩这茬,王暮捋着灰色的胡须说道:"按说,是没什么好算计的了。但白济离洛京城越近,我这心思倒是越乱。要说没事的话,何苦把这糙货从辽东喊来?若说有事的话,从老远地方来的又不只他一个,哎呀……"

"老师,你有什么可愁的?若都这么想的话,那便什么都想不明白了。这就和玩划拳似的,我一你二,我二你三,没完没了的事不想也罢。"

王暮听后点点头,但面色却没什么宽慰,他对游琳问道:"你那边稳妥么?"

游琳听后扑哧一乐答道:"哎哟,稳妥不稳妥的,事没到谁说得准?不过看着是消停了。"

"你下手啊,讲点轻重情谊。太尉那边不要太撕破脸,越到这时候,咱们越要稳些。"

听老师规劝自己,游琳的笑声更甚:"都蠢到搭上长沙王刘可了,这还用我闹?不知道的以为他们要'清君侧'呢!"

王暮则是不再理会游琳,向儿子王芳问道:"廷尉府那边呢?"

王芳拱手恭敬回道:"回父亲,听师兄的吩咐,所有抓捕的各地探子都管一顿饭后放了。但其中有件趣事,扶西将军李行那边没来探子,倒是弄出一队骆驼商队。他们还托人找到了我,明明白白地与我说他们带了很多戎人与月枝女奴,想卖与达官显贵贿赂讨好,希望我帮他们找门路。"

游琳一听这话来了兴致,还没等王暮说话他便抢先开口道:"师兄!然后呢?你同意了么?帮我要两个吧,早听说月枝女人妖娆,戎人女子更是狂野。嘿嘿嘿,你看我,这把岁数了也没个女人,不如……"

"商队的事我没管,但女奴我怕是李行培养的细作,给否了。"王芳答道。

"那正好啊,全给我送来,我不怕细作!三五个不少,十个八个不多。"说罢,游琳便手舞足蹈起来。

王暮白了眼失态的游琳,他继续向儿子问道:"李老狗的事不管他,北境的探子有么?"

"回父亲,没有。不过北境的探子历来不出幽州,镇北侯性子又怪,此时看不见北境的探子怕是不奇怪吧?"

而这时,游琳又把话插进来道:"白济这糙货不管他!师兄,明日是我去取?还是他们把女奴送来?不然我现在就去吧!我不累!"

王芳听后笑看向游琳,然后淡淡地说道:"好,师兄请随意。"

听到王芳答应后,游琳兴高采烈地蹦了起来,竟是连对老师王暮施礼都忘了,鞋都来不及提好便跑了出去。

看着他疯癫的背影,王暮叹了一口气,而王芳神色依旧端正肃穆。

"师兄近年来倒是越发癫狂了……"

王暮听后叹了口气道:"随他高兴吧……"

同晚,洛京城朱雀甲巷。

巷子深处,已经空旷多年的龙家老宅今夜忽然点了盏灯。

龙家曾是显赫世家,龙家祖父更是身居前代古秦国三公之列。古秦末年天下动荡,宫闱争斗不断,龙家祖父被控谋反斩首。龙家兄弟之父在此时卸下军职,从前线亲身返回洛京来印证其父之冤,可仍是没逃过一劫。

但龙父之所为磊落忠义,名声传响天下。因此龙家三兄妹被龙家的门客眷属与江湖豪侠合力救下,最后年轻的龙琦身着父亲的铠甲来到当今天子的帐中,从此跟在白济身边戎马转战。

在这夜中,白某、龙玮、莲已在夜色中悄悄地进了洛京城内。

按照陈怀的意思,由白某他们先进入洛京城中四处探探风声。白某与龙玮在明处,莲与他的手下则明为护卫实为探子在城中探查布置。

而白济与陈怀,便仍停驻在洛京城外伺机而动。

陈怀如此安排主要原因是因为白济,按白济的话说,洛京城中都是一帮长胡子的宦官,和他们喝酒好似灌凉马尿般恶心。

鉴于此,陈怀便顺水推舟把白济布置成一个纯臣,行"诸侯不得旨,不可擅入洛京城"的名目。

不过,但凡忠良家中都有个纨绔,白济既是纯臣,白某便成了个纨绔。于是老子忠勇守节在城外听宣,小子纨绔按不住新鲜在城内胡闹的事,只要别不太出格倒也算正常。

龙府庭院内,白某、龙玮、莲三人围着篝火烤起了肉,乌维正与两个女眷指挥着王铁胆他们打扫搬运。

"没想到我们都到了洛京城了,还要在这里生火烤食。"白某感叹道。

龙玮用一根没头的箭杆翻着火对白某道:"世子别急,明儿晚上咱就去见见这洛京城中歌伶舞伎。"

白某听后倒是没什么兴趣:"要我说啊,咱们还是去逛逛商铺街市吧。我瞧这洛京城真是热闹,大夜里还灯火通明的。"

"看人有什么意思啊?若定要看人,还是看女人好些。"龙玮毫不松口。

"女人有什么好看的?哪里没有女人?可这洛京城的街就不一样了,天下别处都没有!"白某也不松口。

"人来了。"

莲的声音打断了二人的喋喋不休。白某明白了,陈先生让他们进洛京城后会面的第一个人到了。

不一会,门外走进一个凛然端正的中年男人。

男人头戴流云冠,一身栗梅色绸制襜衣长袍,信步间透着一种坚定的笃信,并有一条系在腰间的缕月圆盘在夜色中闪着精光。

"在下何明,世子、龙世兄旅途劳顿,多有叨扰了。"

白某,龙玮二人赶忙起身拱手同道:"见过郎中令。"

何明笑着对三人拱手还礼后,他对被斗篷包裹的莲拱手问道:"还敢问这位仁兄是?"

莲则没有回话,只递给了何明一封信。半晌,何明借着火光读完后对莲一拱手:"原来是侯爷亲信幕僚,施礼了。"

莲随意点了点头,就算是见过礼了。

刚坐稳后,何明便直奔主题道:"想必侯爷已收到了家父让幼弟传带的密信,诸位都是忠良,我这里便不多寒暄直奔主题了。我先说,你们再问。"

白某三人点头。

"想必诸位也知道,从去年起京畿中便风云涌动。但有一事诸位恐怕不知,引起此风云局的正是天子。"

何明的话让龙玮与白某目瞪口呆,但莲倒是没有什么吃惊的感觉,他递给何明一块烤肉,何明往手中的肉块撒了点盐,全不嫌弃地吃了口后才接着道:"天子年岁已高,精力已不比年轻时了,所以便担心起了后世朝中局势安稳。此局初始,天子只为能整顿朝弊,收拢敲打外戚权臣,让正行政使再回朝野。而帮助天子做此局者正是家父。"

说到这里何明看向莲,好像他的话并不是说给身边的镇北侯世子,而是说给这个连姓名都没有通报一声的黑衣男人。

见莲的样子没有疑问,何明继续道:"而后,天子与家父合想一策,便是先由家父牵头与相国王暮攻伐,而后再把太尉一党拉入局中。等到太尉一党在此局站稳后,家父从局中抽身,留相国与太尉互相攻伐。待到两边羽翼都修剪得差不多时,天子再出面从中调停制衡。"

莲听后点点头,然后抬手请何明继续说。何明便继续开口,全然没注意到旁边已呆若木鸡的白某与龙玮。

"可这由家父定下的计策,终究算错一个人,便是游琳。当初把游琳遣到徐州检查御史之位便是家父的主意,为的就是制衡相国王暮的势力,并用此举压制在扬州经营几世的义博侯谢寻。"

说着何明拿水袋喝了口水,丝毫不嫌白某的水袋肮脏丑陋。

润润喉咙,何明继续开口,他的声音有些激动:"可游琳确实厉害!不!现在该叫他司直游大人!我父所设之局开始时,本是一切依计划展开。可就在太尉一党人刚被拉到局中时,徐州的游琳竟立即与扬州的义博侯谢寻达成了默契。他不知用了什么法子,让那个以前只会坐地要价的谢寻,忽然之间变成了一个忠侯良臣。而王暮则是凭此空隙把游琳唤回,而后这场'局'的一切便都失算了。"

说到这里,何明的声音非常激动。而何明身旁的白某与龙玮,好像也被他的气势所感染,两人都是咬牙切齿攥着拳。

而后,何明的神色便弱了下来,语气中尽是无奈索然之情。

"游琳回京畿后,便是一通雷霆手段。在我父原本的计略中,不过是想修剪些相国一党与太尉一党的羽翼,使双方达到制衡之目的来稳固天子的权势。可在游琳到洛京城后,这场局却变成了不死不休的战场。仅仅一个月之内,便有无数人举家破碎在这场局中,甚至连外封的藩王都要在此局中掺上一脚。"

又一声叹息后,何明凄苦念道:"可怜我那老父啊,为了让这场'局'不至于继续失控,也为了保住天子不被拽到'局'中亲自搏杀,他牺牲了自己几十年的脸面,把这乱象之过揽到自己身上告老归家了。"

长长的故事说完后,何明满面愁容叹气不止。一直安静倾听的白某虽想不明白其中纠结,但他却也有自己的认知,便是何义是个大忠臣,而相国王暮也好、太尉也罢都不是好人,并且那个游琳,更是个大奸臣!

白某想安慰何明几句,这位何明大哥,与之前他见到的何朗完全不同。何朗给白某的感觉是温润的、智足情溢的,而他的大哥何明,则是让人感觉到说不出的无助与无奈。

便在安静中,第一个开口的是莲。

"郎中令说完了?"

何明点头道:"先生有何疑惑,尽可询问在下。"

"鄙人出身低贱,若言语中有所冒犯,还请郎中令包涵。"

何明拱手,莲随即开口:"郎中令所言之事隐秘,如此与我几人倾言难道没有顾虑么?"

何明听后苦笑道:"这位先生,家父曾言于我,大汉纯臣镇北侯当属第一,龙家又是高义勋赫的世家。若家父信不过镇北侯,何必让幼弟前去相会? 又是为何命我在镇北侯一方到洛京城的第一时间,便上门叨扰?"

龙玮听懂自己家族被夸赞,他重重地点了点头,然后对着何明一拱手。白某见状也是学着龙玮的样子向何明拱了拱手。莲则只是应了一声后便接着问道:"天子着急了?"

这问题问完后,何明没有回答。他微笑着看向莲,眼中的神情不像是赞同,但更不像是否认。

莲见状点点头又说道:"好,那我这么问。这次大婚是什么意思?"

"仅是在下以为,陛下是想拉更多的人进这局中……"

何明话到此,莲立刻抬起手打断。

"可以了,多谢郎中令大人指点。鄙人身份卑微,郎中令言到此处即可。"

听到莲的话,何明看着这个不明来路的"先生"笑了。

摆摆手后,何明接着道:"皇子盈大婚定在了下月初五,便是五月五正日子。传镇北侯入城旨意会提前几日到,到时我亲自恭迎侯爷。"

何明说完后,莲与他默契地点了点头。

当何明走后,龙玮对白某感叹道:"这何明虽然年纪大你我几许,但我观之却是十分阔达之人。让人生亲近之感。"

白某听后也点头赞同道:"是啊,这何家的两位兄长性子却全不相同。何朗兄长温润,何明兄长阔达,有意思。"

"唉!这你就不懂了,家中兄弟性子不同也很自然。你看我哥与我,那就没有丝毫相同之处嘛。"

两人正聊着,莲站起身对白某道:"某儿,你在城中安分些,若遇到有些来头的人,别说些无关的话。"

"有些来头? 莲师……先生信不过郎中令? 我倒觉得他是个凛然之人。"白某皱眉道。

"他凛然大方关我何事? 又关你何事?"留下一句话后,莲便三步消失在夜色中了。

莲走后,龙玮皱眉对白某问道:"这人到底是谁啊? 我一路都没弄明白。看你这么惧怕他,难不成他是北境的……"

白某点点头。

龙玮愕然,随后便仔细回忆起自己往日言语中,可曾得罪过这个兜帽男人。

洛京城东五里外,夜深。

洛京城中的灯火,有多少人赞颂,便有多少人非议。像是某风雅名士曾道,洛京城之夜,盛却妖,恍恍荧荧如同老妪敷粉,污腻。

而就在洛京城东五里外,那里有一处集镇却是真切的热络。

小集中灯火冉冉,酒肆不歇,商贩走卒各个满面红光地挤在街上。有很多到洛京的商贾贵人都会在入城前在此停货歇脚,并把那些不带入城中的伙计短暂停留在此,所以这座小集渐渐繁华起来。

而如今皇子大婚在即,天下诸侯向京畿汇集大多会在此处暂停片刻。于是天下间的各路豪商便在此携货聚集,想在此谋一个好生意,而文士才俊们也是涌到了这座小集,以图遇到一个好主公把自己卖一个好价钱。

今夜,这小集内依旧热闹,酒肆的小二累到腿软,可脸上却仍是雀跃欢喜;商站里的掌柜从茶喝到酒,月上枝头却连茅厕都没来得及上一次。街上的小贩也欢喜,因为挣的钱多了也不知道累了,各个都是不论白天黑夜地忙活起来。就连平日里伺候马夫力丁的娼妇都美滋滋的,她们把身价抬了几番后,却仍被那些文人才俊哄抢。

不过冷清的地方也有,比如此时白济住下的官驿。原因也很简单,但凡是手上有章印的或稍有点身份的,早就全住到洛京城中了。

在冷清的官驿中,暗处正有两个人在小声嘀咕。

"你这招可真缺德,老娘矜持些再乱讲一通你那些损词,那些白面小子还真大把撒钱,有几个绒毛还没硬的小子还要给我赎走。"

"嘿嘿,我就说么!我伺候这破驿站里的官老爷这好多年,还不知道这帮读书人都是个什么德行?读书的人啊!脑子都有蛀虫。"

"哼,不光脑子,那活还不行呢。事那个多,又玩不长。"

驿站的后院,一个伙计与一个女人在暗黑处叽叽喳喳着。

"小娘,你再辛苦几天,咱俩离开这地方。置田买宅,咱再开个酒肆也当个老板。"

伙计话还没说完手就向女人摸去,女人假推了几下也眼睛微眯任其上下摸索。

"啊!"

忽然女人惊呼一声,男子吓得一激灵忙问怎么了?

"有人!"

男人回头一看,只见后门遮挡的暗处有一团黑走了进来。伙计刚想开口叫嚷就看见那团黑的怀中开始发亮,男子见状猛吸了口气,转身就对那女子就是一耳光。

"哪他娘的有人了!你是不是伺候那些白面小子多了?嫌我味大活长,给你折腾累了明儿起不来了?"

"我!"

女子话还没说完伙计又是一耳光。

"你娘蛋个什么你!走!我今儿非要狠狠地折腾你!免得你被那些白面弄得迷迷叨叨!"

说完他死死地把女人往院侧马房里拽。

当莲翻过院墙来到白济所居的屋中,他发现白济正嘿嘿地盯着陈怀发笑。见莲回来了,白济笑道:"你回来了正好,莲我问你!读书人是不是脑子都有蛀虫?"

莲没说话,他只见陈怀的脸色发紫,口中像是憋了好多的话却无处说似的。好在白济没有过于"折腾"陈怀,等莲坐稳后便让莲开口了。

等莲把今晚何明讲的话复述完后,白济向陈怀问道:"唉,你说何家大小子的话真不真?"

"听着不假,至少这么一来很多事便都理顺了。"

"什么理顺了?"白济问道。

陈怀揉搓着手指答道:"我暂且说不出个具体,但若把事情硬凑起来,倒也是说得通。"

"又是什么说得通？"白济有些发蒙。

"侯爷，再等我想上几日吧。我这脑子，今日像是被蛀虫蛀了……"陈怀为难地道。白济一听有些着急，他把酒盏一扔道："行啦，我脑子有蛀虫！你可快说吧！"

陈怀听后笑了会，然后才正经对白济道："我只随口说，不一定对得上。侯爷，您对扬州的义博侯谢寻有何观感？"

"怎么又说起这老小子了？我和他不相熟。"

见自己说完后陈怀仍是不语，白济又想了会才再开口道："这老小子算得清，别的再没有了。"

白济说完后，陈怀这才点点头继续道："我只在想，从去年年尾到如今发生的各事间的联系。刚刚经哨统这么一说，很多事便都在情理之中，而又说得过去了。"

"哎哟！你快点说吧！"白济终于急了。

陈怀则是没有什么过多表情，他点点头道："天下人都知道义博侯谢寻几世经营扬州，早在古秦时谢家便已是吴地的巨富望族。因他在扬州权势太大，所以不少人议论他是个化外的枭雄。但以我所知，义博侯谢寻却绝不是枭雄，他不过是个有着'商贾'性子的侯爵罢了。"

"你怎知道？"

"说起义博侯谢寻，其实我与他别有一番过往，侯爷可还记得你我在何处相识？"陈怀深看向白济。

白济一愣，但很快便清晰给出答案。

"扬州会稽。"

陈怀点点头："我是会稽县人，但我幼时却在离会稽不远的山阴县读书，因为那里有整个会稽县最好的家塾。而这间家塾便是山阴县巨富谢家所办，这个山阴县谢家，便是如今义博侯的祖家。那时的义博侯谢寻，便只是个稍长我些岁数的少年人。"

白济听后恍然。陈怀继续道："商贾与枭雄不同，枭雄唯势，而商贾唯利。我深知义博侯谢寻的品性，想必与他打了多年交道的游琳也懂。所以我猜想，年前哨统到河北探查，说那里粮米佣工市价上涨。若把这事套游琳身上,我猜他是用了些手段压制住了如商贾一般的义博侯,而这市价上涨便是被他所用之手段波及而显现的。"

白济听后有些不解,但他却没深问陈怀。因为对白济来讲,他二人之间从来是陈怀怎么说,他便怎么做。什么市价啊、手段啊,陈怀懂与他懂是一样的。

陈怀则没管白济是怎么想的,他沉思了会又开口说道:"还有个事,但只怕是更经不起推敲了,因为此事与咱们北境有关。"

"胡人哨马?"白济把眼睛眯起。

陈怀点头道:"嗯,不过无论我猜得是否正确,但在高丽待了数月的周揽将军可以回襄平了。我猜着,这胡人哨马的事,或许便是义博侯在高丽国搞出来的。"

"他有病?找我霉头?"白济怒道。

陈怀摆摆手道:"侯爷,这哨马的事你再好好想想……"

经陈怀这么一点,白济的面色渐渐凝重起来。过了会后,白济疑惑地道:"难不成谢寻这老小子,是想帮我把兵拿得更稳些?但我和他没什么交情啊,他犯得着?"

陈怀听后先是点点头,然后摇摇头。

"侯爷,这与是否犯得着无关。若此事真是义博侯谢寻所为,那便说明在他看来,在咱们将要步入的这场局中,咱们和相国绝不是同一色的棋子。并且他这一手中,更透露了件'天大'的事。"

"天大……的事?"

"嗯,侯爷你试想,若义博侯谢寻是个商贾性子的人,他可有胆量去操控一个戍边军侯手中的兵权?抑或者我再说,兵权这种事,可是有人能操纵得了的?"

白济听后双目圆瞪,他看向陈怀,只见陈怀的眼中尽是肯定,全然不像在讲猜测之意的样子。

接下来,陈怀的话很轻很轻,唯有这屋中三人才能听清。

"能让一队哨马稳住镇北侯的兵权,敢这么做,而又让这一切丝毫不牵强的唯有一人。"

说着陈怀竖起一根手指,指向天穹。

白济的声音沉寂后,屋中的沉默渐渐开始变得凝重。白济默默盛了勺酒,哗啦哗啦的倒酒声在灯火中格外清脆。将满盏酒饮尽后,白济苍哑的笑声将宁静打破。

"呵呵呵,当了这么多年老虎,这咬人的活是怎么都避不过去了。"

四月廿七。

夏季早发的太阳才刚刚升起,洛京城中却已经熙攘起来。而早就因兴奋没睡安稳的白某,此刻早已不在龙家老宅了。

洛京城西,名震天下的"艮川剑"侯家大门外,白某与带着一位门客的龙玮二人,终于等到了莲。

说到"艮川剑"侯家,它不是什么名门望族。但在江湖中,但凡是佩剑行走的习武之人,无一不知晓洛京城侯家的艮川剑法。所谓天下第一剑,那便是在侯家。

侯家之名盛于古秦时。那时,侯家沉迷剑术不问世事,尤其是当时的侯家家主,更是为寻求武道之巅离家数载。

但就当侯家老家主剑法大成归家之时,他却发现自家府宅早已荒芜。待他寻故查明后才得知,原来朝中有一妖宦为讨好新帝,便从民间广征女子,而侯家的女儿因为长相秀丽所以被相中。

但侯家到底是习武之家,自然不会任人欺压,所以侯家选择了宁死不从。可一民间武人之家怎能与强权相抗,等待侯家的便是满门惨遭屠戮,唯有几个子侄辈被江湖义士搭救逃出。

侯家老家主闻后大怒,于是便苦苦寻觅报仇良机。终于,他得知那妖宦每月十六必到一幽处求蛊,而后老家主便买通了那里的巫汉,打算在那埋伏刺杀。但侯家老家主还是算错了人心,他竟被那巫汉出卖。在那幽处,他不止等到了妖宦,更等到了数十名披盔带甲的武士。

而就是这种境地下,侯家老家主一人一剑,凭布袍短打与甲胄整备的武士搏杀,最后竟凭着一身本事,于人群中用飞剑毙杀了那妖宦后安然脱出。

此举震惊天下,而后,侯家老家主与他的"艮川剑"便在江湖上震响了名声,更有人赞其为天下第一剑。

不过讲到为何白某他们今日来拜访侯家,这还要从莲说起。

之前,莲随口用一个青州奇人唬骗了白某后,每当白某看见莲时,总要磨一句"莲师傅,那个一杆大杆挑了整个青州的奇人呢?"而莲也确实拿这个摆明了与自己开涮的小子没辙。

若问青州奇人有没有?当然有!但莲却不认识他。

为了不想再与白某继续扯皮,莲便直截了当地告诉白某,"青州奇人我是唬骗你呢,没有了。但等入京畿后,我能带你去艮川剑侯家看看。"

因此,白某刚到洛京城的第一件事,便是拜访这个艮川剑侯家。

与莲会面后不久,从侯家府内走出一个黑瘦的青壮汉子。互相见礼后,莲指着那个黑瘦汉子介绍道:"这是我的哨子,猴子,也是侯家的后生。"

猴子微笑对白某、龙玮拱手施礼后便侧身引众人进府。还没走到侯家正院时,几人便能听见木棒相击的脆响。莲向猴子看去,猴子苦笑了道:"哨统来之前就有客先到了,这会估计已经打了几轮了。"

"换个称呼。"

"莲大哥?"

莲点点头表示同意。

来到侯府正院时,只见侯府四四方方的大院内站了十几个人。院子中央有两个青壮正在手持木棒对峙试探着。这两人一个身着侯府样式统一的紧身短打,另一人则是一身短袍窄袖的戎服。

白某不知道这是戎服,只惊奇这人奇装异服有趣,可在院中扫了一眼后却发现,这院中类似穿着的还有好多。

莲看向身旁的猴子,猴子附过来在莲耳旁小声几句,莲听后眼神闪烁了下点了点头。

忽然间院内叫起了好,只见那个身穿戎服的人被木棍连点在小臂、胸

第三章 —— 引舟 | 173

口、腹部三下,这场比试算是他输了。

白某几人见状也是连声叫好。这时,院内众人的目光才看向白某这边来。

猴子走向院中一个四十岁上下的中年人旁叫了声二叔,之后又把白某几人介绍给这位二叔。众人见礼后,侯家二叔便把白某众人与那些身着戎服的人互相引荐。

便在两拨人还没来得及客套时,身着戎服的人群中走出一个漂亮少年,他对白某摆臂鞠躬道:"张掖李退,礼数不周。"

白某不知这是何礼,但听口气感觉不像有恶意,于是他便拱手报名回了一礼。

李退听了白某报了名讳后眼睛发光,他抢了一步上前捧起白某双肩,满面兴奋地看着白某。离近后白某才仔细看清这个李退,一双乌棕色的眼睛很大,睫毛很长竟有些像个女子。

"好兄弟!辽东镇北侯府?"

白某点点头,但心中却对李退的举动感到窘迫。平日里白某已算是没规矩的,但好像他面前的李退却更加不知礼数。

就在李退这双女人般的眼睛盯得他越来越不自在时,有人从李退身后走出。

"哦吼,北境的人!热闹,练两手!"

白某向李退身后看去,只见说话之人正是刚才在演武中败下阵来的那位。李退放开白某指向这人介绍道:"我的哥,李进。"

等李家兄弟站到一起后,白某稍稍打量了二人一番。而后他忽然想到龙玮说的那话,果然一家两兄弟全不相同,这李家兄弟便是。弟弟李退脸蛋漂亮像个女人,而哥哥李进则是完全另一副翻天覆地的面孔。

看着李进,龙玮惊奇地道:"你……你是戎人?"

李进听后眉毛一竖,他戳了一把脸便气势汹汹地走向龙玮,只是他刚走两步便被弟弟李退拦住。李退笑笑道:"哥与我同父异母,在凉州,这不足奇。"

既然人家说不奇,白某他们也不好找怪,于是便都点头嗯啊地应付过去了。

李退打量了白某一会后,他又上前拉住白某的手说道:"好兄弟!好兄弟!你们也是来见识艮川剑的?我们也是!这艮川剑啊,可真让我大开眼界,我所带的勇士全都败下阵来,就连我的哥都敌不过呢!"

李退的热情让白某有些尴尬,可谁料这只是刚刚开始。一句话说完还没等白某吱声,李退便拽住了白某开始了话痨。这架势,便好像二人是许久未见的至交知己一般。白某从小便在军中长大,哪见过李退这种架势的?于是就在李退的喋喋不休间,白某陷入了窘迫的境地。

见白某尴尬,龙玮轻咳一声把话插进来。可虽然他是想帮白某脱围的,但这一张嘴,尖酸的话便歪着出来了。

"行了,我们来这不是和你们续交情的。都是来见识艮川剑法的,就别在人家地方磨叽了,不懂规矩让人笑。"

但龙玮的刻薄话语却没能让李退愤怒,李退浅浅一笑,他放开了白某的手道:"怪我!怪我!见笑了。"

说罢,李退走到李进的身边,对着"他的哥"拍了拍道:"哥,你也累了,咱们看看辽东好兄弟的本事吧!"

李进微微点头,然后便转身不再看白某他们,而他刚才埋在衣襟中的刀柄也重新藏好了。

过了会,刚才那个胜过李进的黑衣青壮又站到了院中,而后猴子拿了两根搅了石灰的细棍递给龙玮与白某。二人见状连忙摆手推辞,然后龙玮把早间便安静呆在他身旁的门客唤来:"要说弓马我是得意的,但这剑术我却是不善。不过我家中这位门客却是剑术精进者,他是我家部曲的剑术师范,今日带他来便是想请艮川剑侯家传授两招。"

龙玮说罢,他的门客接过木棍站到了院中。

待一声"起"后,白某只见院中对练的二人竟也没动手,都只在相互踱步观望。于是白某对龙玮小声问道:"龙大哥,你说这两人磨叽什么呢?那个侯家的后辈刚才不是还打得挺凶的么?不是你这门客不行,人家怕折了咱们的面子所以不动手。"

"我哪知道?他们在行伍中对练时不这样啊,那都是上来就砸的。哎,反正我这么说吧,要是他不行,咱们整个幽州就没有会耍剑的了!"

白某听后迟疑地点点头。

便只在二人疑惑之中,只见场中龙家的门客终于向前探了一剑。他手中剑直指对方心口,之后就只听啪啪两声木棍相击之声后,场中双方再次停了下来。

"承让。"龙家门客道。

侯家的后生没说话,只是躬身行礼。看这架势,应是龙家的门客赢了。

"完了?"白某诧异道。

"完了吧?"龙玮不置可否道。

"完了。"猴子肯定道。

这时,侯家那边一直在场外观摩的侯家二爷站了出来,他对龙玮一拱手道:"龙将军门客确是个剑术大家,不知道能否知晓这位义士之名讳?"

龙玮听后倒没说什么,他对着自家门客点点头,于是门客开口道:"在下常山人,名字不值一提。少时在赵老师傅门下学过两手快剑。"

侯家二爷听后点点头,像是听说过这个赵老师傅,他拱手对龙家门客道:"原来是常山赵老师傅的高徒,侯家老二见礼了。刚刚犬子在赵家师兄面前献丑了,虽说在下感谢赵家师兄教导犬子,但与小孩子过招,到底是降了师兄的辈分。"

龙家门客一听连忙拱手。侯家二叔继续道:"咱们江湖中人,辈分不能乱。不如这样,我侯二不才陪师兄走上几招,也算周全了赵老师傅威名。"

听到侯二的话,龙家门客有些犹豫地向龙玮这边看来,不过好在龙玮并没有拦他。

"常山赵老师傅?很厉害?你家这门客什么来头?"白某听得一头雾水,向龙玮问道。

"不知道,江湖中人事多规矩杂,乱七八糟的我也不懂。不过他剑术确实高超,这次出来前,我哥特意让我带上的。"

不一会,侯二爷换好衣裳站到场中。这次对练与刚才那次截然不同,一声"起"刚过,便只见龙家门客立即前冲探刺,只不过他连点三剑均是不中。这时再看侯二爷,他侧身一剑打到龙家门客持剑的手腕,而后剑芒不收,反手用剑尾磕向了对手的面门。

只在一瞬之间,胜负已分。

侯二爷一个剑花负手持剑而立,他面带得意喊了声冒犯,然后把木剑一扔从怀中摸出块手帕,亲手递给了龙家门客。

龙玮见状脸色有些不悦,便好像是自己的脸让人磕了似的。但这是明明白白的对练,一边胜了另一边认输,他也没法说什么。

又是一阵客套后,到了中午,李家兄弟率先告退了。李退临走时又是拉住白某好一阵絮叨,临别之际还依依不舍对白某说道:"好兄弟若有空闲,定要来寻我!我暂住城西玄武临街商驿,看到一堆骆驼就是了!到时候咱们交杯换盏,好好热络一番!"

李家兄弟走后,白某一行人也不好再多做逗留,便推了侯府留他们吃饭的邀请离开了。

午间,还没吃饭的白某几人便在附近找了个熟面铺。刚坐下后,龙玮便开口问向自家的门客。

"怎么让人打成这样?我看那侯二爷也没厉害到一招就能拆了你啊!"

龙玮的门客放下碗筷只是苦笑不语。

"你别笑,说说啊,平日在北境时,没见谁能在你手上占到便宜啊。"龙玮急道。这时猴子苦笑着对龙玮开口道:"龙公子,这不一样。"

"怎么就不一样?不就是打么?"

龙玮一拍桌子,白某见龙玮吵闹便拽了拽他道:"行了行了,吃饭吧,你这火气怎么这么大?"

白某心中无奈,往日都是自己胡闹惹事,没想到和龙玮出来后,竟是自己在劝阻他。龙玮则是推开了白某的手,向自家的门客逼问道:"不行!今天你得说明白了。侯二爷砸的虽是你的脸,但这便等同于砸了我龙家的脸!再往大点说,他更是砸了咱们北境的脸!"

龙玮这话一说完,门客立刻不敢继续吃饭了,但他也只是闷头坐在那里,仍是没说什么。

"龙公子,毋须深究。"

莲终于还是开了口。龙玮听后皱皱眉,但也没再说什么了。此次出行前,他哥龙琦曾再三叮嘱他,同外人惹事无所谓,只要别太过火就行。但侯爷身边的两个幕僚,却是哪个都不能顶撞。

不过莲也不是强压着龙玮,他向猴子打了眼色。于是猴子便开了口:"龙公子,其实我二叔的剑术并不高于这位龙家师傅几许,但打成这个结果,只是因我二叔是个老江湖。"

龙玮与白某听后诧异,他二人都是行伍出身,虽爱刀枪棍棒,却不懂什么江湖规矩。猴子接着开口道:"我二叔点破了龙家师傅的师承,架起了常山赵老师傅的台面,而后又把自己抬到艮川剑侯家家主的位置上,算是平辈了赵老师傅。于是乎,龙家师傅与我二叔动手,便等同于徒儿辈与师傅辈切磋,所以这场对练龙家师傅必须得让,不然便会折了艮川剑门的面子。而江湖中人,最看重的就是一个面子,若当真折了谁家的脸面,那便是不死不休。所以龙家师傅败给我二叔,那也是为了不为龙公子家添麻烦。"

说完,猴子苦笑着向龙家门客拱了个手。

龙玮听后脸色好了很多,然后亲自为自家门客倒了碗水,算是为自己的急躁赔了不是。

听到这里,白某好奇地对猴子问道:"唉,猴子哥。你说若龙家师傅真与你二叔动手会怎样?"

"回世……白家少爷,这不好说。我二叔剑术或许不如我爹与我爷爷好,但他却是个老江湖。我猜他啊,根本就不会打那些打不赢的比试。就好比刚才,龙家师傅与我堂兄比试,我二叔应就知道他是个江湖人了。江湖人便要按江湖人的规矩,所以嘛,有现在这种结果也不怪。"

"那要是交上手后,你二叔发现龙家师傅不留手怎么办?"白某继续追问道。

猴子摇摇头答道:"龙家师傅起手便是连续刺剑,按江湖的规矩来讲,这便是让招了。但若是龙家师傅不让招,我二叔又觉得自己敌不过,那他定然打一个照面便喊承让。先平了面子,而后再搬出我爷爷来抬辈分,反正艮川剑门是怎么都不会输的。我爷爷能把艮川剑侯家交给我二叔打理,便是因为我二叔这江湖中的手段极高。"

白某听后恍然,但少年人的问题总是无穷无尽的。

"按猴子哥你这话,艮川剑侯家中还有剑术更精进者?"

猴子听后脸上掠过一丝傲然:"白家公子叫我猴子就好,我艮川剑门自然有剑术大成者,不然光凭着江湖手段,怎会在这洛京城中站住一个侯家大院?且不说我那心无旁骛醉心于剑的爷爷,就说我三叔,那可是江湖公认的铁剑无双。"

"那你三叔呢?咱们找机会再来你家看看可好?"

白某问完后,只见猴子脸色稍有些低落道:"怕是没辙了,我三叔死得早了些。"

白某听后很是遗憾,但当他想再继续追问时,莲打断了他。

"行了,问你们个正事。刚才那个李家兄弟,你们怎么看?"

还不等白某回答,龙玮便怒道:"不说那个戎胡子我还不气,真是好一对登徒子!知道我们是镇北侯麾下便没完没了地巴结,当真是不嫌臊!我估摸着,不过是个家境殷实不懂规矩的戎胡子!"

龙玮说完后,白某则是想了会才开口回答:"那个戎胡相貌的哥哥李进我是没什么观感,可弟弟李退我却觉得有些难应对。总感觉他太过热络了,可这热络却让人摸不到头脑,但我倒是不讨厌他。"

龙玮听后,嗤了一声道:"你啊,是胡人娘们玩习惯了才觉得这两人不讨厌。"

白某无语,便不再搭理龙玮。莲看向龙玮问道:"龙公子,大汉虎狼,你们可曾知道?"

"当然!咱们侯爷我怎会不知?莫要说我,但凡是大汉军士,谁不会背那句顺口溜?镇北侯白济,坐北境如猛虎,抚西将军李行,据凉州似饿狼!"

"嗯,那兄弟二人便是抚西将军李行家中的?"

沉默,安静。

许久之后，龙玮开口了，不过此时再开口却有些底气不足。

"哼，我龙家乃显赫世家，又助侯爷保境辽东，一帮戎胡还欺负不到我龙家头上。"

莲没有理会胡言乱语的龙玮，他在等白某的反应。

"莲师傅！你怎么不早说！要知道那兄弟是抚西将军家中的，我刚就该好好与他们攀谈一番，也好看看这凉州饿狼是个什么路数！"

饱餐之后，莲与猴子便离开了，龙玮也打发走了自家的门客。

而后，龙玮便拉着白某在洛京城中逛起了热闹。

两人先逛了几条天京城内的繁华街道，又瞧了瞧那些知名的商店铺子，不管是吃的、穿的还是戴的、用的，两人是见什么都新鲜。

看着街上琳琅满目的店铺，白某有心想给乌维买个饰品什么的，于是二人便走进了间城内有名的饰品店。

这间饰品店的老板，起初听二人口音不似本地人时还十分热情，但几句切口察言观色后，老板便冷了下来，原因便是因为白某。

与龙玮硬装懂行的样子不同，白某是看什么都新鲜，但连续问了几个物件的价格后，他便开始都是龇牙惊叹，显得好不狼狈。偏偏这时，这店内来了几个颍州口音的公子后，老板便随口丢了句"几位先看着"后，就换了张面孔去招待那几位公子去了。最后龙玮还是争了口硬气，花掉几百钱买了块"蓝田塞玉"后，才换回了店铺老板的笑脸。

不过因此龙玮则是更气了，好像整个洛京城都欺辱了他似的，非拉着白某找了个买宝剑良弓的铺子，说是要把脸面找回来。

白某虽不解为何龙玮的脸被卖饰品的踩了，而非要把颜面从卖刀剑的地方找回，但他自己也是极喜爱兵刃，所以也就乐呵呵地跟着去了。

找了一家同是"城中驰名"的剑阁，两人大大方方地在堂内坐了下来。同样，店家听二位公子的口音不是本地人，便贴着一副刚才饰品店老板同样热情的脸迎了上来。随后，老板招呼着店里伙计把一件件"镇店之宝"搬出，什么镶嵌了宝石的佩剑、安装了玉角的雕弓摆了满满一桌子。

这回白某与龙玮算是懂行了,他二人一会拿起这把敲敲,一会又捡起那把抖抖,并嘴上不断地冒出对物件的评论,"这剑打得太糙""脆了点""薄了薄了"。见龙玮二人懂行,店家老板更加热情起来,他跳着脚喊着伙计不断把更好更贵的宝贝搬上来。看到店家如此热闹地张罗,龙玮的脸上得意极了,可是他一得意,口中的话便歪了。之前还只是点评,而后却尽是批评了。

"这剑不白不黄的,打剑的人脸黑?""好好的一把乌木弓,非雕两个花纹个金条!给哪家闺娘射兔子用?"

时间一长,店家见这两位小公子没一点要买的意思,那个看起来年长些的嘴里又尽是折辱人的话。于是铺子老板也有些不耐烦了,他张口对龙玮二人问道:"二位公子是从幽州来的?"

龙玮听后满面倨傲,他反问老板道:"哎哟,怎么看出来的?"

老板听后乐乐,用一种莫名其妙的语气说道:"像二位这般岁数,便如此懂得刀兵,这种地方天下就两个。我瞧二位不像是西边来的,那便是北边了。"

龙玮没听出这话里的怪,他只觉得老板是在奉承,于是便也笑着点头。

老板呵呵赔了两声笑,然后丢下一句"幽州好啊,好地方,二位稍坐",随后对自家伙计喊了几句本地话后,便不再理会白某龙玮两人了。

又是干坐了好久之后,龙玮终于发觉了不对。但这回他却是无可奈何了,因为钱全在饰品店花光了,于是他向白某看去:"你可还有钱?"

白某笑着把钱袋扔给龙玮,龙玮打开钱袋,而后脸色更加沮丧了。

傍晚时,龙府老宅经过王铁胆他们一天的折腾,基本是被收拾出来了,现在虽不说有多豪华,但至少众人都能围在桌上吃饭了。

因为此时府中的两位"公子"本就是不讲究的人,所以二人各自属下也都相处得很好,再加上他们一路慢行同来,很多下人亲随之间已成了好友。便在吃饭时,大家都坐在一起,真是好不热闹。

不过下人们的桌上热络,主人的桌上确实有些别扭。

龙玮边吃饭边数落白某道:"哎,你好歹也是个世子,出来一趟怎么身上就揣着十几个铁钱?"

"就这我都觉得多了,平时没花钱的地方啊。"

龙玮听后无奈,可忽然间他好像想到了什么,于是兴奋地对白某道:"这洛京城之良宵享有盛名,如今咱们来了,怎能在此空扯闲聊干熬这大好夜色?"

白某听后回应给龙玮一个讪笑:"你想去哪便去吧,我就算了,手里没钱在洛京城潇洒。"

龙玮听后坏笑对白某问道:"你知道我要去哪么?"

"不去。"白某斩钉截铁道。

龙玮见状则是换了一副风凉样子说道:"到这繁华世界,怎能不领教下洛京城中的乐坊!幽州啊,就是蓟城也没这般乐子。算了,我可不像你,还带了个胡人娘们随行消夜,还是你会啊。我走了,你慢慢消夜去吧。"说罢,龙玮起身便走。

但就在这时,龙玮的胳臂被人拽住了,他只听白某顶着一张通红的脸,口中含糊不清地说道:"唉,不是。我这,不是没什么钱么。哎……"

龙玮大笑着拽起白某豪爽道:"带你去玩,算我的!况且这玩意,不是还值点钱么?"说着,龙玮拍了拍今天刚买的那块玉牌。

洛京城的夜不同于其他地方的夜,洛京城的夜不属于休息安眠,也不是只属于富商官宦的狂欢,而是一场全城的庆典。以至于总有向往这夜的人称"洛京城中人,日进三餐",这多出来的一餐可不是宵夜果腹,而是在夜色已深时酒肉歌舞齐备的夜宴。

华夜已至,龙玮拉着白某走进了一个楼阁最高、彩带最艳的牌楼,一家名字唤作"洛水顾"的乐坊。乐坊侍者见他二位虽穿着土气但衣料上好,就明白了这两位应是外地来的豪商士族之后,便十分热络地迎上了二人。也是因此,此刻虽然乐坊内人满为患,侍者还是把他们引到了离舞台较近的地方,并没一会后就有人端来了美酒果子。这期间没有人提过半个钱字。

因为不懂洛京这边的乐坊是个什么玩法,龙玮二人便只喝酒看着台上的舞蹈。不一会,有个满身浮夸颜色、身着华丽的男人坐到龙玮身侧与他攀谈起来。这人自称是洛水顾的管事,说是见了新客人便前来结识。

此人十分健谈,只与龙玮白某二人聊了几句后,便称兄道弟起来。

"哎呀!二位贵客是幽州来的啊!那幽州的镇北侯可是了不得的人物啊!"

"什么!二位便是镇北侯麾下?怠慢怠慢!我大汉军中英雄怎么能少了酒肉!我再叫人摆满些,都算愚兄我的。"

"哎呀哎呀!龙家先祖忠义两全便是连我都有所听闻啊!那可是写在戏词里的人物啊!"

"哎!龙贤弟你这块佩戴出去,一看就是懂玉之人。这识玉的人多,但懂其中奥秘的却少,没想到龙将军竟是文武双全啊!来愚兄敬龙将军一杯!"

几句话的工夫,龙玮便对这管事聊了个底子全空。不过好在这管事只看出龙玮的贵气,倒是忽视了一旁傻呵呵的白某。

之后管事又吹捧了龙玮几句话后,便道出了"正题"。

"龙将军你来得真是赶巧,这台上的舞蹈虽美,但也不过是今夜的热场罢了。你看这里高朋满座,其实都是为一人来的。"

见龙玮来了兴趣,管事兴奋地接着说道:"不瞒龙将军,今日是我洛水顾的闺中绝秀'青娥'出阁的日子。说起青娥姑娘的歌舞才色,不是愚兄自傲,那可真是羞走天下伊人的美哟。"

听这管事叙述得绘声绘色,龙玮的眼中开始放出异样的光彩。管事见话已说得差不多了,便指向桌案上一张华丽的大盘说道:"今日洛水顾所有高朋的桌上都有一个大盘,为的是盛各位高朋送予青娥小姐的出阁礼物。若是待会青娥小姐惊艳了龙将军,为兄说句不客气的话,到时还请将军不要吝啬。"

龙玮听到这话便明白了,这"大盘"便是此地的玩法,他笑道:"若是惊艳不到我呢?"

管事听后哈哈一笑,拱手道:"那这顿酒,便算是愚兄请龙将军与小兄弟了!不光如此,我还会再亲自宴请龙将军,询问我家青娥该如何再度精进。但若是我家青娥惊艳到了龙将军,龙兄赠予的礼物也动了青娥的芳心。那待青娥小姐曼音过后,便会亲自侍候龙将军宵茶解酒。"

"好!"

龙玮痛快答应道。

管事见状,便知道这最后一桌看起来是个人物的也招待妥当了,他自斟了杯酒后对龙玮拱手仰头饮尽道:"龙将军稍坐,我得去看看我家青娥,是否准备好招待各位高朋了。"

说罢,管事恭敬告退。

管事走后白某小声对龙玮道:"我先说,我真没钱。"

"哎!世子你小点声啊,别让人看笑话。告诉你,我可是带着大锭子来的!"

白某听后警惕地点点头,也不知道是怕人笑话,还是怕龙玮的大锭子惹眼。见没人注意到自己这边,白某对龙玮笑道:"龙大哥,我还以为你是来找女人解闷的,没想到却是爱这音律华美。嘿嘿嘿,我小瞧你了。"

龙玮听出白某是在拿他逗闷子了,不过一开始他确实是想找个彩楼再点个歌妓消度长夜。不过进到这洛水顾后,他见到这满堂人中也不乏扮相高贵之人,并且谁身边也没坐着歌妓。因此龙玮明白了,这便是洛京城中权贵的玩法,得玩得矜持。

又过了会,台上舞者尽数散去。而后有侍者吹灭了几盏灯,堂内暗了些,也安静了些。

便在这静谧之间,台上那张五十弦的瑟琴之后,一个青衣薄纱的娇小女子坐到琴边。香琴清脆地响了几段过门后,清婉的嗓音飘满了整座大堂。

青青河畔草,郁郁园中柳。

盈盈楼上女,皎皎当窗牖。

娥娥红粉妆,纤纤出素手。

昔为娼家女,今为荡子妇。

荡子行不归,空床难独守。

思兮,盼兮,念兮,怨兮,苦愁兮。(借改自《两汉诗集》)

"奴家青娥,见礼。"

软声响起,白某的神也回来了,只是他心中的一些东西,被留在了刚刚的曲中。听到厅堂中传来阵阵的叹息声,原来被留下一些东西的,不只白某一人。

之后,台上琴音再起,而音色稍比刚才变得雍容轻快起来,随后清婉变成了舒畅……

青青陵上柏,磊磊涧中石。
人生天地间,忽如远行客。
斗酒相娱乐,聊厚不为薄。
驱车策驽马,游戏宛与洛。
洛中何郁郁,冠带自相索。
长衢罗夹巷,王侯多第宅。
两宫遥相望,双阙百馀尺。
极宴娱心意,戚戚何所迫。(借改自《两汉诗集》)

歌声将止,顿时满堂喝彩,更是有些人大声当众赋诗说文。

台上的青娥见礼后,便掩面离去,而之前陪龙玮喝酒的管事却在这时走上台。管事拱手对堂中人道:"青娥小姐今日出闱,承蒙各位高朋厚爱前来捧场。青娥年芳二八,自是害羞怯场,便由鄙人代青娥小姐向诸位见礼。"

说完,他对众人深深拱手后才继续开口:"各位高朋贵客,若是怜爱青娥便于盘中放入些小物,不为那些铜臭,只为给青娥一个爱勉。青娥只取其最爱选一,其余之物全都会原数奉还。而送青娥小姐所择之物者,必是与青娥交心通意之人。待今夜宴散后,青娥小姐会亲自为这位贵客煎茶宵夜,以作答谢。"

此话一落,宴中人纷纷拿出自己珍藏之物放入盘中。龙玮也是一咬牙,把自己身上的两块大锭子砸在盘中,而后他对白某道:"这青娥小姐就让与我吧!回头我再陪你于洛京城有名的乐坊转转,喝酒姑娘都算我的!怎样?"

白某看着嫖客般急不可耐的龙玮,此时他心中悸动已消了大半。

白某摆摆手道:"我不碍着你,你随意。不过我可不等你,一会就先回去了。"

龙玮听后赶忙答应着。

但就在龙玮高兴时,旁边有人风言道:"还真有不知哪来的俗人送些铜臭,难不成把青娥小姐当成街上的娼妓了?"

龙玮顺着声音望去,只见那声音真是冲着自己而来。龙玮大怒,但他刚要把话骂回时,只听那桌的声音又把矛头对向别处了。

"嗨,田兄,你看那边还有更显眼的。那是个什么?一个破布偶?啧啧,还真是皇子盈大婚在即了,最近洛京城中怎么什么人都有啊?送大锭子臭铜也就罢了,一个破布偶也能端上来。"

听到这话白某与龙玮也是吃惊,布偶也太过匪夷所思了。他们放眼望去,很快便找到了那张被人讥讽的桌子。只见那桌后,有一人松垮垮地斜靠在桌案上,一身白袍子虽然干净,但看起来却廉价。

那人喝得脸色微红,发束也有些乱了,衣服也穿得不板正,敞襟开带的。听到别人嘲讽,那人也不恼,只一嘴吴地口音懒声懒语道:"咂舌!扔块玉就风雅了?再美的玉,还不是臭铜块换的。"

"哈,话都说不利落,嘴还挺快。瞧足下这模样,怕是也没闻过铜臭味吧?"那个被称呼为"田兄"的人开口道。

白衣男子听后仍是不恼,他挠着脖子慢悠悠地说道:"我身上没铜,不过金子臭不臭,我就不知道了。"

说罢他手在怀里一翻,之后咚咚咚三声响在了桌案上。这三声响把宴中人的眼睛全都吸引了过来,只见那桌案上分明是三颗硕大的金锭子!

而后白衣男子摇摇晃晃地站了起来,他举着酒盏用一口吴音十足的官话喊道:"高兴!高兴!今天所有人的酒,我谢念请诸位喝了!"

谢念喊完,那个田兄脸上明显一愣,但他的口气也没明显软下来,不过之前那副咄咄逼人的样子却没有了,只留下一句:"我田家不缺谢家的酒钱。"

而后便不再理会谢念这边了。

把这一切都看在眼里的龙玮脸色非常不好,他叹气道:"哎,看来是喝不到这碗宵酒茶了。"

"那咱把钱拿回来吧?"白某悻悻问道。

"我都放到那盘子里了,这再拿回来不是现眼么?反正吃不到茶人家也是要还的。"

"那人家还你就好意思接了?"白某又问道。

龙玮听后一个尴尬,然后有些别扭地对白某说道:"哎,不然你帮我接吧?反正刚才也没人认出你是镇北侯世子。钱拿回来了,够咱俩再玩上好几天的了,况且也没丢了北境的人啊?"

白某听后笑了会才答道:"龙大哥,虽说我从小跟着你屁股后面玩到大,但怎么论我也是镇北侯世子啊,你这会不会僭越了些?"

龙玮听后叹了口气,无奈道:"哎,也对,还是我自己接吧。反正这洛京咱们与人不熟,丢不了太大人。"

白某见状合计了会,然后也是无奈说道:"算了,还是我替你接吧。你'龙将军'的威名都吹出去了,我也不能看着你丢人啊。"

龙玮听后十分感动地拍着白某的肩膀道:"在侯爷进洛京城前,你玩耍的钱我包了。"

没一会的工夫,洛水顾的管事开始唱礼了。

"贵客送!烫金漆盒一套!"

"贵客送!乌心润玉盘一块!"

但等到那管事的走到白某这桌时,他是明显愣了下才喊道:"贵客送!金香锦囊一袋!"

而正当白某感叹这管事真是好应变时,而管事接下来唱出谢念的礼物时,则让他更加钦佩了。

"贵客送!这……情切布偶一个!"

待管事把礼物收全后,便去了堂后说是让青娥"选礼"。

过了好一会后那个管事才回来,但这时白某却观察到,管事的脸色已不似刚才般泰然自若。

管事对着堂内众客拱手道:"青娥小姐已留下最心仪的礼物,洛水顾与青娥小姐再感诸位厚赠。但洛水顾此举绝非为彩,只为刚出闺的青娥讨个厚爱,既然如此,其余礼物洛水顾自当原数归还。蒙各位贵客抬爱礼物繁多,青娥在闺内又犹豫再三了好久,所以这归还一时间还摆不过来,只能一件件唱出珍宝。还请各位担待,请念出宝名的赠物贵客应声,洛水顾再把贵客所赠珍宝归还。"

当管事絮絮叨叨地说完后,底下便有人开口了。

"赠了就是赠了,怎么有归还的理?留着给青娥小姐闲时把玩吧。"

"对对。"

"如此最好!"

"还是说说青娥小姐相中了哪件,让咱们也张张眼吧!"

管事安静地等各人把话说尽,他笑道:"毕竟青娥小姐刚出闺,面薄。所以青娥小姐相中之物,还请各位体谅确实不好当众念出。"

说完后一个大嗓门的下人便开始一件一件唱起单子,不过宾客们却没一人起身去领回礼物,都表示送就送了。之后,那些知道自己礼物没被相中的人,大多会与熟识的人喝上一盏后离开洛水顾。当然,管事也是恭敬地把每一位都亲自送出。

但唱单的人念道"乌心润玉盘"时,那个"田兄"砰的一声往桌上甩了串钱,然后对着此时已在蒲团上昏昏欲睡的谢念碎念道:"我田家用不着别人请吃酒!"

"得,走吧龙大哥!你这钱我也没脸要了。还有啊,咱们还是把酒钱结了吧,素未相识的让人家请酒,不妥。"

龙玮的眉头紧皱,脸色看起来很不好:"啊,我也不想喝谢家的酒,只是,我这就剩下几片碎钱了……"

白某听后无奈道:"哎,那咱就赶紧走吧,反正扬州义博侯府名声大,打听打听他暂住在哪,明天给人把钱送去。"

龙玮点点头,然后望着自己桌案上的美酒果子惆怅地道:"走吧……哎,这洛京的酒可真难喝。"

夜再深些,洛水顾街角尽头的一处面摊中,龙玮与白某二人正端着面刺溜刺溜地吃着。两人饿了,但实在是没钱了,便只能在这吸面汤了。

"我感觉自己好像着了道。"龙玮放下碗说道。

白某擦擦嘴问道:"嗯?什么着道?"

"这还不明显么?那洛水顾今晚靠那青娥可是赚了个钵满。"

"龙大哥你多想了吧,或许这就是京畿中的玩法,谁让咱们俩不懂行又硬要这脸面呢。"

龙玮听后想了会,然后无奈说道:"哎,谁知道了,也不知道那青娥小妮子和谁入房了。"

正在这时,面摊中有人插话进来道:"青娥姑娘今夜谁也不陪!"

听着这口吴腔,龙玮与白某转头望去,果然便是刚才洛水顾中的谢念。

龙玮看着有些唐突的谢念,话在口中绊了又绊,不知该谢他在洛水顾中的那顿酒,还是要问他为何也流落到这破落的面摊中。

白某倒是没那么想,他直接开口问道:"谢大哥是怎么知道的?"

"哦,你是?"说着谢念便毫不客气地坐到了白某他们这桌上。

"白某,襄平镇北侯麾下。"白某行军礼答道。

"哦,那镇北侯白济是?"

"家父……"

谢念听后倒没什么过分反应,只是拱手还礼道:"扬州谢家,谢念……"

"刚在洛水顾就知道了。"白某憨笑道。

几人相互报了名讳来历,又一阵客套之后,谢念对白某他们继续讲起了青娥的事。

"不瞒二位,青娥姑娘选了我送的礼物。此时我坐在这里和你们吃面汤,那青娥姑娘自然谁也不陪了。"

"布偶?"龙玮惊奇地道。

谢念点了点头。白某听后好奇地问道:"这是为何?不过,若谢大哥不便说,那就算了。"

"没什么不便的,你们想啊,青娥姑娘从小就长在乐坊,如今唱曲音律俱佳,想必定是自小就下了苦力。于是我就想着她儿时肯定没玩过布偶,便就亲手做了个送与她。"

"就为这个?"

谢念说完后,白某和龙玮均是诧异。谢念摇摇头继续道:"不过也不光是因为这个了。其实我与青娥早已熟识,青娥的音律便是我调教的。"

白某听后心中更惑,他问道:"谢兄不是出自扬州义博侯府?"

"义博侯谢寻正是家父。"

"那青娥姑娘的音律也是谢兄调教的?"

"啊,是我调教的啊。"

谢念很自然地说道,龙玮与白某则是无言以对。不过谢念又喝了口面汤后,还是讲清了这其中的原委。

"之前我来洛京城时,偶然听到青娥的声律。有才情,但却可惜被师傅调教坏了。于是我便化装成琴师,去了那洛水顾调教了青娥半年。"

龙玮二人听后愣住,他两人都是长在军中,对这些个风月轶事是从未听过见过。过了许久,谢念忽然叹了口气,然后有些忧愁地道:"哎,我这次到京畿啊,原因与你们差不多。但于我自己来讲,却是有私心的。我想着青娥姑娘也该出阁了,正好这次便来接她与我回扬州。"

"啊,这……"

白某二人又是一阵无语。谢念倒是没注意到白某他们的反应,继续难过地道:"可惜那洛水顾太油滑,青娥才刚出阁,他们想用她赚个满钵外,还想用青娥的美色去笼络权贵。我啊,是怎么开价都要不走青娥。故此,我今日才去搅他洛水顾,守青娥姑娘闺房一片清净。"

眼看谢念说到这时都快哭了,龙玮开口劝他,可话到嘴边却又变了味。

"谢兄,你既能入青娥闺中吃茶,那就不吃白不吃啊!干吗还跑出来在这吃面汤呢?"

谢念听后认真对龙玮道:"龙兄啊,你这话不对,青娥本就因不幸落入乐坊,她对我也是钟情的。我怎么能在乐坊后院就……就把这碗茶喝了呢?"

说罢,谢念端起面汤喝了个干净,然后抹着肚子小声念叨,"哎,不过这面汤啊,越喝越饿倒是真的。"

白某见状笑问道:"不然,来碗面?"

"没钱……"谢念沮丧道。

白某与龙玮听后大撼,怎么刚刚还一掷千金的谢念竟会没钱?随即谢念解释道:"哎,不瞒二位。身上就带了三锭金子,才全扔在酒案上了。就这碗面汤,还是人家施舍给我的。"

"老板!来碗烩面!肉丁满满放!"

"白兄这多不好啊……"

"没事!你刚才还请我俩喝顿酒嘛?"

说罢,白某把铁钱在桌上拍得响当当。

关于谢念,与谢念身后的义博侯府,白某不知道太多东西。但面前这个谢念,他倒是觉得很有趣。

白某这一路从襄平到京畿走了快半年,路上也见过些显贵世家,自己同辈分的旺族子弟也见了不少。令人印象深刻的也有,清河何家三子他见过两个,尽是才俊。抚西将军李行的两子前几日也见过了,虽行为怪异但都有豪杰之气。但唯独这谢念让他十分有好感,他虽刚与谢念结识,但却十分愿意与他亲近,原因可能是因为谢念与自己同样是"不像样"吧。

"谢大哥,你想带走青娥姑娘我倒是有个办法。"

谢念听白某说有办法,顿时面就卡在了喉中。白某见谢念的样子笑了笑继续说道:"冒昧多问下谢大哥,钱上面是否……"

"钱是足足的。"谢念自信道。

"那谢大哥你何必非要买下青娥姑娘?直接把那洛水顾买了便是。"白某答道。

谢念一听大喜,这么简单的道理他之前竟然全没想过。

"也对!也对!多谢二位指点了!我真是意乱情迷了!竟没想到这层。"

说完,谢念赶紧把最后一口面吃干净,然后擦擦嘴对龙玮白某一拱手又道:"多谢白兄、龙兄提醒!刚才我有幸请二位吃酒,此时二位请我吃面,咱们这一来二去便是熟识!等我买下洛水顾,再邀两位仁兄喝酒!咱们定要结成至交知己才好!"

说罢,谢念便匆忙起身走了,他的背影在夜中显得很忘形。

谢念走后,龙玮对白某嘀咕道:"你说,这谢家世子是不是有点傻?"

"嗯,同样的酒,你花了铜锭子,他花了金锭子,是有点傻。"

白某坏笑答道。

四月廿八,相国府。

午间,太阳当头。王暮刚进家门,还来不及换下闷热朝服便对儿子王芳喊道:"去把游琳叫来!太不像话了!"

过了会后,相国府正堂传来了责训声。

"平时纵容你也罢了,这都几日不上朝会了?"王暮对衣带不整的游琳斥责道。

"老师勿恼,入夏了,桃花开不了多久。"

"桃花?你还有性子看桃花!茵儿马上要嫁入恒旦宫中了,越是这个节骨眼,咱们越要稳妥。这朝中还没消停到能让你旷掉朝会,而去看什么桃花!"

但听到老师训斥自己,游琳倒是没什么反应,仍是乐呵呵地对着王暮傻乐。

"师兄……"

给父亲顺着气的王芳唤了一声后,游琳这才稍微坐得端正些道:"老师不用急,那帮蠢人消不消停无所谓。这时若有人非议老师,顶破天了也就说老师是个外戚权臣罢了。可笑太尉那票子人,他们本身就是靠着身为皇后的娘家得权得势,这会竟还用'外戚'非议老师,真是笑话!老师就只让他们随意折腾吧,本就是臣子间的事,这下好,非要扯上皇子们闹。岂不知夺嫡是会见血的?"

王暮听后想了会,觉得游琳的话虽然糙,却在理。但他仍是皱眉对爱徒批评道:"哎!你这张嘴啊,可不要在外胡说。刚才那番话,可再不要说出口了。"

游琳听后不置可否笑笑,然后伸个懒腰对王暮道:"啊,那老师您消消气,我就先走了,省得惹您碍眼。"

"师兄。"

王芳再次张口叫道,游琳只好笑笑坐回原地。合计了会后,他又对老师王暮开口道:"老师何必多虑,这些个人啊,现在还能在您眼前蹦跳,并不是因为他们手段高,而是天子留他们在这闹呢。"

"天子让他们闹,还不是因陛下顾虑我!"王暮沉声道。

游琳听后一摆手,眼中闪过一丝讥讽道:"说顾虑多难听,还是制衡好些!老师您放心吧,天子想制衡于您,说明老师您还稳呢。若真到一马平川之时,没人在老师眼前闹了,那才真是顾虑变成猜忌,也就离完蛋不远了。"说完游琳还做了个翻白眼的表情。

王暮听后白了游琳一眼,但也没说什么,应是习惯了这个学生的品性。游琳把乱发向后捋了捋,继续说道:"其实啊,我在这折腾,那也是老师找个挨骂的由头。别人骂我,总比跳脚骂老师您好些吧?这道理不难,说白了,只要有人骂咱们,天子便放心了。所谓'权倾朝野'就得有人骂、有人打!死人才人人都说好呢,便如那何义老头。"

王暮听后脸色好了些,他又对游琳问道:"那你说说,盈皇子与茵儿的大婚,天子为何要天南地北地把人都弄进来?"

游琳听后摇头笑笑,好似在嘲弄这个问题。

"天子叫这帮人,无非就是希望朝局更乱些。朝中越乱,天子才高兴。"

王暮点点头,但等捋顺了气后,不知为何他是看这个放浪形骸的爱徒不顺气,于是王暮又张口教训道:"你坐端正些,莫要终日如此恃才自傲。你也年岁不小了,修身养性之理应学学了。我且问你,难不成这朝局中就没有你所顾虑之人了?"

游琳听后懒洋洋地把身子坐直,然后摇摇头淡然道:"回老师,顾虑之人没有,但却有两头畜生我也拿不准。第一个是辽东的那头老虎,镇北侯白济。听闻他现在还在城外蹲着,只让其子与龙家二小子先进城,不知道想些什么。白济这边嘛,陈怀老兄我是打过交道的,老实人好糊弄。但白济这人就太拗了,执拗之人往往是最让人摸不到头脑的。这第二个嘛,则是西边的土狼李行,这人做事莫名其妙的,十分游离,猜不透他想干吗。"

"为何师兄会忌惮掌兵的粗人?"王芳开口问道。

"嘿嘿,师兄啊,就是因为掌兵才忌惮呢。像咱们这种玩权谋算计的,那都是在一个规矩内玩,玩来玩去也变不出什么花样。但手里有兵的人则不然,他们啊,有时能不按照规矩玩,甚至是不玩了。如此,你说我能不忌惮么?尤其是白济与李行,这两人都是能打仗的。况且啊,襄平太远了,而张掖又太近了。"

"怎么竟说些胡话!"

王暮听后又训斥游琳道。因为刚刚游琳话中的"远、近",不是他们可以妄测的"距离"。

游琳听后摆摆手笑道:"行啦,不惹老师烦了,学生先告退了。"

说罢,游琳随意一拱手后,便晃着身子离开了正堂。

游琳走后,王芳对父亲问道:"父亲,城外白济那边,咱们要不要去打个招呼?"

王暮听后眉头又锁了起来,想了片刻后对王芳问道:

"白济家的孩子住在哪里?来后都做了些什么?见没见什么人?"

"回父亲,白济之子住在原来龙府的老宅,这几日只是与龙家二公子四处走走玩玩,并没见什么紧要的人。"

"龙家?哦哦,龙家,龙家……"

王暮念叨了好几遍才想起来一些旧事,而后他对儿子道:"白济,不用理他,离他远点便好。"

王芳点头,王暮随即又问道:"芳儿啊,白济的儿子多大了?"

"按岁数是您孙儿辈,比纯儿大上六岁。"

说起自己的儿子,王芳刻板的脸上浮现出一丝笑意。

王暮听后叹了口气唏嘘道:"哎,那还真是孩子。原来何义在那会,我还没发觉自己多老。如今何义走了,怎么一下子连十几岁的小子都跑进我耳朵了,哎……"

感叹过后,王暮对在旁微笑聆听的儿子说道:"芳儿啊,我一共五个孩子,你两个兄弟没得早,剩下两个女儿,一个就不提了,另一个也要嫁人了。以后我若没了，倒是少个人帮衬你了。"

说这话的王暮全然不像是权势滔天的朝中相国，反倒与民间的富户家长没一般区别。王芳起身对父亲躬身宽慰道："父亲放心，您身子骨还硬朗呢。"

"谁和你说这个了，我是说，我那小孙子纯儿都十岁了，连个相仿的兄弟都没有！"

"孩儿不孝……"

同在午间，与忙碌在洛京城的种种算计不同，洛京城外却别有一番锦簇兴隆。便在洛京城东集镇北，依着洛水上游筑有一处名唤"东引亭"的长亭，乃是京畿之内首屈一指的观游场所。

说起这座"东引亭"的名胜缘故，因曾有一文豪大家于未发迹时在此歇脚，看亭外洛水秀美便赋词文在此。待到此文豪发迹后，便有人把他当日所书篆刻成碑落于亭侧，而后便是有不少豪情文士特到此处观摩作赋。

时间久了，这亭子竟然成了旅人到洛京城时必至的场所。除了读书人外，就是商贾豪绅甚至是贩夫走卒都络绎不绝。再之后这"东引亭"的故事不知为何越传越离谱起来，除了文豪发迹的故事外，更多了什么外来的行商到洛京横赚一笔，农夫家久病的老母忽然能下床了。但随着东引亭变成了"许愿亭"，游客却是越来越多了。

东引亭风光后，附近的村民高兴了。他们手里有些本钱的，便贴着亭子搭起水铺，生意十分好做。见一个人赚钱后，便有更多的人围到东引亭你一个饭庄、我一个食摊就弄了起来。到现在东引亭的名气越来越盛，此时已成为洛水一带最有名的景致了。

在东引亭旁，一间建筑华美的院子中，正堂上的白济正在等人。

白济盯着陈怀，不知道打了多少个哈欠后，一个仪表中正的男子从堂外走进。

"侯爷！陈世叔！小侄不周，久疏问候。"

说话间，邀请白济到东引亭"踏青"的何明走了进来。何明站稳后对着白济与陈怀恭恭敬敬地一拱手道:"小侄早该前去拜会宴请侯爷、世叔,只可惜如今顾虑多多,还望侯爷、世叔勿怪。"

白济摆摆手,打了个手势让他落座。何明落座后对堂外唤了声,而后两个侍者拎上一网鲤鱼。看着活蹦乱跳的鲤鱼,何明对正座上的白济笑道:"让侯爷、世叔在此等待小侄,是小侄失了礼数。未亲自恭迎之缘由,乃是小侄到此后,发现这店家准备的食材不佳,于是便亲自到江岸,重新选了最大个的'洛水青鲤',这才耽误了时间。还请侯爷、世叔勿怪。"

白济看向这"洛水青鲤"在渔网中来回翻腾,于是便消了因等待而起的不悦,不过虽然没有怪罪,但好话也是没有。他对何明只点点头没说什么。陈怀则是笑着摆手道:"世侄有心了,何必客气。"

说完后,陈怀看向白济,意思要白济说些什么。白济合计了会,然后挤出一种自以为"和善"的声音对何明道:"小子,我瞧这鱼鲜肥,不如你长话短说吧。说利落了,我也能好吃些肥鱼,再喝点本地的稠酒。"

何明见白济"和善"得单刀直入,他点点头挺身坐正认真道:"侯爷、世叔,陛下今日定下了,皇子盈大婚为五月初五。"

"好,这京畿中我是待腻了。早日完,早日归。"

何明听后露出微笑,然后他忽然对白济问道:"侯爷,可曾怀念过往日的戎马驰骋?"

只是何明的问题没有得到回答,白济眉头微皱,手在下巴上慢慢揉搓着,看向何明的眼神有些奇怪。何明见状连忙拱手道:"侯爷勿怪,是小侄不对。侄儿这话并无一丝深意,只是寻常家中的子侄辈向长辈的攀谈。"

白济听后摆摆手,他没理什么长辈、子侄辈的,只又把之前的话对何明重复一遍,"长话短说,说利落了。"

"是小侄错了,不该与侯爷在言语中周旋。侯爷,皇子盈大婚后,陛下让侯爷调动。"

便在此话将落,白济的眼角猛然抽动了下。而坐在他下手座上的陈怀,藏在桌案下的指尖也开始用力揉搓起来。

"到哪里?"白济问道。

"荆北,襄樊。"何明答道。

"为谁?"白济再问。

"陛下会回答侯爷。"何明笑笑。

"洛水青鲤"确实是不可多得的美味,鲤鱼肉厚皮薄,无论是酱烧还是浇油都是无比美味。可珍馐虽美,但这顿饭白济觉得无论如何都"不好吃"。

晚间,当何明被抬回洛京城后,灌下他许多酒的白济,则与陈怀在东引亭的夜集中散起步来。

这东引亭的夜集虽然张灯结彩的,但却透着一股子令人乏味的躁闷。虽然夜集上的摊位密集拥挤,但摊位叫卖的东西却大同小异。比如所有摊贩都在卖的"青鲤香干",再比如蹭出墨迹的"故人墨帖"。

不过,若说独特的东西这里也有,好比一些借着"大家绝笔""文豪匿名"名头的古旧简卷。起初陈怀倒是感兴趣多看几眼,但结果都是留下一句"登徒竖子"后甩手而去。

对这夜集感到愤怒的不止陈怀一个,在白济扔掉第三份"青鲤香干"后,他终于忍无可忍地怒道:"这玩意与我们午间吃的一样的东西?"

说起午间吃的青鲤,白济自然便想起了何明。或许是因自己也有一个儿子,白济对身边的陈怀问道:"老兄,何老头这几个小子你怎么看?"

"侯爷是在说何明?"

白济没回答,但陈怀已明白自己的知己在问什么了。

他想想后回答道:"何明贤侄沉稳、中正,虽不是少年般的岁数,但赤子之心犹在。我瞧着却是不错。"

"看来老兄你是十分赏识这个何明?"

陈怀听后点点头,而后对白济问道:"侯爷难道是对何明贤侄……"

白济听后笑道:"能那么被我灌酒到抬着出去,光凭这点就强过他老子。"

陈怀笑笑不语。白济想了会又道:"若咱们真到襄樊,那离小崽子读书的地方也不算远。"

"还是远些好……"陈怀淡淡道。

"嗯,还是远些好。"白济赞同道。

第三章 —— 引舟　　197

四月廿九，午间。

洛京城中，一家名为隆院的邸馆里，还未到晚间这里的下人们便忙活起来了。对于虽是洛京城中最豪华的邸馆之一，但对生意从来都是不温不火的隆院来说，侍者下人们并不喜欢这种忙碌。

便在搬酒传菜之余，类似"这帮公子爷怎么大白天就喝成这样？""看着就是不成器的纨绔"类似的话在下人之间被来回念叨着。

隆院的"雨园"中，谢念散着衣服在凉亭中喝酒，同他一起吃喝的则是白某与龙玮。

说起这三人聚到一起喝酒，其实并没有提前安排。

早间，莲回了洛京城内，告诉白某他父亲这几日就进城，顺便扔给白某些钱。手上富裕了，白某就想起答应乌维做新衣的事，于是便邀上龙玮上街去了。

但没想到，二人刚出龙家老宅就遇到在街上四处打听他们的谢念。谢念一见他俩便把他们拦住，死活非让白某与龙玮陪他喝酒。

其实开始白某本不想去，但龙玮却十分乐意多结交些人脉，最后白某拗不过他便只好同去。好在做新衣这事也没耽误，谢念在知道原委后立即表示，会把洛京城中最好的料子与裁缝搬到龙家老宅。

此时，谢念醺醉得絮叨个没完。龙玮看样子有些烦，只是随意地嗯啊着。白某则是一直安静地在听，虽然谢念讲些什么让他莫名其妙，但这隆院的酒菜倒真是不错。

"春风啊，春风！这京畿的春真不似江东绵绸。盈盈楼上青娥，娇娇倚窗盼我！我却在此！在此！无力啊！"

谢念晃着酒盏愁怨着，白某拍着他的肩膀不知该说些什么好。

这酒刚开喝时，白某以为谢念找自己可能是有什么大事，毕竟谢念与自己的出身摆在那。但酒过三巡之后，白某感到非常无奈，谢念的"大事"，还是那个叫青娥的姑娘。

原来，白某的主意失效了，据说这洛水顾非但不卖，甚至谢念连这位老板是谁都没弄清楚。而谢念在洛京城中谁都不熟，情急之下便能想起给他出主意的镇北侯世子。于是他多方打听才找到龙家在洛京城的老宅,于是便在那里寻起了白某。

这会的谢念醉得很疯癫,一会唱一会跳的,开口说不了几句人话又泪流不止。白某拿他没辙,只得坐在那听着。随着谢念酒越喝越多,他言语里更加不拿白某他们当外人,什么他爹逼着他娶了谁家的姑娘,他少时他爹砸了他的琴之类的话,没完没了地说出口来。

又等了谢念发疯好久,龙玮是真看不下去了,他问道:"谢兄你身为义博侯府的世子,怎么非这青娥不可呢?再这么说,她也是一个乐坊女子啊。"

谢念一听这话就不高兴了,他认真道:"世间女子千千万,但这女子可大不一样!便像这满桌珍馐,蒸饼和肉羹能一样么?而青娥姑娘就是那人间不可重品的美味!若这么想的话,乐坊又怎样?世家又怎样?不过是些盛着菜肴的盘子器皿罢了。再好的玉盘,若盛的是蒸饼干面,那便也只是蒸饼干面,不会是肉羹佳肴!"

龙玮听后皱皱眉,总感觉谢念这话在理,却又哪里说不通。

反倒是白某听后长吁一声,赞同地点点头。见白某认同自己的话,谢念拍着白某的肩膀道:"看白贤弟就懂女人!我听闻白贤弟有个通房的内侍,是个胡人。想必我这道理白贤弟定是懂的,知道这'胡人'的名头,也不过是个盛物盘子器皿罢了。"

白某听后挠挠头问道:"谢大哥,你如何得知我房内有胡人的?"

谢念听后笑道:"我今早堵你们时,听见你们府上的下人在议论。"

白某摇头苦笑,自饮一盏。这时龙玮忽然开口了,他终于想到该怎么应对谢念的"器皿之理"。

"哎!谢兄,所说你那'器皿之理'有理,但说到底,无论蒸饼还是肉羹,那都是一口吃的罢了。"

谢念听了龙玮的话脸色一苦答道:"是啊!我老子逼我吃了啊!"

龙玮听后一拍桌子道:"对啊!既然都是吃的,那怎么不是饱腹啊?谢兄你也没饿着,又何必自哀到如此?"

龙玮说完后,谢念便沉默了,龙玮以为自己劝住了谢念,他刚想再说点什么。可就在这时,谢念哇的一声喊出,堂堂的义博侯府世子谢念,竟然哭嚎了起来。

第三章 —— 引舟

"就算是吃的,青娥姑娘这口饭,便是让我余生绝食之饭!也是能让我余生独食之饭!"

白某龙玮目瞪口呆。

许久之后,白某摇头叹了口气,他拍着谢念肩膀道:"谢大哥,你若真这么喜欢青娥姑娘,我倒是有个法子。"

白某话音刚落,谢念便直接攥住了他的手,眼中尽是催促与急切。

白某笑笑,稍用力些把谢念的手扒开,他没急着告诉谢念办法,而是先提醒谢念道:"谢大哥,我这办法啊,可能损了些……"

"损?那是怎么损呢?"

"可能有碍青娥姑娘的名声……"

谢念听后连忙摆手道:"那可不行,青娥姑娘的出身本就不堪,我怎能再辱她名誉呢?不行不行!"

"哎,谢大哥,那我也是没办法了。"白某叹了口气道。

谢念听后顿时双眼一颤,面色暗如死灰,而后口中又疯癫念叨起来:

"盈盈楼上青娥,娇娇倚窗盼我……"

龙玮见状烦躁,他眉毛一挑急道:"谢兄!你若真想那女子想到如此地步,便抬出义博侯府的名头硬买吧!一个乐坊,台子还能硬过扬州义博侯府?"

谢念听后惨然一笑答道:"那怎么行!用家势强买强卖,义博侯府成了什么?况且我父交代过我,在洛京城千万不要胡来。"

龙玮听后彻底急了,谢念的扭捏犹豫终于把他最后一丝耐心消磨掉。龙玮把酒盏重重地砸在桌案上,言语中的分寸完全被他放开:

"谢兄,用计你不愿,强买你也不愿。得,那谢兄你这趟怕是要独自回扬州了。至于青娥以后在谁床榻上打滚,那便不得而知了。"

龙玮说完提杯便饮,再没管谢念什么反应。而后,一阵漫长的沉默后,谢念艰难地开口道:"干了,白贤弟,你说吧!"

白某点点头,右边的嘴角久违地挑了起来。

"谢大哥,这事也简单,只让青娥姑娘对洛水顾无用便好了。"

"谁知道洛水顾为何强留青娥?我出多少钱都没用啊!"

"无须知青娥对洛水顾有什么用。青娥姑娘是女人,既然是女人的话,咱们只要知道如何让女人没用便好了。"

放下这句话后,白某唤来了谢念的随从一阵窃窃私语。在随从们离开后,席中三人露出了截然不同的表情,谢念掩面摇头,龙玮挑眉得意,白某挠头坏笑。

之后三人这场酒一直喝到了深夜,其间三人无话不谈,从大汉最北边的冰封雪原聊到最靠着大海的绵阴山林。喝到口齿不清时三人又自说自话,谢念讲他如何与扬州第一琴师论琴,一曲过罢那琴圣竟然改吹笛子。龙玮说他做过一把钢筋柳木弓,能射一百步而不衰力五十步可透甲。白某因为年纪阅历尚浅说不出来什么,于是每到白某时便跳了过去。

谢念一句,三人喝。龙玮一句,三人又喝。到白某这什么都不说,三人仍喝。

酒喝到最后,谢念生起了豪情万丈,非拉着二人结拜为异姓兄弟。龙玮听后立即就问清了生辰叫了谢念一声大哥。最后只因白某还未束发配冠,所以结拜的事就暂且搁下了。

再之后的事,三人在隔日又聚到一起时谁也记不清了。反正白某醒来时听王铁胆说,他把白某与龙玮扛到车上时,二人身上有一股子腥酸味道。

四月的最后一天,晚间。

前日喝到被抬回府中的何明,今早过了朝会便归家休息了。或许是因这一年太过劳累,而立之年的何明总觉得身体大不如前。距上次被白济灌醉已过一天,今日他踏踏实实地多睡出一下午,但脸上却依旧带有倦色。

不过何明脸上虽有倦色,但今晚他却显得有些高兴,只因他的弟弟何皓在从凉州归家途中路过京畿时,特意在洛京城停留探望自己。

晚饭过后,何明与弟弟何皓在院中散步。何明稍走了会就倦了,他在院中布景的石头上坐了下来对弟弟笑道:"哎,你大哥也上岁数了,这些年酒后会觉得疲乏了,缓了一天还是头懵脚缓的。"

何皓听后笑笑,然后蹲在了何明身边。他的精力很充沛,丝毫不像赶了千万里路的样子。

何明见弟弟还像小时候那样蹲在自己身旁,杵了他一下又笑道:"你怎么还喜欢蹲着,这么大人了,不会坐着?"

何皓听后不说话,嘿嘿地对着自己大哥傻乐,然后就一屁股坐到了地上。

何明见状扑哧一下笑了,然后拍了拍矮坐自己一头的弟弟。

"你也是当哥的,怎么不学学老三的沉稳?在家中你也是这样?"

何皓听后一乐,笑得很单纯。何皓的长相与何明很像,因为年纪尚轻,他举手投足间比自己的大哥何明更显得朴直、坦荡。何明很喜欢何皓的这种天性,或许是他这些年在朝堂中混迹压抑了本心,所以比起自己永远都端正规矩的三弟何朗,自己还是略微喜欢些二弟何皓。

何皓双手一环胸,假作思考状道:"在家啊,应该是没这样。不过我就算这样,老三也不会训我。"

何皓说完后还学着何朗的样子假装愁眉苦脸叹了口气,他这一口气叹得像不像老三不知道,但哥俩都反应过来这口叹气却十分像他们的父亲何义。

何明重重锤了何皓一拳,然后自己也憋不住与弟弟哈哈大笑。

两兄弟笑完想起家中的老父又是一齐叹了口气,半响何明开口:

"与你我不同,朗弟少时父亲已上了年岁,自然对朗弟疼爱管教得要多些,朗弟像父亲也是正常。"

"嗯,等父亲不在那天我就搬出清河老家,省得看老三想起父亲难过。"

"什么话!"

何明又给了何皓一锤头。

何皓揉了揉自己的肩膀笑笑,何明也是笑着哎了一声。

"二弟,咱们闲聊了半天,刚才吃饭时你大嫂也在,我还没问你正事。凉州之行怎么样?"

何皓笑笑答道:"景色秀美,地幅广阔,酒美肉肥,风土人情大异于我中原。凉并二地最为有趣的是,此地百姓差异极大,甚至大多数长相与你我汉家子弟不同。有的高鼻阔眼,有的戴着皮帽,有的披头散发,还有些发色如树皮,眼睛也是树皮色的。从陇西到张掖这路途的见闻,真是比我从清河到京畿丰富几倍。"

何皓说完,何明拉起弟弟道:"有趣,天暗了有些凉,到我屋内边吃点果子边说。"

何皓点头起来掸了掸自己身上的土,与何明走向屋内。

屋内的何皓拿着一个白梨道:"大哥,就是这梨凉并长出来的和咱们这也不一样,更甜腻些。同是我大汉领土,竟然有如此迥异之地真是有趣。"

"讲讲凉并那些戎狄异人,咱们汉家疆土怎么还生活着这么多异族?"

何皓点头回答道:"哥,你不知道凉并疆域有多大,咱们天下堪舆图上真是画小了些。陇西乃至张掖一带还好,沿途异族人虽也不少见,但到底还是咱们汉家的楼阁屋檐。但到了张掖,那才是真让我惊叹,张掖城里楼阁种类繁多,有咱们汉家的八角楼阁,还有异族土筑圆顶,夯土方屋。那里生活的人也各种各样。就只单说女子吧,就有佩钗子的,戴帽子的,围头纱的。"

"这么些异族生活在一起,难道不会频起冲突?"何明问道。

何皓笑着摆摆手,吃了个梅子答道:"那就得看是什么样的冲突了,日常酒喝大了动起手来的也有,闹到驻所需要当地民吏管教的也有,但大体说这些冲突大不过咱们中原民间的冲突。至于像北境与胡人攻伐、扬州吴南夷民的动乱在凉并是看不见的。当然一些异族马匪部落也是有的,不过成不了气候,最大的几批也被抚西将军李行赶到更西边了。"

听弟弟一直在说路上风土见闻,但就是不说正事,何明也不急,反正见闻也是有趣。不过弟弟既然说了李行,何明便把他的话往自己想听的"正事"上引。

"镇北侯坐镇北境数年,也只把胡人打到了龙江。朝廷年年贴给义博侯大笔的粮饷以资助扬州安民垦荒,可到现在扬州过了吴郡还是民乱不断。但从二弟的话中抚西将军李行的手段则要比这二人高?可保一境安稳?"

何皓听后质朴地笑笑答道:"大哥是在考我吧?李行将军手段肯定是

第三章——引舟 | 203

高,不过天下英雄谁强过谁可不好说。有因才有果,而人在这因果之间只能去引导却不能扭转,以结果来论人有些太牵强了。"

何明听后一脸惊喜之色,明显是得意于这些年中弟弟的成长。

"二弟见识宽远了,好事,好事。但北境、扬州、凉并三处到底有何差异,你好好向大哥讲讲,毕竟大哥困在京畿多年,不如你在外看得透彻。"

何皓听后认真想了会,然后郑重地说了两个字。

"文法。"

"文法?"何明疑惑道。

"对,就是文法。咱们汉家先圣常讲'大千世界我华夏居其中,诸夏黎民为祖巫大神以己为鉴用泥土所塑'。我倒觉得这话当逸闻听便好,胡人、夷人、戎人除了长相与我们有所不同,吃饭睡觉与我汉家子弟无异。那为何我们是诸夏华雅,而他们就是胡夷之辈?"

何明听后不语,只抬手要弟弟继续说。何皓点了下头接着道:"虽然都生为人,但却区别为人的原因便是文法。先是有人,然后才有群落部族,不同的族群交融便有了法理,法理之后才是文法。扬州的夷人只是部族,部落便是一起行动的野人罢了,杂乱无序,故只能驱使役之。北境的胡人稍微强些,部落在交融之间已有了基本的法理,但却也到此为止。如此,拘执胡人已然不成,他们已有法理,故难以用我汉家之学教化,所以镇北侯强势的清剿是为最好的办法。而凉并的戎人却不一样,虽然我们统称他们为戎,但其实凉并异族繁多,其中两族已自有文法,他们分别自称为'多氏'族与'阿雅'族。据这两族人自说,他们先辈都是从故国游历到我汉境,慢慢在此定居的。虽生长在我汉土,但他们自承于故国的文法与信仰。所以在凉并,越往西越显得像是在异域。他们生活在汉土只求安稳繁衍,这与李行将军所求正巧契合,那么李行将军只要保证西域安稳,这些异族便是安稳的。"

何皓说了好久,何明也安静地听了好久。

本来把话说到抚西将军李行身上,何明只是想把何皓的话头引到京畿的局势中,再从弟弟那里了解下李行的动向。只是何皓这另一席话,此时却真的震撼到了何明,他一时间有种悬空之感。

想了许久后,何明开口向弟弟问道:"那如此自带文法的异族,若是在我汉土长此以往生生不息,那这凉并二地岂不变成异国之地了?"

何皓没急着回答,吃了几个梅子润润喉咙才答道:"大哥也不必多虑,虽然都有文法,但文法与文法之间也是有高低的。古秦时益州巴蜀中还尽是羌人,蜀江以南还有各洞蛮人。可你看现在,这些异邦人至我大汉疆域生活,不也自称是我诸夏黎民么?只要我大汉依旧强盛,百姓生生不息,此事便不足为虑。"

何明听后凝重地看向自己弟弟,而后便哈哈大笑起来:"好!我二弟有这般见识真让大哥惊喜,不错!这多年未见真是大有长进!见解思虑远超常人,我何家又出一大才啊!"

何皓听后有些难为情道:"哎,大哥谬赞了,其实啊,我只是两年前游历至江夏时,偶得一位博学先生点拨罢了。只可惜弟弟缘浅,只留了那先生三日。不过就只这三日,竟让我脑中开阔许多胜过苦读数载。比如方才我那'因果'之论,就是得这位先生开通所悟。"

何明听后点头道:"看来父亲往日纵容你四处游历,这也未尝不是件坏事。不过,我怎未听闻荆州竟有能点拨二弟之能的先生?这位先生如何称呼?是哪个世家的博士,还是隐世的大家?"

听到何明发问,何皓无奈摇摇头:"哎,这就不得而知了。这位先生怪得很,他不肯透露自己姓名住所,只是每晚来江夏城喝我的酒。然后喝到第三天时,他与我说明天不喝了,而后便消失了。我也曾想过拜师于这位先生,可说来惭愧,这位先生得知我出身清河何氏后,便只肯与我平辈相交。"

何明听后叹了口气,然后宽慰弟弟道:"二弟也不必犯难,有些不出世的大家,二弟能遇到自然便是机缘,既然是机缘也不必强求。二弟如今已令为兄刮目相看,为兄刚刚本想把话引到李行将军,听听你对他的评价,却没想到被你一番话引走心神。多年未见,弟弟如此长进,为兄得意啊!"

何皓听到兄长又夸赞,他面色微红挠挠头道:"其实我知道大哥想问我什么,所以我才一直东扯西扯些别的,直到大哥你听进我的话为止。"

"臭小子!"

何明隔着桌案给了何皓一搂子。

"哎!哥别打我,我说我说!"

"快说!"

在何明的佯怒之下,何皓揉着头傻笑了会才端正起来说道:"抚西将军李行嘛,我之评语只有两字,普通。"

何明听后不语,饶有兴趣地看着何皓,他很好奇为何如李行这种一方豪强会被自己弟弟形容成"普通"。何皓看出了哥哥的想法,他笑笑接着道:"普通人一样,谈吐见地都是寻常之理。开垦治荒、戍边巡查从来亲力亲为,治理之下循序渐进,既不卓越也不拖拉。与凉并二州州吏也仅仅是保持礼待之交,再无一丝一毫的瓜葛。在他的驻地张掖,他也从不欺人,连自己营里的饷银都没克扣过一分,可商贾给他的薄礼彩头他却也照收无误。说起这位抚西将军的为人嘛,既不跋扈也不贫弱,言语动作都是十分稳重。他家也仅有一妻一妾,妾比妻大些,是个阿雅异族人,给他生了一子后就亡去了。如今家中只有正妻一位。总之,李行将军只是个普通至极的戍边之将,当属中庸臣子之典范。"

何明听后点点头道:"普通啊,没想到你还真把李行查个清楚。"

何皓摆手笑道:"我从未刻意查询,与李行将军会面后,也只被他留下吃了顿寻常家宴。不过李行将军对我倒没有什么隐秘,能说的便与我直言,不能说不好说的也直接告知我不能言。加上我在张掖停留了几天,闲来无事与张掖百姓吃几顿酒后,李行将军的事便全知晓了。"

何明听后哈哈笑了几声道:"一个普通的'臣子',竟然能位至抚西大将军,与名震天下的镇北侯白济一同摆进陛下的棋局里。李行!普通我是不信。"

何皓也是点头道:"李行膝下有两子,妾出的长子李进不说,他的二子李退却十分有趣。我在张掖短停时几次过来访我,他为人亲和,常与我谈天说地,虽有些异想天开但其聪慧不亚于三弟。有子如此,李行怎么会是个'普通'臣子。"

"不亚于三弟?二弟对李家二公子的评价倒是不低。"

何明笑问,何皓点头,"这评价不为过,我与三弟常年侍奉在父亲左右,三弟的才华我自然比大哥还要清楚些。两个手掌一方兵权的重臣,一个跋扈一个中庸,都是做给人看的,我是从来不信的。把'抚'与'镇'二字对调下,怕是跋扈的也中庸了,中庸的也跋扈了。"

何皓这话说得得意，何明则默默摇摇头。何皓见状问道："大哥不同意这话？"

"李行我不知道，至于镇北侯却是真豪杰。"

"大哥中意白济？"

"钦佩而已。"

何皓不语，片刻之后何明开口道："此次皇家盛典李行未至只遣了两子入京畿，正好凉并的人我还没什么行动。如今你在京畿，又与李家公子有交情，明日你便找个由头去找李家公子吃酒，摸摸凉并的底。镇北侯那边我亲自拜访过数次，若抚西将军的晚辈我再亲自过去，对镇北侯这边倒显得怠慢了。"

何皓听后点头。何明想了会又对弟弟道："哦，还有一事，家里那边若父亲病情暂且稳固些的话，你这次回家后，稍作安稳便来京畿述职吧，家里的事让三弟多担着些就好。"

何皓听后皱眉问道："这么急？大哥这边摆不开了？"

何明笑笑没说话，苦叹一声后，他站起身在何皓肩头拍拍。

五月初一。

五月的第一天，夏意正烈之时，近期洛京城内，最后一晚狂欢的夜开始了。

皇子大婚为三日后，但从明日午时起，洛京城便要开始控城排查了。届时洛京城中的商家街道会暂时关门，城内巷头街边也会开始不间断地巡查，而城中与皇子大婚无关的人，也要原路请回。

于是，那些趁着皇子大婚盛况，前来洛京城求名逐利的各色人等，不管此行所得是否如愿，便都会在今晚相聚一番结个尾后，明日一早打道回府。

还是那个白某、龙玮与谢念相识的面摊，这三人一日前刚喝到不省人事，今晚又被谢念约出来喝酒。之所以约在这破面摊，只因洛京城今晚的饭庄酒肆处处爆满，三人喝酒又不在计划，所以也没提前定好酒家的位置。

但就是这破面摊,今晚也是坐得满满当当的。不过坐在这里的食客,大多都是唉声叹气的。想必今晚还混迹在街头面摊的人,应都是此番来洛京城讨前程的人中的失意人吧。

而白某这桌上也不例外,谢念愁眉苦脸叹气不止,龙玮面色尴尬地拍着谢念的肩膀。坐在谢念对面的白某,也满脸不好意思跟着干笑。龙玮捅了下白某小声嘀咕道:"我还以为你老实些了,真没想到啊!太损了!"

白某听后愁然道:"我早就说了,这招损了些。"

这时,谢念长吁一口气苦叹道:"青娥姑娘的清誉,是彻底让我给毁得干净啊!不但毁了,还给臭了!我不该啊!"

谢念的惆怅源自前日下午,在他与白某二人在隆院喝酒时,市井中传出了两则风言。

第一则是,洛水顾头牌青娥被扬州义博侯家世子给梳拢了。

在青娥出闺的那夜,洛水顾中人人皆知有一豪客请了整晚的酒水,并用一个布偶吃了青娥煎的第一碗解酒茶。乐坊这种地方,是传信极快的地方,只是一个下午间,洛京城中纨绔们便都知道了,那吃茶之人,乃是扬州义博侯府的世子谢念。便在昨日晚间,洛水顾的马车停到了隆院门前,而隆院正是义博侯世子谢念在洛京城中暂住的地方。从这里看,谢念梳拢青娥之事并不像是风言,而是确有其事。

而这第二则就有些不堪了。

有知情人讲,那洛水顾的青娥下面金光发暗、谷实歪垂、麦齿早破。据说谢念拍下解酒茶那晚,他都没在洛水顾过夜。至于为何青娥如此鄙陋,义博侯府家世子还耗费重金为其梳拢?这原委好说,不过是怕别人再入青娥的闺房撞到这场景时,编排他谢念吃到了屎。

但由于此话内容粗鄙下流,很多人是不信的。可这话传自于谢家的仆人,而且确有人在谢念拍下青娥那晚,看见谢念离开了洛水顾,并在街头与友人满面苦涩地聊天。

于是乎,此两则传闻在一日之内坐实,整座洛京城的纨绔们都知道了。洛水顾用一个臭了的婊子坑了谢念,而后又以名声要挟,强迫谢念买下青娥梳拢。

于是青娥的名头臭了,洛水顾的匾额也脏了。

"白贤弟我不是怪你,我只恨我自己啊！就是此生与青娥姑娘无缘,我也不能如此诋毁于她。"

白某听后赶忙道："哎,谢大哥,此事怪我。昨日看谢大哥坚决,又有些喝大了,这才……"

谢念垂头摆手苦道："怪我怪我,不该啊。"

"怪我！"

"不,怪我！"

两人就这样没完没了起来,龙玮有些烦了,他眉毛一挑道："谢兄,人都送到你那了,你又何必为那些胡诌来的事悲呼不止。你管外人怎么传,东西就是那个东西,是好是坏你自己知道不就完了。再者说,明日你就走了,等回扬州了谁知道这些个破事啊。"

"唉！龙兄此话不对,我与青娥互相倾予真情,我怎能用如此手段辱她？这不成了巧取豪夺了！"

"矫情！"龙玮碎念了一句后不再理会谢念。

这时白某有些为难地开口道："若不然这样吧,谢大哥,你再把青娥姑娘送回洛水顾。明日你走后,我还会在洛京城留几日,到时候我再想办法帮你把青娥姑娘接出来。反正我之后会去江夏读书,要是我能干干净净地把青娥姑娘再请出来,我读书时多走一段路,把青娥姑娘给你送到扬州去如何？"

白某此话说完,谢念顿时收了声,只闷头坐在那叹气。见白某的话有些作用,龙玮用坏笑着把话接走："再送回去？那便不是臭了,是又臭又馊了！到时且不说洛水顾还让不让你再接出来,我估计青娥受了这等侮辱,自己都不肯活了！谢兄接走青娥的手段虽脏了些,但这是为了救她,这说得过去。"

龙玮说完后,谢念微微点了点头,脸色比先前宽慰了许多,龙玮见状长舒一口气。其实对谢念的作态,龙玮是真有些烦,若不是谢念来头大,对他又如同兄弟般真诚相待,按照龙玮那傲性子,恐怕早就不惯着他了。

说完,龙玮一拍手结话道："行了谢兄,今晚便是咱们在这洛京城中最后一顿酒了,面馆都已够寒酸,难道这酒咱们还要馊着喝？"

谢念听后又叹了口气,然后对龙玮与白某一拱手道："也罢,此事本就是二位替我分忧,我如此失态,反倒显得像是怪罪了二位。青娥之事我再不说了,此后我好好对她便是。倒是咱们三人,虽相识不过几日,但我却甚感投缘。在这洛京城中能结识二位至交,我谢念不虚此行。来,这桌上我年岁最长,我先举杯,咱们满饮!"

说罢,谢念将满盏浊酒一饮而尽。

谢念此话说得凛然慷慨,再加上三人这几日相处下来确实投缘,于是白某、龙玮心中也皆是一阵义气干云,豪爽同饮了浊酒。

这轮酒后,龙玮心中最为畅快。他本就是傲气十足之人,平日看人都是矮瞧三分的,只是他龙家败落得早,如今也只靠着身为"北中郎将"的哥哥撑着。若是遇到贴脸面的,会叫一声"高义龙家"之后,但不管不顾地谁在乎你祖上是谁?古秦时的相国祖坟都被刨了,更别说一个"高义龙家"。

所以平日里,龙玮最烦这些公侯氏族之后,他知道自己家世比不了,所以便在待人上多傲出几分,可他嘴上虽傲,心里却仍是酸的。但龙玮也知道,除了白某外,还真没哪里的世子才俊看得起自己。就算借着祖上浮名,他龙玮到底不过也只是个校尉,还是不得归的戍边校尉。

但今日,龙玮是真高兴,此刻与他同桌饮酒的互攀兄弟的,一个是镇北侯世子,另一个是义博侯世子,而且这二人与自己都是真挚相交。白某自不必说,这几日与谢念相处下来,他能感到谢念是个真性情之人,丝毫没有那些大族世家之后的腐味,与自己也是礼遇真挚倾言不避。

"有如此至交,我龙家复兴有望!"想到此处,龙玮心中高兴,他又满上一盏举杯开口道:"我龙玮虽只是一小尉,但平日借着祖宗风闻也有些许傲骨。那些望族世家之后我是瞧不上眼,但谢兄与我兄弟相交,性情至真至纯,与谢兄相交我心中甚喜!久在军中,繁文缛节不会,只说一句,天下年轻才俊,我高看谢兄一眼!只为谢兄真性情!这桌我年岁第二,第二轮酒我提饮。"说罢,龙玮一饮而尽。

龙玮的话说在谢念心中,他也很动容,喝完后又满上一盏,拉住龙玮的手道:"龙兄傲骨自不用讲!龙家先祖乃是封疆之臣镇守华夏边疆,忠义两全更是往世英雄!校尉有何?在那苦寒之地戎我大汉疆土,就这份功绩也羞煞了我这般只会饮酒抚乐的人。再者说,数载之前,我谢家不还是贩盐放铢的商贾?依我看,不出十年,领我大汉雄兵的众将帅中定有龙兄之位！我与龙兄结交无论家世背景，龙兄不是俗人，我谢念又怎会是个看门攀户的庸碌之辈？来，我提酒回敬龙兄！"

又是一轮同饮后，龙玮把酒满上又提酒。但就在这时，忽然他的手被白某摁下，已经跟着喝了两轮的白某苦笑道："你俩先缓一轮……该我了。"

谢念龙玮都是大笑。白某也是咧嘴笑道："我年岁最小，提第三轮酒。两位大哥待我都是好的，我懂的好听话少，就不多说了。总之，心中情感不逊于二位大哥。"

说罢，在欢笑间三人又是同饮一轮。

这个简陋的小面摊，丝毫没影响到这三人的兴致。而夏季的傍晚清爽宜人，反倒让三人喝得更加舒服惬意。

可面摊不是酒肆，面摊备酒本是为了给食客佐食用的，可谁料今日这面摊刚开铺不到一个时辰，为今夜备的酒竟然被这三个人喝光了。终于，面摊老板搓手表示无酒可供了，三人只好扔钱离去。

可此时三人喝到兴起怎会在此打住？不过看看时辰，现在正是各家酒肆爆满之时，真是无处可去了。

这时白某忽然坏笑提议道："我有个主意，咱们在这街上从北走到南，见到有酒卖的便进去打一斛你我共饮。如此这般，看我们能否从此处一路喝到洛京城南大门。"

"有趣！"

"白贤弟性情！"

"走！"三人异口同声道。

于是这三人便闪着脚，互相扶着朝着他们能看见的第一家酒肆走去。

就这样，三人在洛京城中一路喝了下去。开始时他们喝的还是极为正常的曲酒，但后来遇到有店家卖高烧酒后，三人又加了一条"玩法"，若是遇到有店家卖特殊的酒，便加饮一斛。

而后从烧酒、小曲到什么稠酒、地瓜酒，各式各样越来越多，甚至在几家店内，他们还喝到了西域的果酒。

这趟"旅途"开始，三人还只是散脚，但到后来他们身子都摆动起来了。尤其是谢念，已经说不出话了，每到一处新的店家，他便流着口水趴在店家的柜台上,傻等着白某与龙玮打酒吃。

终于,在天色全暗下来后,三人见到了朦胧的洛京城南大门。

只是此时的三人,形骸确实有些不堪,路上行人见了都是纷纷避开他们。龙玮发束散得乱七八糟,嘴里不知道在哼唧着什么。谢念早已不省人事了,整个人倚在龙玮身上,嘴上还挂着口水。白某就比较奇特了,他上半身脱个精光,露出了雪白却精干的膀子,再配上他毛糙的寸头,此刻倒是像个胡人。

最先看清城门的是扛着谢念的龙玮,而后是白某。随后两人哈哈大笑间,快步晃到了城墙下。手触碰到了城墙,白某直接躺在了地上喘着粗气,身上的汗粘着泥土显得脏兮兮的。龙玮也把谢念往地上一扔,自己靠着城墙坐在了地上。

此时三人口中都喘着粗气,谁也没说话。就这么歇了不知道多久,谢念忽然睁开眼睛大喊道:"痛快!结拜!咱们结拜!"

"好!好!好!"

坐在地上的龙玮边喊着边使劲用脚划拢地上的土。而白某却是蹭了蹭糊在脸上的土慢慢悠悠道:"结拜不了。"

龙玮与谢念听后皱眉哼唧了一声,白某呵呵笑道:"龙玮他哥叫龙琦,龙琦和我老子平辈论,我叫我老子大哥!呵呵呵呵……"

"呵呵呵呵……"

谢念与龙玮二人也跟着一阵傻笑。

而后谢念抹了一把脸上的口水道:"不结拜了!咱们知己!至交!"

"好!好!知己好!至交好!"白某与龙玮同样傻呵呵地道。

说罢白某撑着墙站了起来,然后在大庭广众之下,他竟把裤子脱了对着城墙就是一泡尿。

"你干吗?"龙玮抬眼问道。

"呵呵,至交好,留个纪念,做个证。"

而就在这时,躺在地上的谢念拽了拽龙玮道:"龙兄弟扶我起来。"

"啊?"龙玮看向谢念。

"我也做个证。"

"啊,那我也留一个。"

三人至此以一泡尿起誓，至此皆为知己至交。

便在这三人放尿吵闹时，他们终于引起了旁人的关注。

不过围过来的却不是路人，路人见了他们都怕酒鬼闹事，尤其这三人中还有个未开化的胡人，所以尽管都是好奇，但谁都没有凑过来驻足围观。

白某他们引来的是巡城的卫兵。

见到三个形骸不堪的人，卫兵的头领走出来训道："你们三个哪里的？怎喝多了在此闹事？"

龙玮听后歪着嘴哼了一声，眼都没抬回道："喝大了歇会，干你何事？"

这时街上行人见有卫兵来了，于是各个胆子都大起来，而后三个五个地凑过来开始围观。听龙玮口气不佳，此时围观的人又多，这卫兵头领的脸上有些挂不住了，他怒喝一声，直接喊手下把这三人捆上。

而就在两个卫兵走近时，却被地上的龙玮抬脚一扫摔了个跟头，一旁的白某也十分不识趣地哈哈大笑。

龙玮喝道："两个侯爵世子在这，你们敢捆？不怕被剁手么？"

卫兵头领听后明显一慌，说地上躺了两个世子，这话他信。毕竟这里是洛京城，又赶在皇子大婚这节骨眼上，碰到个酒后闹事的纨绔太正常不过了。但他职责所在，旁边又围了这么多百姓，所以此时也不能怂。人，他定是要带走的，不过绳子就算了。他是奉公办事，且洛京城乃是天子之所在，此刻他占着理，就算是侯爵世子还真压不住他。

"把他们三个架走，醒醒酒！"

见人又向自己走过来，龙玮扶墙站了起来，晃着脖子像是要打一架似的。白某也是手往自己的大腿侧摸，只不过他摸了半天，也没摸到自己想找之物。

而就在这时，有一人站到卫兵头领身旁。此时天色已暗，城墙边灯火也不旺，所以白某与龙玮看不真切这人的长相。

来人开口向龙玮三人问道："哟，你们是哪家的世子啊？怎不在酒肆相聚，反跑到这撒酒？"

龙玮根本没搭理这人，他见来捉他们的卫兵退下了，于是又扑通一声摔在地上。

那人的问话在天上停了半天,最后还是谢念撑起来擦着口水道:"在下扬州,扬州谢念。同好友多饮了些,叨扰叨扰,叨扰叨扰。我们一会就走,再躺会,再躺会。"

那人听后点点头,然后转身遣散了围在这里的卫兵,并让卫兵把围观的路人也遣走。而后他就站在那里,看着地上躺着的白某三人一言不发。又过了好久,躺在地上的龙玮鼾声都响起来了,他还没走。

忽然谢念爬起来在地上开始呕吐。吐了会后,他口齿稍清楚了些对那人说道:"这位大哥,帮个忙。帮我去找……找……找人,来接我们。"

说罢,谢念掏出一袋子钱扔到那人脚步,而后便昏头睡去。那人见状呵呵乐道:"好歹说完你家住哪再睡啊。"

而谢念的回答,便只有鼾声了。

那人笑着叹了口气,然后拾起钱袋便要转身离去,而就在这时,一个声音在那人身后响起。

"去朱雀什么的龙家老宅,找王铁胆那夯货,他有劲。"

那人听后转身看向说话的毛糙头少年,少年光着膀子躺在地上,打了个酒嗝后又说道:"你若是拿钱跑了,扔我们在这,嘿嘿嘿,嘿嘿嘿,我明日寻到你宰了!"

听到白某的呓语,那人收起了戏谑的笑容,而后他神情古怪地点了点头。

一个时辰后,被卫兵唤来的王铁胆再三道谢后把白某三人接走了。

看着板车上的毛糙头少年渐渐走远,游琳把钱袋颠给卫兵头领道:"这几日多辛苦些,洛京城消停后,这钱你们便拿去买酒喝。"

在卫兵们道谢离开后,游琳揉着脸笑道:"看来我这条命算是保住了,哈哈哈。"

五月初二。

晌午时,洛京城东大门人满为患,车马堵塞蔓延至东大门两里外。从今日之后,洛京城便开始戒严了,而谢念的车队也在离开洛京城的人潮之中。

按理说,以谢念的身份他是不用赶着离开的。但是已达愿望的谢念,却是一天都不想在洛京城内多待。于是今天一早,宿醉头痛的白某与龙玮便早早起身,出城送别同样头痛的谢念。

在惺惺送别谢念后,白某与龙玮并没有返回洛京城。他们一直等到了中午,终于在等到了从东边进城的白济陈怀一行人。

刚到下午,白济一众人进了洛京城后直接到了龙家老宅。

白济刚走进龙家老宅正堂,发现堂内早已有人在等候自己。何明见到白济,起身行礼道:"侯爷,咱们动身吧。"

说罢,有仆人将一身崭新的朝服捧到白济面前。

"恒旦宫",天子之所居,坐落于洛京城正北龙首原。恒旦宫中东侧有一座偏殿,是当今天子所居。在这偏殿中辟有一处园林,园林栽满了从蜀中运来的竹子,又临着湖景筑有一座竹屋。就是这座简朴布置的园林,乃为当今天子最喜之场所。

清风徐徐而走,这片竹林唯一的主人,在与"旧友"唏嘘缅怀后便随着风一同离开了。便如在竹影疏疏间远遁的阳光,那旧识檠音、故人身姿也在白济心中远去。

把白济唤回此间的是何明。

"侯爷可否想清此局间的道与术?"

白济看向何明,没有回答只是沉默。何明恭正一笑,全当白济不懂便为白济开解道:"道为制衡。"

"制衡何人?"白济问道。

"大汉各方皆在制衡之中,相国、藩王、外戚、朝臣、侯爷与我全在这局。"何明淡然道。

"制衡何果?"白济再问道。

何明听后凛然答道:"水盈而不溢,气盛而不骄,均衡朝野而不徒生消耗。"

"制衡何故?"白济又问道。

何明听后沉默片刻,随后脸上渐生愤慨之色:"为还朝堂应有之气象。盛世天下,乃是天子坐拥天下,御诸侯如手足,治黎民如子嗣,法令所行上命下达。可如今之世,大汉天下十三州哪里不是被一方豪强私自治之?大汉的天下,州有豪强藩国独立布税定法,郡有望族世家私自圈田放租,就是小县中也有勾结攀上的商贾大户。如此,这天下成了什么?在强兽口中分食的腐肉?"

何明这番慷慨动容,听到白济耳中却没太大反应。白济沉默了会又对何明问道:"术又作何解?"

"侯爷去襄樊便是'术'字其一解。"

"术字还有他解?"白济挑眉问道。

何明听后仍是笑得恭正:"侯爷,此地不是好叙之所。待五月初五,盈皇子大礼过后,晚间小侄做东邀侯爷续庆此礼。"

白济听后深吸了口气,并没有确切答应何明什么。他望着方才这竹林之主离开的方向,眼神渐渐凝结,口中一句"有心无意"的话随青虫啼鸣而出:

"这道与术,是谁谋出的?"

"陛下起意,家父代谋。"何明堂堂正正答道。

又过了片刻沉默,白济沉喻道:"等你请帖。"说罢,白济转身便走,何明赶忙深施一礼,伴其身后半步同退出这片清爽竹林。

五月初四,日头西沉。

以城禁的洛京城,相较于前些日子的繁华,今夜是冷清了许多。而洛京城内的相国府则不同,因明日要嫁与皇子盈的王茵儿尚在,所以相国府周围早已布满了羽林军。

相国府中,王芳在向老父拜了晚安后,便默默走到了妹妹茵儿的侧院。

刚推开院门就看见刚满十岁的儿子王纯,正乖巧地站在自己妻子与妹妹的身边,熟练地背诵声律蒙学。小家伙背得十分认真,音容笑貌间像极了王暮,举手投足间逗得两个女子掩嘴嬉笑。

王芳笑着走向前,小家伙王纯见到父亲来了马上行了个端端正正的礼。

两个女子也笑着叫了声"夫君""大哥"。

见如此场景,平日总是一副刻板面容的王芳脸上也是笑意会心。

"小妹,明日你怕是一天都没东西可吃,让你嫂嫂给你加做了些你爱吃的咱自家小菜,多吃些,省得明日难熬。"

王家小妹茵儿也刚过碧玉年华,虽然王家礼教讲究,但年岁在那放着,终归是脱不了天真烂漫。

"嗯!哥!我吃了好多呢,这不,听纯儿像个小大人儿似的读书好久,我又饿了。"

茵儿说完笑嘻嘻地看向了自己嫂子,王芳妻子也对着自己这个小妹温蔼笑道:"多吃些,嫂子这就给你热去,还想吃什么?没有的嫂子给你起火再做。"

茵儿听后嘿嘿地连忙摆手道:"这些就够了,不再做了。劳烦嫂子了!"

王妻笑笑,端起了碟子去给小妹热饭菜去了。

见自己嫂子走了,茵儿马上把一盘冷碟鹿珍拉了过来,对着小侄儿王纯连忙招手。

"纯儿快来!你娘走了,赶紧陪小姑姑吃两口。"

王纯对着那盘鹿珍咽了咽口水,又抬头看了看自己的父亲。

"去吧,不和你娘说。"

听见父亲发话,刚才还像小大人般的王纯顿时变回了孩子模样,急匆匆地坐到了自己姑姑身边。

王家一男三女,长子王芳为家中最长,其中年长两姐妹均因故早夭。小妹茵儿是家中最小的幺女,又是王暮晚年所得,从小便集家中所有宠溺为一身。王芳兄妹之间年纪差得多,对于这个幺妹王芳其实为父之情更多于为兄之谊。

"茵儿啊,在家中与大哥和嫂子活泼些无碍,可明日成了婚进了宫中,平日行为谈吐可得多留心。"

"大哥是怕有人欺负我？二皇子不好么？"

"自然不是盈皇子不好,盈皇子性情仁厚,才学更要比世家子弟还要深厚些。只是你在宫中没有家人,规矩又多,对言语做事能容忍的就少些。"

茵儿一脸不解道:"二皇子仁厚多识,我自然与他倾心服侍。爹爹是朝中宰相,大哥也是大官,谁又能欺负到我呢？再说了,就算是成了婚也不是见不到爹爹、大哥了。"

看着一脸天真的茵儿,王芳想了一路的嘱咐话再也说不出来了。他摇摇头坐到了支在门扉外地板上的小桌旁,拿起了双筷子一言不发地给小妹茵儿添菜。

"哥,你见过二皇子么？他是个什么性情呢?"

茵儿停下了筷子好奇地对自己大哥问,王芳手里接着给妹妹夹菜没停,看不出表情地想了想才答道:"二皇子盈仁厚自是不用多说,性子也是温恭之人。只讲给你件小事,皇子盈年方弱冠,可与人谈吐时却无丝毫少年人的急躁,每每总是他人言罢后他缓上片刻再开口。"

"啊,那若是皇子嫌弃我吵闹不喜欢我怎么办?"茵儿听后忽然一脸担忧地问道。

看了眼妹妹,王芳那张总是没有表情的脸挤出丝笑容道:"茵儿活泼,家教又好,盈皇子怎会不喜欢？以盈皇子平日的性情,我猜对茵儿应该喜欢得更甚。"

怀春女孩心思变得快,听自己稳重的兄长说完后,茵儿的一张脸瞬间俏红起来。

待王芳妻子热菜回来,两个女子三两句妇家话聊开,院内又热闹起来,就连平日被母亲节制宵食的王纯也趁着众人高兴多吃了顿饭。

看看天上月色,看时辰差不多也该让妹妹休息了。王芳与妻子对望一眼,王妻从怀中掏出一袋锦囊手对手抵到了茵儿手里。

王芳开口道:"妹妹,咱们嫁妆虽备得足,但有些打点下人用的金银细软是少不了的。你嫂嫂给你准备了些,你贴身揣好备着。"

茵儿听后不解问道:"怎么我嫁入了皇家,还要给下人打点？这是什么规矩?"

看着妹妹的脸,王芳不知该如何给妹妹讲这世故中的各种缘由。王妻看出了丈夫在言语中的不便,她笑着拍了拍茵儿握着锦囊的手。

"茵儿,其实这是嫂嫂见识少,怕你在皇宫有什么不便才给你预备的,嫂嫂也不知用不用得上。你若是用得上,这里面都是些寻常东西,送了就送了,要是用不上就最好,想哥哥嫂嫂了就拿出来摆弄一会。"

小茵儿一听这话眼眶马上红了,她上前抱住了嫂子,几句话含糊不清没说出口眼圈就红了起来。刚才热闹时还只觉今晚是个寻常佳夜,可现在兄嫂人站在院门口茵儿才感到今夜是离别,往后再难相见。

因怕难舍亲情,茵儿不等哥哥走远就躲进了院门独自掩面抽泣,心中算着兄长已走远,茵儿又倚着院门伸出半张小脸想再看看兄嫂的背影。

只可惜天色已暗,虽点着灯火却也看不清十余步外的轮廓。萧索夜色陪着忽然冷清下来的小院,茵儿看着兄嫂离开的方向忽然就放声大哭了起来。

"嫁入皇家可喜,皇子长妃可贺,盈皇子也是仁厚才俊,自己懵懂中的意中人,这婚事再好不过。兄嫂如自己父母,温情冷暖,柔意岁月,舍不得也是人之常情。说不清道不明,那就大哭一场,现在没人看得见,也没人听得见,就这样最好。"茵儿边想着边轻轻抽泣。

"哭什么啊,不想嫁就不嫁了!"

茵儿一愣,顺着声音朝大哥离开的相反方向看去,一个看着有些单薄的人影摇摇晃晃从暗处走出来。

"游大哥?"

游琳晃着身子,衣服也散乱着,平日本就有些懈怠的游琳此时看着更加散漫。

茵儿小手三两下抹干了眼泪,刚叫声人,又马上一副怕被人听见的样子小声笑问道,"游大哥!你怎么来了?怎么刚才不和我大哥一起过来呢?还能陪我吃些东西,聊会天。"

游琳看着面前灵动的小姑娘笑笑,胡乱整理了下衣冠却显得更加别扭。

"刚就来了,可撞见了你哥。我可不愿意见你哥,他没看见我,我就躲到那棵桃树后面等他走了再找你。等了好久我都乏了,要不是你刚才哭得凶,我估计就睡在这桃树旁了。"

茵儿凑到游琳身边,探头闻了闻马上掐起鼻子。

"哎呀,游大哥你怎么又喝了这么多酒,真臭。"

说完,她赶忙拉起游琳把他推进自己院内,掩门之前还探头出去四处看看。

被推进院的游琳看到露台上支着一张小桌有酒有肉,他也不客气径直就盘坐到了桌边,随手拿了一双不知谁用过的筷子吃了起来。

"哎,又喝大了,这会还真有点饿。"

茵儿掩上门走了过来。

"哎呀!游大哥那是我用过的筷子,你要吃我再拿一双给你!"

游琳左手筷子不停,右手摆摆道:"不耽误,不耽误!"

"怎么不耽误?"

看着茵儿身上有些羞,游琳这才恍然放下筷子嘿嘿地对着她笑。

"游大哥,幸好刚才没人看见你,不然,不然人家该怎么说啊?"

"说去吧,庸人的嘴最厉害,但也最没用。"

游琳话刚出口,就被茵儿用新筷子嗔怒抽打了下。

"乱说!"

"是是,游大哥嘴瓢,我本来是想再晚点翻墙进来的,可看见你哭得凶就给忘了。"

"翻墙!哎,游大哥你喝酒喝傻了吧?"

"是是,游大哥忘了,茵儿是大姑娘了,不对不对。"

游琳赶忙放下筷子对着气鼓鼓的茵儿赔笑摆手,就是平日对着自己的老师相国王暮,也没见过游琳这副神态。现在的游琳好像一个寻常家中顽皮的哥哥,被自己成熟拿事的妹妹说教。

妹妹教训得凶,哥哥喜欢得很。

两人玩笑一会,忽然都沉默起来,茵儿坐在游琳对面倚着下巴,看着这个和自己哥哥差不多年纪,却丝毫没有个大人样,总是散散慢慢的"大哥"。

吃相极为不规矩的游琳忽然开口问道:"刚才哭什么呢？不想嫁人？"

茵儿听后连忙又蹭了几把脸道:"不是。"

"那哭得这般惨淡因为什么？"

"我也说不明白,就是想着以后难见哥哥嫂嫂了心里难受。"

游琳放下了筷子笑问道:"见不到游大哥心里不难受？"

茵儿努了努嘴回答道:"当然也难受,不过我知道游大哥一定会来看我的,所以你的那份等你走了我再哭。"

游琳听着茵儿的话可爱,打趣道:"你怎么知道我会来？我要是喝大了怎么办？刚要是你哥再走晚些,我恐怕真要睡在那棵桃花树下了。"

游琳一句玩笑茵儿忽然沉默起来,小脑袋垂了下去点了点,刚刚还可爱无邪的小女孩此刻显得十分消沉。见茵儿露出如此神态,游琳竟然也慌忙了起来。若有人见到此刻的游琳一定会目瞪口呆,那个被陈怀都评价为"邪性"的游琳,此刻竟在一个小女孩面前手足无措。

"游大哥你一定会来的,就是你不来我也会去找你。"

游琳听后一愣,但也仅仅是一瞬。他依旧一副懈怠表情看着茵儿,只是眼中带有一丝不同对待他人的神情。

"游大哥,我也是大人了,很多事情别人不和我说,我也不去问,但我是知道的。"

游琳笑笑没有接话,掂起了桌上的酒壶却发现已经空了,而后他又摸向自己随身揣着的酒袋。

"姐姐走时我虽小,但也已经记事了。那时桃花林中游大哥的面容我记得,姐姐的我也记得……"

游琳手拿酒袋的左手一抖,半满的酒洒出了好些在衣服上。茵儿见状赶忙找来一块抹布递给了游琳。游琳刚接过抹布,而在抹布另一边,手还没松开的茵儿忽然抬头看向了他。此时两人目光相对,这副面容,这股眼神……游琳身子忽然一抖,手瞬间松开了抹布,盘坐着的双腿忽然用力一蹬,手脚并用十分窘迫地爬开茵儿远些。

"茵儿？"

茵儿垂头,把抹布叠得整齐放在小桌上,她走出几步背过身子。

"对镜饮桃花,满盏留红妆,桃花不及人,红妆待白芷。游大哥你少时写的东西真是不俊,难怪别人说游大哥你年少时是个呆子。"

游琳整了整衣裳,摊着靠在露台的房柱上,他看着茵儿的背影,淡然道:"我知道写得烂,所以往后再不写了。"

"可若是游大哥能把这些酸乳文字继续写下去,想必要比现在开心多了吧?"

游琳饮酒不语。

"游大哥,我知道你虽每日看起来散漫放肆,还总惹我爹生气,但你心里不开心。你不开心去徐州,你不开心被我爹绑在朝堂上,你不开心为了王家帮衬着我大哥。"

游琳抬手仰起了酒袋,任凭左手使劲捏着酒袋,可任凭怎么折腾酒袋再拧不出一滴酒。

夜风吹得王府的树沙沙作响,风起了,虫也就不叫了。

"游大哥,我不知该怎么说。我院中也栽满了桃花,虽然桃花年年开,可今年的桃花开得再盛也不是往日的桃花了。"

"茵儿,不必说了,游大哥懂。"

一直沉默的游琳忽然开口打断道,他随手扔了那个任他如何扭捏也再也榨不出一滴酒的酒袋,茵儿的背影让他看得出神。只是夜风阵阵,却不能在已经谢了的桃树上飞舞起一片桃花。

"游大哥懂?"

游琳顿了顿答道:"虽然游大哥懂,但游大哥却始终还是觉得往日的桃花最好。虽然桃花不在了,但桃树还在,那就总要守着这棵桃树。"

背着身子的茵儿看不见身后游琳说话时那双疲惫愁然的眼,也看不见游琳嘴角那丝从来未曾在人前出现过的苦笑,她只觉得游琳这话说的是温柔漫语。茵儿笑笑,心中莫名欢喜,事情说没说清、心结打没打开都不重要了,甚至以后怎么样都不重要了。自己说出了口,游大哥懂了,如此就好,万般牵绊只要说出口了就好,其他的交给造化了。心念此处,茵儿也释然了,语气又恢复了往日般天真无邪。

"游大哥,那我问你,你要老实答我,不能糊弄我!"

"嗯,茵儿问吧。"

夜风吹起,茵儿忽然转身看向游琳,莞尔一笑展眉含齿,颐靥柔目,风舞轻纱。

"游大哥,我与姐姐,谁生得更美些?"

游琳瞠目,满院桃树忽然在夜里盛开,夏风不似春风,吹尽往年往日遍野桃花。

出神间,铅华、愁苦、功名、岁月好似都不在游琳心间,只有那盏桃花酒,与飘进酒中的那一瓣桃花。

游琳扶额大笑不止,笑得累了,笑得喘了,笑得蜷起身子了。

"茵儿啊茵儿,你姐姐当然要比你美上几分。"

不久后,茵儿推开院门送出游琳时,一张笑脸又拭着泪。

"游大哥,你走吧,我看着你走。"

游琳转过身摆摆手。

"你把门关上我再走吧。"

"不……"

"听话!"

门内人看着院内散尽的桃树发呆,眼睛发干流不出泪,可心里却好像哭得脱了力似的。茵儿瘫软着靠着院门,想着,看着,呼吸着。就这样许久,门外轻轻响起了熟悉的声音,"吐口说句不嫁吧,带你走……"

"不是不想嫁,就是舍不得。"

一阵沉默后,院门外一声叹息在夜里听得悠长,良久院门内外再也没有人言。

又过了大约一棵桃树被夏风吹散的时间,才听见院外那趔趄的沙沙脚步声越来越远。门内人也听得真切,因为她始终一直倚靠在那扇紧闭的院门旁。

第四章 —— 张帆

同在桃花散尽之夜，于冷清的洛京城中，却有一处热闹地方，便是城南朱雀巷中的龙府老宅。

此刻的龙家老宅大院中围足有几十人，侍卫、随从、下人、马夫、男人、女人全都在院中围观一场大热闹。

大院中，只听重重的"砰！"的一声，而后只见围观的侍卫嘴角一嘶，露出了一脸很疼的表情。几个北境来的下人女子用手遮住了眼睛，把头侧过去不往院中看去。站在最前排的龙玮皱着眉头，将耐不住性子要冲上去帮忙的王铁胆摁住。

而白某正躺在地上，赤膊的上身被地上不太整齐的石砖划出一道道的血口。白某用力将自己撑了起来，抹了把不停冒血的鼻子，往地上吐了一口血痰，眼中却没有一丝放弃的神情。

到此刻为止，白某已经不清楚这是第几次被人摔在地上。

今晚天将变暗时，白济本想借着早夏夜风得了个好乘凉。只是还未等饭后的瓜果在院中摆好时，龙府的大门便被人叫响了。

在得知拜访之人是太尉戚博与都护卫田辛后，白济心中顿时烦躁起来，他一拳敲碎了个刚从井中捞出的甜瓜，捡了块大的囫囵吃了起来。不迎不接，面对位列三公的太尉戚博，白济就坐在院中吃着瓜等他过来。

过会，几人走入龙府老宅大院，为首的那人一身华贵衣服，身材略微宽胖，但白皙的肤色下却有一张十分周正英俊的脸。

"白老弟，多年不见甚是思念啊！我可等不到明日才找你叙旧了，晚上来叨扰，不怪吧？"

说着，来人快步向白济走来。边走着这人还伸出双臂，掸了掸宽袖露出了双手,看样子是要与白济拜手相握。谁知白济眼睛都没抬,只等那人走到面前才缓缓站起。白济随意抱了军礼,整个人透着股打发人的意味,来人那双已伸出等着相握的双手便被晾在半空。

白济奋着眼打量会面前这个虽有些发福,但相貌仍旧出众的人道:"戚老哥,太尉不该管押运辎重的事吧?怎么饭是都让你吃了?这些年胖了不少啊!"

戚博听后脸色一瘫,随即他一手拍着白济的肩,另只手抚着自己的小腹摇头苦笑。

白济被拍了两下后,身子一闪让开了戚博的手,目光向戚博身后看去。戚博见白济转了目光,忽然一副恍然的表情,身子一侧指向自己身后的年轻人道:"白老弟!这是我亲家侄子,田钰的家里老大田辛。现在管着宫门防务,也算是个武人。田辛过来,见过你白叔父。"

刚还对白济的跋扈咬牙压着火的田辛听后,瞬间便换了一副面容,上前一步挺正身子对着白济行了军礼。

有客到,院中灯火挑亮了,挤在院中外围的白某也看清了行军礼的田辛。田辛军礼行得端正,年纪看起来与龙玮差不多,只是身材确实不高,再加上这田辛长得十分壮实,所以不管他如何挺直了身子,这军礼行得都显得并不挺拔。

白某多看了两眼后才发现,这田辛竟十分面熟,好像这几日见过一般。他转头看向身旁的龙玮,见龙玮也是一副正在回想什么的表情。忽然间白某恍然,这不就是那日在洛水顾与谢念起争执的"田家公子"么?

院中戚博对白济满面春色地寒暄,只可惜在每句话头落在白济那都好像石沉大海,白济除了嗯嗯啊啊多余一句也不接。三两句不到,位列三公的太尉与封疆的镇北侯竟聊得满面尴尬。戚博一脸干笑地站在白济对面,再多一句话也说不出来了,一时间站了十好几个人的大院竟然鸦雀无声。

就在这要命尴尬的时候,白济咳嗽了声开口道:"你来作甚?"

白济一句"作甚",好像他对面不是掌天下兵马的太尉,而是一个讨人厌的旧时邻居多年之后又找上门来。

第四章 —— 张帆 | 225

不过看着戚博却不恼火,他只是有些尴尬,尴尬到位列三公的他只觉得舌头打卷。

白济看向陈怀,陈怀对着白济点点头。于是白济又对戚博道:"你来了,这凉我也乘不了了。走吧,进堂内,有什么话你和陈怀说吧。"

戚博一听陈怀也在,他马上换出一副喜出望外的表情。

"哎呀!陈老弟也一同来了!许久不见心中想念啊!"

陈怀对着戚博躬身一礼,语气公正但明显带有些生分地道:

"镇北侯门下参事陈怀见过太尉大人。"

戚博见状连忙又是抖袖甩手一把将陈怀捧起。

"陈老弟哪里的话,什么太尉参事的,老弟你闲云散人而已!若是老弟你愿意,九卿之中必有老弟之位!"

陈怀刻板笑笑躬身道:"太尉言重了,小吏不敢妄尊。"

"行了!"

白济沉声喝了一句,而后便不理众人直接往堂内走去。陈怀躬身抬手引戚博先行,戚博哈哈大笑两声,一把抓住陈怀的手笑道,"陈老弟!同行同行!"

几人刚走两步,走在前面的白济猛然回头,看向了跟着戚博后面准备一同进入堂内的田辛。

"没规矩!"

白济这忽然的一吼,就连站在稍远看热闹的白某都是吓了一跳。戚博一惊,本来就白皙的脸上被白济这么一吼更白了几分,他愣了愣回头对田辛道:"辛儿啊,不可没了规矩,长辈们谈事,你在院外等候便好!"

田辛停下脚步,躬身答应。只是他头压得很低,低到正好能遮住自己紧咬的牙膛。

龙府议事大堂被陈怀关了门,众人在大院内等候。

戚博带的一众人中见院内清静点了,便有人小声嘀咕白济跋扈。太尉位列三公,他白济就算是个侯爵,但也太不把太尉放在眼里了。

开始只是小声嘀咕,见主人田辛都没有说什么,而且看起来聒噪白济还十分让主人田辛受用。如此,几个戚博带来的随从嘴里便肆无忌惮了起来。

他们不知道白某与龙玮是谁,只当是白济的随从,再大的随从能大过都护卫田辛?就算你是个什么校尉还能大过都护卫大人的父亲卫尉田钰?于是这话便越说越多,越说声越大,越说越难听。

龙玮听得牙痒,但他知道这些人的来头,只能咬着牙听着。侯爷能对他们喝来骂去的,是因为侯爷是镇北侯,是镇北侯白济。他龙家家主也只是个北中郎将,他龙玮,遇到如此场合只能忍着。

而白某,正是在这不久之后与人动起手来。

"刚被我父亲吓得快尿了,用不用我告诉你们茅厕在哪?省得在别人府中随地放水丢人!不过你们这伙人也怪,老爷们放水都用那活,你们用嘴!"白某走向那伙人讥骂道。

白某的话骂得确实难听,几个带着刀的戚博随从当场就要抽刀。田辛见状马上抬手制止,因为他听到了白某最开始那句"被我父亲"。田辛盯着从暗处走来的白某,待白某走近了他竟也感觉十分眼熟。

"阁下是?"

每当有人郑重其事问白某出身时,他总是感到有些尴尬不知该怎么回答,因为像与"镇北侯府世子""镇北侯白济之子"类似的场面话,他总觉得有些难说出口。毕竟在襄平时军中袍泽都知道他是谁,可称呼他却总是"小混蛋""小兔崽子"之类的,就这么大大方方地自称"世子",他总觉得有些别扭做作。

正当白某闹心想怎么介绍自己是白济儿子,既不丢人也不让自己觉得矫情时,龙玮这时正好跟了上来。

"这位是镇北侯府世子,白某!"

田辛听后拱拱手,然后有些疑惑着打量起了白某。

"世子,我们可曾相识?"

"嗯,洛水顾。"

田辛一愣,想了片刻忽然恍然大悟。

"我还当是谁呢?原来是那日在谢家小子旁看热闹的小兔……"

只是田辛口中崽子两个字还没说出口,他便已发觉自己言语不妥。但田辛年岁到底大些,又在场面上混得久。想来刚刚吃了白济的骂,之前又被谢念搞得丢了场面,如此场景下他忽然想到一个法子解解气。

田辛忽然一个军礼,直接挑了门面说道:"刚手下人不规矩聒噪了镇北侯,虽说他们是见我这长官被呵斥,因维护之情才行为僭越,但也确实该罚。"

说完田辛便从后腰上卸了一条短马鞭,对手下人的屁股抽了两鞭子。

田辛的直截了当反而让涉世未深的白某有些棘手,他不懂怎么应付这种场面。不过好在田辛并没有让白某去想怎么接场子,他盘握着马鞭,一个抱拳豪气道:"我罚了我的部下,但我部下是因我受罚。实说,我心中是不甘。再说到洛水顾,我知白兄与谢家小子交好,当日我们就在洛水顾里结了怨,加上今日我手下的鞭子,两件事。可你我皆是我大汉军士袍泽,结了怨咱们坦荡了结,就用军中规矩!对练,无论胜负,打服为止,梁子解了还是好弟兄!白兄你看如何?"

田辛这话说得直,听起来确实让人觉得磊落,可是这话想来又哪里不对。白某心中正合计着,"鞭子是你田辛打的,当日你与谢大哥冲突时我们也还不认识,谢大哥……怎么就?"白某正想着时,田辛又开口逼道:"若是白兄不想,那便算了,毕竟是侯爷世子,娇贵!我这部下就当白挨了顿鞭子,回头我带他们吃些好的也就结了。"

这话一出白某心中顿时就火了,于是他不假思索便张口就应了下来。

"行!既然田大哥爽快,那咱们就按军中规矩来,各出一人吧!看看是干把式还是比画刀棍,什么让用什么不让用,你们定规矩!"

见白某吐口了,田辛露出了得意的笑,白某则是没有察觉,他对身边的龙玮道:"龙大哥,帮我把王铁胆那憨货叫来。"

还没等龙玮转身,田辛又道:"唉!白兄别急,咱们自己起了梁子,肯定要自己揭了痛快。就你我对练一顿吧。什么都不带,就是空手干把式,这样既伤不到人又练得痛快。咱们都是军中习武之人,自己上来比画大汗一冒,痛痛快快多好!"

这话让田辛说的又是十分磊落,如此说下去白某只得听从。

白某刚要拱手抱拳应下,龙玮忽然摁住了白某,他凑到白某身边道:"世子,别看这田辛话说得明白,看着像是磊落之人,可他话中这一句一句的其实都怪得很!而且他姑姑应该就是当今戚皇后了,估计平日就是依仗着表亲、父亲的跛扈人,如今做得直爽估计只为了激你。若是如此,你占不占到便宜到最后都麻烦。"

龙玮的话白某自然也能感觉得到,什么鞭子、痛快根本就没有屁的关系。可现在话拱到这了,他一时也想不出什么特别好的说辞把田辛的话挑开。现在这会,他要是吐口说算了,田辛接下来的嘲讽不说,就是自己父亲、北境的脸也不好看。

白某摆摆手表示无妨,他对着田辛一拱手道:"田大哥,那咱俩就比画,你讲个规矩吧。"

"好!白兄果然是我大汉镇北侯之后!咱们都是爽快人,别讲什么规矩了!打服为止!"

白某笑着松着筋骨,心想着,"算计我?还打服为止?不服就打残,服了就丢人。想的是好,不过你若是打不过我,我反过来如此算计你,你也没办法。"

田辛嘴角歪了歪,对着身边部下嘀咕了几句,他脱下长衣,身穿一身束腿紧衣,冲着白某一拱手。

白某也是拱了拱手,含胸、弯步、两臂探在胸前起了个散手的架势。

"散手!好!"

田辛豪爽赞道,而后他双足重重踏地,身子半蹲,横着张开了身子,两条粗壮的手臂好像山林中的狗熊一样张开在胸前。

看着田辛的架势白某有些纳闷,这什么意思?全是破绽啊?但白某并没有轻视田辛,也从没觉得自己应付不了田辛。

白某虽不十分擅长拳脚,可平日里他在军中与人对练,还真没吃过什么亏。如此想来,这田辛就算是使出什么自己不知道的把式,白某觉得试他一试自己也能应付得下来。

想着,白某忽然跳步向前,右手直接往田辛毫无遮挡的面门抓去,左手横在胸前护住自己,想的是先封住田辛的眼睛,然后在田辛下三路招呼一顿拐、鞭、别腿。

只是白某想得虽好,但瞬间自己的右手便被紧紧地扣住!田辛力大远胜于他,他手抽不回来,胳膊被攥得紧,脚底下踢不出去。于是下意识间,白某左手就握了个锥往田辛喉咙眼钻去!只是他锥手将出便被撩开,紧接着就只感到自己裤腰一紧,再之后就是整个人便飞到了半空。

咚的一声,白某重重地摔在地上,瞬间后背疼得好似被马撞到,脑袋也有些发晕。爬起来后,白某又重新打量起田辛,心中疑问道:"这是个什么功夫?怎么一瞬间自己就被摔飞出去了?"

待白某重新摆好散手的架势,这回他则小心谨慎得多了,他没有选择先攻,而是等着田辛过来。

田辛仿佛看出白某的意思,他笑了笑,像是在说无论谁先攻都无所谓。田辛长喝一声,脚下步伐极为怪异,蹦蹦跳跳地就过来了。

下一招,田辛手下功夫没有任何招式,只是径直抓向白某领口,白某身轻灵敏,侧步窝身闪开,怀中双拳握了个锤头直向田辛右耳砸去。

白某这手迅疾,田辛避不开,右耳重重挨了一下。便在嘭的一声后,田辛只觉得耳朵像是被针扎穿了似的嗡鸣不止,瞬间他身子也有些失重,此刻竟是一个劲地往一侧倒。不过田辛终究还是没倒,他咬住了牙,左手横扫拖住了白某的裤腰,右手反手一拧拎起了白某的衣领。

嘭!白某人又飞了出去。

看着在地上疼得咬牙切齿的白某,田辛手揉着耳朵啐了一口。他嘴里没说什么,但心中却下了狠。"小兔崽子,手底下真黑,尽往招子、喉咙、耳根招呼!想废了我?我今天就是不弄死你,也让你残了!"

白某被这一摔后,院中人渐渐多了起来,白济底下的侍卫、下人,戚博的随从、马夫,反正在龙府内外的各色人基本都围了进来,甚至这大院内的灯都又多了几盏。而田辛这边也有更多人站到了院中,很显然这些人都是田辛拉来看热闹,或说是看白某挨揍的。

这时,一个围观的北境侍卫看出了些门道,他对地上疼得打滚的白某喊道:"世子!把上衣脱了!他这摔人的把式,被攥住了衣裳就脱不开身啦!"

白某站起身,吐出牙花子里的血,他用力一扯甩掉已经被刮开了条的衣裳,露出他雪白精瘦的膀子。

而田辛听见有人给白某支招后,他面上虽显得无所谓,但看向白某的眼神又冷静了几分。眼睛转转,讥讽话便从口中飘出。

"怎么镇北侯伟岸,你却生得像个娘们?啧啧,这白的,城里的嫩哥都比不上你!"

田辛这话对于白某,那是再成功不过的"激将法"了。他们不知白某并非白济亲生,可这事却苦恼了白某多年,于是一股邪火让白某不再冷静。

瞬间,白某带着风的拳头便砸向田辛的面门。只是白某这下破绽太大,田辛右臂一挡,左手从中路往上,一个抬手便反扣住白某右臂。

白某右手被锁死,疼痛之下他左手抠向田辛喉咙眼。而田辛却悠然一转身,把白某背在身后,屁股往上轻轻一垫,于是白某整个人又飞了出去。

光着身子的白某摔在地上,雪白的身子被石子划破,他浑身冒着血看起来十分瘆人。

不过在第三下被摔飞后,白某似乎没刚刚那么疼了,他一个打挺翻了起来又摆好了架势。但疼虽是不疼了,可白某的脑子却更热了。

之后的一段时间,院中不停地传来重物落地的咚咚声。围观的众人也从开始的好奇热闹,看到挤眉侧目露出不忍。

有好几次,北境的人都按不住性子上手去帮忙,但他们都被同样咬死了牙关的龙玮拉住。按照龙玮的话说,要是现在上去把白某抬下来,以后白某的脸就碎了。

不过看着白某,龙玮心中也急,他实在想不通为何今晚的白某这么较劲,一点都不像平日里那般稀松懈怠。可硬气虽好,但总不能就这样任由田辛来回摔着。

场中的白某眼神越来越散,每次被甩飞都好像是再也站不起来了。

嘭!嘭!嘭!整座龙府大院唯一响亮的声音,就只有白某一下又一下被重重地摔在地上的声音。此时,众人在白某眼神中已看不见焦点了,他每次站起来都比上一次要艰难。谁也不知道白某现在在想什么,他每次站起来也不再摆什么架势了,只是走过去,然后被甩飞,再站起来走过去,再被甩飞,就这么重复着痛苦。

第四章 —— 张帆

连续如此十几次,田辛也并不好受。他的胳膊越来越难抬起来,之前扎得稳稳的腿也有些发抖,衣服被抓得破烂,脖子手臂上更是一道一道的血红。田辛不知道白某在想什么,平常人被摔个四五次早就爬不起来了,可面前这个小子竟然每次都能爬起来,然后摇摇晃晃向自己走来。

别人没数,田辛心里可一直在数着呢,他足足摔了白某十六次。田辛心中震惊道,就是老虎被摔了十六次也该爬不起来了!

打到这会,田辛也觉得无趣了,但说好了要打到一人松口认服才算完,白某不吐口他也只能硬挺着。

田辛不想再打了,反正自己打赢了,便宜也占够了。要是再这么打下去,等里面自己的舅父与白济出来后,自己也会麻烦。心中算计着,田辛给白某递上台阶道:"白贤弟硬气!哥哥长你好多岁数,和哥哥这认个服不丢人!"

而趴在地上的白某却没理田辛的话,他吐了口血痰,撑着身子摇摇晃晃又站起来了。

"世子可真够硬气的!"

"这小子在想什么?"

"啧啧,被打成这样赶紧认输算了……"

无论旁观的人在议论什么,但所有人心中其实都在好奇,白某心中究竟在想什么。北境的颜面?镇北侯的威风?少年人的义气?为何他打到这个份上还不认输,眼前这场面,明明就打不了了。

其实最开始白某还清醒时,他知道自己打不过田辛,但还想逼出一个和局。但此时此刻,白某却什么都没想了,因为他眩晕的脑袋已经再也多想不了任何东西了。

白某的眼睛被已经肿了的眼眶压得睁不开,两只耳朵一边发鸣一边堵闷,胸口好像每呼吸一次第二口起就喘不上来似的。

这次被摔飞之后,如同之前十九次一样,白某又站起来了。他拖着步子朝田辛走去,忽然模糊的余光中,好像有一个高大的身影。恍惚间白某向那身影望去,然后他笑了,因为在这个身影出现前他没放弃。

下一瞬,白某整个人便跌在了田辛的身上。

此刻田辛托着如碎肉般的白某,他有些尴尬地侧头看去,而后尴尬变成了瘆人。因为他实在是读不出白济脸上的表情,不同于戚博的慌乱与陈怀的愤然,白济就只站在那里,冷冰冰看着自己或者白某。

好久好久,被十余盏灯照得和白昼似的龙府大院内安静得可怕,所有人都像石化了一样,院中人就是谁鼻头痒了想去挠挠都发自心底觉得不妥。

此时此刻,最先有所行动的人是戚博,他从袖中甩出细嫩的手颤抖着指向田辛,口中嘶声,张张合合却什么都没说出来。而忽然间,白济冰冷的脸竟不合时宜地笑了。就在院中人奇怪于白济的笑容时,这院中又有第二个人笑了。

笑的人是白某,白某的笑并不凄惨、并不痛苦,白某的笑反而很得意,似乎像是在宣告自己的胜利。

忽然间,院中只听啊的一声惨叫,这叫声很痛苦,发出这叫声的人并不是白某,而是田辛。

等到院中人再把目光从白济身上移到院中田辛这边时,只见白某正如同野狼一般,用牙齿死死地咬在田辛脖颈之上。

田辛很疼,很怒!此刻他再没管谁站在这院中看着自己,他只想把白某拎起,如同之前的十几次、几十次一样将这摊烂泥摔出。

"田辛!"

便在戚博的叫喊中,白某再次飞了出去。

此时院中,一人浑身鲜血地站着,另一人如尸骸一般躺着。而这时,田辛才开始怕了,因为白济冲他走了过来。

"继续摔他,这小崽子还没认怂呢。"白济俯视着田辛道。

田辛抬头,在他抬头之间脑中闪过上百句措辞,可当他的眼神落在白济眼中时,这上百句或稳妥或豪爽的措辞全都没了。

"你们定下的规矩,认怂,或打死。他没认怂,你得打死他。"

白济的声音好沉,田辛粗壮的腿被压得有些站不住了。而就在这时,一只手伸向了田辛,可田辛躲不开,他双腿已动不了了。不过这双手并没

第四章 —— 张帆 | 233

有杀掉田辛,因为伸出手的人是戚博。

"浑小子!瞎胡闹!没规矩!"

戚博的巴掌不断落在田辛身上,而此刻田辛却有一种死里逃生的感觉。打骂着,戚博又在地上捡起田辛的马鞭,手里将马鞭卷了一个圈便要抽田辛。但最终田辛还是没挨着这鞭子,白济摁住了戚博挥舞马鞭的手。

戚博见状急道:"白老弟,不用碍着我面子!这小子没规矩就该揍!都是他爹惯的,这小子他爹都懒得管他,这才扔我这让我帮忙管教。今天惹出这种乱子,这不是打我的脸么?"

戚博的呵斥声很大,声音都有些发抖,一张白脸气得发红,好像动了真怒。白济却没理会戚博,他只是平静地对田辛道:"你俩继续打,打到认怂,或者死。"

就在白济的话语间,白某再次爬起来了。白某此刻气若游丝身形不稳,整个人好像风中芒草,形枯神哀。

"继续打,小崽子没怂,也没死!"

白济催命般的话响在安静的院中,只是不知道他在催谁的命,白某,抑或是田辛?

田辛的心胆发颤,他感到恐惧,于是他狼狈地向白某走去。便在这时,从人群中走出一个女人。女人神情很淡,她只是站在了白某身前,手中还紧握着一把短斧。看着这架势,只要田辛再向白某这边挪上几步,这女人的短斧将毫无意外地劈向田辛。而田辛此刻却离白某越来越近了……

"胡妮子,过来。"

兜帽男人在说话间便攥住了乌维的手,于是田辛便活着来到了白某面前。这时田辛的背后那催命一般的声音再次响起。

"宰了他,他没认怂。"

"宰了他。"

"宰了他!"

便在这声声渐响中,田辛看着面前已不成人形的白某,恐惧推动他做出了决定。

"我认怂……"

洛京城深夜。

在戚博回府的路上,他们一行人从戚博到赶车的马夫无一不是没精打采。原因无他,只是今日他们太狼狈了。

戚家,毕竟当朝权贵,毕竟皇亲国戚,平日自然是跋扈的。他白济不过是个幽州侯爵,封地不过郡中百里,给当朝太尉摆这么大架子?什么东西真是……

"什么镇北侯,那是说好听的!说不好听的那就是个北边来的军阀头子!"田辛身旁的随从见主人面色难看安慰道。

只是这话说完田辛却没什么反应,随从见状以为自己的话还没说到主人心坎里,他转了转脑子又开口道:"主人是识体量的,到底不与那北境野人一般计较。若不然主人就是真宰了白家的小崽子又能怎样?这是在洛京城里,他白人屠还能怎么着?"

"滚。"

田辛虽骂了声滚,但声音却有气无力的,以至于那个随从以为自己听错了,又开始继续编排起白济。

"滚!"

田辛忽然提高了声调,然后一马鞭抽在了那随从身上。还不待那随从叫疼,田辛也跳下马来,放长了马鞭甩开了胳臂抽向这碎嘴随从身上,并嘴里不断地叫喊着:"滚!滚!滚!"他每叫一声"滚",手中鞭子抽人的力道就更狠上几分。

田辛忽然发飙,戚博的车队停了下来。看着此刻疯狂的田辛,无一人敢上前拦住他。

"给他摁住!"

听到戚博下令后,众侍卫才敢上去制止田辛。此刻的田辛眼睛通红,口里磨着牙,喘着粗气,好像一只发了狂的牲口,三个侍卫合力才抱住了他。

戚博缓步走到田辛身边,看着地上被抽打成一摊烂肉的随从,他微微侧目皱眉,好像不忍直视似的。戚博摆摆手,意思让人去看看还有没有气。得知这挨打的随从还剩口气,戚博听后长舒一口好像放心了似的,他对身后两个随从道:"赶紧带他去看大夫,别耽误了。治伤养病别省,让他舒服养着直到好了为止。"

而后戚博又好像想起来些什么,抬手招呼过来一个侍卫道:"你跟着点,遇到巡查的就亮太尉府的牌子。"

交代完后,戚博愁眉苦脸地走到田辛身边。田辛挣脱开搂着他的侍卫,虽然气还是大喘着,但眼神中已不像刚才那般疯狂。

戚博打了个手势让侍卫散开,待两人几步之内都没人了他才开口。

"你这是作甚?撒气就撒气,怎么把人往死里打?都是给咱们办事,别人看了多心寒啊!"

田辛歪着头一声不吱。

戚博打量了会田辛,伸出手拍拍田辛的背,嘴里叹了口气。

"反正也不远了,走回去吧……"

说着戚博便摸着自己微微发福的小腹,迈着缓慢端正的步子先走了起来。

田辛定在原地不动,直到戚博走出几步外转身向他挥手催促,他才擦了把脸迈开步子。

此刻田辛的脑中各种情绪依然如糨糊般纠缠,但比刚才多了些条理。身子的邪劲卸了,脑袋就被血涨得开始疼了。脑袋痛了,舌头就软了,三句两句就开始说话了。

"舅舅,你与白济谈得如何?"

戚博听后扑哧一乐:"你还知道我去找白济是有事相商?"

田辛不语,戚博微微摇摇头继续道:"谈什么啊,白济进去就让我有什么事与陈怀说。陈怀转头就对我说白济还什么都没和他谈,然后白济又说他刚要与陈怀谈我就来了。行!他们不谈那我就自己说!可我刚要开口白济就说他的事陈怀定,陈怀说他什么都不知道所以没法定,落到最后还是那句,他们刚要谈我就来了。哎,就这套孩童般的推诿,这两人互相扔扔鞋子就把我给打发了。"

"就这几句?外面我与那小崽子都闹成那样了,你们在屋里稳如泰山就是在扯这些?"田辛又发急问道。

戚博听到侄子态度不佳，反手轻抽了下田辛的额头。

"你也知道你们闹成那样？从你们打起来开始，白济就把灯吹灭了几盏推开窗看你们呢。之后就再没和我说过一句话，都是陈怀在那和我东扯西拉，有一句没一句着废话。"

说到这田辛也明白是自己坏了事，于是沉默着不再说话。就这么沉默地又走了会，戚博抹了把额头上的薄汗对田辛开口道："这也不怪你，白济这边本就是没什么指望，若是当真就不会卡在今夜拜访了。这事啊，本就是绝我自己一条余地。"

"余地？"

田辛不解，戚博点点头，用一种好像在说给自己听的语气缓缓道："你父亲与我是表兄，少时在军旅中又多次救我于危难，所以舅舅不瞒你。我与你父亲在计议上有些分歧……"

说到这里田辛点了点头，但是没有接话。戚博好像走累了，他挑着灯对着身后的车马晃了晃，让后面先停下。戚博站在原地，不住地擦着汗，对田辛继续道："我并不是不同意你父亲的谋划，甚至我认为他的想法是极对的。可这想法对我来说有些，有些过于癫狂。我总觉得事情还有余地，至少不会闹到那种程度，但从王暮把游琳弄回来后，这朝中局势却越发的不如意。你父亲是对的，我只怕我以后因为性子误了大事，这才明知无望，还仍然来找白济绝了自己的后路。"

戚博说完长叹一声，停了半会却没从田辛那得到一丝自己想要的反馈。

说罢，戚博抬起灯对田辛照照，但却只照到一双懵愣的眼睛。见侄子如此榆木，戚博顿时火起，教训道："你爹当时让你入武职我就不同意，如今他自己隐在洛京城东的禁军营韬光养晦，放你出来在城中跋扈我更是不同意！你看你在洛京城中，混出一身市井习性！江湖人耍油头撑场面呢？有什么用啊！不求你长成陈怀、游琳这种戏潮天下的大才，也不用你像何家三子才学绝贯，但你至少给长点心啊！"

最后一句话戚博几乎是咬着牙念出来的，田辛不解为何好端端的自己舅舅就忽然发了脾气。他虽然浑，但还不敢直接顶撞长辈，心中憋气着又想着今天自己在龙府上吃了瘪，正好刚才舅舅说到了陈怀，他撒气道：

"舅舅,说到那个陈怀,他算是什么东西? 白济那野人跋扈也就算了,他陈怀不过就是个小小的侯爵幕僚、军中参事,舅舅你可是当朝太尉,位列三公,他竟敢对着你甩言摔面的? 什么天下四才,鬼话而已! 要我说,这天下四才都是扯的,何义就是一个和稀泥的干巴老头,游琳阴刻小人不过王暮养的狗罢了,那个什么青苗更是鬼扯,连人都影无踪了。至于这陈怀,我看他就是凭着白济蛮勇混出头的沽名钓誉之徒!"

"住口!"

戚博怒喝道。满脸透着失望地看着侄子,戚博又伸出他那白皙的手臂,手指颤抖,膛舌也颤抖。

"你懂什么! 你懂什么?"

田辛则是一副无辜而又有些怔木的表情看着戚博,他言语虽然未继续顶撞,可整个人却明显不服。

戚博闭着眼睛摇摇头,叹息几次后再望向田辛时已不是愤怒,而是一种好似可怜、难过、担忧般的神情。他攥住田辛的衣服,使劲往自己身边拉扯了好几下后,又抬手把田辛的脑袋摁到自己耳边。

"我没有儿子! 戚家、田家以后都给靠着你呢! 你知不知道你爹与我,戚家与田家,要斗的都是些什么人? 那都是天下最恶最狠的凶禽猛兽啊! 你可快长进些吧! 要不然就全完了!"

戚博附耳的话声音微小,可却说得字字剜心。说完后他又把田辛的脸挪过来,几乎贴到自己脸上,然后死死地盯着田辛的眼睛看了许久。

田辛不知道在想什么,他看不懂戚博眼中的期许。

戚博知道自己想什么,但他却看不出田辛的醒悟。

忽然间戚博拂袖转身,快步疾行。

田辛脑中有些灵光更有些糨糊,他不懂一直四平八稳的舅舅,为何现在走得几乎要跑了起来。

夜深了,城内冷清,晚风微凉,蝉鸣时节未到,夜鸟不入秦川。

白某所居的屋子里挤了好多人,虽然人多,但却不嘈杂。除了床上的白某沉重的呼吸声外,就只有穿梭于屋内外一盆盆换着凉水的乌维沉重的脚步声。

大夫一阵忙碌之后擦了把汗,拉住了乌维交代了几句今夜如何照料白某后,就对着屋内的几位大人抬手,意思屋外详说。

被请过来的大夫是洛京城内的名医,年岁虽未到老眼昏花时,但却是须鬓半灰。这大半夜的,被龙玮带着一众北境口音的壮汉连求再绑给架过来,精力难免有些不振。

老大夫走到屋外先歇了几口气,然后就是一阵关中话开口前冗长的"唉"声。

众人心急,就连从一直把脸板得死死的白济都是皱了皱眉。大约又是两声咦嘘之后,老大夫终于把气理顺开口了。

"多亏娃子岁数不大。"

就这一句后又是一阵长吸晃头,不过终于在白济的眉头挑了第三下时,老大夫接着开口了。

"肋条两根断了,不过断得整齐,养好了没得大碍。不过吧,这娃子经络、肌理全摔得杂乱掉了,这不好养啊。哎呀,这娃子是爬了多高的山啊,怎么摔成这样。不过你们也别担心,我瞧着娃子身子板好,调理好了没事。"

大夫一口关中音虽然浓厚,不过白济众人都听明白了。得知还养得好,就连白济都是不自觉地长舒口气。

"不过我还得再交代几句哦,听真切了,不弄好这娃子往后连马都骑不远喽!是不是屋里那个女娃子看护着他?是的话把她喊出来,我再交代几句。"

大夫不等众人把心放宽又开了口,尽管乌维在"白家"是何存在没人清楚讨论过,可当大夫问出了是谁照顾白某时,白济与陈怀还是同时让人把屋里的乌维叫出来。

老大夫对着抱着一盆冷水的乌维交代了好些话。

"晚上要不断地给他拿凉水擦身子,不能让他发热。"

"疼得厉害也不能让他叫,叫的话就把嘴堵上。"

"不能让他翻身,尤其是腰背缠着竹条的地方不能碰,不听话就给他捆起来。"

"两副药,一副正常吃,一副若是他晚上闹得凶就给他灌下吃。"
"每天中午阳气旺时给他揉揌我刚告诉你的经络。"
……
"记住没得?"
老大夫摇头晃脑说了好多,乌维点头表示——记住。

众人没有惊奇乌维记忆的功夫,也没有再细细确认这个胡妮子是否真的记清楚了。因为乌维在点头之后直接走向了后边的王铁胆向他要了绳子,粗口,棉布。

王铁胆愣了下就跑去拿东西,而乌维在打一盆新水后,仅仅是对老大夫行了个蹩脚的汉家女子礼后就进屋了。从出来到回去间,丝毫没有给白济、陈怀等"家长"哪怕是一个躬身的礼数。

在给老者包了好大的一袋钱后,陈怀让龙玮亲自驾车送老大夫回家。他遣走了围在白某屋外的众人,院中只剩下他和白济,以及躺在白某屋门外假寐,随时等着帮乌维捆人的王铁胆。

四周无人,白济走向了院内的石凳,然后就那么一坐。
白济坐得疲惫,甚至背都有些驼了。
灯暗,陈怀看不见白济的脸,他走过去蹲在白济身旁。可不知是地滑还是腿软,陈怀一把没蹲住竟然坐到了地上。不过他并没起来,而是就坐在地上挨着白济,手杖着脸托着背。
若是远看,这两人不是纵横沙场的军侯与才冠世家的智者,这两人只是世间常见的岁过壮年的老哥们。
陈怀先开口了。
"休息吧,明日还要赴皇子婚典。先不说了,咱从长计议,不急的,不急的。"
"想喝些酒。"
"别喝了,都是个时辰了,明日会误事。"
"哎……"

白济长叹一声，两人沉默了会，白济缓缓又开了口。

"我老了……"

"啊？"

这声"啊？"陈怀回得随意，不知道他是否听清，是否听懂，还是他无意理会接话。

"我老了，我想不明白他要做什么了。"白济又重复了遍。

"他没老？"

陈怀随口反问，好像是在问隔壁家发了财的老刘一般。白济想了会，也轻描淡写地回了句。

"应该没老。"

"哦……"

又是大半天的沉默，白济揉了把脸，语气像是询问般问道："不然就去襄樊，再给他遛几年？"

"真去了就不好回来了。"

"可，那怎么才能不去呢？"

"哎。"

两人的叹气不响，甚至都没有大过王铁胆的呼噜声，但老哥俩还没聊几句，乌维就从屋里出来推醒了鼾声吵人的王铁胆，顺便又换了一盆水。醒了的王铁胆大约是知道自己吵到人了，他直接不躺不坐站了起来，就好像军营中值夜的哨兵一样，挺直地站在白某屋外。

白济把这一幕看在眼里，他什么都没说，只拉起陈怀一同离开了。刚走到院外，陈怀开口问道："看某儿被折腾得不成人形，不急么？"

"你说呢？"白济没有回答，只给了陈怀一个反问。

陈怀长叹一口气，缓缓说道："就去襄樊吧，去了咱们还能拖些年月，只要拖住了，或许还能有些别的转机呢？"

"怎么才算拖住啊？"

"咱们这代不打仗。若非打不可的话，打到某儿那代这仗得打完。"

荒原。

白某走得很累,累得不想再挪一步了。此刻的白某脑中再没什么愿望了,他只想逃离这难忍的痛。

白某好痛,铭心刻骨的痛,不,这种痛不用比喻成刻骨之痛,因为这就是从骨缝中传来的痛。

该继续走么?他痛得再迈不出一步了。可该停么?停下时他连呼吸都是痛的。

就在这片昏暗的荒原上,白某无论如何奔跑都逃脱不了疼痛的追随。

这痛太难忍了,他想把自己撕烂!

而就在这时,荒原之上响起女人的声音。这声音太悦耳了,白某认识她,熟悉她,这是种近乎安全感的熟悉。

白某忘了疼痛,他太想听清楚女人在说什么了。他用力地朝声音的源头奔去,跃过从地缝中伸出想要绊住他的手,白某在飞。

"别动!"

"不疼!不疼!"

"没事!没事!"

在看不到尽头的尽头,白某听清了女人的声音,一时间他心中感受到了无比的安稳,好似躺在自己从未有过的母亲的双膝上。

白某笑了,女人却哭了。

在朦胧中,白某看到女人汗水涔涔的脸,还有那冷淡却忧愁的眼。女人凄声喊道:"王铁胆!快来!捆他!"

五月初五,端阳。

这日很好,却不因为端阳与洛京城中的皇子大婚。

这日的好,只因为早上阳光和煦,白某屋中咕咕的煮沸声与风吹树叶的摩挲声让人感到很惬意。

白某醒了,被煮面的香气饿醒了。清醒后,白某第一个反应就是跳下床铺,但腰肋间的痛瞬间止了他的行动,而后他才发现自己此刻被结结实实地捆在了床上。

"别动,忍着,动坏就养不好了。"乌维捧着一碗面对白某走过来。

乌维把热面放到一旁,摘下白某头上的湿布,在地上的水盆里拧了几把后又放回白某额头上。

"你昨夜发热了,折腾得凶,就绑了你。"

乌维又拿了一块棉布沾了水,边给白某擦脸边说道。

钻心的疼让白某彻底醒了,他乖乖躺好再不敢乱动,昨天发生了什么一点一点地都想了起来。他侧头看向乌维,只见乌维的脸上尽是汗渍,眼睛下面的黑眼圈在白皙的脸上显得发紫。

白某见状想要说些什么,但刚想开口,他却发现自己的嘴也被堵了起来。呜呜叫了两声,乌维把他塞在口中的布取下来道:"大夫怕你嗓子喊破,邪气什么的,就堵住嘴。"

"给我松松绳子。"白某虚弱地道。

乌维摇摇头:"不能松,你动坏了,马骑不了。"

白某听后紧张问道:"大夫怎么说的?"

"没事,就不能动,敷药喝药就好了。"

"说清楚些!"

"没事。"

听到乌维的话白某长舒一口气,说来奇怪,当乌维说没事时白某心中感到无比的放心,好像这个汉话都说得磕巴的胡妮子比洛京城的大夫还让人信服。

"饿了。"白某有气无力道。

"再放会,烫。"

而后两人无话,乌维抬起白某的胳膊,不轻不重地给他顺着肌理揉搓着。白某侧头看向屋外的阳光,虽然和煦却照得他发晕。闭上眼睛,阳光烤照木窗的味道,身旁那碗水煮面的味道都很好闻。四周很静,好像夏日的北境,鸟的欢叫声没有乌维略带用力的呼吸声好听。

"父亲他们都走了?"

"嗯,早些,都穿得好看出门了。"

白某听后不语,皇子大婚,为了这事他们从北境千里迢迢跑到京畿,可节骨眼上他却折了根骨头,此刻只能躺在这看阳光。想到此处白某心中有了巨大的失落感,说不上是委屈,但近似于委屈。白某说不好这种感

第四章 —— 张帆 | 243

觉,他只觉得心中有人拿棍子在一下一下地杵自己,这说不清道不明的情绪让他越想越窝心,想到脸绷住了,牙打颤了。

"打架,被打成这样,为什么要打架?"乌维的语气平淡,平淡到让人听不出这是个问话。

白某不答,乌维继续问道:"你脑子好用,为何打架?"

白某依旧不语。

"你被打死了我该干吗?"

"别说了。"

白某心颤,嘴角微微闭合。于是乌维便不再言语,拿起刚刚放置在一旁的煮面,挑起几根轻轻吹凉之后喂给白某。

不一会,屋外门声轻响,陈怀推门缓步而入。见到自己的陈先生,白某心中惊喜,他想起身喊声先生,可立刻便疼得龇牙花子。

陈怀轻轻摆手道:"某儿不急,先吃东西。"说完,陈怀就站在乌维身后,一脸安然地看着白某。

待白某吃完一大碗水煮面后,乌维收起碗碟,又拧了把湿布给白某擦完嘴后才离开。

乌维走后,陈怀搬过来一把矮凳坐到白某床边。白某侧头对着陈怀,眼神中有些闪烁挪移。

"某儿今日惧我?"陈怀微笑问道。

白某赶忙解释道:"怎么会惧怕先生,某儿对先生只有敬爱。"

陈怀笑笑,他好似看出了白某慌张的原因,于是淡淡对白某道:"你父亲认为你做得很好。昨夜他与我在你门外守到夜深,听到大夫说你无碍后才与我离去。"

白某听后眼神顿时回复了往日的神采。或许是心中得意了一阵,过了会后白某才对陈怀问道:"先生为何没有与父亲入恒旦宫?"

陈怀听后苦笑答道:"虽然你叫我先生,可说到底我也只是你父亲的幕僚参事,算不上官职。按照礼法,我自然是没资格入宫内观礼的。"

"先生怎么这么说?在北境内,先生的德望甚至比父亲还高,我也能感到父亲从未拿先生当寻常幕僚。"

陈怀笑笑道:"你父亲与我敬重,只因你父亲乃是君子品行,但幕内之吏毕竟只是幕僚而已,我不可妄自僭越。"

陈怀这么说,白某心中有些不服气。关于自己这位陈先生的往事他也是多少听说过的,但他不懂为何陈怀总是如此自谦,想到此处白某张口便问道:"就算先生前去,我想以先生之风评身份也不会有人觉得不得体。某儿确实想不通先生才学名盛天下,为何却要如此自矜?"

白某此话问出,陈怀先是一愣,然后竟然难见地笑出了声。

"看来某儿确实是读过书了,也开始结交识人了。不过书要精读参悟,才能事理达练。人嘛,则需要先有自我的本心,才能世事洞明。就好比与先生说话,闲问野语便好,不必处处思文搬字。"

白某听后笑得略带腼腆,若不是他被绑得结实,此时定会挠搔自己的毛寸脑袋。

陈怀的笑容渐渐又重回恬淡,他好像想到了什么,便开口与白某道:"某儿啊,既然你这么问了,那先生便教授你一课。"

"请先生赐教。"

"所谓诚其意者,毋自欺也。如恶恶臭,如好好色,此之谓自谦。故君子必慎其独也。小人闲居为不善,无所不至。见君子而后厌然,掩其不善,而著其善。"(所谓意念坦诚,就是不要自欺。如同厌恶恶臭,如同喜爱美色,这才是心底所愿。所以君子独处时必谨慎自持。小人则会在独处时尽行坏事,不择手段,而他们见到君子后却又掩盖所做的恶事,摆出自己道德高尚的样子。——《礼记·大学》)

一段古时圣人言被陈怀朗声念出,白某听得满头雾水。这篇文章他确实读过,只不过读得昏昏欲睡前仰后合,字间斟酌并不得要领。

见白某神色茫然,陈怀笑笑又是轻声背诵一遍。白某面色发黄,从眼神来看又是快要睡去的样子,再配上白某那标志性的苦笑,真如某家家塾中不争气的幼生。

不过白某如此作态陈怀却不恼,他只是慢慢地又念了第三遍。之后白某终于有些沉不住气了,他一脸窘态开口道:"还请先生为某儿明晰,某儿确实不得要领。"

陈怀笑笑:"无碍无碍,某儿记下此话就好,以后自然有人会让某儿明晰。何为君子,何为小人,某儿会明白的。"

听陈怀的话,白某明白陈怀指的是他要出学读书的事情,对此事白某虽然不敢言不从,但从内心中还是略微有些抗拒的。只是经过上次胡境之行后,白某对所谓的策马领兵有了些自己都说不清的负罪感,所以对于读书,白某虽不喜欢,但也没有厌恶拒绝。

见到白某再次走神,陈怀轻声咳了下对白某说道:"某儿啊,你现在躺在床上无事可做,我也独自在府中,没个人说话。不如你陪先生说会闲话吧,不管你想问什么,先生都给你讲。谈天说地,百无禁忌,如何?"

白某听后觉得有趣,他还从未与自己敬爱的陈先生扯唠些闲散零碎。

"先生,什么都可?"

"说了百无禁忌就是百无禁忌,你就是要听你父亲年轻时的往事,先生都讲给你。"

白某一听这话,心里乐开了花,要是真能让陈先生给自己讲讲往事,那可真是天下之事全有的听了。但白某虽欣喜,可一时间让白某想出一个最想听的他还真选不出来,思前想后就又琢磨起来。但还没等白某决定先问什么时,陈怀开口了,"某儿啊,既然你听闻过先生的一些往事,那你一定也听说过'天下四才'之类的俗话吧?不如先生就与你讲讲天下四才?"

白某听后连连称好,这"天下四才"可太有名了,白某甚至敢确信,在百年之后,"天下四才"的事迹肯定能写进后世的戏词。

陈怀给自己倒了碗水,然后清了清嗓子对白某道:"某儿,可知道过这天下四才都是谁?"

白某听后嘿嘿笑了起来,天下四才是谁?别说白某了,就是酒肆里的醉汉都知道。

"清河何家的何义,相国门下游琳,散人青苗与……嘿嘿嘿,还有扬州的陈先生。"

陈怀听后点点头道:"某儿,你应都唤做先生,不可直呼其名。另外某儿,说起四才你须先知晓,所谓天下四才只是俗名而已,天下之大才冠者何止四人。"

听到陈怀言语逐渐刻板,白某怯怯道:"先生,咱们不是百无禁忌地扯闲杂么?"

陈怀听后干咳一声,笑了笑又把话展开。

"这所谓天下四才啊,世间虽叫得俗气,但还真有一段激昂往事。在天子争天下之时,那时古秦虽已亡国,可在天下逐鹿的却不只有当今陛下一家,甚至陛下并不是最强盛的一方霸主,而四才便来源于天子与另一位霸主的决战之中。在那场决战中,天子这方并不占优,正当天子的议事大帐内都在绞尽脑汁时,有一游方老者竟然绕开侍卫入帐。老者带来此地山河地势图。其中所画无比详细。这老者在献图之后又出正合、奇势数策以应大战,当日帐中挤满了天子麾下各格数精英,但没有一人不被这老者之策所折服。此老者号青苗,自称修士,生时家源等事一概不知。"

白某听得入神,眼中放着精光。陈怀润了润嗓子抬头看向窗外,眼神穿过京畿秦川之外,来到了古时楚地。

"青苗先生除了定下数策外,更是以一己之力拟出扎营、结阵、押运等个数详尽事。起初帐中反议之声还不绝于耳,但随着青苗先生对每策的详言,整座大帐渐渐都安静下来。可青苗先生之策太过匪夷所思,不是人间之智可操执的,最后只得由何义老先生带着我与游琳,同青苗先生反复推演论证。终于,经过整整三夜不眠不休后,我等四人终于得出了青苗先生奇策的可行之法。而后,天子于此役大胜霸王,最终问鼎天下,这便是所谓'天下四才'的由来。"

讲到此处陈怀略作停歇,而白某则已是目瞪口呆,他心神早跟着陈怀的眼神一同越出八百里秦川,把那曾经的濉河江流尽收眼底。

看着白某的痴迷神色,陈怀笑笑问道:"怎么某儿?这四才的来历还如你想象般精彩?"

"听先生之言我心中顿生豪情,只想自己若是再早生些年月,能参军见识到这场天数之战便好了。"

听到白某的回答,陈怀收起了笑容,他想对白某说些什么,但最后还是摇摇头沉默地叹了口气。

白某此时满心壮怀,因此一向机灵的他,也没有看到陈怀表情上的不自然。白某想了会接着问道:"先生。除先生外,其他三才都是什么样的呢?"

陈怀听后仰头沉思片刻,缓缓开口道:"我们四人中青苗老者应是年岁最高,但他却最为神秘,除了一副老者面容外,一切都不知详情。其余三人算上我嘛,何义老先生年岁最长,出身冀州清河望族,文韬典籍满腹于胸,才学上乃天下道统向标。我年岁其次,没有韬略只善理民,因才学不足所以处处只求稳妥。至于游琳,他年岁最幼,本是相国王暮的门徒,是诡谋纵横之奇才,往往能设橘梅之局令人感觉天马行空。当日我们三人与青苗先生推演策论时,也是何老先生统筹各个条例,我辅之为他详算周密,游琳则拟做我等对弈者。"

　　说完后,陈怀环抱着双臂抬头望天,好像是在怀念过去的岁月。

　　白某听后笑道:"先生真是自谦了,怎么说别人时都是一副星宿下凡的话,可到您自己却如此自损?唉!先生,那现在这天下四才除您之外都是何归处呢?"

　　陈怀叹了口气,停顿了会后语气悠长道:"青苗先生在天子事成之日就悄然离去了,往后时日只与我有过少许书信。他言已尽了人事,往后要去参悟天地大道了,再之后便音信全无。何老先生则留在天子身边辅佐,如今他年岁已高回清河老家养老。之前你见过的何明、何朗便是何老先生的长子与三子。至于游琳嘛,他本就是当今相国王暮之门徒,之后便继续听候自己老师的差遣。"

　　陈怀对白某坦言众人归处,但对朝堂中众人的纠纷事却只字未提。

　　白某听后略有所思,他想了会忽然对陈怀开口道:"委屈先生了,先生屈居于北境为父亲操劳,某儿此刻行动不便,便在心里替父亲向先生行礼了。"

　　陈怀听后一愣,白某的话让他心中十分动容,他两次口中闭合,却一时间不知如何回应少年人的由衷言语。

　　陈怀只得微笑,笑得欣慰,他抬手抚过白某的毛寸头发,意味深长道:"某儿啊,先生与你父亲在北境并不是屈居,反而这是最好的。这其中有道理上的因由,也有先生个人的抱负。缘由嘛,你现在还不懂,先生更难向你逐一阐述,但你只记得先生从未委屈过。某儿有此想法,先生很是欣慰,但往后可千万不要这么想。"

　　白某自然是不懂,但既然陈怀吐口,他便不疑。只是从道理上,他还是不能理解为何自己最敬佩的陈先生，天下四才的陈怀，却只愿意在自己父亲身边当一个幕僚。

陈怀把话转走，开口对白某道："某儿，听完我所讲的往事，你对青苗先生怎么看？"

白某想了想，然后认真回答道："若非此话出自先生之口，这等玄妙事我是不会信的。但既然先生说了，我便不敢疑他，只是从道理上某儿还是觉得匪夷所思。"

陈怀听后笑道："青苗先生入天子大帐时，你父亲也是在场的，你可知你父亲是什么反应？"

一听到父亲，白某又被吊起了兴趣。陈怀接着道："当日青苗先生之策刚刚讲完，你父亲便大骂他妖言惑众，并要将他斩了。好在我等略微能理解青苗先生之策，这才阻止了侯爷。而后就算天子得胜之后，你父亲还一直对此不忿，每每说起青苗先生，必称其为妖蛊、巫汉。"

说完陈怀竟难得地哈哈大笑起来。

"那依先生所见呢？"白某问道。

"嗯，曾经在青苗先生遁世之前，我也前去拜访请教过他，而后我那半生之困，竟只被他三言两语间点破。若论青苗先生，先生只可说，我等庸人困于人事，而青苗先生却已参悟天理。"

白某听后费解，他不懂什么玄机人事、天地道理，于是张口问出刚才就憋在心里的话，"先生，那青苗先生真有呼风唤雨、画饼充饥之能么？"

陈怀一愣，反问道："我何时说过青苗先生能呼风唤雨了？"

"坊间人人都说，说青苗道人能呼风唤雨、搬山填海、撒豆为兵、画饼充饥。"

陈怀听后满脸莫名其妙地愣在那里，随即从来温和的脸上竟有一丝怒容，他急道："胡说！如此的话，那青苗先生岂不是真成了妖蛊、巫汉？"

白某见状只得讪笑着应和着。

顿了顿，陈怀又笑道："某儿，你的老师便是青苗先生之子。至于青苗先生是否真的会呼风唤雨，你往后自己分辨吧。若你真能学得撒豆成兵之能，到时别忘了告诉先生。"

而后,陈怀又稍呆了会便走了。

陈怀走后,这间屋子便静下来了。此时午间,院外刚有场好阳光,一时间鸟歇虫疲,枝叶沙沙。在静谧中,白某思绪飘到陈怀故事中的千里沙场,他看到了围在沙盘旁的天下四才,还有那个呼风唤雨的青苗散人。

于是,不由得又是一觉睡去。

白某再次睁眼时,乌维已不在身边,窗外透进来的光也疏了好多。听着院外有些嘈杂,白某躺在屋内心中有些着急,忽然间他感到了一股子强烈的无助感,好像周围的一切都在动,只有他躺在这里,听得见,却看不着。

"乌维!王铁胆!"

白某扯着嗓子叫两声,因为身体衰弱得很,他的喊声听起来有些中气不足。

好在白某并没有孤单太久,不一会乌维便抱着盆水推门进来。

"怎么都出去了?外面怎么这么吵?"

乌维把水盆放到屋里,做了个等等的手势又走出去搬进两个大包裹。

乌维对着白某这随意一摆手很是有趣,好像是在应付自家离不了大人的孩子似的,不过白某并不恼,甚至没有"不恭敬"之类的想法。反正他看见人了,便不着急了。

乌维看着虽然消瘦,却十分有力气。两个需要环抱才能抱住的大包裹,乌维竟能一手拎起一个,虽然能看出来还是很吃力,但也是拎进了屋里。

"你怎么自己去搬东西,王铁胆呢?外面怎么这么吵?现在什么时辰了?"

"他在忙,大爷回来了,天快黑了。"

乌维三个短语打发了白某,接着把两个包裹往屋子的角落折腾。

白某知道让乌维把事讲清楚是很麻烦的事,就好像之前自己在胡境与速仆丘交集时,竟然还要人传话才能沟通。不过毕竟是与乌维朝夕相处数月,与这胡妮子交流白某自有一套方法。

"王铁胆在干什么?"

"搬东西。"

"为何搬东西?"

"大爷让的。"

因为乌维与白某一直不清不楚的,乌维也不懂汉人的叫法,所以她每每称呼白济时,总把白济称呼为大爷。或许在乌维心里,觉得白济是她见过的人中最大的,所以便叫大爷吧。不过白某却从未纠正过她,反正这个称呼也挺有趣的,愿意怎么叫就随这胡人女人的便吧。

"我父亲回来了?"

"嗯,回来了,戴了好大帽子。"

白某知道乌维说的大帽子是父亲的武弁大冠。

"为何我父亲让搬东西?"

"要走。"

白某听后一惊,自从昨日自己昏迷后,他还未曾见过父亲,怎么今日父亲刚回来便急匆匆要走?人都走了,那他怎么办?他现在这样子怎么赶路?为何父亲连一句话都没和自己说?

白某心中渐渐慌张起来了,他向乌维问道:"那我父亲现在人呢?"

"出去了。"

"先生呢?"白某又问道。

"和大爷一起出去了。"

"黑兜帽呢?"

"没见。"

"你去找龙玮,他要不来就说我要死了!快去!"

乌维听后奇怪地点点头,但也没再问什么便出屋了。

过了会后龙玮有些悻然地走了进来,白某没理会龙玮的奇怪神色,他刚想问龙玮外院是怎么个情况时,只见龙玮的身后竟然还有一人。

仔细一瞧,白某认得此人,正是那日在艮川剑侯府时巧遇的美貌少年,张掖李行将军家中二子,李退。

在白某懵愣中,龙玮道:"你看……本来我都与李兄说你不便见客了,可你房中这胡妮子忽然找到我,唉,非得让我过来。这才……哎。"

白某见状心中焦急,他自己这边正是满头雾水呢,此刻又让外人见了自己笑话。

面对这贸然来访的李退,白某与龙玮都是面色尴尬,可李退的样子却没有一丝介怀。李退见到白某受伤,赶忙坐到白某身边,一只手伸出想要触碰白某,但又怕把白某给碰坏了,只轻点了白某一下便缩了回去。

李退脸上的表情也很丰富,有痛惜,有不忍,有愤愤。

"白兄弟,你怎么伤成这样的?有没有大碍?疼不疼啊?"

白某从第一次见面时,便对这个长相美丽的李家二公子感到无可适从,因此面对李退溢于言表的恳切,白某能回应的只有阵阵讪笑:"无碍无碍,多谢李兄关心,和人对练时没了分寸,受了点小伤。"

李退听后非常难过,他痛惜地对白某道:"怎么这么不小心,是什么人能把白兄弟伤成这样?我看这绳子,白兄弟是伤到骨头了吧?"

李退说完,白某竟发现他的眼圈都红了。见到李退的样子,白某心中又奇又惊,他这与李退只是第二次相见,怎么这李退会对自己如此上心?可心中虽奇怪,但毕竟人家对自己是好意,白某也答道:"肋骨而已,大夫说养好了无碍,李兄挂心了。"

李退听后摇头道:"白兄弟,我想不通,在这洛京城中,咱们同辈中人里到底是谁能把你伤成这样?你告诉我,我定在离开前找找他的晦气!"

听着李退言语中满是真切与诚恳,渐渐白某心中也少了对他的隔阂,于是他向李退坦言道:"李兄不必了,与我对练的是田辛,我没打过他罢了,李兄不必为我怎样。"

李退听后怒道:"田辛?他虽与咱们同辈相交,但却大上你我不少吧?我猜测,白兄弟你定是被田辛激住了,而后按他的规矩与他对练。不然凭白兄弟的机敏,怎会吃这么大的亏?其实白兄不理那田辛也是无妨,若田辛要打,便让龙玮兄弟去收拾他便好了。按田辛的岁数论,龙玮兄弟揍他一顿也说得过去!哎,不过这都是后话了,说了也是白说。白兄弟啊,咱们这种久居边塞的军中后裔,心思都单纯,比不上在市井中混的田辛来得狡诈。"

李退这段话说得很妙,话中接连捧了白某、龙玮与他自己不说,还在言语间就把自己与白某拉到"咱们"之中。并且从龙玮脸上的得意之情来看,李退的话确实说到了人心坎里。

"李兄,你怎知我机敏?"白某问道。

就在刚刚李退说话间,或许是因为天色渐晚,白某的腰肋间又开始隐隐作痛起来。所以相比龙玮,心不在焉的白某并没被李退的话吃住。

李退听后没有丝毫不自然,他对白某笑道:"哈哈好兄弟,我自然知道。我虽然久居张掖,可在洛京城中也有两三故友。其中一位故友是个游历于山水间,混迹在市井中的极有趣之人。而他刚对我讲过一件近日发生的趣事,是义博侯家世子谢念,带走洛水赋头牌青娥的事。白兄弟与谢念公子近日来玩得好,想必这事,便是白兄弟你为谢念公子谋定的吧?"

待李退这段话说完,白某警惕了起来。

"李兄如何知道我与谢家公子走得近?"

听到白某轻飘飘的"质问",李退又是哈哈大笑,而后他毫不忌讳道:"哈哈,我与白兄弟出身相似没什么好遮掩的。我与白兄说,白兄可别告诉别人,其实啊,我这次前来京畿带的驼队,他们虽真的是商队,但同时也是我的探子。领兵在外臣子难啊,朝堂中的大事不便打听,只能探探市井中的风向。想必镇北侯也一样,不过镇北侯还是比家父厉害。这如龙潭虎穴一般的洛京城,我父都没敢来。唉?白兄,你们的探子用的是什么手段啊?说来听听吧,这也算是件趣事了!"

李退的直言不讳让白某渐渐卸下了警惕,一时间白某都觉得自己有些阴暗了,面对光明磊落的李退,他竟处处小心翼翼的。心中越想,白某便越觉得亏欠李退,人家对自己一直诚恳亲切,反倒是自己总是……不过心中虽有惭愧,但对于李退"反客为主"的问题,白某则是真不知道,所以不管李退信与不信,白某只能悻然回答道:"李兄,这我真不知道……"

李退听后倒没说什么,只是随意地摆摆手一副无所谓的样子。

为了掩饰尴尬,白某对李退问道:"说来,李兄是为何来这里?"

"嗨,也没什么,我从来钦佩镇北侯,到了洛京城后就一直想来拜会他。只是先前镇北侯一直在城外,我不得机会。哎,不过今日看来也是不巧。但好在白兄弟你在,正好我也想与白兄弟好好结交一番,所以此次拜访也算不虚此行了。"

白某听后心中有些感动。

第四章 —— 张帆 | 253

"李兄好情谊,不过可惜,此刻我这副模样只怕招待不周了。"

李退听后笑笑,他轻轻握住白某的手道:"什么周不周的,我这次来洛京啊,没少去拜访那些世家大院,好多次被人嫌不懂礼数呢。只有今日到好兄弟你这才觉得自在,若是你再与我讲什么不周,我可是真难受了。"

说罢,李退抚着自己的肚子转而又道:"不过好兄弟,你可得管我饭吃!我为了想让镇北侯觉得我磊落,于是就想着今晚在你这狠狠吃喝一顿,可我这身板当真食量小,于是便硬生生地饿了自己一天。此刻啊,我都要站不稳了。"

李退的这几番言语令白某好感顿生,对李退的难以招架之感也渐渐消散。其实他之前内心隐隐对李退观感不佳,是因为萍水相逢时,他不知该如何应付李退这种人。李退的待人接物太过游刃有余,僭越中带着亲近,亲近里又透着机敏,言行举止都像是算好了一般恰当好处。白某骨子里非常敏感,所以李退的这种游刃有余使他隐隐觉得窒息,所以总是下意识想着回避李退。

但说到底,就连白某都不曾发觉,这些并不是他对李退感到难以适从的全部原因。其实在骨子里,白某与李退是一种人,他们同样的细腻、敏感,又同样的警惕、知趣。不同的是李退展现出的是迷人的游刃,而白某往往是装傻讪笑。

此时白某自觉与李退隔阂已解,心中也是欢喜,他赶忙对龙玮道:"龙大哥,还得麻烦你让人去外面饭庄叫些吃食来,反正府中只剩下我们三个,咱们就不讲规矩一次。"

龙玮之前厌烦李退只是因为龙玮是傲气之人,别人越是神采奕奕,他便越要傲上几分。但刚刚李退话说得好听,又对他礼待,他便也无芥蒂。听白某说要留李退一同吃饭,龙玮也是乐于多结交同辈才俊,于是也高兴答应。

三人正兴高采烈地讨论吃些什么时,乌维不合时宜地推门而入,手里还端着盛着煮面与小菜的餐盘。

乌维进门也不叫人,只是默默地端着餐盘走到白某身边,然后对着李退说道:"他要吃饭。"

李退听后一愣,随即他瞬间明白了乌维的意思,原来他在这里占了这女人的地方。李退见状笑着站了起来,闪身把位子给乌维让开。白某见状有些不悦,因为外人在,所以乌维的无礼便有些不妥。他咳嗽一声,然后正声对乌维道:"不吃这些了,你先退下吧。"

谁料乌维听后却丝毫没给白某"面子",她摇头道:"现在吃,不吃不能吃药,时辰对不上。"

一旁的龙玮见状心中发笑,看来白某到底还是瓜,连个屋内的侍女都管不好。叹了口气,龙玮开了口帮白某管教起了下人。

"没规矩!世子说不吃,你便端下去候着,没你选时辰的份。"

可谁料龙玮说完,乌维却好像没听出别人是在教训她似的。她把餐盘放到白某的床榻上,头都没回答道:"我没选,老大夫交代的。"

便在这尴尬时,李退开口:"我瞧这水煮面也是不错。我家中的哥啊,每日无肉不欢,来洛京后我是日日与他同食,这会正是火盛牙痒呢。好兄弟,不如劳烦你这位侍妾再多做些水煮面如何?"

"这怎么好,本就招待不周了,怎还能让你与我同吃这清汤寡水。"白某歉意道。

李退毫不在意摆手笑道:"我的好兄弟!再说周不周的就无趣了。非要我与你实说我两日没出恭的事?清汤小菜好,消燥火!"

李退说完,三个男人哈哈大笑。于是不久后,他们很自然地就着这清汤寡水面开始无话不谈起来。

李退说起了自己的家乡凉州张掖,对白某讲了那里牛马如何、那里的风土如何,穿的衣如何、吃的饭如何。还有那信仰迥异的异邦人,两人高的马、月亮般弯的刀。那些异邦人有的对火焰痴迷,有的对星月祈祷。有的女人遮着面纱,有的女人却赤足坦臂。红色黄色的头发,蓝色褐色的眼睛。最后他讲了关于匈奴的传说,那些能睡在马背上的人,在夜里会变成昆邪王庭的鬼,去索夜行商队的命。

白某与龙玮二人听得兴起,随即也对李退讲起了北境风光。那是长久的冬日与无尽的雪原,连绵的川峦与恒古的深山。山中的林茂太厚了,你没法知道里面有多少山精野怪。一望无尽的雪原里藏着数不尽的胡人,不清楚他们是怎么熬过那刺骨的严寒,并世代在那里繁衍不息。据说,越往北的地方雪更深冬越长,相传那里的夜无边无际,谁都不知道那里住着什么。或是说,那里是否有可称得上是活物的东西。

一时间白某心神飞得好远,日落尽头的西凉之地也在他心中丰满起来。那到底是怎样的异域他土?若真如李退所言,那些异邦人的故国是真的,那这天下该有多么广阔啊?

想到此处白某心中竟有些空冥,北境之北有恒夜苍茫雪原,渤海国往东的大海中有瀛洲诸仙岛,九黎蛮夷之南是无尽之海,而太阳的归处却不再是苍茫的黑暗了。

"李兄,若有日你有机缘寻到西凉异邦人的故国所在,能否再与我言尽其详?"

李退听后一愣,他看着白某此刻的表情,这是他这一生从未在他人脸上见过的表情。而后李退笑了,笑得与先前有些不同,这笑容很真挚。

"好。之后咱们再一同去寻觅那苍茫雪原之北,你我一同去看那无尽的夜。"

见到白某欣喜地点头后,李退的笑容又变了,这时他的笑很雀跃,很开心。

夜晚,洛京城,隆院。

在洛京城中众多豪华的邸馆中,隆院绝不是最奢华的一家。相比那些佼佼者们,隆院的装潢乏善可陈,菜肴平淡无奇,价格中规中矩。就算是在前几日洛京城的通夜狂欢中,隆院的生意依旧不温不火,所以那时想着低调行事的谢念才会选在此入住。

可若要硬说隆院有什么优点的话,那就是在隆院绝不会出错,隆院的一切都是极为规矩,任何有礼数排场上的事情隆院都分毫不差。

虽然此时夜色尚早,但隆院的大管事早就带人把隆院的灯都换成了守夜灯,并还亲自带着心腹伙计于隆院里里外外仔细检查了好多遍。

今夜让这大管事如此紧张的原因并不是隆院被包场,而是因为今晚包下隆院的人是隆院的二东家,并且这位在朝中身居高位的二东家,今夜竟如往日的自己一般,亲自守在院外恭敬接引着每一位客人。更让大管事感到震撼的是,这些客人没有进入隆院用来营业的风、林、火、山四处别院,而是每个人都走进了从来紧锁着院门的云雾别院。

云雾别院外,大管事又仔细检查了一遍酒菜,在保证酒菜上没有一丝纰漏后,他整理下衣襟,摇响云雾别院门上的绳铃铛。

响铃之后,大管事没有多等,年轻的二东家很快便推开了门。

"把酒菜码好就出来,别说话,别多看。"

何明低声说道。

走在云雾别院中,大管事心中一步一慌乱。他毕竟是伺候人一辈子,城府肯定是有的,敏锐的余光便是他在这把年月中练出来的。

大管事此刻虽然低着头,但这云雾别院外院中的人却被他看得一清二楚。院子左手边有两个黑衣剑客,但举手投足间的动作透露了他们的身份,是禁军。院子右手边还有三个年轻人,虽都是劲装公子哥打扮,但腰间的剑却是禁军式的。

"这屋里的人都是些什么人啊?"大管家心中感叹着。

但就在他忐忑之时,忽然只感到背后一凉,好像瞬间便让人看了个精光。

"不对!还有一人。"

大管家心中惊愕但却不敢张望,只能用余光不断在院内扫着。便在隐约间,他看见一个黑衣兜帽男人,正好站在院中不偏不远、灯火不明不暗的地方。

大管家低着头看不见兜帽男的眼睛,但他确定这个黑帽男正在看自己。这种被他臆测出来的目光看得他心发慌,他离云雾别院主屋的门越近,便越觉得恐惧。从云雾别院院门到主屋之间,他走三十七步,后背已经凉透。

站在云雾别院主屋门前,何明拦住了隆院的大管事。在叩响屋门后,

第四章　——　张帆　　257

一个华服老者从屋中走出,华服老者从大管事那里把酒菜一一接入屋内,却没让侍者们进来布置。

当所有酒菜都被华服老者陆续接走后,大管事带着侍者离开了云雾别院。当云雾别院的大门关紧后,大管事的双腿有些打颤,因为刚才那个华服老者并没有胡子……

云雾别院屋内正堂,何明把一切布置妥当后对客人们恭敬施礼道:"诸位大人,招待不周还望见谅。"

而堂内的客人们,相国王暮披着毛皮大氅在蒲团上打着盹,对何明的行礼没有任何反应。王暮身后的王芳见状没叫醒父亲,他恭谨地对何明还礼道:"今日因皇子大婚,家父早起疲累,加之年事已高……"

何明听后连忙又是一礼:"今日安排匆忙,操劳了相国,还请廷尉大人勿怪。"

而就当王芳又想再客套些什么时,话却被同样站在王暮身后的游琳截住。

"郎中令还是说正事吧,若是你与我师兄一直这么客套下去,这一宿可不够啊。"

对于游琳的话,何明只是笑笑没有言语。

与王暮那边不同,堂内另一侧的白济什么都没说,只是不断地自斟自饮。站在白济身后的陈怀也是无语,此刻好像是在闭目入定。

沉良片刻,何明朗声道:"今晚这云雾别院内的诸位,都是大汉江山之基石,咱们在此一聚为的乃是大汉社稷千万载。"

但一段开场话毕,堂中众人却毫无反应,王暮好似睡得更沉了,白济又斟了杯酒,甚至站在王暮身后的游琳都打起了哈欠。

见众人毫无反应,何明苦笑摇头,这屋内哪个不是城府深极之人,看来确实是自己话痨了。想到此处,何明也不再多话,他对着站在身旁的华服老者使了个眼色。这华服老者王暮这边人是认得的,乃是宫中天子身旁的心腹常侍。老常侍垂目点头,而后慢悠悠地上了这屋子的二楼。很快,堂中众人便听到二楼传来的声音,"哎哟,慢点,别摔着了。"

老常侍谒者特有的声音响起后,众人又听到了小孩子的稚声。

"张老公无碍,无需你抱。"

而后，只看一个小孩从二楼独自走了下来。

最先反应过来的是王芳，他赶忙站出一步，低身躬礼道："廷尉王芳参见四皇子！"

见有人识得四皇子恒，何明便没急着报名，只等到白济也缓身站起后他才对四皇子恒施礼。

再看沉睡的王暮这边，在四皇子恒下楼后，他一副像是被嘈杂吵醒的样子，微微抬眼四处张望后，对着四皇子恒看了好久，而后瞬间摆出一副慌忙样子颤身施礼。四皇子恒见状赶忙走到王暮身边扶住了他。

"老相国不必多礼。"

与此同时，白济与陈怀目光深邃地对望一眼，游琳也是扬眉挑嘴打量着孩童。何明露出了中正的笑容，眼睛已把众人的神情看尽。

关于四皇子恒，虽然众人的了解深浅不一，但基本上都是知道的。皇子恒今年十岁，乃是当今天子的第四子。四皇子的身世可怜，还未出足月生母便病故。好在他遇到了一个好兄长，小小年纪便被同样没了生母的二皇子盈带在身旁照料，所以四皇子恒与二皇子盈的感情极佳，甚至如父一般。因为长在二皇子身边，皇子恒也从兄长身上耳濡目染了温良宽厚的性情。

到此刻，情形就很明显了，不用说破，屋内众人全都一清二楚。

如果说四皇子没来时，众人只能猜出天子是想合拢屋内人来谋划些什么，但这个合拢显得太过生涩，屋内人既没有理由合拢，也没有合拢对抗的目标。

尤其是白济这边，之前在恒旦宫天子的种种言语，总让他以为天子意指王暮。再加上昨日戚博的来访，虽然只是一场闹剧，但却让他对天子谋在王暮的想法更深了几分。

但今日看着眼前的一幕幕，从与他同席的王暮，到此时下楼的四皇子恒。白济的脑子渐渐有些转不过来了，但因外人太多他无法询问陈怀，所以此刻只能闷头喝酒随机应变。

与白济不同，见到四皇子恒后，王暮是彻底把心放宽了。从很久之前他与何义的争斗起，再到此时他与太尉戚博对垒，其实每一次他都有所退让。只是他每一次的退让都没有换来息事宁人,反倒会让矛盾愈演愈烈,就好像是有种冥冥之中的不可控之力来操纵这些纷争似的。

而后,在王暮得知这股冥冥之中的力量是来自天子后,他嗅到了危险的味道,所以他才把不被自己待见的游琳唤到身边。但王暮万万没想到的是,天子竟然许给他皇亲国戚,这便等同于明说了,天子就是在朝中养蛊。而被放入天子蛊钟内的,并不是他王暮与戚博了,而是两位皇子。

朝中皆知,当今太尉戚博背后靠的是他身为皇后的姐姐戚皇后。而戚皇后亲出的如意皇子虽为三子,但却极受天子宠爱。因此朝中没人敢确言,最终哪位皇子才是未来的储君。

而此时此刻,王暮彻底放心了,他再也不用猜测天子想哪只"毒虫"留在蛊中,因为眼前的情形已经很明显了。此刻,若说何明与宫中老常侍代表着天子,那四皇子恒与二人一同出现,则表示天子是站在皇子盈这边的。而且这堂中还有掌兵的白济,这便更加说明天子的态度了,毕竟"兵权"的分配,从来都不会有假。

游琳瞥了眼如释重负的老师,他眼神闪烁了下直接开口道:"郎中令,你看看,这多省事!省得听你那些拗口话喽。想必这屋内没人看不清楚吧?就直接讲,这局要怎么玩?"

说完,游琳看向陈怀,陈怀没有与他对视,只是低头微微一躬身。何明把小皇子让到正座后,开口道:"既然司直大人破了题,那在下便不多废话了。今日邀诸位大人在此,是因陛下要在下代他传达诸位大人一片清明。"

说完后,何明把目光落在王暮身上,他躬身深行一礼开口道:"老相国,今天咱们聚在这里的原因,还要从老相国您说起。"

王暮听后对何明微笑点头,面上尽是慈祥。何明再施一礼开口道:"早先前,家父与相国大人的些许冲突,便是天子谋划之始。其实在私下里,家父对老相国只有敬佩,那时的种种针锋相对,家父也是违心。老相国,往日事故,还请多包涵体谅。"

王暮听后摆出满面释然之色,而后他老态龙钟地摆摆手苦叹道:"哎,我就说嘛。这事怪不上何老哥,若我提前得知便好了,那定会鼎力助与何老哥。哎,该与我说啊……"

何明见状,又宽慰两句王暮后才继续开口。

"陛下这般布置,其实也是有苦衷的,而这苦衷便是迟迟不立储君之缘由。按我汉家祖制,自当立长,可皇子盈孤苦丧母,独自在深宫中全无依靠。而恒旦宫中,又有一位与皇子盈年纪相仿的三皇子如意。如意皇子是当今戚皇后亲出,在宫中有皇后帮衬,宫外又得戚家、田家两大外戚扶持。与皇子盈相比,如意皇子真可谓是得天独厚。"

何明话至此处,除了仍在喝酒的白济外,众人都是微微点头表示认同。

何明接着道:"二皇子仁德敦厚,又是长兄,陛下也认为,这储君之位非他莫属。可虽这储君之位是众望所归,但限于二皇子所处的境地,陛下却难以册立于他。一旦贸然册立储君,对于此时的二皇子盈来讲,这等同于害了他。且不说在恒旦宫内他会陷于何等凶险,只是朝中太尉等一干外戚便能掀起好大的风浪。"

何明稍歇口气后继续道:"为此,天子与那时还在朝堂的家父商议。家父的对策是,先制衡两位皇子之势,使其均势而得长久平稳,待到时机成熟时,再缓缓提携起二皇子。在家父的谋划中,与太尉抗衡最适合之人便是老相国,但若直接引出戚博,家父又恐太过明显,最后才由家父先跳出与老相国周旋,而后再慢慢把戚博拉进局中。"

说到这里何明深深地叹了口气。

"哎,只是谁知太尉一党反扑得太过凶猛,甚至拉来了长沙王刘可入局,这本是制衡之策,却变成了不死不休的争斗。没办法,最后为了稳住朝中均势,假归戚博一党中的家父只得引咎离朝。可谁知家父刚刚离开,游琳大人却回了洛京城,一番动作后,朝中均势又再度倾斜……"

就在这时,在旁难得安静的游琳打断了何明。游琳扑哧一乐,嬉笑道:"嗨,本就是不清不楚的事,就别往我身上掰了。这朝堂之争就好比畜生搏杀,我不动,难不成等着让人吃?"

游琳话说完何明愣住了,因为这话实在太难听太直白了,以至于何明都不知该怎么把话接下去。

"哈哈哈哈哈哈!"

正在这尴尬中,一阵长笑从白济口中传出。白济放下酒杯指向游琳道:"你个邪性东西,倒是比以前更有意思了!我在北境待蠢了,你给我讲讲,畜生都是怎么搏杀的?"

而就在白济声音响起的那一刻,何明的心彻底慌了。此时堂中,最难应付的便是白济与游琳二人,而此刻这二人的话却针锋相对到了一处。眼见着游琳已讪笑着看向白济,何明已不能想象下一刻会发生什么了。

"如果白济将游琳扔出去,今夜还怎么继续下去?"何明心中慌张想道。

啪!一声响亮的耳光,王暮怒视着匍匐在他身侧的游琳,紧接着就是一阵剧烈咳嗽。待王暮把气理顺后,他颤颤巍巍地对白济道:"镇北侯,老朽年岁已高,管教学生不得力。你念几分老朽的面子,不与他计较了吧。"

白济见状眉头一锁,虽然他从来对王暮观感不善,可听着王暮言语中的苍老与无奈,那垂垂老矣之态是再也遮掩不住的。忽然间白济想起了过往,那个多一分饷都不允给他,但却从未少过他一粒米的王暮,此刻竟也成了一个昏花老头。

想到此处白济的心到底还是软了下来,他摆摆手道:"老相国不必如此。"说完,白济心中一阵沧桑,自酌一杯饮了岁月。

游琳挨完打后便不再说话,他退到墙角随意一躺,竟像是要独自睡去。不过王暮并没管他,只对何明开口道:"郎中令继续讲。"

何明点点头,长舒一口气后他正襟道:"刚讲到游琳大人用雷霆手段克制住了戚博。但事情麻烦便麻烦在这,自从游琳大人回洛京城后,戚博与远在长沙的长沙王刘可来往得非常频繁,因此天子有些担忧。手握重兵的亲王,权倾朝野的外戚,若再加上一个深宫中的皇子的话……会发生些什么?能发生些什么?这我身为臣子,便有些不好开口了。"说罢,何明缄口,只留下一张别有深意的笑容。

听到这里屋内众人交换了下眼神,除了假寐的游琳与已喝红了脸的白济外,所有人都还了何明一个"了然"的眼神。

对于屋内的这些"聪明人"来讲,何明的话已说得很明白了,但也太凶险了。

不必深点其意,屋内众人已想到刘可起兵北上,田钰领禁军压制京畿道与他内应,戚博控制洛京城。

如此连横,无论是戚家与刘可哪一方,似乎都很牢靠。

戚家控制朝中制度,又因如意皇子与戚皇后存在,从而占着天下伦理道统,因此他们不怕刘可从合谋中作梗,去当一个没有臣子、没有道统、没有百姓的天子。而刘可这边就更好理解了,作为天子众兄弟中军功最大的一个,他在天子登基后便被冷落分封到长沙。

长沙气候潮湿、水多雨热、山峦雁行、江河交错,虽在荆州鱼米之地,但与洞庭湖北的南郡、江夏两郡相比,繁华程度更是天上地下。与其说是分封,不如说是发配,一天荣华富贵没享到,反而每日不是领兵肃清蛮族便是治理水患。为此,长沙王刘可早是满腹怨言。

此时堂内,从何明落语起便一直鸦雀无声,众人都清楚何明意指何处,只是谁都不愿意先开口把这个话接下去。

又是一阵能听见呼吸的安静后,先开口的人是相国王暮,王暮扯着苍老的嗓音开口了。

"事情真到了如此境地了么?"

"若有转机,家父也不会在归家后呕血病倒。"

王暮听后叹气不语,他身旁的王芳开口道:"凡事都要有个时机,难道就是凭空起兵?"

但王芳这话刚出口,他瞬间觉察到自己语中的幼稚。王暮抬眼瞥向自己的儿子,而后又是一声叹息道:"我儿啊,你太忠直了,我告老后你还是离开京畿吧,外任做个理民的纯臣也好。你年近不惑,还是看不透这权术二字啊,什么天时因由,那是张口便来的东西。"

"谨记父亲教诲,是儿子幼稚了。"

王芳的话刚落地便听见摔杯之声。白济猛然站起,因为酒喝得多了他显得有些散脚,白济转身对陈怀喊道:"走!"

喊罢,白济又对对面的王芳道:"给我十个禁军,我现在就去宰了戚博。"

听到白济的狂言,王芳连忙起身劝阻,白济则是直接攥住了王芳的胳膊。

"怕什么?此乃我一人所为,若有不妥拿我脑袋罢了!"

说罢白济便向门外走去,而被他攥住的王芳因力气相差悬殊,竟被生生拉得平地挪移。

吵声渐起,这时,一直在角落中小憩的游琳爬了起来。他看着乱作一圈的众人毫不慌忙,只是独自在桌案上摸了一串果子吃起来。

就在眼看制不住白济时,陈怀叹了口气缓缓道:"侯爷,你酒饮多了。此事复杂,还需从长计议。"

忽然间,陈怀的话好像一张捕兽的大网,网在白济身上,白济便从撒酒中清醒了过来。

陈怀缓步走到白济身旁,把他扶回座后轻声道:"侯爷,咱们慢慢来,慢慢来。"

白济重新坐稳,狐疑地点了点头。

在这场不大不小的闹剧中,一直在旁观众人的何明心中感慨,这屋中人不愧都是一方权臣,城府心机比他预想的还要深。先是王暮,一句稀泥就算接过自己的话了,而后又用儿子王芳的废话聊表一番自己纯臣。

再看白济,这位镇北侯的发飙,真可谓把一副无脑鲁莽的样子演得惟妙惟肖。说什么"笃实纯臣"与"愚直莽夫",这都是些能装疯卖傻到天亮的人。

屋内再次安静后,何明先是给已经睡熟了的皇子恒披了披被子,而后他默默从角落里抱起一个袋子放到堂中。何明打开袋子,从里面拿出一卷卷或新或旧的竹简帛册在地上摆好。

最后何明又吃力搬来一卷大图,徐徐展开后,大图足够在上横躺一人。仔细望去,这图书画的乃是大汉疆域图,图上各州郡封国都城标注清晰,大汉江山内的山河走势、湖泊坐落、山川脉络、地势起伏无一不详,就连每日观阅地势图的白济看来,都觉得此图无比精确。席间众人皆知,如此详尽的疆域图,全天下只有一个地方有。

此图尽展后,何明把话挑亮道:"诸位,这些繁多竹简造册乃是我大汉各州钱粮、税收、农耕、治吏之详尽,还有这图,诸位应知这图是哪里来的。在下不才,年薄学浅,只因天子体恤家父苦劳才任信了区区。此时我语尽词穷,不知再言何物才能表尽衷心,只得把此些图册尽献与诸位大人叔伯。若是诸位大人还怪在下藏掖,那便恭请各位早些退席歇息,咱们大汉也听天由命吧。"

说完何明席地而坐在硕大的地域图旁一言不发。

王暮抬眼看向何明,不知是老眼昏花还是怎么,在这个不留退路把话说死的年轻人身上,他竟隐约看到曾经的何义。那个老东西年轻时也是这样,言行得体知进退明大局,可每到要紧时却比谁都执拗,甚至完全把话说死,丝毫不在意撕破脸面。

想到此处,王暮心中不免沧桑,叹一口气决定让出一片田地给年轻人。他抬头看向了白济道:"镇北侯啊,何贤侄如此,真是让老朽臊到心坎,想着怎么人老了,心眼也瞎了。老朽本是想着,今日先明了陛下的态度,具体事宜等拖过了今晚,我思量思量后,再与何贤侄单独询问陛下要怎么使唤老朽。"

王暮歇了口气继续道:"老而不死是为贼,不需镇北侯明言,我知道镇北侯对老朽颇有微词。整日在朝堂上斗来斗去,老朽是碍眼些。但何贤侄方才那番话,确实点到了我这老东西心窝里了。咱们大汉天下事,本就是我们臣子的本分,有什么可东躲西藏的?又有什么事不能拿出来,开诚布公地说?唉……"

王暮说完一阵长吁,白济皱眉看向王暮,眼神有些复杂,可还是依旧闭口不言。王暮连声叹息后,对他身边的王芳、游琳道:"芳儿、游琳,去与你何世兄商议吧。记住,要知无不言!但凡让我听见你们扯半句虚话,便一齐给我滚出去,我撑着这把老骨头替你俩在这熬!"

王芳听后起身拱手,游琳也一反常态地俯身附和。

白济见状眼睛眯了眯,随即给陈怀打了个手势。陈怀起身对白济拜礼,便从白济身后站了出去。如此,因老相国王暮,今夜便有了一场好"宴"。

当陈怀、游琳、何明、王芳四人站到大汉疆域图旁时，那个一直闭目不语的老常侍睁开了眼睛。他站起身，有些吃力地抱起了已经熟睡的皇子恒，只是不等他抱稳，皇子恒便醒了。

小孩子从睡梦中惊醒并没有吵闹，他从老常侍怀中挣开站到地上，边揉着眼睛边稚声问道："何先生，二哥的事办妥了么？"

众人起身拱手，何明回道："回殿下，已有眉目，只差我等齐心布置了，辛苦殿下了。"

皇子恒摆手对屋中众人还礼道："辛苦诸位大人，小王有礼了。"

说完，睡眼惺忪的孩童打着哈欠走到王暮与白济面前，对他们各自单独行了一礼。王暮恭敬回礼自不用说，就连白济也是起身相送。看来这位年幼的四皇子，已经替他哥哥博得了此间所有人的好感。

老宦官推开房门，几个常服打扮的禁卫立刻接引住小皇子。而后老宦官转身看向围在大汉疆域图旁的四人，其中陈怀最长，游琳其次，王芳略大何明少许，老常侍面现欣慰道："旧时有四才助天子谋定天下，没想到这许多年后，老奴竟又见到往昔的景象。四才未断绝啊，社稷之福啊。"

此话一出，陈怀等四人齐齐看向老常侍。虽然老常侍的话，这四人的想法全不相同，但这话却无疑意味着，新一个世代开始了。

再往后的时间，便是"四才"是对着书卷漫长地计算。那些记载着各地行政事宜的造册，被验证出很多纰漏，各项数目对应不上，虚报、瞒报比比皆是。除了游琳曾任职的徐州与制纳简单的幽州、凉并外，其余各州郡县尽是烂数坏账。

四人又是用了好久推证比对，这才勉强得出了稍稳准些的各项数目。而此时，王暮已深深睡去，白济也是醉鼾响起了。

在几人稍作休息时，何明唤来了甜汤解乏。而在众人休息时，游琳似乎是对去年岁末辽东胡骑扰境一事十分关心，他数次对陈怀询问这事细节与猜想。

虽然游琳的询问足够风轻云淡，但陈怀还是警惕起来。因为游琳的举动明显意味着，"胡人哨马"的真正策划人，很有可能就是义博侯谢寻。并且这位看似远在风波之外的义博侯，一定以某种方式参与到了这场局中,而且可以肯定,他与游琳不在一方谋事。

因此陈怀一口咬定,说胡乱只是因为胡人挨不住冬出来捡饵,然后被北境的哨骑照例清剿了。

除此之外,这"新四才"中有一人令陈怀刮目相看。这人不是他一直敬重的何义长子何明,而是相府的王芳。虽然何明之才确实为年轻一辈翘楚,可几番接触陈怀却是能感到,何明之才不在制世之学,而在于连横合纵。但王芳却不然,那像小山一般的各种书册卷宗,每一个晦涩无趣的记数,王芳却能一一详尽清楚地解析出来。与游琳对大势脉流的敏锐把控不同,王芳极为严谨,以至于他推证出来的种种事宜,甚至让同样严谨到近乎犹豫的陈怀都看不出任何问题。

正当各人都略有所思时,何明放下甜汤逐一看向各人,缓了缓,他语有深意地开口问道:"书册阅尽,小休片刻,想必诸位大人对'年月'都已有个定数了。"

具体是什么"年月"何明没说得很直白,但这围坐的四人却都明白,这个"年月"便是长沙王刘可作乱之期。

何明说完,其余三人都是点头,但却没一个人答话。

何明见状笑道:"那便不才,在下先讲了,三年。"

但何明口中的"年"字还没落定,只听游琳扑哧一笑,笑中满是嘲弄。何明见状未恼,他脸上仍是谦和的笑,问道:"在下才疏,纰漏之处还请司直大人赐教。"

游琳怪笑摆手道:"我哪有什么可赐教的,郎中令与我们这种在外述过职的不同,你常侍在天子身侧,所以有些数字还是看不透彻。"

"那便请司直大人详解。"何明仍保持着恭正的笑。

游琳听后摇摇头向陈怀看去。

"我有什么详解的,咱们这几个人中陈怀老哥年岁最长,学识见识也深。不如让陈老哥先给咱们透个光。"游琳的语气痞气十足,一副地痞无赖的样子。

游琳这副做派何明早已司空见惯,往日在朝堂之上,游琳也是如此。每当涉及决策时,游琳便会玩上这一手,全当是抛砖引玉。便是把别人弄恼当"砖"抛了,最后再引出自己这枚"玉"。

不过何明虽然看出这层,但却没有出来和稀泥,他也想看看身为区区一介"幕内"的陈先生,是如何应对这招"抛砖引玉"的。陈怀听后顿了会,而后竟对比自己年龄小上不少的游琳躬身施礼。"司直大人,鄙人只是一介幕内,国家大事不敢僭越在司直大人之上。"

陈怀这忽然低垂姿态惊到众人,王芳见状连忙俯身挪移到陈怀身侧将他扶起。

"师兄!"

王芳压低嗓子叫了声,游琳听后无奈摇头,只好对着陈怀还施一礼。

"陈老哥你这是何必?我念你我本是旧交才言语僭越了些,哎,怪我怪我。"

游琳说完叹了口气,想了会后又开口道:"哎,我就不想说才这般推诿的。依我说啊,什么年限不年限,天子明天要取刘可的人头,刘可明天就能闹起来。反说,若是能在汉中、襄樊、江陵、汉口甚至京畿屯兵百万,你给他十年他也只能在长沙待着。他多久造反没意义,我们让他多久'起事'才重要。"

王芳听后瞥了眼游琳无奈道:"师兄这话中道理,我等都是了然的。可道理虽清楚,行事却要有顺序,既然师兄不愿明说,那便由我说吧。"

说完,王芳拱手对何明道:"既然今日是坦言议事,郎中令便不用再逐一猜词了,便由我一一道尽,若有不周之处还请陈先生指正。"

何明连忙还礼道:"廷尉大人说得是,是我这里主持不周了……"

眼见几人又要客套,游琳眉头一皱不耐烦道:"不论时机,最短四年,最长六年。"

说完后一副无奈的表情环视众人。

王芳与陈怀听后都是点头,看来游琳给出的期限是在数的。何明听后眯着眼睛思量了会,而后似自言自语道:"四六相抵便是两年,这两年虽然不长却是也不短啊。"

这时王芳眯起眼微皱眉头,说出了更为精确的数字。

"五年!"

陈怀点头,指间揉搓接着道:"余至春末夏初。"

王芳与陈怀对视,点头又道:"四月。"

陈怀颔首道："芒种。"

五年后，春，芒种。

一通和鸣后，陈怀与王芳拱手对礼。

何明听后皱起眉道："二位大人所言确切？"

"若未逢事故天时，此期绝不会余出半月。"王芳答道。

陈怀想了会补言王芳道：

"若刘可得有逢机遇，此期限只减不余。"

两人说完，游琳也是默默点头。

何明低头思索片刻，自言自语道："五年期限，短亦可迷惑天下，长不至枪失锋芒。彼时粮马肥足，士气旺盛，加之如意皇子年至十九，条件丰满啊。"

"哎……"

游琳忽然叹了口气，好似替说出这话的何明感到遗憾。听到这声叹气，何明不解地看向游琳，只见游琳伸展了下身子，然后斜躺在地上缓声道："陈老哥与我师兄的五年可不是这么算的，这个'五年'没那么复杂。只看长沙，那里地势山峦起伏不易耕种，刘可想屯足十万反军的粮草至少得五年。两年稻米运往中原易换做小麦，再自屯三年稻米。就这数目还只刚好够他从长沙径直攻下襄樊，再走西峡关直入京畿的所需。时节选在芒种前，想的是一旦战事僵持，刘可可驻守襄樊自耕南郡、江夏的江边沃土。陈老哥，我说得可是？"

陈怀没有回话，只微微点头。

何明低头想了会，然后疑惑地又问道："既然刘可连直取京畿都力有不逮，那他何来与戚博勾结谋乱的胆量？"

就在何明这话刚问完，游琳又乐了起来。而这次游琳的笑，是毫不掩饰的嘲弄。这次何明也没有再还以游琳微笑，或许是因为疲惫了，何明的眉宇间终于露出了一丝怒色。

笑过，游琳的话冷冷地飘了出来。

"刘可要是有横扫中原的本事，他为何要与戚博凑到一起干？刘可只要能越过荆北攻入京畿便够了，他有洛京城中的如意皇子，何苦自己攻伐中原？"

听到这话,何明的表情飞速变换,先是恍然,而后是懊恼。他揉了把脸哭声自嘲道:"哎,我这是!怎么如此简单的道理都想不到。"

见到何明失态,游琳笑了,于是他口中的话也开始不规矩了。游琳轻蔑地瞥了眼何明道:"行,想明白便好,还没蠢到丢光清河何家的颜面。不过郎中令还得多精进啊,可别因近侍陛下只学了谒者侍候人的本事,而把书卷扔回河北了。"

游琳这话说得难听至极,以至于他说完后何明都没反应过来,只是愣在原地以为自己是哪里听岔了。

但游琳口齿清晰,何明也不是昏聩的老者,这话终究还是被听清楚了。便在何明眼看就要暴怒的瞬间,王芳与陈怀对视了一眼,二人都明白了互相的意思。

忽然间,一碗甜汤被泼到游琳脸上,王芳放下空碗拿出一条手帕递给游琳道:"师兄,你倦了,擦把脸吧。"

王芳这瞬间的举动顿时让何明冷静下来,而这时陈怀开口把话另问向何明。

"何世侄,如镇北侯调驻襄樊,襄樊用兵从何处调往?编制如何?粮草物资、兵饷用度各是多少?"

陈怀一连串的发问唤醒了何明,回过精神后何明又换上那副恭正的微笑,他对陈怀躬身道:"世叔总算肯叫我一声小侄,之前世叔如此生分真是让小侄惶恐。"

陈怀沉默拱手回礼。

回过精神的何明从身侧拿来一卷竹简,双手捧给陈怀。

陈怀拉开竹简细细阅读,而刚才被泼了甜汤的游琳,则是被白济要入驻襄樊的消息转移了注意力,全然忘了自己脸上还在滴答淌水。

在陈怀阅读竹简时,何明朗声把竹简中的内容念了出来。

"襄樊城屯所驻军一万,除此外另从豫州调三万军士入驻,连同宜城、当阳、夷陵、江陵几城军势,荆北共计七万战兵,协同民夫劳役,可号十五万。大军所用粮饷就地取于南阳郡与南郡,如有不足则从颍川与江夏两地调拨。"

何明念完,游琳皱起眉头发问道:"唉?何大人,这数目不对吧?陈老哥,你再细看两眼?"

陈怀听后沉默着,他当然知道数目不对,这卷册中所记,与何明朗声念出的数目完全不同。但陈怀猜到,何明此举必有深意,所以他压住疑问暂默不作声。

见陈怀不理自己,游琳坐得板正些继续追问:"用两郡养这么多兵,就是给足了民夫让你种,荆北也没那么多地啊。"

陈怀听后仍是不语。游琳见状脑子一转,瞬间明白这其中的缘由了。这是明摆着不想公布白济在荆北的布置。而至于何明为何念出?或许是为了在脸面上让大家都好看些。

如此想着,游琳轻蔑一笑酸语陈怀道:"想必陈老哥是在幽州张口要饭习惯了,忘记了多少人力耕几亩地,多少地出多少粮了。到时老哥你在荆北缺粮少米时,可别忘了老弟今天的话。"

陈怀依然没说话,只把头一歪全当游琳在自言自语。

不过陈怀不理游琳,却不只因他城府深沉。陈怀此刻也在狐疑,因为何明给他的卷册中写的是:"襄樊战兵三千,荆北五城在册兵员共计一万,实数不详需另行统筹。另绥旨编训新军五万,民夫杂役于当地征收。"

至于粮饷,这卷册中则更加吝啬,仅从江夏与南郡两地供粮。若有不足的话,这卷册中只写了一个办法:催捐。

看着这些极为苛刻的字,陈怀心中渐生蹊跷。而何明却没有向他多做解释,只是合手一拍,摆出一副圆满的表情道:"朝中有老相国牵制太尉一党,荆北有镇北侯驻防,如此内外稳固。彼时刘可自然消亡最好,一旦作乱,京畿内外便可对其一歼而溃。"

何明话毕,众人皆是默然。

今夜这台大戏,装傻充愣不断,其间各种打哑谜、扮大戏,这会好不容易都坐稳了,此时却得了句有头没尾的结果。若是如此,之前何必那般推心置腹?只一句忠臣良将为国除恶,说说场面话便罢了。

但此时,众人都没做声,谁都知道,何明的避而不谈是谁的意思。恐怕这局中之详细,再往细说便只可两两解惑,不适众人皆知了。

何明见众人领会了他的意思,他微笑继续道:"如此便只剩最后一事了。卫尉田钰,他掌禁军万二驻于京畿左道,倘若真有刀兵凶险时,此人太过危险了。"

何明说完，王芳赞同道："是然，若有刀兵，洛京城中禁军不可阻。"

何明点点头："故此，我提议在京畿右道增设校尉职，领一路禁军驻防京畿右道。此一路禁军退可拱卫洛京城，进可援助荆北。关于这营校尉的人选，诸位大人可有建议？"

"抚西将军李行之子，李退。"游琳脱口而出。

何明听后微微皱眉，虽然这校尉一职的人选，他心中也是如此预想，不过在事先他并未与游琳通过气。如此，何明倒很想听听，为何游琳能念出自己心中的想法。

而后，在王芳不解的眼神中，游琳很快给出了答案。

"说了这一晚上，陛下的意思我算看明白了，陛下想的是拖，而不是打。既然想拖，那便要吓唬人。既然如此，从观瞻上看，布置李退倒像是咱们把李行也拉进局中。这样一来，荆北有老虎，京畿右道有幼狼，刘可或许真能被吓住。"

何明听后点头，便再没深想李退与游琳的事。游琳言过，何明继续起议道："司直大人聪慧，这校尉职便定在李退身上了。如此的话，我再举荐一人，于京畿右路禁军参丞，对李退将军辅之引之。"

何明说完，王芳又把疑惑的眼神望向何明，游琳则是眉头一扬似笑非笑问道："可是你三弟何朗？"

何明摇头道："我家二弟何皓。"

游琳听后摇头笑笑，看样子像是舒了口气。

"无妨，在我们这，郎中令定的事都算是订死了的，当然怎么安排都是个因。"

说完游琳挠着脖子问道："行吧，话都到这了便再没什么事好说了吧？不如就到这散了？"

何明听后看向已睡熟了的王暮、白济，他揉了把脸起身对几人拱手道："今日议此大事，虽身心疲惫，心中却总涌出豪迈气概。依我等操作如此大计，天下将安稳数十载，家父心中抱负也得有归处，明代家父谢感拜会诸位了。"

说罢，何明对陈怀、游琳、王芳折身一礼。

便当众人要各自散去时，何明走近陈怀，在无人留意时，他伸手在陈怀的臂膀处轻轻一点。

陈怀则没什么反应，他走到白济处，伸手在酣睡的白济背上拍拍道："侯爷，起来吧。再睡山魈都快不叫了，天要亮了。"

只是白济睡得正香，无论陈怀如何拍推都是不醒。

而另一边，待王芳唤起了父亲王暮，何明亲自搀扶王暮走向门槛。便在王暮离开这间屋前，他依着门槛向还在熟睡的白济望去，长叹吁声道："到底比我年轻，贪睡啊。"

说罢便颤着脚走了出去，而走在王暮身后的游琳回头望向陈怀道："陈老哥，镇北侯若是一直睡到天亮，你要如何？"

陈怀没想到游琳此时会与他问话，他愣了下答道："啊，便再细致参详些卷册也好。"

游琳听后干笑两声道："陈老哥啊陈老哥，你在北境怕是待糊涂了，隆院之中藏着这座云雾别院，这云雾里住着什么动物，老哥你猜不透？云中雾大，这卷册，老哥怕是看不清楚啊。"

说罢，游琳意外地对陈怀躬身周正一礼，不待陈怀还礼，游琳已迈着闲散的步子走了出去。

云雾里住的什么？陈怀当然知道，他从今晚进到这云雾别院后，就已叩到了这字里行间的隐喻。不过，他的确如游琳所说，这京畿中"云中雾大"他还真有些"看不清楚"了。

待何明送走王暮一行人回到屋内时，白济已醒来，此刻正沉着脸盯着何明。

何明见状笑笑，然后站到陈怀面前躬身一礼道："早些多谢世叔警醒小侄，这才未被游琳激怒失了分寸。想来若那时与他冲突，小侄怕是要心神不稳以至于被游琳主导今晚所有议事。若真如此，实乃辜负了陛下的嘱咐、家父的教诲，小侄这里谢过世叔。"

陈怀摆手，但也没再对何明客套，只是沉着脸看向何明。

看着陈怀的脸色，何明知道此刻他不能再多讲一句废话了，只要他在言语中稍有一丝含糊其辞,他将会彻底失去白济这一方的信任。

"侯爷、陈世叔,陛下虽想要制衡削弱朝野间的权臣,但刚才游琳有一句话说得没错,天子不想打仗,而侯爷便是这止战之戈。有侯爷在,在皇子盈长大的这些年,朝野之中便可竭力争斗彼此消耗。等到皇子盈再年长些,这些朝中权臣便不足畏惧,侯爷到时亦可从荆北功成身退。"

"所以天子是因为忌惮我,这才在荆北的布置上刻薄我?"白济的声音很沉,如同北境的风雪一样发寒。

何明摇头道:"并非刻薄侯爷,而是以大汉目前的库钱,再空养不起十万战兵了。且把侯爷布置在荆北,本就不是想着打仗,若再把国库放在军备之上,大汉溃矣。"

白济听后皱眉,但在他刚想开口时,陈怀忽然轻咳一声,白济也瞬间止住了口。好险,白济就把那句能要了他命的话脱口而出。白济想说的是,北境不是还有十万兵么?

一阵咳嗽后,陈怀向何明问道:"若真有鱼死网破之时,我等该如何?"

何明听后笑笑,显然他以及他背后的"那个人"对鱼死网破是有所准备的。

"陈世叔,戚家虽出身于定陶,但却与颍川、陈郡一带望族同气连枝。荆北襄樊临近陈郡、颍川三郡,若真有鱼死网破时,这三郡豪族便是侯爷的粮仓。"

陈怀听后皱眉想了会,而后他摇摇头道:"粮够了,人力还缺。"

何明点头,意味深长地笑道:"义博侯谢寻正在吴越之地归遣蛮夷之民,这些人便是未来荆州江南四郡之民。"

陈怀听后叹气了然道:"果然是义博侯啊……"

"既是义博侯,这手暗招,便是天子对侯爷的诚意。"何明微笑道。

好深好深的夜。

夜已尽没长空,若不是千万年的经验让人得知再不久又是一轮朝阳,恐怕如此的夜,任谁都会以为这世间将会渐入无尽的黑暗。

相国府内堂中,王芳正伺候父亲吃饭。

此时的王暮一扫之前在云雾别院中的老态龙钟,他就着酱菜已经吃了两碗清粥。王暮放下碗,用棉帕抹了把嘴道:"这不吃面总觉不妥,腹中无饱意啊。"

王芳把父亲的餐盘端给了下人道:"时辰太晚,此时食面,父亲又难免腹胀了。"

王暮点点头问道:"游琳呢?"

王芳回道:"师兄说今夜疲乏,先回院休息了。"

王暮喝了口水慢声感慨道:"今夜,这场龙虎局,多亏了你师兄。咱们先抑后扬,却处处留有余地是对的,不然今夜到那云雾别院的,没准便是戚博了。"

王芳点头赞同,王暮抬眼对儿子道:"芳儿啊,咱们王家往后的行事,你可另有见解?"

王芳思量片刻后回道:"回父亲,此时还有太多不明朗,往后只能随机应变。"

王暮听后叹了口气。看着儿子周身的严谨端正之气,王暮皱起眉头。曾经他很得意于儿子如此品性,而今日却有一丝担忧。

"儿啊,为父和你说几句话,你若想得清楚便不作答,若想不清楚便回去好好斟酌。"

"请父亲指教。"王芳俯身。

"儿啊,你妹妹嫁到恒旦宫内,咱们王家至此又可得一世不衰。因此在这迷局中,咱们王家以进为退才是稳妥,只要熬到这迷局雾散,王家仍为豪族。为父是打算称老避世了,在这朝野之中你不用去争那领衔之位,若到为父不在的那天,你外述也是件好事。"

王暮说完,王芳如他所说,没有回答或是疑问。王暮看着俯首在地的儿子,王暮想了想忽然问道:"芳儿,若为父故去,你能否制得住你师兄?"

王芳听后一愣,他抬起头疑惑地看向父亲,但王暮的神情认真,并不像是随口一问。王芳思量片刻后答道:"回父亲,师兄视父亲如亲父,我王家对他又有养育、授业之恩。想必师兄并不会与我王家相阋,压制之事,孩儿从未想过。"

王芳话说完时,王暮垂老的目光中有各种各样的神情闪过,可这些神情到最后,全都化为一声叹息。

"哎,也罢,也罢。"

云雾别院中,在白济与陈怀离开好一会后,何明已把今日带来的各种卷册整理好。之后他没有唤来下人收拾院落,而是走出屋反锁了云雾别院的院门。在确认院中再无一人后,何明回到屋内把房门反锁。

独自待在屋内,何明揉了把脸,又使劲睁了睁眼睛,但依旧是满面疲惫。为了让自己精神些,他走到刚才白济的桌案旁,从白济喝剩的酒樽中舀起一勺酒倒在手上,然后把酒用力在脸上揉搓直到酒气挥发。

如此一番后,何明整好衣冠,吹灭了灯火。

在眼睛适应黑暗后,他走到屋内楼梯处,于一个不起眼的灯架上微微用力一扣。

吱——

一阵木头的声音响起。

稍等片刻,何明俯身掀起楼梯旁一块木板,一条不知通向何处的暗道便藏在这木板下。

何明步入暗道,从怀中掏出火折子,轻吹几口有了些微亮。虽然这微弱的光亮并不能照明整个暗道,但好歹不至于让黑暗把人逼到窒息。暗道虽黑,但建造得却宽敞,何明走得也是轻车熟路。不知在黑暗中前行多久,何明借着火光摸到暗道尽头的机关。但他没有急着去扣动机关,而是用牙咬住火折,空出双手又好好整理了遍衣冠。

暗道之外是一座平淡无奇的院子,里面有树荫、有观山、有景池,只不过这些布景都谈不上豪华,只能说是雅致。院落中间很平常的有间单层木屋,不小不大,正好摆在那里。

这间普普通通的院子,在洛京城的地图上是绝对找不到的。若从院外看,这院落没有大门,四周都是墙。只不过它选址怪异毗邻罕至,就算偶尔有路人来往,也不会注意这墙中的院子如何。

何明站到院中房门外,轻敲了几声木门,而后一声竹磬之声回应了他。
"臣观察,已说清了七成。"
磬声一响。
"相国身边多聪颖之士,想必该懂的,自然是懂了。"
磬声再响。
"镇北侯憨直,臣按陛下之意嘱咐,应亦是会心。"
磬声又响。
四声磬响过后,院外清脆的晨鸟轻啼传来,此时已是四更天。

五月初六,龙家老宅。
又是一日闲度光阴,白某早早醒来看着窗外透进来的阳光,他盯着随着微风在阳光中轻轻漂浮的灰尘,心中期盼它们能早日落地。
门被推开了,乌维抱着一个大竹筐走了进来。白某侧头看去,发现乌维的竹筐并不丰盛,应是少了很多自己嘱咐她买的东西。
"怎么就买这些东西?与商贩说不清楚话?"
乌维把竹筐放到一旁,熟练支开了窗户搬来了炉火,边准备着白某的早饭边答道:"说得清,街上没卖。"
不知为何,听了乌维的回答,白某心中有些不悦。
"早说要赶早,去晚了当然没得卖。"
乌维手上的活没停,随口回着白某道:"早间去了没人,晚些才有人。给你做饭急,先回来了。"
白某听后更急躁道:"哪里的街市不是赶早?没听说过洛京城的街市是赶晚的!"
听白某语气不佳,乌维瞥了他一眼没吱声,只是继续埋头往热锅里下面。乌维这如同看孩子一般的眼神让白某的心情更差,他怒道:"你若不会买,我让王铁胆带人去便是。讲什么晚些才有人,哪有这般道理!"
听白某继续数落自己,乌维仍旧没理他。过了会,乌维端过来一碗满是肉的白面汤,闻到面香,虽然白某心中仍是烦躁,但还是把头凑近乌维的筷子。

或许是因为腹中有食了,白某心情好些,他语气稍缓又对乌维道:"让你去买也是想让你逛逛,省得每日窝在家陪我烦闷。你是个胡人,别人见你往外走不会说什么,若是我汉家姑娘,怕就没这么舒服了。"

乌维听后没有说话,只是挑了两块面皮送到白某口中。

"要说这女人用的东西吧,我是不懂。可送给陈姨娘的话,我也不能随便让别人去买啊,不然这片心意不就没了?可如今确实不方便,所以你替我去买,也算是能代表我的心意了。"

而后送进白某口中的是两片肉。

过了会,乌维把白某喂饱后,又为他擦了身子、换了药,之后才又出门去买东西。而白某则是继续数阳光下的灰尘,并且耐心等待自从伤后就没见过的父亲来看自己。

但闲散的等待时光没有持续太久,可进入白某屋中的第一个人并不是白济,而是王铁胆。

"铁胆,怎么这么早来?"

王铁胆嘿嘿憨笑两声答道:"嘿嘿,早我去拿药了,足两月用的量,省得每次来回跑。"

"拿这么多药,你们这就要走了?"白某问道。

王铁胆听后挠挠头疑惑答道:"啊?世子不知道么?昨日龙将军就说了,他们明日动身。"

白某听后心中有一丝难言的情绪起伏,但他没有在王铁胆面前显露出来。哦了声后,他撑起笑对王铁胆扯皮道:"铁胆啊,你这一回辽东,我再见你可就说不准什么时候了。我去江夏后,你回辽东看来又要当回小兵了,你那'部曲将军'的梦怕是再得等好些年。"

王铁胆一愣,愣了好久才开口道:"世子,我不是和你去江夏么?"

白某见状心中发笑,其实他对王铁胆早有了安排,只是此刻无聊想拿他寻寻开心罢了。

"你和我去江夏?笑话,我去读书,你去干吗?给我伴学?你可认得自己的名字?"

王铁胆听后有些焦急道:"那不得有个人替你搬前搬后?还有我为何

当小兵啊？这斗篷年前才刚给披上,今年的饷银还没领呢!"

白某听后讥笑道:"你现在是披着斗篷,可除了马毛那几个小子,你也没兵带啊?再者说,我都走了,你算谁的部曲?我爹有自己的黑甲营,龙大哥那边也有家里的亲兵。哎!对了,你可以去速仆丘那混个兵头,咱们和他也算有交情,但你这胡语可还得练练。"

王铁胆听后认真琢磨起来,好像完全信了白某的话,只见他脸上的表情越来越苦,到最后他愁声央求白某道:"世子,你就带我去江夏吧。什么部曲啊、披风啊,卸了就卸了,你就让我跟着你吧。你说在那边人生地不熟的,有人帮衬着你也不是坏事啊。"

白某假装叹了口气道:"铁胆啊,有乌维跟着我呢,你一粗人哪有姑娘细致啊?你就只能回辽东啦!我想着,你是被我从黑甲营里挑出来的,如今卸了披风再回去也丢人,这事啊,说来也算我亏待你。这么着,但我已替你想好出路了。我寻思着,你就跟速仆丘吧!你带的那个马毛不就是胡人么?他在速仆丘帐下肯定有出息,你们关系又近,等他当了速仆丘的部曲,定不会亏待你这个大头兵的。"

王铁胆听后长吁一声,一张黑脸已经发紫,声音渐渐发颤。

"世子啊,你就带我去江夏吧,我这从黑甲营出来时,那是把牛都吹尽了。你这三言两语就让我给马毛提鞋,这我脸……哎!"

见王铁胆这副憨傻样子,白某再也憋不住乐。他哈哈大笑,但只没笑几声,肋骨间又撕拉拉地疼起来。

哎哟叫了几声后,白某撑住了疼,他这才对王铁胆正经道:"铁胆啊,逗你玩呢,你的安排我早想好了。"

王铁胆一听事有转机,黑脸顿时开出红花。

"啊!世子,我和你去江夏?"

白某白了眼他道:"江夏有什么好玩的,我都不爱去,你要去学认字啊?你回辽东后就到周揽将军那吧,他是父亲的部曲,三千黑甲营都在他手里,你就暂时跟着他。我不在时,你就算是周揽将军的部曲。"

听到白某的话,王铁胆眼中迸发出五光十色的雀跃。但只一会,他的激动又变成了担心。

"那世子,我不跟你去江夏,你路上怎么办啊?"

"行了行了,说心里话,你真愿意和我去江夏?"

王铁胆听后低头叹气不语。

白某想了会,而后意味深长地对王铁胆道:"铁胆,我与你讲,你不要出去乱说。"

王铁胆把头抬起来认真地看向白某,白某轻咳一声压低了些嗓子道:"铁胆,我总感觉着,我父亲与先生心里有事,而且我猜测,这事没准就是要打仗。但这到底是什么情况我也不清楚,就是清楚也不会和你说。你只要记住,一旦打起仗来,你的机会便到了。我从江夏回来时,你若能在周揽将军麾下博出一片天地,那等黑甲营归我时,你便是我的'周揽将军'。我说这话你能听明白?"

王铁胆圆滚滚的眼睛转了又转,脸上的表情与他的长相十分不配。想了会后王铁胆坚定地点点头,而后噗通一声向床榻上的白某跪了下去,"世子!铁胆记住了,等世子重回北境之时,铁胆定戴全了婴甲!"

白某笑笑,对着王铁胆随手一摆。便在这摆手之间,二人从朋友朝着主仆更进一步。

王铁胆走后,午后日光摇曳在屋中,白某躺在床上又是一阵困意袭来。不一会,白某便在梦中骑上了马,悠闲漫行在辽东的山野间。而正当他在追逐一只兔子时,他的房门又被推开了,他便又回到了此方天地。

隐约间见到来人是乌维,白某泄了口气道:"没规矩,回来也不知会一声。"

"嗯。"

乌维轻轻答应了声,也不知道她是否记住了进门前要先知会的规矩。之后乌维把一个大盒子捧到白某面前,然后把盒子里的东西一件一件摆了出来。

"你看看。"

白某侧头向地上望去,只见地上散着红色的纸、涂脸的粉、插头发的钗、酥油的果子等乱七八糟一堆东西,对于这些东西白某虽不懂,但一眼望去便能看出,这里面没有一件好东西。

"你带了多少钱?"白某皱眉问道。

"全带了,沉甸甸的一袋子,好多串。"乌维答道。

"就买了这些?"

"嗯。"

白某听后脑子瞬间发昏,他丧气道:"哎呀!你被人家唬了!谁带你去的?"

乌维听后一愣,她懵懵地回道:"我,没人一起,都在忙。"

白某叹了口气,心里也不知道该怪乌维,还是怪让乌维独自上街的自己。

"人家定是看出你是胡人,长得又蠢,所以才拿这些破烂糊弄你。"

乌维听后惊讶,满脸都是难以置信的样子:"不能,老板待我好,还让我吃点心。"

"蠢!待你两句好话就不唬你了?商贾之人眼睛精,三两眼就能看出你底细。"

乌维愣住了,从来平淡的脸上表情越来越复杂:"我穿汉衣,还能看出是胡人?"

白某又是一声叹息,感叹着怎么这一天天不见到一件好事。

"可你又哪里像汉人了?"

乌维眉间稍皱道:"骗胡人,不骗汉人?"

乌维的反问让白某无言以对。想了会后他对乌维道:"汉土地幅辽阔,各地各人都有不同,有些人确实是会骗外乡人的。"

乌维有些发怒,冷淡的声音中也有了些起伏。

"那不对,胡人汉人都骗,骗人不对!我去退掉,我带王铁胆去,他凶,别人不敢骗!"

见到乌维愤愤的样子,白某心中却觉得有些好笑。他摇头道:"哎,算了吧,就当教训了吧。他们马上要走,别再惹出些麻烦。"

乌维听后明显泄了一口气,苦着脸草草收拾起散在地上的东西,而后便一声不响地去做饭了。

"乌维晚上吃什么?"

"面!"

乌维愤声答了一个字,从语气听来,显然这个胡妮子是生气了。

傍晚,便在面汤滚滚作沸时,白某院内又传来了脚步声。白某撑着力翘首望去,而后期望第三次落了空,因为来人仍不是父亲白济,而是龙玮。

龙玮信步走到白某面前坐下,看都没看蹲在角落的乌维。刚坐下,龙玮便是一声叹息,"哎,世子,忙了一天,这才倒出空来看你。"

见来人是龙玮,白某虽然心中稍有些失落,不过脸上倒是又换上平日里那副讪讪中透着使坏的笑容,"龙大哥,别世子了,咱们也算是撒尿结义的兄弟。"

龙玮一摆手道:"唉,酒中无大小,但在规矩里我还该叫你世子。"

白某讪笑不语,龙玮接着道:"哎,那日你出手时我就该拦着你,至少你受伤前把你拉开。"

"那我就输了。"

"输就输了呗,又不赢生死,真要是论生死,那也不必讲那么多规矩了。"

白某摇头笑道:"我倒是不怕输,但那日赢的却是父亲的脸面。"

"嗨,你就是打不过侯爷也不丢人,那厮腰厚腿粗的,我都不一定制得住。你与他差着岁数,身板又薄,他打赢了你更丢人。"

白某听苦笑,而后他掀过这茬话道:"龙大哥怎么忽然这么谦虚?竟自认吃不住那田什么。"

听白某开起自己玩笑,龙玮歪嘴一哼,对白某伸出右手,跷起了他那比常人要粗壮数倍的大拇指。

"来真的! 百步,让他死!"

白某明白龙玮的意思干笑不语。

吹完牛,龙玮这才想起自己是来干什么的,他一摆手道:"嗨,不说这个啦。不管怎么论,你跟在我屁股后面玩到大,又喊我一声大哥。咱们明日这一别,没个把年月是看不到了,我寻思着送你个东西,你能用上就用,用不上就当留个念想。"

说着,龙玮从怀中掏出一块墨黑色的扳指递给白某。

"这块扳指是我幼时所用,现在戴不上了,送你了。别小瞧这个,这玩意墨玉雕的,又坚硬又有韧性,我拿它扣弦这么多年,上面看不见一条疤。你身子板薄,往后不如练练弓,壮了两条臂膀的劲不说,以后真遇到事,一根箭比一柄剑少见不少血呢。"

龙玮边说,白某边打量这块扳指。确实是个好东西,虽然稍有些被汗渍染黄,但却果真没有一处刮痕。

"多谢龙大哥,有心了。"

"谢什么啊!等侯爷他们年岁大了,北境还不是靠你我守着?不过我还真有点参不透侯爷,咱们领兵之人读什么书啊,认些字就够了。世子啊,可千万别荒废了武艺,真要因为读书染上谢念大哥那一身软劲,往后你还怎么打仗?"

龙玮说罢,二人都是哈哈大笑。

之后,两人又三言两语聊了会,直到乌维把饭做好时龙玮才离开。而一直到白某把饭吃完,乌维连药都熬好时,他心中期盼的那人还是没来。

渐渐,天色终于还是入了夜,白某的心也急迫了起来。这时,院门推开后的脚步声便像是最好的宽慰,但当来人走入白某屋内时,白某虽不失望,但却稍有些失落,因为来人毕竟不是自己的父亲。

"先生。"

白某轻声唤道。

陈怀微笑点点头,然后坐到了白某身边。

"某儿,明日一早我与你父亲便要启程了,先生过来知会你一些事。"

白某点头,陈怀道:"先生与你父亲要去襄樊,而后会在荆北操持军务数年。这事有些急,明日便要动身了。"

白某听后苦涩笑笑,他没有去追问为何自己父亲要去襄樊,而是问了一个自己早已得到答案的问题。

"先生,某儿要独自留在洛京城了,是不是?"

陈怀点点头。

听到陈怀的答复,虽然白某早想到是这种结果,不过他还是心头一拧。从小到大,这是他第一次与北境众人分别,而且这次分别竟来得这么仓促。

这些安排,从没人问过他,甚至他还是最后一个得知。想到这里白某鼻头发酸,忽然觉得自己真正是无关紧要之人。

白某几次想开口说些什么,但话到口中却尽是哽咽,双唇几次闭合可最后都是无声。屋暗灯火弱,白某的失落并没被陈怀注意到,陈怀只以为他是在沉默。于是陈怀开口道:"某儿啊,按说你拜师礼应有你父亲或是我在,不过时境不允,彼时还需你自己前去。为此,先生心中有些愧疚,想必你父亲也是如此。不过好在某儿打小便是自立的性子,枯秧先生也不是循礼之人,如此想来,先生也稍稍宽慰些。"

在陈怀讲这番话时,白某总算憋住了眼泪,鼻子一绷,面上湿润的便只剩下两抹鼻涕了。

陈怀给白某掖掖被角继续道:"某儿啊,我们走后,你就继续住在这里安心养伤,不过这宅院终究是人家龙家的族产,你住着可得精心些。另外我明日会同前来送行的何明世侄打打招呼,让他在洛京城中对你多多照顾。至于下人随从,我瞧这个妮子照顾你很细致,她留在这便好,若真有忙不开时,你对何明开口即可。"

陈怀今晚一改往日的缜密,反倒是有些絮絮叨叨起来。而陈怀越是如此,此刻便越显得离别之意浓稠。

"哎,某儿啊,你独在洛京要事事谨慎。你虽聪颖,但却不周全。这里水深复杂,与人相交要时时深思自省、规范言行,切不可因一时得意而妄为妄语。"

白某点点头。

"哎,某儿啊,你虽亲和,但待人却要注意规界。切不可因喜恶而慢待别人,更不能被他人巧语而倾囊轻信。言语有时更胜刀锋,得意忘形如卸甲,切记切记啊。"

白某再点点头

"哎,某儿啊……"

而后,陈怀一声叹息便是一段良言,此刻他也不管白某能不能明白,更没去做多余的解析,仿佛就想在这一夜之间,一股脑把毕生所悟的处事之法传授于白某。

见陈怀如此,白某刚缓过去的难受劲又涌了上来。几次他都想开口说些什么,但结果却都哽咽住了。陈怀这一说便是好久好久,烛光渐暗,陈怀这才反应过来自己有些失态。

"哎,你瞧先生,老了,啰嗦迟钝了。"

白某吸了把鼻涕,缓缓心境,挤出一丝笑道:"嘿嘿,先生的教诲某儿必会遵从。"

说完白某让乌维把白日去买的东西拿来,然后有些不好意思地道:"先生,我本想着你们离开洛京城前,给陈姨娘挑件礼物,可现在不好动弹,便让乌维这胡妮子替我代买,她与我亲近,她买的也算是我亲自为姨娘挑选的吧?"

"某儿……也是有心了。"

"先生,但挑选礼物时出了些差错。这胡妮子……哎,她被人唬骗了,几串钱都买了些糟东西。若到时姨娘不喜欢,还请先生一定要对姨娘讲清原委,不是某儿小气不舍得为姨娘花钱,而是我屋内这胡妮子实在是笨。"

此时,一向很机灵的白某把这番话说得格外笨拙。陈怀的手抚在盒子上,笑得很欣慰。见到陈怀笑,白某也笑了。

无父何怙,无母何恃?抱膝灯前远行人,却又霜鬓可相思。

陈怀伸出手向白某的头上抚去,白某今日一直悬着的心便不再焦躁了,而陈怀这一生心中的缺失,此刻也被填补上了。

夜已深,吹烛熄灯时,白某还是没有等来自己的父亲。但在屋内一片漆黑时,白某却没被惆怅萦绕心头。

"不来便不来吧,或许这才是自己的父亲。"想着,白某安然闭上了眼睛。

便在这时,乌维忽然趴到了他的耳边,小心翼翼道:"兜帽让我和你说,七月他来接你。白露时他没来,你去艮川剑门。"

第四章 —— 张帆

白某惊得睁开双眼，他侧头看向乌维，二人近到鼻尖相碰。当白某看清自己的乌维还是那个清凉的胡妮子后，乌维的声音再次传来。

"兜帽说，没人来时，睡觉时，悄悄和你说。"

"陈怀呢？"

白济在一盏微弱的灯下自酌自饮，而后黑暗向他回话了。

"回屋歇息了。"

"我不去见小崽子，还与我生气！我在小崽子这岁数时，别说父母，同宗兄弟都没剩一个。独些有独的好处，若遇变故时，省得摧心。这道理他不懂，你该懂吧？"

许久之后，黑暗中传来一个字。

"懂。"

五月初七，夏日浅夜，人早醒。

朝阳乍现，白某早早清醒后便唤醒了仍然熟睡的乌维。乌维把屋子收拾整洁，撑起了所有的窗，让一轮新阳打进房内。而后乌维给他擦了把脸，让床榻上白某的懒怠病容一扫而光。

白某在等，等着每一个来找他拜别的人。

陈怀先到，他扔给白某一摞书卷后再无一句愁苦离别之语，只是嘱咐乌维好好照料白某。

龙玮随后，三言两语的玩笑话后，龙玮露出了一抹不同于往日凌傲的中正微笑。拍了拍肩膀，道了声珍重。

又过了许久，王铁胆摸了进来，他看着白某眼圈发红。白某随意与他调笑几句，可他却一声不吭，只在沉默中对白某俯首跪下，沉沉地磕了个头。白某没说什么，坦然接受了。

而后平日里与他嬉闹的侍卫来了，在北境时就总打在一起的黑甲营同袍来了。

随着今日来的人越多，院子外面便越安静，直到再也听不见搬东西的吆喝声,最后连轮轨压过石阶的嘎吱声也没了。

人言不再,只余鸟鸣,白某还是没等到心中侥幸期盼之人。

"乌维。"

"嗯?"

"饿了,吃饭吧。"

"嗯。"

第五章 —— 摇桨

　　随着白某的身子骨逐渐痊愈，陈怀留下的那些晦涩书籍他便越发地看不下去。盛夏已至，心中一团火也渐渐按捺不住。能起身时，便扔了书，能走路时，更扔了笔。扭腰不痛了，书卷也落了灰，一团问题全抛之脑后，宁愿去思考为何乌维做饭无味，也不愿意再翻典籍一眼。
　　早间兴奋一个侧身翻，被前来探望的老大夫堵到一通训斥恐吓。无奈的白某又只能吹掉书卷上的灰，重新思考那些用屁股想出来的先圣至礼。

　　"天下道理都点一个破字，破之是为其解，其乃为根源，解为出路。解出一条大道坦荡，可大道终会走成小径，小径再走变为绝路，此时又要重新破解。如此周而复始，其根源发问的为何物却又成了谜。天下大家都困在此局中，摸不清从何而来，探不清将往何去。"夏日夜间好乘凉，何朗挑一院灯火给白某开释道。
　　"也有人证，其始乃是我，我有所思便是始。其终亦是我，我为何有所思便是终。"盛夏消食难，日久天长乌维厨艺寡淡难咽。邀何朗围餐同食时，何朗解与白某。
　　"后又有人证，其始乃是思，有思而有我，故思与我同在，此一瞬便是始。其终仍是我，思是思，我是我，刨除思，我仍是我，无须思我仍在，此真我便是终。"洛京城乏味，于洛水亭畔游江时，何朗在独桨轻舟上对白某又解道。

　　这段洛京城中时日，开始得突兀，看不见终了。但白某却是体验了另一种人生，一种或许，一种可能。龙家老院静谧于繁华的洛京城中，此间听虫鸣惬意,信步游锦集繁华,好时光,好岁月。

乌维不是胡人,是他刚过门的妻子,恬淡静逸,安静地待在他身旁,看阳光晴好月色绮丽,你叫她,她不语,只是回头,顾盼浅笑。

白某更不是生在联营中的辽东镇北侯之子,他只是个寻常世家公子,不劳于案牍不累于奔波,时而兴致起,时而阑珊意,花有乐趣,鸟有乐趣,一袭白衣美,半张绢纸贵。

在洛京城的日子里,何明偶尔来拜访,或是留餐于白某侧院,或是邀白某去城中盛名酒肆。洛京城中各处便利,因何明之故白某全都享受一通。久之,何明因为政事繁忙来得少了,正巧何明的三弟何朗因故前来京畿,何明便介绍何朗与白某结识。

白某与何朗,二人早前便有过一面之缘,又年岁相仿,何朗只比白某大上四岁,如此两人很快便熟悉起来。何朗性子安稳雅俊,白某则是个机灵跳脱少年,加之生长环境不同,几番闲聊都觉得对方有趣至极,因此二人相处愉快,并都有相得益彰之感。

而后,稍有痊愈的白某被前来复诊的大夫恐吓警告之后,何朗又变成了白某的半个先生。有个同辈人指导,那些乏味的道理在白某耳中却是能听进去些了。他从之前对各种至理典籍感到厌恶乏味,变得至少能理解是个什么所以然了。二人常常是何朗越讲越深,白某也是随着何朗的话从一知半解到全然不懂。但白某仍然会认真地听,他就是想知道任由何朗讲下去,他会不会有讲到哑口无言时。

白某自然不知道何朗被称为"当世后生才俊第一人",对于何朗,他只是越来越钦佩,为何这个只大自己四岁的人如此博学。

因从小受陈怀教诲,白某十分敬重有才学之人。时间一久,他与何朗相处时的态度便完全不同于与其他同辈,如龙玮、谢念等好友的态度。当然,白某之所以亲近何朗并非全是因为才学,更多的是何朗的待人接物。

何朗举止儒雅,谈吐落落大方,平日里与人相处从不因对方是门阀高第而献媚,也不会因他人是贩夫走卒而冷落。在白某眼中,何朗便是那些写了至理经典的圣人们的少年模样,他宠辱不惊,充盈得益。

带着这种近乎于憧憬的心态,没过多久,白某竟也比以往有礼起来。

白某这种放过火、杀过人的军中之后,变得有理有据绝不是因为他忽然读通了《礼记》,而是因有了效仿的憧憬背影。

岁月安然,陌阡温良,坐卧之旁有妻知冷热,身边有良友相伴,长者怜爱。

妇人长道静好,竟是如此弥真的舒适。辽东太遥远了,不如院中青蝉看得真切。雪原太冷了,不如洛水依依暖红了面。

谢念说:"野间听虫鸣,夏趣吐瓜壳。"

谢念又说:"解衣换宽袍,侧卧饮白露,醉画伊人眉。"

谢念醉后说:"最趣嬉戏与伊人,数度春风恍惚,只叫清泉化熟红。"

在这时日里,白某常能想起他那不着调大哥的种种闲心言行,只是不同于往日的无奈,此刻的白某却有所体会。

此间安逸,不思岁月。

如此光景直到六月中旬,安逸虽好却是个瞬息,亘古的是天地不是人,人只有无常。走在大路上的人,虽然周围风景不一,但最终还是要走到一个归处的。

路嘛,能停下来暂顾好风光,却不能跳出来大喊一声说不走了。

此时的白某身子骨已经痊愈如初,何朗在京畿待到六月也回了清河老家。离七月越近,白某的心就越不踏实,每一个在他余光里匆匆走过的人,仿佛都披着黑色兜帽。

在进入七月后的每一天,在这场大梦中的白某都更加清醒了些。那些被阳光晒得香喷喷的书卷他是看不透彻的,洛京城街上的吆喝声与辽东山里的狼叫也没什么不同。

日子一天一天过去,门前树下仍没见到那个兜帽男人。此时白某的心却是一天比一天慌了,扔掉书卷锯了一条大杆耍耍,一张弓拿在手里可比描眉的笔有分量。可每每一阵折腾后,他还是觉得手边少点什么,这才想起来自己那套从小玩到大的短斧不见了。

想到这里,他赶紧跑回屋里一通翻腾,就单单看不见那套短斧。急匆匆地找来乌维询问，乌维回想了下便把那日白某与田辛动手晕厥之后，她自己摸出短斧想去替白某补刀，而后被莲拦下来的事说了，再后来短斧便看不见了。

听乌维说完后白某心中十分纠结，弄丢了自己从小玩到大的宝贝他自然是气的，可自己那日昏厥后乌维的所作所为他心中又十分动容。他没有责怪乌维，只是独自上街又买了些做工好的斧头。可这些新买的小斧头自己却玩不舒服，不是重了便是长了，乱扔一气后他也没什么兴致了。

倚坐在院中树下，白某开始恍惚。这些阳光静谧都是不真实的，这院子中的满地斧头也不真实，这两个月的京畿好时光也都是假的。

真正真实的只有乌维难吃的面片，还有那个自己每天都在等着的兜帽男人。

"乌维不画眉，但能提斧子砍人。"

想到这里，白某咯咯笑了。

七月已过，一场雨后夏景渐渐远去，刚收进行囊没多久的厚衣又被拿了出来。

兜帽男仍然没有出现，不光如此，宛城的父亲、先生也没有一封信件寄来。白某仿佛像是被北境遗忘在这里，可京畿也不是他存在的土壤。

七月时，曾按捺不住的他数次拜访过艮川剑门，不过仿佛乌维传错了莲的话一般。艮川剑门中人全是一副完全不知此事的样子，侯二爷仍然每天带着弟子练剑，遇到前来讨教的高手，侯二爷总会亲自下场比画两下。

八月初一，白某又早早到艮川剑门报到去了。

今日也是如此，递了名帖，艮川剑门依旧，白某也是一如既往地被剑门弟子三下两下点了一身白点后收剑行礼。因白某时常过来，侯二爷也不再对这位"世子"过多的客气，之前总会设宴留白某吃饭，现在也不邀请了。白某愿意吃便留下同弟子们一起吃午饭，不吃的话走了没人盛情挽留。

蹭了一顿简单的中饭后白某坐在艮川剑门的演武大院中,他决定今天不等到一个结果说什么也不走了,想来艮川剑门也不至于把自己扔出去。

正想着,一个刚刚正在清扫大院的外门弟子坐到了他身旁,白某没理会他,只当是这被差遣扫除的外门弟子累了歇歇脚。

"世子……"

白某侧头看去,忽然瞳孔一怔,瞬间一张苦脸变了笑脸。

"猴子哥?"

那人对白某笑着点点头,然后四下看了眼后凑到白某身边小声道:"世子,明日早间我去龙府大院找你。"

说完猴子晃晃荡荡地就走了。

当晚白某侧院没有生火做饭,而是从外面点送了丰盛的佳肴。不同于乌维吃得眼睛放光,白某倒是没什么胃口。

"多吃些吧,等咱们到了江夏,可就再没这般日子了。"

乌维点点头,略有所思了会,反而吃得缓些了。

正如白某不知道乌维忽然细嚼慢咽并不是因为她吃饱了,而是她想记住这些佳肴的味道,以后吃不到时有个念想。

乌维也不会知道,白某今日这顿饭其实是因为他心里感激她。莫名其妙地捡回来个胡妮子,放在屋里伺候着,最后竟好像讨了个老婆,甚至比明媒正娶的女人还死心塌地地对自己好。

让白某亲口说出对乌维的感情是不可能的,甚至在他心底都想不明白这胡妮子和自己算是怎么回事,所以他就对她好。给她好看的衣服,别致的钗饰,给她尝尽洛京城里的美味。

当夜,白某的所居屋中再无一丝烟火气,屋内空得很,只有整理好的两包行囊。乌维把包裹收拾得极为干净,以至于躺在床榻上的白某枕的是自己的衣服,盖的是明日包裹行囊的粗布。

不过与乌维相比,白某还算好的。乌维穿得严严实实睡在白某床榻旁的地上,但因为她早已把铺盖整理好,此刻正没铺没盖地躺在又光又硬的地上。

借着月光,白某侧躺看向躺在地上正倦着身子的乌维。

"都怪你把铺盖收得这么早。"

乌维没有吱声。

"我一层麻布哪够盖?冻人。"

乌维听后,磨蹭了会站起来。

"干吗去?"

"翻铺盖。"

"都收拾好了,这半夜里折腾什么?"

乌维听后不语,又躺回地上。

白某叹了口气,沉默了半会道:"你上来吧,两人贴近点暖和。"

次日一大清早,白某推开屋门便看见了猴子坐在院内闭目养神。虽然吃惊,但他知道猴子是莲手下的得力暗哨,如此也不见怪了。

虽然不知道猴子是什么时候到的,但门外的一辆马车与一匹马都停得很安稳。趁乌维与猴子把行囊装上马车,白某独自在这间自己住了数月的院中转了几圈。他想发一阵感慨,可却一时词穷。

龙府老宅大门重新上锁的那一刻,白某心中有了一种奇怪的想法。

"至此,他算是死了,还是又活了呢?"

洛京城外,一匹马,一辆单骑马车。

白某、乌维、猴子三人如同寻常来往于洛京城的行人一般,慢悠悠驶离洛京城。大约出城十里外,白某一行人在一处歇脚水摊停了下来。

问过猴子,说是要等人。

白某正奇怪,说起来他离开京畿算是偷偷摸摸走的,连何明都没有通知。这等的人是谁?若是熟识的人前来相送,自己不告而别礼数全失岂不尴尬。

在猴子那里问不出个所以然,只说是熟人。白某真的困惑了,偷偷摸摸地走是莲定下来的,怎么这会又这般……

第五章 —— 摇桨

稍等片刻,远处走来个老者,猴子迎了上去,接过了老者的包袱。待老者再走近些,白某才看清来人正是给自己治伤的老大夫。

对于这个年过半百的老头,猴子显得非常热情。

"钟老,您都安排妥当了?"

老大夫抚须笑道:"妥了妥了,让孩儿们打理医馆了。走得动时多走走,岭南楚地出百草,长长见识。"

虽然不知为何这老大夫与他们同行,但毕竟是对自己有续骨之恩的长者,他没多问,施礼后亲自将老大夫扶上马车。

这样一来白某这行人算是全了,至此便正式上路了。

白某南下之行一路通畅无阻,没有丝毫不顺。

这路途有人相伴消了乏味,钟老又十分健谈,时常拉起白某与乌维说个没完没了。

只可惜,钟老说任何事后都要落到医理药学上,久而久之白某便听不下去了。但乌维却正好相反,虽然她只是嗯嗯啊啊地答应着,但给人感觉与钟老聊得十分投机。白某理解不了一个秦地口音极重的老者,是怎么与一个汉话说不利索的胡人妮子聊得这么好,不过这样也好,乌维如此他便不用赶着搭理钟老了。

路途安稳,伴随着车马颠簸,人也打起了盹。

只可惜他们的马车太小,安放行李后白某、乌维、钟老三人坐得十分拥挤。因为有钟老这么一个外人在,白某只能坐得板板整整,睡不踏实。

好在还有一匹备用的马,即便睡不了午觉也能坐得舒服些也好,一匹宽臀肥马他自己骑着倒也舒服。

路途无聊,白某与赶车的猴子有一句没一句地搭话。

"咱们怎么走啊? 有什么途经的美景胜地么?"

"先沿着商行古道一路往东南走,等出了西峡关就算离开京畿了。再往南走路过筑阳渡口把钟老放下,然后咱们再到襄阳换水路沿江直达江夏。"

"早就听说过楚地江泽湖泊众多,江上行舟也是有趣。唉,钟老不与我们去江夏么?"

"钟老不去,头领安排人在筑阳等他,然后接他去襄樊。"

听到宛城,白某来了精神头,"筑阳离襄樊很近?"

"不远。"

"那咱们也跟着去襄樊少住几天吧。"

猴子听后笑着摇摇头道:"世子,不用难为在下了。头领早想到会如此,特意交代我对你说,有任何事到了筑阳去问他。"

话刚开口便被人堵了回去了,白某心中暗骂,但脸上还要赔笑磨道:"猴子哥你稍微说下就好,你们哨统到底什么意思啊?"

猴子听后咯咯乐了起来,只不过乐归乐,话他仍是一句不说。白某见状无可奈何碎念道:"行,我的事我不问,咱们就聊钟老。为什么接钟老去襄樊呢? 你家头领怎么与钟老混熟的? 如此大费周章从京畿请大夫,襄樊没大夫? 等等,难不成是我父亲或者先生病了? 难怪这段时间连封信都没有,这能说吧? 快告诉我?"

猴子瞥了眼白某,又乐了起来。猴子这意味深长的笑让白某恼火,不过看着猴子的神色,白某便知道不是父亲或先生身体有恙了。

"哎猴子哥,你别不说话啊! 那东海蛮子告诉你连话都不许和我说?"

"钟老是洛京城中的名医,原先就认识侯爷。他把一身本事给了儿子后,就想趁着身子好时去游历世间,精进医术。正巧因你之前被……嗯,而后听说你要去江夏,钟老便问能否载他一程。如此,正好你身子也有伤,路上有个大夫跟着也好,所以咱这一行人才有了钟老。"

猴子的话说完轮到白某乐了,而白某的笑是讪笑。

"猴子哥,别的你不知道,这里的各种缘由你倒是格外清楚。这话是莲让你说给我听的吧?"

猴子依旧是笑笑,一副是也不是的表情不说话。

"以我父亲的性子,怎么可能给我上路方便再单配个大夫? 你说钟老想游历世间我信,但他干吗非得去襄樊? 深山老林不去,乡野偏僻不寻,就偏偏去襄樊?"

猴子听后叹了口气。

"哎哟,世子,你这么机灵怎么就听不出来呢? 我怎么说你就怎么听,真假你别论,反正再多余的话,我这是一句都没有了。"

白某憋气道："好好，你们这些披黑皮的都是一个德行。"

长路漫漫，简装赴行，白某他们走得不快，遇到集镇便稍作休息，每日只赶一城路程。

每逢夜里休整之余，钟老总会亲自煎煮一副汤药给乌维后，再烫上一碗酒邀请众人陪他喝酒闲聊。猴子不饮酒，乌维因为吃了钟老的药不能饮，所以每夜都是白某陪这个健谈但有些絮叨的老人，喝他那味道奇怪的酒。

虽然钟老这人三言两语离不开自己以往的医治经历，但他这一辈子深厚的经历还是让白某见识大长。

什么寒热火湿、精气化生、阴阳交感虽然莫名其妙，但也略有几分圣人书中的道理。可白某每次问钟老给乌维吃的什么药时，钟老却总是顾左右而言他。他嘴中总是"这女娃子心好，就是命苦啊""可怜她小时候受了多少罪"之类的，更怪异的是每次说完乌维后，钟老还会露出一副你懂我懂的表情对白某道："老汉我看家本事都用上了，你这后生要努力啊！"

不过这老头也有犯脾气的时候，有次白某陪他喝酒，讲到自己在辽东与胡人打交道的时候言语狂妄了些，钟老竟然直接给了白某一脑盖。饶是白某身法好，这一手竟是打了个全中。老头打完白某后直接把盛给白某的酒收了回来，并骂道："你们这些个玩意，在老汉我眼里可没啥不同，全都是一身骨架撑着肉！"

除了这些，钟老倒是个极其好相处的人，也是个极有善意的老者。

早早睡去的猴子，每日饮酒闲扯的一老一少，以及在旁伺候二人的乌维。

四人夜夜如此，路途中也渐生了更多乐趣与情谊。

时近九月，白某一行人终于到了汉水南下之源，筑阳县。

进入筑阳城后，白某仍没有见到半个北境中人的影子。这当阳城内也是松松散散，丝毫看不出来自己父亲在此整顿过军备的样子。不过这段时间白某已习惯了被忽视，被告知在这等，那便慢慢等吧。白某也不急，依旧是陪钟老东扯西扯地喝酒，怎么不是消夜。

在驿馆中,白某与钟老已经下酒掉两碟干豆。正是微醺欲睡时,厅堂另一处有个一直在给人相命的行脚巫卜站到了二人身边。

"我与二位同是外乡人,刚才与人讨了吃食,现在还差一个铺盖借宿。不如我帮二位相命,指引个好前程,二位借我一铺度夜的铺盖?"

巫卜说话十分客气,可白某对鬼神之事确实没兴趣,只想着随意打发掉他。但一旁的钟老却先他开口,没好气地道:"走开走开,老汉最厌的就是你们这些借鬼神行骗之人。"

听钟老语气不善,白某心中无奈,但手上却已经松起了关节。按他的经验,这种行走江湖的方士都是臭膏药,往往是黏上就甩不开,到最后只得用强。不过这个巫卜却不恼,他竟独自搬来凳子,坐到了白某与钟老的桌边。

"二位是在等人。"

巫卜不是询问,而是十分肯定地说道。

钟老见巫卜不走了,他扭头训责道:"怪力乱神,什么东西!别在这讨打,我这孙儿脾气可不好!哎?你不是?"

驿馆二楼,白某的居处。

莲把化身巫卜所用的方士杖、香炉等物放到一边,而后似笑非笑地盯着白某。乌维知道这人是谁,所以她直接去了隔壁房间陪钟老聊天了。

屋中只剩下二人后,莲从怀中掏出一个包裹递给白某。白某打开后,竟是自己丢失的那三把小短斧。这遗失许久的心爱之物,除了装短斧皮套袋被莲换新的外,三把小斧除了被莲上油保养外,没有一丝变化。

"给你重新做了一套皮套袋,稍微改良后,可斧柄朝上系于腿间。这样掷出时便可顺势出手,较之以往肯定快上不少。"

"不错不错,有劳莲师傅啦,之前我还头疼摸他费劲呢!"白某乐呵呵地道。

研究了会,他又张口问道:"莲师傅,不是说我父亲在襄樊一带么?怎么这里完全见不到整顿过军备的样子?而且你在这行走,怎么还要变装?"

莲料到白某会问此事,他早有准备直接回答道:"侯爷现在不在这里,而到了当阳,当阳与江夏也并不顺利,就别想着找侯爷了。况且就算你刻意去寻,估计也是寻不到的。"

白某对于父亲不见自己是有准备的,因此他并不纠结。不过在莲的话中,他还是听出了些别的。

"当阳?在那做什么?父亲要主动出击?若要对长沙用兵,江边的江陵城才是重镇吧?"

"你怎知对长沙用兵?"

"嘿嘿,长沙王刘可嘛!我猜的,不过看莲师傅的样子,那便真的是对长沙用兵了。"白某坏笑道。

莲听后没多说什么,只是简单解答了白某的问题。

"还没到打的时候,屯兵江陵意图太明显。况且侯爷没有水军,真要开战当阳城周围的江汉平源才是最好的选择。"

白某听后点点头。

"莲师傅,无论是襄樊还是当阳,江夏离他们都不算远。若是有什么我能做的事,你可……"

"别想些多余的事。"

还不等白某话说完,莲就打断了他。

看着白某,莲认真问道:"我问你,你觉得你帮得上侯爷么?"

"领一路兵肯定不差!"白某得意道。

"侯爷是领兵一路之人?"

莲这句话问完,白某哑口无言。看着臊眉耷眼的白某,莲沉声道:"行了,这话本不该我对你说。我在这等你就是为了告诉你,别耍歪心思,就算偷跑到襄樊、当阳,你也见不到侯爷。"

说罢,莲又变成之前的行脚巫卜,推门而出。

几日之后,樊城码头。

莲的手下接过了钟老,与这一路相伴的老者离别之时,众人都难免有些不舍。

这一路上,钟老的赤诚与风趣都深深感染了白某,还有那通透的医者仁心,令白某从此以后对于大夫多了几分尊重。

虽然不舍，但却各有前程要赴。钟老在塞给乌维一大包草药后，又拉开乌维嘱咐了好久，这才随着莲的人上船。

看着钟老的船慢慢消逝在江雾之中，白某在想，"钟老这算是出世呢，还是避世？"

钟老一生，得家中传承行医数十载，不问因果只治病救人。大把岁月过去，最终功德圆满，医名远播，家中也是后继有人。

这时白某忽然想起何朗，还有何朗对他讲过的那关于"我"的辩证。便说钟老，他这一生所为算是钟老的"我"么？若这算是钟老的"我"，那钟老如今赫赫有名，为何不安度晚年？为何选择扔下这一生的"我"，去继续游历行医？若说钟老如今的选择才是他的抱负，他的"我"，那他又为何直到年岁已高身体不便时才选择游历行医？

汉水轻舟上的白某对着岸南雾中的襄阳城思量着。

白某想再找人说说话，随便说些什么都行，只要别让他想这难解的问题。

轻舟摇曳之下，白某胸中阵阵作呕，雾气涔涔的江面更让他窒息。

"譬如此刻，只求清风一阵，便是我所感了。"晕眩难受的白某心中暗自调笑自己道。

便在这一刻，江上忽然刮起东风，江面凝结的雾气一扫而散。长天碧水、蜿蜒悠悠的汉水尽现在白某眼中。

船伙计长歌一阵，幔帆依风，两岸青山相对，江上孤舟漫行。

九月初。

去往江夏的路途顺风又顺水，除了因为白某与乌维晕船而换走了段陆路外，就真是顺途坦荡了。江夏城乃是荆州江夏郡的治所所在，那是大江与汉水两江交汇之处，城外各处湖泊之巨也堪称大汉名城之首。甚至有人说，先圣典籍里记载的古楚九泽中的其中几处，就是江夏这几处大泽。

不过江夏城虽也繁华，但白某自从出幽州这一路以来见识大增，此刻的他倒是没什么兴奋了。

吃过晚饭,因为这几日乘舟的原因,白某有些疲乏。但现在睡觉还为时尚早,无所事事的他在驿馆院内伸展筋骨,用来缓解疲倦。过会,猴子提着大包小裹回了驿馆,白某好奇问道:"猴子哥,怎么买了这么多东西?看你,应该不是交往广遍之人啊?"

　　猴子把东西放下,边归整边回答道:"不是给我,是给你的。"

　　"给我?我哪里用得着这么多东西啊?再者说,我要住在这好久,缺什么自己买就是,何必提前买这一堆?"

　　猴子听后苦笑道:"买给你的拜师礼,上面吩咐过。虽然枯秧先生不讲究,但咱们这边一丝一毫都不能差了。"

　　听到猴子的回答,白某一时语塞,他首先是不知道拜师还有这礼数,更加没想到的是"大人"们竟帮他想着呢。心中阵阵暖意,白某赶忙站起来帮猴子一起整理收拾起来。

　　最后猴子从屋中搬来一个华美的乌木箱子,把礼品分门别类后整齐放进去,偌大的箱子装得竟是满满的。

　　把箱子锁进屋内后,二人坐在院子内休息。想着这一路上被猴子照顾得得体舒适,白某心中十分感激。

　　"猴子哥,明日你送我到枯秧先生那里后,就直接离开了吧?"

　　"嗯,哨统那边缺帮手。"

　　"猴子哥,这一路上多谢照顾了。我不懂什么礼数,总之你的帮衬我记下了。"

　　猴子听后抬头看了眼白某,然后摇头笑道:"说什么呢世子,该做的。"

　　白某也是笑笑,他坐到猴子旁边,想着今日之后的明日发呆。

　　"世子,我能交代你几句么?"猴子忽然对身旁的白某开口问道。

　　白某听后愣愣,他杵了下身旁的猴子笑道:"猴子哥,和我还讲些怪话。没看我父亲帐下那些将领,以前都是一口一个小兔崽子地叫我么?"

　　猴子听后笑着点点头道:"世子,你往后可千万不要随便与人动手。"

　　"怎么?我功夫不行?"

　　猴子摇摇头,神情认真些道:"世子,你手上都是军中路数,太凶。这里不同于边塞,若是失手杀人会很麻烦。就算你有心留手,市井中的厮打也不同于对练,往往纠缠不清,最后你杀不了人又脱不开身,怎么都是麻烦。还有就是遇到江湖习武之人，路数千奇百怪，各种规矩之下也难免吃亏。所以啊，平日里还是莫要恃强动手为好。"

"猴子哥说的有理，有心了，我记下了。"

白某听到心里去，认真点点头回答道。随即他忽然冒出一个念头，于是站起来面对猴子问道："猴子哥，不然你陪我比画两手？你出身艮川剑门，也算是江湖本事吧？正好让我见识下所谓的'江湖'！"

猴子听后摇头笑笑，但还是答应了白某。

"行，就当陪你玩会。咱们不上死招不下黑手，但也无需按照江湖规矩打点，手段招式都不限，如何？"

白某听后大喜，他把衣摆往腰中一塞，从树上折根长枝。

"我这是把环首直刀。"

猴子站起来，在树上一折。

"长柄宽刃剑。"

二人语罢，白某身子一蜷，翻腕一个刀花自上而下劈向猴子。猴子负手持剑，脚步稍挪，轻巧避开白某刀锋。白某刀锋下斩落空，持刀手立即上挥，树枝化作刀刃往斜上方画出一道冷芒。

白某这两刀，第一刀纵斩分左右，第二刀斜斩撩扫一边，这正是以前莲教他的"夺势"。所谓夺势就是把人逼到避无可避只得格挡，只要对手格住第一下，白某下一手只需借势轻巧反打，这招就算中了。

可面对白某斜斩出的刀芒，猴子却没有抬剑去挡。猴子脚步向前，踩在白某持刀手侧，身子背转两腿交步站立，随意一拧，之后便是一个转身站到了白某身后，而白某还不等回身就被一剑抽在后颈处。

"世子，你死了。这两刀虽能算我盈缩，我却可变步开源。"

白某揉着后颈，他扔下树枝，跑开了小会，回来时手中多了一支短棍。

"五尺矛！"

"宽刃剑。"

白某矛芒步步直插要害，猴子只是不断地闪身侧步。忽然间白某右手握在短矛前段用力挥臂甩开，五尺短矛变四尺手棍画了两个大圆。猴子躲闪不及，斜身用剑相格，一声脆响他手中剑刃折断。白某一见得手，立刻左手收住矛尾，右手持矛尖对着猴子向下一扣，四尺手棍又变作一尺寒匕刺向猴子。

终于在白某的两个变招之下,猴子再不能胡乱应对了。他蹲下身子,向白某方向强抢出一步,左手托住白某右臂腋下,右手拿着那柄"断剑"向着白某腰眼一划一刺。

"呼,世子,你又死了。"猴子的声音有些喘息。

"猴子哥,你这都是什么功夫啊？厉害！厉害！"

猴子擦了把汗:"吃饭的本事,不足奇。倒是世子你这短矛的两次变手真惊奇了我,看来倒是小瞧世子了。"

白某听到夸奖嘿嘿直乐,不过到底是自己又死一回,他也没有过度忘形于色。

"不打了,两次都被猴子哥你拿得稳稳的,我再换什么都没用了。"

片刻之后,乌维打来一盆热水,两人各自擦着身子。猴子自己想了想,最后还是开口道:"世子,我还是得和你说,不要随便与人动手。"

"怎么？猴子哥还怕我吃亏？"

猴子叹气一声道:"我实说了吧,世子你的路数不适合与人械斗。遇到平常人还好,若是真遇到兵器名家,弄不好会丢了性命。"

"为何？"

白某不解,打不过猴子是真,但按猴子所说随意就丢了性命,他觉得有些太过夸张。猴子把衣服穿好,他没有直接回答白某,而是反问白某一个问题,"世子,你可知道那些江湖人交手中,最多的死法是什么？"

"这……"

"在江湖中纷争往往都起于义气或利益,因此真下死手杀人的是少之又少。比如艮川剑门,若是遇到有人上门,指明了要真剑讨教时,我们都是先败他一次,再好吃好喝送出去。但就算如此,每年却有大批武人死于械斗交手。"

白某听后回想了下与猴子交手的情景,他试问道:"是因为江湖武人都不披甲,所以难免误伤？"

猴子点点头又摇摇头。

"这只是其一,但你的问题,是手上路数不同。军中武艺每招都是冲着命去的,再加上身上披甲,所以招式上并不考究。而江湖的功夫正相反,刀剑一甩就是一道口子,反手又是一道疤。大把的武中好手都是先被放了血,最后趁弱弄死的。并且就算赢了,只要一不留神身上被开了口子,弄不好几日后便死在惊风上。"

猴子说完,看向一脸惊愕的白某。他苦笑摇摇头,拍拍白某又道:"所以啊世子,不要随意动手。"

说完便转身离开,准备回屋休息。

"猴子哥!"

身后的白某忽然叫住了猴子。

"猴子哥你的功夫,比上江湖好手如何?"

猴子干笑了几声,对着白某摆摆手。虽然猴子没说,但白某还是从他散漫的笑声中听出了答案。

"那猴子哥你与艮川剑门中人比呢?"

猴子站住转身,看着白某想了会道:"这我不好说,也不能说,呵呵。"

白某明白了猴子的意思,又问道:"那与你家哨统比呢?"

猴子听后愣愣,然后十分认真地陷入了回忆,想了会才回答白某道:"我们没认真比画过,不过哨统真想杀我,怎么着都能要了我的命。"

猴子此话说完,不光白某,就连在旁看二人交手的乌维都是满脸惊愕。

"原来兜帽,这么凶。"

一夜好睡,第二日白某起身整装出门时,猴子已经租好车马,把各种行囊在车上安顿好。早行早至,三人驾车在江夏山野间的蜿蜒道路慢行,一路阅尽荆州秋日美景,湖泊、山林、江流,还有分布散乱但却一路常见的秋时农田。

终于,在西垂的太阳映得湖光耀眼时,白某一行到了这场旅途最后的目的地,江丰村。

江丰村其实离江夏城并不远,只是路途弯绕才走了这好久。白某想来,这村子叫江丰村的原因,大概是因为挨着一个巨大的逊湖,而逊湖又流向大江吧。

站在村口,白某向内望去,村中只有一条纵路,沿着路大约有十几户人家。再算上纵路散出来几户斜屋,不用细数,这村子顶多不到二十户。

但站了半会几人就开始尴尬了,虽说知道这里是终点,可枯秧先生的影子却丝毫没有见到。三人赶着车,身上还都是好布料的衣裳,每当有务农归家的农夫路过,各个都对他们一阵打量。

猴子抬头看看天色对白某道:"世子,我就送你到这了,今夜我还给赶回江夏城。"

白某一愣:"猴子哥你这就要走了?现在还没见到来接的人呢。"

"哨统交代过,世子的老师是世外高人,脾气古怪。若这一行中有怪异,让我自如应对。反正都给你送到这了,我想世子的老师可能是个隐世之人,不愿意见我这外人,又或者他老人家把世子寻他当作入门考验也说不定。"

"这……"

白某有些迟疑。

"行,那我就走了。"

说罢猴子卸下车上的行李,准备赶车离去。

"猴子哥!"白某忽然叫道。

"怎么?忘了什么?"

白某对着猴子笑笑道:"猴子哥,再见之时不知何年何月,这一路劳多照顾了。"

猴子回头对白某从容一笑。

"再见,应该用不上太久。"

说罢他手中缰绳一扯,没了行囊的马车疾驰而走,留下还没反应过来的白某。

看着日头越来越沉,务农归来的村民也越来越多,白某心中的火气也就越盛。自己从千里之外来到这个偏僻的小村子,就算是拜师入学,但也不能直接把自己晾在这不管。

"好,不是入学考验么?不是隐世高人么?行,咱们就来试试吧。"

心想此处,白某交代乌维看好行囊后就自己走开了。他挨家挨户叫开柴门,遇到人便问,"大哥,你知道枯秧先生的门府是哪所么?""老乡,你听说过枯秧先生么?"

如此问了五户人家,白某无功而返,并不是因为这些村中人都不知道,而是白某根本就听不懂他们说话。无奈之下,白某又回到乌维身边守着村口,不管老人孩子,他只要见人就询问一句:"足下是枯秧先生么?"

如此许久,眼见太阳已经昏了,东边的山上天都暗了,他们依旧没见到枯秧先生的影子。这段时间里,也有两个懂些北腔的老乡过来询问白某。

"你们两个灵醒孩可不像乡下人,到这凑什么?"

"有劳两位,可否知道枯秧先生?"

"还先生,这背静地方走晃荡了都走不来,哪里有什么先生?"

呆得久了,开始有人给他们送来些水喝。但白某的问题问向这些好心人,不管是谁,回答都是一样的,都没听说过有关枯秧先生的半个字。

就当白某要放弃,打算随便找个人家先借宿一宿,吃点热食时,一个中不溜个头的壮汉,扛着锄头走了过来,白某下意识问道:"劳烦问下,可否识得枯秧先生?"

那壮汉听后站住,向白某这边看来。离近些看,这个壮汉十足的乡下人长相,皮肤黝黑,浓眉重须,头上还裹着抹布。除此之外这人倒也有些别的特点,高鼻宽颈,与这里楚人的长相有些差别。

壮汉没说话,只是打量了会白某二人,而后对着他俩做了个跟上的手势,随即便转身走了。

白某与乌维搬着个大箱子跟在这壮汉身后,刚走几步,壮汉停下来回头看向白某的箱子。

"我帮你吧。"

说完,壮汉把锄头交给乌维,自己则帮白某抬起了箱子。

之后又走了两步,白某忽然反应过来。这壮汉刚才说的话,那是不带一丝乡音的纯正北腔官话。

因两人抬着箱子,他们走得缓慢,路上有些村民瞧见后都叫喊着壮汉打招呼。

他们说的是什么白某一句都听不懂,但从每个村民都重复的词中,白某知道了这个壮汉的名字,叫作肥憨。

从村中的大路慢慢走到一条小路,最后白某他们在靠山脚的一座小茅屋中落脚。

放下行李,肥憨给白某盛了碗水便进屋了。

白某在院中歇脚时,稍作休息后他回过神来。这壮汉有些怪,他只听见白某说枯秧先生就过来与自己搭话,但这壮汉从没说过他与枯秧先生是什么关系。

古怪的还不止这一处,刚见到这壮汉时,他扛的是一把锄头,都这个季节了,人人都在割稻他为何拿一个锄头?这壮汉和村中人打招呼用的是本地方言,但他又会说流利的北腔。包括现在自己所在的这茅屋也是怪,单房一院极为简陋,绝非是传说中的枯秧先生所居之处。还有这壮汉的身材,健硕黝黑,与当地村民那种劳累出来的精瘦完全不同。

总之,这人看似是个寻常农夫,但细微之处却又与这江丰村格格不入。

想清理顺之后,白某认定,这壮汉或是枯秧先生的下人,抑或是……盯准了一身华服带着箱子的白某,准备伺机行凶的歹人。

想到此处,白某紧了紧自己系在腿间的小斧头,他心中暗笑道:"这厮若真是强盗,那这次他算是栽了。"

壮汉换过一身干净衣裳走出茅屋,摘下麻布,肥憨头上用一根普通麻绳梳着普通发髻。当白某把肥憨的五官看清楚些后,他心中却略微放心了。

因这壮汉肥憨的长相实在是太普通了,若他真的是个行凶之人,那他估计也是混不出头的。要是哪个江湖大盗长成他样,那还真是挺丢人的。

肥憨对着白某发愣,然后挠了挠头说了句:"先吃饭。"

不过虽然他的模样蠢,但白某不敢掉以轻心,肥憨走远生火后白某叫来乌维。

"你去搭把手,留意一下他有没有加料。"

乌维疑惑地看了眼白某,但她什么都没问,点点头就过去帮忙了。

不会,肥憨与乌维把饭菜陆续端到院中的石桌上。

饭菜很简单,满满一钵杂米,一条鱼,两碟酱菜。

围坐在桌上,肥憨显得很高兴,嘴里不断念叨着:"丰盛啊,吃鱼啊。"

乌维把碗碟分给各人,而后对白某点点头。白某明白,乌维的意思是饭菜没问题。但白某仍然不放心,他桌下的脚踩了下乌维,意思让乌维先别吃。

就这样,二人一直到肥憨已经就着酱菜扒光了半碗杂米后才开始动口。看着肥憨的举动,白某放心了,想必这人应该不是强盗,或许只是枯秧先生家中的仆人或帮工吧。

饭菜虽然简陋,但白某不挑食,可这顿饭他吃得却并不安生。关于枯秧先生的事他还一点头绪都没有呢,怎么这会就踏实地坐在这吃饭了?

想着,白某放下碗对肥憨问道:"老乡,不,兄弟,枯秧先生还没用餐,咱们先吃不合礼数吧?还是说,枯秧先生另有住处?"

听见白某发问,肥憨放下碗,整个人愣愣地盯着白某,显得痴傻十分,"啊,我没说清。枯秧,我就是啊。"

晴空万里,旱地惊雷,雨打涟漪,青蛙冒泡。

白某当即愣住,后背瞬间泛起大片疙瘩,心中一股郁结之气四处乱撞,舌下白津也越凝越多,涨在口中只想一泼啐出。

小石桌上的气氛越凝越重,就连乌维都是瞪着眼睛愣在那里。

白某的手在颤抖,心也在颤抖。白某慌了,他不知现在到底是该跪下拜师,还是立刻抽出自己的短斧钉死眼前这个妄人。

肥憨眼神发傻地看看白某又看看乌维,随即他用一种迟缓到近乎愚钝的口气说道:"你不是白济家的么?陈怀给我写的信啊?"

"是了,就是他了,没错了。"白某心中想道。

白某深吸深吐几息,表情变得十分坚决又带着些委屈,他站起来,整理了下衣服,大声道:"学生白某,幽州辽东郡人,年十七,拜过老师枯秧先生。"

接下来便是跪拜,磕头,认师。

肥憨坐在那,愣愣地点点头,然后拉起白某道:"不用不用,你别叫我老师或者枯秧了,怪难受的。你叫我肥憨,或者肥憨哥就行,不用弄那么麻烦,我也是最近有些闷了,再加上最近手头拮据,这才答应陈怀的。别麻烦,别麻烦就最好了。"

"啊?"

"先吃饭,先吃饭,先把饭吃好。"

说着,肥憨又端起了碗扑哧扑哧地扒了起来,然后白某的人生大事拜师礼,也就这么结束了。

吃过饭后,白某自然不敢再让肥憨收拾,赶紧交代乌维去干活。

这顿饭,与吃得艰辛痛苦的白某不同,此刻肥憨倒是感觉十分舒服,捂着肚子咿呀咿呀地喘息。

老师不说话,白某也不敢吱声,两人就这么杵着。

过会,肥憨随意开口问道:"你想学什么?"

白某一愣,他恭敬地回答道:"某儿听老师安排。"

肥憨摆摆手憨笑道:"你别称我为老师,虽然我大你一轮多点,但你就叫我哥吧。或者和这村中人一样叫我肥憨,肥憨哥也行。"

白某无奈,只好点点头,肥憨又问道:"那你想干什么啊?"

白某又是愣愣,虽然他不曾入过学,但也没听说过哪家的先生先问学生你想学什么?你想干什么?又不是去学一门手艺,学什么干什么自然是听老师教导。

心中想着,但他不能说出口,只能对着肥憨摇摇头。肥憨看了会白某,然后毫无征兆地点点头,又摇摇头,又点点头,整个人显得很怪异。之后两人便再无交流。

一直坐到乌维收拾好碗碟,肥憨把二人领进茅屋。茅屋不大,但因没什么布置所以显得空荡荡的,门向南开背挨着北,东西各有一间单独的屋子。

在屋中放下白某带来的一箱子拜师礼,肥憨指着西边屋子道:"你们两个就住这吧。"

说完他又回到自己居住的东屋,听声音好像是在翻找什么。片刻之后肥憨出来,扔给白某一摞沾满灰尘油渍的旧书。

"这些书,你愿意看就翻翻,要是有不懂就问我。其他的嘛,等你想到要学什么时再和我说吧。"

白某接过旧书,对肥憨问道:"老师,肥憨哥,除此之外我每日都需学些什么? 咱们几时上课,几时解惑?"

肥憨挠挠头想了会,回答白某道:"这样吧,你就每日跟我去下地,避太阳歇农时你随便想干什么就干什么。你女人嘛……就在家里帮帮工,打扫院子做个饭什么的。"

"啊?"

"哦,对了。白小弟你可千万别当着村众人面叫我什么老师枯秧的。明日我就说你是我远房亲戚,家里败落了过来投奔我。你可千万记住啊,可不能忘了。"

说罢,肥憨扔下白某便回了自己的东屋。

没多久之后,白某还在发愣时,肥憨的东屋中传来阵阵鼾声。

九月中旬,秋蝉声声弱,梧叶纷纷落。

自幼长在寒天雪地中的白某,终于在十六岁这一年体验到了南方的长秋。

世人总说秋日愁,愁的是万物衰垂落叶枯黄,愁的是那家闺中小姐、这家台阁的公子,就连最不济的贩夫走卒也是个愁,愁的是自己婆娘要添衣裳,愁的是孩子没地方摸鱼,日日还要在家中多吃两碗饭。

走在田野间的白某也是愁,但他的愁却没有来路,更似迷茫。

随着他的"读书"生涯开始,他果真是体验到了另一种人生。

每日天还没亮,他便要起身跟着肥憨出去种地。肥憨的地不大,季节也到了秋收,按理说农活并不会繁重。但肥憨却要求白某干活干得极其细致,大到割稻子的顺序,小到镰刀握到几寸,这些都被肥憨要求得极严。

肥憨不光如此要求白某,他自己也是一丝不苟地严格执行自己的规矩。可让白某奇怪的事也很明显,肥憨的地种得很仔细,但他的收成却是十分不堪。长出来的旱稻无精打采的,好像是一个被揍得半死的人。且地的产量也低,不大的两亩半地长得是毛突突的。

这些还都只是让白某觉得奇怪的，更有别的诧异事直让白某暗自骂娘，就好比怎么割稻子。

肥憨规定了一把割几根，不得多一根少一根，甚至是规定了镰刀刀刃放在稻子何处，不得偏移一毫。如此干活割得慢也就算了，最让白某生气的是他们的镰刀已经钝得生锈，莫说是稻子，就是一把杂草都割不利索。

每次割稻，手中的感觉都不是用刀刃割断，而是拿一个细棍生生地将稻子勒断。关于这点，肥憨倒是不管了，当然，肥憨是一定知道镰刀难用的，因为他手中的那把镰刀，比白某的锈迹还重。

他两人一般是干到晌午，太阳正当头时休息。每到休息时，肥憨便领着白某去田亩交陇处的一个水摊歇息。而乌维会早早等在水摊处，给二人送午饭吃。

三人吃过饭后，肥憨便会躲在水摊的背阳处睡觉，而白某则是摊在一张铺盖上，由乌维给他敲背摁腿缓解酸乏。

来过几次之后，白某得知支起这水摊的人叫老三，他平日里就住在水摊旁的屋子里。据他说，起初他这水摊只是卖些甜汤，但一直没什么生意。之后他在水摊外支起了几张桌子，任人免费用桌子吃饭，如此一来他的甜汤倒是卖得好了。从这点白某看出，水摊老板老三其实是个聪明人。

不光如此，老三长得其貌不扬但却能说一口流利的南腔北调，并且格外健谈。尤其是与白某这个看起来气度不凡的外乡人，他的话格外多，老三自称走过南闯过北，见过大世面。当他看遍世间沧桑后，便选择在此隐居。

当然，老三的话，白某就当听个乐了。

但有一点老三说得没错，江丰村真正的中心其实是他的水摊。没到中午歇息，在他的水摊中基本能看见全村的劳力。

男人们在这里吃过饭后都会去老三那盛一碗甜汤，然后再回到桌上一起谈天说地，吹牛赌博。

有此场所，加上白某一看便不是乡野中人，村中人倒是都主动向他搭起话来。而白某歇农时又总闲不住，空闲时间他就在水摊的空地上耍把式，看得村中人围观叫好。再加上白某得到肥憨授意之下编的伤心过往，他那个翩翩世家公子遭奸人所害落魄至此的故事，竟让见识少的村中大男人都黯然拭泪。

如此没几日,白某与这江丰村是迅速混熟了。

而一般在晡时日落之前,肥憨便会睡醒。之后他二人会回田里把活收收尾,再整理一会后回村。回村的路上肥憨会在一处溪边钓鱼,他只钓半个时辰不多也不少,时间一到,不管有没有收获他都收竿回家。

在白某观察下,他发现肥憨的钓术与自己一样烂,两人往往连续几日不见收获。但与无论收获与否都表现得心平气和的肥憨不同,白某每天钓完鱼后都十分丧气。直到有天他一把扔飞鱼竿,跳到溪中摸鱼,如此倒是收获颇丰。

可收获满满,肥憨却有些扫兴,他瞥着白某后背盛满鱼的竹筐道:"你这般却是无趣了,鱼还是钓出来是个乐。"

"钓出的鱼与摸出的鱼有何区别?"

白某以为肥憨要从这钓鱼之道给他解惑,连忙询问。

肥憨挠挠头回答道:"钓出来的鱼吃得香。"

白某听后皱眉,一路无言,暗自参悟肥憨话中的道理。可当乌维把这些鱼变作各种鲜美时,他再看看对面吃得一脸兴奋的肥憨。

白某心中恍然道:"狗屁的枯秧,就是他娘的肥憨货。"

起初时,白某一直以为肥憨是真人不露相,所以肥憨如此他也并不丧气,相反他倒是觉得肥憨不拘一格。

可他在等肥憨变成枯秧等了半月有余之后,白某算是彻底心灰意冷了,肥憨彻头彻尾就是一个不会种地的农民。

肥憨从没教过白某任何东西,也从未督促过白某去翻书用功。只要白某在种地时仔细按照他的要求干活,别的他什么都不管白某。

半月十余天,白某的生活就是早起到田中种地,中午在水摊打屁,晚上对着星星发呆。

白某也想过要跑路,辽东宛城他去不了,但还能去扬州投奔谢念。可是这个念头他也就是想想罢了,此时的白某心智比之前成熟很多,他知道跑路这种事压根就不靠谱。

第五章 —— 摇桨

不过在肥憨这里也有好的地方,那便是只要他干活不糊弄,肥憨从来不管他,甚至他跑到江夏城去,夜不归宿都不管。

十月过半,时间就这么慢慢过去,白某心中也从开始的迷茫变成了焦急。每日就对着肥憨的那一亩薄田,用肥憨那繁琐的方法干农活。

眼见人家的三四亩地十天就割完,白某到江丰村都快一个月了,别人家都开始打稻了,肥憨的一亩光秃秃的地竟是还没割完。

久之,焦急便变成了麻木,白某手上不能敷衍肥憨,可是心中则是随意起来。

农活、水摊、农活、钓鱼、吃饭、睡觉,这一个月不断重复的生活,已经把白某磨得眼神暗淡无精打采。

某日夜里,在白某的西屋内,白某在与乌维一阵筋疲力尽后反而没了困意。

白某推了推身边的乌维问道:"你觉得现在的日子怎么样?"

乌维声音有些疲倦地回答:"还好。"

"比在洛京城龙家老宅中呢?"

白某问完,乌维明显是想了想,过会才回答道:"还好。"

"好过洛京城?"

"嗯。"

"为何?"

"安心。"

乌维回答的声音听起来非常踏实。

"安心? 这里除了农活就是吃饭睡觉,有什么可安心的?"

白某侧过身子对着乌维问道。

"嗯,吃的、喝的都能见到。做什么就是做什么,不麻烦。"乌维把头稍微往白某这边靠些,轻俯在白某耳侧说道。

白某把身子躺平,看着从窗外透进来的星光:"可这样的日子久了,就会迟钝麻木。入学,呵呵,真是笑话啊。不如我们去襄樊寻父亲吧,向他说明所谓枯秧只是个欺世盗名之徒,就算是仍要我读书也好过在这里混沌度日。"

白某问完,并没有得到乌维的回答,而只听到了渐渐缓慢的呼吸声。白某叹气一声翻身起来,披上衣服离开屋子到院中坐下,仰望星空数起了天上的星星。

最后,白某到底还是没有离开,他仍然每日按照肥憨的繁琐要求干着农活,吃着乌维烹饪的并不可口的饭菜。

他想要一个答案,但问题是什么他不是很清楚,想从答案中得到什么也不明白。但他就是想要一个答案,关于读书、关于枯秧总该有个答案,有个结果。

渐渐的白某话少了,种地时无话,在水摊时无话,等肥憨钓鱼时无话,乌维的饭做咸了无话,乌维的饭做淡了还是无话。

白某如行尸走肉一般,他确实在动,但他又好像是死了。

而肥憨却没管白某的异状,他依旧该怎样便怎样,可能白某的混沌对他唯一有影响的事情便是,白某不再下水摸鱼了,他也不能每日都能吃上鲜美的河鲜了。

终于在一个日落之时,还是那个能映着西落斜阳的小溪。白某坐在撑着鱼竿的肥憨身后,气氛中透着一种按捺不住一吐为快的感觉,终于在肥憨的饵第二次被鱼啄食掉后,两人不约而同地开了口。

"啊!""唉?"

肥憨回头看向白某憨笑道:"你先说吧。"

"你先。"

"还是你先吧。"

说完,肥憨又给鱼钩上了饵甩进小溪,一副死活不打算开口的样子。

白某注视着斜阳,他问了一个与他毫不相干的问题。

"肥憨,不,枯秧先生。咱们耕的那亩地并不肥吧?"

"嗯,是有些贫瘠。"

"咱们的镰刀也都是钝的。"

"嗯,是有些钝了。"

肥憨仍然憨笑着盯着鱼竿,白某站到肥憨身侧望向肥憨。夕阳映在水面,波光金红,晃得二人看不见彼此的神色。

"那是为何?"白某问道。

"为何?"

"为何?"白某确认道。

肥憨挑竿收线,果然这次的饵又换来一场空。他把线缠好,收起竿放到一边。

看着在水中尽情游弋的鱼,肥憨挠挠头。

"我爹自号青苗,他想的是把天下栽满遍野的青苗。我没他的志向,也没这么大本领,想着只是守着这亩荒地,慢慢看着青苗变枯秧也是个事干。该浇的水给浇,该垄的地给垄,青苗变枯秧,呵呵,我只想知道,到底是苗之过,还是地之过?"

白某的脸色凝重,他扭头看向枯秧,可夕阳晃得他睁不开眼。

待他眼睛睁开时,肥憨已经站起来收拾好渔具了,他看着空空的竹筐,嘴里不住地叹息道:"可惜可惜,又没鲜物吃了。"

丢下仍然站在溪边的白某,肥憨背着空竹筐憨头憨脑地走在归家的路上。

而后,只听溪边噗通一声,肥憨停下脚步疑惑地回望过去,只见白某手持着一根长枝正在水中摸鱼。

肥憨站在小路上,看着溪中的白某,嘴里嘶嘶地时不时挠挠头,他没有上前帮忙,但也没有离开,就这么看着白某怀中不断出现一条鱼、两条鱼……

一会,当长枝上已经串了四条鱼的白某又重新站在他面前时,肥憨挠挠头,脸上又是一副如常的憨笑。

当晚的鱼,乌维做得很香。

至那日以后,白某对肥憨多了些耐性,他不再去想肥憨如何,枯秧又如何。依旧是干活吃饭的生活,不去想了,反而感受到了乌维所说的安心。

只不过现在虽然安心了,可他也无所事事了。就好像亘古不变的山石,你不去理他他还在那,你若去询问他,他也不会因你的询问而做出什么改变。白某也是如此,无论肥憨是不是枯秧,白某还是白某,有些事他避免不了。

肥憨的一亩田割完了,之后白某又学会了打稻,天凉了便加衣裳,乌维做的饭淡了再撒点盐也是可口的,白某活得是越来越自然了。

但走在乡间的土地,他仍参悟不出什么道理。聚在水摊的乡亲,也再聊不出村外的故事。白某也好,江丰村也罢,甚至是整个荆州,整个天地,此刻在白某心中都只是两个字,无趣。

终于,一个寻常的夜晚,白某翻开了肥憨给他的那堆破书卷,"初,郑武公娶于申,曰武姜,生庄公及共叔段"。

硬着头皮,白某一列三顾地啃起了第一卷书。

之后,天外星光闪耀,寒鸟啼月。风起,云散,烛光不摇曳,枕边人香觉安好。

不过这些都与白某无关了。

君子曰:颖考叔,纯孝也,爱其母,施及庄公。《诗》曰:孝子不匮,永锡尔类。其是之谓乎?(颖考叔是真正的孝子,他孝顺母亲,并把孝心推广到郑伯身上。《诗经·大雅·既醉》篇说:孝子不断行孝道,永远能感化同类。这大概就是对颖考叔纯孝而说的吧?——《左传·郑伯克段于鄢》)

扣上书卷,白某抬头,今夜的星确实大不一样。

未到十一月,一卷被满是虫嗑的《左传》已被白某翻来覆去数遍。他耐着性子读书,却在书中找到了乐趣。《左传》中的故事诉说着那些过往的白云不一定是苍狗,也许是虹色的也未必可知。往昔的岁月同样在他脚下的土地流过,这些时光也不再是一句古秦周诸,而是人,与他一样悲喜、欢愉的人。

而在白日干活时,白某与肥憨也不再相互沉默。

偶尔白某会问,肥憨会答。

白某道:"远鲁长勺之战大破远齐全靠曹刿,一鼓作气真乃是大将。"(《左传·曹刿论战》)

肥憨答:"未必。"

白某又问:"那是因远鲁庄公明法度、体人情,乃是明君?"

肥憨又答："未全是。"

白某沉默，半会肥憨答道："相得益彰。"

如此，两人之间没有寻常师徒那样，老师摇头晃脑地孜孜教诲，学生屏息凝神地用功记忆。就在田间，二人一问一答，沉默片刻，又是一问一答。

肥憨口中的世界，并不全是世界，常常花是草、草是树。而白某心中的所求却是花为何香，草为何绿。白某问水从何来，肥憨答滴水成冰。

随着白某的书越翻越厚，渐渐的，肥憨那些往往似是而非的答案，在白某听来确实不是那么模棱两可了。

原来这世界有因，因又结了果，但你看到了果却不一定能猜到他的因。

一匹燕国的良驹被卖到楚国，最后生了一头驴，那到底是良驹本就是劣马，还是楚国的草料喂不好燕国的马，抑或是喂马的马夫有日醉了酒，没看住自己拉车的驴？

果也可能是因，因反过又是果，反反复复到最后竟看花了人眼，找不到这因果的根在哪里。

又问了，这根即是一切之始？那若是有无数条根呢？哪条根才是开始之始？

说真即是始，但真与伪本是同在，你又如何分辨？若是说辨明伪即得真，那反之清楚了真也可知道什么是伪，如此岂不是真伪定然同存于世，有真即有伪？

最后再说，真伪与对错善恶同出，可连真伪都分不清，又如何证明真即是善、善即是对？

山中参天大树，因微风徐徐而散落一叶，那此时的参天大树是否依旧是风起之前的参天大树？此间的白某心神飘然，他不再是襄平的白某了，那此时放下书卷后白某又是何人？

白某吃饭时苦思，打稻时苦思，这种心中的自省让他飘忽，可也让他找到了一个名为白某的存在。

终于在某日，他因给稻米脱壳到筋疲力尽，而吃了三碗杂米一整条鱼时,白某忽然笑了。他笑了几声后,肥憨也跟着笑了,两人笑得莫名其妙,吓得乌维以为今天的饭菜烹饪出了什么问题。

白某笑,是因为白某通了,他终于打开了第一道门。

他白某自己即是始、即是因,因不变,善恶对错都不能改变他是白某这个起始。白某可以是善恶对错,但善恶对错并不是白某。

"如此便是了!如此便是了!"

白某心中大喊道。

他不需要询问肥憨来做印证,肥憨是肥憨,白某是白某,白某觉得是了,那就是,是了。

再之后的日子里,依旧是读书,依旧是干活,不过白某的心中却不再纠结什么了。

若是说之前的白某,心中总像是有一把火烧在荒草上,焦急焦躁,慌张慌乱,浑浑噩噩又急三忙四。

而如今的白某倒是不急了,干活就是干活,好好干认真干,太阳下山自然就是休息了。读书就是读书,在这一卷的天地中遨游时,绝不会想着角落里的那卷天地中有更好的风景。

不慌忙,不慌忙,此间在世外,机缘不急。

随着白某逐渐通彻,他与肥憨的关系亲近了许多。尤其是在肥憨每次显露出怪异举动时,白某都更有耐心了,甚至会去思考肥憨为何如此。

不过有些事,肥憨的怪异举动的确另有玄机,但又有很多事,他却是真正的笨拙。

比如肥憨每次吃鱼都要仔细把刺挑出来再入口,白某起初还以为肥憨这是"谋划有度,准备万全"之意。但当有日他看见肥憨把吃进去的鱼肉又吐出来,然后重新挑了一遍刺时,白某是真想不通了,于是开口问他何故。

肥憨则是挠挠头憨笑地告诉白某,他如此是因为舌头不灵活,吃到刺吐不出来。

类似这种尴尬,两人之间也是数不胜数。

也是因为肥憨如此的举止,两人日常之中全然不像师徒相处,对于白某来讲,肥憨可能更像是一位博学的大哥。

再往后,白某甚至敢随意与肥憨开玩笑。比如一旦肥憨犯傻时,白某便会假装一脸严肃道:"枯秧先生,不可如此啊,成何体统?"

之后,见到白某的窃笑与肥憨的莫名其妙掺杂在一起时,有时就连乌维都是扑哧一声笑意难忍。

随着关系的不断亲近,白某也慢慢深入了解了肥憨。虽说很多时候,白某就算知道肥憨是一个遁世的高人,可肥憨那些怪异举动和爱好还是让他无法理解。

就好比肥憨在与白某乌维二人熟络之后,他的一个喜好便迅速展露出来,那便是他非常喜欢讲些鬼神忌讳与山精野怪的事。

天凉之后,三人便搬到屋中吃饭。每到吃饭时,肥憨必讲些奇异诡事。

山里的魑魅,月下的狐;水中的魍魉,树上的鸦。

今天讲一个游女遇强人身死,化作幽魂寻仇;明日讲一个无道恶吏作恶,被枉死的人索命。

肥憨虽然平日里看着憨傻,说话又笨,可讲起这些怪话时,他的口才却是既流畅又精彩,甚至那些鬼哭狼嚎都被他模仿得惟妙惟肖。

肥憨讲这些,白某是不太信的。他跨过马,杀过人,若真有鬼神,那他每天屋外还不被鬼排着队地索命?

不过乌维就不同了,自从肥憨开始讲这些事后,乌维在屋外每日收拾餐具变得极快。

开始白某只当乌维是觉得屋外渐冷,所以手脚麻利了。但细想乌维是个胡人,在辽东的冬日里她都没有裹得特别严实,怎么到了荆州反而怕冷了?

直到有一晚,白某挑灯读书时,熟睡的乌维紧闭着双眼说起了梦话。呓语中尽是肥憨讲的那些鬼鬼神神,白某这才恍然,原来这个胡妮子是被肥憨吓住了。

此后每晚吃饭时,白某都要与肥憨辩上一辩这些玄而又玄的东西。

但肥憨却不正面回应白某,总是用类似"或许是""莫须有"的话来敷衍白某。

终于有天,白某堵到了肥憨犯了自己讲过的鬼神禁忌,他兴高采烈当即跳出,要肥憨对质。肥憨却挠挠头,憨憨一笑丢下一句"子不语怪力乱神,百无禁忌",憨得白某半天说不出话来。

可每每白某觉得肥憨的这些怪话都是狗屁时,他又总能提前道出何时下雨何时艳阳,好似一副未卜先知的巫汉架势。

总之,江丰村山脚下,一座不起眼的小院内时光疾行。

日子不知不觉就过了两月,此时就连村中干活最慢的他们,院中都堆起了脱好壳的稻米。

十一月初。

整座江丰村的晚稻都已收获晒干,江丰村的村民也开始忙碌起来了,因为这时候要准备年尾出粮了。

不过肥憨他们却正相反,肥憨的一亩地一共只打出不到一石粮,抛开一成税供的份都不够吃,根本没有多余拿走换钱。

现在歇农没活干了,白某也清闲了,不过他反倒闲不住了,他算来算去这些粮根本撑不到明年早稻收获时的开销。

读书论道确实是美事,但圣人也要吃饭用度,于是早饭过后他便询问肥憨明年的打算。

自从歇农以来,肥憨每日就是抱着一本破书没完没了地看。今天看到一半,明天又从第一页开始看。

"肥憨哥,我算了下,这粮咱们撑不到明年六月。"

肥憨嗯嗯两声,翻了个身留给白某一张健硕的后背。

"就是混杂米也不够,得想想办法了。"

肥憨听后仍嗯嗯地支吾着白某。

白某绕到肥憨身前,把肥憨手上那本破书抢下来:"你要有安排就知会我声,我也懒得和你磨这事。"

肥憨无奈,这才盘膝坐好。他把白某手中的书又抢回来,扫了眼白某道:"无碍,我是想着再过一个月又到年节了,陈怀怎么也该过来送些东西吧？除此之外我还有些旧识，要是张口了也不能看我饿肚子。另外还有人欠我两石米，实在不行我去把债要了，对付到明年没问题。"

肥憨说完又是侧身一躺，全然不再理会目瞪口呆的白某。

"这不就是敲竹杠么？"白某心想道。

也是，自从白某习惯"肥憨"与"枯秧先生"的融合后，他竟然渐渐忘了"肥憨"原本的样子。"枯秧先生"不会做的事，但"肥憨"会做。如此，肥憨想敲竹杠也就不奇怪了。

进入歇农期后，虽然肥憨变成了个废人，但白某却是闲不住。他每日都会带着几本书，跑到老三水摊看书消磨时间。

但两日不到，他便没有看书的兴致了，因为他发现件令他疑惑的事情。

按理说这个时候，村中人应该是快活才对。半年辛苦终于得闲，守着家里满仓收获，好吃一段日子或拿来换钱都是好的，而且再有一月多到年节了，到时好用好穿的少不了啊。

可为何最近日子村中人尽是闷闷不乐？常常三三两两地凑在老三的水摊唉声叹气。

起初白某还以为是税赋繁重，但江夏治所的粮车来过后，白某发现税赋仅为一成，这非但不是苛税重赋，甚至可以说是利民良政，再之后他发现，交完税赋后，村民仍然没有把粮米入仓，而是分出一斗一斗地在院中整份放好，水摊中的村民聊天也都是："今年我家吃用的粮够，给多卖些了。"

"我家就不行了，给尽数卖了。看着等明年我家小子再大些，地就越来越好种了。"

"你们比二娃家都好多了，看他家今年的粮啊，哎，不说了不说了，苦啊。"

听着村民们三言两语，白某也坐过来跟他们聊上了。如此他才知道大多村民手里的粮虽然够吃，但卖不出去，那一年的各种开销便没了着落。因此一般农户留够自己吃的粮外，剩下的粮都是与大户们换钱。

如果哪年收成不好也没关系，自己不留白米了，收成全拿去换钱，有钱之后留下以后的开销，再买来便宜的糙米也是能活。

"这听起来也不像是坏事啊,怎么老哥几个都这么愁眉苦脸的?"

白某用不地道的本地话加着北方官话问道。几个村民听后先用方言互相嘟囔了会,之后一个能说些官话的村民对白某道:"是啊,这听着是不坏,但最后谁活得不宽心,也不知道是哪里出了差错。"

老乡这句无心的抱怨话语倒是启发了白某,这不就是他平日里与肥憨常常讨论的"理"么?

白某心里暗自决定,这段农闲时光就把这事弄个清楚,也算是学以致用了。

果然,没过几天来江丰村收粮的人便到了,听村里人介绍,来的这些人为首的大户姓吴,算是这一带的大户之首,每年都是由他出面带着商客大家去各地收粮。

吴大户一行人没有进村,而是吩咐手下人在村外搭起了棚子,挨着棚子停了十几辆推车。他们来人很多,白某数起大约有三十多人。其中在外面操持的下人有二十多个,围在吴大户身边身着华衣的人一共有四个。

白某挤在村民之中,等在吴大户的棚子之外。半会,吴大户走出棚子,手下人立刻给他搬来凳子。吴大户不紧不慢坐到凳子上,环视一遍江丰村人,清清嗓子道:"唉,今年啊,咱们这里粮价不变。但是呢,现在有个新规矩,我们以后都要定量收粮了。两石以下,不收。"

村民听后消化了会,而后有喊声询问道:"吴大家,往年都是按斗称,今年这是为何啊?"

面对着村民的嘀咕声,吴大户也不急,他等人群稍微安静些才开口解释道:"诸位乡朋,听我慢慢讲,我们如此也是为了大家好。本来呢,今年的粮价是跌落的,但我们想着圣人教诲,不得与民争利,我们也想让大伙多卖些钱。"

说到此处,吴大户忽然脸色一愁接着道:"可是呢,咱们这江丰村路绕又偏,每年我们都是驾着大车来,不劳各位乡朋自己费钱运输。但这就是问题啊,我们租着车,用着人力,哪一项不要钱呢?我们是心想不与诸位乡朋争利,可也不能赔掉自家本钱啊!"

吴大户稍微顿顿,看到村民都是一脸理解,他满意地继续道:

"所以啊,我们思来想去,最后定下这个新规矩。两石米,唉,这个数正正好好可以到折价的量,我们还能方便统筹运输。最后补出来钱呢,全给到各位乡朋了!岂不是美事?"

吴大户说完又坐回矮凳上,神情尽是泰然自若。

村民们嘀咕了会,又有人问道:"吴大家替咱们想了,是个善人。可这两石粮实在太多了,都卖出,来年的口粮就不够啊!"

吴大户听后,面有无奈叹气道:"若是实在出不了两石粮,哎,那我们也照顾下各位乡朋吧。但这价格嘛……只能给到八成了,若是一石粮都达不到的话,那便是六成。"

村民听后哗然,吴大户见状缓缓站起来,连声叹气后,他扯开了嗓子喊道:"乡朋们!乡朋们!莫说是你们,就是我也气啊!这价格压得太低了,还怎么给百姓活路啊!我这里就自己做个主吧,不足两石者,收价按八成半出,不足一石者,收价按七成出。"

吴大户说完,村中人虽然还是面色不甘,可议论声显然比刚才低了很多。在人群中的白某,虽然感觉这吴大户是个滑头,但若此人所说都属实,那他的这些要求也不算过分。可他看看村民们,再看看吴大户他们,心里总是觉得这事十足的怪异。

村民们又是议论了会后,吴大户又扯着嗓子开口道:"这收粮改规一事,确实有鄙人对不住各位乡朋的地方。这样,我也不为难各位乡朋,我就在这村中停留两日,诸位可以先回去慢慢思虑再做决定。"

说完吴大户对着村民们微微鞠躬后,转身回了自己搭起的棚子。

白某随着村民一起离开后,他与几个在村中能说得上话的被人叫到老三的水摊。

水摊处,算上白某一共十二人。等了半会见再没什么人来后,村中人开始讨论起来了。

"黄老,这天凉的啊,怎么把我们都叫来这里讲了?"

"你懂什么?吴大家就在村外搭棚子,他自己也住到了村中二伯家。若让他们瞧见咱们凑在一起议论,总归是不好。"

黄老说完众人才哦哦的恍然。之后村中众人就这次收粮价格变动各自聊了起来,待得久了,白某也多少能听明白些。大家林林总总各自说完后,白某心中总结起来。他发现村中人的意见大体是有四类。

其第一类是,自家人丁兴旺田亩多,两石交完还能剩下来年的吃食。他们对吴大户的新规则倒是没太大所谓。

其第二类是,虽然两石很多,但若是口粮节省些,倒也有余力可出。他们虽然表示听村老的安排,但心中还是希望这两石口粮的事能多少松动些。

其第三类是,须倾仓才能凑齐两石。若真如此,那他们来年早稻收前可能要一直吃杂糠野菜了,并且平日用度也有问题。

其第四类是,根本就凑不来两石粮。他们想的是能否跟着村中人一起想个办法,自己也跟着能少赔一些。

但村民中不管哪一种人,他们都没有说出可行的办法。甚至在白某的耳中,村民聚在一起更像是聚众抱怨,而不是讨论对策。

沉默了许久,白某找了个空隙把话插进去问道:"各位乡老,我先问下,这吴大户收粮,每石多少钱?"

村民都以为白某是个落魄的大家之后,所以对白某很客气。

"小后生啊,我们卖粮每石四十钱。"

"四十钱!"

白某惊呼,众人奇怪白某的样子,但也都没说什么只点点头。

也难怪白某惊呼,虽然市井中的粮价多少白某不清楚,但他也是跟着陈怀一起体察过民情。在军中收粮,每石粮可是要一百二十钱。

白某把惊讶暗自压压,他又问道:"诸位乡亲,你们有没有去别的地方问过粮价,为何一定要出售给吴大户?"

白某问完,众人都是无奈摇头,半会黄老开口道:"咱们这江丰村啊,不是什么大村。总共也就百亩多田,摊到各家每户,也就能卖一石有余两石不足。各人单独去卖价格都被米商压得紧。算上租车、路费最后还不如卖给吴大户。"

黄老说完后,众人都是小声交头接耳附和道:"对对,人家吴大家年年自己出车过来收粮,也算是替咱们着想了。"

"是是,吴大户不也说了么,今年粮价本来就低,如此说人家也是无奈。"

"哎,吴大户也算是个善人了。"

村中人的话听在白某耳中格外刺耳,他们难道听不出来黄老的话明显有问题么?想着白某又看向黄老,皱起眉头问道:"黄老,其实……"

还不等白某开口,黄老叹了一声对白某道:"小后生啊,其实我们卖给吴大户还有别的原因。"

"啊?"

白某疑惑一声。

"其实啊,吴大户不光是个大商家,还是个子钱家。他每次到江丰村都会停留几日,为的就是在村中放贷给那些生计没着落的人。"

黄老这话真是让白某没想到,他不懂为何农民一年到头耕种,最后竟连肚子都吃不饱去向人借贷。

"这?怎么一年辛苦耕种,最后还要借贷过活?"

黄老摇摇头,对白某耐心解释道:"小后生啊,你出身富贵,在这待得短自然是不懂了。往大了说,我们在地里吃饭的人啊,赶上灾年歉收,没粮吃,丰年也不行,粮卖不上价。若是遇到,是不是得找人接济?再往小了说,像是家中的劳力病了,地没人耕不说,吃药也是钱啊。我们哪有钱,最后还不是向人家借?"

黄老说完,轮到白某无语了,黄老看着白某错愕的表情好像非常得意,他继续开口给白某讲道:

"为什么咱们一定要把粮卖给吴大户呢?其实啊,吴大户虽然滑头些,但到底还算是有良心。村中人像他赊粮借贷,他从来都是满口答应。若是还不上,他也不催,来年用你家田中收成抵就行。如是第三年还没钱还他,他也不要你钱了,用地抵给他,他也收。"

黄老说完捋须轻叹,一副智者仁者样子。

但白某听后已经惊愕得合不上嘴了。

"这不就是巧取土地的勾当么!怎么还被这老头说成是善举?"

当然,白某心中的话,黄老是听不见的。

黄老看着沉默的白某,他不知白某心中所想,只以为自己给这个后生好好上了一课。

于是黄老满意地点点头,闲言两句后他站起身来,一副德高望重的样子与众人一一道别,之后便带着自家的两个后生走了。

待到黄老走后,沉默的众人中忽然有人开口道:"黄老家人多田多,说得吴大户那么好,那是因为他不急!别人不知道我可是知道,就黄老家,年年收稻之前还能白米掺着糙米吃呢!"

另一人听后附和道:"对对,黄老跟二伯两户就占了咱们整个村子三成的田亩,那和咱们能一样么?"

"是!我还听说黄老想把孙子送到吴大户家去帮工呢!"

就这样,众人又是三言两语地说开了。

白某虽然不喜这些村民人后蜚语的样子,但他也不会张口询问为何刚才黄老在时他们不说。

就在老三的水摊,白某安静地听这帮人咂舌,或许是把鸡毛蒜皮的事都说完了,大约半个时辰后众人才都停了口。

这时白某环视众人笑笑,用他那磕巴的本地话对众人开口道:"我是有办法的,只不过须得咱们同心协力。"

第二日中午,肥憨搭着眼走出东屋,看样子又是熬夜看了一宿那本破书。乌维见他起来了,便去给他做饭了。

肥憨倚坐在茅屋的中堂,两眼无神,一脸生死由天命的丧气模样。等到乌维给他端来一碗泡饭一碟小菜,他吃了几口后才反应过来屋里好像少个人。

"白某呢?"

"天蒙亮就出去了。"

"去哪了?"

"没说。"

"唔,再来一碗。"

此时的江夏城内,白某带着两个年轻村民已在城中逛了个遍。他们早早就从江丰村出发到江夏,为的就是把这粮米交易之中的条理弄清。经过一个上午的询问打听,白某得出:吴大户到底是坑了村人。

江夏城中商栈收粮,平均下来每石八十钱,足足比吴大户的收钱高了一倍。另外白某他们还去问了雇佣车辆的价格,若不用畜力,一次租十辆车以上的话,每辆车每日是五钱。

中午白某三人拿出自带的干粮吃饭时,白某心中暗自算了笔账。

先想租车的费用,车钱若是每辆五钱,每辆车单次能载一石粮,一天早出夜归能从江丰村往江夏城来回两次。如此计算,若是以江夏城中每石粮八十钱的价格来卖粮,就算抛开租车钱与路途损耗,那也是要比把粮卖给吴大户要划算。

计算之后,白某把心中答案讲给同行的两个村民听。二人听后都是兴高采烈的,好像现在便多挣出了几十钱一样。

心中欢喜下,三人返回江丰村竟是腿脚比来时快了很多。下午太阳还未尽没时,白某又与昨日那些村民聚在了老三的水铺。

"对,咱们还是听白家兄弟的吧!"

"呀,若是真能卖这么多,那别说吃饱了,我欠吴大户的债也能还了。"

"唉,到底是读过书的人,白家兄弟还是比咱们厉害。"

看着众人兴高采烈,白某心中也着实欢喜。想着自己这几个月来的劳作生活,他也能体会这些村民平日里有多辛苦。今日自己虽然辛苦了些,但看着村民们的劳累有了回报,他也发自心底地舒坦。

心中感慨着,白某笑道:"既然大家都同意,那咱们就赶紧各自回家,算算自家要卖出多少米。咱们明日就去江夏城中租车,都抓紧着吧。"

众人都是点头答应,可答应半天却没一个人离开,白某纳闷问道:"怎么?我刚才没讲清么?还是各位对我这法子有什么不解?"

白某问完,众人面面相觑,都是一脸不好意思的讪笑。见他们如此,白某也皱着眉头一脸纳闷。这时,一个村民纠结下开口了。

"白家兄弟啊,我家可能卖不出一石粮来。"

听有人先开口,另一人马上跟话进来:"是啊,我家稍好点能出一石,但除此还余上几斗呢。"

白某听后恍然。

"啊,诸位乡朋不必担心,这我也想到了。很简单,咱们把每家不足一石的分量混起来,按照一石的价格卖给商栈。拿到钱后,咱们私下里分账即可。"

"甚好！甚好！"

"我就说人家白兄弟有办法。"

众人又是夸赞白某一遍后，仍坐在那里不走。

白某这回真的不解了，又连续询问众人，是否理解自己的意思？可村中人都是点头。白某真是疑惑了，他有些着急地对众人道："那便快去啊！明日一早咱们在这相聚，然后同去江夏租车。这样下午还能多运一次粮，不至于一天的租车钱浪费掉啊。"

白某说完，众人这才咿咿呜呜地互相点着头离开。

白某回到家中直接就瘫在了中堂，这一天不光废腿脚，更是说得口干舌燥。休息了会，乌维已经把晚饭做好。吃饭时白某细想今天的种种，他隐约觉得好像有什么自己忘了想，但这会他却怎么都想不起来。

心中怪异，他向肥憨讲起今日自己的所为，想通过与肥憨交流来补漏自己的遗失之处。

"肥憨哥，你说我这想法对么？"

"对啊，这是利民之事。"肥憨憨声道。

"那我这主意是否可行？"

"可行啊，多卖好些钱呢。"肥憨便扒着饭边说。

"那自己租车卖粮之事，是否复杂难以进行呢？"

"也不麻烦，无非是费点人力而已。"

"哦。"

二人说完继续开始闷头吃饭。忽然间，白某意识到不对。

"唉？按你这么说，那这事先前你怎么不干？"

肥憨听后冲白某乐乐，一脸痴呆模样。

"呵呵，我傻呗。"

又是一日大清早，白某踩着蒙亮的天色出门。

当他来到老三的水摊处时，发现聚集的人比昨天还多了些。想必是村中人口口相传，这才引得想单独卖粮的人多了出来。

见白某道来，众人都是围上来客气地问候。等白某坐好后，他向众人问道:"各家打算卖的粮都算出来了么?"

众人都是点头,之后便是由白某把众人报的数一一记下,再由他得出一个总量出来。计算了会,他发现量还不小,足足有二十多石粮。

按照每架车能运一石粮,每架车每天能运两次来算,他们总共需要十辆车才能在一天之内运完。如果考虑到人力不足用,还是五辆车用两天比较好。

最后再算上今天因为要去租车,所以只能运一轮,那便是三天。

计算完毕后,白某对众人道:"算好啦!咱们共需七十五钱来租车,大家这就各自准备银钱吧。凑足之后咱们在村北的路口集合,抓紧点今天还能先卖一轮米。"

可白某说完话后,村中人却没有离去的意思,各个都是一脸赔笑地看着他。

于是白某对众人道:"怎么?再不抓紧点,今天的租车钱可就耽误了!"

这时一个村民开口对白某说道:"啊,这个白家兄弟啊。是这样,这七十五钱呢,分在大伙头上是不是有些……唉这个,哈哈。"

白某挑起眉一脸疑惑,那村人看白某没明白他什么意思,只好继续开口对白某说道:"你看我呢,卖一石三斗米,梢娃家呢卖七斗米,那我们两家出一样的车钱是不是……"

白某立即明白了,心想自己心急竟然忘了这层,这些村民虽然抱团,但却是各家与各家分得极清楚。

"哎,怪我怪我,没算清楚,等我再算啊。"

众人又是一起点头,笑呵呵地看着白某。

但白某这一算却发现难了,之前只是统算个总量。现在这一辆车载一石米,你家卖五斗,他家一石三,这个怎么算啊。

就这样,白某一时间算得满头大汗,看着太阳都从东边爬上来了,白某还没算出个结果。不过众人也没急,就在那里笑呵呵地等着白某。

终于在太阳正当头时,白某总算是得出来个大概。可当白某把各家摊的车钱当众唱出时,又有人提出异议了。

"白家兄弟,这不对啊。我家卖六斗粮要出三钱,怎么梢娃家卖七斗粮还是三钱呢?"

"对啊对啊,我家一石余出一斗来要多收一钱,怎么王大哥家余出两斗也只多收一钱?"

就这样,村中人又开始讨论起来了,只不过他们语气与前几次的谦卑不同,这次说他们是在讨论,不如说更像是在争吵。

见村民如此,白某也是没有办法,按理说他的数术之法已经把这事的分摊算得很细,可这一斗一钱与两斗一钱他实在是拆不开了。

听着村人从询问渐渐变成争吵,白某心中焦躁,他耐着性子想了会又对众人道:"这样吧,各家摊车钱的多少用钱实在拆不开了,不如大家自己私底下以物补钱,摊钱少的自觉补些咸鱼粮米给摊钱多的。"

"对!如此也好,大家乡里乡亲的可不能为这点事闹开了。"村中人听后纷纷赞同道。

这时白某看看天色,已经下午了,此时去租车这一天的租金定是白白浪费了。

于是白某对村人道:"大家回去便各自计算,明天咱们还是早些到此,趁早出发去江夏租车。"

回家后白某筋疲力尽,他没有看书,而是直接躺回了屋中睡觉,直到乌维做好饭他才醒。晚饭依旧是掺了杂米饭、酱菜、咸鱼,肥憨依旧是一边讲着山野鬼事一边吃得很香,乌维依旧是被吓得睁大了瞳孔咽不下几口。可白某却是闹心,他隐约中感到明天也依旧是别扭的一天。

果不其然,第二日清晨刚到水摊时,他就感觉到了事情不对。

水摊的来人比昨日少了一半,一个个都是愁眉苦脸的。

还没等白某坐好,有人就张嘴了。

"白家兄弟,这事我们无论如何也谈不拢了。"

"是啊是啊,张三哥就是不肯补给我东西。"

"对啊对啊,四娃子也说,规矩是白家兄弟你定了,有事和你说,他一粒米都不肯多拿。"

听着众人七嘴八舌的抱怨,白某看了一圈今天来的人,全都是昨日在分摊车钱中略微"吃亏"的一方。

白某见状问道："张三哥他们人呢？梢娃怎么也没来？"
　　"他们占得便宜，自然不肯与我们来见你了。"村人回答道。
　　白某心中叹息，此时他已经对这自己卖粮的事感到厌烦了。他不懂为何这些村人如此在意这一钱两斗的得失，反而不顾倍数的获利？
　　但这事是他张罗的，也不好就这么扔下不管。没法子，他只能又安安稳稳坐在水摊中，苦思冥想对策。只是今天，白某再也想不出什么好办法了，因为他实在没法子让这些因一钱得失，而放弃几十钱的村民听他号召。
　　他看的那些书，告诉了他世间真正的道理，真的假的，可行的不可行的。圣人的言行在他脑子里打转，讲礼？讲法？讲道？讲术？
　　圣人把什么都说了，可就是没说如何让这些村民放弃这区区一钱。
　　《礼记》没写，《左传》没写，《论语》《孟子》都没写，千年圣人的精华，今日竟在这一枚钱子与两斗稻米面前折了腰。
　　就在白某已经大脑放空，晌午的新鲜空气尽入他心扉中时，一个村民忽然暴躁地站起来叫嚷道："没一个好东西，他们不是耍横么？这车我不租了，反正我家粮少我就是一斗一斗扛也扛到江夏了！"
　　"对对，咱们不租了。到时候车租不下来，看谁吃亏得多！"
　　一阵吵闹后，这堆村民便嚷嚷着离开了，全然不管白某还坐在水摊帮他们冥思苦想。刚才还热闹的水摊，现在就只剩下白某了。白某坐在那里看着村人们离开的背影，瞪着眼睛发愣。
　　他不难受也不窝囊，就只有一种像是吃了屎一样的感觉。白某坐在凳子上大喘着气调息宁神，想把因为吃屎所产生的干呕感给平顺了。
　　这时，这几天一直在旁观着白某的水摊老板老三走了过来，他给白某盛了碗热甜水，坐到白某对面。
　　"说他们聪明吧，可这几十钱他们不顾，非得为了一枚钱子打成这样。但若是说他们傻吧，他们竟然能算到，不租车的话别人比他们亏得多。我是想不明白，这些人到底是聪明还是傻？"
　　白某喝了口甜水，十分赞同地点点头。忽然间他意识到有什么不对，抬起头认真打量起水摊老板老三。
　　老三迎着白某的目光笑笑，神态并没有丝毫不自然之处。

"哎,到底我也是走过南闯过北见过大世面的人。不怕你不信,我曾经也富裕过,只不过造化弄人啊。"

说完后老三抬起头,一脸自鸣得意地笑看天空。

白某没在老三的背景上多费脑子,事已至此看来这去江夏卖粮一事多半是吹了。心中无奈,他也不想再在水摊久留,于是起身要走。

但老三却叫住白某。

"再等等,这事还没完呢。你就在这待着,陪我说说话,最多到下午这里又会热闹起来。"

就这样,就在老三滔滔不绝,刚刚讲到他是如何从落魄翻身得势时,水摊远处传来的一阵嘈杂。

随着嘈杂声越来越近,白某也渐渐看清了来人,这会来的村民正是今早没有来水摊的那些人。

"哎,白家兄弟,我们早就准备好要卖的粮米了,所以早间就在家等着你来寻我们。可左等右等你也没来,我们问过才知道,原来是有人计较那些小钱,非要把这事搅黄。"

"是啊,刚刚五斤那板马的还跑到我家来,和我讲什么他一钱都不出了。"

白某就坐在那里静静地听着每一个村民把话说完,他越听越无奈。

村民们互相侮辱的话越说越难听,他想不通,就算是这事有了些争执,但平日里村中各人的关系都很融洽,怎么这才两天就变得如同生死大敌一般呢?

就这样,白某一直等到再没人开口了,他叹一口气对村人无奈道:"诸位乡老,这事你们和我说也没法子了。车钱分摊不均的部分,各自私下里以物相抵,本来是件好事,可是谁让诸位……"

白某说完,村人无不是抬头望天低头测地,没有一人应答白某的话。白某摇头叹气,继续道:"我就直说了吧,现在五斤兄弟他们如果真不参与了,那这每车五钱的租钱是谈不拢的,最后诸位恐怕还要多花一份租车钱。所以啊,这事你们都聚在我这里没用,还不如去找五斤兄弟他们把账算清。"

众人一听,马上紧张起来,一个个都按捺不住想离开,赶紧去把钱物算清。

白某一见众人着急走,他赶忙提高些声调对众人道:"唉!诸位先别急,我呢,一会还在这,你们最好把人都叫到这里来,咱们今天就把话说清楚。不然明日又拖明日,到时候你们还想每石粮卖八十钱可就难了。"

众人一听,赶紧点头向村子跑去。

这次没有让白某多等,很快打算去江夏卖粮的村人就又集中在老三的水摊中。

只是这次人虽然全,不过这群人却明显互相有了芥蒂。白某都不用细看,他很轻松地就发现,上午吃亏的村民与下午占便宜的村民,自然而然地分别坐成两个圈子。

这次村人相聚,白某没有急着发话,而是等这些村民先把牢骚发完。村民也是十分配合白某的想法,三两句话就忘了聚在这里是干什么的,很快便互相指责起来。

"张三哥啊,你可不地道,麦芒尖的便宜也要占。都是乡亲,你可好意思!"

"五斤,你莫要乱讲!你这贪心不足的东西,怎么不讲清你向我要多少粮?亏我之前待你好,你媳妇生小子时吃了我家多少白米?"

"放屁!你不提这个我还不急,我媳妇生娃那会你那殷勤劲是为啥?你以为我不知道!"

就这样,村中人算是彻底地吵开了,白某更是听得目瞪口呆。他万万没想到,这个一百人都不到的小村中,竟然藏着这么多……新鲜事。

众人一直争吵到太阳快下山,竟是还没吵出个结果。借着众人口干舌燥,白某找了个机会把话插进去,他对众人道:"哎,这本是好好的生意,何必吵成这样。我可先说明了,眼看这一天又要过去了,明日这事再定不下来,时间拖久了,八十钱一石粮这价格我也保不全了。"

白某如此说的原因有二,一是因为他说的确是实情,时间一长各大商栈都把粮收得差不多了,也就不会在乎小小江丰村的二十多石粮了,到时候人家把价格压低也是难免的。二是白某认为,这些村民都是争利之人,用利来说服他们最为有效。

可让白某万万没想到的是,他这话非但没有让村民们着急,反而愈发激化了分歧。

之前一直在人群中吵得最凶的三斤高呼道："对啊！白家兄弟不提我都没想起来！若真如白家兄弟所说，那这车钱我还就一分不出了，就是白用这车。到时候你们自己算算，是帮我多出一份车钱合适，还是等粮价贱了，卖不上钱合适！"

说完，三斤那群之前没占到便宜的人中不断喊出了响应之音。

而之前占到便宜的那群人却安静了，一个个都是面色慌张，并眼中藏着一丝埋怨地看向白某。

此刻的白某是真正无可奈何了，他为这事操劳了三天，还自己徒步去了趟江夏。这几天他每日早出晚归，全天都在老三的水摊泡着。的确荆州的冬日不似辽东寒冷，但这里的湿凉之风却也是冻得他每日寒颤。

可这些天，虽然白某也有烦躁之时，但他却未曾打过退堂鼓。起初他的确是想用此事来践行圣人之道，可渐渐，他是真心有感于农民的辛劳与疾苦，并且体会到了理民之难与为民之难。但此刻，白某的心中真的厌烦了。

"不管了，你们自己商量吧。不过从明日起，我便不再到这水摊了，等你们有结果去肥憨家找我便是。"

说完白某也没理会村中人，径直转身离开。

但真正让白某心凉的事情还没到。或许是白某的脚步被冷风吹得有些慢了，或许是忽然在此时鸦雀无声了，又或许是每天听人争论的白某耳力又有长进了。

好巧不巧，几句声音不大，却刚好能让白某听清楚的蛋语，不巧也巧地飘进白某的耳朵里。

"唉，你们说白家兄弟这么急，是不是他和江夏那边的粮栈有牵扯？"

"没准，江夏那里要能八十钱收粮，那九十钱收也有可能啊。"

"小点声，不过我也是早发觉不对，你想，凭着肥憨那亩破田怎么也吃不饱他家三口人啊。"

走在归家的路上，白某的第一次感到了一种类似惆怅又如委屈的心情。

他不后悔、不遗憾、不憎恨。此时他忽然想念辽东的积雪，幽州的炙肉。不知自己不在襄平了,有没有人陪陈姨娘吃饭聊天,陈姨娘的酥皮饼到底是怎么烤出来的?

一轮新月正亮,荆州的冷比辽东更甚,好饿啊。乌维在家,不知今晚她做了些什么?哈哈,肯定又是杂米、酱菜、咸鱼吧。

又是一日清早,白某久违地睡了个饱。

吃完乌维重新给他热过的早饭后,看看日头已到了中午。

问过乌维,早间并没有人来找他,想来应是那些村民还没商量出个结果。既然如此,他索性也乐得清闲,于是趁着阳光好就在院中翻起了书。

一页两页,没多久白某看书看得心烦意乱,果然他心里还是不能完全放下这事。想着就算不管了,但也想看看这事发展到何处了,于是他放下书卷又出了门。

走在村中的路上,白某也碰到了几个打算去江夏卖粮的村民。但奇怪的是,这些村民碰到白某时依旧是正常打招呼寒暄,可无一例外全都对卖粮一事绝口不提,好像是从来没有发生过一样。

若说这些村民的怪异之处也有,那便是与白某攀谈时的眼神,无一透着一股"你我心知肚明,没事没事"的意味。

心中摁着好奇,白某又走到了老三的水摊。

今天的水摊处是空无一人,老三也躲到了自己水摊旁的茅屋里避寒。

白某叩门进去,老三见来人是白某很高兴。

"哎哟,今天水摊没人,我正无聊呢你就来了。也好,陪我说说话,我请你喝甜汤。"

聊上三两句,白某便问起老三,这短短的一个晚上加一个上午,村人怎么都忽然变了个人似的?

老三听后一乐,然后苦笑摇摇头对白某道:"哎,这事啊说来都令人发笑。和你讲行,你可别说是我告诉你的。"

听老三这话,白某更加好奇了。老三用手搓了把鼻子对白某开口道:"昨日你走后,他们又在这聊了会。说的啥你就别管了,反正好在他们没打起来就各自散去了。"

白某点点头,老三接着道:"唉!有趣的是今早,一直留在村中的吴大户倒是起了个早。他挨个找上那些打算自己卖粮的人,在每家停留的时间都不长,但却让每户都把粮卖给他了。"

"怎么!四十钱也有人卖?吴大户说的什么?"

白某又惊又疑,老三笑盯着白某,一脸故作高深的表情。

"你别急啊,起初我也不知道,但后来啊,那日与你同去江夏的两个后生跑到我这寻你,你不在便告诉我了并让我转告你。"

"他俩怎么不到我家中找我?哎,算了你快讲吧。"白某有些不耐烦。

"嘿嘿,据说这吴大户啊,早就打听清楚都是谁想独自卖粮了。他先找到这些人中卖粮量大的人,私底下和他们约定仍像以前一样按斗卖粮,并且不用折价。"

"那算下来也是每石四十钱啊!比江夏城收价低了一倍呢!"

白某急道。

老三佯装不快地咂嘴了一声。

"着什么急,你听我慢慢说完。这吴大户啊,还明里暗里告诉这些村人,他手眼通天,整个江夏城的商栈都说得上话。若是执意去江夏卖粮,到时赔了租车钱不说,粮也没人收了。如此恩威并施下来,众人也都认了,反正也比开始的不足两石折价要好得多。"

白某听后火气上涌,心中一阵阵窝囊。他强压住心头翻腾问道:"如此的话,那些卖粮少的村人,也能按斗卖粮没有折价了?"

老三听后咯咯乐了起来。

"他们啊,没有!依旧是折价卖的粮!"

"这!?他们也认?"

"怎么不认啊?人家吴大户软硬相济,是折价买了你的粮,但人家能给你放贷啊。利息抹薄些,时限放缓些,众人也就从了。"

"就从了?"

"咦!还不从?从总比饿死强吧?"

此时的白某彻底蒙了,不是因他惊叹于吴大户的手段高明,而是在这件事上,他竟被与他从未有过一语之缘的吴大户,算计得清清楚楚。什么江夏卖粮,什么分摊租车钱,甚至包括村民们的冲突,白某的所作所为全被吴大户猜个全中。

第五章 —— 摇桨 | 335

他白某,出身襄平镇北侯府,自幼长在天下四才陈怀身边。这天下的弄潮儿,谢家世子,何家兄弟哪个他没见识过? 现在又拜入枯秧先生门下,把先圣经典读了个大概。可就在今日,在荆州,在江夏,在这小小的江丰村,他竟然被一个区区地方富家吴大户算计得明明白白。

　　白某想到此处再也坐不住了。他想回家,翻出自己的小短斧,直接钉死这个吴大户。

　　但当他到家时,还没来得及翻出自己的短斧,白某就看见肥憨依旧在翻那本破书,顿时他心中火起上涌道:"故礼之教化也微,其止邪也於未形。(所以礼的教化虽微弱,却能扼制邪恶于未成形时。——《礼记》)狗屁! 就是狗屁! 教化于民? 民有何可教化的? 上不正则下不端! 与其教化于民,不如把这些富户世家全都给抄没了!"

　　肥憨听到白某叫嚷,眼睛都没抬,边看书边随意回答白某道:"非也,有根才有茎,有地才有屋。楼台高低,从来不是由金阁银顶断定,而是由砖土梁木定夺。"

　　肥憨说完白某更气,他回到屋中翻出自己的短斧系在腿间,又把肥憨给他的书卷一卷一册扔到厅堂。

　　"破玩意,全是屁话。"

　　终于,受不了白某吵闹的肥憨抬起头来,他叹了口气,一本一本捡起地上的书卷。

　　"圣人的道理,是给你看的给你悟的。圣人从未在书上写,你只需如何如何做,便可得如何如何果啊? 再说你拿这些东西撒气做甚? 无非就是些竹子、帛棉、楮麻,你和圣人过不去何必伤及它们?"

　　肥憨说完,白某气性一泄,把斧子扔到一旁坐在了地上。

　　"肥憨! 你别装傻充愣了,起初我问你这事好不好做时你便想到今日了,是不是?"

　　肥憨挠挠头,喊声道:"我可没,我还正想问呢,你今天是怎么了? 火气这么大?"

　　"哎哟,别装了! 我就想问,为何我在北境时收拢胡地的汉人很顺利,今日却如此难堪? 民与民也有区别?"

　　肥憨听后继续一脸傻相。

"你说什么呢?听不懂。"

"枯秧先生!学生襄平白某,向您请教了!"

说罢白某便要给肥憨跪拜。

"哎,可别可别。"

肥憨无奈挠挠头,把手里的书卷合上才对白某缓缓开口道:"我就说些条件,余下的你自己想去。你在辽东那会,你是镇北侯世子,有人有兵,能杀人能放火。现在呢,你就是个落魄逃荒到此地的外乡人,还同一个傻子住在一起。你要理民,不是单单教化于民,民也瞧着你呢。"

说到放火,白某的心情瞬间低沉了下来,这个心坎到底还是横在他心中。

白某沉默会,叹气一声,他把短斧扔到一边,开始收拾起了被他乱扔在厅内的书卷。

"乌维呢?"

"不知道,生火做饭去了吧。"

"哦,今天吃什么啊?"

"杂米、酱菜、咸鱼?"

这场收粮风波之后又平静了好一段时间。在这段时间里,白某虽仍与村人相处融洽,但在他内心中却不愿再与村人深交了。

就这样他去水摊的次数也减少了好多,没事也不会在村中闲逛了。

不过每日在家的白某并不无聊,他在肥憨给他的旧书堆里发现一卷奇书。书的名字叫作《吴兵》,字数很少,但却字字珠玑,白某在读第一段时立刻便深深陷入其中。(《吴兵》借自《孙子兵法》)

而这《吴兵》真正让白某如此爱不释手的原因,却是此书的主题。

书中的主题有且只有一个,那便是战争。书中只有短短十三章,却涵盖了战略、指挥、应变、地理、奇攻,这些所有与战争相关的思想。

这本《吴兵》真的让白某欣喜若狂,每阅毕一遍后,白某再读仍能另有所悟。渐渐,他从这本书中找到了除战争以外的更多灵感。在读书时,他时常心中大呼"如此甚妙,何止乎于战争"。

就这样,江丰村这间寒酸小院中,又多了一个五体不勤的"废人"。

白某虽能在《吴兵》中忘了时间,但时间本身还是在走的。既然时间在走,那人也该吃喝拉撒。十天半月一过,某日晚饭时,最近面色比之以往更加疲惫的乌维终于开口了。

"粮不够了。"

"还剩多少?"肥憨问道。

"三个月。"乌维肯定地答道。

"哦……"

肥憨听后放下手上的碗筷,闷头想了会。

然后他忽然站起来跑回自己屋子一阵翻腾,片刻之后肥憨手握着一张烂绢纸出来,人显得十分高兴。

他对白某乌维道:"没事,我有办法。吃完饭就收拾行囊,明天我去旁边的逊湖村要债。你们两个也与我同去吧,沿途就当游历玩耍了,多个人也多个乐趣。"

说完就把那块烂纸放到了桌上,白某好奇拿过一看。烂纸是一张欠条,写的是某年某月逊湖村江兔,欠下肥憨一石稻米。

放下欠条后白某想来也好,自己到江丰村时间也不短了,可却从未四处走动过。趁着未到腊月,出去走走也好。

十一月末的一个寻常早间,背着行囊的肥憨三人离开了江丰村。

据肥憨所说,逊湖村在江丰村的西南边,沿着巨大的逊湖一路走,一个白日便能到。所以三人并不着急,缓缓走在出江丰村的小路上,白某观赏着荆州大地的冬日景色,树有叶,水无冰,风不厉,天色暖,空气也柔和不刺心肺。

都是大汉一州,幽州与荆州竟然如两世天地般,真是让人感叹天地之造化。

但这份感叹并没有在白某心中停留太久,他们慢慢离开出江丰村的小路,走到了围着逊湖的大路时,白某才真正震惊了。

大路之上,行人虽然不少,但更多的是乞丐与流民。

怎么认出的乞丐流民,这也简单。乞丐好认,一眼便知。而分辨流民,白某则有一套特有的方法,那便是看眼神与举止。寻常人赶路,都是目视前方意有所往,而流民则相反,大多是东顾西盼无所事事。

曾经在辽东时,每年都有很多徭役被押送过来。这些人中有的是从寻常人家征的,有的是被发配的,更多的则是随地抓到的流民。从小长在军中的白某,自然一眼就能认出这些。

流民泛滥,说明这大路上并不安全。好在白某他们都是一副寻常农民打扮,乌维也是换过衣裳,扁平的身材像个寻常小男孩。因此,他们走在路上并没遇到麻烦。

白某一行人走得很慢,时间到了中午路途才刚刚过半。

三人找了家开在大路显眼位置的饭铺,坐下要了水和小菜,拿出自己带的干粮吃了起来。

白某警惕地看着散在饭铺外三五成群的流民,心中暗道怎么忘带了防身之物。

肥憨倒是没什么惊讶的表情,因为在饭铺换了口味,他吃得竟比在家还香。

"明明是才刚收获,在家歇农的好时候。哪里来得这么多流民?"白某皱眉问道。

"你自己问去呗。"肥憨憨声答道。

"对,我去问个清楚,这事有怪异。"

说罢白某便揣起了干粮,起身准备去问。肥憨一看白某当真,他连忙拽住白某。

"可别可别,我逗着玩呢。"

"啊?逗着玩?这有什么好逗的?你可有点逗。我去去就回,耽误不了路程。"

"别别,我给你讲,你别去乱搭话。"

肥憨拽住白某的手丝毫不松,面色看起来很认真。

"为何?"

"你去了与他们三两句聊开,多说了多听了,对咱们都不安全。"

"哦,那你说吧。"

白某重新坐好,等着肥憨张嘴。

"这些人啊,其实都是没了土地的农民。"

白某听后瞬间想到了之前发生在江丰村的事,他向肥憨问道:"他们也是被像吴大户那样的子钱家,用贷骗走了土地?"

"差不多吧,虽也有不同方法,但大致都是用土地抵贷了、换钱了之类的。"

"难道就没有好借好还的么?"

"嗯……吃土地饭的人,若能还上贷,当初也不会去借贷了。"

"那这些人以后生计怎么办?"

"农民丢了土地还能干吗? 好些的租用大户的田来耕地也能糊口,有些不甘的就跑出来自行找工劳作。"

肥憨声音说得很轻巧,但白某却知道这言语中的分量。

"如此便能活了么?"白某问道。

"难啊,农忙时还好,一口饱饭是吃得上的。但到冬日大多数人就没着落了,一年变流民,两年为乞丐,三年呵呵,如果活到了三年还是如此,那这人多半是进山成了匪。"

肥憨说完后便又开始啃起了干粮,白某则沉默了。

一直到肥憨吃饱打了个嗝,白某才回过神来,他轻声感叹道:"所以,这般造化到底是何人之过啊?"

肥憨把腰绳松松,看了眼踌躇的白某,深吸了几口气道:"也罢,咱们继续赶路吧,我在路上与你多说些。"

沿着逊湖,走在路上,每当四周行人少些时肥憨便开口,行人多时他便沉默。

肥憨的话全是白某此时沿途所见,且听且消化。

肥憨的声音仍然是憨气十足,令人发笑。

"你问谁之过? 我问何人无过? 巧夺争利的吴大户无过? 鸡虫得失的村民无过?"肥憨看着来往的行人说道。

"吴大户虽巧算心计,可他未害命强取,只是为己赚利。财帛周转,源源不绝,这何过之有?"肥憨看着往来押粮的车队说道,"江丰村村民,每年辛勤劳作,受寒暑之苦。那一钱铜子本就是他们囊中之物,不肯舍弃又有何过?"

肥憨停下来松着肩膀道。

"既然众生无过,那天地呢? 天地若无过,可为何又有洪旱水灾? 天地若是有过,那这世间一切又尽是天地造化所生。如此解读天地的话,那这世间那一切便尽是虚无。"肥憨对着宽广无边的逊湖说道。

"天地并无功过,天地只是天地而已,孑然一身,无所牵挂。庶民、君王、草木、江流,于天地并无意义。一时一年一岁月,一盛一开一枯荣,都与天地无关。"肥憨走得热了,敞开衣襟道,"不讲天地,那问题又落到人理上。圣人论理,何为理? 法、礼、仁、义,在我看来理即是度,为的是使人间有度常在。那既然有度规范世间,可为何世间却偏偏最是无度?"

肥憨在施舍给乞丐一块干饼后说道,"天地无谓于人世,理法有度在世间,可你我所见之事又非虚假。既然如此推论,那世间种种过错都是人之过了。如此话又绕回,吴大户无过,村民无过,问题又扯回天地之上了。"

肥憨停在岔路辨认了下方向道,"我们只说人,说到人便要说对错,一对应一错。但对错又为两面,我之顺路彼之死路,以一人之'对'教化众人,这又何'对'之有?"

肥憨因为敞开衣襟受了凉,攥着鼻涕说道,"说到最后那便是死路了,天地孑立独行,法度皆为良言,人世不论对错。可从饿死的百姓到被枭首的君王,哪一个又逃得过这说不清道不明的理?"

肥憨走累了喘着粗气说道。

终于在天色渐暗之时,白某在路的尽头看到了逊湖村的村口。

肥憨停下了,脸上带着笑意喝了口水,对身后的白某问道:"懂了么?"

"越发不懂了。"

肥憨听后憨声道:"不懂便对了,我,也是不懂的⋯⋯"

跟随着西行至地平线的夕阳,肥憨一行人来到了逊湖村。

而就在他们站到逊湖村口时,三人却被眼前的景象惊呆了。

夕阳下,村中一片狼藉,棍棒碎衣散落各处,地上还有零星血渍。再说这逊湖村,一个比江丰村大得多的村子,可此刻村中却看不到一个人走动,就连村中房屋的灯火都是零零星星。

"这就是逊湖村?"

白某有些惊讶问道。

"啊,理应是逊湖村啊。"

肥憨磕巴地回答道。

走在这荒村中,凭着记忆,肥憨寻到一处小院之外,他叩响院门好久,屋内人才把院门打开。

"唉!肥憨!你怎么来了。"

"嘿嘿,江兔。"

这个叫江兔的村民便是欠下肥憨一石粮的人,他把肥憨三人请进屋中。听见三人还没吃饭,便说要请三人吃饭。可任凭他屋里屋外忙活半天,却一粒米都没有拿出来。

肥憨见状眼睛跟着江兔在屋中转了起来,只见这屋的布置,别说简陋了,甚至连杂乱都说不上,简直就像是被人抢砸了一般。

"唉,不好吃你米,我们自己带着粮呢。"

说着,肥憨递给乌维一袋米,抬抬手意思乌维去生火做饭。

江兔一听就乐了。

"嘿嘿,也好也好。"

在乌维做饭的时候,江兔对肥憨二人说起了村中变故。

其实这场争斗的起因很简单,便是因收粮之事引起的。逊湖村与江丰村一样,每年收获完稻米之后,都有大户前来收粮放贷。

但今年却不同,他们逊湖村没有任由大户宰割,价钱一直没谈拢。

要说只是如此,还不至于闹得大动干戈,最开始只是村民与大户随从有了些许冲突,不过一名村人受了点轻伤。可村民们回想起这些年被这帮大户欺,这次强买不成竟动手伤人,于是村人聚集起来打算与他们讨个说法。这一次就打得凶了,村民到底是人多,再加上恼羞成怒,最后打死了一个大户。

打死人后村民也害怕了,慌神之下就把大户们都放了。但一天之后,被放走的大户们就带着人过来寻仇了,这次就厉害了,不光人多了好些还动了刀剑。

不过到底还是村人人数多,大家凭着镐头棍棒把来人都打了回去,但村中人也伤了不少。

在之后便是肥憨他们到来的今天。

江兔说完,刚好吃光了碗中的饭,不过虽是把一碗白饭吃得精光,但江兔的眼中仍然露着饥饿的绿光。无奈,乌维又给江兔盛了半碗饭。

白某则胃口不佳,刚刚江兔的话中有两点很让他好奇。

第一,他很疑惑,自己在组织江丰村村民卖粮时,比吴大户高出一倍的卖价都不足以让村民团结。而这逊湖村别说卖粮了,他们竟能把村民组织起来打出人命来,如此团结是怎么做到的?

第二,按江兔所说,逊湖村并未把粮卖出,大户们又没有过来强抢。那这江兔家中,怎么一粒粳米都看不见?这江兔又怎么会饿成这样?

把空碗放到一边,白某并无什么顾忌,心中想着便直接开口问江兔。

江兔吃了白米心情高兴,他也不瞒白某,坦荡荡开口道,"我们可不光是山野村中的老农啦!现在啊,我们都是老娘的子孙!村中各家都是兄弟姐妹,弟弟受欺负了,哥哥不帮忙?"

"老娘?你向我借粮时不是说你娘下葬没钱么?哪里又出来个老娘啊?"肥憨把话插进来,一脸莫名其妙地问向江兔。

江兔一听就笑了,豪气道:"唉!肥憨兄弟,我还要和你说这事呢。你那粮啊,我是还不上了。不过别担心,这间院子我抵给你了!院子里的东西也都是你的了!"

肥憨听后挠挠头:"唉?一石粮,一间院子?哎,这个不急着算,你先讲清你哪来的老娘啊?"

肥憨问完,江兔换上一副高深莫测的表情道:"这老娘啊,不是我的娘,而是众生的老娘!"

"嘿嘿,还众生的老娘!江兔也是个读书人啦?"听到江兔的话,肥憨咯咯傻乐道。

"唉!不能乱说,咱们人啊,一身子骨肉那可都是老娘给的!在老娘眼里,大家都是她亲孙儿,那亲孙儿之间就是兄弟姐妹!"

"那老娘到底是个啥?"

第五章 —— 摇桨

白某打断肥憨与江兔的对话直接开口问道,就算与肥憨相处久了,可肥憨冒傻气的时候还是很让他厌烦。

　　江兔看了白某,声音变得凝重起来道:"小后生,你可不能乱说话啊。之前那些大户就是不敬老娘,收粮价钱欺辱了老娘,才被村人打跑的。这次就算了,出去见到别的村民可不能这么说话啊。"

　　白某听后不与他争辩,耐着性子点点头。

　　江兔接着说道:"老娘啊,那是大能神。天地就是老娘造的,人也是老娘捏的。祖巫知道么? 就连祖巫都没有老娘的能耐大。现在啊,老娘看咱们百姓活得苦,不忍心啦,要来救咱们啦!"

　　"哦,那所以老娘到底是……是什么大能?"白某问道。

　　"老娘就是最大的,比天地还大! 具体我也说不清,等明天带你们见我们逊湖村的把头去! 还有刚才你问我粮哪里去了? 我们把粮都集中起来,到时一起献给老娘。"

　　听到献字,白某怀疑是自己听错了,于是又开口问道:"把粮卖给老娘了?"

　　"不是卖,是献! 怎么能卖给老娘呢,那不是不孝孙儿么?"

　　江兔此话一出,白某目瞪口呆,张着嘴不知道该再问些什么。

　　此时肥憨眉头一皱,挠挠头问道:"唉? 江兔,你把粮都给老娘了,那你吃什么啊?"

　　"嘿嘿,我们啊,都要去投奔老娘座下了,老娘管我们饱餐,又给我们地耕。到了那会这破村子就留给那些大户自己耕,看他们能种出几粒稻。"

　　"你们连地都不要了?"刚刚回过味的白某再次被震惊。

　　"这天下土地本来就是老娘的,怎么能说我要不要呢? 而且到时候,那些大户们耕不出粮来都饿死了,老娘座下的巡山巡江们还会带我们回来的,地最后还是由我们给老娘种。"

　　这回不光白某,连肥憨都是听得无语了。

　　江兔说完以后,看向了乌维,眼中的意思很明显,那便是还有没有饭了? 乌维摇摇头,意思也很明显,那便是没饭了。

　　两人表情被白某观察到,他又对江兔开口问道:"江兔大哥,按你这么说不对啊？若是老娘管你吃喝,你怎么会饿成这样?"

但白某的问题并没有问住江兔,江兔笑道:"这会饿是正常的,村中的把头怕那些大户再来抢粮,所以早就把粮都集中起来藏好啦。等老娘派巡山过来接我们时,我们连人带粮一起走,到时自然能饱饭一顿。"

白某哦了一声,之后众人又是长久的沉默。

天色已晚,肥憨他们今日三人只能暂且留宿在江兔这里。但这间屋子又小又乱,四人是住不下的,所以江兔便跑到其他村人家,把屋子留给了肥憨他们三个。两处空隙,肥憨独自睡在一侧,白某与乌维挤在一侧。

吹灯之后,白某迟迟未能入睡,他一直在想着江兔口中的"老娘"。这老娘到底是个什么东西,听起来这般无理,却能让村民变得如此团结淳良?越是想着,他越好奇,想把这个所谓的"老娘"了解得清清楚楚。

"唉?不对吧?"

屋内另一侧的肥憨发出了一声疑问。

"果然!肥憨也没睡,他也定是在想着这事。"白某心想道。

"肥憨哥,你也是觉得这老娘有蹊跷。"白某问道。

"没,我是想就凭这间破院,或许抵不上一石粮。"

……

"唉!你先别睡,你数术好帮我算下。"

……

一夜过去,白某睡得并不好。

这一夜他都在想这个什么老娘,竟然比古圣贤的道理还能教化于民。他越想越好奇,越好奇越想,就这样连三个时辰都没睡上。

早起时,一脸疲惫的白某望向屋内另一侧的肥憨,发现肥憨也是同样的面色灰暗。看着肥憨,白某本想开口说点什么,但肥憨却先于白某开口。

"不行,咱们该赶紧走,这里不能待了。"

"啊?"

白某被肥憨忽然的这一句说得一愣。

"一石粮我不要了,快走。"

肥憨这句话刚好被推门而入的乌维听到,她早起就去外面生火烧水去了,这回进来是想取米烧早饭。

此刻她忽然听到肥憨说走,于是小声询问道:"不造饭了? 火生好了。"

"不了不了,赶紧走,咱们路上找地方吃吧。"

说着肥憨飞快衣裳穿好,灵敏的动作与他粗壮的身子显得十分不搭。等到三人收拾好行囊准备离开时,江兔正巧推开院门。

他一脸好奇地笑问道:"怎么? 这是要走了?"

"啊啊,对,忽然有些事。院子你留着吧,粮我不要了。"肥憨对江兔道。

"那怎么行,肥憨大哥对我有恩,欠你的就是欠你的,我定是要还的。"

"行行,等你能还时再说吧。我们这边着急,该先走了。"

说完,肥憨便不理会江兔,带着白某二人就要离开。

江兔快走两步拉住肥憨道:"哎,肥憨哥,你这会走不了啦!"

肥憨听后一愣,顿时脸上满是慌张。

"啊? 我也是老娘的孙儿啊,你们可不能啊……"

江兔听后皱眉,一脸不解:"肥憨哥你说什么呢? 我说你们走不了,是因今日那些大户定会再纠集人手,来我们村寻仇。算算时辰,他们这会应该在过来的路上了。你们这会走定会碰他们个正着,到时他们把你们认作是我们村村民,你们便危险了。所以,我这才说你们走不了啦。"

肥憨听后脚下一软,手上抱的行囊差点没拿住。

"那……这可如何是好?"

江兔叹口气,宽慰肥憨道:"等再晚些,这事解决了你们再走吧。我这会来找你也是为这个,我带你们去把头家,这会我们全村男人都聚在把头家了,就等那帮贼大户来。你们也一起来,别等打起来后落了单,若是遇到凶险我可对不住你了。"

说罢,江兔便转身为肥憨他们带起路来。

肥憨脚步没动,一脸愁容是走不行去也不想。

白某看着他的脸真想发笑,他倒是无所谓。别说是村民斗殴了,就是战场上的刀光剑影他也是见过的。而且,他也想多多了解下这个所谓的"老娘"。

于是白某走到肥憨身边,拍拍他,一脸坏笑地说了句"走吧",然后便快步跟上江兔,与他东一句西一句攀谈起来。

到了一间大院落后,院中挤满了男人。白某点点人头,算下来至少有五十人。院子中有一人站在桌子上,带着这院中人一起叫喊着口令。

"空家乡,窜四方,轻舟跟着大浪行!"

"空家乡,窜四方,轻舟跟着大浪行!"

听着村人的呐喊,白某心中暗暗吃惊。这哪是五十个农民能爆发出的呐喊?这分明是军中最精锐的各部亲兵,在杀红眼时喊出的战吼。

呐喊渐息,站在桌案上的领头人,扯着嘶哑嗓子对众人喊道:"进了老娘家门!咱们便都是兄弟姐妹!现在有人伤了咱们亲兄弟!还要抢咱们的粮!怎么办?"

"和他们拼了!"

"对!拼了!"

众人听后,纷纷挥舞着棒子农具叫嚷着。

领头人又喊道:"别人不知道!反正我是和他们拼了!他们一刀砍死我!我就去孝敬老娘!到时候老娘出山时,我还能在老娘座下当个哥儿!"

"拼了!孝敬老娘!"

白某彻底看傻了,这些人莫不是疯了?这个领头人是怎么让平日里老实巴交的农民,变成此刻眼中尽是凶光的狠人。

与白某不同,肥憨自从进来后就躲到了院子的角落。他此刻把脸冲着墙,蜷着身抱着头,口中不住地哎哟哎哟小声呻吟。如此举动,配合着他五大三粗的身子,显得十分滑稽。

再看乌维,她虽比肥憨好些,但也是略微发愣,眼神稍有些惊恐,一副回忆起什么苦痛往事的样子。

白某走到肥憨身边,碰碰他。

"你缩在这干吗?"

肥憨也不看白某,他一只手抱着头,另一只手往外推白某道:"哎哟,你别过来,别让他们看见我。"

"你这怎么回事啊?"

"都是大疯子啊,太吓人啦!"

肥憨说着忽然拧头看向乌维,对乌维招手小声道:"妮子,妮子你过来。你挡着点我,别让他们看到我!"

然后他又对白某说道:"你快去吸引他们注意,可千万别让他们往我这边看。你快去啊!"

说完肥憨又使劲推了一把白某。

白某听得又笑又气,他白了眼肥憨便转身离开不管他了,边走边心中暗骂肥憨道:"这他娘的什么玩意,抽的邪风!"

就在这时,门外跑进来两个村民。两人进来丝毫不顾院中的嘈杂,用更大的声音对院中人大喊道:"来了!他们来了!"

领头人听后立刻抬手意思众人安静。

"他们来了多少人?"

"三十多人!手里还拿着刀。"

领头人一听来人手里有刀反而不慌张,而是更兴奋地道:"好!我还怕他们不拿刀呢!兄弟们!我着急去抢一把,可顾不上你们了啊!"

说着这个领头人随手操起一根短棍,气势汹汹出门了。

而他身后的村民也是一点都不怂,全都紧紧跟在他身后。明明是一场打架,此刻却像是有人来送钱一般。

白某扔下躲在角落的肥憨,也凑热闹跟着村民出去了。

逊湖村大路空地上,一场大战即将开始。

一边是手中拿着棍棒农具的逊湖村五十多个村民,另一边是大户们带来的手持刀剑的打手。

两边人都是气势汹汹,没有一个人上去与对方搭话。在白某的经验中,打架只要是这种开场,那这场架定是非常惨烈。

白某向着大户那边看去,他发现件有趣的事。大汉历法对刀剑管制极严,普通百姓就是想买都没地方买去。若是寻常人手提刀剑在街上走动,那此人不是背景深厚便是个化外强人。可现在再看这些大户带来的打手,手中却各个拎着剑。再说他们手持的刀剑,白某简直太熟悉了,只扫一眼他就能认出来。刃长两尺半,四面剑身,熟铜目钉做的剑首,这分明就是大汉城防军的制式刀剑。

这便说明了,这些大户们招来的可不是普通混混地痞,而是兵,更有可能是江夏城守军营的兵。

两边对峙一会,忽然间村民方的领头人叫喊一声打破了平静。

"空家乡,窜四方,轻舟跟着大浪行!亲哥们跟我上!"

怒吼完,领头人率先冲出人群,手持短棍冲杀向着大户那边。

瞬息后,村民也爆发了狼啸般的怒吼,全都跟着领头人冲了出去,没有一人面带迟疑之色。

白某站在后面,心中有些钦佩这个领头人,作为统领竟然亲自带头冲锋,真是勇气可嘉。可就算如此,白某仍然不认为村民这边能讨到好处,毕竟他们对面站的可都是手持刀刃的兵。

但当逊湖村的村民与打手们交上手后,白某瞬间看傻了。

要说之前逊湖村也好老娘也罢,他们带给白某的还只是惊奇,而眼前发生的一幕幕,才真是彻底震撼了白某。

这些个农民手持着农具,对眼前迎来的刀剑视若无物,每个都是发疯一般在拼杀。有的村民身上挨了数刀,脚下却丝毫不退,仍在拼命挥舞着农具。更有几人,一条腿被砍得滋滋冒血,躺在地上站不起来,可一旦逮到机会时立刻抱住敌人的腿用嘴撕咬。

此时的村人,在白某眼中不再是眼神麻木的农民,他们全都是饿狼般的战士。在村民不惧刀剑的凶狠围攻之下,那些扮做打手的城防兵卒全都渐渐慌乱了。

一人脚下稍有迟疑,手上刀刃便被一棍打落,之后就是从各个方向砸来的锄头、扁担,再之后这个慌神的兵卒便成了一具尸体。

"这若是我大汉军卒,各个勇猛如此,那这定当无敌于天下!"正当白某心中感慨着,从人群中跑出一个被打得抱头鼠窜的打手。这打手瞥见白某落单,于是便提着剑冲白某而来,一副想找个人泻火的架势。

只可惜,这打手实在找错了人,白某是打不过田辛,打不过猴子,可一

第五章 —— 摇桨

个城防兵卒想找他便宜占那是万万不可能的。

打手抬手一刀,白某根本不迎,直接一脚正踹铲到他膝骨上。而这打手还没因断腿跌倒时,持刀的手已被白某拧住,下一瞬间这打手的喉咙便被白某锥了一拳。

就这么简单一脚一拳,这个来自江夏城防军营的"打手",已经躺在地上翻着白眼开始抽动了。

捡起打手的剑,白某再次把目光望向"逊湖村战场"。

此时的村中大战已到尾声,两个身穿华服的大户在护卫下仓皇逃命。剩下的打手则是躺在地上被村民疯狂围殴,看着这些在地上一动不动的打手,白某知道,他们应是死透了。

再看村民们,他们大多身上挂了彩,还有几个被豁开肚子躺在地上,看样子也是死了。但与那些大户带来的打手相比,村民的损失算是很小了。

村民中为首的领头人,摁着自己胳臂上滋滋冒血的伤口,对村人发号施令"打扫战场"。白某向村民们逐一看去,发现他们没有一人脸上带有杀过人后的恍惚。

白某望向村民的目光很快被领头人发现,随即领头人向白某这边走来。看到躺在白某脚边已经昏厥的打手,再看看白某手上的剑,领头人豪爽地对白某笑道:"兄弟便是江兔说的外乡远亲吧?真是好身手啊!"

领头人观察着白某,白某也在观察着他。从这人包扎伤口的纱布看,此人应不是经常受刀伤的人。再看他身上几处受伤的位置,更是很明显表明这人一点功夫都不会。因此白某判断出来,这个领头人的背景很简单,就是个普普通通的寻常人。

"村长也是威猛人,面对刀刃毫无惧色,我这才是佩服呢!"

领头人听到白某夸赞一摆手笑道:"兄弟谦虚了,我可不是什么村长,原先那个与大户勾搭的鬼村长早叫我宰了。我就是老娘的孙儿,得老娘庇护,现在是咱们逊湖这一带的把头。我姓张,你也和村人一样叫我张把头吧。"

白某听后也抱拳报名道:"张把头幸会,我姓白,白三。"

白某没有报出自己的真名,他对这个所谓的老娘好奇不假,但这个老娘来路确实古怪也是真的。

"好,白三兄弟。你帮老娘除恶便是有老娘的机缘,咱们先回院中,我给你讲讲老娘的事。若是听我讲完,白兄弟你肯认我这个亲哥儿,我想凭着白兄弟的身手,在老娘座下定会大有前途。"

白某听后点点头,满面笑容地答了声:"好!"

回到村人集会的院中,刚才因为杀红眼而忘了伤痛的村人,这会都开始咿咿呀呀起来。与刚才相比,院中多出好多女人,都在给受伤的村民端水包扎。

张把头让白某稍等,自己则是挨个去询问受伤的村民,关切痛惜的表情真好像是自己的亲兄弟伤了。

白某在院中找到肥憨的身影,发现肥憨没有继续躲在墙角,而是跟着村中女人一起替伤患包扎。

白某走过去拍他,肥憨回头瞥了他一眼,手上边熟练地给伤者包扎边对白某说道:"唉!昨晚就应该抹黑走啊,哎!"

"那咱们现在走?"

"现在还怎么走?这些村人别说刀伤药了,连包扎都不会。不能见死不救啊。"

说着,肥憨把一盆血水递给乌维换掉。

"那咱们不走了?"

"当然走啊,等我手上的活完了咱们赶紧走!唉不对啊,到时候天黑了,路上也不安全啊,这可怎么是好啊?要是再待上一天,明日若再有强人过来怎么办?"

肥憨手上没停,嘴里却不断地絮叨着。

肥憨与白某正说着,张把头走了过来。他看肥憨与白某二人神情举止,于是张把头很自然地把白某当成做主的人。

"白兄弟,这两位也是与你同来的?"张把头对白某询问道。

白某看看肥憨与乌维,谎话张口就来。

"啊,一个是我表兄,一个是我表兄之子。"

白某介绍完后,肥憨抬头朝着张把头咧嘴一笑,这一笑显得肥憨是要多蠢有多蠢。不过张把头并没有因为肥憨的傻样显露出轻视,他非常热情地与肥憨乌维打了招呼,随后便拉住白某。

"白兄弟,咱们屋里说说话。"

白某当然答应,他对老娘的好奇已经快压不住了,就是张把头不找他,他也会去寻张把头。

张把头把白某领进屋中,当然屋中也不比屋外安静多少,挤满了受伤较重的村民。找了一个空地,张把头给白某倒了碗水,面带真诚地对白某道:"白三兄弟怕不是寻常乡下人吧?"

白某一愣,没有开口。

张白头看着白某的样子笑笑,然后满不在乎地又说道:"算了,我就是看白兄弟身手了得才多问两句,白兄弟你不愿说便不说了。反正也多谢你们今日出力!帮过老娘门人的都会有老娘的机缘,你有福啦!"说完后,张把头给自己也倒了碗水,笑着喝起来。

"张把头,问下你,我们能离去么?"白某忽然问道。

张把头听后一愣,奇怪道:"白兄弟你这是什么话?你们自己长的腿,去哪里还要问我?"

话刚说完,张把头"啊"的一声,忽然想到了什么,然后哈哈大笑对白某说道:"我明白了,白兄弟是误会我们了。我们都是老娘的孙儿,可不是什么歹人!"

白某听后点头,脸上神情顿时松了一口气。

"哎哟,有张把头这话我就放心了。不瞒张把头,早前我还真把各位当作匪盗强人了,心中这个担惊受怕。我也对张把头直说了吧,我叫白三这话不假,但我确实不是田间务农之人。"

"哈哈,我就说寻常的村农哪有你这身手。"张把头笑笑在白某的臂膀拍了下。

白某笑笑接着道:"我也实说了吧,我是颍川人,家中干的是帮牙侩押货的把式活,手上的几手都是家里教的。与我同来的两人一个是我堂兄,另一个是我外甥。我来江夏呢,也是因为我堂兄。你别看他长得壮实却是个傻人,种地不会帮工又笨,没办法我父亲让我把他带回颍川,看他壮实卖相好在家里站个场也算是个事。"

白某说话时张把头听得很认真,并时时附和着点头,想来肥憨的貌相的确让白某这个"实说"显得更加真实。

看张把头没有质疑自己的话,白某接着说道:"本来是想年节前回颍川的,可我这堂兄一直惦记着江兔欠他的一石粮,非拉着我先把粮要了再走。然后这不就遇到了张把头你们这一村子的好汉。"

这段长谎总算被白某圆明白了,白某心中稍稍舒了口气。

张把头听后点头,看来是全信了白某的话。他想了会对白某道:"白兄弟肯与我实说,那便是坦荡人。这样,我也助白兄弟一把。白兄弟你们先别急着走,年节前大路上也不是那么安全。不怕和你说,今晚荆州的巡山会来接我们去老娘的坛口,你便同我们一路同去,到时找个空档再给你们放下来,我们人多还能照应下你们。"

张把头把话说得诚恳不容拒绝,白某心中虽不愿,但面上还是高兴道谢。

张把头见状豪爽一挥手道:"相识便是机缘,不值一提的小事罢了!"

白某抱拳道谢,见两人相谈投机气氛刚好,白某心中暗自合计了会,他问出了自己按捺不住的好奇。

"张把头,你们口中常讲的老娘是哪位祖巫别称?还是在山中潜修的高人?"

张把头听白某问出哈哈大笑,然后一脸赞许地对白某道:"就是白兄弟你不问,我也想和白兄弟讲呢!没想到倒是让白兄弟你先开口了,看来白兄弟果然是和咱们老娘有机缘!"

说完后,张把头又是哈哈笑了起来,白某却只感觉莫名其妙,但也只好赔着笑等张把头开口。

张把头笑完,换上了一副虔诚神情又对白某开口道:"老娘啊,那不是祖巫,更不是什么高人。老娘是咱们天地造化的始祖,天上飞的地上跑的,咱们吃的喝的全是老娘给咱的!"

"那这老娘不是要比十二祖巫还有能耐?"白某换上一脸惊奇问道。

"那可不?我先给你讲讲老娘是何方神圣吧!咱们的老娘啊,那是凭空而出。她见世间混沌就开辟了一方天地,又造了十二祖巫居住在这天地中。最开始呢,祖巫们都安分守己各司其职,造化天地稳固八荒。可时

第五章——摇桨 | 353

间一长啊,祖巫们便不甘寂寞了,他们在世间造了人。可祖巫们造人却不是为了生养我们,而是奴役人们给他们劳作,替他们造化天地。但老娘不同,她喜爱人,见祖巫对人残暴,老娘便训责他们不可虐待世人。之后老娘又怕祖巫报复世人,于是亲自孕育了三个哥儿,来替自己保护人们。"

说到此处,张把头满脸都是向往,好像那个慈爱的老娘,正在他目视的远方对他谆谆慈笑。

白某倒是没什么感觉,他只是好奇老娘是如何把村民变成战士,而不是这些玄而又玄的事。但情境之下,他只能假作一脸吃惊地听着张把头讲故事。

这时,张把头叹了口气,忽然换上了副痛苦的表情继续讲道:"老娘孕育三个哥儿本是为了人间,但祖巫却以为老娘要用哥儿替代他们。于是这些狼子野心的祖巫心一横,竟联手算计老娘!趁老娘孕育哥儿虚弱,把她老人家封在骊山脚下。之后祖巫还怕老娘恢复元气后惩罚他们,所以祖巫们又造了青龙白虎朱雀玄武四兽,命他们守在四方镇住老娘。行完此大不逆后,祖巫们也已筋疲力尽,于是他们用了最后一丝力气造了五爪龙,这五爪龙便接替祖巫继续奴役人,并警惕着哥儿和世人从骊山救回老娘。再之后,这些祖巫们也各自睡去了。"

张把头这段讲完后又是一声叹息,眼中愁云密布。

而坐在他对面的白某则是彻底服了,他从没想过故事还能这么讲。真是神仙打架挥刀弄棒,劈山的利剑,树大的锤。

忽然张把头面色一扬,愤慨地道:"不过白兄弟也别担心,现在已时过十万八千九百载。三个哥儿都已修成正果渐渐醒来。他们在洞府中想着咱们苦难的世人,于是便唤醒各处巡山在世间传令,要趁祖巫沉睡救出老娘,让世人都有好日子!"

"啊……如此,那真是好事啊!"

"白兄弟不信?"

"不不,老娘造福世人那是我们的福,不敢不信。"

"没事,白兄弟有问题但说无妨,你听了老娘的机缘,咱们就算不是亲兄弟也是堂兄弟了,自家兄弟不必顾虑。"

白某听后心中暗叫难受,这张把头讲的话本就是胡扯,哪里有什么可问的。可他此时若是一言不发反而显得假,没辙只好耐着头皮硬问起来。

"啊,张把头,兄弟我有一事不明。若是说三个哥儿是老娘造的,那他们应该是和祖巫同等啊?那怎么咱见不到祖巫,却能见到哥儿呢?"

张把头听后非但不恼,反而很高兴白某发问,他笑答白某道:"咱们自然是见不到哥儿,别说咱们,便是各地巡山都见不到哥儿。但巡山往上还有大能耐者,半步大仙。就比如现在吧,咱们聆听老娘的教诲,便是由老娘座下腾蛇化人给众巡山传的信,巡山再把圣谕传给我们这些把头。"

"腾蛇?"

"对,这腾蛇乃是老娘座下伴修,按辈分还在哥儿之上。现在这腾蛇大圣已托生到人间,替三个哥儿唤醒各处巡山。"

"哦……"

白某根本不关心什么腾蛇老哥哥,关于这个老娘教他算是明白了,这就是一帮妖人。

看着白某的反应,张把头以为白某已被老娘震撼。于是他催促白某向自己提问,想彻底把这场大机缘引渡给白某。

白某无奈,只好想了想又问道:"张把头,我仍有一事不明,你只要答得出我便尽信老娘再无他心了!"

张把头听后大喜道:"白兄弟但说无妨!"

"张把头的话虽句句在理,可我还是想问,张把头可有何凭证?"

张把头听后又是大笑,好像白某问了个"为何吃饭?""为何睡觉?"一般的问题。

"可惜啊白兄弟,现在巡山不在,没法给你展现仙法。若你见到巡山施展仙法后,定不会问出这等问题。算了,我给你讲一件秘事,你可千万不要外传。"

白某点头。

张把头凑近白某些小声道:"我和你说,这人世间天子都是五爪龙的后裔,五爪龙天生便是要胁迫人的。他一人顾不过来,便收了一堆成精的豺狼虎豹当大臣帮着他。不然你想想,为何天子过得舒服,世家吃饱穿暖,单单咱们百姓苦耕一年,最后却吃苦受难?"

张把头这话讲完白某彻底傻了,这老娘到底是个什么玩意? 其心可诛啊！果然不能待了，得赶紧走！这里面不对！心中震惊之下，白某把这份仓皇转换为吃惊表现在脸上。

张把头不知白某心思，只以为白某深信了，于是满意地对白某点点头。

"行了，白兄弟你先休息会吧。今天晚上巡山的船一到，你与我们一道走就行了。等上船之后我介绍你见我们江夏的巡山，到时啊，说不定白兄弟你还不想走了呢，哈哈哈。"

说着张把头便迈着大步走开去看受伤的村民了。而白某则坐在那里，想着这个老娘，后背一阵阵冒着冷汗。

"我就说赶紧走！你非给去弄个清楚！话多啊话多！哎哟，这什么老娘老爹的！这不是造反么？可要了命了！"

白某把与张把头的谈话告诉肥憨后，肥憨便又蜷起身缩到角落，连说话都带着哭腔。

看着肥憨这副德行白某真是没来由地烦。

"行了行了，你实话和我说，逊湖村里的情况你当真不知道？眼前的种种不是你故意找给我看的？"

"我是假傻！又不是真傻！我就算为了教你，也不能把我自己搭进去啊！"

肥憨这句他是假傻，白某被逗得扑哧一乐。

扔下肥憨这个怂货，白某又问向从来都是非常敬畏鬼神的乌维："就我刚才讲那些祖巫青龙的，你信么？"

白某的问题让乌维一愣，因为白某很少与她说"正事"，更别提询问了。所以对于白某的问题乌维非常认真，她低头想了很久，嘴里还咕噜咕噜地念叨着白某听不懂的胡语。终于，在漫长的纠结之后，乌维开口了。

"不知道……"

"信或者不信，不知道算什么啊？"

"不知道就是不知道。"乌维又说了遍。

"我只问你信不信？好比我问，你们胡人那些祖灵你信不信？"

"信！"

乌维斩钉截铁道。

"那老娘祖巫三个哥儿呢?"

"不知道……"

"你这是什么答案啊?"

"你说这些有就有,没有就没有,反正与我不相干。我们是祖灵赐的斡魂,所以就算有老娘也和我无关。"乌维认真说道。

"唉!对!这才是大道理,看来你女人比你聪明。不管这老娘教是真是假,都与咱们无关,咱们现在最要紧的就是如何离开这里。"一旁的肥憨忽然开口道。

听了乌维与肥憨的话,白某沉默起来。在他觉得,这老娘教虽然神叨,但却有可取之处。先不说他们是怎么短时间把村民练成兵的,只说他们的理念是没错的。这短短一年所见,无不是民间疾苦艰劳,门阀却奢靡挥霍。生在百姓家中,赋税徭役每项都少不了脱人一层皮,最后还要被这些门阀望族欺辱。

虽说这些百姓确实狡黠,但这都是小过。与百姓相比,那些大户们才是真正可杀的大恶。所以这点来看,这老娘教其实并无过错。人为了活,这有错么?任凭欺压致死,那是畜生。

在白某看来,老娘的传说是真是假并不重要,重要的是现在这个世道让人活不下去了,人活不下去便要想办法活下去。所以行乞、从贼、入老娘门都是一种活下去的办法,若是这么说,入老娘门反而是个上策。

看着院中村人们点起的篝火,白某眼神迷离。

老娘到底是什么不重要了,对于白某来说,老娘是把百姓变成战士的呐喊,是对生存的抵抗。救老娘听着像一个粗鄙的神话,但对于这些村人来说,老娘不需要他们救,他们的拼搏是为了救他们自己。

"空家乡,窜四方,轻舟跟着大浪行!"

"空家乡,窜四方,轻舟跟着大浪行!"

围着篝火,村人在张把头的带领下阵阵呐喊。这段琅琅上口的话在白某的耳中听得很迷离,好像有一种不可知的外力扯着他的嘴,让他情不自禁地跟着张口。

就在这时,有人拍了拍白某肩膀。

"啊,我饿了,你去要些吃的来吧。"

白某转头,肥憨正一脸憋屈地看着他。白某的耳根发紧,使劲绷紧了头皮,猛然从刚才的恍惚中回过神来。

"什么?"

"我说我饿了,你去找些吃的来。"

经过肥憨一提,白某才想起他们三人已经一天没吃东西了。

"乌维那没有干粮了?"

"我现在不想吃干粮。"

"那你想吃什么?"

"想吃肉。"肥憨言语肯定道。

白某纳闷肥憨忽然这又是发什么疯,但看着肥憨,他却不像是在装疯卖傻。

"我这上哪给你找肉?"

"没肉我就不吃了,只要饿不死就不要吃那些香屎。"

肥憨说完后便不再理白某,又躲到了院子的角落里。

白某莫名其妙,不知肥憨这又是什么新套路。不过经过肥憨这么一扰,他也无心再去观摩这些老娘信众的祭典。想着今夜还要奔波,白某也找了个暖和地方眯着眼睛开始打盹。

白某意识渐渐模糊,只感觉这里好暖好舒服。荆州真是好地方,冬日不冷不干,就是睡在这院外草垛上,也是周身温暖到了骨子里。白某整个人越睡越舒服,一卷枯草垫竟睡得好像乌木软塌一般舒适。

"起来!白兄弟快起来!"

白某忽然听见有人在隔世的黑暗中呼唤自己。

正当白某混沌时,忽然他面上阵阵刺痛。白某缓缓睁开眼睛,脸颊上又挨了一巴掌。他清醒些看去,只见乌维正蹲在他的身侧,抡起胳膊蓄力准备闪下一掌。

再看仔细些,乌维、肥憨、张把头、江兔每个人都让他看个清楚。

"怎么?天亮了?"

白某刚问出口,他便发觉到,并非是天亮了,而是起火了。

乌维空着手,白某与肥憨抱着行囊,三人在村民之中跟着张把头一路狂奔。

白某不断回头向逊湖村望去,整个逊湖村内外火光冲天。见如此火势,白某心中无比清楚,明日之后,这逊湖村将是一片黑灰。

这把焚村之火并不是仇家所放,而是逊湖村村民自己放的。在与张把头的三言两语间,白某知道了这场大火的因由。

今晚,在村人苦守了两日之后,老娘的巡山到了。当村中这一年粮米都被运上船后,巡山带走全部村民,并一把火烧掉村子和田亩,不给这些大户留下一丝生机。

逊湖之上,停着两条双帆大船与数支对桨仓舟。

等到村人尽数上了两条大船后,船哨响起,逊湖上的零散灯火离着湖岸渐行渐远。白某撑在船尾向岸上的冲天火光望去,心中复杂,那一丝对老娘的好感也说不清道不明地渐渐消失。

肥憨站在他身后忧愁地道:"今夜过后,这逊湖村算是荒废了。"

白某没说话,依旧盯着远处越烧越旺的大火。

肥憨沉默片刻又说道:"这田估计也要荒上一年了。"

"我曾经也放过一把火,放火时我的脑子很混乱,既想救人又想杀人。反正那晚我没有想得很清晰,就想把这把火放了,别的之后再说。脑子里一堆似是而非的想法算计,无论如何我都想不透彻,最后也就莫名其妙地把那把火放了。后不后悔那把火我不好说,但若是再回到当日,我定是要把一些问题想清楚些。"

白某说完后轮到肥憨点头不语。

白某摇摇头接着道:"可老娘这把火与我那日不同,这是把绝户火!这火放得没一丝犹豫!放火烧光了村人的退路,收粮收走了村人的前程,现在这些村人再无处可去了。人活着,但却不在这世上活着了。"白某越说越激动,肥憨一把捂住他的嘴。在肥憨粗壮的胳膊下,纵使白某功夫好,竟一丝都挣脱不开。

"小声些,你回头看。"肥憨在白某耳边道。

白某顺着肥憨的话看去,这条大船上所有的村民无不是面带欢喜,每个人口中都在轻念:"空家乡,窜四方,轻舟跟着大浪行!"

借着映在湖面上的火光,白某看清村人们目光所向,那是一个身着怪异的人。一身连体的麻布长衣,腰上系着一根粗绳。他披头散发,墨黥半面,手上还弄着一条大蛇。见到怪人肥憨手劲一松,白某稍稍向前走去,又是再看清几分。此人闭眼缄口,手上大蛇缠绕吐信,仔细听去大蛇竟是在吐人言。

"山水取大道!云梦有人皇!"大蛇上下翻腾,言语缓慢却清晰。

随着大蛇再三重复这段话,船上人目光越来越狂热。白某在细细看去,之前那个豪爽汉子张把头竟然匍匐在那大蛇之下痛哭流涕,并口中带领村人齐声大喊道:"腾蛇降旨啦!腾蛇显圣啦!"

此时这条大船上的玄幻场景,白某看得目瞪口呆。

肥憨在他耳边轻轻说道:"之前他们未曾放火,我还只道他们是一坨香屎。可现在他们放火焚村,又摆这怪力乱神,我却可定言,他们是一锅精心调味的珍馐之屎。"

"嗯,咱们怕是不好走了。"

"未必……"

说话的肥憨此刻面色凝重若有所思。

当船上村民安静下来,湖面上也渐渐泛起了雾。张把头引着刚才那个弄蛇的异人来到白某这里。

"白兄弟,我给你引荐一下,这位便是我们老娘座下巡山!"

白某抱拳作礼道,"见过巡山,在下白三,颍川卖把式之人。敢问巡山大人如何称呼?"

巡山双手上下舞动了一番,施了个怪异的礼后对白某道,"在下侍奉老娘与三位哥儿,早已不用世间名行走了,白小兄弟也不必称我为什么大人,只称呼我为巡山便可。"

与这位巡山怪异的打扮不同,他的声音很轻柔,听起来像是知理之人。

"哦,那在下就谢过巡山肯顺路载我们安全离去了。"

"不必谢我,白小兄弟是与老娘有机缘之人,若要言谢便谢老娘吧。"巡山笑得很柔。

见气氛不错,白某试问道:"在下还想问巡山,在何处放下我们归家方便呢?"

那巡山听后笑道:"白小兄弟既然与老娘有机缘,又何必急于离开?不如与我们同去山水中坛口看看,也耽误不了多久。"

"果然来这手。"白某听后心中暗道,他余光扫了眼缩在角落的肥憨,脸上随即换上一副兴奋的样子,白某抱拳道:"在下也正有此意,只是初见巡山不好意思开口。既然得到巡山首肯,在下定是欣然愿往。"听白某答应,张把头与巡山都是面带笑意连连点头。

而就在三人彼此笑靥相合时,肥憨忽然哇的大叫一声!然后整个人傻站在那里,眼神空洞地发愣。

巡山往肥憨那边看去,面上带着疑色。他身旁的白某见状,歉意地对他说道:"巡山见怪了,这人是我堂兄,我此时在荆州也是因他的缘故。哎,其中因由张把头知道,我就不多嘴扰烦巡山清耳了。总之吧,我这堂兄不光人蠢,脑子也有些……"

说着白某摆出了副难为情的样子。

白某说完,巡山向张把头看去,张把头也是叹气点头。

肥憨傻站了会后,忽然又是大叫一声,然后噗通一下躺在地上,整个人不断抽搐起来。

白某见状连忙上前去扶他,可是肥憨抽搐得厉害,竟一把甩开了白某。白某头磕在船尾的舢板上,随手一摸竟是满手鲜血。

张把头见状连忙喊人过来帮忙,白某抬手阻拦道:"张大哥不可碰他!我这堂兄有古怪!他本是个农民,手上一丝功夫没有,可刚刚我一碰他,就感到一股外力袭来把我震飞。就算我白三不才,但在颍川同辈中也是难逢敌手,若是平常怎可能被他伤到!"

随着肥憨抽搐得愈发厉害,跑到船尾围观的人也越来越多。

在围观的人渐渐成了个小圈时,肥憨停止了抽搐,直勾勾地又站了起来环视着众人。

"这不是我堂兄!你是何人?"白某大喊道。

听着白某的话,围观的众人也发觉了这其中的古怪。这个粗壮憨货大家都有印象,白天看起来又蠢又憨,说话也是怂声闷气的。

但这憨货此刻确实眼神凌厉,带着一股俯视天下的帝王神情,甚至有两个和他对过眼神的村民当场便要下跪!

那个巡山最先回过来神,见场中气氛慌乱,他走出来对肥憨道:"你是何人?"

"小小巡山,竟不识本尊!你身为侍候老娘的巡山,难道只认腾蛇,竟识不得小哥人圣气息?"

肥憨此言一出,船上人无不沸腾,张把头更是直接跪下。面对肥憨,巡山的面色迟疑,沉声道:"若同为我老娘座下之人,还请足下报上洞府名讳。"

"大胆!看来你这小小巡山托生凡间之后还真只认腾蛇,而不识得天尊大老哥,地祖二老哥,人皇小哥儿?我乃小哥儿座下一缕野草,特来替小哥儿传令!"

巡山的脸色越发阴沉,但看着跪拜的村人越来越多,他也只好硬着头皮道:"那敢问野草仙,小哥儿有何旨意降世?"

"小哥儿要醒了!他要吃菱角!"

肥憨此言一出众人哗然!

"小哥儿要醒了!"

"小哥儿醒了!好事啊!"

巡山听着村人信众大声议论,局面渐渐让他感到棘手,而肥憨却不等巡山开口,他又大嚷道:

"菱角吃饱,托生安好!"

说着,他纵身一跃跳到湖中!

肥憨的这一跳把众人全都看傻了,接二连三的冲击让围观信众再也没有余力去思考这是个什么情况了。

就连那个巡山都是目瞪口呆,懵懵地看着肥憨跳船的方向。

反应最快的还是白某,他赶紧拉过已把行囊背好的乌维,对巡山抱拳道:"事关小哥儿托生要事!还请巡山借我一艘小船去救堂兄!"

说着他也没管巡山答没答应,拉起乌维就跳下了大船,落在了前来看热闹的小仓船上。

对仓船上撑桨的船夫喊了声见谅,接下来正莫名其妙的船夫,便被白某一脚把他踹到水中。

湖面的雾越来越厚,一团团矮云从远处岸上的大火处飘来,看样子明早的晨雾将会格外浓厚。

肥憨坐在船头拧着衣裳,嘴里呜鲁呜鲁地不知道在说些什么。

白某看着如同落汤鸡似的肥憨道:"原来你还是个善泳之人。"

肥憨抹了把脸憨声道:"只要是能活命的把式,我都会。"

白某笑笑问道:"若是你这骗术没成功呢?"

肥憨听后抬头看向白某良久,然后忽然一个傻乐。

"那便跟他们走呗,最多挨顿打,应该死不了。"

白某听后也是愣愣,随即也乐了起来。

而乌维却没理会二人的对话,她看着这仓船上的米,默默说道:"好借好还,好借好还。"

之后,三人乘着小船没有直接回江丰村,而是先跑到江夏把这意外得来的粮米出手了。

不过因为粮不多,很多又受了潮,所以并没有卖出一个好价钱。

不过终究是一笔意外之财,肥憨拿到钱的第一件事便是找了个酒肆,带着乌维与白某好吃一顿算是压惊了。

最后手里还剩下十几钱,乌维与肥憨对钱的用法产生了分歧,肥憨想买半扇羊肋回去,而乌维则是认为要买柴盐用于日常。

不过虽然肥憨白某嘴馋,乌维也没态度强硬,可他们还是听了乌维的话,毕竟现在家中所有的茶米油盐事务全是乌维管着。

再回到江丰村时已是黑夜,经过一夜一天的奔波,三人都是累得来不及收拾倒头便睡。

再等到第二日白某睡眼惺忪起身时,他发现就连一向早起,从来不知疲倦的乌维也是刚刚洗面梳头。

三人的早饭吃完已经到了晌午,肥憨手捂着肚子,舒服在堂中一躺。

"哎,我以后哪也不去了,可吓死我了。"

白某则与肥憨完全不同，经过一晚的休息，他终于有心思去反思在逊湖村的遭遇了。

逊湖村狂热的村民，老娘，张把头，巡山，大火，白某开始细致回忆这些奇异经历。

"肥憨哥，我觉得这个老娘有大古怪。"

肥憨翻身把屁股留给白某道："你别再提这个词，我现在回想都脚发软。"

"先前你说老娘是香屎，放火之后是珍馐之屎。你的意思是这个老娘是有人捏造出来的，他们用鬼神之道控制百姓，并且意在谋乱。"

"我胡说八道的，你别问我。"肥憨放了个屁道。

白某没有理会肥憨继续说："若是为了牟利，他们没必要绝户收民。空一村之民绝一村之后，空一郡之民绝一郡之后。长此以往，一旦老娘做大，那我大汉岂不是遍地荒瘠。若那时老娘要有所不轨，只怕是谁都无力抵抗。所以，老娘之主使其实意在谋乱。"

白某说完，肥憨用手挠了挠屁股，全当白某是在鸟叫。

既然肥憨不理他，白某便继续说道："而此时，我敢断定这老娘还没有做大。按我的感觉，这巡山在老娘教中应是非常高的职位。而我们遇到的那个巡山，竟然对我这个区区'颍川押货人'都如此礼待，甚至好言招募。如此可说明，现在老娘势微，并无什么人才。"

终于，在白某的喋喋不休之下，肥憨有了反应。

他坐起来，满脸不耐烦道："我听不懂，你别讲给我听了。"

见肥憨仍是一副装傻样子，白某也不恼，他现在是越来越熟悉肥憨的品性了。

于是白某嘿嘿一笑道："那我们就说点你听得懂的！逊湖村离江丰村可不远，怎么逊湖村尽是老娘信众，而江丰村却丝毫没有老娘的消息？若只说江丰村地理偏僻，怕是不足以解释吧？"

说着白某站起来伸了个懒腰，坏笑道："我猜想啊，定是有人悄悄在江丰村截住了老娘的势头。但这江丰村最有可能这么干的只有神秘的枯秧先生，但这枯秧先生整日劳作在田间，并无闲暇时间去处理此事。也就是说，这江丰村中有人是枯秧先生的助手？我想来想去，这个助手会是谁呢？水摊……老三？"

肥憨听后腾的一下站起来，有些急躁地道："你别在这烦我了！你自己找地方玩去吧！你要是愿意的话去搞个老爹教，到时与老娘相抗，为朝堂尽忠！"

说完肥憨便转身回了自己的东屋，紧闭屋门不再理会白某。看到肥憨的反应白某心中发笑，他在中堂大叫道："老师！您不理学生无妨，学生自会去寻水摊处老三先生指教！"

片刻之后，只听肥憨屋内梆的一声，应是肥憨把他屋中的窗合上了。

如此之后，白某终于心满意足地走了。

其实他并不会真的去老三那印证他的话，甚至他最后是在故意胡说八道。他就是想惹恼肥憨，不知怎么的，他觉得如果不让肥憨难受一次，那这次在逊湖村受到的劫难便没告一段落。

折腾完肥憨他开始无所事事地在村中闲逛，书他暂时是不打算看了。因为白某渐渐发觉，他现在遇到的事大多不能用书中道理解释。

书到底只是书，可以用来悟，但不能拿来套用。悟性若是高，那书中便写满了可借鉴的例证原由，处处都是路。但若是把书读死，那心性也就死了，处处是墙，处处不通。

就比如这村中的百姓，那些先贤典籍中很少提及，就算写也是草草的一句"民，如何"。好像这些百姓与帝王世家并不是相同为人，帝王世家有礼乐书表乃是人，而百姓则只是"民"。

从书中看这个"民"字很怪，观感上像是稍低级些的人，如牲畜一般吃饭拉屎睡觉，但又略微有别于牛羊猪狗。

那些典籍或许说得没错，百姓们会为蝇头之利互相拆台，会被毫无凭证的鬼神话术哄骗得死心塌地。

但同样是这些如同猪狗，又略微高于猪狗的"民"，他们可以揭竿而起反抗欺压，可以变成凶狠的战士，可以为了心中所信不吃不喝甘愿倾尽家财。

如此复杂的"民"，怕只凭古圣一句"民可使由之，不可使知之"并不足以盖论。

与路过照面的村人打招呼寒暄，又跑到老三的水摊中与几个闲汉扯皮解闷。

踩着夕阳归家的白某心情忽然没来由地高兴起来,于是在这深冬时节,他蹦到了湖里摸鱼,然后再湿着衣裳一路飞奔回家。

把鱼扔给了已经生好柴火的乌维后,他回到屋中换了一身新衣,又把屋中散乱的书整理好,一卷归一卷一册落一册。

之后白某出了院,在树上折了三尺长枝,手上两个翻花,久违地耍了一套刀。

在这日之后,白某又变成了辽东那个与书卷无染的秃头小子。

每日是三尺剑五尺刀,丈五长矛丈二的锤,长短不一的树枝白某耍得不亦乐乎。

没过多久那个单手能上树,倒立比跑快的白某又回来了。

与白某武功的精进速度差不多的是肥憨家的存粮,这段日子的白某忽然变得极为能吃,两碗白米一条鱼只能吃个半饱,夜里还经常让乌维去生火烤些干面宵夜。

原先预计还能吃三个月的粮,在乌维重新计算后,估计也就只能再吃一个月了。

肥憨虽然愁,可他也不能让白某别吃了,毕竟从明面上说白某是来入学的。学生拜师礼是天经地义,但老师管饭也是天经地义啊。

如此日子一直到了冬至前几日,白某在村中闲逛时发现,卖年货的货郎到村子里了。卖货郎赶着一辆大车,车上散着各式好东西,从蜜果肉脯到钗头新布应有尽有。

货郎的吆喝声很响亮,货车没多久便被村人围紧了。白某也想去瞧个究竟,只是身上的钱确实不多了,自从他到江丰村后,父亲那边就没给他来过一封信一枚钱。

心中想着白某叹气,早知如此当时在京畿时,自己花钱稍微节省些好了。囊中羞涩,看着货物琳琅也是徒增烦恼。于是白某只好摇头转身回家,图一个眼不见心不烦。

只是他刚走两步,后脑勺就挨了一个石子。回头看去,街上并没有哪家的淘气孩子在玩耍。而就在他四处张望时,头上又挨了一下,白某心中莫名其妙,这是什么人在与他胡闹?可仔细一想白某发觉不对,这胡闹之人竟如此厉害,这石子打得这么准。

"等等,这货郎的声音怎么这么熟悉?"白某心中疑惑,随即往卖货郎那边看去。

这卖货郎穿的是寻常货郎的衣裳,赶的是寻常货郎的车,叫卖声也是寻常货郎的腔调,这货郎周身上下什么都寻常,只有这个货郎不寻常。

仔细一看,这货郎竟是猴子。

之后的一上午,白某就坐在路边乐呵呵地看着猴子叫卖货物。认识猴子的时间也算不短了,白某从未感觉猴子长得如此英俊。

看那浓密的眉毛,多像北境的山林。黝黑的皮肤,就是北境的黑土地啊。

猴子说话声也好听,一口江夏方言说得好像北腔一样浑圆气足。

白某也不管猴子压根就不是幽州人,反正在白某心中,猴子就是北境的雪、辽东的海,怎么看着怎么亲切。

等到买年货的村人渐渐散去,白某走到货车旁对着猴子傻笑。

猴子对白某乐道:"哎哟,真不巧小兄弟,没货卖了。"

"那我跟你取货去!"

"小兄弟说笑了,哪有游走货郎只盯着一个村卖货啊。"

两人笑着开始扯皮起来。

江丰村村外,躲开人群,猴子从车上翻出一个大包裹和一个木匣子交给白某。

"这什么东西?"

"包裹不是给你的,这是钟老让我带给你屋里那胡妮子的。我也不知道是什么,闻着像是药。"

"哦,那这木匣子呢?"

"里面有两匹上好丝锦,是送给枯秧先生的。"

"唉呀,这东西没用,肥……我老师平日衣着朴素。"

白某差点把所谓的枯秧先生其实就是个农民说出口。不过这丝绸锦缎,对于现在的白某确实是没用。

"这是让你拿去换钱的,年尾路上不安全,金银不好携带。"

白某听后点头,猴子也是微笑不语。

"没了?"

白某问道。

"啊,没了。"

"没给我带什么东西?"

"没有啊。"

猴子一脸莫名其妙地看着白某,白某愣在那心里暗自委屈。

看着白某的怪异表情,猴子嘿嘿笑了。

"逗你呢,给你带了个好东西。"

说着猴子从车上翻出一个麻布袋子扔给白某,白某一把接住,隔着袋子这么一握,脸上渐渐露出了笑意。

"弓?"

猴子也笑着点点头道:"再摸摸。"

"角弓? 不对,比角弓短些。"

说着白某也不猜了,直接扯开袋子。弓之一道他并不精通,让他隔着布袋摸上一天他也摸不出个所以然。

接下来,白某的嘴角不能自控地上扬了。

在他眼前的这把弓很短,比汉军哨骑制式的角弓还短。这把短弓虽然漆了通体的黑色,但白某还是通过手上的触感得知这弓是柘木雕的。再看这短弓的弓梢,一闻便知,那时牛骨制成的。

"这弓是?"白某问道。

"这弓是龙玮将军送你的,他自己做的样式,我也不知道。说是送你扳指忘了送弓,正好早几月黄栎将军从襄平异动至荆州,便把它顺路带来了。"

白某的双眼在这把短弓上来回打转,好像手上捧的不是根木头,而是美人的凝脂。

看着白某这副痴渴样子,猴子满脸无奈,他接着道:"这把弓的详情,龙玮将军也把话带过来了。这把短弓,弓力不足一石,满射七十步。"

猴子话刚说完,白某脸色就沉下来了,满眼的痴淫之色瞬间烟消云散。

"这……龙大哥是瞧不起我?满射七十步,软弦弹石子啊?"

猴子没搭理白某,继续说道,"龙将军说,此弓虽轻,但胜在快速灵巧,不善抛射,但强于平射。抬手弯弦放矢只需一瞬,三十步内箭矢射速不衰,箭程不偏。"

白某听后眼中疑惑,"龙大哥的意思是,这东西不是弓,而是暗器?"

猴子听后笑而不语,不置可否地看着白某。就在白某仔细打量这把短弓时,猴子忽然想起来些什么。他从怀中掏出一封信递给白某。

"这是?"

"之前有人寄给你,刚好这次给你带来。"

白某接过信就想拆开,猴子忽然一把摁住了他。

"唉,你先别看了。时间也不早了,我得走了,你去找些仆人把东西搬回去吧。"

听猴子说仆人,白某心中暗自发笑,他没多说什么转身便走。没让猴子多等,不一会白某就带着肥憨回来了。

肥憨来后,对猴子点了下头就算是打过招呼了,之后就默默开始搬起东西。

关于肥憨,白某没向猴子介绍,也无需向猴子介绍。猴子当然也没问白某这壮汉是谁,因为这壮汉的身份根本就不用猜。很明显就能看出,他乃是天下群贤中最神秘的枯秧先生,家中的壮劳力。

告别猴子后,白某与肥憨合力把东西搬回家中。

刚进院门,肥憨就对乌维大喊道:"今天煮饭别掺杂米!鱼干大火过油!别吝啬盐!"

之后,肥憨进屋飞速地换了身衣裳,然后高高兴兴跑到院中开始劈柴。不理肥憨那副没出息的样子,白某把钟老送来的药收起来。

说到钟老的药,白某之前没在意,现在他仔细回想起来,乌维确实好像每日都会喝一碗药。那会在筑阳时,钟老说得含糊,讲些调理身体之类的话,可这人好端端的怎么能天天吃药?想到此处,白某打算找个时间好

第五章 —— 摇桨   369

好问问乌维。

挂好弓,收好药,白某坐定,拆开锦囊舒展帛书。

刚阅两列白某便笑了起来,来信者竟是自己的结义大哥谢念。

谢念的字写得很好,既有男子的英气又有女子的娟秀,并且遣词造句也是非常华美,丝毫不亚于那些古时美文。

白某看着如此好字、好文,心中暗叫可惜。自己这大哥怎么如此随意地写进绵帛呢?他真应该把此文此字翻刻到竹简之上。

但也是因为这信写得太华美了,白某读起来反倒觉得有些费劲。本来是一言可定其意的事,谢念却写得有比喻有意境,满满的一封书信竟是没写多少实事。

总结起来,谢念的来信是说:"他想白某了,可是寻不到白某,最后没办法把信送到了镇北侯那里。他近期因家中事故要到江夏一趟,想正好与白某在江夏城一聚。时间定在冬至当日,地点选在江夏城临江的'云江梦'之中。"

收起谢念的信,白某心中感叹着,"不愧是自己的谢大哥啊,冬至焚梅煮酒,真是好雅兴。还有这云江梦,一听便是乐坊的名字。连江夏城里的当红牌楼都知道,果然是谢念大哥啊!"

白某虽然心中嘲讽,但嘴角仍是上扬的。低头看看手上的信,再抬头看看墙上的短弓,此时他的心中很暖。乌维在外面叫了声吃饭,白某心中暖笑。

"果然,荆州的冬日很暖。"

十一月廿五,冬至。

时到冬至当天,白某早早起身。

让乌维烧了水后,他仔细地梳洗一番。白某蓄发已久,之前毛毛躁躁的寸头,现在也能勉强扎起发髻。

从箱子里翻出自己刚到江丰村时穿的衣裳,虽然这套衣服也不是华服美袍,但穿戴整齐之后,白某看上去至少不再像田间凡夫了。

对着铜镜整好仪表,白某发现自己的皮肤倒是比之前细滑了。虽然比在北境时黑了不少,但少了辽东的寒风吹扯,脸上那些儿时就在的疮口却是都不见了。

走出江丰村小院,白某一席落落衣衫,发髻整齐,锦衣之中好似隔世为人。

负手步入江夏城,寻到与义兄谢念的所约之地,"云江梦"。

不出白某所料,这云江梦果然是座乐坊。再看这条云江梦外的绵绵大江,在江对岸山麓的山雾之下竟是生起团团氤氲。而在此楼中,便能尽览此绝景,云江梦,果然是云江浮华,怅然一梦。

白某心神飘逸,转身信步走入这云江梦中。只是他刚到门口,便被云江梦中的小厮拦住,白某疑惑向这小厮看去。那小厮对白某行礼,语气礼貌但眼神深处却带丝不屑地说道:"这位公子,还请出示门帖。"

白某疑惑地看着小厮道:"我应约前来,并无门帖。"

小厮听后没说话,开始抬眼打量起了白某。虽然白某穿着并不华贵,但还算整齐。可这人肤黑肉精,还是用腿走过来的,怎么看也不像是大户之家的。

心中一通品头论足后,小厮道:"只怕公子是寻错了地方,这里是云江梦,若是熟客都有门帖递来的。"说完,这小厮还低眼扫了眼白某的鞋。

白某顺着小厮的眼看去,发现自己的鞋因为赶路确实沾满了泥土,瞬间白某就明白这小厮是怎么回事了。想着自己堂堂襄平镇北侯世子,时至今日竟连乐坊的门都进不去,生生地被一个小厮拦在门口,白某心中百感交集,竟有一丝时过境迁之感。

白某也不恼,他对小厮平静地道:"是云江梦不错,我确实与人在此有约。"

小厮听后摇头苦笑,以为又遇到个死撑脸面的寒酸公子。按照小厮往常经验,这种人太多了,江夏城临江的乐坊无数,自己找错了又抹不开颜面走,最后强入楼中,空一身钱财只买了杯酒不说,还惹得遍地笑话。

虽说有人愿意送钱,但云江梦可不是黑店,这种生意是能不做就不做。

"公子啊,我劝您还是再回想下,你要寻得雅院是不是云江梦?当然,若您执意要进来喝上一杯也无妨,只是我们云江梦是江夏第一雅院,这酒么,倒也有它贵的道理。"

听这小厮口条流利变着法看不起自己,白某都快气乐了。

"哎,你引我进去吧,我确实是与人相约。"

小厮听后无奈点头应了声好。

"好,公子稍等!"

只是这小厮在应答后身子却是一动不动,就直勾勾地看着白某。

白某纳闷地问道:"唉?怎么还站在这,走啊!"

"好!"

小厮又应了声好,可仍一动不动。

方才小厮暗讽白某,白某却是真心不计较。可现在小厮这副嘴上应着好,身子却一动不动的欠揍样却真的惹火了白某。他决定叫这里的管事来,与这小厮好好理论一番,哪有这样开门做生意的。

"你这小厮怎么一点规矩都不懂?叫你管事的出来。"

小厮听白某发火,可他却一点都不着急,言语正常地道:"好,您教小的规矩是为小的好,可咱这云江梦的规矩公子您该先守了。"

"云江梦的规矩?"白某疑问道。

小厮听后也不言语,微笑看着白某不住地点头。

正在白某纳闷时,天上掉下一堆钱板,砸在地上噼啪作响。

再向楼上看去并不见人,但只听这云江梦中最豪华的面江露台上飘出一声叫骂。

"赶紧带人进来!再话痨要了你舌头!"

叫骂声毕,白某再看那小厮早已吓得面色发白,满地的铜钱他竟不敢伸手去捡。

白某当然知道这是何人在楼上叫骂,就凭那股子怎么发狠都显得软绵绵的扬州腔口,这人不就是自己的酒中结义大哥谢念么。

再看着这满地铁钱,白某心中苦笑。这一枚钱就能让江丰村村民打得撕破脸,自己的大哥竟随手扔下来一把。

也罢,小厮不敢捡那白某就去捡吧,有钱是一回事,浪费总是不好的。

就在白某捡钱的工夫,从云江梦里跑出一个锦袍男子,从气质上看应是这云江梦中的管事之人。

管事的刚出来便冲门口小厮踹上一脚,小厮就势往地上一躺,再转过头来竟是泪人,他一边抽着自己嘴巴一边叫道:"小的眼瞎啦!"

不再理那小厮,管事向着白某走来,刚到白某近前就攥住了白某的手,谦卑得好像白某是他家长辈。

"公子啊,我今日早间便在门口候着您啦!可谁想我就是内急一下的工夫,便让这小兔崽子侮了您眼。待会我一定自罚满盏,不!三盏!"

白某见状憨笑着摆摆手,一副老实无碍的样子。但白某并不知道,他此刻的样子像极了肥憨。

也不管白某的棉履上是否沾着泥了,管事的是卑躬屈膝一路向前引着白某,直到走到铺满了地板的宽堂外,有下人端来了已暖好的软踏。

换上软踏白某向外面看去,这云江梦雅致的前厅竟被他踩得满地黄泥。

管事拉开二楼独间的门,白某步入其中,最先映入白某眼前的是一处极尽豪华的露台,露台之后是在云雾中若隐若现的青山翠水。

若说刚才在站在云江梦外,那大江景色是绝景,而此时站在这露台向外看去,眼中的这幅画卷乃是仙景。

"好兄弟!快让我看看!哎呀,半年未见到是变化不小啊!"

从这幅仙景的逆光深处,谢念向白某走来。

拉住白某的手往露台席间走去,谢念不住地上下打量白某。

"好兄弟啊,黑了!高了!唉?竟比我还高了!"

白某听后嘿嘿憨笑,看着谢念不语。谢念把白某放在席位上后,又在白某的肩头重拍两下。说是重拍并不是白某觉得谢念的手劲重,而是谢念那抡圆胳膊的动作好像使了大力。

"唉呀,还精壮不少!到底是少年人啊,一天一个变!"

"谢大哥,倒是没怎么变。"白某对着谢念笑道。

"唉,我都这个岁数了还变什么啊。"

两人分别入座后又是一阵互相打量,而后都是哈哈哈大笑起来,仿佛洛京城中喝掉一条街的荒唐事还在昨日似的。

寒暄过后,他又打量起这间露台,发现除了乐坊的常见之物外,谢念

第五章 —— 摇桨

的起居用品也是一应俱全。

因为与谢念亲近，白某渐渐找回从前的感觉，他心中一乐，脸上憨笑变坏笑对谢念道："真不愧是谢大哥，到异地漫游，驿馆不住倒是住进了乐坊里。"

谢念听后笑道："这你就不懂啦，反正每到各处，我总是要寻当地雅院的，既然如此，在乐坊住下岂不方便？再者说，乐坊可比驿馆豪华舒适太多！你看此处绝景，驿馆中哪里寻得见？"说着，谢念向着身后青山碧水一指。

白某坐在席间，往昔感觉越来越有，他坏笑对谢念道："我看谢大哥你图的可不光是绝景，我猜相比于驿馆中的游女，谢大哥是更喜欢乐坊中的温雅吧？"白某说完，两人四目相对都是哈哈大笑。

正在二人越笑越放肆时，露台侧间的轻纱之后走出一人，白某仔细看去竟是被谢念从洛水顾接走的青娥姑娘。

青娥端着漆案对白某微微躬身，然后走到白某席前，把漆案中的酒菜在白某面前逐一码好，之后青娥又是微微躬身对白某施礼转身离开。

这回白某是真吃惊了，之前脸上的坏笑全变作惊愕，他看向谢念感叹道："我从没听闻过谁带着侍妾上乐坊，而谢大哥你可更是厉害，竟带着侍妾住在乐坊里。匪夷所思！匪夷所思啊谢大哥！"

说着白某也没顾谢念那桌的酒菜还没上，自己端起眼前的酒盏对谢念一饮而尽。

不等谢念回话，青娥又从那纱帐中端着漆案出来了。她走到谢念面前，把酒菜码好后再把漆盘放到一边，而后温婉地坐在了谢念身侧。

之后青娥便一边深情看着谢念，一边对白某道："小叔说笑了。青娥本就出身于不济，蒙老爷不嫌才能跟在身边常常服侍。既然老爷亲近此间风景，青娥自当欣然陪同。"

听着青娥的话，白某有些发愣，不知是青娥话中那声小叔叫得太过于亲切，还是谢念与青娥这两口子确实有些……怪异。

既然青娥先发话叫人了，白某堂堂男子自然不能羞于张口。

只是他刚张口便发不出声了，他实在是不知道如何称呼青娥。若叫嫂嫂，那定不合适，谢念是有明媒正娶的。且不论他二人感情如何，但若有日相见,自己这声嫂嫂还是该叫的。既然不能叫嫂嫂,那该如何称呼?

青娥姑娘?这不合适。青娥姐姐?太轻浮了。小嫂?听起来怪异。

谢念看着白某的表情瞬间就猜出白某纠结在哪了。

"就叫嫂嫂吧,没大所谓!"

既然谢念让叫了,白某便没有顾虑。

"嫂嫂见谅,刚才弟弟有些口无遮拦了。并无恶意,我自罚一盏。"

说罢,白某仰头一饮而尽。

谢念见状佯装不快道:"唉?我说好弟弟啊,你这三两句话就偷喝两盏酒了。不行,咱们该一起喝一个!"

说完,青娥给谢念满上了酒,谢念又接过酒壶,亲自给青娥满上一盏。

看着二人这般脉脉深情,白某的眼睛也不知往何处安放了。谢念看到白某的样子调笑道:"哎哟,好兄弟,竟把你给忘了!我这就让云江梦最红的才伎来服侍你!"

白某听后连忙摆手,自己给自己倒了杯酒道:"不用不用,咱们兄弟叙旧,就不要找些外人了。"

白某说完后,不知道是不是看走了眼,他发现青娥姑娘的嘴角竟然微微挑高几分。

谢念对白某抬盏道:"时逢冬至,我与义弟焚酒再会于江夏。许久未见,虽不至物是人非之境,但相思之苦确为真。今日重聚,畅饮于这山水绝景之间,雅哉!快哉!"

说罢,谢念抬手尽饮盏中之物,青娥也掩面相陪。白某当然不用说,酒盏一扬不落半滴。

在这第一轮酒之后,白某与谢念算是正式开始了酒宴。

第三轮酒后,青娥便不再饮,她坐到席中,拿起酒勺开始给谢念与白某分酒。

第五轮酒后,谢念甩掉脚下软踏,从身边抽出一根笛子,乘酒兴与青娥开始合奏。

第七轮酒后,白某扯开衣衫与谢念同案相坐,他把手上扳指放在桌上,权当这扳指就是龙玮,他们义兄弟三人开始用盏相碰。

终于在第九轮酒后,青娥从酒盅里挑出已经泡发的梅子,然后支起一盏小炉重新开始煎枚,谢念与白某才暂且放下酒盏,开始边吃些主食边聊起天来。

江风最醒脑,梅酒不醉人,这云江梦中的菜肴做得也是极好,两人吃着吃着酒便醒了大半。

谢念忽然叹了口气,对白某道:"若是我亲弟与我,也如义弟你这般亲近便好了。"

白某是知道谢念还有一弟的,但谢念很少说自己的事,白某便也没多问。可今日二人这酒喝得亲近,白某也没什么顾忌了,他随口问道:"谢大哥可与自己亲弟不和?"

谢念听后叹气道:"哎,义博侯府,看似高堂名第,其实这府中的无奈旁人又怎会得知?我只是不愿多讲罢了。"

既谢念说不愿多讲白某自然也不愿多听,可谢念几声叹息之后,还是把他这个"不愿多讲"讲得个干干净净。

如此白某才得知,谢念确实有个亲弟,只不过是异母之弟。谢念生母早亡,他父亲谢寻又娶了河北某望族之女续弦。

继母本就不喜谢念,而后又生一弟,如此之后继母更是对谢念恨得牙痒。

谢念的弟弟聪慧过人,身后又有母家望族撑腰。加之谢念自己也是不争气,整日迷恋于花间音律之所。如此时间一长,就是连义博侯谢寻都是疼爱幼子,强过疼爱谢念。

说着说着,谢念便抽泣起来,再也不是平日洒脱的样子,整个人透着一股子无奈。

谢念说,他没法端正品行,帮父亲操劳分忧。他本就遭继母记恨,若是他这长子再是个温良恭让、才德兼备的世子,那他在家中便真的待不下去了。

可若是整日迷离于闲散事,他父亲也会对他愈加失望,如此下去是进不能进,退不能退。

就说他这次来江夏,便是替谢家来此督办田粮押运贩卖。看似风光,可到底干的还是商贾之事。与镇北侯一样,义博侯乃是天子亲封的异姓侯爵,但义博侯府中的世子竟然在市井间督商。而此时,谢念那个与白某同岁的弟弟,却在冀州各处河北名士府中拜学交流。

就连上次京畿之行,义博侯让长子谢念前去的原因,也是因为当时京畿之中暗流涌动,若是让心爱的幼子去京畿太过危险。

谢念说了好久,越说越悲伤。说到委屈处,他整个人都透着一股南方雨季的黏愁。

白某听谢念的话深有同感,虽然白济乃是军功侯爵,谢寻是捐献侯爵,但这份同样来自于家中的苦楚确不是矫情,而是实实在在的难。

但与谢念那份难不同,随着白某近来阅历见长,他越发能感觉到自己父亲对自己的关心。更何况除了父亲之外,白某身边还有如父母一般的陈怀与陈夫人。

而自己这个义兄谢念,才是真的难。

这种难无关于米粒间的生存,也不是优越者的矫情,而是,真的难。

青娥轻轻走过来,在谢念背上披了一件貂袍。她没说什么,只是轻抚着谢念的背。

见到谢念如此信任自己,连自己心中深藏的难事都对自己毫无顾忌。白某内心感动。他拍了拍谢念,安慰道:"谢大哥既然能与我讲这番话,小弟除了替谢大哥心痛外更有感激。既然谢大哥如此信任我,那我也想与谢大哥诉诉苦,还望谢大哥不嫌。"

谢念听后稍打起些精神,对白某笑道:"好兄弟,说吧,若你的难处是能解决的,为兄定会鼎力帮你。"

白某摇摇头道:"我这难处啊,谢大哥可一点忙都帮不上。"

谢念眉头一皱,心想着自己这义弟到底有什么难处啊?说自己帮不上忙或许可能,但说一点忙都帮不上这话可就绝了。

谢念没说话,等着白某张口。

白某凑近些谢念,小声道:"谢大哥,其实我不是镇北侯亲生之子,我是捡来的。"

……

谢念完全愣住了,眼睛一眨不眨。白某确认自己的话说清了,于是他没有再重复,就坐在那慢慢等着谢念反应过来。

"真是说笑,青娥,再去温酒!"

第五章 —— 摇桨 | 377

谢念回过神来，哈哈大笑，接过青娥分好酒的酒瓶。

白某又凑近谢念些道："我在北境常和胡人打交道，我怀疑我可能是胡人。"

谢念接过酒瓶的手停在半空好久，白某看着谢念的神情开始担忧起来，多好的酒啊，撒了岂不可惜了。

谢念就这么愣了好久好久，然后一言不发直接端起酒瓶猛灌了口。之后他先给自己满上一盏，再给白某满上一盏。

"来！喝酒，莫让这些闲杂事乱我俩兄弟相聚！从今日后，你白某便是我谢念的亲兄弟！"

说着谢念也没管白某还未拿起酒盏，自己又是满饮一盏。

白某心中叹息，他越发可怜谢念。

想必自己这个义兄并不能知，他虽然不是镇北侯亲出，但父亲白济对自己却是真正的犹如己出。而自己的义兄身边，也肯定没有像陈先生陈姨娘那般待自己如亲子一样的长辈。

此时白某再看向青娥，他忽然理解谢念为何如此钟爱这个乐坊出身的歌伎。

青娥新温好一盅酒后，白某与谢念刚准备接茬再喝时，屋外忽然传来一阵铃声。谢念听后挑眉，他已交代过云江梦没有召唤不要打扰，那此时这声铃响实在没有规矩。

语气不快地对屋外唤了声，云江梦的管事慢慢把门推开，搓着手躬身走到谢念近处。

"谢公子，今日这酒可还满意？若是有哪里我们小院没伺候舒服，您可得务必开口指教。"

谢念听后看都没看这管事，用手随意比画一下，就算是告诉管事他听见了。那管事见谢念不搭理自己，之前准备用于铺垫的话也没法讲了，没办法他只能直接开口。

"啊，是这样的。小人本不想讨扰公子，但有人求见公子。此人与公子相熟，小人也是怕误了公子的事情，这才斗胆……"

"我之前讲明了，今日不见客。"

"唉……求见的是蒋巨公子。"

谢念听到这个名字后,嘴里吱了一声。

"你和他讲,明日再说吧。"

"唉……这……"

管事伏在那里一脸为难,而就在这时,屋外有人道:"谢大哥,我扰不了你多久!"

谢念听着声音眉头一皱,脸色有些厌烦:"哎,蒋兄你人都来了,还何必弄些麻烦事。"

谢念说完,独间的门便被人推开,从外信步走来一个华衣才俊。

从年龄上看,此人应该比谢念稍小,气质透着满腹的成竹在胸。

谢念抬手,那人在白某对面的侧席落座。

"这位是?谢兄引荐一下吧?"蒋巨对着白某笑道。

"我义弟。"谢念随口说道。

白某见谢念并不十分待见此人,于是心念一动,谎话张口便来:"颍川白三!"

蒋巨听后皱眉想了会后才对白某作礼道:"在下江夏蒋巨,恕在下寡闻,不知白兄是颍川哪位大家之后?"

"蒋兄说笑了,在下可不是大家之后,只是个给牙侩押货的押货人。"

蒋巨听后态度明显冷了下来,他对白某一笑后拱手对谢念道:"谢兄气度不凡,交友也是不分门类,在下佩服!"

谢念听后表情明显不悦:"蒋兄,有事便说,没事我就不留你了。"

蒋巨听后摇摇头,面上露出一副苦笑道:"行吧谢兄,我把事说完便不叨扰你了。"

说着蒋巨从袖中拿出一卷竹简给谢念,谢念接过展开看了起来。在白某观察下,谢念的神情是越来越不快,眉头也越来越皱。

忽然,谢念把竹简扔到地上,对蒋巨不悦道:"抬我谢家的价?你讲清多出这三成价是哪里来的?"

蒋巨听谢念语气不善,他反而一副凛然表情。

"与谢兄实说,这三成是为江夏百姓所乞。"

"今年江夏并无灾祸,何来为百姓所乞?"

谢念问完,蒋巨却没回答,而是笑着看向白某后又看回谢念。

谢念明白蒋巨的意思，不悦道："白……三如我亲兄，不必避讳。"

蒋巨听后笑着点头，但却一点都没有开口的意思。

白某见状对谢念笑道："谢大哥，我去放个尿，年岁轻，泡子小。"

说罢，白某也不等谢念点头便自己出去了。

白某出去后，找了个能望到天的桥阁望天吹风。也就是盏茶的工夫，白某便听见谢念在独间中发出怒喝。

"讲些废话！我现在便给你讲清，江夏郡今年的粮饷了，谢家收不了。我谢家的堂库虽不是无底的，但做死一郡三年稻米还是不难的！"

片刻之后便听见独间的门被推开，蒋巨从屋中走出。

白某与他迎了个照面，两人抱礼无话。而白某观察到，这蒋巨的面上竟无丝毫不快之意。

回到屋中，青娥正在收拾地上被谢念扔得乱七八糟的器皿。

"谢大哥，这来人是哪位啊？怎么引得你这么大火气？江夏蒋家？没听说过江夏有个出名的蒋家啊？"

白某问道，他这是第一次见一向温文尔雅到有些弱的谢念发火。谢念喝了口酒，言语仍气愤地对白某道："什么蒋家，江夏城内一豪绅之家罢了。这帮人弄了个什么论阁，现在倒是也能登堂入室了。"

"对了，谢大哥，我一直搞不懂，这豪绅之家与世家高第有何区别？像谢大哥家中义博侯府不也是行商于世间么？"

谢念听后摇头道："并非如此，我们常说的世家高第，那是从学问与家传上论的。好比清河何家，其先祖乃是古齐国公卿，香火一直传到此时。再说今日，何义老先生在学问上更是天下道统向标，何老先生长子何明位在朝中九卿之上，三子何朗在才学上也被公认为是年轻才俊之首。如此清河何家才能称得上是世家高第。"

说道何朗白某是认识的，他想起在京畿城的日子，想起何朗那儒雅落落的身姿与腹中的经纬才学，此时再听见谢念称他为"世家年轻才俊之首"也不奇怪。

谢念不知道白某与何朗相熟，他继续道："再说回这什么江夏蒋家，不过是乍富之家，干的是低买高卖的事，一身饷铜气味臭不可闻。先古齐国管氏有言'士农工商'，而今咱们大汉虽不以黑白二履（春秋战国时，商人被限定穿着,不被允许穿鲜艳华贵的衣服,故有此典故)论人,但也轮不到这些商家如此狂妄!"

白某听后点头,大约是明白了谢念的意思。想了片刻,他又好奇问道:"那这蒋巨是在生意上刻薄了谢大哥?"

谢念摇摇头道:"生意便是生意,只有谈不谈得拢,没有刻薄与否。而这蒋巨却无理要走我三成的利,谈都不谈只和我扯些'理民利民,天下之道'的空话。讲到是因为灾年还是如何时,他又说不出个所以然。一个蝇利贪商而已,无非套了个论阁的名头便与我讲起天下苍生,可笑!"

"论阁?"白某连续听到两次这个词,而且听谢念的语气,这个论阁似乎十分得气候。

"嗯,一帮妄人凑在一起空谈谬论罢了。"谢念随意道。

"谢大哥你给我讲讲吧!我在这江夏乡野中都呆傻了,听着什么都新鲜。"

谢念看了眼白某,忽然他面色怪笑道:"行,也好。这样吧,你刚自己跑出去醒酒偷鸡,之前喝的酒都不作数了,你先连喝三盏酒,算是罚你私自醒酒。三盏喝过我再给你讲,如何?"

"得嘞!"

说着白某也不等青娥重新温过的烫酒,直接抬盏三合。

谢念见状十分满意地哈哈大笑,他也饮了盏酒,而后对白某款款道来。

两人一人讲一人听,讲的人知无不言,听得人偶有发问。如此融会贯通之下,二人都互有开悟,甚至就连谢念这个讲述者都清晰了很多原先不多想的情由。

白某得知,这论阁,并不是一个地方而是一个组织。

这个组织如同名字一样,是为了论述事要所成立的。从诸子百家的理论到各代先圣的学说,再到如今的时局时事他们无所不论。但虽说如此,这论阁却不是学子才俊相聚的地方。能参与论阁之人须得是同一背景,那便是豪商富户之后。

而且这论阁虽然论的是先贤圣言,可他们的观点却很奇怪,按照论阁的理论,民是好的,门阀世家是坏的。若是能在天下行大教化,那便不再需要什么世家了。对于理民之道,论阁更是极为看重的,论阁中人只要相聚便会论述此事。

虽也研习圣典,但论阁却不在意道统文法。甚至论阁中人认为,道统文法乃是捆人之绳索,是世家用来操控"民"的鞭子。

若是"民"得以教化,那天下便是全善,再无需世家操控道统。

正如论阁的信条"周而复始不可逆,唯顺势而行"。"民"才是势,道统文法都是与兴衰无谓的。

按照谢念所言,论阁说得虽好,但实际上却是一个豪绅抱团取暖的地方。现在更弄了个所谓的论阁十杰,一时气势不可一世,他们相互吹嘘为世家才学之巅,每日找文理大家辩难。

本是士农工商排为最末的行商之人,此刻却风头压过士族,一副要摘取文法正统的样子。就好比今日这蒋巨,这人便是所谓的"论阁十杰"之一,现在也是一副"江夏蒋家"的做派了。

但白某却想得比谢念深些,甚至可以说是有些恶意。

白某清楚,世家与商贾的关系其实很怪,两者相互依托相互得利。

就比如白某知道的,豪商与世家相互勾结牟利,之后再平摊所得。世家为豪商欺民的手段背书,使得豪商在行使牟利手段时大有可为。

世家也好豪商也罢,本就没有孰对孰错,都是吃人的虎狼罢了。而现在这论阁的所作所为,不过是狼觉得虎吃得多,想把虎的那份肉也吃掉。

在江丰村生活久了,白某甚至认为论阁的出现实在太正常了。

总说士农工商,农有地位却生活得最为疾苦,商排最末,无地位却是得益最多。商人想的总是谋利,而压在商人头上的正是士族学子,那此时一个论阁出现取天下道统为己冠,岂不是附和天下商人的利益。

"狗屁的论阁,尿比屎稀,那尿便是香的?"

白某用这句一句粗鲁的话对论阁下了定论。

经过在江丰村的生活,还有在逊湖村接触的老娘教,迅速地让白某对这个世间加深了理解,并且也让白某在心底里,不自禁地开始警惕厌恶起世间一切组织、集体,越是把话说得漂亮的,白某越是抵触。

当然,若是在别处,白某必不会如此妄言不止。但对谢念,白某则是不加忌讳,想到什么便说什么了。

白某说完自己的见解后,谢念怔怔,从白某给他剖析起士族与商人的关系时,他便对白某瞠目相对了。白某说完后,谢念想了好久。

"白兄弟,咱们不过半年未见。这段时日里,你都经历了什么啊?"

确实,在肥憨身边这短短几个月的经历,在白某身上留下的东西,其实比白某自己以为的还要多。就是这三个月的变化,便让谢念大感震惊。

不过白某倒是不自知,他怕把肥憨的事说漏,于是随便几句玩笑话支吾过谢念的问题。

就在白某以为这事说过去之后,谢念忽然又是一副恍然大悟的表情。

"原来如此,白兄弟你说得没错,若按你所讲那这事也对得上了!对对,此事定是因此!"

白某不知道谢念忽然自言自语什么,他好奇地看向谢念。

谢念认真地看向白某道:"明年仲秋时节,论阁十杰之首无疾与何家何朗相约,辩难论理于秣陵江上。如此便对上了,这无疾乃是论阁之首,何朗又是此代士族才俊之魁首,若按照白兄弟所讲,那这论阁怕是要彻底与士族分礼了。"

白某听后也是吃惊不已,之前二人说道论阁,白某只以为是一帮民间商贾形成的结社,虽有势力但并不足论。但听到这论阁之首竟能与何朗辩难,而且听谢念这话的语气,何朗已经应邀了,那便说明,这论阁已成气候。

看来自己遁世的短短半年,这名为天下的大风却是吹得又劲又快。

不过这些都是白某心中所想,他并未说出,因为既然事至此,以他的现在目力所视,却是再想不出什么深意了,正是力有不逮,不敢妄言。

不同于白某的沉默,谢念却有些兴奋地道:"如此,这天下便又有一宗风云际会之事。白兄弟,这样,明年七月我邀你来扬州,咱们相约于会稽。我留你在我家中游玩几日,而后咱们一同前往秣陵,去旁观这场辩难如何?"

白某听后兴奋,但随即想到秋收时节自己正是忙碌的时候,他心中又凉下来了。而且他又不能与谢念明说,只得憋在那里难受。

不过谢念倒不是喜欢刨根问底的人，见到白某为难，他笑道："哎，这样吧，明年七月前我请帖送上，你若能来便依着请帖来会稽寻我。若是来不了就算了，等到七月，我若等不到你便自己去。"

白某听后觉得这样也好，于是笑着点点头。

此节说完，谢念起身伸展了下筋骨，他看着露台外的风景道："此处景色虽美，不过这会酒停下来，兴致倒也没了。真是有些怀念你我，还有龙玮兄弟在京畿时的那般快意畅饮啊。"

听着谢念的话，白某笑出了声。

"谢大哥，你可知道那日酒醒之后，咱们在城门放水之后的事，我竟全然不记得了。"

谢念听后哈哈大笑，点头附和道，"我也是啊！"

随即谢念好似想到了些什么，他兴致高昂地对白某说道："这云江梦虽好，不过继续待在这里估计还会有人寻上门。我告诉你，这挑上灯后的江夏城临江处，可比白日更有风韵。不如这样，咱俩在这江夏城中也效仿那日在洛京城的玩法，就沿着这条江，从头喝到尾，再往这大江里放水一番如何？"

白某听后扭头看向一直沉默抚琴的青娥，然后有些尴尬地小声对谢念道："谢大哥，这临江处可没有酒肆，全是些……乐坊。"

谢念听后一摆手道："乐坊怎么了？咱们揣的钱多乐坊便不卖酒了？"

说着谢念便喊来青娥给自己更衣。

在白某观察中，他发现青娥并没有一丝不悦，只是细致地给谢念系着衣裳。

谢念穿戴整齐之后，转身对青娥说道："娥儿，你先好好休息吧，一应需求只叫这里管事的给你备好便是。晚上若是寻不到我与我这好弟弟也不要紧，只让人沿着江边找两个醉鬼便好。"

青娥听后微笑颔首躬身，递给谢念一包绣囊。白某从青娥拿绣囊吃力的手看出，这囊中怕是有不少银锭。

谢念接过绣囊，一把拉起白某走出这云江梦。

384 | 雨无正

站在云江梦门外,二人看着江之后的山、山之后的落日,再转头看向这临江的一排排华灯艳楼,如此景色之下,谢念笑了,白某也笑了。

　　他二人携手走过这条灯火绚烂的临河长街,不知饮下多少盏口味各异的酒,更不知搂过多少条霞韵拂柳的腰。

　　酒里掺着鼻涕一饮而尽,喝的是痛快。手上的蛮腰是酥是柔不重要,搂的是风流。

　　到最后,二人都不记得他们是否在大江中填得一瓢温水,但日后他们定会吹嘘,曾经有日携手饮尽了楚地九泽。

　　如同之前无数次醉酒一样,白某仍是因为饥饿而缓缓睁眼。只是今日白某结束那混沌的酩酊之后,发现自己躺在一席香糯软榻上,身旁更酣睡着一名柔绢半遮的丰腴女子。

　　此情此景之下,白某腹中饥饿一扫而空,他脑子有些懵,使劲回想昨晚到底发生了什么。

　　这时,屋外有人把门叩响。

　　"何人?"白某抹了把汗,对门外喊道。

　　屋外的声音听起来是个上些岁数的女惹:"讨扰公子了,昨日与您同来的那位,现已在楼下等您一会了。"

　　"劳烦告诉那位公子,稍等片刻,我更衣便来,"

　　"奴知道了。"

　　白某下了楼。看到谢念有些焦急地坐在那里,白某对他会心一笑。看到白某,谢念本是焦急的脸,憋了一下也是笑出声来。两人四目相望,一言不发,只是摇头心领神会地苦笑不止。

　　白某刚要落座,谢念便把白某拉住。

　　"快些走吧,我着急去街上买东西,你陪我同去。"

　　虽不知谢念急些什么,但白某还是和谢念快步离开了。

　　不久后,两人围坐在某家寻常饭庄之中,白某早已饿急,正在不顾吃相地猛塞各种菜肴,而谢念却有些心不在焉。

　　"怎么了谢兄,胃口不好?"

　　"哎,不是。我内心实在愧疚。"

"怎么了？"白某嘴里塞满东西问道。

"哎，你可知昨晚咱们这场艳酒是谁结的账？"

"啊？"

"是娥儿，是她早间带人把咱们的艳账结了，然后又默默地走了。"

白某听后，口里的东西再也咽不下了，看着谢念有些发愣。谢念仍是一脸惭愧说道："哎，喝艳酒倒没什么，可哪有让自己房中人结账的道理？"

"那咱们这就回去给嫂嫂谢罪？"

白某问完，谢念的脸上愧色更浓："好弟弟啊，你不懂娥儿，我若回去她什么都不会说，仍会待我如常。就是这样我心里才格外不好受啊。"

白某听后放下筷子，也跟着谢念一起愁了起来。

谢念又说道："所以我这才要你陪我先到街市中来，我要去买些钗头宝玉送给青娥，如此青娥便知道我其实心中是有愧的。这样我心里还好受些。"

白某听后点点头，听谢念说到青娥，他也想到了乌维。一想起乌维，白某脑中全是这胡妮子劈柴、烧水、做饭的干瘪身影。乌维做的饭不好吃，但他每日都吃得很饱。

白某神游之时，谢念仍在唏嘘感慨。

"还是白兄弟你好啊，无妻管，孑然一身无拘无束……"

"谢大哥，我劳烦你件事。"白某忽然打断谢念道。

"何事？"

"借我些钱，我说不准什么时候能还，但我定是能还的。"

"好说好说，提还字作甚。你要钱何用？"

"我想给我家中那……妮子买件裘皮。"

"哦……你家。啊？白兄弟，好弟弟，你成亲了？"

"没，还是那个……你知道那个。"

"胡人？"

"嗯。"

"哦。"

之后两人再无交流，一通沉默之后，谢念忽然面色认真感慨一声：

"好弟弟，你也是个妙人啊。"

过午之后,白某与谢念这次短聚也到了告别之时。

与那日京畿别离相同,谢念也是陪着白某远走出江夏城外数里。谢绝了谢念所赠的宝马财礼,二人依依惜别,约定明年秋季相聚在会稽。

仍是来时的那身行头,白某背着包裹好的裘皮,徒步远离了江夏城。

走在回江丰村的路上,就这么走着,直到路途上的风光渐渐变成田亩荒林,白某才回头向江夏城方向看去。

江夏城已经看不见了,好像一场大梦般那么遥远。站在江丰村门口,白某有些恍惚,他有些分不清江夏城与江丰村到底哪个是真的了。

走过熟悉的路,推开柴门,见到那个消瘦的女子正在劈柴生火做饭。闻到烧柴味,还有熟悉的人,白某眼中的画面又真实了起来。

"乌维,看我给你带什么了?"

乌维用抹裙擦了把手,有些好奇地走了过来。

当白某把包裹着的裘皮抖开时,乌维的眼睛瞬间睁大了几分,嘴角竟也是有了笑意。白某很满意乌维的反应,虽然相处久了,乌维脸上的表情渐渐多了起来,但像今天这般明显的表情却是很少在乌维脸上出现。

"快去试试吧!"白某笑道。

"不,衣裳脏,晚些。"

"怕什么?买来就是穿的,穿脏了再洗呗。"

"裘皮不好洗。"

"哎,没事没事,快穿上我看看!"

说着白某便硬拉过乌维,把裘皮往她身上套。二人推闪了会,乌维把裘皮接过,她仍没有换上裘皮,而是仔细地摸着裘袄上滑柔的皮毛。

"真暖和。"

乌维刚说完话,忽然间好像是闻到些什么,她赶紧又展开裘袄使劲抖动。白某纳闷地看着她,乌维抖了几下之后找了个木杆把裘袄挂起来对白某道:"你喝的什么酒?裘袄味道有些怪,又臭又香的。"

白某一听,他隐约感觉到乌维话有所指,心中莫名地警惕道:"啊?就是寻常酒,昨夜喝大而已。"

不过再看乌维的反应,白某发现自己应是多想了。乌维说完后便回了屋,给白某拿了套洗干净的衣裳,交代白某去换衣裳后,便面带笑意地继续做饭了。

换过衣裳,白某发现肥憨没有在家,于是他又围到了正在做饭的乌维旁。

"肥憨呢?"

"走了,说今天不回来。"

"去哪了?"

"没说。"

"哦……"

其实白某并不关心肥憨去哪里了,只是此刻,他自己单独在屋中有些无聊。

在乌维身旁站了会,乌维忽然看向他问道:"你有事?"

"没事啊。"

"总围着我,我忙不开。"

白某听后一个讪笑,只好灰溜溜地自己又回了屋。想来也怪,这胡妮子明明就是自己的房内仕女,怎么自己心里却总有些怵他。这种"怵"的感觉让白某莫名其妙,这不是害怕,更不是畏惧,而只是乌维的一个眼神过来,他便只能讪笑应对。

回到屋中,白某在地上发现了肥憨平日总看的那本书。白某好奇捡起,定睛一看,此书名为《落叶宝卷》。虽名字简单易懂,但翻开书卷后,白某却是完全看不懂。并不是这书中的内容晦涩,而是这书中的文字白某根本就不认识。据说古秦之前,天下各国文字都不相同,但这书卷中的文字,白某却看不出任何古字的影子。

字看不懂,白某便往后翻翻,发现这书卷中竟然还有图画,而且图画还不少。只是这图中所画之物十分怪异,不是张牙舞爪的鬼物,便是七手八脚的怪鱼,其中最大的一幅画是一座城池,城池建造得十分诡异,全都是说不出的不协调之感。

反反复复翻了几遍,白某再也不能从这本书卷中看出什么了。想着肥憨那副窝囊样,估计他那些平日吓唬乌维的怪话便是从这本书中看来的。既然如此,那这破书倒也没什么好,哪有正经书中全是图画的?再者说,若真是"宝卷"的话应该翻刻成竹简啊,这本破书全是焦黄油渍算什么样子。

如此想来,肥憨这个"先生"确实是无聊之人。

正在白某内心中各种编排肥憨时,乌维端着菜案进屋了。支起小桌,乌维麻利地摆上各色碟码。白某细看,今日菜色格外丰富,看来这件裘袄是真让乌维开心了。

晚饭过后,白某独自在屋中打了个寒颤,可能是因为那个冬天都穿单衣的肥憨不在,他竟然第一次在荆州感觉到冷。点旺了一盏小炉,白某倚在炉旁静静翻书,灯火迎着美文,一时间倒是有些惬意。过了少会,乌维在外收拾完,抱着裘袄进了屋。见白某点起了炉火,乌维也凑了过来搓手取暖。

两人借着一盏油灯围坐在铜炉旁,对视间二人都发觉他们好像很久没有独处了。乌维的脸有些红,也不知道是屋中太暖,还是她干活血热。

白某合上书卷笑道:"把那裘袄换上,让我看看。"

"衣裳脏,穿上热。"

乌维把目光往铜炉上闪躲,白某凑近乌维些笑道:"怕脏怕热的话,把衣裳脱光再穿上裘袄不就好了?"

星月挪移之间,东屋叠落着的二人都已深深入睡,而这件裘袄到底有多暖,他二人也试了个清清楚楚。

第二日起身,日子依然如旧,柴米油盐粗布麻衫,乌维到底没有穿上裘袄,身上依旧是那件有些脱色发旧的襟裙。

不过还是有些不同的,今日之后,这个从来冷淡的女子,脸上更多了些浅浅的笑意。

十一月廿七。

肥憨回来时已是黄昏,见到肥憨时白某与乌维都是眼光发亮。当然,这并不是因为他们亲近肥憨,而是因为肥憨背后背着的东西。

一整条羊后腿,还有半扇猪肉。

白某激动地一边接过东西,一边不可控地哈哈哈大笑,若不是肥憨太重,他甚至想把肥憨抱起来了。乌维虽没有表现得像白某这般外露,可也

第五章 —— 摇桨 | 389

是悄悄把今日原本打算吃的鱼干收起来了。

问过之后,肥憨告诉白某,他这次是去要债了,顺便把白济送来的绢布找地方出手了。

拿到钱后他立刻就去买了肉,好好过个年。

歇了盏茶,肥憨便拉着白某给肉剃膘炼油。

趁着夕阳余光,三人做起了饭。羊油猪油的香味飘了满院,若不是肥憨的院子偏僻,怕是今晚过来蹭饭的人少不了。

水浇羊肉,油酥排骨,盐焖肉条……看着桌上的菜白某几乎要喊出来。一口羊肉蘸盐下肚,他口中津液竟喷得比肉汁还多。这口感,这香味,最重要的还有这幽州的烹饪手法,白某以往从未感觉过,这些从小吃到大的东西竟会这么好吃。

心满意足下,白某都忘了自己原本打算问肥憨关于《落叶宝卷》的事情。

之后的日子便是无聊的日子,年前这段时光好像一下子走得慢了。

白某每日除了读书外还会射二百支箭,说是箭,但其实就是他自己抛光削尖的树枝。除此之外,他就每日去老三的水摊中和村人扯淡。

肥憨则是比白某更加无聊,每日抱着他那本破书或躺或卧。当白某问他这本书时,肥憨告诉他这是记载一宝藏所在的书。白某当然是各种嘲笑他发疯,而这时肥憨便会有"竖子不堪与谋"的眼神看他一眼,之后肥憨便会脸扭过去把他健硕的屁股留给白某。

终于有一天,外面飘起了雪。白某不能出去闲逛,院中的活乌维也干不了了。他们三人挤在小屋的正堂,面面相觑无事可做。这时,可能肥憨也感到了无趣,他叹了口气回到屋中把门一关。

一个时辰之后,肥憨从屋中出来,手里捧着一堆木雕的小人。而后他在中堂支起了桌子,用刻刀在桌子上刮了一条条横竖交织的线。

当小圆桌光滑的桌面变成了一格一格的棋盘时,肥憨把小人摊到了桌上。

"嘿嘿,我教你玩个游戏。"

肥憨含笑道。

就这样,白某与肥憨就着屋外的大雪,躲在屋中玩起了"小兵打仗"。

肥憨这游戏的玩法,很像之前白某在襄平时做过的军棋推演。

木雕小人分为步卒、骑兵、帅阵。每人各持十五个小人,分别是十颗步卒,四颗骑兵,一枚帅阵。

棋盘上横列竖列共十二格,共有一百四十四格。棋盘以横六为界,各自摆暗阵,棋子码放方式为双方对分棋盘,棋子码在小格之中,码放位置不限。

小人的玩法是,步卒每次走一格,骑兵可以走三格,帅阵走两格。步卒两两相吃,单枚骑兵可以换步卒,而骑兵却需要两枚步卒贴近合围才能吃掉。帅比较厉害,单换骑兵步兵都可,而且若是想要吃帅子,必须三枚棋子包围才能吃掉。胜负判定为棋子损失过半为败,或主帅被吃也为败。

规则很是简单,两人玩了会后就连乌维也看得懂了。

玩着玩着两人就入了迷,甚至若不是乌维提醒,二人连饭都忘了吃。当然,"棋盘"是肯定不能让出的,于是没有饭桌三人便只能席地而食。

除了吃饭时,两人便一直沉迷在这"小人打仗"中,到了深夜,肥憨竟为了玩咬牙多点了好几盏灯。

当晚,这一日厮杀的战果,乃是肥憨胜多,白某胜少。

反正年前冬闲,每日都无事可做。除了些必要的活,如扫雪劈柴外,两人是每日茶不思饭不想地和这几十颗小人铆上劲了。

大约二十余盘后,白某渐渐开始胜多了。五十盘之后,肥憨竟是丝毫不能赢过白某了。

输了游戏,肥憨比丢了钱还闹心。情急之下,肥憨拿出了必胜的手段出来。那便是……改规则。

常常在肥憨处下风时,他便开始扯些莫名其妙的话,什么他的兵现在背水一战啦!白某的兵被围困到矢尽援绝不能作战了!

开始白某也是让他,但肥憨却渐渐得寸进尺,只要稍显败绩便开始胡说八道,扯一堆兵争典故。

更有一局,肥憨非说自己的一枚骑兵是霸王托生,硬讹死白某七八颗兵卒,最后气到白某直接推开棋子不玩了。

见到白某气急,肥憨很是慌张,好像生怕失去白某这个"玩伴"。于是肥憨立即表示他再不耍赖了,但要添加些规则,让这场"战争"更加真实。

而后肥憨又把自己关回了东屋,就连吃饭也是乌维送进去的。

第二日白某起床时,只看见在堂中端坐的肥憨满眼青黑。肥憨看见白某起床,忽然诡异一笑,然后塞给了白某一堆大小不一的石头子。

于是乎,这场发生在桌案上的"战争",便有了粮草辎重一说。

油灯燃起又是一天过去,肥憨很悲惨地发现,他一晚上的辛苦并不能给他带来胜利。

开始几盘时,他还能仗着规则熟悉赢过白某,但五盘之后,一天内他竟是连一盘都没胜过。肥憨气得无处撒火,只能逼白某把那本《吴兵》还他。

这夜里,白某睡得香甜不知道,而肥憨竟是把《吴兵》又重读了一遍,直到过了子时听到猿啼他才抚案睡去。

如此,肥憨第二日醒来后,第一件事不是吃饭,而是逼着白某码好棋子重新来过。结果肥憨的心更凉了,他攥紧《吴兵》迎接了一场接一场的溃败。

情急之下,肥憨又是故伎重演,开始改规则。什么他这个步卒是精锐重步,可以退而不溃,那个骑兵是北境黑甲铁骑,可以连动三次。最令白某感到发指的是,有一场肥憨竟说自己的兵是吃饱饭上阵的,所以不需要粮草补给。

最后忍无可忍的白某直接把桌子掀了,两人从棋局上的厮杀变成口语上的攻伐。

肥憨沉声怒道:"你不敬师长!是为不孝!"

白某跳脚回道:"你是狗屁的师长!你这怂货!"

不过好在两人的冲突只停留在言语上,并没有上升到动手的状况。

其实白某不知道,在肥憨心中,是有想把他摁到地上一顿胖揍的想法的。只不过肥憨知道自己打不过白某,所以也就想想作罢了。

白某同样不知道的是,赢不过白某,肥憨内心中除了焦急与气愤外,还有一丝感叹。

肥憨感叹的是,"白某这臭小子,又蠢又愚,大智慧没有,全是些小聪明!文章做学、音律绘画,更是一窍不通。但唯独在这兵者军争上,他还弄不好真是个天才!"

最后吵也吵过了,骂也骂累了,游戏还得继续玩。
于是两人一致同意乌维来当裁判,对每场棋局有绝对的判罚权。
乌维当然对他们两个的胡闹没有兴趣,可她没法拒绝,只能乖乖地坐在那裁判两人。但就算有了裁判,两人该吵还是吵,有时是因为白某的手段太过阴狠了,有时则是因为肥憨又耍赖改规则。最后搞得乌维一天的活全都没干,晚间三人只能吃了顿难吃的面糊。

人间有一真理,便是"打仗"事小,吃饭事大。
鉴于家中一切事物都要乌维操心,白某与肥憨便十分知趣地不再打扰她了。
而后肥憨同时认为,独乐乐不如众乐乐,应该把这套棋拿到水摊,叫大家一起玩。白某听后也非常赞同他的意见,毕竟水摊人多,肥憨就算脸皮再厚也不能耍赖了。
但把"厮杀"挪到水摊后,结果却更不理想。
就说肥憨吧,他本以为就算赢不了白某,但他却可在水摊处大杀四方。可谁曾想水摊老三却是对这战棋上手极快,三盘后便与白某杀得有来有回。只是一日过后,白某便不再陪肥憨玩了,每日只和老三躲开人群沉默下棋。
这还是其次,自从这战棋在村中推广以后,玩的人越来越多。可玩的人多了,麻烦也就多了。
村人七嘴八舌,提了各式各样的建议、改动。什么此处应有山,那边有大河,朝中有奸臣,军中有良将。玩到最后,棋盘上连搬山填海的祖巫神仙都有了。
看似是越来越丰富,只是这原本好好的一副棋,却是越来越没法玩了。
渐渐,村人扔掉棋盘,直接省略了对弈这步,开始编起故事来讲。白某与老三也决出了高下,到底是白某更胜一招。

而这有山有水、有兵有将、粮草士气一应俱全的战棋却是无人问津了。

不过肥憨并未罢休,他把自己关起来,每天交代乌维把饭送到东屋中。说是要把这战棋设计到尽善尽美,再没人可改动丝毫,甚至是完全还原真实战场的厮杀。

终于,肥憨在关了自己两天后出来了。而出来后,肥憨却再也不提有关于战棋的一字一句,只继续埋头读他的《落叶宝卷》去了。

白某好奇,于是询问肥憨为何忽然转性?

肥憨挠挠后背道:"我已知必胜之法,无趣了。哎,无非就是落子堵截的游戏罢了"。

至此,这"战棋"之事才真正算告一段落。

而有关于这场发生在江夏郡小村中,长达半月还多的战争,也只剩那张桌面被划得乱七八糟的圆桌,可以证实其确实发生过了。

腊月。

又是一段无聊时光过去,白某把心思都放在了弓道之上。

这把轻巧的短弓玩得久了,白某越发觉得此弓得心应手。因为这把弓不费力,准头又好,白某甚至可以用它边跑边射。几天下来,这间小院里到处都是白某乱射出去的木枝。

大约到腊八时,白某终于停止了对弓道的继续精进,因为肥憨家中忽然热闹起来了。就在刚过腊八那天,陆续开始有村人跑到肥憨家里做客,而后的几天更是一天要来三四茬人。

村中人来肥憨家全都是来借粮的,而这些前来借粮的人中,最多的就是当时参与白某卖粮计划的村民。

只三天的时间,肥憨家中竟接待了村中快一半的劳力。

但出人意料的是,不管有多少村民过来,任凭这些村民如何开口,肥憨是一粒米也没有借出去。

肥憨如此举动很让白某意外,但他也知道肥憨每次的"意外"其实都有深意在。

在某日晚饭时,白某对肥憨问道:"借给村人粮,他们会不还么?"

"他们应会还。"

"那你为何不借?"

肥憨听后没有急着回答白某,而是舔光了碗中的猪油后才缓缓答道:"他们借后虽然会还,但来年还会再借,年年如此就好像平白送予他们似的。"

"怪不得……"

"但我不借却不是因为这。"

"啊?"

"按照规矩,借人东西是要收取利息的。他借走一斗米,须还我一斗三分,只要我余粮多,他们借走得越多越好。长此以往,他们越借越穷,我却是越借越富。只要一村人全都向我借粮,那我就算什么都不干也吃饱喝足了。"

肥憨说的这些白某自然明白,那些所谓大户豪商不就是如此,无论是干什么起家的,到最后都会变成放贷的子钱家。

"既然有这么好的事,那为何你不借?"白某问道。

"现在还没到借的时候呢。"

"借的时候?"白某有些疑惑。

"嗯,其实啊,现在村人的手里都还有粮吃,他们出来借粮是为了有备无患。我这时候借给他们不好放利,就算放了利他们也有的还。想要借,那须得等到来年三四月时。那会他们手里的粮早就吃光了,地又已经种上了离不开人。到时候我想抬多少利就能抬多少,还不怕他们还不上把地扔下跑了。"

说完后,肥憨松松腰绳,十分没有仪表地往地上一躺。白某则是目瞪口呆,他完全没想到,肥憨的想法竟是这么恶毒。

白某把筷子重重地拍在桌案上,对肥憨怒道:"你这岂不是欺民之术?如此恶毒的法子,与那些逼得百姓丢了生计而无奈流窜他乡的大户们有何分别?"

"嗯,当然有区别。我刚说的是放三分利,那些大户们放的可都是八分的利。"肥憨懒散地道。

"我说呢,之前我还想,你肥憨就凭着一亩地怎么过得如此舒服?现在终于想明白了,怪不得你总说要账要账,原来干的都是这样的勾当。"白某说得气急败坏,但肥憨却无动于衷。

他挠挠屁股,云淡风轻地道:"我不欺负他们,自然还有别人欺负他们。只不过那些人比我想的这手段更恶劣,不但图你家的粮还想要你家的地。"

白某听后心中更气,想着肥憨说的这算是什么歪理。他强压怒意,想把这事弄个清楚,到时就算肥憨是他所谓的老师,他也要替百姓出头。

"好好好,就算你说得有理,那你打算什么时候借给村人?"

肥憨听后嗯嗯啊啊地想了会,然后放了个味道十足的屁,熏得一直沉默在旁的乌维赶紧开了门。

在门外的寒风与臭味交织之下,肥憨张口回答道:"我不借……"

"……啊?"

"不想借。"

说罢,肥憨便披了件外衣急匆匆地跑出门外,看样子是要去方便了。

而屋中的白某满腔怒火被硬生生地憋了回去,他此刻正站也难受坐也难受,脸上表情十分拧巴,心里想着肥憨那种蠢脸,嘴里咬着牙各种污言秽语层出不穷。

汉十七年,腊月,除夕。

便在每日或是悠闲或是打闹间,白某迎来了他离开家乡后的第一个除夕。

除夕当日,三人都是一身新衣,乌维更是换上了白某送她的那件裘袄。

从早起,乌维就开始忙碌了,她要准备除夕当晚丰盛的饭菜。这时白某才得知,原来胡人也是有过年这个习惯的。

看着乌维脸上带着浅浅笑意、里里外外忙活的样子，白某也能感到乌维此时的开心。

当然白某与肥憨二人也没闲着，两人仔仔细细把院子清扫干净。肥憨又从屋中取出几个铜钱，分别放到院门、屋门、窗户下边。按照他的说法，这是去晦气的。接着肥憨跑到灶台下掏出一根烧焦的柴火，再用这柴火当笔在院门与屋门上画了两头猪。

肥憨这手白某是真看不懂了，虽然南方与北方各有风俗，但这在门上画猪的风俗确实有点怪异。

问过肥憨之后，白某真是哭笑不得。原来肥憨所画的并不是猪，而是老虎。在门上画猛兽也是此地的习俗之一，只不过肥憨这画技确实有些拙劣。

一顿忙碌之后，已到中午。肥憨在胡乱吃些咸豆后，从自己的屋中翻出个被虫子嗑烂了的牌位放到中堂。等肥憨吹干净牌位上的灰尘后，白某凑过去看了个清楚，只见那牌位上只刻了两个大字：青苗。

白某见此牌位立刻肃然起敬，这乃是传说中那位青苗先生的灵位，不可不敬啊。但白某仔细看过这灵牌后，他便不叫准了，上面虽然写着"青苗"二字，但这牌子实在是破烂得不行。他疑惑，谁家的祖宗牌位不是宝贝供起来，怎么肥憨这块却是这样，难不成这又是肥憨耍的什么怪？

虽然白某想问，但这毕竟是有关肥憨家中先贤的自家事，白某也不好张口。

肥憨表情凝重地盯着灵牌默默无语，白某等了好久，肥憨也没有给白某讲这块灵牌为何保养得如此不堪。

一直到乌维端着三碗江米团进屋，肥憨才从那种不属于他的凝重中回过神来。他尝了口乌维做的江米团，表示认可地点点头后，于是又让乌维再盛一碗摆在青苗的灵牌之前。

肥憨对着灵牌道："老头！这个小子是你徒孙，这个女娃是你徒孙的媳妇。都认识了就吃吧！"

说完肥憨便端起自己的碗吃了起来。

气氛有些严肃，白某也没有纠结肥憨称呼乌维是自己妻子是否正确，看见肥憨开吃他也把碗抬了起来。

江米团每碗六个,很快吃完后,肥憨又把令牌请回自己的小屋,顺带着把供在青苗灵位前的那碗也收进了自己的肚子。

肥憨再出屋时,神情有些失落,白某关切询问道:"青苗师祖去世多久了?"

"不知道。"

"啊?"

"我不知道他活着还是死了,反正就没这人了。"

"想必……"白某想说些话安慰肥憨,只是他话还没出口便被肥憨打断。

"两碗江米团没吃饱,现在更饿了。我去看看乌维做什么东西了,再偷两块尝尝。"

肥憨说完后便跑了出去,白某无奈心中叹气道:"这怂货到底哪一面才是真的啊?"

就当白某感叹时,就听见肥憨在外面声音有些焦急地喊道:

"怎么了这是?白某你出来!"

等白某跑出去后,他看到乌维正扶着院墙呕吐到脸色发青,肥憨面色有些慌乱地围在她身边不知如何是好。

白某赶紧过去,顺着乌维的后背问道:"怎么了这是?哪里不舒服?"

"刚煮羊肉,就想吐。"

"啊?羊肉馊了?"白某问道。

肥憨听后走到煮羊肉的大锅前闻了闻,然后对白某摇头道:"肉好好的,没馊。"

白某也很纳闷,他把乌维扶到院中圆凳处休息:"你不是一向喜欢吃羊肉么?怎么会被煮羊肉呛成这样?是不是哪里病了?"

乌维摇摇头,没说话。

休息了会,乌维精神好了很多,于是准备继续煮这锅羊肉。白某虽然有些担心,但却并未阻拦她,不过白某也没离开,他怕乌维再有什么事。

果然,乌维刚走到大锅旁边,而后她便瞬间掩面跑开,跪在墙角又吐了起来。

白某见状赶紧把乌维搀回屋中躺好,肥憨也是跑出去盛了一壶热水。

看着乌维脸色发青,白某心中有些拧,这种焦急他从来未曾有过,就想着若是能把这女人的难受转到自己身上便好了。

肥憨把水送进来后,白某对他说:"我看她是病了,我现在出门去江夏镇找大夫过来,你那有多少钱?先借给我用下,我估计除夕时还要请大夫远行应该不便宜。"

肥憨听后想了想对白某说:"我瞧着她不像是生病,你等会我去翻翻书。"

白某听后急了,"都吐成这样了还不是生病?你借钱,回头我双倍还你!"

"哎哟,你别着急,先等我下。"

说罢,肥憨就跑回东屋,白某刚要去追,脚边的乌维呢喃道:"我,没得病。"

白某伏身,有些不解地盯着乌维,他发现乌维的脸色有些怪异。她脸上的表情说不上是高兴还是担忧,反正那是乌维从未有过的表情。

乌维把眼神挪到别处,小声道:"我这个月没来月事。"

"啊?"

"就可能……"

"啊?"

"要多一人吃饭了……"

天地玄黄,宇宙洪荒,日月盈昃,辰宿列张。

白某有些发愣,他看着眼前这个女人。

他不知道这个女人年岁几何,他不知道这个女人家中父母兄弟都是何人,他不知道这个女人为何能让自己一直带在身边。这个女人昨天还在辽东的胡人部落中瑟瑟发抖,怎么今日便在自己眼前,怀了自己的骨肉。

再看仔细些,白某发现这个女人的皮肤真的很白,鼻梁上有青色的血管。这个女人的眼睛很细、很长,藏在深处的眼神中有她自己的故事,但她却从未说起过。这个女人的头发有些焦黄,但他很喜欢她头发上的枯草味道。这个女人的身形很消瘦,像是从小到大都没吃饱饭。

这女人手很长,手指很细。这女人脚也很长,足弓也很弯。

这女人不美,这女人不聪明。这女人不懂风雅韵味,这女人甚至连汉话都说不利索。

这个女人名字叫乌维,她是个胡人。

可这女人确实是白某的……

"那,他,喜欢吃什么?"

"……羊肉?"

白某忽然扑到乌维胸前,把头深埋在乌维消瘦白皙的脖颈之间,好久好久。

"哎呀,白某啊!臭小子!小混蛋!我觉得乌维或许是……"

肥憨手里捧着书,面色带着焦急与兴奋地拉开白某西屋的门。

灯光之下,他看见乌维的手轻轻抚摸在白某的头上,一抹用不出任何词修饰的微笑挂在她的脸上,就是微笑。这是肥憨见到乌维的第一次微笑,笑得很宽慰很满足。

肥憨把屋门合上,背身离开,他也笑了,不是憨笑、蠢笑、讪笑,而是寻常人家的大哥,看到自己妹妹嫁人、弟弟娶妻之后的欣慰笑容。

当晚的年夜饭最后是由白某与肥憨两人动手做的,虽然乌维在休息之后表示无碍了,但肥憨与白某还是硬让她躺下休息。在屋外忙碌的两人,经过了无数次拌嘴嘲讽之后,终于把凉热荤素一共八道菜摆上中堂。

看着圆桌上的各色菜肴,肥憨心中欢喜,一咬牙点起了三盏铜炉。整个中堂暖得宛如夏季,三人围着圆桌坐稳后,白某扯开一壶好酒,亲自给自己的老师"枯秧先生"倒满,又给自己的"长子生母"满上,最后再给自己倒满。

"老师,弟子敬你!"白某对肥憨笑道。

"敬你。"乌维也是浅笑附和。

"唉,好,喝好吃好,好好好。"肥憨憨气十足地道。

之后三人抬手,连着乌维在内都是一饮而尽。

刚放下酒盏,只见肥憨与白某都是手疾眼快,伸手直奔羊肋中那根烤得最酥黄的那根。但姜还是老的辣,尽管白某手快,仍是敌不过肥憨连着盆一把拽走。

乌维看着二人打闹，竟然扑哧一声乐出声来。

看着乌维的笑，不需细数白某便知道，今日乌维的笑容，比这一年来所有的浅笑、淡笑、苦笑加起来都要多。

看着乌维这实实在在的笑，白某觉得，她还挺美的。

白某把目光移向北方，此刻他从心底感到幸福。于是他很自然地想起自己的父亲与先生。

除了思亲之情外，心中还有些感慨，他终于体会到那时陈先生把自己送到"枯秧先生"门下是有多用心了。

白某感叹，他太好是入学在"枯秧"门下了……

"好暖的冬。"

白某心念道。

第六章 —— 测风

汉十八年，正月初一。

除夕已过，豫州大地。

某一座在平原上突兀的山丘，泛着通天火光。只是这光却不是年夜庆祝的灯火，而是焚烧屋寨的战火。

无名山寨之中，白济披着甲在残垣断壁中走过，往来之路上尽是死不瞑目的尸体，还有那些正把活人变成尸体的白济亲兵。山寨的最中间，显现在白济面前的是一座用木头搭起的祭坛，但此时这座祭坛正在焚烧。

盛火之下，燃烧的祭坛显得非常壮阔。祭坛下挺直站着一个身穿灰袍腰系麻绳的老娘教巡山，此刻正与白济四目相对。巡山的表情有些狰狞，嘴中正对白济发出恶狠狠的诅咒，"尔乃灾星，屠我亲兄，待哥儿睡醒必叫你身首异处！"

白济什么都没说，只是看着这个巡山。眼神中没有愤怒没有怜悯，他的眼神好像是在看着木头花丛一般，没有一丝多余情感。

老娘教巡山终于喊哑了嗓子，任凭他如何张嘴，一句完整的话语再也说不清晰。他哈哈哈大笑，从腰间拿出一把丹药扔进口中。不到瞬息的工夫，借着火光再看这个巡山，已经双目通红，额有青筋。

忽然，这巡山发出一声如畜生般的嘶吼，瞬间之后他从地上的尸体旁捡起一把刀，向着白济飞速奔来。

五十步，白济不闪不避。二十步，白济看清了这巡山的面孔。十步，白济笑了……

下一秒，一道刀芒从白济的大氅之后闪出。

瞬间，这个疯狂的巡山忽然恢复了理智，他终于看清了白济的眼神，那不是看人的眼神，甚至都不是看畜生的眼神。只不过巡山再没机会去想清白济眼神的深意了,因为他已经看到了自己正在喷血的脖子。

莲站在白济身前,与他满是鲜血的脸不同,他那柄单刀细刀没有沾上一丝血迹。抹刀收鞘,不等擦掉脸上的腥臭血渍,他转身对白济恭敬说道:"活的有六十一人,收押还是……"

"宰了,畜生不足用。"

莲听后迟疑了下像是想说些什么,但最后还是没有开口。

白济看着周围已经烧得噼啪作响的山寨,还有地上那些穿着流民百姓衣服的老娘教信徒的尸体。

他缓缓道:"所以才不能让陈怀上山。有些事他想得通,可做不来。"

莲听后没有应答,只继续问道:"逃散的如何?追?"

"不追。"

莲听后点点头,白济又说道:"把这六十一人枭首,再把尸体插到木桩上,钉在每处交通要口示众。"

莲点头又继续对白济道:"流民贼穴还剩八处,另外有两处做实是邪教坛口。"

"嗯,流民贼穴分兵剿之即可,只杀贼首。其余流民押送到樊城给黄栎处理。邪教这边我带北境兵剿灭。"

三言两语之间,二人走下山头,陈怀骑着马领一纵步卒在山下待命。

见到白济,关于山上的俘虏如何结果,陈怀什么都没问,因为他知道白济会怎么做,并且也知道,白济这么做是对的。

"侯爷,我想过了,沘阳李家那里还是该谨慎处理些。"

"这事没得商量,宁可冤杀,也不能放过一个老娘孙儿跑到河北去。"

"不是让你放人,我只是给你讲清利害!"陈怀有些焦急道。

"哎,你说,我听。"

"有一处邪堂比较特殊,他们似乎与沘阳李家有所关联,而这沘阳李家又是汝南梁氏的分家。并且我近来发现,许多商贾子弟所谈论的风向,与这老娘邪教相辅相成,如此想来这邪教或许真能牵扯出很多有权势的氏家。再加上我们此时在豫州,剿匪已是越界,所以很多不必要的牵扯还是得考虑在内。就比如沘阳李家……"

正在陈怀皱着眉头喋喋不休之时,白济忽然抬手打断道:"我今天还剩下些'战利品',明天送到沘阳李家门口,然后你再给汝南那个什么氏寄信一封。就说白济在此叨扰,送剿邪之功给他们当谢礼。"

陈怀听后有些惭愧地点点头:"嗯,此举甚好,既可以安抚这些大户的不安,又能给予警醒。看来侯爷知道我在想什么,哎。"

"我没想这些,只想从他们身上多讹些人与粮来。"

陈怀听后苦笑摇头。

在今夜之前,白济与陈怀来豫州已待了一月有余。

二人带兵来豫州的目的并不是为了军粮,而是为了人。这几个月,对一直苦于治下人口不多难以经营的白济有两个好消息,一是流民,二是忽然兴起的老娘教。

因白济与陈怀一直远在辽东,他们并不知道中原大江地带的流民之患如此严重。而这流民是不同于百姓与难民的,他们最后大多是要从贼,既是从贼那在清剿之后便不算是收拢,而是俘虏。

白济这几个月一直以襄樊为据点,打扫各处山寨贼窝。虽然白济只带二百战兵,但这二百战兵都是他从北境带来的虎背营精锐,那些原是百姓组成的盗贼全无招架之力。每打下一处贼营,白济便将贼首斩首,再区分出刚刚从贼的百姓送回宛城编练成军,而那些从贼已久的则留作劳役苦力。

并且白济每到一处剿匪,军用口粮都从当地大户手中索要,白济替他们保境,他们管白济战兵饱饭,两边各取所需相安无事。如此白济既节省了为数不多的军粮,又收纳了大量人口充作己用。几个月的工夫,白济已从襄樊画圈扫匪到了汝南。

而老娘教则是个意外,初遇老娘教,是因为白济在清扫贼人时发现一些奇怪的"贼匪"。

这些贼人虽然打仗不行,但作战意志十分高昂,甚至是疯狂。他们举止也很古怪,也从不强抢偷盗百姓,而是在干与白济一模一样的事情,便是收拢人口。几次交锋下来,白济的亲兵竟然偶有伤亡。

因此白济特意把莲从襄樊调到身边,对这些"怪贼"好好调查一番,如此才得知了这老娘教的详尽。之后陈怀断言,这老娘教背景必定极为深厚,若是不在此时名正言顺把他们清剿一空,日后定是祸害。

随着对老娘教的情报逐渐清晰,陈怀极为敏感地发现,这老娘教的教义与某些地方商贾大户所说的"新理念",甚至有不谋而合之意。

可能是心中笃定了地方大户与老娘教暗通款曲,陈怀马上针对此缘由又出一计。便是白济在各地极为高调地清剿邪教,再以邪教事由恐吓各地商贾大户,逼各地大户在明面上与老娘教划清干系,并交出物资与白济。而陈怀最想要的物资仍然不是粮,而是人。

人与粮不同,粮乃是资产,明面上都是私家所有,白济身份特殊,但凡有索要都会被视作为抢。但人便大不一样了,大汉律法严禁私自收役百姓,虽然各地大户私下里都在交易逼抢奴人,但这毕竟是上不得台面的。

如此,白济每打掉一处老娘教坛口,便把"战利品"送与当地大户,名为送讨贼功劳与之交好,实则却是恐吓大户兼索要人口。而大户们则很吃这套,他们心中都是对从幽州来的"白人屠"极为恐惧,再加上白济每次都是把人头装车,直接摆到大户府外,所以在这场"交易"的开始,大户们便已经虚了。而后再由陈怀到各府游说,软硬兼施之下,大户们都认为这是极好的买卖。

对于大户们来说,白人屠要的是见不得光的奴人,这可比给粮划算。再说,此举还能证明自己与邪教全无干系,如此买卖实在划算。大户心中算得清清楚楚,白济往襄樊送的人口也源源不绝。

祸兮,福兮,所倚?所伏?

对于白济本是艰苦卓绝之境地,可在流民与邪教两股乱事相逢下,竟是被陈怀硬生生算出一个绝处逢生。

"侯爷,说到人,今日颍川、陈郡两郡大家送来的奴人已经清点干净了。算上老幼女人,共七百四十三人。其中十五岁以上未满三十岁的壮年有二百七十人。我刚又预算下未来收押的壮年流民,算下来,这一趟我们差不多能再编出一营战兵。"

"嗯,还是多亏了老弟你的计策。不过这些人老弟你就不用再操心了,把人交给莲吧。莲会把这些人'安稳'地交给黄栎编练成军。"

陈怀听后点点头没再说话,白济的"安稳"他自然听得懂,白济也知道他听得懂。只不过两人之间有些话不必说破,信仰之别有时也需得过且过。

除夕已过,此时已是新春,两人走在豫州原野上互有所思。

汉十八年,正月中旬。

元夕已过,今年的年节算是正式过完了。甚至豫州平原之上几座人口大城周围,已经有勤快的农人开始整地了。

和已经开始劳作的百姓不同,豫州西南三郡的大户们,则是摆出了比年节时还要丰盛的酒宴庆祝。他们高兴的当然不是新春后的处处生机,而是那个"祸害"他们快半年的白人屠终于走了。

回想前几月的痛苦记忆,有些大户真是两行老泪。

自从几个月前,白济来豫州之后,他们是日日提心吊胆。虽然白济并不是真的过分欺压他们,但这个白人屠的手段实在太凶了,光是白济摆"人头塔"这一项,便让很多大户的家眷吓破胆得了心病。

随着白济的离开,豫州西南三郡又恢复了往日的"繁荣"。商贾大户们被白济要走了奴人,此时也是开始盘算,如何把这块丢掉的肉加倍地补回来。

因白济而紧锁门阀的豫州望族世家此时也精神了,白济一走他们便扫干净自己的大院,敞开大门把豪商大户们请进府中,继续以往日子的狼狈为奸。甚至连这几郡的府衙吏所之中也都忽然容光焕发了,三个月前重病不起的颍川郡丞忽然痊愈,并亲自操持起郡内重新量地之事宜。还有陈郡那个旧伤发作的尉曹掾史,白济前脚离开豫州,他后脚便"休养安好",此时正在点帐下精兵讨剿山贼,保一境安宁。

最后,白济在豫州的这几个月里,所作所为被豫州功曹史留书备档。

"汉十七年秋,镇北侯白济调驻南阳郡,越境豫州三郡专行跋扈,胁百姓富户不得安生。次年初,镇北侯白济挟百姓钱粮离境,豫州安宁。"

不过不管怎么论,豫州之事告一段落了,无论白济与豫州各高位之人有何摩擦,但结局也算是双赢,白济满意而归,豫州也恢复了"兴盛"。

当然,这"兴盛"是谁定的并不重要,反正写出"兴盛"二字的人觉得此间兴盛便好。至于百姓,百姓连这"兴盛"二字都不认识,那他们想什么毫无意义。

总之,白济这个过客来也匆匆去也匆匆,豫州继续一如既往的安宁了、兴盛了。

二月。

今年的春来得很早,风也早早雀跃起来。

春风顺着大江一路向东,停在柴桑之外一处大泽之上。

大泽名为彭泽。彭泽如同陆上之海,无边无际。大泽之外有高山,其上多银,其下多碧。高山之上多有野洞,野洞又多有灵蛇。灵蛇不知从何而来,以何物为食,只知道野洞中某日忽然孕育出一条插翅巨蟒。

巨蟒名为腾蛇,吸食彭泽灵气千年万年后忽启了灵智,之后腾蛇又经千载蜕皮得道,一朝乘雾而飞。

而此时,还是那个彭泽,还是那个彭泽之外的高山,在某个隐秘的野洞中,有一个缩在黑袍黑帽之中的人,此刻正位于高台之上,盘坐在一副巨大的蛇皮之中,闭目凝思。

再往这人身下看去,野洞中还有十几人,各个麻衣麻绳头戴异冠,皆是老娘教巡山。巡山们此刻都是闭目锁眉,口中怪异祷告不绝。许久之后,高台之上有一道嘶哑的声音飘出。

"饿……"

众巡山听后大喜,马上有人拿出烧鸡美酒摆在高台之下。只是这些食物,高台之上的黑衣人并没有去吃,而是坐在台上,鼻子里重重地呼吸着。

又是一会后,高台之上的声音明显有了些力气道:"不必多言,本座以知晓你们所求何事。白姓恶虎之事我已知晓,殉道的十一位巡山,此刻已归位到三位哥儿座下修行了。"

第六章 —— 测风

众巡山听后都是带着欣慰地叹气。

台上之人又道:"你二十八巡山,本就是老娘座下二十八星宿,托生在凡世是为证道,陨落在凡世也只为归位,故此不必过于忧心。而如今陨落的十一位巡山,来日若有所需时还会再降凡世,附身在老娘子孙辈中,继续为老娘效力。"

众巡山俯首默念教典,各个表情肃穆。

台上人接着道:"现在我传三位哥儿法旨,今日起老娘子孙不再向北迁徙,专注侍奉于大江流域。待时机圆满时,自会有人受老娘感召从星沙而来,剪去白姓恶虎。彼时势起,诸巡山需响应此人,以助除虎。"

台下众巡山听后都是喜意大盛,彼此唏嘘称赞,好像此刻白济的人头就摆在他们面前似的。待台下稍微安静,台上那嘶哑缓慢的声音接着传来。

"还有一密旨,仅可巡山得知,不可对外宣扬。"

顿了顿,台上人又继续说道:"小老哥儿或许会在人间附身,他已看中一凡胎。此人乃是天纵之才,又受教于隐没与世外之高人。更喜的是此子不生于凡间世家望族,才学却是凡间青年才俊中的翘楚。"

台上人说完后,巡山的全都是狂喜于情,有几个竟是绷不住哈哈大笑起来。

有巡山兴奋地问道:"腾蛇大人,此人具体姓甚名谁?我等立刻前去寻来,奉其为圣。"

台上的腾蛇没有立即回答,而是等台下安静些才继续开口。

"此子何人,本座也不详尽,还得众巡山自己寻觅。但有一事需谨记,万万不可找到此子与他言明,只可在暗中相助。小老哥儿乃是附身于此子身上,并不是托生,此子并不自知自己身份。此点千万切记,不可贸然相认,待到时机成熟,自有机缘人挑明一切。"

腾蛇说罢,台下众巡山都俯首应下。

之后的许久许久,台上再无声音传来。

台上安静,台下众巡山也不着急,各个闭目耐心等候。

忽然间,台上的"腾蛇"开始打起了寒颤,整个人不受控制地颤抖起来。台下众巡山见状,连忙又是凝神结印,齐声祷念。

大约一炷香的工夫后,台上的"腾蛇"忽然像卸了力一样,坐姿一摊从台上滚落下来。众巡山把他围住,卸下了他的黑袍黑帽,露出了这人本来的穿着,麻衣麻带一顶异冠,一身与众巡山相同的装扮。

"翼宿的法力还是差些,也是难为他了。只可惜与腾蛇老祖灵感相近的轸宿身死,现在咱们之中也只有翼宿能让腾蛇老祖借躯了。"

一个中年巡山看着地上昏迷不醒的翼宿巡山说道。

"角宿巡山,我一直疑问,为何我二十八人中唯有翼宿与轸宿能让腾蛇老祖上身?"在角宿巡山的身旁,有一巡山问道。

角宿巡山没有直接回答,而是带有深意地看向了向他发问的巡山。

幸好,这名巡山的神情上并无不妥之处,于是角宿巡山对他缓缓开口道:"腾蛇老祖是大蛇得道,而我们二十八巡山中,只有翼宿翼火蛇与轸宿轸水蚓从拟畜上与之相近。"

"原来如此,得角宿巡山传道,柳宿精进了。"

角宿巡山听后摆摆手表示无妨。

天色已暗至无可再暗,这"仙洞"中的十几个巡山也各自悄悄离开了。

此时洞中只剩下角宿巡山,还有刚才还在昏迷的翼宿巡山。

翼宿巡山笑道:"大师兄,你说老祖这套装神弄鬼的把戏还真有用啊,估计这伙人自己都以为是自己把神仙请下来的。"

翼宿的声音轻佻,再不似之前在台上那般苍老嘶哑,甚至他的声音,竟让人听不出是男是女。

"莫要胡说八道,这种话以后少说对你有好处。"角宿巡山严肃地说道。

想了会什么,角宿又对着翼宿说道:"你去趟汝南,确认下你二师兄是否真的死了。如果他没死干净,查下他在哪里,若是被人擒住……你帮他干净一把。"

翼宿巡山听后有些无奈,玩笑道:"师妹知道了,一定让咱们的轸宿巡山干干净净地到三位哥儿座下休息。"

说罢,翼宿巡山轻声笑了起来。

角宿看了他一眼,语气略有深意地道:"再说一次,你要谨慎。误了老祖与公子的事,下场总不会太好。"

翼宿听后打了一个寒颤,声音有些畏惧,恭敬地道:"知道了。"

二月中旬,春意盎然。

偏安于世外的江丰村中也开始忙碌起来,对于务农之人来说,春时一刻是真正的能值千金。春天对于肥憨与白某也是同样重要,今年第一场雨之后,两人便重新扎回地里。

晚间,肥憨的小院中,一天农劳后的师徒二人正一脸严肃地讨论着什么。

"你还未给家里寄信说明?"

"没……"

"你想啥呢?她肚子总会越来越大,你不能一直拖着吧?"肥憨看着眼在灶台忙碌着的乌维说道。

"哎……这事我怎么开口啊?"

自从乌维有了身孕后,白某愈发觉得乌维的气质变了。虽然依旧是勤劳操持杂活,但她身上却散发出一种与之前完全不一样的感觉。

具体来说,之前的乌维不管与白某相处的身份如何怪异,但白某仍可以说"这就是他的屋内侍女"。可现在的乌维,却怎么感觉都像是这家中的女主人。这个家,只要有白某所在的,她便是家中之主。

这种感觉很强烈,虽然乌维仍是那样少言寡语,喜怒不查,但白某还是能感觉到。好像母马护槽一般,马虽不通人言,可一个眼神便能让人知道这槽是谁的。

肥憨皱着眉头搓了把脸道:"我觉得你这样不是个办法,你总不能一言不发就等着她生孩子吧?再说,现在还好,等她肚子再大时,没个名分总是不方便的。"

"不是和村里人说她是我媳妇了么?"

白某有些苦恼道。肥憨听后怼了下白某道:"你唬村人的话能唬过你自己?来,咱俩今天必须把这事掰扯明白,不然我这一天都安稳不下来。"

"你安稳不下来?不对啊,这关你什么事啊?"白某疑惑问道。

肥憨听后不高兴道："怎么和我没关系，我自己住在江丰村好好的，直到你那个陈先生用一封信、一头猪，还有几卷破书，把你送过来，我这安宁日子全被你搅和了。没有你，我怎么会操心一个大姑娘未成亲先有子的事？"

"等会？你说一头猪？几卷破书？你就为这事答应陈先生收我为徒？"白某惊讶问道。

肥憨面色忽然尴尬，瞬间换上满脸的憨笑："不是，不是。不光一头猪和几卷书。后来不还陆续拿来那么多东西么？你看看咱们，年都快过完了，家里酒肉还没断呢。"

白某听后怒道："这不是一头猪和几卷书的事！我是说，你堂堂青苗传人，号枯秧先生，就为了这些世俗财物便肯开门收徒？我还只道你是个归隐山林的隐世高人，没想到啊！到底我还是错看了你，你一会是肥憨一会是枯秧，一会高深莫测，一会势利蠢笨！我且问你，你到底有没有个谱？"

肥憨见白某动了怒，他悻悻地道："这说你的事，怎么忽然这么大火。我没谱，我没谱也是你老师，什么老师什么学生。你不也一会是镇北侯世子，一会又是江丰村老农么？哦，对，现在又多了个身份，颍川白三。"

白某听后竟是无言以对，他腾的一下站起来，死死地盯着肥憨。肥憨见白某气势汹汹，以为白某要打他，瞬间一脚跳出两步开外。

"你干吗？你坐下，我不以老师辈分压你，你也不能动手啊！"

两人吵闹正凶时，忽然间二人都感到小院另一边射来一股子寒意。两人同时向着寒意望去，只见乌维抱着一斗米，正面无表情地看着他们二人。乌维的眼神没有笑意、没有怒意、没有温度、没有态度，只不过在白某与肥憨心中，她好似屋中老母、家中悍妻，恐怖又带有威严。

两人丧气重新坐下后，肥憨苦涩道："反正这个妮子的事，咱俩今天得掰扯明白了。我自己一个人住十几年了，这眼神真熬不住。这院中多个学生的媳妇挺好，我乐得被伺候得舒服，但多了个娘我可受不住。"

白某听后叹气一声，摇头不语。

肥憨又催促道："你别不吱声，想什么便说什么，我又不是你那个凶爹,事都是先说清楚才能做明白的。"

白某沉默想了会,然后面色有些纠结地艰难张口:"这事吧,其实也怨我考虑不周。当初只是见她可怜,领回家中又没地方安排,这才留在身边。现在想起来,哎,真是事事欠妥……"

说着,白某把他与乌维间的来龙去脉向肥憨讲了个大概。

几声叹息间,肥憨已把前因后果听个明白。

他叹息一声,缓缓道:"你虽是个好色混球,但这事也不能全怪你荒唐,毕竟你没什么管教。"

虽然肥憨的话听着有些怪,但白某听后还是不置可否地点点头。

肥憨又问道:"但我还是不明白,不就是娶妻生子的人伦天道,你纠结个啥?"

"哎,虽说我家规矩不多,但到底也是侯爵之家。平常大户娶亲还讲个门当户对,那我的婚事至少也得我父亲或先生来安排。婚姻大事,总不能自己私自定下来吧?"

白某说完,肥憨把眉头一绷,略有所思道:"不对啊,你屋里随便不明不白就住了个女人,你爹和陈怀都从没问过,甚至视而不见。既然如此,你怎么知道你爹在乎这个啊?"

"那不一样,住进屋里也不一定是成亲,屋内侍女说得通。"

"哦,那还是不对啊,你看你这岁数。按理说,你家中要有这打算的话,早该就给你安排婚事了啊?"

"我爹,哎,之前在辽东时他不怎么管我,你没看我都十七岁了才入学拜师,开始蓄发么?"

"对啊,你爹他不管你啊。我问你,你爹是否曾和你说过,不准娶乌维?是否曾和你说过,以后与哪家结亲?"

"唉……不曾有过。"

"这就对了,你成亲的事,跟你爹有什么关系?说来说去,这还是你自己的事。"

终于,在肥憨"因果缜密"的层层话语下,他问住了白某。白某第一次感觉到,怎么说起这些有的没的来,肥憨竟然这么聪明。

最后,白某看着肥憨那张如村东头三姑一般好奇的脸,他心中挣扎了会,最后气力一泄,有些纠结地丧气,小声开了口。

"她,是个胡人。"

肥憨听后恍然大悟,没说什么,只是用一种看田里稻穗的眼神看着白某。

"你这么看我干吗?我堂堂镇北侯世子,总不能娶一个来路不明的胡人当正房吧?"

"你真有病,脑子坏了。"

"什么?"

"有病!臭的!"

"什么?"

白某一脸怪异地看着肥憨,肥憨则是骂完白某后转身便走。白某见状赶紧把肥憨拉回来坐好,他疑问道:"怎么了这是?你非让我说,我说完你又骂我,骂完我还走了不理人?"

"你有病,和你说话我也会得病。"

"我哪有病了!"白某急道。

说着他又把声音压低了几分道:"她本来就是胡人啊。"

肥憨白了眼白某道:"是,你是燕人,我是宋人,我家再往上算是魏人。还有你那个陈先生是吴人。咱们统统不是汉人!"

"你这不对啊,汉乃代指,我记得汉是出自《小雅》,解作'维天有汉,监亦有光'。汉之意乃是集合,其意是指文法礼教之别,并非远古诸国地域。"白某皱着眉头说道。

但他说完之后,肥憨根本就不与他辩论,看他的眼神又好像是看田中的麦穗。

"胡说八道,你才翻了几个月的书,现在就学那些看书看傻了的臭萝卜说话。要是再读十年书,你不变成傻子才怪!"

肥憨越怒,样子越像傻子。白某被"傻子肥憨"骂做傻子,他也有些生气了。

白某对肥憨怒道:"你再不好好说完咱就别说了,以后再别说这事!我自己有谱,用不着你管!"

"我不管你?我不管你,你到时和别人成亲,哪家的小姐还能这么伺候我?"

"什么?"

"不是,我是你老师,师者如父,你爹不在身边就只能我管你!"说着,肥憨做出一脸严肃样子。

"那你说,这胡汉之别怎么分,你说通了我立刻成亲。"

"好,那我问你答,你不能思考,听到便答。"

"好!"

肥憨屏息凝神一会,忽然间他张嘴便问:"乌维说话你能否听懂?"

白某想着最近乌维的汉话的确大有进步,于是不假思索道:"听得懂。"

"那若有一日你受苦难时,她可否会与你同苦?"

白某瞬间想起之前自己受伤时的日日夜夜,还有这胡妮子曾经差点去拿斧头砍田辛的事。他斩钉截铁道:"会!"

"那乌维若被他人欺辱怎么办?"

肥憨这个问题问完,白某忽然凝神深思起来。白某想着肥憨问怎么办,那怎么办还不得看是怎么个欺辱法么?

但肥憨并没有让白某多想,白某稍有迟疑时,肥憨便催促道:"快,听到便答!"

"宰了他!"

白某说完肥憨也是一愣,但肥憨没停下问题。

"乌维流的血是什么颜色?"

"红色!"

白某正想着肥憨这是什么狗屁问题时,接下来,一个又一个怪问题接踵而至。

"她可否会饿?""会饿!"

"她可否会困?""会困!"

"她可否会开心?""会!"

"她可否会悲伤?""会!"

"她是否一心一意对你好?"

"是!"

白某不假思索地回答道,而肥憨没有再继续问下去。

之后白某进入了沉默,在他沉默的工夫,肥憨在旁边悠悠开始自言自语。

"天地有衡不仁,但人伦却是有情。人伦即是人。人若是不能依心情所动,那人伦何在?世事皆有先后,先有人伦,后有纲常,纲常原本只是为了限制人伦的不周之处。可是世人皆是悟愚了或矫用了这层道理,各个藏在纲常之下互有所图,岂不知若没了人伦,纲常再如何教化,最后也只能教化出僵腐畜生。狗屁的胡汉之别,都是血凝骨铸的肉身,讲道义分歧都比胡汉之别顺耳。"

白某不语,仍是沉默。

"因此,世事最先要想的是你愿不愿,不是你能不能。能,与不能都是纲常所限;愿,与不愿却是人伦所在。我想你父亲与陈怀不去管你,想的应也是这层道理。可谁曾想,你却活了一身枷锁。先是把你父亲当作枷锁,之后又把世事当作枷锁,现在又用这发黄的书卷当枷锁。一层锁套着一层锁,你可真是被锁得严严实实。"

忽然,灶台旁的乌维对二人喊了声"吃饭",肥憨与白某都从这场"辩道"中醒来。

听到吃饭,肥憨急匆匆站起身来,脸上又变成了一副憨傻样子。

他加快语速对白某说道:"说到底,这还是你自己的事。最后的问题是,你愿不愿意。与你爹无关,与世人无关,与我嘛,倒是稍微有那么一粒稻米大小的关系。不过我现在倒是觉得你老子并不想管你这事,不是因为他想得开,而是懒得和你这蠢人讲这些道理。"

说罢,肥憨便兴冲冲地朝着晚饭走去。

"那纲常呢?我该如何对待纲常?"白某在肥憨身后叫道。

肥憨言语随意道:"纲常,呵呵,纲常就是块泥巴,捏泥巴的人想把它捏成什么样,纲常就是什么样。"

"泥巴?"

"哎,说了你也不懂,讲了还麻烦。反正你这事,和纲常屁的关系都没有。"说罢,肥憨便再不理睬身后满脸凝色的白某。

乌维今晚的晚饭依然准备得很丰盛,不知道是因她想犒劳务农疲劳的白某与肥憨,或是因为她将为人母,心底慈爱之情渐长。

还是屋中那间三人围坐宽敞、四人围坐略挤的小小中堂。

终于,在白某吃下两碗白米,又啃干净三根羊肋后,他把筷子重重地拍在桌案上,然后一脸凝重,沉默不语。

看着白某的怪异样子,乌维心底暗自疑问,是否今天的饭菜做得不可口?是少放了盐,还是肉烹柴了?

忽然间白某转头对乌维凝重唤了一声。

"乌维!"

"啊?"

"定了!我娶你过门,咱们成亲!"

当决定之后,白某很快便定了下自己成亲的具体日子,二月十五春分之时。

这日子吉利通顺,还能赶在农忙之前有时间操办这事。

田间整地活不算多,肥憨的地也少。这段时间里白某为了准备自己的婚事,日常在江夏城与江丰村间来来回回。

用了几天时间准备妥当后,白某开始一张一张地写请帖。开始他写了满满一摞子请帖,最后又一张接一张地筛出。

"龙大哥太远了,不方便。"

"何朗兄嘛,介绍说话太麻烦。"

"陈姨娘也不行,太远。"

"谢大哥也不行,肥憨这里和他说不明白。"

慢慢的,白某写好的一摞请帖越来越薄,最后只剩下一张。这最后一张便是寄给自己父亲与先生的那张,也是白某三改两改写得最用心的一张。

对着请帖一顿纠结,深思熟虑了各种缘由,这张请帖被白某收起拿出反反复复数次。对于自己的父亲白济,白某此时还真是不太愿意相见,这种感觉不是抵触,而是一种更加复杂的情绪。终于在数夜的深思难眠之后,白某还是收起了这张请帖。

总之白某成亲邀请的宾客总算定下来了,除了白某与乌维两人外,就只剩下肥憨一个人了。甚至连村人他们都请不来,因为早先刚到江丰村时,白某便对村民撒谎道乌维是他媳妇。

人生大事,算来算去最后是这个结果,白某虽没有寂寥萧索的感觉,但到底心里还是有些冷清之感。

时间很快到了二月十五白某成亲之时。

早早起床后,白某与乌维都是换上一身新衣,只不过乌维在新衣之外又套了一件襻袄,说是怕干活时把新衣弄脏。

虽然这场婚宴只有三人,但三人准备的东西却一点都不含糊。

今日白某与肥憨都没有下地干活,早上起来便在院中忙来忙去。小屋的中堂内被重新布置一番,红烛彩结、漆碗香盒一样不少。

这里弄会那里忙忙,时间很快便到了晚上。虽然人少,小屋中的喜堂确实像模像样,甚至不嫌麻烦特意摆了三个坐席,做出一副规规矩矩分餐正宴的样子。

把丰盛食物摆好,乌维把套在外面的襻袄褪去,回到西屋开始抹红了。

白某乐颠颠地扯开肥憨珍藏的美酒,一壶一壶地往酒樽里灌。

半会,乌维在屋中轻咳一声,白某顿时心肺乱撞。他有些怯地走入屋中,把在烛光之下举扇齐眉的乌维领了出来。

中堂灯亮,白某把身边人看清晰。乌维一袭红衣把烛光也摇曳成了红色,她藏在绢扇之后的点妆青眉隐约可见,握着乌维有些粗糙的手,白某一时间竟是愣住了。

白某恍惚,这哪里是那日在胡境时见到的那个凌乱姿态的胡人女子。这,这分明就是一朵在雪原中凌寒独开的梅花。

就这个瞬间,白某再没有任何迟疑,原来他喜欢的就是这朵梅花幽凉。

正愣神的白某,手中一紧,是乌维在轻捏他的手。白某回过神来,引着乌维在中堂正座之上端坐好。

肥憨坐在正侧席上看着二人哈哈大笑,而后他把声音端了端,学着司仪的样子说道。

"你二人,嗯,成亲啦。然后,嗯,先得告天。"

说完,白某把酒盏放到乌维手上,自己也端起一盏酒。两人对天举盏,一饮而尽。肥憨满意地点点头,然后继续念道:"嗯,然后拜谢父母,啊,算了,父母改日再拜,你们拜老师吧。"

肥憨这司仪当得磕巴,白某心中不禁发笑,但被自己强忍下来。

白某与乌维二人又是共同抬盏,对着肥憨一饮而尽。肥憨也是哈哈地猛灌一口酒。

"再来就是你们两人对饮了,喝吧。"

白某无奈,但此刻庄严,他也不能说肥憨什么,于是侧身与乌维对饮一盏。

"行,礼成了,把你媳妇领走吧。然后咱们喝酒吃饭!可饿死了!"

肥憨边说着边急不可耐地盯着自己餐盘中的丰盛菜肴。

听到礼成,白某终于忍不住开口了。

"把乌维领走?还有这规矩?那她怎么吃东西啊?她今天还没怎么吃东西呢。"

肥憨听后乐道:"有啊,不过你意思下就行了。带她进屋然后再出来,咱们赶紧吃起来!"

白某听后点点头,拉起乌维的手在中堂与西屋走了一圈后,便又坐回正座了。

落座之后,乌维对白某开口小声问道:"扇子,还举着?"

白某这才想起来,乌维也不能这一晚上都举着扇子吃饭喝酒吧,于是他又把目光望向了肥憨。

肥憨刚拿起一条乳羊小腿还没入口,他有些不耐烦道:"这我也不知道,怎么舒服怎么来吧,反正你俩亲也成完了。"

说完之后,他立即对这根羊腿就撕咬起来。

听完肥憨的话,白某便让乌维不用再举着扇子了,他也想看清楚些乌维藏在扇后的红妆。乌维放下扇子,甩了甩胳膊,像是很累的样子,而她身旁的白某却是愣了。乌维也回看过去,两人四目相对许久,忽然在某个瞬间乌维感觉到自己的心口噎了一下,她的脸越来越红,越来越烫。

其实在乌维的心底,白某也是特殊的,怪异的。她是胡人,自然知道白人屠是谁,之后她更是知道了这是白人屠的儿子。

乌维其实并不傻,她知道自己与白某的关系说不清道不明。但她也是个饱尝过苦难的人,更懂得如何忍耐,如何生存。初见白某时的那声呼喊是为了生存,第一次在白某房中褪下衣裳是为了生存,尽心竭力地伺候白某也是为了生存。

但她到底也是个人,当初被这个叫白某的人带到汉地,之后又被他收留一直放在身边,一路走过汉地的山山水水。慢慢她对面前的这个人从恐惧到熟悉,再从熟悉到亲近,这一切都是那么自然却不曾察觉。

所以当白某饿时她便不想让他饿,当白某被人伤时她想去与那人拼命,当白某躺在病榻之上时她可以彻夜不眠,而现在白某从镇北侯世子变成江丰村老农,她也愿意安然地跟在他身边。

对乌维来说,"白某"是谁早就不重要了,白某像她弟弟,像个孩子,像她男人。

乌维与白某,他们两个的事情越到最后越简单,仅仅是他对她好,于是她也对他好。

乌维看着白某笑了,笑得很满足。白某看着乌维也笑了,笑得……

"哈哈哈,你这是怎么画成一张大花脸的?哎哟笑死我了,快擦了去!不!先别擦,让我再笑会!"

下一个瞬间,乌维的柔愉一扫而光,眼中透着几分寒意,愤然起身回了西屋。

当天夜里,肥憨吃饱了,喝足了,于是开始难受了。

他难受不为别的,只是撑的。之后肥憨先在院里跑了几圈,发现于事无补后,他拎起了一壶酒有些痛苦地对白某说道:"我吃多了,我跑去找老三待会匀匀气。晚上正好和老三喝会酒,不回来住了。"

说着,肥憨便一路小跑走了。

白某自然明白肥憨的意思,肥憨与老三没什么交情,这会去水摊找老三,其实是想给白某的新婚之夜留下一片清净。

心中谢过肥憨,白某回到屋中,把堂内灯火吹尽,只把一盏微光带进西屋卧房。

香榻,红烛,软枕,黄灯。

卸下金钗,青丝微卷。

指尖一扯,满树红梅散尽,光中人如凝冰盛软雪……

暮春一夜,好雨缠绵。

到底是晚春,再滑再软的绵被也遮不住满身香汗的醉客。

白某微眯着眼,有些迷离有些无神。身边人在他臂弯中滑动,几柳发丝弄得他耳朵有些痒。还未等去挠,耳边有声音传来。

"你有些不一样了。"

"嗯?"白某把头微转,轻嗅着乌维有些乱的卷发。

"之前,你谁都像。现在,你谁都不像。"

"都能说这么拗口的话了?你懂你说的是什么?"白某笑问道。

"应该懂,你说一下是什么?"

"你是说,我现在越来越像我自己了?不对,我这话也有些拗口。"

说着,白某适意地笑笑。

"嗯。"

"嗯前面?还是嗯后面?"

"都是……"

白某点点头,然后他忽然把头彻底转了过来,侧身与乌维鼻梁相碰。

"这样,从今往后你也要越来越像自己。你想说什么便说什么,想做什么便做什么,什么都不用去顾虑去想。想笑就笑出声,想怒就骂我和肥憨,想休息便休息,想喝酒便喝酒。你以后就好好地当乌维,当我的正妻夫人。"

乌维听后愣了,白某的话让她不知所措,她不知道自己此时该想什么,该说什么。就这么看着像孩子一般的白某好久好久,她忽然笑了,是放声大笑。

江丰村好像是一处净土,如时间静止的桃源一般独立于世。但江丰村到底只是江夏郡内再寻常不过的偏僻村落，既没有祖巫做法也没有隐世高人，所以变，亦或者不变，都是人心所感。

与之不同的是，就在白某隐遁在江丰村之时，整个天下却如狂风急骤一般地变化。

京畿之中，洛京城内，只在此间一瞥，人人都能感觉到，这天下早已不是一年前的天下了。

当朝局中的各种变动，渐渐化做百姓茶余饭后的闲谈时，这些"天上事"最让百姓津津乐道的便是，原先只手遮天的相国王暮，在与太尉戚博的争锋中尽显颓势，最后落得满盘皆输在家养老的故事。

曾经的王暮何等辉煌，天下各州中，半数官吏皆出于相府十三曹，而相府十三曹全数出师于王暮门下。再说王暮本家，王暮长子王芳乃是廷尉，如义子般的首徒游琳也是位在九卿。再说其家中最小的幺女，那更是当今二皇子的正室夫人，天下人谁不知道二皇子便是未来的天子。所以常有人道，大汉虽姓刘，但大汉这摊买卖却是姓王的在管。

而如今的王暮，先是被接连弹劾，最后只好称病告老躲在家中避世。之后其掌管的御史台与十三曹全部被重新整顿，只要是出自王暮门下，尽数被查贬左迁。

别的不说，只说大汉这十三州，不到一年的光景光是太守就换了一半。不过这还都只是被王暮牵连的门人，最惨淡的当属王暮长子王芳，曾经位列九卿之上的他如今被贬谪到御史台做了个监史，如今正在汉中督修路道关隘，正值壮年便被贬到尘土之间好不悲惨。

就这样，此时朝堂之上的满朝文武中，竟是再找不到任何王暮亲党。

当然，还有一人除外，只是此时这人却不能再算是王暮亲党了。

若是问洛京城中百姓，相国王暮如何落到今天这副田地？任何人都不会说是因为王暮的政敌戚博手段高明，他们只会用一种轻蔑的语气说出一个人名，之后再往地上呸上一口。

这个人，便是此时御史大夫游琳。

在坊间的传言里，关于游琳的故事是这么讲的。

起初太尉戚博与相国王暮摩擦愈演愈烈，相国为了朝堂安定并没有还击,甚至是对戚博得让且让。可戚博确是不顾老相国仁义之举,见王暮退避他更加嚣张跋扈。但就算如此,凭戚博想把王暮完全吃掉也是难上加难。

可毁就毁在王暮门下有个不孝徒弟,便是所谓的天下四才之一、王暮首徒游琳。游琳看似忠诚其实野心极大,当初何义老大夫从御史大夫之位告老之后,这御史台上的御史大夫便一直是空着的,游琳却早就瞄上这个位置了。只是游琳前面有两座大山,一座是他老师王暮,另一座是他师兄王芳,在这两座大山前,这三公之位到底是与他无缘。

为此游琳丧心病狂,铤而走险投奔太尉戚博,行不忠不孝助戚博攻伐自己的老师。最后戚博得游琳相助,挖出王暮派系中人众多黑幕,不到一月之间便把王暮派系一扫而空。最后在戚博彻底把持朝政之后,游琳也如愿以偿地坐上了御史大夫之位,他这野心之路上的所作所为,两字即可定论,小人。

百姓的故事大致是这么讲的。当然,更不着调的话也有,比如说游琳是因记恨王暮不把女儿嫁给他,或是说游琳与王芳早已结仇互有夺妻之恨等,诸如此类的传言流传于坊间,但言语龌龊下作并不足论。

总之这种种猜测,虽不知真假,但百姓既是如此想的,便如此说了,口口相传之下,臆测也便为真了。

如今的御史台,因相国王暮失势,所以御史台已成为御史大夫游琳一人说了算的地方了。

此刻的游琳正衣冠不整地倚靠在御史台言政大堂的门柱旁喝酒,而那张本属于他的台案,现在坐着一个年轻人替他批阅政务。

少年人有着两条刀刻般的锋眉,眼神如同鹰隼般凌厉,神态举止透着十足的敏锐。因此,尽管这个年轻人仅有十九岁,但举手投足间的气质却是让人看不出真实年纪。

御史台正书台案,这是这天下真正执权柄者才能落座的位置,而年轻人正坐在此,对着成摞的书卷文牒,或是画圆或是批注,落笔成墨间没有丝毫窘迫之感,好像这些工作就该是他来做一样。

曾有古圣贤言,"人生而有疾恶焉,顺是,故残贼生而忠信亡焉。"(人

生来就有恶念,顺从恶念,残害多忠信少。——荀子《性恶篇》

而年轻人没有疾恶,只凭着"理"驱动一颗本心,世间一切不管善恶,只要是托生在"理"字之下,年轻人便欣然为之。

理,有恒既无恒,有恒之理可孕育万物,无恒之理使万物天衍。

年轻人无喜悦、无疾苦、无善恶,年轻人名叫无疾。

游琳一瓮酒喝干,被夏初的太阳照得有些口渴,于是他晃晃悠悠地回屋打算找口水喝。一通牛饮之后,他对桌案边正在屏息凝思的无疾搭话道:"看什么呢？一脸凝重的。"

"豫州汝阴,河患。"无疾没抬头简短回答游琳道。

"颍河？"游琳问道。

"嗯。"

"灾情详细如何？"游琳饶有兴致地对无疾问道。

"还好。"无疾回答得十分简略。

"那你要怎么做？拨钱赈灾,调徭役筑堤？"

"既不赈灾,也不筑堤。汝阴夏初便闹河患,此地今年必是多灾之年。如此,若此时赈灾筑堤并不能解决灾情,反而会跌入无底洞。夏秋多雨,雨一场接一场,这样迟早会耗光物力。"无疾郑重其事道。

听到无疾的回答游琳兴趣更浓,好似这场人间灾祸只是他的游戏一般,他笑问道:"那你打算如何？搁置不管？"

"直接迁灾民去外地充当徭役,等到冬时再把灾民迁回修田筑堤。"说着,无疾在竹简上直接批示起来。

"这是在说笑？汝阴百姓本就受灾,你还要把他们发做劳役？再者说你要如何迁移他们？迁移路上的吃喝用度还不是得拨钱？"

游琳虽然说得是言之切切,可是口气却十分夸张,好似正蹩脚地表演着一名爱民如子的大官。

无疾终于抬起头看了眼游琳,眼神里充满了厌恶与不屑。

"汝阴今年税钱定收不上来了,如此正好就势给百姓免税。另外对百姓告之,不写迁移劳役,只写安置灾民并提供卖劳岗位供他们生活。沿途迁移所用钱粮,让豫州太守组织大户商贾出资,所耗钱粮从灾民工钱中扣除。"

无疾说完后,游琳点点头继续问道:"那这灾河怎么办?总不能不管了吧?你把人卖了容易,再想把人迁回来可就难了。"

无疾听后摇头道:"不难,待到冬时,把汝阴田亩低价贱卖给收纳灾民的商贾,让商贾出资修筑河堤。明年再给汝阴一带降三成赋税,这样灾民即可再回故地耕种。"

游琳听后哈哈哈大笑道:"哈哈,人是回来了,可地不是自己的了。"

无疾听后摇头道:"所谓的地不过是一纸地契罢了,真正的地从来就不是百姓的,甚至也不是大户们的。地放在谁手里都是放着,如此的话放在唯利是图的商贾手中,反而更好管理。再者说,灾地的税钱,从来都是收不了的。按我之法,国库不损毫厘便可'赈灾'。"

"也对也对,哈哈,你老师说得果然没错,你小子当真是天下绝顶聪慧之人。"游琳边笑着边坐在了无疾对面。

"我老师不是你老师么?师兄……"无疾的星目紧紧盯着游琳的双眼道。

游琳并没理会无疾的眼神,他摆摆手哈哈大笑道:"这话可不能乱说,你老师就是你老师,他老人家与我就是个'相熟的'而已。我老师只有德高望重的老相国王暮一人,哈哈哈,虽说我老师最近有点不待见我,但这关系我可不能乱改。"

无疾听后盯着游琳不语,看着游琳那副散败德行他也不生气,于是便又开始继续批阅文牒。

见无疾不理他,游琳便主动去逗无疾。

"唉,你别写了,你这天天的也不嫌累?这样,我虽然大你好多,但叫你一声老弟我也不亏。老弟,咱俩猜猜你那神神叨叨的老师到底多大了?有七十岁,总不能八十岁吧?一百岁?"

可无论游琳如何骚扰,无疾自是不为所动。游琳见无疾不搭理他,于是便开始无聊地自言自语起来。

"你说你这天天的多无趣,好不容易来了京畿,整天就在御史台一坐。要不是你说要到御史台历练,这破地方我一个月都不来一回。你说你这是干吗啊?怎么还不理人呢?你怎么天天这么着急啊,这京畿多少好玩的地方你们都没去过,走,别看了,我带你找姑娘去。"

在游琳的死缠烂打下,无疾终于抬起头看向了他。

"我之前确实着急,因我想看看这帝国是如何运转的。现在我仍是着急,因为我想赶紧处理完你留下的烂摊子,然后离开这里。"

"离开?你去哪啊?着什么急啊?你同何家老三的辩难还早呢。"

"先回长沙再说,不管去哪也比整天目睹这个破败帝国渐渐腐朽要好。并且……我对师兄你也同样鄙夷。"说着无疾抬眼瞥向游琳。

游琳听后丝毫不怒,反而做出一副小女儿家的伤心样子道:"那我可太伤心了,我可丝毫不讨厌小老弟你。你啊,一定是看书看傻了,走吧!老哥带你去个好地方。"

无疾听后摇头道:"还请师兄你不要误会,我鄙夷师兄并不因自身好恶,也与亲近性情之类的闲事无关。我鄙夷师兄你,仅是因为师兄你这个人很令人厌恶。"说罢无疾便又拿起一卷竹简翻开。

游琳听后叹了口气,他在地上大字一躺也没再说什么。

过了半会,无疾忽然主动对游琳开口问道:"师兄,我且问你,你平心而论。我与何朗在秣陵辩难一事,你如何看待?"

游琳听后瞬间打起精神,侧躺倚头看向无疾笑道:"怎么?怕了?哎哟!怕了!"

见游琳始终一副懈怠样,无疾微微皱眉,心中暗骂自己多嘴招惹他。发现无疾不理自己了,游琳端正了下态度,认真道:"嗯……我想你是不会输的。"

"不会输?那便是胜了?"

游琳摇摇头道:"不会输不等于会胜,这我说不好,毕竟何家老三也不是个寻常玩意。"

无疾听后略有所思地点点头,游琳忽然起身倒了碗水放在无疾案台上,然后迟疑起来:"但……"

"但……什么?"无疾追问道。

游琳听后则是没有回答,只是皱眉摇摇头。无疾从没见过游琳如此认真的神情,一时间他自己的脸上也有些凝重,他拿桌案上的碗喝了口水,并耐心等待着游琳开口。

见无疾把水喝下,游琳忽然变了一副表情哈哈哈大笑道:"你死啦!

水里有毒！哈哈哈哈……"

游琳这顽童般的举动看傻了无疾,他面上一愣随即发怒把水碗远远扔飞。

"师兄！你这个人……"

但就在无疾的愤怒还没骂出口时,他好像忽然想到了些什么。无疾缓缓起身,把水碗捡起,而后他盯着这水碗看了好久好久,缓缓对游琳开口道:"师兄,你的意思是何朗会……"

"何朗不会……但,与你对弈者不一定都会是何朗。"

说罢游琳站了起来,把衣裳胡乱系好,转身慢慢悠悠离开了。

整个御史台言政大堂只留下无疾一人对着水碗发呆,好久好久,直到远处游琳哼唱的小曲都听不清了。

洛京城中,太尉宅府。

本应该是春风得意的太尉戚博此时却满面愁容。

戚博坐在自己府中中堂正座之上,脸上的神情一会困惑一会犹豫,从他深垂的眼袋看出,他已经很久没睡个好觉了。

见到自己舅舅如此,田辛有些不屑道:"舅父,我想不通你在担心什么？王暮老贼已经完了,即便是他心有不甘,以他现在的能量还能做什么？之前您就想得太多,现在这天下大势已定,您还不放心？要不然这样,我想点办法让王暮早点咽气。"

田辛说完后戚博没说话,只是默默叹了口气。

田辛见状又道:"您是担心长沙那边？哎,所以我说您想得太多。当日咱们准备搭刘可这趟船时不比现在更难？那会您都没如此忧虑,怎么现在先机尽在手中,反倒愁起来了呢？"

戚博听后仍是没理会田辛,他面有郁色对田辛旁的一个年轻人问道:"梁辰啊,你再讲一遍你去拜访王暮的事。讲得再细致些,越细越好。"

名叫梁辰的年轻人听后领首点头随即开口,尽管这是他第五次开口讲起他去王暮府中的经历,但他的语气仍然平静自然。

"因在下家世与老相国家乃是旧交,所以在下得太尉授意拜访老相国。在下名为拜访探望,实则是替太尉摸摸老相国的底。"

戚博听后点头:"嗯,你接着说。越细越好,哪怕是王暮吃的什么都别落下。"

梁辰颔首继续说道:"在下在王府中暂坐,聊表一番世交亲族亲近之余,也坦言在下在太尉府效力。君子行明事,言明事,因此老相国并未刻意慢待或欺瞒于我。"

梁辰刚开了个头,旁边的田辛忽然叹了口气,好像对自己的舅父很无奈。不过他的行为并没有打断梁辰的叙述,梁辰继续缓缓开口道:"相府如今风光不再,家中奴仆大多散去,只剩下一门房侍者,一同姓老仆,老相国一应生活起居都由其长子王芳与媳妇照应,甚至连老相国的孙儿王纯读书学习,都是王芳兄长自己来教。"

"老贼卖惨而已!"田辛不屑道。

戚博则是白了眼田辛,然后示意梁辰接着讲。

"并非如此,老相国坦言自己家中族产丰厚,二皇子妃也时时送来东西慰问。至于相国府为何如此萧索,老相国并未瞒我,他直言只是心灰意冷,并想养晦行事给家中后辈留条后路,以不至权势落败之余还绝了香火富贵。"

"你再讲下你在王暮府中吃喝了些什么。"

"回太尉,清粥一碗,小菜两碟,红白熟肉各一套,未喝酒。老相国则只喝了碗粥,拨弄几口小菜。"

"你再讲一遍你与王暮如何说的游琳。"

梁辰点头道:"我与老相国说起游琳,老相国并未瞒我,他直言虽是看错游琳,但却并未怪罪游琳。他曾养育游琳的恩情,游琳用相国之位与满门富贵还给他了。游琳怨恨老相国刻意打压自己,如今老相国也用一世功名偿给他了。此时恩怨相抵两不相欠,以后便是路人。另外老相国也坦言,他落势之后游琳曾回过王府,老相国也见了他。但也仅仅是见了,不过是清粥一碗小菜两碟,与招待寻常旧识无异。"

"王暮的原话怎么说的?"

"恩怨相抵不难,不过清粥一碗小菜两碟之后形同陌路罢了。"

梁辰复述道。

戚博第五次听完之后仍是愁眉不展,他凝思许久自言自语道:"太像了,和真的似的。可若是真的怎么会那么顺?不应该那么顺啊?不应啊……"

田辛与梁辰都没有开口,戚博就这么嘀咕一会后,他忽然叫了梁辰一声。

"依你看,不,依论阁看……论阁觉得王暮这边是否属实?"

戚博的话说得不清不楚,但此刻中堂中三人全都是心知肚明。

梁辰笑笑,先点点头又摇摇头。

"回太尉,此事只能依在下看,不能依论阁看。论阁中人行事虑事都不一样,况且我们论阁也只是一个集各家之言探讨学问的地方,而非是一个组织或是势力。此时太尉大人发问,在下只能回复太尉大人'我'是如何想的。"

听着梁辰忽然郑重其事起来,戚博有些无奈道:"好好,我就问你这个论阁十杰排在第四位的梁辰。这事,你,梁辰是怎么看的?"

梁辰听后满意地点点头,不骄不躁道:"依在下看老相国所感所言都是真的,太尉大人不信只因诸事太顺,老相国败得也太真了。若是太尉大人仍然不放心,在下可与大人讲一玄之又玄的道理,若大人想通这道理,想必定不会因此彻夜难眠。"

"哦?你讲,你若把这事帮我理顺了,我便在洛京城中送你们论阁一栋楼。"

"太尉大人,赠楼之事先且不谈,我先给太尉大人解忧,若是太尉大人听后确实宽慰,到时给我们论阁留一讲学卢屋便好。"

戚博点点头,梁辰把目光抬高,语气带有一丝玄妙地问了戚博一个问题。

"敢问太尉大人,老相国可否是愚笨之人?"

"自然不是。"戚博答道。

"那在下再问太尉大人,从祖巫定禹为人皇之始,到远周诸国已成云烟的今天,往昔各强盛大国中,有多少重臣得以善终?"

"这……"戚博迟疑,但却隐约明白了梁辰的意思。

"今老相国从高位平稳而退,虽显萧索,但家中实际富贵荣华丝毫不减。并且有二皇子妃这层关系在,就算老相国家中三代不再出仕一人,王家世家高第之列也稳固牢靠。"

听到梁辰的话,戚博的眉毛终于展开,甚至开始了不自知地点头附和。

梁辰见有效,于是继续说道:"依在下看,老相国非但没有失落,反倒看破天命何归。他一人落势,使王家得百年善果,老相国已然透彻了。所以,太尉大人不必为此忧心,反倒老相国越是回避称弱,太尉大人才越应该开心。老相国得其所愿,太尉大人赢在当下,双倍欢喜乃是幸事。如此的话,太尉与其猜忌老相国是否隐忍设局迫害太尉,不如去想想,如何把当初为了对付老相国而做的布置稳妥收回为好。"梁辰说罢微笑不语,静待戚博反应。

"是啊!哎呀,如你所说我这还真是……哎,有理有理!"

终于,为此事殚精竭虑数月的戚博终于露出了笑容,下个瞬间,那挤压许久的疲倦便全在他脸上找回。

话还没说完,戚博竟打起了哈欠。

田辛见状一脸了然地道:"舅父你看!同样的话,我说了你不听,非得等梁兄开口你才明白。你看,咱们这还算是帮了老贼一把,说不定王暮在府中每日还偷着乐呢!"

戚博听后没好气道:"行了!你莫要在此卖乖,以后多向梁世侄请教,不要每日在城中杂乱场合胡混,多与论阁之中的才俊们亲近亲近。"

说罢戚博又对梁辰道:"梁世侄,多亏你这席话我终于能睡个好觉了。之前我还只道你们论阁都是小孩弄戏,没想到竟是我老眼昏花了。说好一栋楼便是一栋楼,往后若是论阁中人到洛京,我太尉府绝不会慢待。"

终于,从一个月前梁辰在乐坊结识田辛开始,他今日到底还是让戚博把称呼自己的"你"变成了"梁世侄"。梁辰依旧笑得温婉,不骄不躁。

"梁辰谢过太尉大人,但这一栋楼的事还是算了。论阁之人散在天下各地,并各有自己的才学背景,这洛京城内一栋楼确实无用。只希望日后若有论阁之人来京畿讲学,还请太尉大人多行便利即可。"

戚博听后豪爽一摆手道:"这栋楼就算我为结交你而赠与你梁辰的,其余杂事你与田辛张口,都是年轻人你们自己商量吧。我这……哎,忽然有些乏了,想去好好睡一觉。这样,今晚我设宴,你把这洛京城里的论阁中人都请来,咱们好好亲近一番。"

戚博说罢,梁辰与田辛都是施礼称是,之后戚博打了个漫长的哈欠后便独自回屋小憩了。

荆北,当阳。

与京畿中各方躲在暗地里相互算计不同,此时正在当阳修筑营寨的白济,则是毫无避讳指名道姓地破口大骂。

"蠢娘生的何皓小子!和他那个榆木爹一个德行!他自己蠢死还要拖上别人!蠢材!"

白济边骂着边噼里啪啦地卸着重甲,不等亲兵送来湿布擦干身上的汗渍,摸了一把脸又继续骂道:

"蠢!就是蠢!蠢成这样还来带兵!他们姓何的一家子都是蠢!又蠢又愚!"

让白济如此怒骂的不是别人,正是此时领兵在西峡关、时任京畿右道禁军参丞的何皓。

何皓乃是清河何家出身,其父兄皆是朝中柱石,他弟弟何朗虽未出仕,但也有着天下后辈才学第一人的称号。何皓出身自不用说,高第望族,家中满门尽是人杰,可只有他,此时才只混得一小小的军中参丞。而至于这个小小的军中参丞是如何让白济勃然大怒的,这事还该从老娘教说起。

当时白济在物资人力山穷水尽之时,老娘教与流民则给了白济一线生机。但等到诸事平稳之后,他才渐渐发觉这个老娘教极不简单。

白济忌惮的并不是老娘教如何勇猛无惧,甚至不是老娘教的信众越来越多,而是老娘教的发展速度。因为白济发现,每一个看似平淡无奇的寻常百姓,都有可能变成一个狂热的老娘教信徒。一个老娘教跑到一座村子,不到数月满村皆是老娘教。

对付老娘教,白济的方法很简单,那便是杀。

老娘教信徒,杀。疑似老娘教信徒,杀。赞许老娘教处事,杀。

但凡被他发现有一丝老娘教影子的人,便是杀了。

甚至南郡、颍川一些不知为何愿意与老娘教亲近的商贾大户,也被白济不问缘由杀了。

外人只道,白人屠每到一处必兴滥杀。但白济却是很清楚,滥杀只是因为老娘教该杀。施妖法惑众,诱百姓盲从,乱言生死,诡辩天道,驱民牟利,是为邪教。白济无比确信,对待邪教只有杀才是最好的办法,老娘教是邪教,所以老娘教各个可杀。

在白人屠的血洗与北境暗哨"搜查"之下,南郡、颍川一带确实干净了不少。

但就是这个月,一些侥幸逃过白济追杀的老娘教信徒,竟然过了西峡关,藏匿到了京畿一带。因此,驻防在西峡关的京畿右道禁军营责无旁贷开始负责此事。

在京畿右道禁军营中,虽然领中垒校尉一职的是张掖的李退。但显然李退这个校尉当得很不负责,他大多数时间都在洛京城,与高门大户的公子哥混在一起。于是,整个京畿右道禁军营的事务便全落在何皓身上。

其实何皓打击老娘教的速度也很快,一个月的时间,他便扫清了京畿右道一带所有被老娘教洗脑的村落。只不过他在清剿完老娘教之后,并没有像白济一样把老娘教解决干净,而是朝东南打开西峡关大门,把这些已变成老娘教忠实信徒的教众放了出去。

这些老娘教教众当然知道白济可怕,他们在荆州刚恢复自由便立刻化整为零,开始四处流窜潜伏起来。因此得何皓所赐,白济在荆北苦心经营出的一片清净此刻尽毁。

白济用凉水把身子擦干净,换上常服坐下来歇脚。

陈怀扶着额说道:"不怕邪人疯狂作祟,怕只怕邪人懂得隐藏起来避其锋芒,此时再去清剿邪教怕是难了。"

"让莲派人去各地甄别新面孔,实行保甲!"

白济把毛巾往桌案上一甩道。

"不可,处理邪教不同于警示巡防。此时保甲便会一家老娘变十户老娘,十户一保,户户相包,最后会弄得满城老娘。"陈怀叹气道。

"那你说怎么办?"白济有些气急败坏。

陈怀并没有回答白济,而是皱着眉头道:"京畿中变故频发,老娘以祸乱至此地步,洛京城中竟没有一句说法。这何皓也不知道是真蠢还是假蠢,他既知道不能让老娘在京畿中扩散,那说明此人不傻。可不傻的话他把这些老娘放回荆北又算怎么回事?再者说,以他的背景,想把老娘挑明并非难事,怎么这洛京城中明令没有,暗信都没一条?太乱了,太乱了!"

"所以就说这些人都是蠢!读书做学便在家安心做,非要带什么兵!那个何明也是个蠢人,脑子里全都是些功利权势的安排,他不知道他这个弟弟就是个蠢人么?"白济喝道。

陈怀无奈地摇摇头,满脸都是无可奈何之意。显然,此时就算是陈怀竟也想不出什么好办法了。

一通脾气发完后,白济平静了下对陈怀问道:"以咱们现有的准备来看,若是此时长沙作乱咱们有几成胜算?"

陈怀迟疑道:"不好说,虽说现在情况比咱们之前预想的好些,但物资准备、兵卒训练仍是不足。并且咱们手上长沙的情报太少,刘可本就在家门口打仗,又在长沙经营十余年,想必这胜算可能谈不上多高。"

白济听后有些诧异问道:"我们一路修筑营寨至今已到当阳,就是这样还没胜算?"

"不是说没有,只能说变数太大。京畿变数多,荆州变数也多,现在还多了个老娘教。什么都是变数,现今我也有些智穷了。"陈怀的语气透着股人力有时穷的意味。

看着陈怀最近有些浮肿的面容,白济也不忍再追问下去了。

"不管如何,咱们现在的布置是绝对没错的。待到工事完成那日,就算让傻瓜统领三军,刘可也跑不出荆州。现在担心无益,咱们只继续加快修筑工事便好。"

陈怀当然能听出白济是在安慰自己,想到自己面对此时的困境竟再榨不出一道良策,最后还要被军中主帅安慰,陈怀心中确实不好受,但他也只能苦笑着点点头。

两人就这么索眉沉默了会,白济忽然发现桌上有一封未拆封的信。

他有些迟疑,想着就算是临时扎起的大帐,但也没可能有人不声不响地便在他桌案上放一封信。再定睛细看,信上标注的属地写着江夏,白济便差不多明白这信是怎么回事了。

心中想着,他凝沉的神情中竟挤出一丝笑意。

看着白济阅信的神情渐渐变得"古怪"起来,陈怀也有些好奇。他不急询问白济,只是看着白济的表情时而得意时而玩味,再过一会竟是一脸佯怒实则暗喜。

既然如此,那陈怀便不用问了,天下还有几人能让"白人屠"露出这副面容。

"他娘的这个不孝子!到底是个野崽子!"

白济把信重重地拍在桌上骂道,可虽是叫骂但白济的脸上却充满了喜色。

看着白济的模样,陈怀有些狐疑地上前拿信读了起来。

片刻之后。

"哎呀,这是好事啊,哎,好事好事!"

"这不孝子一声不响就成亲不说,竟是数月之后才告诉我。若不是看在他给我生了个孙子,下次再见他时,我定把他吊起好打一通。"白济笑道。

陈怀听后也是满面欣慰地道:"孩子还没出世侯爷你就喊孙儿,太早了。不过也不怪某儿,想来咱们之前对他确实少了些管教,都这个岁数了也没有给他找一门亲事。某儿这么迟才告诉咱们,想必也是因他担心我们会因那胡女子的身世而不同意。不过某儿肯堂堂正正娶那胡女子,看来有些事情他确实比以前通透了。"

白济听后有些不悦地道:"臭小子把种都留下来了,那他要娶妻我会不让?一声不响地把亲成了像什么话!怎么算我也少喝了碗敬酒,到底是该打!"

虽然白济的话语一直在苛责白某,但他透过话语传出的意味却怎么听都像是欣慰。

陈怀把信收好,略有深意道:"好事,好事!终归是好事!现在想起,或许还要感念着一人啊。"

"嗯?"白济皱眉看向陈怀。

"我说当日钟老找我喝酒时,每每说起某儿他总是一副意味深长的笑。再联想起有次,我亲眼见到钟老抱着个大包裹去找哨统的手下。估计啊,这喜事之中还有钟老的一份力呢。"

陈怀说完,白济马上问道:"钟老现在人在何处?"

"钟老此刻在襄樊,入夏以后,咱们很多北境来的军士开始腹泻不止,钟老现在襄樊照料病患。"

"好!等到这边手上事告一段落,咱们回襄樊时第一件事便是找钟老喝酒,把这臭小子的前因后果问个明白。"

白济说完陈怀也是笑着点点头,时而陈怀忽然想到什么。

"侯爷,以前某儿成亲瞒着咱们,咱们不知道也就罢了。但咱们现在既已得知此事,那该给某儿准备的东西也不能少了。"

白济听后一摆手道:"你看着弄吧,只要不是从军中拨出物资,其余事你定,反正我府中银钱多少你比我清楚。"

白济说完后,想想又开口道:"对了,不如让小崽子回来一趟?少待几日,就当是放假探亲了,咱们就在这当阳摆上酒席补庆一番。"

陈怀听后想了会摇头道:"侯爷,若是依我看还是算了,某儿师从的毕竟是隐世的枯秧先生,这枯秧先生对某儿的安排咱们摸不准。某儿既只是寄信说明,没有提回来探亲之事,那便说明某儿那边并没有这想法。既然如此,那不管是某儿不想,还是枯秧先生不想,咱们最好都别太过问。"

"嗯,那便罢了。反正从小'冷落'他惯了,这小崽子也习惯如此了。哎,只是他定会觉得没人挂记着他吧,也好也好,省得以后婆婆妈妈。"

白济的口气很平淡,但陈怀却听出了一丝苍凉。

陈怀笑着摇摇头,他没有安慰白济,而是又打开白某寄来的信点评起来。

"哎,某儿这字确实大有长进,落笔成文间也比往昔通顺好些。侯爷你看,某儿在信中的几处典故均出自《礼记》,想必某儿在枯秧先生门下定是受益匪浅。这往后啊,咱们怕是再见不到那个古灵精怪的毛头小子了。"

白济点点头,他明白陈怀是在安慰他说白某长大了,想法也成熟了,日后定会理解白济的良苦用心。但白济到底是白济,不管心中是否宽慰,但他的脸上是绝对不会有一丝温情流露的。

"行了,反正也不急,早晚有一天这小崽子得挨我这顿打。其余还有什么我想不到的老弟你随意去做,不用问我。我去看看他们箭楼搭得怎么样,回来后咱老哥俩便在这军帐中喝点。"说罢,白济便信步走出军帐,迈足落地之间又恢复了那副虎虎生威的架势。

陈怀看着白济的背影笑笑,然后又把白某寄来的信展开,并不时小声感慨着。

"这句借得妙!"

"嗯,看来《左传》也读了,好!好!"

"咦?这个字用的是古字啊,长进!长进!"

……

江丰村

此时的白某,并不知道深处困境的父亲与先生,因自己的一封信而暂得一丝欣慰。

在他下了好大决心寄出那封用了几个日夜写出的信后,白某也没有等来一封回信。不过现在的白某并不再纠结这些了,因为此刻的白某在远离尘世的江丰村,生活非常惬意满足。

这种满足很难说清是一种什么样的感受,世间没有任何道理能阐述清楚,但白某自己却很清楚这种感觉。因为此刻白某心中除了想继续此间的生活,再无其他所想所欲。

此时的白某很通透,甚至在外人看来他也愚了。他对着田间的蚯蚓发呆,手捧着甜汤傻笑。一切都不需要他想得太多,日头大了便找地方乘凉,干活口渴了便一通牛饮,心之所向自然而然,简单又清楚。

乌维虽然仍是少言寡语,但却能毫不避讳表达自己的喜怒哀愁了。她越来越能干,也越来越愿意去操持这一户三口人的生活。白某喜欢她那副冷淡表情,也喜欢她抱怨肥憨吃太多时的嗔怒,更喜欢她把头稍稍扭开时的轻笑。

白某喜欢自己的妻子,因为他的妻子终于扔掉了往昔那些苦痛的故事,并发自内心地重新活在了白某的世界里。

田中所产可自给自足外还有存余,虽然务农劳累但年年都有结余下来,总会有所积累欣欣向荣。家中万事和谐,身旁有兄长前辈教导相助,屋中还有良妻贴心照料,之后还会有子嗣承传香火,留下自己在这世间留存的痕迹。

这一切都好,很好。

白某读书,不为学习什么技能明白什么道理,他读书只因他喜欢读书。若这本书晦涩他便不读,他不怕这本书是否是什么典籍名著,他不读只因他不喜欢读。

白某习射艺,不是因他要言勇耀武,只因他喜欢发弓时的屏息凝神与身体上的一气呵成。

白某可以瞬息连放四箭,三箭不通畅,五箭太勉强,四箭刚刚好好肩背舒爽。

白某每日打猎,他不为了杀戮精艺,也不为口腹之快,只因在山林中寻求一种专注,还有乌维见到肉时的开心表情。

肥憨之前问过他想学什么?陈先生也曾问过他想做什么?

当时的白某面对这些问题是满脑的莫名其妙,并且一直在逼迫自己找到这些问题的答案。

他之前所做一切的初衷都是在找答案,找答案是为了回答问题,回答问题是为了证明某些事。

可证明某些事之后呢?为何要证明某些事?这些白某都未曾想过。

但现在的白某,似乎能回答这些似是而非的问题了,可他却不愿意想了。因为这些问题本就没有意义,他便是他,他喜欢现在的生活,享受现在的时光这就够了。

这世间大多顾虑与问题都是妄想让一切都好,但其实真正重要的事,便是只要自己好,那就够了。

此时世外阳光格外暖,这很好。

可人世之所以是人世,那便说明这人世不单单只有白某一人活在这世间。

虽说白某身在世外,所以俗世中的疾风劲雷无论如何猛烈都与他无关。

可世外也是一个人世,是人世便有"你""我"与"他"。

就在白某独自此心不动静看岁月之时,江丰村却变了。

清明一过,从田亩开始撒种算起,农家人今年的农忙算是正式开始了。

但在江丰村中,却丝毫没有忙碌的感觉,反倒是全村上下都透着一股子冷清。

撒种之后,白某每日跑到地里看水时,他偶尔会关注其他村人家中的田,但在田中劳作的村人却是比去年收晚稻时少了好些。

在老三的水摊中,白某有时也会与村人聊聊各家地今年的情况,从村人的语气察觉,白某发现一丝疲惫与忧愁。

开始白某还以为这只是自己感觉有误,但又过了十几天,白某确认自己的感觉没错,江丰村确实是萧索了。

白某与肥憨早早便算好谷雨当天下稻,二人仅耕一亩田,早早下地小半天都用不上便把稻子插好了。肥憨有在田间阴凉处小憩的习惯,白某无聊便挑了根鱼竿想去摸鱼。他常去的溪流旁不远处便是村中富农黄老家的田,因为离得不远,白某便想顺路看看黄老家的地弄得怎么样,而之后的画面却让白某有些吃惊。

黄老家中大约有十几亩地,往年每到农忙时黄老一家都耕不过来,他总是给找地少的村人过来帮工,再用粮补给人家做劳务。可今年,黄老家中的田竟是有一半连苗都没有。如此也就是说,黄老今年一半的田从三月撒种开始便荒下了。

要说正常村中有个把人因还不起债,最后把田扔下跑了的情况也是有,但黄老可是"家大业大"的,若是连黄老家都难受,那这村子其他人便不用活了。

心中好奇,白某把鱼竿收好溜达到老三的水摊,问过几个在水摊无精打采的村人后,白某明白了黄老家的事。

原来黄老家中的地并不是扔下的,而是眼睁睁地看着地没人种。

黄老家田多,每年都需村里人帮着种,虽说黄老也给东西,但村人到底还是算来帮忙的,所以给钱粮也没太多。而且这么干的也不光黄老一家,江丰村中那些田多的村人家家都这么干。

第六章 —— 测风   437

可今年一开始,村中走了好多户,走的人也大多都是往日那些因田少出来帮工的人家,所以现在村中只要田多的人家,家中便都有地荒着。

在弄清楚缘由后白某便继续去钓鱼了,到底是别人家的事,好奇归好奇,好奇之后自己的日子还给继续,家中今晚的鱼汤还得有人去准备。

但此时的白某并不知道,他今日所见所闻并不是一个结果,而是一个开始。

此后的几天,有心留意的白某越发肯定,村里的人就是越来越少了。

比如去年每日都蹲在水摊的闲汉五斤,自从年节前来肥憨家中借过一回粮后,白某的印象里便再也没见过此人。

打听之后白某才知道,原来这个五斤今年正月还没过便一夜之间全家都走了。具体什么时候走的?走去哪里了?村人全都一概不知。而像五斤这种忽然消失的人家,村中还有好多。

终于,这些与白某毫无关系的他人事,在一个很寻常的晚上与白某的生活有了关联。

从某一天开始,每到晚饭时间肥憨家中便有人来串门。串门并非是过来找肥憨把酒言欢,而统统是为了一件事情,便是借粮。

而这次前来借粮的人言语也不像之前那般客气,甚至有几个村人当场便搬起一块石头,威胁肥憨若是不借粮便把自己砸死在肥憨家中。因此,虽然肥憨仍是一粒米都不肯借出去,但还是把这些人留在家中吃了饭,并附上好言宽慰。

如此白某得知,很多人家到了这个月,家中的存粮便不足了,若是没地方周转出粮来,那便只能饿死了。

听到这里,白某忽然就想起去年那个吴大户,于是他张口便问村人为何不向大户们借粮。村人听后都是不太愿意说,但毕竟吃人家的嘴短,一个个犹犹豫豫地还是把原因说了。

原来村人想的都是这会地都已经插完秧,只要再紧巴三四个月,早稻下来便海阔天空了。若是此时向大户借粮,本来就是六分利,还是月月滚利,那便相当于是把自己的地扔了,所以这才都想着在村里互相接济。

至于为什么都跑到肥憨这里来借,那是因为黄老那几个大家今年也是不借米，如果去他们家中帮农的话，那自己的田也顾不上了。而且村中人都传言其实肥憨"藏得深"，家中从来不卖粮照样有吃有喝，甚至之前正月都快过完了桌上还有酒有肉的。

就这样连续几天之后，肥憨家中又清静起来了。之后的一段时间，白某所期望的"一如往日"再也不见了。

在那段时间后，最先的改变是白某他们再也不在院中吃饭了，而是在屋中支起小桌。按肥憨的话说，这样是怕有人闻着饭香味寻过来借粮。

再往后，村中渐渐又少了很多人，村中田里满眼的秧苗不是缺水旱死，便是雨后没人防水涝掉。

更有几次，白某天蒙黑出去打猎时走远了些，他竟在村外不远处的小路旁发现很多像是祭祀的石龛。见景有所想，虽然据他所知村中并没人怪言怪语，但白某脑中还是很自然地想到那些狂热的老娘孙儿。

白某的日子依旧是那样过，种地、读书、打猎、吃饭，但周围的变化却不能让他的内心独自安然平静。

在某个平平淡淡的午后，白某坐在田垄上，望着远处其他村人荒芜的田亩问向肥憨。

"这就是百姓的活法？"

"不好说。"肥憨手上的活没停，嗡嗡回答道。

"那你觉得百姓该怎么活呢？"白某如此问道。其实他并不是真的关心百姓，而是想求一个心安理得。他想听见肥憨对他说去年也是如此，年年都是如此，这便是田间百姓的活法。

白某的想法很奇怪，他想听到这样的回答是因为他开始想不通了。他想不通这庞大复杂的人世间，到底是以什么样的规则在运行。若此时肥憨对他说，这便是结果，便是答案，那白某便不用去想这些事了。

白某所需要的，仅是一句，"这事，是错的。"

但肥憨并没这么回答，甚至都没对白某说这个事到底是对是错。

肥憨抹了把汗，莫名其妙地叹了口气开口道："曾有人说过一种好活法，说是这世间人人都自己种田，自己砍柴，自己晒盐，自己做衣，将一切事物都自己做了。简简单单自给自足，各个都是淳良赤子一般，无争无为便是天下大同。"

白某听后仔细思考起了肥憨话中深意。

但没过多久肥憨又开口否定自己道:"不,不对,这只是美好的愿景。人啊,别说是自给自足了,便是各司其职安分守己都做不到,嘿嘿,把人之性称为得寸进尺,那是一点也不为过。好比衣服,红衣裳美白衣裳也美,那一件衣裳就不够穿了。又好比吃饭,吃了红肉还想吃些白肉,肉吃完了还想吃菜,这一顿饭就吃了好些个鸡鸭鱼肉。所以我说的不对,对人来讲,根本就没有什么好活法,畜生才有好活法呢。"

"那你所说的好活法到底是对是错?"白某问道。

肥憨听后憨笑了声道:"我认为是错,也有人认为是对,但对错并无意义。所谓的好活法,从来都是个说法,没人见过它的样子。没见过的东西,你讲它对错有啥意思。"

白某皱眉,他在想,为何没有见过的东西便没有意义、没有对错的。理也是论出来的,难道先贤论出的理也是没意义的了?

肥憨没理白某的反应,他扶着锄头继续说道:"不过啊,就算是已见过的东西,我也不愿论对错。已有便是存在,存在是因需而生。如此,只要是存在的东西,那就一定会有几分合理。若某日这个存在不合理了,他便不会存在了。所以对错,对存在来讲是没有意义的,有意义的只会是人,还有人的选择。"

"你说的存在是指这世道?这明明是错!什么人会认为它是对?在这世道,百姓如此艰难,怎还不能分出个对错了?"白某一向不喜欢肥憨讲这些似是而非的话,因此,肥憨刚才的话他只听了前半段就没耐心了。后半段那什么存在、对错、意义、选择,他更是一个字都没听进去。

肥憨听后没急着回答白某,他看着天上正悬在头顶的日头,擦了把汗便找地方休息乘凉去了。白某也跟了过去,一屁股坐在肥憨身边歇着乏。

肥憨一通牛饮之后歇了会才回答白某:"对与错、好与坏、真与假这些玩意,就好比太阳。我们此刻在田中,自然认为它又毒又辣,烤得人滚烫难受。但若一个华服世子,他漫步在庭院间瞥到此时阳光,想必心中定有一番赞美感慨。"

"你这是诡辩,百姓民生怎能同太阳论比。太阳是常衡自然之物,可论述正反。但民生不是!民生是有度可论之事,于民生,生死存亡是一条线,好便是活,坏便是死!"白某不忿道。

肥憨听后哈哈大笑道:"好一个常衡自然之物,古圣伯阳的书看来你是读过了,我都快唬不住你了。你说得没错,有理。"

但肥憨夸赞完白某,却又继续说道:"但你怎知百姓民生中的'好'与'坏'便是恒定的呢?好与坏是定论不错,却也是一种观感。观感由人心所感,人心所感又是由利弊所出。既然如此,与其说'好'与'坏'还不如去讲'利'与'弊'。你讲百姓难活,便是他们受了弊,可这世道仍能存在,便一定有人在其中得了利。如此,利弊相抵才有此世。"

"一人得利而百人受弊么?"白某不屑道。

"你如此讲,那这问题便没法深说了。我且问你,当日你在辽东杀胡人时,可否把他们当作与你同等的人?"

"你这又是诡辩!当时情况不足论!"白某怒道。

"是诡辩没错。那我再问你,若是你最亲爱之人与路上一乞丐同时遇险,你救何人?"

"我当然是救我身边亲近之人,但你这仍是诡辩。"

"是诡辩,因为我不想与你辩。"说着肥憨对远处来送饭的乌维招手。

"你不想与我辩讲这些废话做什么?我只问你个是否对错,你却说这么多有的没的!"

"嗯,因为我想告诉你人是什么东西。人之所以不同于畜生是因为有心,既然人是由心驱使,那再谈好坏对错便没有意义。心这玩意,只产生欲望,而不产生善恶。欲望与欲望不一样,所以人与人也不一样。另说,人虽是万畜之长,但那也是畜生,是畜生便有吃肉的与被吃肉的。即是畜生,同类相食奇怪么?所以不管是善恶与否,好坏对错,这些对于人全都没有意义。人这东西,说白了只是被欲望驱使的大畜生,有一个畜生吃饱,便有一个畜生挨饿,有一个畜生吃撑,便有一个畜生饿死。"

听着一脸憨笑的肥憨平淡地说出这番话,白某心中的某种信仰正在慢慢焚烧。

他早就忘了自己开始时问肥憨的问题是什么了,他甚至忘了为什么要问肥憨那些话。因为那都不重要了,肥憨此时正把他心中的一座楼拆掉,并再修筑一栋新的哨塔。

而就在乌维抱着午饭越走越近时,忽然白某的后脑重重挨了一下,一时间白某只觉天旋地转。正当他混沌时,肥憨的声音又在他耳边响起。

"我讲的是错的,你才是对的。这世间有善恶,有对错。那些你觉得错的事,你可以改变不了,甚至可以把头扭开不看,但你心中要知道它是错的。哪怕这世间一切道理认知都被人扭曲,但你要知道对错是非。因为人世是有根源的,这个根源不可见、不可闻,它隐在诸形而上的心中,在这根源之心中,错就是错,对就是对。"

白某侧头看向肥憨,肥憨的话穿过他眼中无尽黑暗繁星传达到他的耳中。

而肥憨的第二句话,则是像诅咒一般刻在了已经坐不住、马上就要昏倒的白某心中。

"方才我那些污秽话语,若有他者再言于你,此人当诛!"

乌维看着地上昏睡的白某对肥憨问道:"他怎么了?"

肥憨使了牛劲才把噎在喉中的杂米咽下道:"他打猎起得太早了,睡会。"

乌维点点头,抱着白某的午饭坐在了白某旁边一言不发。

"乌维啊!"肥憨忽然道。

"嗯?"

"那啥……这个,如果待会臭小子打我,你可千万要拦住他啊。"

"啊?"

"嗯,我们汉人规矩呢,晚辈要礼敬长辈,这叫孝道。反正他动手时你得拦住他,你拦住他就成全了他的孝道,对臭小子好。"

肥憨说完,乌维不明所以地点了点头,而肥憨则是离白某稍微坐远了些。

当日白某醒来之后,肥憨的小院中免不了又是一场闹剧。但也是从这日之后,肥憨再也没有给白某传授过一"课"。

白某当然没有注意到这些,因为此时的白某已经有所感知,他在江丰村的生活可能要有所变故了。

就在立夏之前，江丰村中的萧条破败已十分明显了。白某不需要再去印证什么，或是推论什么了。

这个毗邻着偌大的逊湖，偏僻又祥和的小村子将要荒废了。

看着一间间破落的小院，还有一亩亩长满杂草的田地，白某没有去想为何江丰村偏偏在今年荒废。因为这问题没有意义，去年怎样、今年如何都不重要，结果就是江丰村很正常地将要没了。这个"将要"不是今日，不是明日，但却是在不久以后。

四月的某一天，一场隐而不发的绵绵长雨前。

此时的白某却再没有心思想江丰村如何了，因为他除了眼前这件事外，心思里再也容不下别的事情了。

白某赶着一辆车，走在从江夏回江丰村的路上，他面无表情眼中全是枯苦之色。车后面坐着乌维，乌维在哭，虽然她的嗓子已经嘶哑到发不出一丝声音，但她确实在哭，哭到眼泪已经干涸。

二人一路无言，心中却各自都有千百声呐喊与疑问。但斜倚在车上不住颤抖的乌维不会问出口，已把嘴唇全都咬破的白某也不会问出口。

因为他们两个都知道，他们的孩子没了。

这天，乌维的月事忽然来了，然后二人便赶紧跑到江夏城里找大夫。

大夫告诉他们了个结果，白某没问为什么会这样，大夫也没说。

白某花了一大笔钱，他买了一匹马与一辆车。白某一身农民穿着，驾着一辆独间马车，看着挺不协调的。不过他不在乎别人能否看出些什么了，因为白某觉得没有意义了。

就是今日，就是此时，就是此刻。这辆与他"身份"不符的马车疾行在路上，带走了他心满意足的生活，带走了安然静好的江丰村，带走了他的孩子。也让白某从江丰村一农夫，变成了白某。

马车大大方方地停在了肥憨的院外，以现在江丰村的情况，没人会来关注这辆马车。见到白某回来，肥憨没说什么，而是默默走出去劈柴、生火、做饭。

而屋中的二人，一个在西屋，一个在中堂，全都是掩嘴而泣。
　　好晚好晚，肥憨在院中小桌上摆好了晚饭。他轻敲屋门，过了会白某与乌维才如同行尸走肉般出来。
　　院中的石桌上一钵杂米，一条鱼，两碟酱菜，一如白某与乌维来江丰村时的第一天。
　　这顿饭三人吃得都不急，就连肥憨都是没吃几口便放下筷子。
　　"你可以离开江丰村了。"肥憨道。
　　"去哪？"
　　"去哪都行，出去走走便是好的。"
　　肥憨说完后白某沉默，他感觉一天之内好像失去了全部东西，而得到的只是让他又变回了白某。但现在的白某很不想变成白某，因为那个白某没有憧憬、没有孩子、没有妻子、没有家。
　　没看白某，肥憨挑出一根鱼刺继续道："你志向不在悟道做学，再待在这里看书能看出什么意义？我没什么想教你的了，在外面历练对你好些。"
　　白某点点头，肥憨又道："明日起早便走吧，我贪睡就不送你了。"
　　"我还能回来么？"白某问。
　　肥憨听后一笑道："你当然得回来，我只让你出去历练，又没说你出师了。再说田里的事要有始有终，等你想回来时，随便找个收获的季节回来便好。"
　　白某听后撑着一脸苦色笑笑。
　　乌维有些恍惚，她抬起头看看白某又看看肥憨，忽然间毫无征兆地哭了起来。
　　荒村小院，女人啼哭，一瞥一闻，尽是苍凉。

　　当晚便收拾好了行李，在江丰村待了快一年，除了多了些书外，白某的行囊竟比来时还少。几件衣裳，几卷书简，一把弓，三把短斧，还有乌维那件崭新的裘皮。
　　躺在这间平日总能香甜酣睡的西屋，今晚的白某却是一夜未睡。天色蒙蒙亮白某起身，乌维也起身。二人没什么交流，只是把简单的行李搬到车上后便驾车离开了。

肥憨果然如昨晚所说,他没有早起送白某。白某当然也不想他送,因为他希望这不是永别,既不是永别又何必摆出一副伤感。

走在离开江丰村的路上,白某没有回头望。因为就算此时回头,江丰村也再不是往昔的江丰村了。

路上很静,除了马的喘息声还有车轮的咯吱声再没别的动静。但此时白某的心却不平静,当逊湖离他越来越近,江丰村离他越来越远时,他才想到一个问题,他到底要去哪里?

马车沿着路不停前行,但车上的人却不知该往何处去。

"咱们去哪?"白某向车里的人问道。

"不知道。"

这是二人从昨天以来第一次对话。又是一段漫长的沉默后,车里人带着些哭声道:"你别不要我,你去哪我去哪。"

白某把车停下,沉良片刻对身后人道:"不扔下你,你是我告天成礼的妻子,扔下你白某便没家了。"

车里人再没有回答,之后白某的肩头被身后人轻轻揽住。感觉到自己的肩膀越来越湿,白某没说话,手中缰绳一甩马车又动了起来。

又是好久之后,身后人忽然开口。

"你说汉地东南有一年常春的地方,那里还有无边的水。咱们去那看看吧。"

白某点头,他在下一个路口把缰绳向东一拧,他知道要去哪里了,他要回家。白某的家是与乌维在一起的地方,只要是两人想去的地方,那个地方便是家。

"去扬州,看海!"

第七章 —— 远渡

扬州,在大汉十三州中算是比较怪异的一州。

扬州四季常暖,东南全部临海,更有旧时古越国与古吴国争霸的故事流传,按理来说此地当是一个适宜居住并文化繁盛的地方。

但每当说起扬州,那些生活在中原繁华大地的人们总会想到一个词,那便是"荒夷"。可"荒夷"二字虽不好听,但也不全错。

扬州临海,因此许多百姓都是靠海吃饭的渔民,渔民以船为家漂泊不定。而且扬州内并不大兴耕种,如中原那般肥沃的田地也很少见。因此,虽扬州其实非常富庶,既有海盐之饶章山之铜,又有三江五湖之利便宜行商,但对于中原那些讲究宗族土地的人来说,没家没地之民,便是蛮荒之民。

至于这个夷字,那便简单多了,扬州境内就是有很多野蛮不化的夷人。比如毗邻交州的建安、庐陵两郡,虽有大汉城池并设有治所,但其地域却生活着大量不与汉人交融的异族人。

汉人与异族时而融洽时而紧张,在漫漫的往昔之中异族与汉人兵戎相见也并不少有。再加上扬州的几处大城中,高丽国的官商与倭国来的求学者也并不少见,所以这个夷字倒还真说得过去。

而今年秋天,扬州这蛮荒之地发生了件大事,使天下世家学子纷纷前往。

无论是在仅隔着一条大江的徐豫平原,还是远在并州的群山高地,凡是在大汉文教疆域之内,从名望深厚的年迈学者,到风头正劲的各地才俊全都到了扬州秣陵。

此番盛典便是先前谢念曾邀约白某一同去旁鉴的秣陵辩难,辩难论理的两人一位是被誉为当世后辈才学第一人清河何朗,另一位便是近来风头正劲的论阁阁主无疾。至于为何这场辩难受到如此重视,这还要从论阁的兴起讲起。

论阁,并不是一栋阁楼,它只是个经人引荐便可加入的组织。名如其意,论阁这个组织的思想便在这"论"字中。

论阁,乃是讨论学问经典、辩论世事现状的组织。

但虽是学习探讨之地,论阁却有一点不同,便是论阁拒绝世家门第后辈加入,只邀请殷实商贾家中子嗣。

大汉文法礼教之内,讲究士农工商。士者地位最高,或是在朝中封官拜爵,或是在地方执礼教文法,家名世代绵延不绝。而商者则地位最低,虽家产丰厚不能入朝为官,钱粮充足却不能丝衣乘车,世间一应律法礼教更都是苛谪商人。

虽然在这年岁中,为商者也与世家苟合谋利,汉律祖制他们也早已不管不闻,可在明面上正统文法礼教中,商人仍是低等末格之人。

而此时,有些商贾后辈中的有识之士站了出来,他们凝和在一起组成论阁,一时间天下商人子弟全都欣然向往。

但若仅仅是商人子弟组成的结社,那定不会引起这么大风波,真正让论阁势力劲起风潮的原因,是论阁阁主无疾。

论阁之主无疾,年仅十九岁,家姓出身尽是不详。名为无疾,出自"人生而有疾恶,顺是,故残贼生而忠信亡"中的"疾恶"二字。

无疾,无疾苦,无善恶,所以名叫无疾。

虽然关于无疾的身世无人得知,但无疾的老师却是一个真正的奇人。无疾老师名为彭泽子,彭泽子这三字虽不在世间传响,但天下真正的高学大家却是讳莫如深。

说起彭泽子,与其说他是一个奇人倒不如说他更像一段传说。相传彭泽子已活百岁,他少时在彭泽参悟大道,又在三清山上著刻了半卷疏数天书。古秦末时,更有详细记载写道,彭泽子曾隐遁到古秦帝都宫阙中,留下三卷竹简助古秦续命,只不过古秦二世帝对此事视之不理。而后天下诸侯征讨古秦事成,共聚于古秦都城宫阙时,有人向诸侯之首霸王献上此三卷竹简。霸王将三卷竹简赠给自己的亚父军师,亚父军师阅过此三段竹简后惊呼,若古秦按此竹简行事,江山可再坐一世!

而论阁阁主无疾,便是这位传说之人的高徒。

也因彭泽子名声太响,无疾出世后在世间寻大家辩难时,那些德高位重的才学大家竟无一人拒绝于他。而无疾也确实厉害,单单在荆州一地,他便凭一己之力辩得那些身份极高的世家家主哑口无言。

而当他打响一片名声之后,他高调成立论阁,并以论阁之名在天下各地游学讲课。待论阁渐渐做大后,他更是从论阁中选出十个天资聪慧之人,并亲行传授学问,教出如今的论阁十杰。

此时的论阁,已成天下一等一的大势力,更有不少从论阁出身的商贾子弟,被各地门第世家请去做家中门客,为其出谋划策。

而此时,无疾与何朗这场辩道,看似只是一场棋逢对手精彩绝伦的辩难,但实际上天下明眼人都看得出,这场辩难有着非同一般的含意。

秣陵辩难的深意有二,其一便是这场辩难选择的地点,无疾把辩难之地选在秣陵极有深意。

汉土虽大,但一条大江便可断分南北。秣陵沿靠大江,处在南北之中点。另外便是秣陵地处扬州,不管是北方高门世家,还是荆州的南学名士,扬州都是两边不染指的地方。

还有便是何朗出身清河,清河乃是北地中原文教最为兴盛之处。而无疾师出彭泽子,彭泽子,顾名思义便是处在南方九江汇聚的彭泽。

所以无疾把这场辩难定在南北交汇的秣陵,便是既有取公平之意,又隐隐带着南北相较之感。

至于这场辩难第二个深意,便是无疾这场辩难所选的对手。

何朗出身清河何家,其父何义曾位列朝中三公之位。不光如此,在天下文法礼教之中,何义更是向标旗帜一般的人物。

从世间的幼子入学时识得的第一个字开始,再到那些深邃的古论经典到底该做何解,天下间能定义其正反对错的,便只有何义一人。何义能做到如此让天下学子望尘莫及的地位,不是因为他势大名大,而是因他在才学上的的确确是实至名归。

而何义的三子何朗,则是完完全全继承了父亲的学识,并且近些年来何朗越发精进,若只论解文论道一处上的感悟,他竟有隐约超过何义之意。甚至世间士族门第之家早有共识,往后五十年,执大汉文法之鞭者必是何朗。

因此,无疾找上何朗,如此高调地当众辩难。在天下士人眼中看来,这其实是一种挑战。是论阁无疾所代表的新理新义,对垒清河何朗背负的古制文教。

这场辩难,便是大汉文法往后的所归。

八月初始,浓月渐圆。

此时秣陵城内,不管是官驿还是客馆早已一房难求,不少出身豪门的公子大家甚至要拼院入住,更有些客馆把宴客大堂都改成了地铺供人安顿。

就连秣陵城里平日一钱一只的名菜寒秋卤鸭,这半月卖到三钱一只都是供不应求。

小小的秣陵城中,现在是汇集天下名士。比如河北的青冀七大家中,有三家都是家主亲自南下。颍川陈氏、汝南梁氏等中原名门也都早早汇集于此,甚至荆州古楚三门更是家主带着全家子侄前来。

当然还有从更远的地方前来的,比如已过花甲之年的太原王家老家主,那是从并州一路颠簸掉半条老命才到的秣陵。

除去这些各地士族,更有不少王宫侯爵的后人也到了秣陵。

比如楚王府与荆王府的两位世子,便是直接住到了郡守的家中。另外建平侯、安成侯、汝阴侯、长禄侯、义博侯这几家侯爵家中后人也全都到了秣陵。

只不过义博侯府虽然来了人,可来的人却不是谢念。既然谢念没在,那白某自然也不在。不过他二人在与不在,与这场盛会相比实在是无关紧要。

此时的秣陵城,就算说是全天下的求学悟道之人汇集于此也不为过,与上述的那些王侯士族相比,谁又会在意谢念与白某两人来与不来。

八月十五当晚,一轮圆盘硕月挂于天际。

秣陵城沿江处有一座独亭,在此亭中往北可望大江绵延码头船闸,往南可观临江繁华街道。

独亭之中仅有一张枣木小桌,小桌上除了两碗水外再空无一物。小桌两侧摆了两张草席,一张草席背靠秣陵坐南朝北,无疾正端坐在上闭目养神。另一张草席背朝大江坐北朝南,此时正空空如也。

小亭此时虽幽静安宁,但往小亭之外看去却是人山人海拥挤不堪,像是整个秣陵城的人都跑到这里一般。

但此时这小亭周围虽是人多,可人群中却并不嘈杂,就算偶有两人讨论也是交头接耳小声轻言。

无疾闭目独坐亭中,他并没因对面空荡荡的草席而心生焦躁。相反,他的呼吸愈发匀称,他的思绪愈发清明,他的一切都刚刚好并且越来越好。

忽然间,江面刮起一阵微风,这风虽缓,但却有些凉。

"风已凉,该是秋来了。"无疾把眼睛开静静道。

便在无疾话音将落,观鉴辩难的人群中忽然嘈杂几分。向着江北眯眼望去,江上一盏摇曳灯火却是越来越近。

何朗从船上缓步走下,举手投足间,仍是那般温润雅致。

走到无疾对面,腰间的弯月玉绶不再摇摆,何朗对无疾深施一礼,声音柔缓道:"何朗来迟,让无疾兄多等了,实在是惭愧。"

无疾没说什么,脸上仍是那副不喜不悲的表情,他对何朗点点头,然后伸手一引示意何朗请坐。

何朗再次深施一礼后捋衣端坐在草席之上,举手投足间尽是充盈不溢的从容。

此时于枣木小桌对坐冥息的二人,虽年岁名望相仿,但气质却全然不同。

一边是何朗,他好似温文润泽的常繁林木,一叶可知秋冬冷暖,绵延成荫,生生不息。

一边是无疾,他好似栉风不摧的无痕金石,锋芒可破天下陈腐,摧枯拉朽,势如破竹。

"请何公子启题。"无疾漠然道。

何朗听后宛笑,他又对无疾一拱手道:"何朗来迟,深恐我之不恭扰乱无疾兄思绪。若无疾兄再让何朗为今晚启题,那在下真是无地自处了。"

无疾听后点点头,他不多做矫情,直接开口说出今晚的论题。

"势。"

何朗微笑点头。

一时江风止息,圆月拨云而出,无疾先道:"我以势之一字解做锋芒毕现一往无前,是荒古之时破开混沌的第一道源力。势虽为天地之始,但势常取进,则势虽古却不僵,是常锐破腐之力。"

何朗拱手笑道:"既无疾兄以进论势,那我便只好以守作解了。"

说罢何朗深吸凝神,眼中神情越发变得清辉皎洁起来。

何朗缓缓道:"势如山中常青之繁木,如奔流汹涌之大江。时节虽有春秋,但林茵年年碧翠,天际虽有雨雪,但大江绵延不绝。故在下以为,势乃常态,好似天道。天道从一启势,从无归去乃是常态,天道再从无生一,一又衍万物也在天道之中。如此轮转有序、生生不息便是势。"

二人论点抛出之后,都开始屏息凝神起来。

观鉴众人之中,有一年轻后辈小声疑惑道:"二人都以势之字意开解,但却分别解出完全不同的两层意思。可若把两人论点分开辩证,却是哪个都对,而又互相矛盾。"

在这年轻后辈身边有一老者,正巧老者听到了年轻人的感慨。老者把声音压低些对年轻人道:"后生莫要想偏了,势之一字可做无数解法,此二人只是各在势字中独取一解。两人看似在辩势,实则是在论攻守、进退。若后生你一开始便被二人迷惑,那还不如速速离开归家苦学。自认学问不精,知耻言退,总好过被二人诡言带到外道之上。"

年轻人听到老者的训斥十分气愤,于是即刻便要辩驳老者。但等扭头看向老者时,年轻人却是再一句话都不敢开口了。他脸色涨红,对着老者微微躬身,扭头便离开了拥挤的人群。

老者来自阳武县，食禄于阳武豪门张家，负责教习张家子侄，乃是不出世的一位大家。

年轻人走后，老者微微一笑，脚步往前挪了几分。如此，老眼昏花的他终于能听清楚亭中二人在讲些什么了。

无疾把星目稍稍凝实："树木茂盛，却可伐断，江水汹涌，却多水患。老而不死是为僵，世间事物皆有僵腐之时，若以成僵腐之物而不亡，便只有以势破之，再造生机。再论天道，虽势之一字可从天道中论有无造化，但古时圣贤也曾讲，天道乃是外物恒在，无冷暖喜怒，于人间无感。故用天道之势论世间之势，实属谬比。"

何朗摇头微笑道："树木虽断，但却变作物件柴火，故形亡而神在。江有水患，却可疏堵引流，雨季一过又能滋养一方农事。以一力破旧迎新虽也是势字所驱，但此势却是小势，因为新旧交替本就属天衍定数中的恒常大势。再论天道，天道虽为恒在，也无喜怒之情，但天道却并非与人间无感。相反，人间处处靠天道繁育，亦如古时圣贤讲，天道泛兮，万物恃之而生而不辞（大道无所不在，万物依赖它而生生不息，而不遭到拒绝。——《老子·第四十三章》）。"

无疾剑眉凝结道："树木变作柴火，是因有人造斧，这斧便是势。江发水患，百姓叠石堵截，这石也是势。世间万物皆有变数，这变数之始便是势。天道本是混沌，先有始势，而后从无中生一。古时确有圣贤讲天道泛衍之论，但其真意乃指，天地孕化万物，皆因一始而变作万。虽讲天地，但也言明天道之势并非常恒轮转之物，而是一往无前之进取。"

何朗道："人皇告天后，而主宰人世。人世有制起于远古五帝尧舜，而后千载古夏古商兴衰罔替。周曾分封华夏为诸古国，往昔古秦又攻伐诸国再统华夏。时后古秦无道，自有此时汉替。至此，人世虽经千载沧桑变故，但兴衰之势常在。势之一字，并非笃论荒石变砂砾，白云变苍狗。如此轮转守常，便是势之真谛。"

无疾道："人世制者虽是轮转，但却并非守常，势起之始，便是一往无前再无反复。混沌初破，先有祖巫，祖巫故去，后有三皇，从此时起势便开始奔驰不息。远古尧舜禅让，是为德高者让，此时德便是势。禹皇定夏，是为功高者立，此时功便是势。周来商去，势乃礼教替蛮荒。古秦伐世，势乃利剑扫六合。一替一兴之间，必有一长取替一短，而势便是这丈长寸短间的道理。如此兴衰罔替千百代，此时你我再论白云苍狗，远周最盛之时也不能与当下同日而语。"

何朗道："无疾兄所言之长短兴衰，意指国力与民生，但天道之势却并非可用青铜换熟铁能论证。在下看来，无论是往昔的青铜，还是今日的熟铁，都仅是器物更迭。而器物之本质仍在于人，人想攻伐，木弓便变了劲弩，人想安住，草庐便变了墙院。古稀今朝皆为人治，是人便想衣食住行、喜怒哀愁，人之本质不变，区区驱使之物更迭不足论势乃猛进之流。"

无疾道："谬议，人之本质本就是被天道大势所推。北方苦寒，故北人多耐寒。南方湿热，而南人多耐热。人便是应自然天象孕育而出，又怎能讲人之本质不变？世间万物但凡有变有异，那便有我这推波助澜之势。"

何朗道："南北差异，乍看确实是因天衍所变，但若论其核心，差异之因皆为人。人为生存，便是冬耐寒、夏耐热，千般变化皆为生存。无论如何摆置差异因果，人为存在之一源点不变，那这势便为常恒。"

秣陵城星空之上，圆月以过正悬，渐往西去。

秣陵城围在临江小亭的人，也渐渐便少。有人走时带着满面羞愧，发誓回家闭门苦读。也有人走时神情恍惚，像是对二人言中深意苦苦不能参悟透彻。更有人走时带着满面愤怒，大骂黄口小儿口无遮拦。甚至某个客居琅琊的辩学大家斥责道："此二人不论事物之变化，只取事物对其有利之片面论述。这故弄玄虚、搬弄奥妙之妄言，竟被他二人却说得振振有词！若以二人的辩法去论事物，便是屎也能说成香的。"

但，在观鉴众人中，还有些虽出自才学名门，同时又在朝堂事政之人，他们却在二人辩难中听出些不一样的味道。比如陪同楚王府世子同来的东海郡郡丞，老人虽已年过花甲还仅为一郡郡丞，但却是东海郡某大家族之族长，官职不高，却是闻达天下的名士。

第七章 —— 远渡

老人因为岁数大了,所以有人给他搬来了椅子,他坐在观鉴人群中的最前排,垂目聆听得非常仔细,因为老人听出了何朗与无疾到底是在论些什么。他叫醒正昏昏欲睡的楚王府世子,声音低沉道:"世子啊,这二人的言语你要听仔细了。他二人与世子乃是同辈之人,往后三十年,二人中必有一人领天下风骚。"

楚王府世子一脸惺忪,满面不解。老人叹了口气,给他解释道:"世子啊,他们不是在论势之一字,亦不是在论进退攻守。他们二人,论的是天下……"

何朗道:"我以一参天大树论势,夏时翠绿成荫,人可乘凉休息。冬日枯叶散落,便能滋养脚下土地。来年冬去春来,大树又是一片繁茂。"

无疾道:"大树立于路中,荒蔓枯藤令人困扰。我便以一把金斧论势,金斧锋芒锐利可伐参天大树。"

何朗道:"一树虽倒,但树种散落至漫山遍野。一人一斧,岂能伐光那漫山的郁郁葱葱。百年一过,树仍是树,生生不息,而斧已成柯。"

无疾道:"一斧斑锈,我便再造百把利器。一人力逮,我便呼百人助手。势之所向披靡,莫说一荒山野林,就是沧海也便做桑田。"

随着两人的辩语离题越来越远,独亭之外的人也越来越少,渐渐仅剩下十几人还在驻足观鉴。

秋季夜凉,有人已披上了厚袄,几个有座位的老者更是盖上了棉被。

而独亭中的二人,仍是一袭单薄长衣。两人面色涨红,额头都隐隐溢出汗水,言语相交疾如飞电,你一语刚休,他有话欲言。

无疾言语犀利好似锋芒尽露的金刀,何明回应稳妥如同苍茂难撼的大树。

就这么你来我往之间,二人的语速开始越来越慢。不知从何时开始,二人张口只言一句一词,另一人沉良片刻后,便也只回一词一句。

月移星疏,秣陵江上,又是一轮新日从江东的尽头升起。

朝阳映在大江之上,晃得江岸一片金黄,独亭之外有一席地而睡之人被耀目阳光刺醒。这人身体微蜷打了个喷嚏,而后缓缓起身把睡眼揉清,当那座临江小亭再次被他看清楚后,他面带惊愕地赶忙叫醒其余一众看客。

只见临江独亭中的二人,脸上虽带着难藏的疲惫,但仍是一副安之若素的神情端坐在那里。

无疾的星目深处仍是无尽的锋芒,何朗的皓眸之中也亦如皎洁辉月。忽然一缕晨光洒进临江小亭之中。

何朗道:"甲木之树可为栋梁。"

无疾道:"庚金破之。"

何朗起身,他抬头看向了如火般的朝阳,脸上微笑越发灿烂。而后他对无疾深施一礼,眼神仍是那般温润怡人。

无疾起身,还礼,凝视何朗,俯首而立。

忽然间,何朗的笑容懈怠起来,他脚下松散眼神迷离,就这么直挺挺地倒了下去。众人连忙上前观看,只见何朗此时已是力竭晕厥过去了。

自此秣陵城这场引得天下瞩目辩难结束了,而就这场辩难的胜负定论,却是人分两边坐,没有一个统一的说法。并且当日一直留在独亭旁,观鉴到最后的那些大家们也不知为何,都对此事结果讳莫如深不肯多言。因此,这场辩难在世间更多了一些神秘色彩。

但在这场辩难结束半月后,世间忽然流传出一个说法,便是这场辩难何朗败了,且败得极为难看。只是因为那些高学大家都与清河何家有旧,这才对此事的结果避而不谈。

又不到半月间,关于何朗身败的定论,无论是何朗本人还是那日的观鉴者,都没人出来解释。于是何朗败了这说法继续发酵,并且描述得更加确切,甚至连寻常百姓间都知晓得一清二楚。

世间公认,被誉为天下世家后辈第一人的清河何朗,在秣陵与论阁阁主无疾辩难中,经一夜交锋油尽灯枯已至晕厥,何朗溃败于无疾。

深秋九月,天已转凉。

会稽郡治所吴县外,如今还是义博侯府中世子的谢念,正忍着湿凉的

第七章 —— 远渡

天气在一处茅亭内等人。天气虽凉,但谢念的脸上却满是期待。

这段时间以来谢念的心情不佳,但今日他一张愁容之上却多出一丝喜色。正当谢念在茅亭中翘首以盼时,谢念的姐夫徐山煮好一碗茶摆到谢念面前。

"内弟啊,你虽交友广泛,但我却未见你对其他朋友如此上心,想必这位镇北侯之子定然十分有趣。"

谢念抿了口热茶皱了皱眉,显然是这杯茶太苦了。

"姐夫你有所不知,我这义兄确实有些与众不同。他出身行伍,举手投足间便与寻常世家子弟身上的味不一样。"

徐山听后苦笑不语,并替自己涮了一碗更浓的茶。

谢念见状继续给姐夫讲道:"而且我这义兄跨过马杀过胡人,姐夫你可曾听过哪家的世子提刀杀人的?"

"按内弟你这么说,你义兄倒像是个凭武逞凶之人,那他与江湖上的武人有何区别?"

"不一样,我这义兄除了身手好外更是心思机灵,他师从隐世大家胸腹中自有独到经纶。"谢念对姐夫解释道。

"若内弟如此说,你这义兄是个文武全才,他又出自襄平镇北侯府,按说如此人物应早已名响天下了,怎会如今还默默无闻?"

"我这义弟年岁还浅,只要能得时局造化,早晚有日他定能名震天下。"谢念自信道。

"嗯,可我还是奇怪。已在天下享有盛名的世家之后也有不少,可内弟你却不怎么上心。那为何却偏偏高看镇北侯世子一眼?"

"唉?姐夫!我才发觉你是在消遣我啊?"谢念反应过来皱眉道。

徐山听后哈哈大笑摆手道:"没有没有,我有时确实爱寻根问底,只不过我确实好奇也是真的。"

谢念听后把已经温了的茶一饮而尽,然后便是苦得龇牙。

"姐夫我这么说吧,我这义兄有一种十分特殊的气质,这种气质是我在与我结交之人中前所未见的。"

见谢念脸色认真,徐山也稍把脸色端正等着谢念开口。谢念对着远处依稀可见的马车轻轻说道:

"普通。"

"普通?"徐山重复道。

"对,就是普通。普通到不管给他扔到哪里他都毫不起眼,但当你恍惚时却又总能发现他。普通到他可以变成任何人,普通到他便只是他自己。我与其愈发深交,这种感觉便越强烈。"

说罢,谢念快步走出茅亭,对着远处的马车摆手。

他身后的徐山疑惑道:"普通?按照内弟的说法,那这镇北侯世子并不普通啊?"

"哎,姐夫你别问了,就只当我与他投缘吧!况且此时只有他能帮我了,我信得过的好友,也只有他了。"

一架陈旧不堪的马车停下,白某蹦下来后又把妻子乌维也扶下来,之后二人对着快步走来的谢念行礼。

扶住白某,谢念又把白某好好打量一番。见到已经比他高出一个头的白某,面上仍挂着那张说不上是苦笑还是讪笑的脸,谢念狠狠地拍着他笑道:"还那样!没变!"

白某从三月开始便带着乌维沿着大江一路向东,浏览于大江两岸各处名胜山水。他们这趟漫长的旅程全无目的,想停下时便在沿途小住几天,想走时便不管何时何地说走就走。虽然荒废了读书,但扔下书卷的白某竟在这趟路途中感悟颇丰,书中那些似懂非懂的道理,竟在旅途中清晰明朗了。

他这一路观了山望了水,了然了寻常百姓的喜怒哀乐,也透彻了这世间的种种复杂关系。

就在不到一月前,白某与乌维终于数清了彭泽中到底有多少种鸟,又亲眼见到了传说中的笑面鲲。也就是在这时,白某决定结束这场旅途了,因为此时的白某虽未步量九州之大,但他的心也已成长到足够承载一方天地了。

于是他们二人终于开始向早就决定的终点启程。

去会稽,终点便是无垠的大海。

客居他处,先拜长者。

此时既然到了扬州,便因谢念之故住到了义博侯府,那白某自然是于情于理都应拜访一下谢念的父亲,便是被天下人戏称为"捐侯"的义博侯谢寻。

昔日天子征讨古秦坐拥天下后曾大封有功之臣,而在众多封侯中,谢寻则是最特殊的一个。

谢寻从未上过战场伴随天子厮杀,也没在天子帐下运筹帷幄过,真正是文治武功哪一样都没占。并且谢寻的出身也很特殊,他不是出身于清河何家那样的士族大家,而是生在扬州一个商贾之家但虽说是商贾之家,可谢家却不太一样,因为谢家是豪商巨富。

昔日谢寻眼光极准,在天子与霸王对垒天下时的某一个契机,谢寻是最早从两边下注中抽身的商贾。

而他眼光独到,于一个恰好的时机与恰好的局势中,谢寻把身家性命全部押在了当今天子身上。最后,只从今日谢家开遍大江南北的商栈便能证明,谢寻赌对了,或是说谢寻计算对了。

因此先因谢寻这侯爵来得与他人不同,再加之世间人皆有仇富鄙贵的心思,所以每当提起义博侯谢寻,世人都会带有一丝玩味地补上一句"捐侯"。

但无论再怎么背地里讥讽谢寻这个"捐侯",可明面上,天下人谁不想搭上谢寻这驾车,好行一路富贵。

已过未时,天色尚早。

在义博侯府的客院中,白某换上一身朴素却端正的衣裳,留下乌维在屋中后,他便跟随谢念去拜见义博侯谢寻。

与白某从小长大的镇北侯府不同,义博侯府非常大。若是摊开吴县地图,那这座大城中差不多五分之一的地方都是义博侯府。在白某看来,这里与其说是宅府,不如说是个小宫闱了。当然,义博侯府中住的人也是极多。

据谢念所说,他家中的亲眷、客卿、食客、仆人全住在这座偌大的宅府中,算下来超过百人。白某听后咂舌,就算他是侯爵之家也没想到,一户之家的住人竟然比江丰村整村的人都多。

跟着谢念穿过谢府中的种种别致景观,白某终于到了谢府中装修最为华美的正厅。

谢念在前,白某在后,不需通报二人直接走进正堂。

"谢念见过父亲。"

"白某见过义博侯。"

二人对堂中正座的谢寻拱礼问安。

礼后,白某抬起头看向了久闻大名的义博侯谢寻。

对于名响世间的义博侯,白某第一个观感便是稳妥。谢寻衣着既显得华贵又不至于奢靡,神态举止间既没有盛气凌人的做派,也没有温淳恭让的长者样子。正座堂中的谢寻从头到脚都是恰如其分,整个人散发着一股事事到位、点到为止的气质。

但白某却是知道,就是这么个什么都看起来中规中矩的中年人,曾经却是博得天下第一手豪赌,赢得了如今的地位家势。

白某在观察谢寻的同时,谢寻也在打量白某,他对白某一阵打量之后,对白某说出口的第一句话竟是:"世侄比我想的要高啊……"

高之一字有很多解,若是再从谢寻这种大人物口中说出,那这一字间便有更多深意了。

不过此时的白某再不是曾经那个毛头小子了,他站得挺拔对谢寻端正微笑不语。不需他仓皇答应,只等谢寻自己把这"高"字补全,但谢寻之后的话却让白某暗自笑话自己又多想了。

"是世子生得高,还是北人都是这般高啊?"

"回义博侯,北人确实生得稍高些,且我长在军中从小每日蹦跳,或许确实长得兀蠢了些。"既然谢寻的高只说高矮,那白某便实事求是只论高矮。

谢寻听后笑笑往右一扬手,示意白某在右席落座。

"别叫我义博侯了,我与你爹熟识,又与陈怀是幼时故交,你叫我世叔或叔父便好。"谢寻对白某道。

对于谢寻的话白某好奇,他父亲白济不用说,天下人都是"熟识"。但谢寻又提到了自己的陈先生,那说明自己家中确实与谢家有所来往。

既有好奇,白某也不扭捏,他直接开口问道:"谢世叔,与我家先生相熟?"

谢寻听后笑道:"陈怀是扬州山阴人,我祖家也在山阴。陈怀更与我族弟是幼学同门,这层关系你说算不算相熟?"

白某听后笑笑点头,按照谢寻的话来套,自家先生与谢寻算是同乡同学,那自然也称得上是相熟。

待白某稍微坐稳,侍者把点心茶饮摆到白某面前时,谢寻忽然开口道:"世侄你这次来扬州是为何事啊?"

白某不太懂谢寻问这话的用意,于是实话实说道:"游历到此,想带家妻观海。"

谢寻听后点头道:"哦,我还道你是为你父亲军务前来。也好,既是游历,扬州确实是个好地方,海湖山泊无所不有。"

白某从谢寻的话听出,自己父亲像是与谢寻有军务往来。对于父亲的现状,白某一无所知。但他虽好奇,可有些事情他却只想从父亲那里亲耳听来,而不想去问询他人。

心中清醒,白某微笑点头。

静坐半刻无人再开口说话,谢寻像是有些乏味的样子对白某说道:"世侄啊,可惜我家次子不在。若是他在,你们年纪相仿定能玩到一处。不过也没事,我让家中老大陪你到处走走转转,反正他也没什么正事可做。总之在扬州,你大可随着性子来,见外了那就是笑话世叔我。"

谢寻的话白某听着有些怪,听谢寻的话,好像他完全不知道谢念与自己熟识。不过就算心中觉得怪异,白某仍只是微笑点头称是。

谢寻点点头,然后用一种告一段落的语气道:"嗯,那便如此,世侄你若有任何需求,只对谢念说便好。哎,我在这里你们拘束难受不好说话,那我就先回去休息啦,你们年轻人自己聊吧。"

说罢,这个浑身透着稳妥规矩气质的义博侯便起身离开了。

谢寻离开后,白某把目光移向了从刚才便沉默不语的谢念身上。谢念给白某打了个眼色,然后便带着白某离开府中正堂了。

白某没有先开口询问谢念,为何他父亲的话语那般奇怪,毕竟是义博侯府自己的事情，就算好奇他也要等谢念先开口。

在义博侯府中，一路上谢念对白某顾左右而言他，口中话语也都是些无关紧要的事。见谢念如此表现，白某心里便很清楚了，自己这个谢大哥有事。

终于，穿过无数花园庭院，白某跟着谢念到了一处比较偏僻的独院。

谢念轻叩门锁，有人从里把门打开，开门者正是谢念的姐夫徐山，而徐山身后还站着一位朱衣罗裙的丰韵妇人。

谢念、白某、徐山三人围坐在院内方桌，稍远处熬煮糕粉的妇人是谢念的同胞姐姐谢常思，这间庭院也是谢念的姐姐谢常思与姐夫徐山所居的独院。

白某不急着发问，他就安静地等谢念对自己开口。

三人吃光一碗蜜枣稠粉后，谢念对白某郑重其事开口道："我有一事要请白兄弟帮忙。"

白某把嘴擦干净看着谢念微笑不语。

谢念咬咬牙，眼神中多了一丝坚定继续说道："我想请白兄弟帮我练一支兵！"

"好。"

"白兄弟答应了？可我还什么都未对白兄弟说明，话也提得突兀，难道就不问我练兵做什么？"看着白某那轻巧的微笑，谢念有些难以置信地问。

白某摇摇头，他没回答谢念，而是把空碗递给了身侧的谢常思道："姐姐，我还想再吃一碗。"

谢常思对白某点头笑笑，她从容接过空碗后，为白某填满一碗凉粉。

白某看着自己那碗稠粉中的硕大蜜枣，他又是摇了摇头，然后抬起头对谢念微笑道："那些之后再说也来得及，谢大哥开口，我便帮你。"

说罢，白某便一口吞下了那颗肥美的蜜枣。

而后，便在这间独院中，谢念对白某毫无隐瞒地讲清了各种缘由。甚至有些话白某本不想听，但谢念还是倾言相告。原来此时的谢念处境已非常为难，并且身边再无助手帮衬。

第七章　　远渡

谢念的困境很简单,就是高门大户家中常见的后继家主之争。谢念除了姐姐外,还有一个幼弟,而如今谢念的窘境便是由他的这个弟弟造成的。

谢念的生母早亡,义博侯娶河北某望族之女为正妻续弦,之后后母生下弟弟谢得。但就算义博侯府再多出一子,按常理来论,谢念是义博侯府嫡长子,以后继承爵位担起谢家家主是理所应当之事。

可有常理往往便有意外,谢念后母一心想要自己亲子继承谢家,所以处处排挤谢念。弟弟谢得从小便在家中得宠,自幼便入学在大家名师门下,结交各方豪门才俊,而谢念却只能在家中打理经商耕农之事。

他弟弟还有母家家族鼎力相助,生活起居一应事务全都优于谢念这个长子,人脉便利上也倾尽资源提供给弟弟谢得。如此长年累月下来,弟弟谢得倒像是家中世子,而谢念却只是一个替家里打理产业的管事。

不过好在谢念性情宽柔,想得也开。这义博侯的爵位既然有人相争,那他不要也罢。没有良师益友交际,那他便精研音律书画。让他经营家中产业,那他便用心经商,对权势地位不闻不问。甚至就连娶亲之事,他都为了退让,几次推掉了豪门氏族之间的联姻,他如今的正妻也仅是出自吴县当地的小富之家。

在原先的日子,因谢念的退让,所以他也算与弟弟秋毫无犯。而近几个月,谢念却是危险了,因为弟弟那边开始对谢念展开了"攻伐"。

弟弟谢得母家不知从哪里搭上论阁,并从论阁中请来两位高人安排在弟弟身旁出谋划策。这两位高人虽然年岁都不大,但才谋却在论阁中排得上前十,两人对谢念使出各种阴谋陷害,再加上谢念后母在义博侯耳边不断谗诏。因此,如今谢念在义博侯府地位全无,现被冷落在家闲置度日。

不过就算如此,谢念也未曾想过反击,或者说他反而觉得这样很好,如此他往后便可以轻松度日了。

但就在半个月前,在谢念身上发生的两件事却让他明白,这事他再避无可避。

第一件事便是某日在家宴上,谢念后母训斥谢念不知廉耻,然后当着全家的面把谢念对青娥讲的情话完整复述。此后谢念才得知，自己在家中的一言一行，时刻都被人盯在眼里。

第二件事更加危险。某日谢念乘船游水之时，竟在湖泊上被贼船堵劫，而这些贼人却不图财，他们想要的只是谢念的命。在这其中最让谢念恐惧的是，自己的家丁竟在如此危险之时，与贼人十分默契地把船收帆停下。最后也是多亏了自己姐夫徐山拔剑斩杀了两个家丁，之后亲自放帆摇桨，凭着船大一路撞开贼船逃出险境。

至此两件事后，谢念才真正明白了，自己的弟弟不但想要世子之位，他还要杀死自己。而这整个家中，除了自己胞姐谢常思一门外，他已是孤立无援。

谢念讲完这些后便开始掩面拭泪，让人看着好不动容。

白某没有对谢念的话发表什么看法，而是直接开口问道："既然谢大哥已落到如此田地，那又要用什么名目练兵？"

白某问完后，谢念身边的徐山开口回答白某："戍边垦农。我奉岳父之命，近期要到章安一带开垦新地，章安以南属尚未开化之蛮人地域，因此护卫农事的兵丁是少不了的。"

白某对徐山点点头，又对谢念问道："那此事能完全绕开你后母的势力所及么？"

谢念听后面色发愁，徐山又把话接过来回答白某道："章安乃是蛮荒地带，去那里是个苦差事。说是垦农，实际上说是发配也不为过。"

白某点点头又问道："章安临海？"

"临海。"白某的第三个问题终于由谢念开口回答。

"好，那咱们明日便动身吧。其余事如何操作路上再做谋划便好。"

"啊？这么急？"谢念一愣道。

白某笑道："虽然明日我们三家一同离开有些怪，但以此时的局势来论，怪不怪无须再考虑了，现在最重要的便是离开。如今谢大哥你把我接进府中，就算你再怎么装作与我不熟，也瞒不过有心人的心思。此时走慢一步，谢大哥恐怕便再走不了了。"

谢念听后面色虽有些慌张，但还是平淡地道："白兄弟的话我明白了，但我的意思是白兄弟你不在这里游玩几天？"

第七章 —— 远渡

白某听后叹气苦笑:"谢大哥,若我为你后母出谋划策,那几日之内你便会死在陪客的酒宴之上。"

"何至于如此绝情!你是镇北侯府世子,若我后母如此明目张胆行事,便是父亲也不会饶她!"谢念难以置信道。

白某听后苦笑转为讪笑:"就算义博侯心中不饶谢大哥后母,但也决然不会惩罚于她。毕竟都死了一个儿子了,总不能另一个儿子也不要了吧。"

谢念听后丧气惨然。

白某喝了口苦茶,涮干净口中的甜腻后开口又道:"在到章安之后,我有一事要先于给谢大哥练兵之前做了。此事很重要,很紧急,还希望谢大哥帮忙成全。谢大哥就当此事是报答我练兵的谢礼,定要帮我安排稳妥。"

听到白某提出要求,谢念非常高兴,他豪言道:"只要是我谢念能办到,白兄弟你尽管开口!这事不管多难,哪怕我变卖房中私产也给你安排妥当!"

白某听后笑着摇头道:"此事不难,到了章安之后,望谢大哥带我与妻子去看海。"

"看海?就看海?"谢念惊奇道。

"嗯,看海。我答应过我妻子,所以看海很重要。"白某微笑。

当晚。

白某谢绝了谢念布置宴席的提议,而是回到了自己暂居的客院,埋头帮谢念计算练兵的详细。

对着一张并不太清晰的扬州地势图,白某用一块煤灰在章安一带画着一个又一个标记,并在标记旁注明了各种预想用途。而后白某又摊开一张熟皮飞快地进行筹算,从粮铁皮革到木材粗布,再到养多少兵需要多少民力支撑,所有练兵所需的物资都被他粗略计算出来了。

关于谢念练兵一事,白某的想法很简单,便是可让谢念保命偏安足矣。

从谢念讲述的前因后果听来,再加上白某对谢念的了解,这场义博侯府后继人的争夺,谢念必败。

但谢念现在面临的问题是,谢念的后母不止想让谢念败,还想要谢念命。所以白某在帮谢念练兵这事上所做的布置,全都是为了给谢念保命,帮他在蛮荒之地开辟一片净土,使谢念以后不会陷入退无可退之境地。

正当白某沉思谋划时,客院中有人前来拜访,白某把桌上布置收好,带着正在收拾行囊的乌维到院中迎客。

白某本以为是谢念按不住性子跑来找他喝酒,但没想到来人竟是谢念的姐姐谢常思。

把谢常思请进屋中,白某与谢常思围一小桌对坐。

白某得此机会细看,谢常思一身朱红长衣映在烛光下,周身尽情散发着妇人已过花信年华的成熟气息,她点艳的红唇与挑乌的眉影,更透着无比饱满的风韵之情。

恍然一瞥间,白某竟觉得谢常思令他感到十分舒适。

若乌维可比做雪中独凛的寒梅,那眼前的谢常思便是仲夏之末纵情绽放的乌金牡丹。

谢常思几声浅笑把白某的心神拉回。

"此时来讨扰白家弟弟休息,姐姐为的却不是白家弟弟。我听闻白家弟弟带妻子一同来此,所以便在屋中找了几件首饰送给妹妹当见面礼。"

说着谢常思打开了随身携带的小盒,小盒里面宝玉金钗、软珠银链数不胜数。

就在此时,乌维正好把招待客人的点心茶水端来。谢常思侧头看向乌维,眼中带着真挚的笑意,还不等白某答应收下礼物,她便拉住乌维的手说道:"我这妹妹生得白净好看,快去试试这些玩意让姐姐瞧瞧。"

乌维听后有些不知所措地看向白某,白某默默点了下头,于是乌维道谢后,便抱着谢常思送来的盒子走到梳妆处佩戴去了。

白某不好意思地笑道:"姐姐破费了,每次见到谢大哥便总被这般照顾,我也是不好意思。"

谢常思笑着轻轻摇头道:"不必客气,你与谢念交好,那自然也同我亲弟弟一样,世上可没有弟弟与姐姐客气的。"

白某笑着点头。

两人沉默了会,白某一直微笑不语,他在等谢常思开口。虽然仅仅见过两次,但白某却从谢常思的举手投足间看出,谢常思不像弟弟谢念那般犹豫矫强,她应是个十分聪慧果决的女子。

所以白某知道,谢常思此时来访,绝非是仅仅送一盒首饰而已,谢常思有话和他说,并且这话对于谢念还有她自己十分重要。

沉坐片刻,谢常思捧起茶碗轻含一口,然后把声音放轻些说道:"白家弟弟,姐姐问你,谢念的境遇,你怎么看?"

"险且急。"白某毫不避讳道。

谢常思听后点点头,又对白某问道:"弟弟能帮他?"

"能尽力保他无恙,其余力有不逮。"白某淡然道。

听见白某的回答,谢常思显然非常满意,面上比之前多了一丝欣慰,叹气道:"哎,我那弟弟什么都不行,没想到看人却是准的。白家弟弟能说出这番话,便证实白家弟弟你并非妄人,如此我这当姐姐的也能安心些了。"

话说到这里,白某明白了谢常思是为何前来,她这个当姐姐的是怕谢念托人不当,以至于落得悲惨结局。

显然,谢常思对谢念所处的环境十分清醒,只是她却无从助。

白某没再说什么,只是对谢常思憨厚笑笑。谢常思与白某对视一眼也是愁苦一笑,二人谁都没有把话讲清,可两人言语间,却都是对谢念的困境心照不宣。

既然证实了谢常思是个聪明的女人,那白某有些话便不必说了。与聪明人交往,有些话不用言明,因为大家都心知肚明,只来直去便好。

谢常思闪开了白某的目光,她低额像是纠结了会,然后抬手对白某苦笑道:"姐姐这里有一事托付白家弟弟。"

"好。"

白某微笑,对这个女人的请求,他的应答是那般肯定。

谢常思把目光移开幽声道:"你们这次前去章安,我希望白家弟弟多多照顾我那不成器的弟弟,还有我家徐山。因幼时丧母,我弟弟性子有些软懦,每逢大事他必退让。若你们真到紧急之时,白家弟弟切不可以我弟弟为准,哪怕用强,也要替他果断行事。"

白某听后微笑点头不语,看来谢常思这个当姐姐的,十分了解谢念的性情。以白某对谢念的了解,谢常思对自己弟弟的评价并不夸张。

谢常思犹豫了下继续道:"还有我家徐山,其实他是个十分认真的人,行事一丝不苟。但他时常自愧于自己出身不好,所以做事格外卖力,以至于难免显得固执刻板。往后你们相处,若是他得罪白家弟弟,姐姐还请你多包涵他。"

谢常思说到徐山,白某便不能不再言语,他与徐山并不熟,所以该有的客套还是要做出来。

"姐姐言重了,日后只怕我才需要被徐山大哥处处照顾。"

白某说完,谢常思没再对徐山这里多说什么,只是苦笑继续道:"还有一事,姐姐要嘱咐白家弟弟。便是千万不要小瞧我家后母,她城府之深绝非寻常妇人可比。我就怕你们日后逢遇变故之时,而轻视于她身遭算计。"

谢常思说完后乌眉稍拧,又肯定一遍自己的话道:"白家弟弟,你可千万不要以为姐姐在危言耸听。千般小心虽累,可总比一时大意身陷险境好。姐姐能得出,白家弟弟的经历并不寻常,但姐姐这番话你可千万要当真!"

听谢常思的语气比之前稍显急躁,白某明了了她话中的托付之重。

在白某看来,谢常思已是世间少有的聪慧女人,若她都对后母如此忌惮,看来这谢念的后母确实是不简单。

在北境时,白某不会因为胡骑受创而大意懈怠,如今他也不会因为对弈者是女人而轻视小看。对待任何稍有危险的事,白某从来都是狮子搏兔,绝不会放任一丝风险。但从谢常思的话中,白某却多听出了一层意思。

白某对谢常思问道:"姐姐不与我们同去?"

谢常思听后撑起一丝苦笑,点头道:"我若同去,那你们这'垦农'章安的事又算作什么?我只有留在义博侯府,你们才能在章安把手放开做事。到底是一家人,不管怎么离心离德,在明面上还得做一家人。我这话,弟弟是明白的吧?"

白某点头。谢常思的话白某明白,从他提出尽快离开时他便明白。

虽然事态紧急刻不容缓,但他更知道"善守者,藏于九地之下"的道理。从一开始白某便认为,谢念的亲近之人中必须得有人留在吴县,以瞒天过海骗过谢念后母。

只是以他的立场和身份,他没办法把这番话说出口,所以只想着越快到章安越好,尽快抢出时间多做布置。

此刻听到谢常思把他这不能讲出的话挑明,并决定自己留在义博侯府中,白某除了感叹这个女人聪明之余,心中还多了一丝别的情感,现在他还真有些羡慕谢念了。

"若自己身边也有如谢常思一般的姐姐那该有多好。"白某心想道。

各种心思不能明言,对着脸上既有愁苦笑容又带着丝许欣慰的谢常思,白某什么话都没说。他仍是微笑点头,并把眼前这个妇人的音容相貌深刻在自己心中几分。

话已尽数说清,白某与谢常思两个唯二对此时境遇清醒之人便再无话可说。

隔着烛光两人就那么沉默对望,白某给谢常思的是他那副淡然的微笑,而谢常思却给了白某对成熟女人韵味的全部认知。

屋中稍远处的梳妆台,在白某与谢常思谈话时,乌维一直捧着手中的首饰盒坐在镜前。她没有去试戴盒子里精美的钗头首饰,而是借着烛光从铜镜里不断地偷瞄谢常思。

她听不太清白某与这个雍容华贵的女人说些什么,就算能听得清她也听不懂,但她就是想看这个女人。

这女人比她生得美,这女人比她丰韵,这女人比她气质高贵,这女人比她聪明。

与这女人相比,她唯一强的便是比她高些。可对于汉人女人来说,高又怎么算是长处?还有便是她比这个女人年轻些,可岁月平待世人,生而为人谁又不会老?

心中想着这些有的没的,乌维的头越来越低,她从镜中偷瞄谢常思的次数也越来越少。也是因为这些莫名其妙的想法,乌维的心中涌起了一种难以言表的感觉,这种感觉好像是人从高处落下时的心悸,或是南方雨季时难以喘气的窒息,这感觉很不舒服。

可乌维却知道,她不能打扰他们,因为他们在谈正事,白某在跟一个女人谈正事。越是这么想,乌维的头便越低,以至于白某那边早就没了声响,而她却一直坐在这里不敢上前。

但,男人终究是自己的。

乌维是胡人,白某是她的马,她要收缰了。

乌维抱着首饰盒走到白某身边,谢常思见乌维过来连忙站起,伸出双手揽住乌维的胳膊道:"怎么样好妹妹,你生得美,这些个物件应当是怎么配你都好看。"

看着谢常思的眼睛,乌维有些闪躲,她把头埋下不语。

谢常思见状又道:"妹妹不喜欢?这样,姐姐现在便带你到姐姐房中去,咱们好好选几件妹妹称心的。"

乌维听后把头埋得更低,手心里竟然溢出了一丝湿润。

白某见状起身对谢常思圆场笑道:"姐姐勿怪,我妻子并非汉人,我也不是一个好老师,所以我妻子汉话还不算精通。"

虽是圆场,但白某坦然说出自己妻子不是汉人,谢常思还是吃了一惊。

谢常思心想,这镇北侯世子来自辽东,那他妻子不是汉人那自然便是胡人,汉律明记胡汉禁止通婚,虽然没人敢管到镇北侯府头上,但正娶一个胡人女子也足够说明,这个镇北侯世子真不是寻常人。

不过谢常思城府极深,面上的惊讶只稍纵即逝。她听后自嘲笑道:"嗨,不怪妹妹,是怪姐姐长久在扬州,一口南音让妹妹混淆了。"

就在谢常思打算把刚才的话放缓些再说一遍时,一直低头沉默的乌维忽然抬头小声道:"不是,东西太贵,不好收。"

说罢,乌维看向比她稍矮些的谢常思,她眼中虽仍带有紧张,却没有刚才那般慌乱了。

白某见状笑着把话插进来道:"这样吧,姐姐送的东西我们只取一件。这样既领了姐姐的好意,我们也不显得僭越无餍。"

谢常思听后道:"那可不行,我既然把东西带来送给妹妹,哪有再把东西拿回去的道理？"

白某笑答道："姐姐有所不知，南北风俗迥异，在我辽东家乡一件首饰已是重礼。若是一盒首饰细软我们都坦然收之，那传出去会被人讥笑为贪心之人。且姐姐一出手便如此大方，那我这个做丈夫的，以后怕是再不好送她东西了。如此种种缘由望姐姐体谅，若是得罪了姐姐，还请姐姐不要怪罪弟弟。"

听到白某把话说到这个地步，谢常思只好叹气作罢。

"好吧，那我听白家弟弟的，但送给妹妹的这一件须该由姐姐来选。"

说着，谢常思从盒中挑出一件钗子戴到乌维发间，那是一根点着艳红宝石的珊瑚镶玉金钗。

白某只看了这钗子一眼就清楚了，单是这一根金钗的价值，便差不多等同于这首饰盒里所有物件的钱银，而点在这根金钗上的红宝石，更是比这根用珊瑚黄金宝玉雕造的钗子贵上几倍。

但就算白某把这根宝钗想得已是很贵重了，这枚宝钗实际的价值还要远超于他的想象。白某不知道，就这么一根小小钗子，可换来北境十万军卒一年的物资消耗。

把宝钗戴到乌维的头上，谢常思也不矫情，她把乌维手中的首饰盒接了过来，微笑打量着乌维说道："妹妹生得白皙，与这根钗子上的宝石配得很。哎，就是妹妹这次在吴县待的日子短，真是可惜了，姐姐本还想带你去做几件新衣。等下次妹妹再到吴县时，姐姐定把城内所有的好缎子都给你搬来。"

谢常思说完后放下乌维的手，转头与白某客套寒暄几句后便离开了。

谢常思走后，乌维找来一个盒子把钗子放了进去，而后又把盒子裹在布里放到行囊的最深处。

白某走到乌维身边笑问道："不喜欢这钗子？"

乌维摇了摇头道："太贵，怕碰坏。"

"哦……"白某支了一声后便不再说话。

忽然乌维站到白某身侧，双手环住白某的胳膊。

"怎么？"白某问道。

"没……"乌维答道。

之后,那双环在白某胳膊上的手越来越紧。

白某叹气一声,摇头苦笑。

次日一早,一行的车队从吴县向南缓缓行去。

车队算上人乘的五驾马车外,还有七辆货车,另外还有十余匹空着鞍锁的驴马跟在后面。七辆货车内放着大量的吃穿工具,从一斗斗的各类种子,到精铁铸造的农具,甚至还有成捆的粗绳。

总之,车队所带的物资十分充足,哪怕是平地再造起一座村落也不是难事。早间检阅物资时,要不是白某多问一句,他还以为这些物资是早早准备好的呢。听到这是谢念的姐夫徐山在一晚间准备完毕,白某也是震惊不已。

除了物资之外,他们这一行还带了足足一百人随从。这一百人里有二十名带着兵刃的护卫,十名照顾几个主人起居的随从,三十名力夫工匠,五十名农民。

在徐山的计划中,他们从吴县走官道先至余杭,每日至少行路二十里,半月之内到达余杭县城。在余杭休整补充物资之后,继续在官道上行走,每日同是二十里到山阴。再往后的路便没有官道了,他们走山野土路到章安,留足时间半月之内到达即可。

至于到了章安之后是先筑房还是先垦荒,明年是先种稻还是先养地,徐山早早便把具体事宜安排得稳稳当当。徐山的认真让白某吃惊,就说他们的车队,仅仅刚走五里路,他便三次找到白某探讨询问计划,白某甚至觉得,徐山连吃饭时是先喝水还是先吃菜都计划好了。

不过对于徐山,白某却什么计划都没与他说。每当徐山发问,他都微笑不语。白某的做法令徐山有些不快,所以几次相处之后,他虽对白某仍是有礼,却不似之前那般恭敬了。

但白某不说,并不是因为他不信任徐山,而是因为他的计划有些隐晦,此时多说会稍有麻烦。

路途之中,白某不同于在马车休息的谢念与徐山,他把乌维独自留在

第七章 —— 远渡

自己的马车后,便走在了人群之中,与同来的随从们有一句没一句地聊着什么。

"张兄弟,你这剑不错啊!八面剑,锻打出的?"白某对同行侍卫笑问道。

"啊,是啊。之前遇到个好主家,见我做事稳妥便送了我把。"

"啧啧,那还真是个极富贵的主家了。看这剑纹、这雕花,拿给懂行的人瞧,这剑定能卖个好价钱。"

"李哥,老木工了?"白某扫向壮汉虎口的老茧说道。

"啊!家传的手艺!"

"哟!那可厉害啊!那是圆木匠还是锯匠啊?"白某拍着木匠的结实后背问道。

"啊……都会!都会!"

"周姨本家是河北人?"白某对一个大婶笑问道。

"哎呀,小兄弟你咋知道的?"

"嗨,听口音呗,说不好咱是同乡呢!周姨你都这般岁数了,怎么也跟着咱们去荒地挨累啊?"

"怕主家遭罪呗!我在谢家做工好些年啦!怕他们走得远,到时候没人照顾。"

"周姨您心真善,以后我就认您当我亲姨了!"白某亲切地道。

他们一行人,虽走得坦荡有序,不过到余杭时,到底还是多走了好久。

对于计划被延误,徐山非常苦恼,刚到余杭他便把自己关在客驿之中,重新休整计划。白某也同样没闲着。

刚到余杭,白某便拉着谢念往余杭城外跑,游走于一座又一座村庄。他们不是为了游玩,而是到村子里"买"人。

在村野之中,凡是遇到可耕田亩少,或是无长者的人家,白某便上前开价。只要和他们去章安的人,立即可领一百钱报酬,身上有手艺的再加一百。到章安之后分给两亩土地,并且在第一季稻子收获前都由主家管饭。如此一去期为两年,若逢老家变故可自由离去,两年以后甚至还能把老家人带到章安安家。

听到白某给的待遇,大多数村人都不相信会有这么好的事,但见到有人真的领了一百钱的报酬,村中很多有产之人都开始踊跃报名。

仅仅两天的工夫,谢念的垦荒队竟又多出六十多人。

当然,白某这没有提前商量的做法令徐山十分恼火,因为多出这些人来,他们物资上的各项开销安排又给重新计算。不过好在白某的脾气好,来头也大,加上白某同来的原因本就是练兵,既然是练兵那白某自然有权去招募人力。所以对于矛盾两人也都算是各退一步,彼此不再纠结。

又多了许多人的车队走得比先前更慢了,余杭到山阴这短短的百余里路,他们竟也走了快十天。随着进度的拖慢,这次行动真正的计划者,徐山心里越发得沉不住气了,最能明显看出他心境转变的就是他对待白某的态度。

先前徐山虽与白某有些矛盾,但都是事理隔阂,两人都不是小气之人,说过去便过去了。而到达山阴之后,徐山却是常常一张冷脸对着微笑的白某,就连随从们都能看出两人的关系有些紧张。

不过白某并不是个真正隐晦之人,所以他不可能一直一言不发地隐晦行动。况且他明白,他与徐山的矛盾其实是自己的问题更多些。

终于,就在白某他们第二日便要离开山阴赶往章安时,白某敲响了徐山的屋门。

客驿的小屋里,围坐着白某、徐山、谢念三人。

白某笑笑不多做先述,直接开门见山对徐山分别问道:"徐山大哥,咱们的随从都是从哪找来的?"

听到白某质问,徐山不快,但还是答道:"侍卫没从侯府里找,都是信得过的江湖人,还有些是押货行里找的。匠人农民都是在吴县寻得,没动用侯府的资源找。至于仆人,没有办法只能从侯府中带,但也都有过筛选。"

白某听后笑笑道:"徐山大哥确是用心了,但这些人里至少三成有问题。"

"不可能!我特意做过排查,就算稍有纰漏,也不可能有三成这么多。"徐山急躁道。

谢念见二人冲突有愈演愈烈之势,于是他调和道:"是啊!白家兄弟,我这一路上没觉得有被人监视的感觉。这三成,是不是太多了?"

白某微笑摇摇头,并开始一个一个数起人名。

"张帆,手持一把价比金银的宝剑,剑柄崭新乃是新物。这剑他买得起?就算他买得起,那这等人会把自己卖到蛮荒之地?"

看着有些蒙怔的徐山还有谢念,白某继续说道,"李桥,自称木匠,却不懂木匠分工,并且右手虎口处有厚茧。"

说着白某把自己的右手对二人张开,虎口处也是如蟒皮般厚实的老茧。

"颜通,自称务农之人,但却生得腰背挺直,小腿精肉盘结。"

就这样,白某一连如此说了二十八个人名。

在他叙述的过程中,徐山与谢念的面色也是越来越沉。在说完三十二个人名后,白某最后一个问题问向了谢念。

"谢大哥,青娥嫂嫂的仆人是否是一位姓周的妇人?"

谢念听后愣了下,然后认真回忆了会道:"记不得,但这次咱们去章安,青娥只带了一个亲近的侍女跟随。那个侍女也就十三四岁,路上常在车中陪着青娥。"

白某听后点点头:"如此便是三十三人有问题了,周大娘,四十岁上下,自称服侍谢家数十年,但却是浓厚的河北口音。据我所知,谢大哥你的后母便是河北人吧?"

至此,白某不再开口,他喝了口水开始眼鼻对望起来。

之后的一段时间,三人谁都没有开口,谢念与徐山的脸色阴晴不定,白某更不急对二人催促,只是微笑不语。

忽然徐山叹了口气,他语气真诚地对白某道:"白兄弟,此事确实是我做事马虎,之前对你不恭之处还请你谅解。"

白某听后连连摆手道:"徐山大哥无需如此,我们本就没有矛盾,就算有些摩擦也是我的问题。其实我心中一直想向徐山大哥讲清此事,但我这所行之事算是暗行,开口了便干不成了,不然我早就向徐山大哥赔不是了。"

徐山听后面色惭愧,什么都没说只对白某拱了拱手,之后又是摇头叹气。

一旁的谢念也把这事大体理清了,他忧愁地道:"他们是想干什么啊?我都躲到蛮荒化外之地了,他们还要监视于我?我示弱退避至此,难道他们还不放心?"

白某听后讪笑道:"谢大哥啊,这事你想错了。"

"怎么想错?他们派人混进咱们车队,难不成还是想帮我垦荒?"谢念苦声道。

白某摇头,他语气平缓道:"我说谢大哥想错的意思是,他们不是想监视你,而是想要你命。"

此话一出,谢念瞠然,他怔怔地看着白某久久不语。

徐山重击地板怒吼道:"何至于此!何至于此!狠心妇人啊!何至于此!"

不似二人般失态,白某继续道:"这三十三人分工不同,其中二十人是动手行凶的,十人是帮衬配合的,还有三人应该是谢大哥后母派来监督的。"

谢念没有再听白某讲些什么,此刻的他已经完全慌神了。

而徐山冷静了下来问道:"那这一路上咱们无数懈怠机会,他们怎么还不动手?"

"他们要等我们快到章安时再动手,到时弄死我们的便是东南蛮人了,而谢大哥的后母则是一身洁净。"

"那咱们该如何?白兄弟是否有以一当十之能铲除这些歹人?"

听着徐山的问话,白某忽然换上了一脸讪笑答道:"徐山大哥玩笑了,以一当十那时戏词,那些死士中有几名好手,我就算以一敌一,不玩些手段都应付不来。"

徐山听后有些尴尬,他继续问道:"那白兄弟打算怎么办?"

白某脸上讪笑变坏笑道:"他们想让蛮人杀我们,我们也可以让'蛮人'杀他们。还请徐山大哥选出几个你最为心腹之人,然后把他们交给我。到时你再……"

说话间,白某脸上坏笑讪笑交替不休,徐山也是一会疑惑一会了然。

第二日早早出发，山阴到章安的路不好走，所以谢念一行人也没有详细安排行程，只是按照地图逢山开路闷头走。

　　白某他们走的路十分崎岖，再加上南方冬季特有的阴冷寒风，不到半日路途，一百多人已走得叫苦连天。

　　缓慢走到一处平坦大道时，向四周看去尽是一片荒山野岭，那是真正蛮荒之地的景象。也就在这时，车队一直压抑已久的焦虑情绪彻底爆发。而这场矛盾的爆发点正是徐山与白某，这两个在随从们看来一路上多有冲突的主人。

　　事情发生在车队刚到平坦大路时，车队只休息了不到一刻钟，便被徐山催促着继续赶路。

　　就在这时白某爆发了，他与徐山吵了起来，大骂徐山没有良心，这么难走的路还逼人赶路。徐山也是暴怒，直接叫来自己的亲随护卫拔剑威胁白某。白某当然不甘示弱，他在路途中一直在结交随从中的强人。这些随从大多出身低微，见到白某这么一个没架子的主人都与他非常亲近，现在见到白某被人胁迫，他们虽然不能对主家动手，但是站到白某身边，帮他找回场子也是能做到的。

　　就这样，白某这边很快聚集了二十几人，虽然这些人里有的是护卫、有的是农民、有的是工匠，但因为人数众多，所以面对着徐山身旁手持刀剑的侍卫也丝毫不显得弱势。

　　两边僵持起来后，虽然都显得气势汹汹但却没有一个人动手，毕竟这是主人之间的矛盾，随从们当然不会傻到强替主人出头。就这么对峙了一会，圆场的人虽然来得有些迟，但还是到了。

　　谢念慢慢悠悠地走过来，把徐山与白某二人拉开，好好和了一把稀泥。最后谢念拍板同意，再休息半个时辰，两人重归于好。

　　就这样，这场不大不小的矛盾总算告一段落了，但真正的风波现在才将要开始。

　　为了感谢这么多"好兄弟"帮自己站场子，也为了气一下刚耍过威风的徐山，白某支起了篝火，又捧来了一瓮黄泥封口的新酒放到火上烫热，然后吆五喝六地把人叫来喝酒。

行途饮酒本是大忌,但刚刚众人见到一直管束他们的徐山吃瘪,再加上经过这段时间相处,白某的习气十分投他们这些人的脾气,所以这酒还是引过来好多人。

把酒放在篝火中烤时,白某对着众人吹起了牛。

"兄弟们听仔细了,我这酒可不是一口吞的浊汤,这乃真正好酒!别的不用讲,就单说这酒瓮上的封泥,那可是黄龙山西边特有的朱砂红泥,光是这封口的泥便能在酒肆中买两瓮好酒了!"

白某说得煞有其事,众人听得都是津液翻滚。

篝火之中一声泥碎声响起,白某赶紧喊人把酒盏拿来,他用一块厚布把酒瓮捧起,用力敲碎以烤脆了的封泥,然后挨个为众人倒酒。

没等众人开喝,白某抱着酒瓮对众人喊道:"唉!我说兄弟们!这酒乃是我备着抵御南方湿寒的好酒,现在给大伙分了那是摆足了诚意结交大伙。待会我可要看你们的酒盏,若是谁剩了一滴那便是看不上我!"

看着酒盏里的酒,虽稍有浑浊,泛着红色的微小碎块,但想到白某刚才说的朱砂红泥,并见到白某如此豪气干云,众人也毫不犹豫地豪爽满饮。

就是这抬首仰脖这一动作,便能看出这些所谓"农民""匠人"都是些什么货色。

当然,也不是所有人都如白某所愿把酒一饮而尽。比如先前那个手持宝剑的男人,他对着杯中物闻了闻,眉头一皱有些犹豫。虽然他从情理上不觉得这酒有问题,但为了保险起见,他还是想看着别人喝完后再饮这盏浊酒。

"张大哥!怎么了?这酒入不了你口?"白某凑过去问道。

"没没,刚喝了口风,有些岔气,我缓口气再喝。"

男人嘴中应付着,眼神看向其他正在痛饮的人。一眼两眼,扫过所以同被白某请酒的人,他心中越发觉得有些不对劲。

"岔气了?那正好来口暖和的温温啊!"白某笑道。

"是是!是得温温。"

男人虽在随口应付,但他的眼神却是越来越疑惑,心里不断有声音告诉他,这事不对!等他低头再看向这盏中荡漾之物时,酒中浑浊还哪里是什么黄龙山的红泥,这气味,这颜色,这分明就是极毒的红砒!

男人心中大惊,刚要把酒盏扔掉拔剑防身时,一柄短斧已经死死地钉在他的脸上。

鲜血喷出,整个车队百余人忽然间安静了,但在这骇人的安静中还有别的声音,那是短斧在空中打转的破风声。

下一个瞬间,一名已把短剑拔出的壮汉应声而倒!又是一声碎骨声,白某五步之外的一名护卫后颈上多出了一把短斧。

安静之后便是喧哗,刚才饮下白某那盏"红泥美酒"的众人都是撕心裂肺地嚎叫,二十几人无不是在地上捧腹狂呕,甚至有几人已经口中血津垂流,躺在地上一动不动已是死透了。

见到如此恐怖的一幕,车队的一百多人爆发出恐怖的嘶吼,并且四处逃窜躲藏。

但与逃窜躲藏的人不同,还有零星几人瞬间恢复了理智。他们或是抽刀或是拔剑,脚下飞驰向谢念所在的那辆马车跑去,隔着窗户对着车厢内一顿猛刺。

也可能是手中刀刃之上传来的手感不对,行凶之人中有人掀开车厢帘布,车仓之内有书卷有木箱,但唯独没有谢念。

一击不中,再而力竭,几人发现谢念不在车厢时,他们却已没办法再寻谢念刺杀了。谢念车厢的外围,已被徐山的侍卫持剑包围起来。

等到场面再度安静时,谢念从白某那辆一直只有乌维一人乘坐的马车上走了下来。而此时的乌维还有青娥,则早在之前白某与徐山"起冲突"时,便躲到了徐山的马车中。

所有都是假的,都是白某在昨晚所做的布置。

冲突是假的,一是为了把众人的注意力吸引过来,好让徐山他们有时间准备,二是让白某这顿酒喝得更在情理之中。

那酒便更不用说了,虽然那封口红泥是不假,但红泥里面是剧毒的红砒,经火加热溶于酒中,再与烈酒相辅相成毒性更甚。

最后留下一辆没有防备的空马车,这马车便是饵,一湖臭鱼尽数入瓮。从开始到现在,一切都是白某周密布置好的,从第一个扣被解开时便环环相扣,既在情理之中,又在意料之外。

谢念眼里带着一丝愤慨，更带着一丝忧愁，他看着自己那辆满是刀劈斧砸的马车，不住地摇头叹气唏嘘。他眼中有些湿润，想对白某说声感谢，但几次张口之后才发现，自己竟是连一个字都说不出来。

白某从谢念身后走来，边擦着自己短斧上的血渍，徐山也强压着兴奋走到白某身边问道："白兄弟，这些人怎么办？"

"绑起来吧，得空时审一审，多少也是份情报。"

徐山听后点头，然后便对刺客们开始怀柔笼络。可说来也怪，无论徐山怎么深言大义软硬兼施，但刺客们手中的剑就是不肯放下。

白某见状笑笑，忽然开始数起数来："一个，两个……五个，啧啧，周姨怎么连你也，六个。"

徐山和谢念奇怪地看向了白某，他们发现白某的笑虽仍是微笑，但笑容深处却有些瘆人。

白某从自己车上卸下来一张短弓，然后用一种唠家常似的语气对刺客们道："我这人呢，杀人的玩意都能摆弄两手，但唯独这弓玩得不好。我老家有个结义大哥，他总怕我和人打架吃亏，于是便送了我这张弓让我练练。不过说来惭愧，虽然习射艺也有一段时日了，可我却从没射过人。这样吧，我摸六根箭矢出来，辛苦各位给我当个陪练。若是我弓之一道仍没什么长进，那我便不难为诸位了，你们自己走了便是。"

说罢，白某走到刺客们十五步开外，在地上插了六根箭矢后，白某对着刺客的方向眯起了眼睛，像是在瞄着什么。徐山的侍卫们给白某让开缺口，并都在心里嘀咕道："十五步！这也太近了？"

嗖的一声，一根短箭正中一刺客的眉心，白某兴奋地叫了声好，好像他自己都没想到自己能中似的。

又是一声凌空脆响，一名刺客盯着钉入自己胸膛数寸的箭矢，脑中渐渐恍惚。白某满意地点点头，虽然不是眉心，但好歹也是中了。

再之后白某接连快速放箭，眉心、胸膛、眉心，虽然十五步很近，但白某这手上的本事却是很稳。

拿起了第六根箭，白某忽然叹了口气，脸上一副犹豫的表情对最后一名刺客喊道："周姨！哎，这最后一根箭你说我该往哪射？"

下一个瞬间,这仅剩的最后一名刺客,一个四十岁左右,身材相貌具是普普通通的中年女人脚下一软,手中短匕落在地上。

她浑身发抖,眼神飘忽,两股之间流出了腥秽液体。

骚动过后,徐山重新清点了人数,原先的一百六十七人中还剩一百二十一人。其中刺客三十五名,诛杀三十四名,收押一人。另有十一人在这场风波中,或是被波及致死,或者逃逸。

后顾之忧尽除,这志忐的前路也走得渐渐顺畅起来。湿冷的寒风不再刺骨,拨云见日之后,这蛮荒之地,却也是格外的好风光。

崎岖荒路越走越是坦荡,坎坷小路走到了尽头也变成了蜿蜒的大路,经过十几日的跋涉,谢念一行人终于到了章安。

章安很小,小到绝对称不上是一座城。一条街道横穿小城南北,城中建筑一瞥便可尽收眼底,连城墙都是由夯土与原木垒成,一人高的矮墙看起来非常羸弱。

得知谢念到来,章安的制吏十分高兴,看着谢念就好像是看到了他离开此地的钥匙。在为谢念准备的接风宴上,但凡章安能拿得出的,只要谢念张口他无一不是满口答应。

再要了很多空置房屋安顿好随从后,徐山那份周密的垦农计划也终于开始实施了。但与兴致勃勃投入工作之中的徐山不同,负责帮谢念练兵的白某则是什么都没干,刚到章安第二天他便要了两匹马,带着妻子乌维出了章安一路往东走。

两人这趟漫长的旅途终于画上了句号,他们去看大海了。

在海风瑟瑟的峭壁之上,乌维渐渐看清了天与海交接的那条线,无垠的大海之上浪花翻腾,除此之外只有无边的蓝。

眼前的景色令乌维茫然,她眼神中有些畏惧,好像心中笃定之物碎了一般。

"海太大了,看着难受。"乌维小声道。

白某听后笑笑,扫清脚下一片空地,他席地而坐同样看着大海沉默不语。

"我有些怕海。"乌维坐到白某身旁道。

"为何?"

"不清楚,就觉得大海让我觉得没地方可去了。"乌维的语气有些忧愁。

白某听后把乌维搂进怀中,可能是因为海风寒冷,乌维的头也往白某的脖颈深处靠了靠。

白某身上的味道不好闻,那是马匹的腥酸与汗渍相融的味道,但这种味道却让乌维很安逸。想到不到两年的工夫,这个肩膀与自己差不多宽的少年,此时手臂竟能把自己全揽进怀中,乌维的心里不再忐忑。

白某不知道乌维心里在想些什么,他只是有些纳闷,为何怀中这个出身胡地的女子,曾经是那样坚强甚至敢去为自己杀人,但此时见到大海却显得如此不安?

白某与乌维都还年轻,他们还不清楚人是什么东西。

当乌维一无所有时,那能做的便只有坚强,若是连坚强都没了,那她便再活不下去了。而此时,乌维有了男人,有了家,所以她不再坚强了,甚至开始变得软弱。

因为她害怕,害怕有一天这些东西全都没了,她害怕自己再次变得一无所有。

"那我们回去吧?"白某说道。

"回哪里?"乌维问道。

"当然是回去啊。"

"回哪里?"乌维再次问了一遍。

白某听后愣愣,他不懂为何乌维要这么问,同样的问题问了两遍。

"回,章安?"

"哦……"

乌维答应一声,而白某并没有听出乌维这声应答中的寂寥之情。

十一月初。

第七章 —— 远渡

在兑现了自己期许给乌维的愿望后,白某第二日便展开了自己答应谢念的工作。与徐山在地图上对照筹划之后,白某选定三处空地当作练兵所用的营寨。三座营寨皆选在既能依山傍水,又能巡守新垦田亩的便利之地。

在白某的计划中,他打算给谢念练出二百战兵,即是一曲部。

二百虽不多,但却是一个根基,有了二百战兵与自有之地,谢念便可在这蛮荒之地中好生经营了。到时谢念进可后继义博侯府,退也可到章安偏安一隅,虽是不如侯爵富贵,但至少性命无忧。所以把这二百亲兵练成什么样,白某心中早就有了打算。

对于此时的谢念来讲,最重要的便是忠诚,其次才是战力。战力先且不谈,只说忠诚二字,白某却有自己的看法。

对于这些与谢念素不相识的百姓,对他们大谈情谊是没有任何用处的,所以一开始白某便否决了徐山提出的教化之法。对于百姓来说,忠诚很简单,只需要让他们吃饱穿暖,再给一房家室繁衍后代。所以白某从垦荒队中第一批选出的兵源,都是有父兄亲族相伴来此的人,为兄者在章安垦荒,为弟者从军入伍。

在白某看来,若想让兵卒死心塌地,必须要让军卒用于自己的土地。最后才是教化军卒,混淆土地与谢念二者的关系,让军卒们认为,守护谢念便是守护章安,守护章安便是守护自己。

按照白某的要求,最后筛选出来壮丁虽不多,但也编出了十几人入伍,超过十人便可编出一什,有了第一个编制便有了规章制度。

当军营有了第一批人后,白某便开始了训练。对这十人,白某训练得极为上心,甚至把乌维都送到了谢念暂居的章安府衙与青娥同住,他自己则留在营寨中与兵卒整日吃住在一起。

不到半月的工夫,这十人虽还未碰兵刃,但举手投足间却都有了不同于百姓的气质。

算算时间,大约在年节之前,白某开始着手扩充兵源了。挑在年节之前,是白某笃定了这个时候,百姓们既不担心今年的地没人收,明年的诸多打算也还做考虑。此时征兵,百姓们后顾之忧少了,对于征兵给出的条件也更容易听得进去。

他借扩充义博侯府府卫的名目征兵,不说训练辛苦只谈保境安民,并且白某给的待遇极其丰厚,家中无地无业者直接拨给土地并发放饷银,家中有耕地者还可以由谢家代耕土地,倒是拿田产饷银双份收入。

最后征兵的结果大大出乎白某的意料,他原计划只想征一百人,结果一日下来竟征召了近二百人,如此勉勉强强能算是一曲部了。

后来白某才知道为何他征兵征得如此顺利,其实还是因为他小看了百姓的心思。

章安虽在扬州东南腹地,但实际已是大汉掌控范围的边陲地带。

名为边陲便是荒蛮之地,荒是指土地无人开垦,而蛮自然是蛮人。章安一带便是蛮人与汉人常发冲突之地。章安再往南,便有一处未开化的蛮人部落。

这些蛮人不懂耕种,只以打猎捕鱼为生,而随着汉人来此定居,他们则开辟出一条更简单的生存之道,那便是抢夺汉人农耕所得。

虽说章安本地也有守军,但人数不多并且战力低下,而蛮人却是十分凶残勇武。几次碰撞下来章安守军却是难以抵御,只好年年强收百姓辛苦耕耘所得,再奉献给蛮人部落以图安稳。而章安的治吏也为了自己能早日离开这里,所以这种有辱国威的事他也从未上报。

但章安的百姓却是不傻,白某虽说是招募侯府护卫,但百姓却都能看出这是在征兵。不管给谁当兵,只要能保护自己的田产还能拿饷银,那这当兵便好过自己不安生的种地。

如此,谢念一行人在章安的一切都很顺利。

徐山调度有方,年节之前已经垦荒出百余亩农地了,白某这边兵源完整,也开始按计划进行操练。

人只要是忙碌,时间便过得飞快,章安的日月星辰与江丰村一样东出西退。可恍惚间,白某离开北境的第二个年节便到了。

汉十八年,除夕。

谢念一众人新到章安,都是四周举目无亲的年轻人,如此这年宴自然是谢念、白某、徐山几人聚在一起共度新年。

在谢念刚建好的大院中,乌维与青娥早早便带着下人忙活起来。谢念三个男人则去探望他们带来章安的百姓,需要下午才能回来。

青娥坐在谢府的厨房中,几次把闲不住要去帮忙的乌维拉回来坐好。对于乌维来讲,干活远比陪着青娥闲聊来得轻松。

青娥讲的那些音律、妆容,她听不懂却又不好意思开口明讲,但坐在闷热的厨房中又实在昏昏欲睡。

可能看出了乌维的窘迫,青娥笑笑对乌维道:"早就听说妹妹见识颇多,不然妹妹也给姐姐讲些新奇事吧?"

乌维听后点头,因白某喜欢吃羊肉,因此乌维擅长烹煮羊肉,所以她想给青娥讲如何才能把一只整羊卸得又快又肉足。可看到青娥那双玉手,完全不像干过活的样子,所以她话刚到嘴边又咽了回去,只能不好意思地笑笑。

见乌维如此表现,青娥会错了意,她以为乌维想错自己的话,以为自己是在暗讽乌维是胡人的事。于是青娥赶忙把话说圆边道:"不如就讲些男人间的趣事吧,姐姐先起个头。妹妹,你不要看我家良君平时风度翩翩,其实啊,他十分胆小。电闪雷鸣他怕,蛇虫鼠类他怕,甚至有时风刮得大些他也害怕。"

"良君?"乌维听不懂这个词,于是小声问道。

"良君便是我房内君子,谢念便是我的良君。"青娥掩口笑道。

乌维反应了下,然后便是薄唇微张,咯咯笑了起来。

见乌维笑了,青娥也是笑笑,然后用眼神怂恿乌维也开口讲些白某的事。乌维低头想了会,而后脸上带着些害羞道:"白某,他有时候,有些坏。"

"坏?"青娥脸上尽是好奇。

乌维点点头,然后把眼睛微微往下移些道:"他总骗人,他和别人说他是颍川白三,还说过他是江夏务农人、河北牙侩。每次说的都不一样,还说得很像。"

青娥听后瞬间便想到他们在章安路途上的事,那时她偶尔透过车厢瞥见白某与人攀谈,举止之间还真是千变万化,真是什么都像,但唯独不像是侯爵世子。

青娥听后摇头苦笑,而后面上又换上一脸神秘对乌维说道:"该姐姐讲了,我家良君啊,有时比妇人还心软。若是有人求他帮忙,就算是无理之事,但只要那人扮做可怜模样,他便鼎力相助。有时我都看不下去,劝他有些主见,可他应下之后却依旧如此。而且啊,哪怕是有人构害于他,只要那人对他假作悔改,他便既往不咎了。"

青娥说完后便是一脸惆怅,好像对谢念此点很是忧虑。

乌维听后也担忧地点点头,然后低头又开始深思起来。想了会,乌维抬头努嘴小声道:"白某,其实有些笨。"

"笨?"青娥有些疑惑,虽然相处不多,但在她看来,白某是极为机敏之人,现在听到白某的枕边人说他笨,这让她很疑惑。

乌维点点头,把眼神往左移下,声音有些悻悻地道:"我们之前住在肥憨家,他每次和肥憨闹,看着很聪明,但每次都被肥憨算计得明白。就连吃肉,肥憨都比他吃得多。"

"肥憨?"青娥问道。

乌维点点头:"嗯,肥憨看着蠢,可是很聪明,白某看着聪明,其实笨。白某读书,总看不懂,看不懂他就乱想,有时还会跳脚骂。可是肥憨什么都懂,什么都明白。"

虽然乌维解释一遍,但青娥还是听不太懂。

可青娥并不是嚼舌妇人,更不会去顺这话套白某的过往,所以有关于肥憨的问题她没再深问。

冬日阳光透过厨房的蒸汽,时光在嬉笑间慢慢流逝。二人说到最后甚至开始争相揭自家男人的短。什么谢念怕疼,磕到桌角疼得流眼泪,白某不能吃辣,还怕虫子,各种糗事听得一旁干活的下人都是掩嘴偷笑。

就这么你一句我一句间,两人在数落男人时飞速拉近了关系。说到最后,女人在说话时已互相捧着对方的手了。

就在年宴冷盘都已备好,卸好的猪羊放入蒸瓮时,下人们也都去休息吃午饭了,偌大的厨房之内只剩下乌维与青娥两个主家。

青娥把乌维的手捧紧些,她忧愁感慨道:"我良君谢念平日里结交了好多朋友,其中也不乏高门权贵之后。可在如今落难之时,却没有一人出来帮衬着。要我说男人的酒是最不可信的,几盏浊汤下肚,是个人都是言之切切的满腹衷肠,可到最后也只有白公子一人来帮衬他。"

说着,青娥把乌维的手捧在自己胸口,眼中虽仍带着忧愁,可嘴角却满是欣慰地笑道:"好妹妹,姐姐自幼出身不好,所以这人情世故便看得是格外清楚。白公子对谢念的恩,姐姐清楚,谢念更清楚。姐姐知道男人们抹不开口道谢,但姐姐是女人,姐姐替自家良君向白公子道谢了,若某日你得机会,千万替姐姐转达感念之情。"说罢青娥站起身,对乌维深深鞠躬。

看着青娥,乌维有些不知所措,她能感受到青娥的真情实意,但她却不知道如何回应。若说青娥是因为出身所以对人情世故格外精通,那乌维则是因为出身所以对人情世故全然不懂。

乌维愣愣,然后连忙把青娥扶起。可能是乌维力气大,再加上有些慌张,她竟然一使劲把青娥摁坐到椅子上。

感到自己手上力气大了,乌维更加不知所措了,她脸上慌张不知如何是好。想说些什么把尴尬盖过去,可她到底嘴笨,张口便道:"你不用谢,你不也陪着谢老爷。"

青娥听后一愣,但随即便看出了乌维的窘迫,于是她低额浅笑,轻叹一声,用一种不知是说给乌维还是说给自己的语气道:"是啊,我得陪着他身边。虽然外面有白公子有徐山姐夫帮衬,外面毕竟是外面,里面得有个人护着他疼着他。"

青娥说完笑笑,眼中尽是慈爱深情。

而后她抬起头看向有些不解的乌维,然后用一种好似过来人般的沧桑语气对乌维说道:"妹妹,你别看谢念既软弱又胆小,遇事也不果绝,甚至十分犹豫,但他却是这天下最至情至信之人。妹妹啊,姐姐跟你讲段话,你可千万要记好。这世上的聪明之人很多,果断决绝的人更多,就算是既聪明又果断甚至还有手段的人也是不少,但心中有情有义,为情义所绊的人却太少了。尤其是男人,那是天生的工于心计精明无情。所以这世上最珍贵的便是有情的男人,若是这男人的情又放在你身上,那你便是这世上最侥幸之人了。良君与我有情,那便够了。"

听到青娥的感慨,乌维似懂非懂。她觉得青娥说得很对,可为什么对却不太清楚。她想到白某，白某对她很好，那白某也是个有情之人吧？既然白某是有情之人，那自己便是世上最侥幸之人中的一个。虽然不太明白青娥的话中深意，可是想到这层，乌维的心中却是难摁的荡漾。

就在两个女人推心置腹间，一阵吵闹从府门外传来。听着声音便知道，谢念他们回来了。两个女人齐齐起身，脸上表情也换做平日的模样出门迎接。

把男人们迎进府中正堂，接过他们脱下的外袄，两个女人对视偷笑。男人们一脸不解，两个女人对视一笑，笑容间充满了意味深长。扔下疑惑皱眉的男人们，乌维与青娥携手离开正堂。

年节守岁到深夜，早前新年宴上的各种融洽喜乐渐渐淡化。徐山与白某又因为有关谢念的事产生了分歧，两人虽然不是吵架，但气氛却有些紧张。

青娥见气氛不对，于是借故带着乌维回自己房中"叙家常"，把整个正堂留给男人们。

女人刚走，徐山便急匆匆道："白兄弟，我等既已开始经营这蛮荒之地，现在又进度喜人，那想的自然该是以章安为根基，扩大内弟的势力。远赴章安毕竟只是权宜之计，最终我们还是要回吴县的。你想想我们是怎么到这荒蛮之地？就算我们不讲隐忍待发，但至少不能生苟且安乐之意愿啊！"

白某摇头道："我不是说不争，而是在讲争的方法。还有，徐大哥你搞错了我等跑到章安的真正原因，若认为到章安是为图谋发展，那便是本末倒置了。"

听了白某的话，徐山急躁地一拍桌子问道："那我便要请教白兄弟，你所谓的方法到底是什么？还有我怎么便是本末倒置？"

白某无奈，他虽知道徐山的脾气，但每每面对徐山的急躁时，他还是会觉得涩手。

"徐大哥，我不是说你，我们就事论事而已。先说方法，谢大哥本就是义博侯的嫡长子,就算他什么都不做,这义博侯的爵位以后也是他的。还有……"

不等白某把话说完,徐山便抢话怒道:"什么都不做?内弟是能什么都不做,但旁人却什么都能做!内弟后母的手段你也见过,若是什么都不做,那不等于求死?"

听着徐山的话越来越急,白某也有些不快。

"所以我才说这是本末倒置啊!我们来章安是为了自保,不是为了图谋隐忍发作!把章安经营稳了,谢大哥便稳了,有章安一座城在,谁也动不了谢大哥!到时章安稳固了,谢大哥还用管旁人怎么搬弄手段?谢大哥是嫡长子,该着急的不是他。不管旁人怎么折腾,只要谢大哥性命无忧便没有意义。"

徐山听后不仅没有开释,反而更生气道:"好!那便按白兄弟所讲,我们就这么待在章安。五年十年后,看看是在章安的我们经营得稳,还是二小子发展得快。以后的事谁说得准?此时便把赌注压在嫡长子的名头上,那不如咱们什么都不用干了!"

徐山说完,白某叹气缄口。

白某不说话,是因为徐山这番话真正说到白某心坎里。

白某知道,徐山讲的这些是没错的,甚至他也十分赞同徐山的话。只是白某还比徐山多想了一层,那便是谢念。

若是白某换在谢念的处境上,那他第一次遭遇不测后,便要不死不休地反击回去。

可谢念却做不到这么决绝,甚至在第一次被刺杀之后还傻傻地在吴县待了大半月,满脑子都侥幸认为那只是意外。

还有之前那个被白某关押起来的刺客,姓周的妇人。到章安之后因为徐山与白某都有事情忙,所以审讯之事就由谢念自己来办。没想到谢念竟然连刑都没用,只是随便问了几句后便把人给放了。放了还不算,谢念还给这妇人刺客安排了住所与做工,让她安然回到垦农队中劳作生活。

而后再问谢念为何如此,谢念竟然讲那妇人如何可怜无助。

所以白某虽知道徐山说得没错,可白某却更知道谢念做不出来反击之事。可这话白某又不能当着谢念的面讲清楚,如此他便只能用摇头叹气来回应徐山。

见徐山和白某吵得越发激烈,正座之上的谢念给二人打圆场道:"哎,好好的一个新年,我三人同在此守岁本是快事,怎么非得说些惹人烦恼的事?今日咱们不聊公事,只谈家常!"

虽然谢念开口劝阻,可两人却没办法立刻从辩论中抽回神,徐山运着气一脸愤慨,白某苦笑低头摆弄酒器。

时而一段宁静后,屋外渐渐嘈杂起来,听着外面的欢喜之声,堂中三人知道此时又是一年新春。

不论何时何地,新春永远是喜事,瞬间忘记了刚才的争吵,三人互相躬身道出新年之喜。

新年已至,青娥带着乌维在堂中又摆上了冷盘汤点等各式宵夜。

因多喝了些甜稠酒,徐山的眼神有些醺意,他坐到白某身边,拉起白某的手竟开始道起歉来。

"白兄弟,我刚才不对。且不论你我言语谁对谁错,但我的火气不该撒到你的身上。你本与此事毫无瓜葛,肯陪着我们来便是义气。我也是思家心切,想我妻子独守空房……哎,我对不住你啊……"

白某见状心中苦笑,虽然他并不在意徐山的冲动,但见徐山如此他也只得好言宽慰。尝了一口碗中有些甜还有些酸的稠酒,白某感慨:"没想到这个固执意气的徐大哥竟是如此不胜酒力。"

而后,醉酒的徐山直接睡倒在正堂,谢念与白某对视一望都是苦笑摇头。

两人闲扯了些幼时趣事,眼皮也渐渐都有些睁不开了。正当谢念给徐山盖了件衣裳,准备回屋睡觉时,白某忽然叫住了他。

"谢大哥。"

谢念回头,笑着看向白某。

"谢大哥,我终究是得走的。"

谢念听后愣了下,他没说什么只是笑着点点头。

白某叹了口气,有些不好意思道:"我最迟待到五月,荆州……也有我一些没做完的事。"

谢念摆手笑道:"白兄弟,我都懂,你我之间不必多言。你随我来此便是弥足珍贵了,更何况你还救我性命帮我谋划。走前你告诉我声就好,旁的不需多讲,显得我们两个扭扭捏捏的。"

白某听后点头笑笑,然后用一种近似嘱咐,但实际却是劝告的语气对谢念道:"谢大哥,有些不中听的话我想了很久,想来想去还是想与谢大哥说。"

谢念听后一愣,随即笑道:"都说了不扭捏,咱们两个有话直说,毋须多想。"

白某点头,而后他收起了一直挂在脸上的各式笑容,认真道:"有些时候,有些事,谢大哥你要果决。"

看着白某的脸,谢念有些迟疑,此时他才感到,白某确实是十分信任自己。

有这番感想不光是因为白某说出的这句话,还有白某的神态,那是他从未在白某脸上见过的冷峻决绝。

新年已过,汉十九年至。

在新年之后的一段时日里,谢念总会细思白某劝诫自己的那句话,还有白某说话时的冰冷表情。他有时会想,若白某是自己的话,会怎么面对眼前的困境。

但每每这么想过后,他又是沉默颓然,因为他知道白某会怎么做,他更知道自己做不了这些事。

虽然白某的话并没有改变谢念的处世态度,但这句不深不浅的话,却在谢念心里留下很重的一笔。甚至在夜深人静时,谢念会想白某,他在想白某为何会如此的果决凌厉?

虽说白某生在辽东苦寒之地,见惯了血腥,可白某到底出身于镇北侯府,那便不可能有饱经风霜的过往。若说白某是天生性子寒薄,那更不可能。若白某是寡情之人,那怎会陪自己到这蛮荒之地吃苦受难?

谢念知道白某的话没错,可他做不出来。做不出来,他便去想为何白某能做出来?最后谢念发现自己连白某都参悟不透,这让他感觉很无力。

这种无力之感越积越厚,他便对白某、对徐山越来越好。

只是谢念除不了解白某外,他更加不了解自己。他对二人的这种好其实源自一种依赖。谢念希望有一天,当他需要决绝之时,可以由白某或是徐山来替他决绝。

正月,某日。

在一个很寻常的上午,徐山如同先前的每一天上午一样,缓步慢行在田垄间的小道上。看着百余亩在今年春种前便已等待播种的土地,徐山的心中有些感慨也有些神往。

他仿佛看到了春时好雨、夏初暖阳,仿佛闻到了滴洒在田间汗水的腥味。

渐渐的,这些光秃秃的土地在徐山眼中有了颜色,那是随风上下起伏的青黄色,那时郁郁葱葱的稻穗。

走进依田而建的农舍群落中,徐山看到了远处有一队正在村外小路上跑步的汉子,他们赤膊着上身,呼吸急促满面涨红。

徐山笑笑,不需上去询问他便知道,这几个汉子多半是被白某罚练的新兵。

推开群舍中最大一间农舍的屋门,谢念正坐在一张圆桌旁,与侧边的一位农汉聊着些什么。虽然也是有说有笑,可谢念的脸色却不太好。

徐山不问便知为何,谢念这个从小养尊处优的世子,至今还是闻不惯乡间粪土的气味。

一阵南风徐徐吹过,老农与徐山脸上都是惬意,因为天要暖了,地要长了。可谢念的脸色却更难看了,因为随着南风一起入屋的,还有泥土与粪便的味道。

强忍着胸腹中的翻滚,谢念缓缓走出农舍,徐山知道他应是到哪里呕吐换气去了。

一个上午走过百余亩田地,徐山有些口渴,他看到桌上有碗旁人未动的水。徐山并不是讲究之人,他知道乡野之间,一个大桶装水,一堆碎碗喝水,只要是没人动过便是新水。

乡野农家没钱烧柴,都是直接喝湖泊之水,虽然味道有些怪,但也是

第七章 —— 远渡

干净的水。一碗不够便再来一碗,一小壶水被徐山喝得干干净净。抹了把嘴,徐山把刚刚谢念断了的话接回来,继续与老农开心地聊起来。

大约一刻钟多些后,谢念捂着肚子回来,脸色铁青的他想找碗水压压腹中的翻滚。但一提水壶,却发现壶中再没一滴剩余,农汉见状赶忙起身提壶去蓄水。

看着谢念的窘态,徐山本想玩笑谢念几句,可当他开口时才发现,自己的嗓子变得像火一样灼热。

徐山想喝水,此刻的他莫说一壶,就是一桶水他也自觉不够喝。他抬起头向谢念看去,但谢念身后的阳光好亮好亮,晃得他很晕。

徐山在地上躺倒,忽然间他觉得自己有些尴尬,明明还想玩笑谢念几句,可此刻自己却丑态百出。

徐山对谢念笑笑,嘴中开合几下,谢念没有听清他在说什么。

刚过中午。

当白某走入这间农舍时,徐山已经死了。

不用听别人告诉他,徐山在死前是如何痛苦、如何挣扎,白某便知道徐山的死一定很难受,因为徐山死得很难看。徐山的尸体旁横流着黄汤似的屎尿呕物,尸体的眼睛上翻、双唇铁青。

尸体不用验了,白某知道徐山被人下毒,用的便是自己曾经用过的矾石。

白某没有去问被揍得皮青脸肿的农汉,他走到蜷缩在一旁正抱头嚎哭的谢念身旁,想说些什么但又不知道怎么开口。谢念抬起头看向白某,两个眼之中尽是血丝,他攥住白某的腿,有些语无伦次地哭嚎道:"怎么办?怎么办呀!怎么办!"

白某叹了口气,仍是什么都没说。他伸出手,把谢念抬起的头用力摁下,然后对谢念的侍卫打了个手势,让他们带谢念先回去。

看着已站不起来的谢念,被三个侍卫抬出屋子,白某的心有些拧。

遣开屋中人,白某蹲在了徐山那狰狞的尸体旁。

他心里堵塞,可却哭不出来。

他与徐山只认识不到半年,他现在才想起,自己对徐山的过往一点都不了解。

他不知道徐山的家门在哪,他不知道为何徐山能娶到谢家长女,他不知道为何徐山总是那般奋进图强。

对于白某来讲,徐山就只是谢念的一个助手,一个可以绝对信任的人。至于他们往日的情谊过往,白某既不知道也不关心。甚至徐山的性格,可能是白某最讨厌的一种人。

徐山固执、倔强,喜欢认死理钻牛角尖,行事是一板一眼的,脾气还很不好。

若非他们临行那晚,谢常思对他多多嘱咐,或许之后的日子里他少不了要与徐山起冲突。

可在想到自己与徐山的那些小摩擦,白某又觉得这位徐山大哥很好。

徐山虽然固执,但却识大体懂分寸,徐山吃苦耐劳。在每次与自己争吵冲突的时候,徐山总是先向自己道歉,这让白某觉得他很坦诚。

徐山懂得百姓生存之艰苦,这远比那些公子哥浮华的文采更让人觉得亲近。

有关于徐山的好与徐山的坏,白某之前未曾想过,但就在他进屋这不足一刻钟的时间里,徐山这个名字一下便在白某的心中丰满起来。

因为徐山死了。

往后的几日,不同于在府中日夜哭嚎的谢念,白某从未流过一滴泪,甚至在他的脸上,没有表现出一丝悲伤。

但就是这样显得有些冷血的白某,却独立把徐山身亡的前前后后弄清楚了。

下毒者不是农汉,而是农汉的姘头,那个曾被谢念宽恕的姓周妇人。

周妇人想毒死的也不是徐山,而是早早坐在屋中,但因为腹中翻涌而没有喝水的谢念。姓周的妇人在白某来前便消失了,与她一同消失的有一匹马,还有农汉去年的薪钱。

白某没有把这事的前因后果告诉谢念,而是在某日独自见了青娥,把这些话告诉了这个看似柔弱、但却城府与情义兼备的女人。

如此,是因为白某知道,谢念得知此事后会更加崩溃,会一蹶不振。

在二月来临前,白某显现出的是惊人的无情。

尤其是徐山出殡那天,与谢念一同从吴县来章安的人们,从侍卫到农民超过百人前来送葬,谢念更是哭晕在徐山入土的墓碑前,而白某未至。

徐山头七当晚,农舍村落中,所有人都在祭奠徐山这个无私为公的"主人",而白某却仍照常点灯吃饭。甚至已难过到满面胡茬、神志不稳的谢念,白某都没有去看过一眼。

但那些腹诽白某薄情寡义的人并不知道,这段时间以来白某很少睡觉,他房中的灯火总是点到天明还未灭,而第二日一早他仍是照常带着兵卒训练,只有午间他才少睡一会。

情感谁都有,但事情并不是靠难过解决的。

徐山死了,可徐山那些未完成的事还需要有人干。

正月之后便是春,惊蛰之前要整地,春分过后要排涝,再到暮春时便是要播种了,这些事都要有人去督办。

除了农事外,白某操练兵卒的进度也比之前更狠更急了。甚至他直接带兵围住章安城治所,在章安治吏案桌上拍下一兜金银之后,白某直接搬空了章安城的军械库,并接管下章安城中所有的铁匠。而后,白某便把全部心思,投入到更加激进疯狂的编练中去。

四月某日,夏季。

终于,在徐山身故百日当天,一个初夏的清晨。

疲倦的白某,抱着一摞书简推开了谢念的府门。看着神情憔悴面带惊愕的谢念,白某没有一句客套,开门见山说道:"谢大哥,这些书卷是章安所有关于农事、民事、军事的详情。我把它交给你,你只需按照上面详细操作即可。"

谢念站起身,踱步走到白某身边,把书卷一一展开阅读,而后,谢念惊了。

这些不是书卷,而是百余亩蓄势待发的农田,近百户生机勃勃的百姓,还有足足两个曲部四百余整装齐备的精兵。

谢念缓慢站起身,脸上的神情除了喜悦外还有一丝疑惑。

白某静静道:"谢大哥,往后的日子里你便按照这些书卷做事,好好经营章安。先谋求稳固自保,旁余别的事情,慢慢来。"

谢念从白某刚进门时便猜到了什么,这个他早就知道,但却一直不肯面对的未来,终于还是来了。

"你……要走了?"

白某点头:"能做的我都做妥当了,再说常思姐姐那边,总也该有人带个信吧。"

谢念听后惨然一笑,眼圈红肿却没有流下眼泪,或许在这段时间,他的眼泪早已干涸了。

白某笑笑,仍是微笑,然后对着谢念深躬一礼后转身。

"白兄弟!我……我该怎么办啊?"

谢念忽然在白某的身后叫道。

白某没回头,他淡然说道:"谢大哥,总有时来运转之日。"

说罢,白某信步走出谢念的宅邸。

而后一辆老旧的马车从章安而出,疾行向北。

五月,仲夏。

吴县旁有大湖,并毗邻大海,所以吴县的夏季很热。

吴县城中有一间不起眼的小院,小院院门紧锁,身着红衣的轻熟妇人趴在一个少年的肩头痛哭。少年的肩背尽湿,泪水要比汗水多些。

谢常思不知是哭累了,还是哭晕了,最终她沉重的呼吸声还是在白某膝间响起。

乌维往白某那边看去,而后轻轻地叹了口气,女人终究是什么也没说。亲自把谢常思送回谢府后,白某独自走在吴县繁华的街头,他买了二两猪肉,又零零散散买了几样时蔬。

回到暂住的小院,白某生起火,支开乌维亲自做了顿饭。

这是白某第一次做饭,做得很难吃。难吃到都不是咸了或淡了,而是根本就看不出这盘中的猪肉与路边的石头有什么分别。

最后白某与乌维还是吃光了这一桌饭菜,白某发了会呆,然后忽然没头没尾地对乌维说道:"收拾下行李,这两天咱们就回去吧。"

"嗯。"

乌维答应一声,她没问白某要去哪里,因为白某说的是"回去"。

回去,便是回江夏那座不起眼的小村子,那是乌维心中的家。

之后的几天,扬州最繁华的大城吴县,不管是富户大家的厅堂高谈阔论,还是路口妇人的碎语闲言,整座吴县内的各个角落都散发着恐惧的气氛。

恐惧的来源很简单很直接,那便是死亡。义博侯府中有两个来头很大的门客,一夜之间全死在义博侯府的客院中。

有一歹人手段奇高,竟能趁夜潜入守卫森严的义博侯府,并在一夜之间要了两条人命。并且这两个死人的身份还很特殊,那是当今风头最盛的论阁中人,而且还是论阁中能排进前十的高才。

这二人,其中一人被一根削成短箭的树枝射穿喉咙,另一人在床榻之上被利物抹了脖子。

两人虽死法不同,却是都死得无声无息。

经吴县本地的刑役与谢府的高人断论,这两人一个在黑夜被射穿喉咙,一个被人潜入屋中都不自知,乃是死于手段极为高明的刺客。至于被杀动机嘛,自然与谢府无关,或许是因神秘的论阁也未可知。

不过无论任谁推理猜测,没有任何人会怀疑到那晚去向义博侯府拜别的白某头上。

因为那日白某在义博侯府的席宴上喝醉,而后便被谢常思带回自己的独院休息。而当白某次日醒酒离开时,那更是由义博侯谢寻本人亲自送出府的。

以至于日后坊间传言,说是义博侯谢寻要把自己的寡妇女儿,许到辽东的白人屠家中,甚至说是不能做妻也要做妾。

但在那夜间,其实吴县另还有一桩命案,只不过因为义博侯府的事吸引了所有人的目光,所以这桩平淡无奇的命案便没人去关注了。

这桩命案发生在吴县城南,一处普普通通的小院内,有一妇人意外坠井身亡。

有关这个妇人,差役在问过街坊四邻后得知,她姓周,是河北来的外乡人。很多年前是谢府的下人,家里还有个儿子。去年九月这妇人和他儿子一起回娘家探亲,过完年她独自回到吴县。从那时起,这妇人便有些魂不守舍。

最后,关于这姓周妇人的死因,在差役与街坊的一齐"推理"下被认定了。

夜黑难视,井边湿滑,死于意外坠井。

白某走在去年来吴县时的路,此时深秋已变盛夏,来路变归途。

虽是同一条路走得轻车熟路,但一反一正之间这路途上的风景却是大不一样,只是这风景却谈不上好坏。

山水不变人易变,人也是路上的风景。这路上的人更少了、更乱了、更浮躁了、更难活了,这是坏。也有人更富了、更美了、更高兴了、更阔气了,这便是好。

不过好坏都与白某无关,白某只是一个路过的外乡人,有人难活他顶多施一份吃食,有人富贵也不会分给他一枚钱。

七月,秋已至。

沿着大江往西,星月挪移之间,时隔一年有余,白某再次看见了巨大的逊湖。

夕阳映在大湖上的金光同样晃眼,脚下的路也与他两年前初来江丰村时一样,在哪转弯仍是在哪转弯,在哪前行依旧也是在哪前行。

只是这路途的光景却不一样了,曾经虽有些杂乱,但生机勃勃的农田没了。取而代之的是漫野的荒草枯穗,通往村中的小路也是杂草丛生。

走在不大的江丰村中,曾经农间秋季的欣荣已经不再,村中只剩处处残屋断壁。

看着眼前的一幕幕,白某虽唏嘘但并不惊奇。在外漂泊一年,此时的

第七章 —— 远渡

白某已能看破这层事物变化了，千载不变的只有天地，只要是人事便有变。

每每看到变化之沧桑时，白某总会想起他看过的一本书，书中记载古时宋国一位显学大家所思。这书中曾把变化比作染丝，称人世如同丝布，染苍则苍，染黄则黄，苍黄变化反复无常。

但白某则想得更多些，苍黄只是显像，可到底是谁动手把这丝布染色？又是谁选出这苍黄二色？

可白某到底不是何朗，他深想之后只需摇摇头便能把困扰变成唏嘘。

而是谁在染丝，谁在染色？白某并不关心。

在旅途中，白某虽与肥憨通过一次信，但见到肥憨的小院依旧完好时，白某的心还是微微放宽。

见家中无人，白某看看日头便知道肥憨应该是去哪里摸鱼了。乌维清扫出二人之前一直居住的西屋，白某也换上了以往在田里干活时那身衣裳。

这间小院中的一切好像都没变，除了白某身上的衣裳比之前更小更紧了。

交代乌维烧火做饭，白某出门了。

他去找肥憨摸鱼，他知道肥憨钓术稀烂，若是仅靠肥憨，那今晚三人怕是每人吃不到一条鱼。

走过村中唯一的一亩金色田地，那是白某曾经耕耘过的农田。就是这亩曾经他和肥憨怎么耕都种不好的薄田，如今却是丰收得令人眼晕。

驻足神游片刻，白某笑笑接着向曾经摸鱼的地方走。刚走了不到百步，他看见远处有一个人影向他走来，那人又粗又壮，步伐有力而踏实。

再走近些，白某看清了来人面上的蠢相。

肥憨看到白某先是一愣，然后一脸憨笑露出了整齐的牙齿。

白某也是笑笑，是只有面对亲近之人才会有的坏笑。

肥憨捧着一筐鱼向白某显摆道：

"人少了，鱼多了！"

当晚,在肥憨的小院,时隔一年三人又重新坐到圆桌旁。

今晚的白某吃得很少,他一直在给肥憨讲述这一年来他的种种经历。在肥憨面前,白某好像又变回了几年前刚出辽东时的毛头小子,他一直说,说得眉飞色舞,说得哀伤叹气。

肥憨很少插话,也许是因为白某的经历离奇有趣,又或许是乌维的厨艺比之前有了长足进步。

终于在白某口干舌燥时,这顿团聚的晚饭吃完了。在乌维去收拾碗筷时,肥憨捧着肚子对白某问道:"那你现在知道自己抱负了么?"

白某听后笑笑摇头答道:"无所谓了。"

"无所谓怎么讲?"肥憨饶有兴趣问道。

白某笑着看了看天,又看了看乌维:"就是无所谓了,能成为什么样的人,不是靠有什么样的抱负。相反,我成为什么样的人,是看我做过什么事。若非要讲一个抱负的话,如今我只希望以后我所做选择均出自我本心所愿,那时我成就的功过便是我如今的抱负。"

"那你本心是什么?你本心要是作恶又该怎么办?"肥憨憨声问道。

白某听后笑着摇摇头,语气平淡道:"世家求学者众多,起初学的都是圣人教化,那便都是在学如何为善。可这善恶要是能教化的,世间早就太平大治了。到底人与人是不同的,善与善,恶与恶也不相同。我今日能舍给乞丐一口饭,明日也能杀死一无辜良人。所以我便是我,谈好坏善恶没有意义。若我有日作恶,必有行善者将我诛之,若我作大恶,那天地造化必会灭我。人世间不会因我之善恶有所改变,就算我影响了一人一物一时之利弊,可对于茫茫大千世界的造化变迁,那也只是沧海一粟的涟漪。"

肥憨听后脸上看不出情绪,只是盯着面前的一碗水发呆。

白某没在意肥憨的反应,他自嘲一笑又道:"于我而言善恶真的没有意义,还是好恶更实在些。不过虽然话这么说,可我也不想活得太惨,既然是要活在这世间,那被人尊敬总比人人得而诛之好,而且我也不觉得杀人作恶多有趣。所以啊,抱负这两个字太无聊,不如像我这般先克己再唯心来得舒服。"白某说完后双臂环抱着胸,抬头笑看着天上渐渐清晰的星穹。

"先克己再唯心么?"肥憨重复了遍白某的话,而后皱眉思考了起来。

第七章 —— 远渡 | 499

等到乌维把当季瓜果摆在桌子上时,肥憨忽然傻笑起来,像是松了一口气似的对白某道:"哎,刚才听你说你这一年来的经历时,我还想教训你怎么变成了刺客细作之流。不过现在好了,我也省了揍你一顿的力气了。你这先克己再唯心说得好,虽然你刚说的话我不全赞同,但也不算是完全不认可。反正是你自己的事,你爱怎么想怎么想吧。"

听见刺客细作,白某心中苦笑,他估计肥憨不知道,自己从小就是跟在"细作头子"身旁长大的。

除此之外,他还听见了肥憨要揍自己,白某扑哧一笑道:"还省下揍我的力气!你打得过我么?"

肥憨一脸高深莫测道:"其实我是个武功高手,只是平日不显露罢了。"

"哟!那我可一定得请枯秧先生再指教弟子两招。"

看着白某满脸跃跃欲试的样子,肥憨脸上的高深莫测荡然无存,只剩下满面的悻然傻笑。

两人玩笑了一会,肥憨道:"其实啊,你没来江丰村时,我便知道你小子虽不是什么善人,但也绝不是大奸大恶之人。"

"你怎么知道的?"白某问道。

"猜的,陈怀信中写了你是如何长大,还有你都干过些什么事。后来见过你后我便更确信了。"

"为何?"白某继续问道。

"嗯,大奸大恶之人往往都很聪明,可你很笨。"

"等会,你刚才是不是说你是武功高手来着?我得试试!"白某站起来,一脸贼兮兮坏笑看着肥憨。刚好两句话,两人又是一通打闹。

过了少会,白某擦了把汗,对满脸都是泥的肥憨问道:"若你发现我天生是个恶人又会怎么办?"

肥憨笑笑答道:"该怎么办还怎么办呗。"

次日一早,白某在屋中换好衣裳准备和肥憨下地干活。

吃饱饭,使足劲,白某第一次觉得田里的生活这么让人欣喜。

午时乌维来送饭,三人同往常一样去老三的水摊吃午饭。令人惊奇的是老三的水摊还在,那个健谈的老三也在。

午间和老三一通嘘长问短后,白某也趁着阴凉睡了会。

下午太阳往西走时,白某与肥憨在水塘边垂钓,看着四周的风景,此时白某多少能理解些肥憨所说的垂钓乐趣。

正当白某惬意时,肥憨忽然没头没尾地说道:"有一件事,要你去做。做完你便出师了。"

"啊?"

"你再在江丰村待着也没什么意思,我这没什么能教你的了。再有时间,不如去学些你喜欢的,比如骑马射箭、攻伐兵法。但在这之前,我这有个事须得你去做。"

听到肥憨的话,白某默默点头。

其实从昨日他进了江丰村,他便猜到会有今天这场对话,只不过他还是想多呼吸几口江夏的空气,让这早晚都会变成缅怀的事物,再多显得真实一会。

但该来的总是会来,白某既已看破变化之道,那在伤感之余他也更容易坦然接受。

"什么事?"

"嗯……先不说事,我给你讲个故事。"

说着肥憨把目光看得很远,眼前的水塘中映着的云也渐渐如白云如黑狗。

肥憨的故事是关于一个人的,人的名字叫作彭泽子。

在华夏大地上,千百年来有诸多圣人,他们或是凭着高超的思想,或是凭着精湛的技艺而流传千古。这些圣人无不是人杰,华夏之所以谓之华夏,而有别于蛮夷的原因,也正是因为这些圣人深邃的思想。这些圣人奠基了华夏,在以后的岁月中,华夏大地无数的聪明人在他们留下的道路上前仆后继,这才使得华夏成为了今天的天下中国。甚至在往昔之中,也不乏有些极聪明的人可领一时风骚,成为当时的贤者。比如说此时何义,又比如说未来的何朗。但有些聪明人则不同,他们不愿去追随圣人的脚步,甚至选择了与圣人先贤截然不同的道路,便是避世。

避世的路同样有很多,但最被这类人喜欢的一种便是修习玄妙法门。

华夏自古便流传着祖巫的传说,甚至远古的帝王中也有好多被描写成奇妙之人。所以这些聪明人很自然便容易亲近此道。与圣人们对世事的论证参悟不同,他们所作所为是有一明确目标的,比如说呼风唤雨,比如说长生不老,再比如说羽化成仙。

虽然这些目标看起来不可思议,但既是聪明人,便是极有自信之人,所以仍不断有人走向追求缥缈的道路。而每个时代也都不乏富有盛名的避世之人,在上一个时代,像这种半人半仙的奇人有两人,一个是枯秧的父亲青苗先生,另一个便是彭泽子。

彭泽子虽不出名,但却也有很长的故事,这些或离奇或诡异的故事了然于天下真正有见识之人心中。

而就是这个稍显默默无闻的彭泽子,则是与身满传说的青苗有莫大的关系。

传说,两人年轻时便结伴参悟玄妙,并且关系十分密切。

直到有日彭泽子梦入玄机参悟了半卷疏数天书,他在玄妙之路上先青苗一步后,两人有了间隙渐渐形同陌路。之后又过了不知多少岁月,当青苗又能与彭泽子坐而论之时,二人曾有过一场辩道。

这场辩道除二人之外,便只有苍天碧水知晓,两人各自论述互相推演了数日,最终谁也没法胜过谁。而后两人想了个办法,那便是斗一场棋,而这场棋的棋盘便是茫茫天下。

之后便是那些民家流传的故事了,什么青苗呼风唤雨,彭泽子梦中藏书。最后此时再看世间,当时青苗所助的刘老三已身居天子之位,那先前的那场棋便是青苗赢了。

肥憨的故事让白某心神恍惚。

长生、成仙,这些对于白某来讲太过缥缈了。这些故事,仅仅是听着就像要离开这个世界,前往那玄之又玄的彼方似的。

等着白某心神稍微安稳些,他对身旁的肥憨问道:"所以你让我去做什么?与这个彭泽子有关?"

"嗯,你要找一个人,然后代表青苗一脉与他分个高下。这个人是彭泽子的学生,名叫无疾。"肥憨嗡嗡地道。

"论阁阁主无疾?"白某惊愕地问道。

"嗯……"

"去不了,没法比。"白某斩钉截铁道。

论阁阁主无疾,他当然知道是谁,并且他比旁人更了解无疾有多厉害,因为他认识何朗。

只论才学,在白某心中,何朗的地位仅仅比陈先生低那么一点点,甚至还高过肥憨。就是这样的何朗都败给了无疾,那就更别说他这个连《左传》都没看全的人。

肥憨听后皱皱眉,他白了白某一眼道:"你得去,这是你打响自己名号的第一战。你想啊,到时你赢了无疾,然后当着天下人的面,说你是镇北侯白济之子,青苗一脉传人,枯秧先生之徒。从此以后,这天下后辈之中还有谁的名头能比过你?"

"不去,赢不了的事我去干吗?你是青苗先生之子,要去也是你去。"

"你不去便不能出师!"

"那我就不出师了,大不了每年回来帮你把地收了。"白某说完后便不再搭理肥憨。

肥憨有些无奈,他自己愁眉苦脸一会,然后用一种近似乞求类似讨好的语气劝白某道:"你去了就好,不一定非要赢!这样,你只要去了便算你出师。"

"明知去丢人,我干吗去啊?"白某丝毫不松口。

"你去不去都得去!再说你去了也不用非与他辩道啊!你们可以商量下,比些别的也不错,比如骑马、对练、射箭。"

白某听后冷笑不语,用一种像傻子似的眼神看向肥憨。

肥憨见白某如此坚决,他无奈深叹一口气,只端坐在那里盯着鱼鳔发呆闭口不语。

又过了一会,肥憨用一种极为平淡的语气对白某道:"哎,不去就不去吧,不过就算不去你也该走了。"

"走?为什么走?走,去哪里?"白某疑问道。

他想着肥憨这又是起什么幺蛾子,自己刚回来一天怎么就要走?

"嗯,因为我要走了。至于你的话,随便去哪里,继续待在这也行。"

"你要走?走,去哪?去多久?"

听肥憨不像开玩笑,白某认真地问道。

"嗯,我要走了,明日就走。那本落叶宝卷其实是张地图,我看得差不多了,想去寻上一寻。去多久不知道,短的话一年半载,长的话十余年,也可能就不回来了。"

又是一团渐落的夕阳,虫鸣稍微安静些,风吹拂鱼鳔的声音似乎也听得到。

"明日……那……"

"别矫情。"

走在归家的路上,肥憨在前,白某在后。肥憨嘴中哼着不知道从哪听来的小曲,虽然一句不在调上,但他仍然哼得欢快。

走着走着,白某忽然开口道:"去哪里找无疾?什么时候?"

"快了,十月初一,很近,就在江夏城。"

当天晚饭,如同之前在江丰村每一日晚饭一样,肥憨吃得很多很香,就连那副让乌维添饭时的傻笑也没变。

但白某却显得很安静,一直在抱着碗埋头猛吃。

秋深了,天也渐凉了,再过几天他们便不能在院外吃饭了。饭还没吃完,太阳已经西去,天黑得也早了。

白某飞快地扒着碗里的饭,像极了平日肥憨吃饭的样子,白某觉得今天的饭,乌维做咸了。

当天夜里,乌维已回屋休息时,白某仍坐在中堂与肥憨面面相觑。

肥憨叹了口气,站起身往自己的屋中走去。

刚推开屋门还没入内,肥憨背对着白某说道:"明日我走不用你送,能多睡会便多睡会吧。记住,多吃多睡便是福!"说完肥憨进了屋,把屋门关上。

第二天清晨,天还没全亮,白某他猛然睁开双眼向肥憨的东屋看去,却发现就算他在正堂熬了一夜,肥憨还是无声无息地走了。

白某双眼开始闪烁，他颓然躺下盯着房梁发呆。

好久好久后，他忽然咧嘴笑了起来。他笑肥憨长得像个傻瓜，说话又蠢，就连吹牛都吹不好。还说要去寻宝藏，一个傻子还想寻宝藏？怕不是还没进城便让人给卖了当劳力！

白某越笑越止不住，笑得声嘶力竭。

肥憨太蠢了，坐着蠢、站着蠢、就连走路也蠢！

肥憨太笨了，吃饭笨、喝水笨、鱼刺都吐不出来！

肥憨长得太丑了，丑得没朋友、丑得没爹娘、丑得连媳妇都找不到。

肥憨就是又蠢又笨又丑的肥憨，肥憨走了，不知道去哪了，不知道什么时候能再见了。

江丰村最后一个人走了，与他一同离开的，只有一个在此处开水摊的外乡人。

肥憨走了，江丰村没了。

秋末冬初。

继去年仲秋时的秣陵辩难，今年世间又将有一场盛会。

而在这次盛会中，主角仍是那个无疾，那个胜过何朗、身为论阁阁主的无疾。

并且这次的无疾，比以往又多了一层光芒，因为他是彭泽子的传人。所以关于无疾的一切不可思议，便都有了合理的解释。

十月初一，彭泽子传人无疾，与青苗先生的传人将在江夏城中，并非辩难，而是"斗法"。

此时江夏城，虽然不如之前的秣陵那般人山人海，但前来观鉴之人的名望身份却更胜过秣陵辩难几许。若说无疾与何朗的辩难，是决定世间显学道统未来趋势所向，而在江夏这场"斗法"却大不一样。

彭泽子与青苗都是半个传说一般的人物，若是无疾再赢青苗传人，他便是当时显学与隐学的当世第一人。有隐世高人教导自家后辈时断论，无疾创论阁必有所图，而若论阁有所图，那这场无疾与青苗后人的论道，无疾必定全力以赴以求必胜。

若无疾胜了,那以后世间引领礼法道统便是无疾,而无疾将来也必在圣贤之列。真到那一天,忠孝伦常等观念有所变更不说,甚至这世间的法与理都要有所颠覆。

所以,有人便坐不住了。有些老家伙,他们平日里或是隐居于家中,或是苦学在深山,就算是秣陵辩难他们都没什么兴趣。

但此时看到论阁,看到无疾有要颠覆这世间法理的迹象时,这些人便全都不远万里跑到江夏。就想着在这场辩道开始之前,找到青苗传人,而后对他开悟一二,帮他胜过无疾。

可结果却让这些人失望了,也让所有来江夏观鉴的人失望了。

十月初一,青苗传人未到。

十月初二,青苗传人仍未到,并没人带信解释原由。

十月初三,江夏城中依旧是没看到青苗传人的影子。

再一再二,不再三。无疾不等了,他索性便在江夏城开始讲学。

说来讽刺,既然青苗传人没来,那他便偏要讲些稷下学派的黄老之学。

十月初五。

江夏巨商蒋家的宅邸内,挤满了从天下各地而来的后生才俊,这些才俊们虽然坐的是人挤人,可脸上都是一副有所思有所悟的样子。

无疾端坐在蒋家中堂之上讲学,他今天讲的主题是古齐国稷下学派的管圣经典。但无疾今日虽讲旧学,可他却有所新解,更有些已成常理的定论,被他巧妙拆解重新诠释。

"管圣曾言,士农工商,国之柱民,但管圣却从未讲过抑商之言。所谓重农抑商,乃是起源于古魏国文侯国相(借自:翟璜,战国时魏国国相,辅佐魏文侯。推荐李悝在魏国实行重农抑商的法家思想)为富足国力而制定的政策,政策只针对国情环境,并不能解为普世真理?"

满堂听客皆是交头接耳,稍微安静些后无疾接着道:"士农工商,农者、工者、商者不用多解,我只单说士字。士之一字,指得乃是贵族大卿,权贵官宦。而依我凭理所言,士农工商者于今朝,唯有士乃国之累赘。"

再次止住满场哗然后,无疾平静地接续道:"我意并非指国不需要士,恰恰相反,国若想长盛不衰,那便需要人人皆为士者。而工者、农者、商者之中佼佼者。皆可为士者。士者该为人命,不应为天授,教化世人、制民安乐便是士者,只要是为大善者,何人不能为士?"

无疾此言一出,蒋府大院中爆发出了连绵不断的叫好之声。院中才俊无不是脸上欢喜愉悦,好像听见了这世上最经典的圣言一般。

为何这些青年才俊,听到如此大逆不道之言还能如此欢呼雀跃?那是因为此间才俊的身份有点特殊,他们全都来自于论阁,而论阁是只招收商贾之后学习的地方。

但在这些叫好的才俊中,有人可能是与士卿之家沾亲带故,也可能只是想在阁主面前彰显下学问。

有人站起身来对无疾问道:"阁主所言确是有理,但既'士'字累赘,那管圣又为何要单把士列出来,并把士字排在最前?"

听到发问,无疾语气仍然平缓,好似世间真理皆被坦言般道:"管圣乃数百年前之先人,那时天下为王侯公卿之天下,百姓与畜生无异。若以那时环境来论,管圣所言并无不妥。并且管圣本姓姬,姬姓乃是远周王姓,管圣之父更是古齐国大夫,那他天然便是贵族,便是所谓士者。如此,管圣把士字位在最先,那是自然之事。"

众听客听后无不点头称赞,但提问者却仍然没有放弃,他深运一口气道:"多谢阁主指教,但学生仍有疑问。既然重农抑商不好,那为何古时地处险恶的古魏国,因变法而成为一方豪强?又为何古秦靠变法,能摇身一变成为世间霸主,而后一统天下?"

无疾听后笑了,他的笑有些不屑。但这种不屑被他掩饰得很好,所以在众人看来,无疾的笑仍然很平和。

"那是因为你只看到变法,而没看到古魏国处四战之地,所以精通合纵连横之术。你没有看到古秦虽深处蛮夷,但却国土辽阔占尽险要山川地理。就是变法二字你也没有看透,古人变法除重农外,更用变法压制了士族,使得两国能在天下招贤纳才。最甚的是,你把'重与抑'两字想乱了,重农不代表要抑商。若说'重'字,治世不光要重农,还要重工、重商,如此才是制民之世!"

言罢,院中再次爆发出震耳欲聋的叫好之声。而那咄咄追问之人则涨红了脸,对着无疾深深鞠躬以表礼敬。

听到满堂欢腾,站在自家堂院远处的蒋巨笑得很开心。

之前他花了近半数家产打点各人,才把无疾与青苗传人的这场论道搬到江夏。但想到从今以后,他不单是论阁的十杰,更是论阁在荆州的发言人,他便非常庆幸当初的决定。

"钱算什么东西?只要论阁继续坐大,那以后江夏甚至荆州便是他蒋家说了算。"蒋巨如此想道。

蒋巨身旁凑过来一个管家问道:"少爷,今天还管饭?"

"那是当然,千万不能小气了!"蒋巨道。

管家有些为难道:"人太多了,府里怕安顿不下。"

蒋巨听后想了想道:"把十月初一之后空了的那些酒肆全包下来,酒菜歌姬都要最好的!"

管家听后眼皮微跳,但口中还是答应了。

在江夏城沿着江边最繁华的街上,有间极尽豪华布置的饭庄。

这间饭庄是江夏城巨商蒋家所开,专门用来宴请与蒋家有关联的人。

吃过午饭,无疾面色有些不悦地走出饭庄,因为他告诉过蒋巨,自己不喜欢奢侈铺张,可蒋巨却每次都把便饭安排成豪华的酒宴。

心中不快,无疾拒绝了乘车回蒋府,而是自己用腿走在江夏城的大街上。

蒋巨一脸赔笑地走在无疾后面道:"阁主,你名望太盛,好些人求到我这里想与您同宴。我这也是实在推不开,毕竟都是照顾过论阁的。"

"不用多说,我懂你的心思,人之常情我不怪你。但若再有下次,便是第三次了。"

无疾冷声道。

蒋巨连连对无疾拱手应答,脸上带有些讨好更有些惊慌。

就在这时,无疾忽然停住了脚。蒋巨顺着无疾的目光看去,他心中松了一口气,他还以为无疾驻足不前是要惩罚自己。

而此时,站在无疾一众人面前的是一个壮汉还有一个瘦子,再看这两人胸前环抱的东西,不用多猜,一眼便知那是刀剑凶器。

无疾神色如常,视前面二人为无物。不等两人开口,无疾身后走出一身高近六尺,臂膀粗长手持一根长杆的中年人。

中年人站在无疾身前,神色傲然地对两个壮汉道:"锈剑李通我认得,这位是?"

听到被叫出了名字,那个叫李通的人仔细看向了眼前的中年人。而后他忽然有些磕巴地道:"你……你不是不出河北么!怎么跑到江夏来了?"

"我身后这少年的故人曾对我有恩,所以才出青州保他周全。你二人挡在这里又是作甚?"中年人道。

李通脸色有些难看地道:"替人报仇!"

中年人听后一乐,语气中充满了居高临下之感:"寻仇便去找仇家,挡我们去路作甚?"

李通咽了口唾沫道:"前几日有一人,给了我们一笔救命钱。说他若是十月初三还没离开江夏,便去杀你身后的少年。"

中年人听后不屑一笑,像是完全不想听这两个人说什么的样子。他斩钉截铁道:"杀不了。"

"跟他废什么话!得人恩义便需报答,动手!"李通身旁的瘦子大喊一声拔出利剑,脚下点着跨步就向中年人刺来。

但只见中年人不躲不避,扬手抬起长杆,冲瘦子的持剑手拧腰一缠,瘦子的手中利剑便飞了出去。不等瘦子闪开捡剑,中年人腰腹一个弓劲,手中长杆便点在了瘦子的胸口上。他臂长力大,瘦子也轻,就这么看似微微的一点,这个瘦子竟直接飞出五步之外。

李通见状大喊一声:"受人之邀!得罪了!"

说着他褪下剑套,亮出一把三尺斑驳锈剑向中年人刺来。中年人仍是不退不避,手中长杆一甩一叩之间瞬时摁住了李通的剑芒。李通屈身转腕想把剑锋再对中年人刺去,只是他没看见中年人早已把握着杆尾的右手变做左手,此时中年人左手往上一挑,长杆杆头正点在李通下颚。

就是瞬息的工夫,两个欲对无疾行凶的歹人一个躺在远处捂着胸吱呜,另一个则是满嘴是血躺在地上昏迷不醒。

中年人轻蔑地瞥了眼躺在地上的瘦子道:"等李通醒了你告诉他,若再让我看见他用锈剑玩阴的,我便挑了他的筋。至于你,偷了艮川剑门三招探步就敢学人做刺客,早点把剑卖了种地去吧。"

说着中年人便站回了无疾身后,而无疾则像是刚才什么都没发生似的,仍板着那张冷峻面容信步而走。

在安静片刻,无疾走出十余步后,街边看热闹的百姓开始大声叫起了好。

之后的一天,不同于昨日的风光,无疾遇到了些麻烦。

就从昨天他遇到刺客之后,坊间忽然有传言说青苗传人没来,是因为无疾把他杀了。而昨日那两个刺客,便是来替青苗传人寻仇的。谣言传播得极快,越传越像真的。等传到无疾耳朵中时,这则谣言已成了一个完整的故事。

说无疾为了奠基论阁引导天下道统之地位,所以这场论道他是不择手段都想赢。可思来想去,青苗传人太神秘,来头也太大了,他就算从论阁中喊来了诸多才俊相助,可也没有必胜的把握。而后无疾想出了一个必胜之法,便是暗杀青苗传人。到时他在江夏,而青苗传人未来,那他便不战而胜,最后再在江夏大讲稷下之学,以证实自己却有胜过青苗传人的能耐。

但没想到那死掉的青苗传人也留有后手,他怕无疾使坏,所以布局了两个江湖人保自己周全,若是等不到自己从江夏回来就去找无疾麻烦。可到底是无疾手段更狠,谁能想到无疾并没有绑架青苗后人,而是直接杀了他。那个可怜的青苗传人,精心布置的后手也变成了寻仇。

这故事讲得太像了,合情合理引人入胜。无论是肚子里全是书的有学之人,还是街边字都不认识的百姓,没有一人听不懂这故事。甚至有人还找到了证据,那便是无疾身后那个武艺精湛的中年人。那中年人姓张,青州人,被江湖人称作青州第一奇枪。

若是无疾不想行凶,他为何要不嫌辛苦从河北找来这么厉害的人给自己当护卫?

在制止了论阁学子们的议论与怒骂后,无疾的脸上仍看不出喜怒:"多说无益,咱们也该离开江夏了。"

"阁主!这分明是有人诬陷你,咱们怎么能就这么走了?"论阁众人愤愤道。

无疾摇摇头:"本就是谣言,何必解释。既然那青苗后人想当死人,便由他当死人罢了。"

说罢无疾便转身回屋休息去了。

十月初七。

天色刚亮不久,无疾一行人便从江夏城一路向南慢行。前来送行的足有近百人,所以起初无疾没有坐船,而是先沿着大江走了一段陆路。

怀着各种目的与无疾依依惜别的人很多,那个江夏的蒋巨更是把无疾送到沙羡才返身而回。

在沙羡渡口等船时,无疾没吃东西,他在闭目养神。

近日连续讲学,又被谣言谤身,饶是他也有些心力疲惫。此刻得片刻宁静,他脑中忽然多出了些自己前几日没想到的东西。

"公子!公子!这桌上的饭你不吃了?你不吃赏给我们吧!"

无疾张开眼向声音处看去,一个流民乞丐打扮的人对他桌上的食物流口水道。

无疾身边论阁中人见状,往地上扔了几个碎钱怒斥道:"捡了就快滚!别扰到我们公子!"

"无妨。"无疾抬手制止手下人道。

转而他又对流民说道:"我吃饱了,剩下的你们吃吧。"

流民一听顿时兴高采烈,边对无疾作揖边叫喊同伴过来一起吃。一声吆喝,无疾这桌旁竟然围住了十几个流民前来争抢食物。

无疾见状皱皱眉,但到底也没说什么,只与随从坐到另一张桌子。

这时有个流民被挤出抢食的人堆,可能是饿极所以胆子也大起来了,他竟又跑到无疾那桌去,从无疾的手下身上抢下了一袋干粮。

无疾的手下厉声大喝道:"好一帮贼人,施舍不足竟还要抢。"

可那流民却丝毫不理无疾手下的叫骂,只狠狠地趴在地上啃着干粮。无疾的随从刚要去打这流民,但立刻便被人拦住。张枪神手持长杆,他与无疾对了个眼神站到了无疾身后。虽然此刻张枪神的神色波澜不惊,但他的脚下已崩足了劲,随时准备迎接任何突发不测。

便在这时,远处忽然响起咻的一声哨响,哨声刺破空气,瞬息向无疾这边而来。还没等看清这声哨响是何物袭来,紧接着又是咻!咻!连续两声哨响。哨声刚止,瞬间之后,便又听见噗!啪!啪!噗!一共四次响声。

张枪神把已射入自己肩膀与后背的两根箭折断,语气冷傲地说道:"好阴狠!三声响箭加着一声闷箭!"说罢他扬手抬杆向北方江面一指,豪气对众人喊道:"刺客就在那……"

便在话还没说完时,张枪神愣住了。

此刻,他身后的无疾睁着双眼,莫名其妙地盯着自己胸口的短匕发愣!无疾想开口说些什么,但只是双唇一闭合间,话语未出,只有一口血沫溢出。

"杀人啦!"

有流民恐慌地大喊道。再之后,十余个流民瞬间作鸟兽散向四面八方。无疾被众弟子围在中心,他面目狰狞,血泡从口鼻不断喷出,眼中尽是不甘与难以置信!

用尽最后一丝力气,无疾只在地上写出三个字。

"去长沙!"

在江上的一条小船上,猴子摆弄着手里的响箭道:"世子你不当暗哨可惜了,这么损的东西你都能想出来。"

白某擦干身子,接过乌维递给他的衣裳笑道:"行啊,到时猴子哥可得在你们哨统面前多多举荐我。"

猴子听后哈哈大笑,但只刚笑两声他忽然捂着胸口嘶了一声。

"娘蛋的,他捅我一枪头我还他两根箭,扯平了。"

白某换好衣裳,笑着在猴子肩头重重地拍了两下。而后他扭头对船尾一口碎牙的船伙计说道:"老李,去襄樊!"

十月十五,月圆,长沙国。

长沙王刘可的宅邸并不算豪华,但却很大很大,大到堪比一座小城。

长沙王王府中甚至有一片湖,湖中有个湖心岛,岛上有一座木屋,小屋里面有人在哭,听声音是一个老者。

老者鹤发黄皮,蓬头宽带,一看便是久经了岁月沧桑。如此神态模样,再配上老者那凄声颓然的哭声,显得微弱灯火之下的老人更加苍凉。

"无疾啊,我的孙儿啊!好孙儿啊,无疾啊……"

小屋门外有人宽慰道:"老神仙,哎……莫要哭坏了身子。"

老人目光痴懈,声音气息不匀:"哪有什么神仙啊,我要真是神仙,我孙儿就不会死了。"

"哎……"门外人听后叹气。

"无疾死了,等不了啊,越等变数越大。明日,我写两封信,你让人带给游琳和谢寻。你不用在这陪我了,让老头我自己待会吧。"屋内老者道。

门外人迟疑下道:"好,老神仙节哀吧。"说罢,他又叹了口气,转身乘小船离去。

湖心岛上的哭声渐渐远去,小船上的人把黑色披风脱下露出健壮的体态。他的姿容十分威武,尤其是那双眼,可称得上是鹰扬虎视。单论相貌,此人要远胜于他三哥好许。

他的三哥,便是当今天子,他是长沙王刘可。

十月末,北风起。

走在樊城外的军营中,闻着军营中的马粪铁锈味道,白某感觉十分亲切,这便是伴随他从小到大的味道。

进入白济的大帐后,白某的眼睛忽然有些看不清了。端坐在正座的那人的身影越发模糊,白某的眼睛滚烫起来。

带着乌维双膝跪地拜俯下去,白某偷偷擦干了眼中的湿润。抬头再看清些,他心中微凝,眼角又有些烫。两年未见,父亲与先生竟是有些老了。

"孩儿拜见父亲!拜见先生!"
"拜见父亲!拜见先生!"
白某与乌维对白济与陈怀俯首道。

白济站起走到白某身前,眼神有些复杂,好像不知道该拿出怎样一张脸来面对眼前的两个孩子。白济想把话说得柔和些、慈爱些,可话一张口便又变了味。

"起来!趴着难看。"

白某拉着乌维站起,离近些再看,父亲的鬓角全白了,脸上的疲倦之色更是他从小到大从未见过的。白济一只重手摁住白某的肩头,瞪着眼睛开始上下仔细打量白某。

"高了不少,但还没长过我!肩膀宽些,背也厚了,看来是没荒废了武艺。好事,好事。"

想着父亲的手劲还是那么重,白某笑看着父亲,满脸都是傻呵呵的乐。

白济怒瞪道:"怎还乐得这般没出息!"

听到父亲的训斥,白某笑得更开心了。

看完白某,白济又看向乌维。很明显他脸上有些别扭、有些挣扎。白济对乌维厉声命令道:"再叫声父亲我听!"

白济的声音吓得乌维不自控地往后躲闪,但到底她也算见过世面的女人,最后还是怯生生地叫声:"父亲。"白济点点头,叹口气,好像是了了一桩烦心事。

再之后白济忽然疑惑地四处张望起来,然后对白某问道:"我孙子呢?怎么说这么长时间话都没看见?"

白济此言一出,白某与乌维都把头低下了,白某躬身语气感伤地道:"孩儿不孝,第一子在去年夏初时……"但就在白某话还在口中扭捏时,白济忽然抬腿一脚把白某踹翻。

"他妈的!老子打死你!"

白某在地上连忙趴伏好,赶忙道:"还有一个!还有一个!"

白济放下抬起的拳头,往乌维那边看去,乌维的脸一红,也跟着白某拜伏于地。

白济愣愣,而后点头道:"哦,那就不打你了,起来吧!"

说罢,白济便转身对陈怀哈哈大笑道:"行啦!你怎么还在这抹眼泪呢?"

听到父亲的话,白某把目光移到陈怀那里。陈怀身上气质仍是温文,但面色却比两年前垮懈很多。此时的陈怀双眼通红,看到白某拜伏在自己面前,他挤出一丝欣慰的笑意,刚想开口鼻子又是一酸。

"先生,某儿施礼怠慢了。某儿携家妻向先生施父母礼,谢先生教导某儿于幼时,更谢先生为某儿精选老师。若枯秧先生对某儿如同再造,先生对某儿便等同于生身父母。"说罢白某对着陈怀深深叩首。

随着白某渐渐长大,他越来越能理解陈怀对他的好。

无论是陈怀对自己的启蒙之恩,还是每逢自己有所困惑时的耐心开释,到最后为白某读书而大费周章找到枯秧先生,这些都远超于寻常幕僚对主家之子的所为。白某知道,自己对于膝下无子的陈怀来说,便是儿子。

白某不拜还好,他这一拜陈怀的眼又红了起来,口中呜咽说不清话,只好对着白某点头连道:"好!好!好!"

当晚白济军帐的宴席很热闹,入宴者都是白济麾下的将领,就连驻守在襄阳的将领都是跨江赶了过来。

这些将领好多白某都不认识,他们大部分都是白济到荆州后,重新从军中提拔的本地人。

当然,也有白某熟悉的,比如白济的参将黄栎。

黄栎本就是极其健谈之人,刚见白某时多少还能板着些,但二两酒下肚,他便同白某搂到一起。而半斤酒下肚后,黄栎便更放得开了。他摁住白某,非要白某娶他姑母家的表妹为妾,如果白某不答应,他就把自己灌死在桌上。白某也是喝得有些大,当即表示,若黄栎能把自己灌死,他就连黄栎的表姐都一同娶了!

这便是家中,有长者、有亲朋、有妻女,有酒有肉,全无忌惮。

回到家中白某自是把心放稳,心宽之余几杯便有了醉意。酒喝多了泡子发酸,白某晃着身子出去撒尿。

或许是把心放得太宽了,白某竟忘了这是军营,他没有去厕所,而是随便找了个僻静地方放水。

"胡乱入厕!当罚军棍!"白某身后有人道。

"行,那你先带我去青州,见那个使枪的奇人。到时候让你随便打。"白某提上裤子,转身坏笑道。

莲仍是那身让人看不见面孔的别扭打扮,白某的脸上也是昔日那副欠揍的坏笑。

莲与白某在一个马圈中坐下聊了起来。

"莲师傅,就那个青州枪神,你是他对手么?"

"我能杀了他。"

白某听后嗤了一声道:"噗,我也能杀了他。但我问的是,若你俩公平对练,你能否胜过他?"

"应该不能,但我为何要与他对练?"莲幽声道。

白某听后笑着摇摇头,初冬的冷风把白某的醉意吹醒些。

沉默了会,白某问道:"现在父亲许你回答我问题了么?"

"你问吧。"

"父亲的处境怎样?"白某平静地问道。

"你觉得呢?"

"不好,我从江夏而来,陆路水路交替走的,沿途见了很多营寨。以父亲的性格,若是能正面攻伐,绝不会修筑上百里的营寨做防守消耗之用。"

莲听后笑笑,感叹道:"猴子说得没错,你果然挺适合当哨子的。"

白某没接莲的话,而是直接问道:"所以是因为缺兵短粮,还是京畿内有人掣肘?"

"都有,除此之外还有些别的。"

"别的?"白某疑问道。

莲点点头,然后说出了三个字。白某懂了,因为这三个字白某很熟悉,便是"老娘教"。

之后,顶着冬夜的北风,莲在马圈内把白济军中这两年的事宜向白某讲了个大概。

内容无非是,想打不能打,能打打不过,没兵又不敢征兵,没粮又不能垦田。最后没办法只能去编练流民,荆州一带还爆发了老娘教,流民不敢轻易编入不说,还得分精力去剿邪教。

莲说完后,白某叹了口气,看着夜空沉默了会,白某又叹了一口气。

"是比以前沉稳了些,我还以为你听完便会跑回大帐,对侯爷说要参军呢。"莲调笑白某道。

白某无奈笑笑:"不是沉稳了,是无力。这事在我能力之外,哎。"

"也不一定是能力之外,侯爷对你应是有安排。出来醒完酒便回去吧。"说完莲便起身走了。

白某在他身后叫道:"不一起进去喝?"

"我不饮酒。"

说话间,莲已隐入黑夜。冲着黑的尽头看去,白某无奈感叹了句:"莲师傅,你挺没劲的。"

宴会酒过三巡,虽然赴宴之人都没少喝,但毕竟是在军营中,堂中还坐着一个老虎似的白济,所以没有人真的喝到袒胸露怀席地而睡。

第七章 —— 远渡

算算时间差不多了,黄栎这个精通人情世故的老油条起了轮酒,又带着众将一同敬了白济一杯,之后他便十分知趣地带众将退席,把时间留给白济与白某两父子。

此时,刚刚还热闹的白济大帐,除了睡在白某身边的乌维,便只剩三人在。

白济手指用力挤了挤鼻梁对白某问道:"你小子有什么打算?"

"回父亲话,没什么打算,可能仍是四处走走看看吧。"白某微笑道。

"放屁!以为跑出去几年我就忘了你多浑了?再装我就抽你!"

听见父亲骂自己,白某反而很开心。他讪笑道:"嘿嘿,父亲别生气。我是想在父亲身边帮父亲分忧,就算军中没我待的地方让我做个暗哨也行,但某儿到底去做什么还由父亲定夺。"

"混蛋!我白济的儿子去当个哨子?让人笑死!"白济训斥道。

白济又喝了口酒,语气一沉对白某道:"不过你若没有正事,能替我分忧也好。况且确实有个只有你能做的事。"

听到父亲的话,白某心中乐开了花,这是他从小到大以来,父亲第一次说自己能派上用场。

白某强压住心中的喜悦答应道:"某儿全听父亲安排。"

"你回襄平吧。"

"啊?"

"你没听错,我不说第二遍。"白济斩钉截铁道。

白某眉头微皱,然后用一种他强迫自己才能表现出的平静对白济问道:"某儿想问父亲,为何是回襄平?"

白济听后一笑,瞥了眼白某道:"行,比小时候沉得住气了。"

说完,白济看向了旁边昏昏欲睡的陈怀,猛地一嗓子喊道:"老弟!睡着啦!才喝了多少啊?"

听白济叫喊,陈怀一个激灵,眼中尽是迷离。

"没,没睡,听着呢。"

"哎,我让臭小子回襄平,你给他讲讲。"白济叹气道。

陈怀对白济拱手,揉了下眼睛后对白某和颜悦色问道:"某儿啊,现在的你,可否大致理解你父亲的处境?"

白某面色凝重地点点头。陈怀见状眼神有些欣慰,他继续对白某道:"好,那先生便不多啰嗦了,先生再问你一个道理。你可知,你在襄平待得越稳,你父亲便越稳?"白某凝重点点头。

这层道理白某当然懂,他毕竟是手上沾了无数次血的人,可以是笨人,但绝不是单纯之人。读过先圣典籍,走过尘世大千,白某虽把自己撇得清澈,却早已不是那个辽东的毛头少年了。那些帝王心思、驭人之术他虽然不喜,但他懂。虽不太清楚为何自己父亲要跑到荆州带兵,但他知道为何在荆州带兵之人是自己父亲,因为天子信任自己"有勇无谋"的父亲。

而为何自己父亲在荆州如此畏首畏尾?他也知道,那是因为父亲害怕天子不信任自己。对于站在天上脚不沾泥的天子来讲,嚣张跋扈甚至敛财贪腐都不是问题,只有谋反才是大事!于天子看来,谋反是件很容易的事,只要你手下有兵,招揽流民便是谋反、垦农拓荒便是谋反、扩充军备更是反上加反!哪怕这些全都没做,但只要有心人稍加谗言,那便也是谋反了。

如何才能不"谋反",说来讽刺,那便是你真的拥有谋反之能时。

而父亲,姑且算是有这个能力,但还不够,所以对于天子来讲父亲白济的处境很微妙。

"襄平稳,父亲便稳。"

白某明白这话的意思,便是北境越有谋反之能量,父亲白济则越是重臣。

但,虽是明白这层道理,可不代表白某同意陈怀的安排。

"先生,某儿懂这层道理,但某儿有更好的办法。"

"哦?"陈怀听后好奇。

"某儿觉得,此时某儿既已回到父亲身边,便是父亲的一条退路。父亲亦可借故回襄平,把荆州这边的事交给某儿。论震慑之用,父亲在襄平比某儿回去要强。并且荆州这边由子替父也符合情理,天子怪罪不了。"

"狂妄!"白济怒斥道。

白济愤怒训斥白某道:"只出去游学不到三年,便敢笃言军事,我还道你沉稳少许,没想到竟是越发狂妄自大!"

白某对白济一拜回答道:"父亲息怒,孩儿绝非自大。只要父亲回到襄平,凭借父亲在北境的震慑,孩儿在荆州便可放开手脚经营运作。就算孩儿才能有限,可彼时粮草、兵卒、物资各项充沛,若遇变故也能更从容应对些。"

白济听后没搭理白某,而是把眼睛看向陈怀。陈怀对白济点点头,然后叹了口气对白某道:"某儿说得有些道理,但却不能如此。"

"为何?"

"因为你还是没有把这事彻底看透。不过这也不怪某儿,毕竟很多内情你还不知道。"陈怀无奈地说道。

白某听后皱眉道:"那先生讲与我听便好。"

陈怀摇摇头:"先生是可以讲给你听,但先生还是希望某儿能自己悟出这些道理。先生只能告诉你,若依你之法行事,只会有两个结果。其一是你战死在荆州,其二便是你在荆州坐稳,十余年后镇北侯府被满门斩首。"

白某听后一怔,口舌有些打结。因为他知道,这话若是从先生口中说出,那十有八九便是准的。并且从小到大,陈怀从没有用话恫吓过自己。

"可是……"

白某想说些什么,但白济没有让他开口,直接喝道:"没什么可是!你赶紧滚回襄平!给我生三个孙子前哪里都不准去!明天就走!一刻也别在我面前多待!要是再把我孙子伤了,我把你皮扒了!"

近三年未见,只是一日短聚便要再别,甚至连一个年节都等不及。

白某心中怅然,可也不再多言。从杀掉无疾那一刻起他便已算作入世,此时便是人生在世船随浪行,由不得白某心中作何心思了。

啪的一声拍案声,惊醒了正在惆怅的白某。

白济对陈怀与白某豪爽道:"行啦!不提这些了。陈怀啊,今晚便放宽一次军规,咱俩一起把这小子灌躺下如何?"

陈怀听后温和地笑笑。

白某给身边的乌维披了件衣裳笑道:"这两年某儿也时常饮酒,不过已是一年多没有醉过了。"

"好小子！口气倒不小！来！"

白济举杯痛饮，陈怀浅尝辄止，白某满饮敬陪。

酒能醉人，但这"人"也得因人而异。

身体贫弱之人不善饮，体格精壮之人能空千盏。失意之人一壶便不省人事，得意之人则是千杯不倒。

此时的白某气血充沛春风得意，自是"饮尽千斛人不醉，仍置美酒入铜樽"。

白某做梦了，他梦到千里之外的襄平，还有苍茫的雪原。

雪原旁有山林，山林中有鹿，还有傻狍子。

梦归故乡，人亦在归乡的路上，白某终于回家了。

冬日，长沙国。

萧索冬日，有人北行，为的是归家。

更多人则是南往，为了寻一处名为家的地方。

隐居长沙王府后院的老者，便是彭泽子。自从无疾身死之后，他那间湖上小屋的灯火便再也没熄过。

终于在某一晚，湖中屋灯熄灭了。屋内的彭泽子摇头叹息，自言自语道："哎，和青苗老鬼的棋，到底还得自己来下。无疾啊，是翁翁害的你啊。"

漫长的沉默之后，彭泽子咳嗽了几声，对屋外沉声交代了句。

"早点无妨，活动起来吧。"

至此，隐匿在大汉南域各州的老娘教信徒们都开始口耳相传一个消息。之前身死的论阁无疾，乃是老娘座下三位哥儿中掌管人魂的小哥儿托生。

小哥儿借无疾身躯体察世间疾苦，创立论阁为民造福天下，可圣功未成之时却被妖魔所害。但也是因此，老娘座下三位哥儿再次于苍天重聚。

至此，天圣大哥儿、地圣二哥儿、人圣小哥儿再度聚首，并在今年新年岁初，于长沙云梦泽上破关出世显圣。待到三位哥儿破关之后，便会带天下老娘信徒共赴骊山解救老娘，还世间一片欣荣仁治。

此消息如燎原之火般沿着大江两岸流传，至此江南各郡的村子开始整村整村地消失,江上夜行的船灯照亮了整条绵延大江。

如此,老娘教信徒终于露出本来面目。

他们是田中寻常的农夫,是工坊里苦劳的力工,是饭摊水铺内油滑的伙计。他们举家迁徙,带着人、带着钱、带着粮,带走了一切可以带走的东西,而留下的只有光秃秃的土地和残破的空屋。

大批民役流失本是极严重的政事,可说来也怪,南方各州郡治所对此却充耳不闻,好似看不到治下之地的空屋荒田。

在大江之上,在山麓之间,但凡遇到赶路之人,多问一句去往何地?

众人均答:"去长沙!"

十一月初,扬州吴县义博侯府。

谢寻的书房很暗,只有书桌上点着一盏小油灯。书房的主人谢寻此刻正一脸踌躇地盯着书桌上的两封信,他口中不断嘶嘶抽吸,显得非常犹豫。

这两封信一封来自襄樊,另一封信来自长沙。

谢寻手中有一枚铁钱,这枚铁钱在两封信之间左右徘徊,刚要落在这封信时,便又移到那封信上。手中的铁钱越握越紧,若是一声叹息便能决定他所忧虑之事,那便是数百件烦心事也解决了。

"听天由命吧!"谢寻咬牙低声道。

说着他眼睛紧闭,把铁钱往天上一抛,而后铁钱飞到高处重重落下之间,谢寻忽然心中猛地一激灵。他睁开双眼一把攥住了至上而落的铁钱。

攥住铁钱的手越攥越紧,谢寻用极轻微的声音说给自己道:"还不到时候,再缓缓,再缓缓。"

说着他把铁钱塞进钱袋,叫喊一声,唤来家中得力手下。

"写封信去北边,动起来。"

手下点点头,转身告退,但还不等手下离开书房,背后谢寻的声音再起。

"从海上走高丽国,你亲自送信。"

第八章 —— 潮火

大汉疆域往北有条大江,名为难水。难水之东北有辽阔的平原,那里并非大汉文法礼教所至,是真正的荒蛮之地。

难水之东北再往北,另还有一条大江,名为龙江。龙江之北便是真正的不可知之地,据说那里有无尽的山林,还有无尽的冬天。

在大汉,对地理最为熟悉的往往不是身在洛京的编纂官吏,而是驻扎在各地戎边的将军。将军们虽不知那些不可知之地的风土人情,但他们知道那里有什么。

北地之北再往北,那里有胡人。

龙江之东北,那是大汉的不查之地。

白山黑水之间,是一座绵延数十里的部落。部落帐篷布置凌乱但紧密,部落之中不管男女老幼都别着短刀长棍,让人分不清谁是"民"、谁是"兵"。

部落之中战鼓震天,马嘶狼嚎不止。

战鼓息声便是骇人的安静,部落的最中数丈高台上,有一白衣萨满闭目长吟。萨满的声音随风而动,已是二月,风向南吹,那萨满的长鸣便是向南而走。从怀中掏出一把尖石匕首,萨满用匕首划向自己的胸膛。用鲜血染红手中的木杖,萨满睁开眼,木杖直指西南。

瞬时间,部落中震天战鼓再起!跟随着战鼓的节奏,第一声长啸是属于金顶大帐中的那个魁梧男人,在之后便是声音如风一般传递。

人啸、马鸣、狼嚎、鹰啼,数十里的大帐,十万勇士!

汉廿年,二月十二日,辽东襄平城,南风,有雪未融。

自从回了襄平,白某便应陈姨娘的邀请住到了陈怀府中。

住到陈怀府中一是因为镇北侯府已经空了,生活上多有不便。二是乌维已经大了肚子,许多照顾白某是不懂的。

而且陈先生在荆州已是第三年,虽然陈姨娘不怨,但想也知道陈姨娘独自在家有多么凄苦难过,所以白某还想着,若能陪在待自己如子的陈姨娘身旁,也算尽了孝道。另外白某还有些私心,他想着家中有长才能算是家,对白某来说,陈姨娘便像是家中的老母。

因此白某很自然地住到了陈怀府中,而白济的镇北侯府则变成了白某的办公地点。

襄平城陈怀府中侧院,白某紧紧攥着手里的军函,牙咬紧到可以听到摩擦。

把军函收入怀中,白某安抚了大着肚子的乌维,再向陈姨娘道了个早安后,连早饭还没吃便急匆匆地出门了。

刚出陈府大门,白某便对等候他的人着急道:"铁胆你不用陪我,赶紧去龙府请龙琦将军和龙玮大哥到镇北侯府议事!"

王铁胆知道白某因何事着急,他表情凝重地点点头,随后跨马而走。

龙江部落奴人大汗,该也汗王在横扫了难水之北后,收编了被他击败的鲜初与乌胡部落。在一统胡域后,该也汗王便裹挟着十余万人继续向南往汉地进军。

此时,在白某看到哨骑的军报时,该也汗王的军队已经过了难水,其先头部落更是已在大梁河以东四十里扎营饮马了。

"敌先锋部队共有多少,动向如何?"镇北侯府议事大厅内,侧座上的北中郎将龙琦对哨马问道。

"胡先锋共三部,两部约各五百人,另一部多些,约一千人。马匹约为两人一马,无妇孺皆是兵丁。目前在大梁河东十五里外依水扎营。"哨马详细答道。

龙琦点头继续问道:"可有抓到舌头?他们后续大部队动向如何?"

哨马面色迟疑回答道:"抓到舌头了,但说得不清楚。"

"只说原话便好。"

"原话是,比难水上的鸟还多。"哨马尴尬答道。

一句好似稚童般的话,可堂中的几位将军却听得心惊肉跳。

这时,正位之上的白某开口了。

"龙将军,咱们北境共有多少驻军?这些驻军的详细布置呢?"

龙琦眯眼计算了会:"不算各家亲兵,襄平城外十余处屯所应有两万战兵。辽东郡几座大城的守军一万是有的,玄菟郡六城则是八千。除了这些,再算上速仆丘麾下胡骑营的两千人,共有四万战兵吧。"

白某听后点点头,然后对座下的周揽问道:"周揽将军,我父亲帐下的黑甲营中可还有两千人?"

周揽听白某直接亮出底牌稍稍皱眉,但片刻迟疑之后仍是点点头。

白某想了会又道:"与黑甲营一样,虎背营也是我父亲的亲兵,只要用心调拨一二,三千人应凑得全。如此镇北侯府便能补出五千精兵。"

听到白某如此直言亮底,龙琦微微吃惊。

北中郎将龙琦虽然与镇北侯白济私交很好,但那只是互相敬重人品。按理说二人职位分工不同,一人是拥兵的军侯,一人是朝廷封职的官员,按常理应是互相提防算计。在这层关系之下,各家府中的亲兵私兵一般都会有所隐瞒,或者两两装傻。所以在听见白某坦诚相告,龙琦很是吃惊,对白某的观感也亲近了些。

心思之下,龙琦对弟弟龙玮微微点了下头。

龙玮清了清嗓子道:"世子,虽然我在北境驻军多年,但按理来说射声营应编训在京畿。但也是因在外地驻军,所以物资补给朝中并未亏待。"

"咳咳!"正座上的龙琦咳嗽了一声。

听到兄长咳嗽,龙玮也是发觉自己好像说了些不应开口的废话。于是他也咳嗽了一声,直截了当地道:"待诏射声不在我编内,但龙家有家卫三千,带甲者一千。"

白某听后对龙玮笑笑,然后对身旁的龙琦问道:"龙将军,若是近五万战兵,那从属的胁军与民夫得有……"

龙琦听后笑笑,笼统地回答白某道:"可号十万了。"

"那这十万大兵的粮草马匹?"白某继续问道。

龙琦想了会:"春天用兵,从河北与幽州以西调派是够用的。"

"好!"白某兴奋叫了声好,然后对龙琦继续道:"我意已决,龙琦将军乃是知兵久战之将才,就连我父亲也很是敬佩。那此次胡乱我便为一营领兵之将从旁辅佐便是,不为龙玮将军谋划全局添乱啦!"

龙琦听后心中大感意外,刚刚他一直担心,他怕白某年轻气盛之下意气用事,而使军中指令不一以至战事不利。就是白某这句话之前他还在想,如何委婉地让白某把指挥权交给他。

可他万万没想到,白某竟然如此稳重地主动让出指挥权。一时间龙琦心中对白某这个没事就跑到他家,与弟弟龙玮喝酒打屁的小子高看很多。

夜。

襄平城外联营,虽然白济已不在襄平,但原先白济的军帐被整理得完好如初。看着军帐中悬挂的幽州山势地略图,还有摆在正中的巨大沙盘,白某想起了往昔的岁月。父亲隔着一层纱布与两个军头演武,而就是因这一层纱布,父亲白济败给了两个普通军头。

此时的白某终于能理解父亲当日的苦心,一生未败过的父亲用自己的"失败"教导儿子何为战场,何为人命。

时至今日,白某明白了这层"纱布"对于战争有多重要。想着,他便又回忆到了自己难堪的往事。

此时面对这"难水上鸟一样多"的胡骑,他的面前就真有一张纱布。这张纱布让他对敌人一无所知、一无所查。

敌人从哪里来?为什么来?来多少人?骑多少马?什么人领兵?这些白某一概不知。

只可惜,他恨不得别人,因为这层纱布是他自己蒙在眼前的,是他少时用自以为是的一把大火给换来的。

心中怅然自嘲时,龙琦带着龙玮与家中族将入了军帐。再稍等片刻速仆丘与周揽也带着一众手下亲随进来了。
见人到齐,龙琦拿起长杆在沙盘上画起了他的战略计划。

龙琦的战略十分稳健,他抓住胡人部落军民不分、补齐不足、军制混乱的不足,打算用拉长战事,凭借城池之坚固、营寨之繁密来消耗胡人。使来敌攻势受挫、补给不足,来慢慢占据战争先机。此计划,进可与来敌大部队决战,一举歼灭胡人主力,退可分兵扰袭敌军各部。
如此,这计划中最为重要的便是时间,所以围绕此战略中的一切战术布置都是为了消耗时间。
首先便是那两千胡人先锋,北境军决定明日便将其打掉。此举可让胡人认为北境作战意志坚决,从而在进军途中更加稳健。
既然走得稳健,那便等于走得缓慢。
如此既满足了战略意图,也可让北境的哨马有刺探敌情的时间。

这一切都很好,就是白某也对这计划挑不出问题,他唯一有异议的便是,龙琦没有安排他领兵去打第一仗。
白某认为,他毕竟是名头上的主帅之一,镇北侯之子赢下第一场大战,对于北境军民的士气十分重要。再加上他麾下的黑甲营骑兵又是精骑中的精骑,打掉地方的先锋也不费力。
最后在白某的据理力争之下,龙琦只能决定明日清晨的第一场仗由白某与周揽领兵出战,打出大梁河东。
龙琦在交代清楚后,众将便各自散去做战前动员准备了。但有一人却没有离去,便是速仆丘。
白某和速仆丘有过很深的"相处",只是看了速仆丘一眼他便知道速仆丘是在等他。
重新点起了营中主帐的灯火,白某与速仆丘还有速仆丘的亲卫兼翻译稚干三人又坐回大帐之中。
"久疏问候,世子这几年可好?"稚干转达着速仆丘的问候。
白某对速仆丘笑笑,然后用一种极其热络的语气说道:"速仆丘将军,我第一次出兵就是在你麾下,咱们还需要客气么?"

速仆丘听后尴尬笑笑,然后对稚干说了好长好长的话。稚干皱着眉头听完,想了一会措辞后才对白某开始转述。

"世子,关于龙江来的胡人,可能与你们想的不太一样。将军不受信任,所以这话只能对世子你说……"

随后,白某在听稚干转诉的过程中,面色渐渐发沉。

速仆丘离开后,白某又重新站回到大帐沙盘旁边,拿着龙琦刚刚用过的棍子在沙盘上写写画画好久。

到月亮渐渐正悬头顶时,白某走出大帐,对一直在外等候的王铁胆道:"走吧铁胆,还得去趟龙府。"

王铁胆点头骑马刚要走,白某忽然在后面喊住了他。

"等会!还是我去吧。铁胆你回家帮我收拾铠甲兵刃,明早送到龙府。告诉陈姨娘与乌维,我今晚住在龙府。"

夜色未艾之时。

白某快马赶到龙府,一进龙府正堂正赶上龙家宵夜。

见白某到访,龙琦便邀白某入座。白某稍坐安稳,龙家二姐龙白璧给白某也端上了一碗狍丝白糜当作夜宵。

白某对龙白璧推手笑拒道:"二姐不必麻烦,吃过了。"

龙白璧则丝毫不与白某客气,直接把摆在桌上的肉糜又端回手中漆盘。

"爱吃不吃,假客气什么。"

说罢龙白璧扭头便走。这时龙玮在她背后叫道:"姐!你有点规矩!"

龙白璧站住脚猛地回头瞪向龙玮,只用一个眼神便让龙玮不再言语。然后她瞪向了白某,声音大些问道:"吃还是不吃?"

"吃,吃。"白某怯生生地答道。

龙白璧走后白某看向龙玮,龙玮皱着眉小声道:"她自己做的,没吃干净心里不痛快。"

白某点头表示理解,苦笑自己已是娶妻之人了,可对儿时的阴影还是如此恐惧。

不理座下白某与自己弟妹的胡闹,龙琦安静快速地吃完碗中物后对白某道:"世子是对战略布置有所异议?"

白某放下碗对龙琦点头。龙琦对手下一招手,半会后龙府侍卫便把一张硕大的地图摆在正堂之中。

"世子先说你的想法吧。"龙琦道。

白某摇摇头答道:"在下对龙将军的战略安排很赞同,战前来叨扰只是想起了些咱们为将者不需考虑的事情。想着讲与龙将军,请龙将军对战略布置稍加更改。"

听到白某称呼自己为"在下",龙琦并没有帮白某改口。他虽年已不惑,城府越发深沉,但龙家祖传的傲气却仍扎在骨子里。

"世子请讲。"

"刚才军议结束之后,速仆丘将军找到了我。"

白某刚开了个头,只讲到速仆丘三个字便听龙玮那边传来一声不屑。

龙琦瞪了一眼龙玮,然后点头示意白某继续。

白某点头,对龙琦拱拱手道:"速仆丘找到在下,只讲了一件事,便是胡人。我们总称胡人,皆以为幽州之东、辽东之北便是胡人。但实际上虽公称一个胡字,但来犯之胡人却不是我们以为的一家之'胡'。只用笼统区分,便可把胡人分成鲜族、乌族、龙江胡、奴人。譬如速仆丘将军便是鲜族,我妻子也是鲜族。"

龙琦听后默默点头,这些他虽不详细,但久居辽东也是知道有这些区分。只是听着白某自然而然讲出自己妻子是胡人,他不禁越发对白某这两年的经历感兴趣。

白某不知龙琦对自己的好奇,他吃了口东西继续道:"经速仆丘将军所说,掀起此次胡乱的便是龙江之北的奴人。若是如此,那咱们先前定下的消耗战略便难以实施了。"

"为何?"龙琦问道。

"奴人能入侵汉土,自然是扫清了沿途各族胡人,那便说明在很久之前,奴胡便一直刀剑未藏。如此,在贫瘠的极北雪原之上奴胡都能生存下来,那便说明他们自有极强的生存之道。若是此时放他们进入远比极北丰厚的汉土,咱们又怎么能消耗掉这些胡人?"

龙琦听后摇头道:"虽然不如世子对胡人了解得深,但世子说这些我已是想过。汉土与胡地不一样,他们只要到了辽东,便再无安生稳固之时间。辽东临东北有八城二七营寨,我们有十万大军依城守备,只要胡人一脚稍有分神,便有大军将其蚕食。若胡人大兵围城,我军亦可尽出攻其薄弱。敌进我守,敌疲我击,如此便是消耗。"

白某十分赞同地点点头,但转而又叹气一声道:"龙将军战略,在下自然是推崇敬佩。可也如方才在下所说,咱们都少想了一层为将者不曾想的事。"

龙琦把眼神深落在白某身上,白某眼皮微眯把话挑亮。

"便是'民'字。我为军者等可在城中驻守,但城外之村,村中之民又当如何? 在下听速仆丘将军所言,奴人每到一处便掠夺粮畜、强征人口。他们不懂民生、经营之道,或是驱民丁为苦役,或是充为军前肉墙。如此我们才称其为胡乱,而不是胡贼。贼窃之,而图开源,乱则即是乱矣,祸乱之乱。"白某说完,龙琦沉默了。

在之后的一刻钟时间,龙琦眼中没有阴晴不定,而是越发坚决。

"依世子所见,此乱该如何稳妥平息?"

听到龙琦吐口,白某起身走到那张横铺在中堂的地图旁,接过一根木杆,在玄菟郡北三城画了个圈,对龙琦开口道:"龙将军战略稳妥,不需推翻重做,只要改动一二即可。龙将军安排布置,甚至战略思路都不需改变。只是在胡人军势过大梁河后,我们不守城而是与其对战一场。但此仗只为试探对方领军者本领,然后再依其领军者之品性,引导胡人大军攻击玄菟郡北三城。"

龙琦听后有些疑惑,但他并没有打断白某,而是继续听白某讲演。

"玄菟郡北三城我方只守高显城,其余两城任由胡人攻取。但只要胡人白日攻下,我方当夜便再回攻。如此来回几次,不用半月敌便疲惫。那时若胡人不退,自然会一鼓作气以求决战。"

说着白某又用手中木棍,在地图上以襄平为原点往北画了一条线。

"彼时我们假作襄平空虚,诱使胡人大军转攻襄平,只要胡人调转攻势我们便是胜了。襄平东北尽是山峦,胡人大军只能拥挤缓行。胡人军制混乱,交兵之时施展不开。另外,在大道之上我方还有十余处营寨,处处可守,胡人若想快去襄平,必定派精锐骑兵冲击我襄平营寨。到时胡人大军在玄菟到襄平的路途中拉长,我北境军势便有机会直取胡人为首者,胡人之乱自平。"

说完白某在襄平与玄菟郡高显城的路途中画了一个大大的叉。

龙琦认真听着白某的布置,皱眉想了会。

之后,他看向白某,直截了当地问道:"三件事。其一,襄平到高显城,路途三百余里。在如此长的跨度间行军攻伐,军士好走但补给如何安排?"

"待到三月,昌黎与辽东交界处的大梁河内流便已融化。在下于荆州学习之时发现,军士马匹走路快,民夫物资走水稳。"白某应答如流。

"其二,待到胡人大军战线拉长之时,你如何找到其汗部?"

"胡人作战与我汉军不同,我汉家靠的是军制方略,以阵对攻进退有道,故为帅者都指挥调度于中军之内。而胡人则是靠勇猛领军,每逢大战,胡人汗王总要亲自领兵冲杀于阵前。如此,在下不但能找到胡人汗王部,还能断言彼时奔袭襄平的胡人精骑先锋,便是由那胡人大汗亲自率领。"

龙琦听后点头,胡人的作战习惯他十分了解,所以他知道白某所说并不夸大。

接着,龙琦面容端正些,对白某问出了最后一个疑虑:"第三件,这件若世子答得不妥善,那我便不能依世子所谋划,而是重新再做战略布置。"

"龙将军请问。"

"第三件,若世子心愿乃是为民,那玄菟郡北三城中之民不是我大汉之民?"问罢,龙琦的双眼紧紧盯着白某,他生怕再看错白某脸上任何一丝遗漏的表情。

这个问题也是北中郎将龙琦对白某最后的"考验",一日交往之后他虽对白某另眼相看,可心底还是在猜疑白某是否是个能与其同袍同伍的磊落之人。磊落与否对于大多数人不重要,但对为将者很重要,对高义龙家更重要。

此时,白某答些什么并不重要,只要白某不说出那个无比正确的答案便好。因为那个正确得无法再正确的答案,龙琦不喜欢,因龙琦不喜欢,所以他才会与跋扈的镇北侯成为朋友,因为白济也不喜欢这个答案。而那个答案便是,用三城之百姓换大汉边疆平安是值得的。

与龙琦的双眼对视,白某笑了,他笑得很坦诚。
"当然是我大汉之民,我也正是为此才深夜来龙将军府上叨扰。"
龙琦舒了口气,他看向白某的眼神深处有些东西变了变,此时的他已完全信任白某,如同信任白济一样。
白某放下手中木棍对龙琦拱手道:"在下请求龙将军,明日尽快布置玄菟北三城百姓往西避难之事宜,并请龙将军亲自驻守高显城。"
"好!"龙琦豪气应道,如同白某的话是一道军令。

乡晨之时。
城外黑甲营中,刚回营中的白某稍打了会盹后便被王铁胆唤醒。
在王铁胆帮他装好一身黑色甲胄后,白某走出了帅帐,等在他面前的是一匹阔髀良驹,宽鞍之上还有两把环手长刀与一柄短弓。
白某翻身上马,抬手亮出兵符。接下来,数百匹战马的喘啼声在月下幽响。
蹬马向东奔出,在大梁河上游隘口,白某将与周揽所率的另一半黑甲骑在那里汇合。

卯时未过,夜已去,而阳光未至。
矗立在大梁河旁矮坡上的黑甲骑,此时距胡人先锋营寨只不足五里。
胡人先锋共有三部,相互紧挨扎营。远观看去,他们营寨未设垒枪,没立哨塔,便是连营帐的布置都十分混乱。且胡人营寨依大梁河余流而建,大梁河虽宽但却不深,而在这时节中,水不深所以河水已大半融化。
如此,过会这些胡人们,便少了一个方向可以逃了。

马背上的白某正闭眼聆听着胡人营帐中的声音,远方很安静,没有锣鼓、没有人声。胡人喜饮酒,逢夜便畅饮,就算行军之时也从不禁酒,所以此时白某耳中的一切都如他心中所料。

白某笑了,他知道,这千余胡人先锋都还在醉梦之中。

"铁蛋,你带二百人从东边冲进去。待会不用等我旗语,太阳从你背后升起时立即冲杀。"

王铁胆豪声应了令,随即调转马头往东奔去。

第一道令下完,白某对身旁的周揽道:"周揽将军,你绕袭敌后。待铁蛋那憨货杀声喊过,等我旗令进攻。"

周揽听后则有些不快道:"往常先锋都是我干,铁蛋子也是我带出来的兵,这怎么让他打头阵去了?世子可是嫌我岁数大了?"

白某听后暗自无奈,他早就想到周揽的反应了。父亲留下的兵是骄兵,将更是傲将,但白某也自有一番说辞。

"周揽将军莫要误会,让你去,其实是有一重任交给你。我想在敌后放把火,这把火,才是这场战斗中的死手。但这火攻铁蛋弄不来,火这东西,放小了没用,放大了自己人也危险,所以这才想把这火攻交给周揽将军你。"白某说完,周揽果然得意地接下令旗。

在两方人都安排妥当后,白某便亲自带着五百黑甲骑定在战场两里外督战。

辰时将至。

便在天与地的夹缝之中挤出第一丝光芒时,战吼声在大梁河畔响起,之后马的嘶鸣声,再之后马蹄声彻底踏碎了最后一丝夜色。

在数百黑甲骑的冲杀之下,那些既无护墙也无拒马的营寨,瞬间便像是被利刃刺开的瓜果一般裂开。

便在这一瞬之间后,越来越多的声音响起,有人的呜嚎与呐喊,金属相击的脆响。而就在这两种声音越来越响时,渐渐又有了第三种声音,那是火燃烧在木材上的噼啪声。

太阳升起了,火也在春风中越烧越旺,此时远离战场的白某竟感到有些暖。

听着战场之上的种种声音,白某的心中有种喜悦,这声音,如同人在他乡忽闻乡音般的亲切。

不自知地，白某胯下黑马离战场越来越近，他摁着刀柄的手在抖，白某已经快按捺不住自己加入这次厮杀的冲动了。

渐渐，手中的汗湿了缠在环首刀刀柄的麻布，白某用咬紧牙挤出的笑容克制住了自己的兴奋。

此时，同样是领兵，同样是杀人，同样是放火，但白某已不再是四年前冬日时那个少年了。

现在的白某是为将之人，他已知道自己为何领兵、为何杀人、为何放火。

有些东西他不再迷茫，但更多一些东西他需要顾虑。比如说大局、战略，还有自己的性命安危。

游击督战的白某骑部，在战场的两里外吹响号角、打出旗语。

"收兵！勿追！"

在这场偷袭战中，黑甲骑的损伤非常轻微。除了两匹马跑疯了撞死外，人仅伤了十几个，没有一人阵亡。又因胡人的装备太烂，所以他们不需打扫战场便可返回襄平。

至此，白某真正的"初阵"以大捷告终。

军中大捷，而后自然免不了酒宴。

美酒就着大胜，被王铁胆搀回陈府时，白某已喝得走不出直线了。稍稍坐稳，白某本想好好睡上一觉。可他还不知道，接下来的事与今早在战场上的厮杀相比，那是更难打的一场"战斗"。

白某在厅中坐稳，但之后等着他的却不是端来的甜水，而是气势汹汹的陈姨娘。

从小到大，陈姨娘一直对白某疼爱有加。别说打，就是连重话都没说过一句。

也是因此白某才有了江南女人温婉的认知，因为陈姨娘便是扬州山阴人。

但此时,一向温婉的陈姨娘却拎着白某的耳朵厉声呵斥,并不时用柔弱的拳头捶打白某。

陈姨娘就像是寻常母亲训斥儿子一样,她教训白某莫名消失了两日,没撂句话就去打仗了,丝毫不顾自己安危与家人担心。

听着陈姨娘的训斥,白某心底其实有些开心。陈姨娘如自己亲母,听几声母亲的训斥让他感觉很是亲近。

不过还没等他好好品味亲情意味,随即让他头疼的事就来了,陈姨娘话没讲几句便哭了起来。

陈夫人边抽泣边道:"担心陈怀一个还不够,现在又来一个让人睡不好的。我这是何苦……"

无奈,白某只得躬身好言哄着。

告安陈姨娘后,白某回了卧房。

本以为一劫已过,到了屋中他才想起屋里还有一位。

乌维顶着通红又青黑的双眼,有些怨,又更多是悻然地盯着白某。

看着乌维的神情面色,还有那尖圆的肚子,白某心中忽然觉得自己确实有愧于面前这个女人。

"怎得还没睡?"白某问道。

听到白某张口说话,乌维瞬间便哭开了。

"你死了我去哪?"

没辙,白某只得安抚。

刚刚抱住乌维便换来了一通拳肘击打。虽不疼,但心里却被打得有些堵。不想继续在此事上消磨口舌,白某把话调开,玩笑道:"怎么打自家男人?这是胡人本性露出来了?以前不这样的,你诓骗了我三年?"

白某话刚说完,乌维脸上一怔,神情又怒又惊地看着白某,像是完全听不出白某在开玩笑。

看着乌维的眼神,白某自知玩笑讲得过头了。乌维当然知道白某去打胡人了,自己再用胡人打岔玩笑确实不好。

理亏情亏下,白某只得又好言宽抚。他轻抚着乌维肚子道:"可不能再闹了,我这第二个儿子你得保重些。"

待乌维安宁后,两人躺在床上,乌维扶在白某的肩上,语气忧愁地道:"你知道哪些是奴人?你知道他们多凶?我小时,鲜族与龙江斡人打仗。鲜族败了,被斡人驱当奴隶。斡人中就有奴人,他们连人都吃。"

这是乌维第一次讲起她的往昔,有了第一次开口,话便多起来了。之后乌维又讲了许多关于她的过往经历,有她的妈、她的爸,还有她早亡的弟弟。

乌维枕在白某臂弯中像是找到了安全,这种安全让她可以尽情开口。她讲了好久好久,这是白某与乌维相识三年,乌维说话最多的一次。乌维的那些故事有些模糊,甚至有些奇异,好些山精野怪的东西掺杂在她的回忆中。但这些回忆都有一个共同点,那便是凄惨。乌维在遇到白某之前,尽是惊恐、饥饿、寒冷,除此之外,再看不到一丝好的东西。

听着乌维的声音越发凄悲,白某不想她再耗费心神,于是他转移乌维注意,调笑乌维道:"听你讲这么多,我在想,你到底多大啊?你是记事早,还是说……不只大我三岁?"

谁曾想白某这玩笑又弄出岔来,这一句话竟是把乌维又问愣住了。再之后白某心中郁闷,因为他发现乌维的眼神开始闪躲起来。

而后,两人又东聊西聊些别的,渐渐,身边的声音小了,乌维睡着了。白某把乌维身子放平,他抚摸着乌维的肚子心里暗自道:

"什么奴人、斡人。今次我便让这帮野人成为我儿子听的传说故事。"

二月二十日。

襄平城二十里外平原处。

奴胡近五万人与大汉北境军对峙在襄平城东北平原之上。

北境大军结阵紧密,军容肃穆。阵前摆的是外十二出拒马阵内六套木栏围挡。军阵之中,步卒挺拔列阵稳固,脚底如同生根,骑兵啸啸穿梭于两翼,调度有规有矩。

再看胡奴那边,军容军制全是混乱不堪,茫茫大军只像是数万凶兽密布在那。数万的人海中不断爆发出鹰鸣犬吠,更混杂着听不懂的污言秽语。

汉军中军大帐内,龙琦坐在白济曾经的正座之上。

帐外胡奴的战嚎之声不断,帐中有一人正在瑟瑟发抖,此人正是代表朝廷前来督战的胖子幽州太守。

龙琦见状关心问道:"太守大人可还好?"

"没事没事,这些年胖了许多,许久没穿过甲,有些绷得紧。"胖子太守边擦汗边道。

这时中军大帐内走进一将,乃是龙府的家将。

"报将军!奴胡那边估计摁不住了。"

龙琦听后点头下令道:"出阵,你速去传令两翼黑甲营,让他们在等到旗语前稳住!"

"诺!"

龙琦换好甲胄,对不断擦汗的胖子太守道:"请太守大人与我一同到军前巡阵吧。"

龙琦话刚落地,便见胖子太守脸色一黑,满脸都写着一副想找托词不去,可又想不出说些什么的尴尬神情。

龙琦见状心中非但没有嘲讽,反倒叫了声好。因为他知道,眼前这个胖子,待会绝不会干涉自己的指挥布置了。

既是如此,龙琦十分上路地给胖太守递上台阶,他关切道:"也是难怪太守大人如此,连日劳顿赶路,还没休息好便直奔阵前。哎,不如这样,太守大人先于中军休息,这仗打起来长着呢,千万别在开头便把身子累坏了。等养好了身子,太守大人再为国杀敌也是不迟的。"

说罢,龙琦抱拳一礼,扔下满脸感激的胖太守,起身走出大帐。

巳时,天全明,光尽现,乃是吉时。

肃静许久的汉军阵中忽然响起震天的战鼓。龙琦沿阵前巡视一圈,后重回大军正前。他扭转马头,对身后的二十几位将军抱拳道:"今侯爷不在北境,故今番胡乱便由龙某人指挥。这第一役,咱们虽有暗计后手,但仍要打出击溃胡贼之气势。龙某人望诸位将军果敢进取,莫丢了北境与侯爷的脸面,免得侯爷在荆州还要记挂这里!"

"诺!"

众将齐齐抱拳喝应。龙琦对众将挨个点头致意,让亲兵把各色将旗分发下去。领完将旗,诸将回到各自的营队阵地后,龙琦抬手招来一名家将,低声道:"你点一队骑兵,跟在右翼黑甲骑之后,看紧些世子,切不可让他冒进伤着。"

而后,这场大战前所有的布置都已完成,龙琦调转马头面向对面黑压压的奴胡大军,他的心中不免豪情翻涌。

龙琦虽未至不惑,却已是个城府极深沉之人,可这并非他本性如此。龙家虽已是绵延世家,但到龙琦这辈已是风光不再,家室故旧没一人得势,空有高义龙家之名,而没有半点世家之势力。

龙琦城府深,算计多,便是因此不得已而为。家中无长辈传承,再兴家名之任便落到他这个长兄头上。

可说到底他也是龙家之后,骨子里必是个极傲的人。恰逢胡乱的局势,遇到白济不在北境的时机。那此时此刻,他便不再是夹在朝堂与白济之中调和的北中郎将,而是背后数万大军的统帅,是高义龙家当代之家主。

"杀!杀!杀!"

战吼之后,与北境战鼓对垒而鸣的是胡奴的骨笛声。笛声沉鸣一片长调后,黑泥似的胡奴大军向着北境军阵涌了过来。

龙琦手中将旗一抬,便是身后长弓营一轮定位箭。零散的箭矢落在光秃秃的大地上,这场大战正式拉开了帷幕。

调转马头返回中军,龙琦对前阵的龙玮给了一个激励的眼神。

龙玮抬手有节奏地高呼道:"搭箭!满!放!"

随即凌空之声随指令响起,这第二轮箭结结实实地射在了胡人阵中。北境兵具皆为上品,弓劲箭锐。再加上统领着长弓营的是极善射的龙玮,所以这每轮箭雨无论是杀伤力还是实际,都是上佳效果。

"敌已过二百步!"报令官扯着嗓子喊道。

"换钩子!"

随着龙玮的口令,役兵给长弓营的壮汉们搬来了重头快箭。此箭矢,箭头混着凝铁,虽然射程不远,但胜在杀伤力大射速快。

又是一轮箭雨略过,报令官大喊道:"一百步!"

但此时已不再用人报距离了,阵前的长弓营射手都是视力上等,他们早已看清了敌人的面孔。

只是这一看清不要紧,便是看了反而挪不动脚了。

因为他们看到的不是冲锋的奴胡步卒,而是被驱使着作为填阵肉墙用的俘虏。龙玮目力比旁人更好,他一眼便看清楚,这些俘虏中不光有胡人,还有不少汉人。

而敌军走得虽慢,但就是龙玮这一个迟疑间,敌军便到了阵前七十步。

龙玮身边的一位五十岁上下的老家将,看出龙玮眼神不对,他一把拽住龙玮道:"爷!别看!快走!莫被晃了眼!"说着他拉住龙玮,叫嚷着长弓营往阵后撤。

说到底,如此规模的打仗,还未到而立之年的龙玮也是第一次遇到。

长弓营后撤,汉军步卒瞬间顶了上来,在各处拒马阵上竖起大杆然后又摆开盾阵。

最后五十步,奴胡扔下了裹挟的俘虏,嘶嚎着向汉军阵前冲锋。

因刚刚长弓营撤慢了,所以本该用来扼制敌军的抛箭没有射出。少了抛箭的攻势,奴胡大军冲锋得非常顺利。汉军几个没来得及布置完整的阵地,瞬间往后退了近十步,更有几处被胡人步卒扯开了口子。

这时,高台上的龙琦令旗一翻,号角吹的是一长一短交替。汉军阵列之后,一营拿着各式武器的部队快速集结,便是白济麾下的精锐部曲——虎背营。

因为虎背营的加入,汉军的几处缺口暂时稳住,一时间两军阵前进入了僵持阶段。

赌到了汉军一轮满箭的空档,奴胡的骑兵终于出阵了。只不过这个时机却不是胡奴统帅抓住的,而是汉军统帅龙琦卖出的。

高台之上的龙琦笑了,不光是因为敌人的骑兵被勾了出来,更是因为胡骑的冲锋是径直向着汉军前阵来的。

"二百!"

"一百!"

报令官声嘶力竭地喊着。

"放!"

一轮箭雨使胡骑的冲锋稍缓了些。

又是几个喘息,眼见胡骑已杀到汉军前阵开始胶着时,龙琦手中令旗再次飞舞起来。

即时,汉军两翼处的汉军骑兵出战了,左部为速仆丘的胡骑营,右部为白某的黑甲营。

白某甩开马鞭,一马当先骑在自己队列最前,同队的黑甲骑无不担心他的安危,全都快马一鞭再次把白某围了起来。

在龙琦的计划中,汉军的这两部骑兵乃是此战的关键。这两支骑兵的任务是,一旦等到战势开始黏着,便从后绕袭敌军后侧两翼。而这计划的先提条件便是,胡奴的骑兵被己方拖住。

此时再看胡奴骑兵,他们已身陷前阵混战当中难以脱出。骑兵一旦失去了冲势与空间,那便是大大的活靶子。

胡人骑兵大半都已被汉军隔着拒马,用长杆挑落下来。剩下的胡骑处境更加窘迫,他们前有汉军的步阵,攻无可攻;后有毫无纪律的友军正汹涌而来,退无可退。如此情景之下,跌倒的、落马的开始渐渐多了。人一旦落到地上,便不用汉军来杀,很快便被拥挤的人海踩死。

随着倒地的胡人越来越多,虽此时汉军阵地看似在缓慢地后撤,但这场战役的胜机已开始倒向汉军。

胡人大军中有一人倒地便有两人绊倒,再之后就是三个人被活活踩死。前,攻不进去,后,又有汉军骑兵不断地巡回歼杀。

就在战局开始一边倒时,奴胡大营响起了退军的骨笛声,可任凭笛声响了几轮,前线中却是一支部队也撤不下来。

如此,数万胡人大军竟如被圈养之禽兽般任人宰割。

便在这时,奴胡王帐中军内一支人数大约三百的骑兵奔驰而出。最先看清这支骑兵模样的,是离着较近的汉军骑兵。

只看这支胡骑的装备,很明显与其余胡骑不同。他们马鞍之上弯刀挂弓,战马上还披着链铁马具。稍离近些,再看这些骑士全都是粗壮高大的汉子。

除此之外,这支骑兵中最引人注目的就是那张华丽番旗,如此打扮不须细想便知,这应是奴胡也该汗的亲卫骑兵。

这支亲卫胡骑武艺极高,个个可在马上搭弓。他们不顾友军被流矢波及,直接找上了离他们较近的速仆丘部。策马弯弓一轮箭,且箭箭都是瞄准了放的。就是这一轮箭,速仆丘部便有十好几人落马。

只是一个照面的工夫,速仆丘没有丝毫纠结,他立刻调转马头带队撤退,免得陷入前后夹击的混战中。

见一敌撤退,亲卫胡骑立刻调转马头,向白某所率的黑甲营而来,高台之上的龙琦见状直接打出退令。他想着敌已元气大伤,这便已经够了,无论如何都不能伤到白某性命。

但白某,却觉得还不够。

他们原定的战略计划是,先迎击胡人把他们打疼,然后在东北方放开缺口,诱使奴胡往东北撤退,此后再执行白某所讲的"斩首"之策。

而此时,虽然汉军已是大胜,奴胡的战损还不够多。此时若让奴胡撤走,那今日这样的大战估计还要再打上一次。

"必须解决这队精锐胡骑。"白某心想道。

不过虽然心中豪气万丈,可白某此时身负大局,他全然没有与胡骑硬碰硬的想法。

他想的是拖,只要能多拖住这支胡骑一刻,那汉家前阵便能多杀一队胡兵。

如此,白某的黑甲营与这队精锐胡骑开始了追逐战,只要这支胡骑

第八章 —— 潮火 | 541

追,黑甲营便跑。可一旦这支胡骑不再理白某,白某便对其骚扰。便是敌进他跑,敌退他追。

一时间,两股骑兵隔着五十步左右的距离,竟是你来我往隔空纠缠在一起。

亲卫胡骑弓准但甲薄,黑甲骑甲重但矛少,双方你来我往之间损伤姑且持平。

但战场另一边的局势便不一样了,速仆丘只看了白某这边一眼便知道他想什么。立刻调转马头,他的胡骑营又杀回敌军后方。

不等白某那边黑甲骑把随身的掷矛投光,速仆丘这边又把胡军的退路堵死。

"差不多了!"马背上的白某与将台上的龙琦心中同时道。

一时间令旗再变,汉军很快在战场东北方打开缺口,而胡人大军则如流水般向东北方溃泄,而后汉军大阵中响起了金锣长号之声。

大战之后。

襄平城外二十里平原之上,如山丘似的尸堆散发出腐败腥臭的味道。

白某赶回中军大帐时,整装待发的龙琦正在等他。大胜之后两人见面,龙琦脸上既没有得胜的喜悦,也没有训斥白某刚刚违反军令。

他只留下一句话便走了。

"高显城我只守十五日,务必把握战机!"

白某笑道:"用不到十五日。"

龙琦点点头,随后不多歇息,跨马便走。如此幽州胡乱第一役,以汉军大捷为告终。

二月末。

大战后十天内,奴胡在玄菟郡东北四处劫掠,可那里四处空壁清野,没有丝毫收获。

情急之下,胡奴只好猛攻有人的高显城。虽然也对高显城造成些许损失,但城池却依旧稳固。之后奴胡又连番数次进攻,但不管他们如何强攻用计,就算是高显城脏了黑了破了,可它仍是完完整整地屹立在大汉边塞。

强攻高显城不成,胡人也想过绕开玄菟北,直接向西南汉土深处挺进。可试过才知道,他们从辽东撤到玄菟时,那些布防稀松的营寨城池,此时却都已是枕戈待旦。

已近三月。

此时,纵是北境也是冰化作水,雨密成潭。

龙琦当然是名将,只不过一直被掩盖在白济的光芒下。通过最近几次与胡人在高显城的攻防,龙琦已看出胡人的状况,便是胡人的补给空了,难以为继。

高显城内,龙琦把一封信交给了瘦干小兵手上,随后一匹快马从城南门疾驰而出。龙琦站在高显城城楼之上,看着马匹渐远,心中一口气放了下来,却又马上担心起下一件事了。

三月初三,襄平城外,襄平城东北山林处。

三月初,乃是汉家传统祭祖之时。每逢此时节,彼时阴雨连绵。

白某看向远处马上的人,那是猴子在向自己招手,他知道,今天便是一切布置将要收尾的时候。

龙琦费了三天时间,循序渐进地卖了一个看似合理的布防破绽,甚至十分体贴地给了胡人一天的调动时间。得到如此机会的胡人,只要不是傻子便知道这是一个机会。

他们有两个选择,一个便是退回那极北寒地。另一个便是,趁此机会拼下薄弱的辽东襄平城。但白某了解胡人的性格,他知道胡人只会做出一种选择,便是拼一波成功。

猴子在马上对白某大喊道:"奴胡八百骑已过白云山营寨,胡汗王骑营也在!其部落已至一百里外大河镇,步卒于五十里外小凌河进了我军套子。"

"好!全中!"

白某大喊一声,兴致十分高昂。

而后他对已换好新马的猴子下令道:"去周揽将军那,半个时辰后从大沟寨出兵。与我合击胡汗王骑营。"猴子点点头,马鞭一甩便再度奔驰而出。

第八章 —— 潮火

白某向北远眺,好似听到了敌军的阵阵马蹄之声,他豪气道:"此役过后,我大汉北境可得十年安稳!众将士随我杀敌,取敌汗王之首者,赏千金!"

没有应答,没有战吼,只有窒息的安静。这是只有镇北侯白济麾下,黑甲营骑兵才有的沉默,既决然又致命。

瞬息,吐。

白某自幼长在军中,虽在荆州入学读书闻圣贤道,可他的骨子里仍是军人。时隔十余日之后,再次看到那支精锐胡骑时,白某已不用再想什么大局了。

此时的白某只遵循军人的本能即可,渴望遇到强敌,渴望击败强敌!

"杀!"

随着一声即是军令又是战吼的叫喊声,数百黑甲骑从高处向胡骑俯冲。

马凭地势,人借马力,数百黑甲骑瞬间杀入胡骑队中。

"勿恋战!只找为首者击杀!"白某喊道。

数百黑甲骑诺后,立时密集成两列纵队,径直向胡骑深腹处插去。

而这支胡骑长时赶路,人疲马乏,此时又忽遭偷袭,慌忙之下难以应付。

可这支部队毕竟是奴胡之精锐,没等几息的工夫回过神来。渐渐的,有黑甲骑士落马、掉队,冲锋的速度也慢了下来。就在黑甲骑的冲势要被胡骑的反击逼停之时,白某看到了一副不一样的甲胄。

瞬息,纳。

十余步外,在十几骑胡骑中,有一个头戴羊角铁盔的虬髯奴人,他的马刀是金的,他的马鞍上有珠宝,身上还披着华丽的裘皮!

渐渐的,白某看清了他的眼神,那是只有发布号令的上位者才有的眼神。

白某笑了,他终于找到这个人了。

这个虬髯壮汉,奴胡的统帅,便是传说中的该也汗!

而就在这一瞬间,白某心中的兴奋还没被压下去时,他的钢盔被射飞了。

"羊角盔为胡首！围杀之！"

便在白某的叫喊中，他目力范围内仅剩的十几骑精神为之一振，团团把白某围在最中间，向着敌人作出最致命的冲锋！

十步！黑甲骑渐渐跌落下马。

五步！白某看清了该也汗瞳孔的颜色。

三……

没有三步了，白某胸前一闷，眼中全是湛蓝的天空。他在地上滚了两圈，眼中的该也汗已调转马头。白某的胸口很痛，心中的那团激情有些冷。

但白某心中的绝望并没继续蔓延下去，这时王铁胆从他后面抢杀出来，在王铁胆的铁锤挥舞之间，那是阵阵骨碎颅裂之声。

王铁胆疾奔到白某身边，不需勒缰停马，只是向地上伸手那么一托，白某便被他拽到马背之上。

"铁蛋！把我扔出去！宰了他我封你做校尉将军！"

王铁胆，年岁二十近半不可细查，祖籍不详，父母不在，原是襄平城外矮坡村中一铁匠学徒。经种种磨难造化后，从属于镇北侯白济亲兵黑甲营中。他力大无穷，惯用一柄四尺镔头铁锤。因得镇北侯世子白某偏爱，封黑甲营都骑。

人生造化本是无常，便不知道以后的襄平城中，是又多了一户姓王的将门，抑或是再填一具无名尸体。

瞬息，吐纳。

王铁胆用上从娘胎里出来的力气，在马上托举起白某这个身高五尺半的大汉。然后，便像很多年前他在腊八宴上投掷而出的那把锤子一般，他把白某抛了出去。此时，从小便力大无穷的王铁胆，人生中第一次尝到脱力的滋味。

王铁胆从马背跌落，匍匐在地死死盯向前方。

下一个瞬间，王铁胆目力所及之内，二十多名或骑在马上、或躺在地上、或穿黑甲、或披裘皮的,只要是个人,便全停下了下来。

他们在看着那两个重叠摔在地上的人,他们在等待一个结果。

不知多久,两个重叠的人中,有一个人站起来了。而另一个,后颈处钉着一把脏兮兮的短斧。

此时,便是此时。

就算远处周揽的叫喊声未到,此间众人也都知道结果了。

胡乱已平。

三月初五,夜。

这场胡乱,虽然以北境斩杀胡奴该也汗大获全胜而告终,但这时,却不是开庆功宴之时。胡人虽败,但仍有大股溃兵零散在辽东、玄菟两郡。所以今日得胜后,襄平城内并没有着急举办盛大的庆功宴,而是稍稍庆祝一番后,各营各部仍回了各自盈哨枕戈待旦,做好往后清剿胡奴溃兵的准备。

而这段时间一直住在城外黑甲营中的白某,终于在这日回到了身后不远的襄平城。

但回襄平城后,白某却没有直接回到陈府。他在陈府门口遣走王铁胆,而后便独自去了一条冷清的小街。

在一处僻静院子门前驻足,学了几声鹞子叫,之后小院的门被打开了。

"人怎么样?"

"没碰他。嘴紧着呢,咬死了见到世子才张口。"猴子笑道。

白某点点头往小院深处走去。

这间院子是北境暗哨的据点,北境的诸将中,知道有这个地方的只有两人,便是白济与陈怀。

而随着白某的长大,还有他的过往行径,白某成了第三个知道这里的人。

在小院的磨房中有一处地牢,穿过层层机关,白某的面前是一间单人牢房。牢房简陋却干净,在牢房中,有个身着一身怪异衣裳的中年人。

中年人这身怪异打扮,白某却是十分熟悉。只需一眼他便知道,这中年人是胡人的萨满。

猴子把牢门打开,往牢中搬进一个马凳。

白某进入牢中坐下,打量着面前的囚犯,一时间他只觉得眼前这个萨满十分面熟,好像在什么地方见过。

"见过世子。"

不等白某说出自己是谁,那中年萨满便笑着叫出白某的身份。

看着面前这人的脸,白某确信这个人他确实见过。

那是白某不愿意清楚回忆的过去,每每回想那时,白某总会自愧于当初的幼稚,还有自以为是。

那是很久很久以前,冬天,在辽东胡人部落中有一位老萨满,是白某所见过最睿智的人之一。

而老萨满有一个徒儿,是汉人。

白某对猴子点了点头,猴子报了一礼后离开了,此时牢中只剩下白某与中年萨满。

白某沉默,他知道面前这人要讲的话不需自己开口询问。屏息片刻,中年萨满开口了,而他的第一句话便震惊了白某。

"我来自扬州,是义博侯的人。"

瞬间,白某脑中所有提前准备好的猜想话术全都没用了。在白某震惊中,中年萨满面无表情继续道:"先向世子讲讲我是谁吧。"

白某点头。

"很多年前,我本是负责替义博侯府行走在高丽国的门客,因为一些明里暗里的勾当,我又去了胡境,而后又阴差阳错地成了胡人的萨满。如此便是我先前的经历,细说无趣,不提也罢。"

中年人摇头笑笑,然后继续说道:"自从辽东胡人部落被世子烧了之后,我便继续往北走。当时想的是如此也好,就当是自己在那场大火里被烧死了,往后便是新生了。可能是偷得了老萨满的一些智慧,几年之后的我,竟莫名其妙成了奴胡的该也汗帐中的大萨满。"

中年人说完沉默了会后才接着开口:"那之后又过了一段时间,某日我忽然收到从汉地来的指令。而我,因为一些苦衷,必须执行这个指令。再之后,就是今天与世子再见了。"

白某听后心中一寒,中年人的话说得轻巧,但这言语里包涵的事却太多了。

白某阴恻恻地问道:"把话说清楚些,你接到什么指令?为何接到指令之后便是你我再见?"

中年人听后意味深长地笑笑:"世子啊,这场胡乱你平息得太快。如此,很多事情就缓不得了。"

"什么事情缓不得?"

听到白某的质问,中年人笑而不答,脸上写满着只可意会不可言传的意思。

白某皱起眉头道:"你既然来找我,便是有些一定要让我听到的话。若你继续故弄玄虚,那这话我不听也罢。"

中年人摇摇头:"不知世子是在装傻,还是真正愚钝。此事不光关系着扬州的义博侯,更关系着你父亲,关系着大汉的天下。若世子无所谓,那不听也罢了。"

白某没有理会中年人的激将,他笑道:"我本就不聪明,你不说清我猜不出来。不过我也可告诉你,不管你是讲清楚些,还是继续扯些不清楚的话,我只听你说一次,之后便会杀了你。"

中年人听后笑笑道:"我确实该杀,我知道得太多了,世子不杀我,我也活不成的。"

白某沉默不语。

中年人凝神半刻后静静地道:"这场胡乱,是义博侯送给镇北侯的礼物,如同很多年前的那队胡人哨骑。"

白某眼神微怔,中年人继续道:"我主义博侯是个精明的人,世间皆言他是个商贾。错了,其实他是个赌徒,他是能用身家性命去赌天下的赌徒。只不过,每次他都赌对了,才显得像是精明算计的商人。"

"怎么可能有人逢赌必赢。"白某静静道。

中年人一笑："若只是个赌徒，当然不能逢赌必赢。只不过我主不单是赌徒，他还是诡诈的赌徒。不是稳赢的赌局，他从不下手，若是被人逼着下码，他便会使诈。"

"你是说，很多年前的胡人哨骑与此时的胡乱，都是义博侯赌局上的诈术？"白某问道。

中年人点头道："是，下面的话，我便以赌局举例吧，如此也好分说。这诸多世事的起因，都是源于一场赌局。很多年前天子开了一场赌局，并要这世间所有的世家显贵择边而坐，我主人当然也不例外。但我主也是善赌之人，他把这赌局看得清楚，知道那时的赌桌上分不出胜负。可因天子之命，那时他又不得不选边押宝。所以他想出一招，若是有人能替他押宝，那他便可暂且远离赌桌再观望一阵。如此，便有了多年前辽东的那队胡人哨骑。"

白某听后想了很久，他惊讶自己多年前的偶然戏耍之举，竟然能牵引出这么大的背景。半刻之后，他迟疑问道："你的意思是，义博侯想让我父亲替他押宝？可这与胡人哨骑有何关系？"

"世子啊，我竟不知你是聪敏还是愚笨了。这世间最了解天子为人的，镇北侯算一个。那时若北境安稳，镇北侯肯放心大胆地去京畿么？北境越乱，镇北侯才越安全。"中年人微笑解释道。

白某听后寻思了会问道："如此说，那此时的这场胡乱，也是义博侯的拖延诈术？"

中年人点头："是，但这场胡乱的背后，却远非多年前那一小队哨骑能比。这次胡乱，便是我主最后一诈了。"

"何解？"

"此时天下赌局，明眼人都能隐约看出，这场赌局最后会决在荆州。一边是站在天子那边的镇北侯，另一边很大可能是长沙王刘可。最终鹿死谁手，这一两年便能分出胜负。我主更是两边下注，他想的是，等到局势分出一个此消彼长时，他再往优势那方追注。可就在这紧要时候，我主却发现这赌局出问题了。"

中年人的话说得很慢，但纵使如此，白某对他的话还是有些消化不过来。没等白某发问，中年人叹了口气继续道："我主发觉，这赌局好像没那么势均力敌了。因某些缘由,镇北侯那边的状况似乎并不明朗。甚至到了这紧要关头,镇北侯那边仍在束手束脚难以施展。而此时更要命的是,赌局上优势一方的刘可,与代表天子一方的白济几乎同时逼他下注。如此,他又为难起来了,此时,这两边中无论哪一方他都无法拒绝。因此,为了平衡赌局上的势力,我主便让我送镇北侯一场胡乱。"

"若此时胡乱闹个几年,我父亲在荆州便可全无顾虑地施展手脚了?"白某道。

中年人点点头:"只可惜我主竟然小看了世子,或许也是高看了世子。"

"怎讲?"

中年人苦笑道:"小看世子的是,世子竟能用一月工夫平息如此规模的胡乱。高看世子的是,世子竟没想到这胡乱中的一层深意。"

白某听后沉默了。好久好久之后,他站起来背对着中年人道:"就算你话是真的,为何要全讲给我听。"

中年人听后一笑,不假思索回道:"我这话未必是真的,其中种种只是我自己的猜想。讲给世子听,是因为我有求于世子。"

"你求什么?"白某问道。

中年人对白某俯身一拜道:"我已是无用之人,请世子杀了我,而后放我一条生路。"

白某看着这个匍匐在地的中年人,他的眼神很复杂。

这世间最聪明最有城府之人,白某见过许多,但眼前这个中年人他别说看透了,便是连看清都难。

"不是说欣然赴死?为何又来求命?"

中年人抬首笑道:"求生乃是人之本性,为求生,便只好向死而生。"

白某凝神与中年人对视,他想从中年人的眼中多看出些意味深长。可惜,两人对视许久之后,他却全无所获。

白某感叹问道:"你身在极北之地数年,竟能把汉地局势判断得如此精准。我自小长在高人身边,见过天高地厚,就算是世间统称的天下四才,论对时局的见识也只如你这般吧。所以……你姓氏在哪?到底是何人?"

中年人笑笑回答道:"寻常人,只不过碰巧受了祖灵的眷顾。得了真正智者的一丝教诲罢了。"

穿过昏暗的地牢,白某又见到了天空。
猴子凑过来问道:"世子,这人怎么处理?"
"过段时间往北放了吧。"
说罢白某离开了这间僻静小院。此时此刻他忽然很想肥憨,因为他迷茫了。不光是对未来的局势迷茫,更对一些他心中笃信之物迷茫。把天下比作赌局,那这生活在世间的人又算什么呢?怕是连筹码都不是。

此后的几天,白某陷入迷茫之中。
他不断回味中年萨满的话,试图从他话中分析出一条清晰的脉络。可惜的是,那些带有巨大深意的话,却在白某的脑中越来越混沌。这时白某才发现,自己以往的那些小聪明小诡计全都派不上用场了。
白某从枯秧先生门下出师,只让他看清了自己是谁,并没有让他真的变成一个"聪明人"。关于为何自己父亲到荆州、去荆州做什么、此时荆州是什么局势,白某对此全是不甚清楚。但在他寄往荆州的信中,只如实写了自己得知的情报,关于荆州父亲那里到底发生了什么,白某一概没问。因为白某知道,就算自己问了,父亲与先生也不会同自己讲太多。
日子就这么一天一天过去,虽然白某面上的迷茫渐渐淡去,可他的心中却越发困惑。此时他才发现,在自己最信任的人中,竟没有一人可以给他出谋划策。
终于在白某快把脑壳想炸的时候,他想起了一个人。白某认为,若是以此人之能,定能为自己描画出一条豁然开朗之径。
并且虽然此人不算是他可全然信任之人,但以他对此人所知,此人绝不会诓骗于他。
于是白某写了一封信,信中丝毫不提自己所知之事,只是询问那人对天下大势如何看待,以及镇北侯府该如何自处。
如此,一封信从辽东镇北侯府,寄到了清河何家。

四月。

四月吹到京畿之中的春风比北境更暖,此时已是一副暮春早夏的盎然景象。

洛京城外的一处名胜景观处,太尉戚博正带着一众门客同僚踏春游玩。时至午间,戚博一行人搭起围帐便在郊外野餐。

与簇拥着自己的门客同僚起了三轮酒后,戚博看似心不在焉地对坐在下手处的梁辰问道:"梁辰贤侄啊,你总到老相国那里走动,老相国近日身体如何啊?"

戚博此话一出,座下满堂簇拥都是屏息凝神。今天能坐在这里的人,没有一个不是老油条,此时听戚博忽然当众问起王暮,尽管他们不知道戚博是什么意思,但也都明白最好还是别搭话。

而在众人中,只有一人除外,便是被戚博提问的梁辰。

他堂堂正正地回答道:"开春之后,老相国精神头好了些,饭量也比之前多了。"

戚博听后做出一脸欣慰的表情,然后又问道:"我还听说,游大人近日也常常回去看老相国?这是……"

梁辰笑着点头答道:"确实,我在老相国府中几次见到游大人,偶尔还会与他攀谈两句。瞧着倒像是老相国与游大人的关系有所缓和,甚至有时游大人还会留在府中吃饭。不过,我却觉得老相国心中仍还是有些芥蒂。"

梁辰的话说得平淡,一副不知道王暮与戚博间紧张关系的样子。言语之间,好像只在讲自己亲邻的家长里短一般。

戚博疑问道:"梁贤侄是从哪里看出老相国仍有芥蒂的?"

梁辰低头想了会才回答:"倒不是老相国如何,我是瞧王芳大哥对游大人的态度。只要游大人去老相国府中,王芳大哥便避而不见。我猜着,或许是王芳大哥年轻,世事经历得没有老相国那么多。老相国如今性情收敛,懂得不愿结仇的道理,但王芳大哥却绕不过这个槛。"

听到梁辰合情合理人之常性的回答,戚博点点头。而后,他换上豁达的语气对座下众人道:"其实啊,我与老相国只是政见不合,并无私怨。在私下里,我更是十分敬重老相国。冬时听闻老相国身体有恙,我心中也是着急。想去探望，可又怕老相国不愿见我，好在我这梁辰贤侄常替我陪老相国说说话。"

座下众官宦听后，皆是拱手称赞戚博。便是你一句太尉仁厚，他一句太尉宽阔。听众人夸赞，戚博心情更佳。他又教导众人道："今日我向诸位大人讲一个道理，便是我们生而为人自要懂得仁义二字。咱们同在朝中为天子谋事，各持政见那是为臣的本分，可私下里这仁与义却要谨记心头。"

戚博话说得言辞振振，座下又是满堂赞好。

梁辰对戚博拱手道："太尉大人仁厚，我大汉有如此宽仁的宰事之人，实是苍生之福。想必老相国离开京畿后，用不了多久，便会对先前种种纷争想通释怀。"

"老相国要离开京畿？"戚博关切问道。

梁辰点点头："老相国与我说过，想是等天再暖些，他身子再硬朗些，便归家养老了。"

"老相国可当真？"戚博语气中带有丝喜悦。

梁辰又是笑着点头："应不假，因我与老相国是同乡，早几月王芳大哥便托我在家乡置买了许多田亩。这段时间，我去老相国府中陪他说话时，老相国口中也常提起他幼时在故乡的往事。每每提起，都是声情并茂，让人感叹年华之迟暮。"

戚博听后点头，脸上喜色又多了几分。

他起身对众人道："我先前只以为自己豁达，没想到还是小瞧了老相国的心胸宽广。老相国既已想开，这是好事！"

说罢，他扭头对梁辰道："梁辰贤侄啊，得知老相国返乡之日后，你安排下！我要亲自为老相国送行赔礼。"

梁辰笑着拱手作揖，而后，又是座下满堂奉承。春意盎然之间，好一幅和和气气的景致。

傍晚。

归家后，因终于对王暮放宽了心，戚博非常高兴，所以便把"平息王暮"这事中的大功臣梁辰留在府上吃饭。

酒足饭饱之后,梁辰陪在戚博身边在太尉府花园散步。

戚博兴致高昂之下,打算一并把烦恼事了断,于是他对身旁的梁辰说道:"梁贤侄啊,我打算明日朝会时谏劾刘可。你帮我想个名目,谏他什么才能既不结死仇,又能抹了我和他那层关系。"

梁辰想了会却没有回答戚博,他反问道:"敢问太尉大人,为何要弹劾长沙王?"

戚博听后皱眉,他不解为何梁辰明知故问,于是声音低沉对梁辰道:"你会不知我为何想弹劾刘可?"

梁辰笑笑:"太尉大人可是担忧您与长沙王先前的那层关系被人挖出?所以才想着先弹劾长沙王,好与他划清界限?"

戚博瞥了梁辰一眼,没言语。梁辰会心点点头,继续道:"我倒认为太尉不必操之过急,现在朝中局势刚在太尉手中握稳不久,此时太尉跳出来弹劾长沙王,这多少显得刻意。到时,必有嘴碎之人称太尉欲盖弥彰。"

"但,这事放在那不管,也不是个办法啊。"戚博踌躇道。

梁辰摇头回答道:"将此事放置才是良策。只要拖得够久,以太尉在朝中之能量,便是事实变为传言,传言变为谣言,最后谣言又成了玩笑。再说句胆大妄为的话,太尉大人此时不能光顾着自己了。三皇子如意是您外甥,只要太尉大人经营得妙,未来大汉天下,还不是您这个娘家人说了算。待到那时,便是一千一万个人说太尉与长沙王曾经暗通款曲,这话怕也是没人相信的。"

戚博停下脚步,皱眉思考着梁辰的话。梁辰所言句句在理,戚博挑不出一点问题。可不知为何,戚博心底就是觉得这话中好像有什么东西被说得混乱了,只是一时片刻间,他却理不出头绪来。

而戚博身后的梁辰见戚博有所迟疑,他眉毛微动,便是开口另言道:"倒是太尉大人弹劾长沙王,我却觉得不妥。不!是大大的不妥。观此时局势,镇北侯拥兵驻守荆州之北,便是个明眼人都瞧得出这是为谁。此时荆州还太平,那是因镇北侯还未等到动手的时机。"

看戚博的思绪被自己又引回来,梁辰继续道:"若此时太尉大人发难刘可,便只有两种结果。一则是,长沙王借此作乱,太尉您倒成了他谋乱的引子。另一则是,天子为了安抚刘可,而打压太尉您。这两种结果对太尉都无益。小侄还是那句话,三皇子越来越大了,太尉应把眼光放长远些。"

戚博听后长吁一息,刚刚眼中的困惑全然不见了。

他对梁辰之言连赞数声,而后感叹道:"以梁辰贤侄之见地,在论阁中当真只排在第四位?那这论阁中的前三位得是何等才学?你们阁主无疾又会是怎样的风采?"

听到无疾二字,梁辰脸色露出一丝悲痛。但这丝悲痛仅是稍纵即逝,而后梁辰面色骄傲地道:"我论阁中人,并不单以谋势一项排名。在经典学问之上,我确实差上面三位师兄不少。"

戚博听后微微点头,他听出来梁辰的意思是,单论谋势,他梁辰是强过排名前三之人的。

随即梁辰继续道:"而我家阁主无疾,我这等人与他相比只是俗物罢了。只可惜太尉再无缘相见了,我家阁主遭奸人算计,已经故去了。"

戚博听后也跟着感叹一声。

看着梁辰的模样,他心中也有些不好受,想来自己是问到了这孩子的伤心处。于是,稍缓片刻后,戚博把话调开,对梁辰问道:"贤侄啊,田辛这几日可有去找你?许久没见他了,这小子在胡乱做些什么?"

梁辰听后面色为难,言语委婉答道:"田兄是性情中人,可能是对……那柔情之地多偏爱些吧。"

戚博听后叹了口气,由衷感慨道:"哎,若我有一如贤侄这般的亲子,又怎会如此累心啊。"

梁辰听后沉默不语,只是躬身拱手。

同在立夏之时。

夏初好乘凉,虽然因季节变化已是昼长夜短,但洛京城中的百姓却是把夜过得长了。

冷暖相宜的上佳季节,每到落日之后,寻常百姓与豪门贵族一般无二,都是乐得在屋外消夜。便是无论烹茶还是饮酒,桌上是瓜果或是糕点,天时带来的惬意对每个人都是等同的。

洛京城隆苑中，除了不对外开放的雾院，有四处独院用来招待贵客，分别是风、雨、霜、雪四院。而今日雨院也不对外营业，因为隆苑的二东家要用它招待客人。

再向雨院看去，雨院的宴堂中空无一人，而依建在流水假山之上的台阁上却坐着三个人。这三人便是一脸中正笑容的郎中令何明，正襟危坐的王芳，另一位则是斜身侧躺着的御史大夫游琳。

三人在打一个雅趣，以猜词默字来劝杯中之物。所谓猜词默字，便是众人互写一词后传递到下手之人处，之后众人再开口描述手中之词，最后让坐于上手处之人猜自己手中之词为何。

何明拿到词帖后微微一笑道："风起云至，雨过天晴，这风雨便是我手中之词。"

王芳听后点点头，随即开口描绘起自己手中的事物。

"传说之中，常有圣人在观体世事之后猛然顿悟。这顿悟之中便有我手中之物。"

游琳听后哈哈大笑道："巧了巧了，我三人竟写下相同之物。我这手里嘛，便是寡妇偷人！便是鳏夫爬墙！想要快活须得有我手中之物。"

三人互相对视后，齐齐翻手亮出词帖，三根木牍上写的皆是"时机"二字。

放下手中木牍，三人彼此都是心领神会。

何明不开口，只笑而不语。王芳没笑，把酒盏抬手一扬。游琳见状伸个懒腰，语气懈怠地道："话都已挑明，何必还在这装傻。线我都埋好了，直说何时扯，如何扯？"

何明摇头道："游大人不必急躁，线虽已埋好，可这时机却是要等的。"

游琳扑哧一笑，扫了眼何明道："哎呀，郎中令是在装傻还是怎样？这构陷栽赃的活哪要等什么时机？造个时机便好。"

听游琳说话，王芳略略皱眉道，显然不喜游琳这副戏谑举止，但毕竟与游琳从小长大，他早已习惯。

不理游琳口中聒噪，王芳直接开口问道："师兄直说如何造出一个时机吧。"

游琳听后嘿嘿乐了起来，懒懒用筷子扎了桌上一块糕点，挑起来边吃边道:"好说,刘可与戚博,先拉上一个,再扯下一个。"

听游琳说得如此直白,何明眼角一跳,但这一丝显现于面上的别扭也只是转瞬之间,之后三人又陷入了漫长的沉默。

过了许久,何明深沉道:"还是先近后远稳妥些。"

游琳与王芳当然明白何明说的近是谁,远又是谁。

游琳双眼与何明对视问道:"这是上面的意思?"

迎着游琳的目光,何明没说话,只是摇摇头。游琳见状忽然笑了,笑声中带着一丝诧异与戏谑:"那郎中令为何要先近后远?"

何明没在意游琳那阴阳怪气的笑声,坦言道:"先近后远,为的是稳妥。并且若是近的没了,远的稍微安抚下,或许也闹不起来了。"

游琳听后哈哈大笑,他捧腹捶地以至于流出眼泪。何明刚要发火,忽然想起曾经陈怀对他说过的话,于是咬住牙压下心中怒火。

"师兄!"

王芳沉声叫了声。

游琳收住了笑声,哎哟哎哟地运气半天,又摆了会擦拭笑泪状后才开口道:"哎呀,我说郎中令,亏你能位列九卿之位,侍候在天子身旁,竟是连州县制吏都明白的道理也不懂。"

"请御史大夫赐教。"

何明拼力让自己语气如常,可这话却还是从牙缝中挤出。

游琳喝了口酒摆手道:"赐教谈不上,我也没长你几岁。我告诉你,这时机好办,咱们说造便造了。至于谁先谁后,这事没得选,须得先远后近。"

听到游琳言辞振振,王芳也有些疑惑。

"师兄,为何必须先远后近?"

游琳无奈地瞥了眼王芳,但到底没像对何明那般出言不逊,只是解释道:"京畿之中过一年,南边也过一年,就算咱先把近的办了,远的也拖不垮。更重要的是,远的不闹起来,近的咱们弄不死。"

游琳此话一出,余下两人瞬间想通了,戚博不单单是当朝太尉,更是当今皇后之兄长,三皇子的亲舅舅。若非谋反作乱这等大事,戚博死不了。

游琳挠挠脸,有些为难地继续说道:"这事真正难的不是远也不是近,而是京畿左道禁军营中的田钰。田家是戚家娘亲,田钰更是戚博的亲表

第八章 —— 潮火 | 557

弟,只要能把他办了,此事便再无难为之处。"

何明听后道:"咱们能调京畿右道禁军,洛京城也有两千守军,田钰应掀不起什么大浪。"

游琳白了眼何明,虽然没有再次讥讽,可眼神中充满了鄙夷:"西峡关太远,而且京畿右道禁军是为防着白济的。再者说李退那小子你信得过?就冲他爹李老狗我也是信不过。估计洛京城真乱起来,那小子便按兵观望,最后坐收渔利。"

"我家中二弟也在京畿右道禁军营中,倒是由不得李退捣乱!"何明义正言辞道。

游琳叹了口气:"你这当哥的都这样,你弟能比你机灵到哪去?"

"你!"何明终于还是怒了。

但他刚要怒斥游琳时,游琳便接着开口道:"况且郎中令那句'掀不起什么大浪'也不妥。别说大浪,洛京城中连一丝风都不能挂。以天子的性情,知道咱们三个拿他性命冒险,怕是谁也活不长了。这事吧,还该玩些弯绕勾当才好办。"

游琳言罢,何明一声叹息。虽然游琳讲话难听,但言语中的道理他也是懂的。

"我去会会田钰。"一直沉默的王芳忽然开口道。

"这……王兄亲自去,是不是有些危险啊?"何明担忧地道。

游琳则是又哈哈大笑起来:"不危险!不危险!他儿子田辛还在洛京城中呢。师兄去是最好不过啦,说辞我都替你想好了!"

"如此的话,如何瞒过太尉府的眼线?"何明问道。

游琳嘿嘿笑答道:"太尉府那边不用担心,我的人陪他玩得可好了。"

四月中旬。

在小满前后的某天夜里,梁辰如同之前的每日一般在太尉府待到很晚才离开。

梁辰虽在洛京城居住已久,但他并没有购置宅院,只是租下洛京城南一处不太起眼的院子暂住。梁辰家室都在家乡,他在洛京孑然一身,白日又时常待在太尉府,所以他屋中连个下人也没有,只有一邻居老妇隔日过来给他扫扫院子。

而今晚,刚刚推开院门的梁辰,便发现平日冷清的小院与往日不同。小院之中坐着一个人。梁辰把灯火点亮,看清了来人,游琳正抱着一袋蜜枣吃得津津有味。

"你府上也太冷清些,怎么连个服侍的人都没有?快帮我打盆水洗手,这蜜枣太黏人了。"

梁辰听后没说话,他默默打了盆水放到游琳身边。游琳洗了把手,然后看向梁辰。梁辰叹了口气道:"我家中没有客用的抹布。"

游琳听后也没抱怨,便直接一双湿手在衣服上抹了抹。

"你收拾下东西,明日便走了吧。"游琳忽然说道。

梁辰脸上并不意外,他点点头没说话。又是一阵安静后,梁辰忽然开口问道:"我有一事不明。"

"何事?"

"为何一定要拉下太尉?京畿之中有人接应也不算坏事。"梁辰问道。

游琳听后揉了把脸,没回答梁辰,而是反问梁辰:"当日无疾创建论阁时图的是什么?"

"兴新理废文教,破除士族把持的文法道统,为世人解开用来管束他们的虚伪枷锁,还天下百姓真正的人制。"梁辰面有向往道。

"那就对了,戚博便是士族,他若不死,日后你们成事了又如何?天下仍是当今三皇子的,如此还谈什么理想愿景?天下不过就是一玩物罢了,今日在姓王的手里,来日又跑到姓戚的手里。"

梁辰听后沉默。游琳感叹一声语重心长地道:"我认识戚博也算有些年头了,这老小子呢……是个好人。但好人与愿景是两回事,你要想清楚。就算是你们阁主,不也是为了愿景与我这坏人打起交道么?"

"这道理我懂,游大人不必多费口舌开导我。"梁辰沉声道。

游琳点点头,而后从怀中掏出一卷捆好的绵帛递给梁辰道:"你离开京畿后,先帮我把这东西送到西峡关,之后你去哪便不归我管了。"

梁辰抬头看向游琳那张笑脸,他心中忽然有种恶心的感觉,只觉得离面前这个人越远便越好。

四月二十日。

西峡关,位于京畿道最东南处,入西峡关便是京畿道坦荡大路,出西峡关便是荆州楚地。此关,便是京畿道的南大门。

西峡关地势更为天然的战略要地,北有群山拱卫,南有陡峻谷地,背后倚着数条直贯南北的大小河流。

雄关配悍军,如今驻守此关的便是京畿道两支禁军中的京畿右道禁军,共战兵三千二百人。而京畿右道禁军的统领,便是张掖抚西将军之子,中垒校尉李退。

西峡关内,李退正在军帐中津津有味地读着一张绢帛信件时,忽然有人掀开大帐快步走进。

李退不慌不忙地把信件收起,抬头看向来人正是何皓。李退注意到何皓手中也拿着一封信,他微笑看着何皓,等何皓开口。

何皓扬起手中信件道:"这是我兄长寄来的,老娘教的事是时候往里报啦!此后,一月之内刘可必反!咱们应早做准备,最好知会镇北侯一声,提前与他合流一同进军江陵城早做布置。待到刘可反旗一竖,咱们便可抢先渡江,把战势压在江南边!"

李退安静地听完后莞尔一笑,虽只在军中几年,但南方潮湿的空气让他更显得水灵。他笑容中的风姿,便是相貌出众的清秀女儿也比不上。

"何兄弟稍安毋躁,咱们若是贸然出兵,打乱洛京城中的计划便不合适了。"

何皓听后丝毫不退让道:"此时出兵乃是绝佳时机!这仗须在江南边打!咱们也好,镇北侯也罢,手上都没有战船水军。若是等到刘可过江占了江陵,这仗可就一时半会打不完了。"

李退听后摇头笑笑,语气怪异地感叹了句:"何兄弟到底是知兵之人啊……"

何皓虽然耿直,但耿直不是傻,他当然听得出李退语气中的古怪。

"这不关知兵还是知政的事,若是坐等战事扩大拉长,那荆州一州百姓该如何生活?"

李退听后无奈摇头,而后在言语中加了几分深意道:"何兄弟,你要先搞清一件事,发兵可不是咱们说了算的。别说咱们了,便是镇北侯也得等洛京城中的旨意行事。再把话说深些,咱们驻守西峡关可不单单是为了刘可一人,镇北侯那边,也是要咱们盯紧的。"李退说完连连苦笑。

何皓难以置信地看向李退,他实在无法把李退那张漂亮的脸,联系到刚才听到的腌臜话。

何皓还想说些什么,李退抬手制止道:"何兄弟,多说无益。这京畿右道禁军营的事,到底还是我来定夺的。咱们不必为这事伤了往日和气!"

何皓听后怒视李退良久,但到底也没再说什么,冷哼一声甩手而去。

看着何皓离开的背影,李退莞尔一笑。随即他在桌上铺平一张绵帛,提笔写了起来。

"哥!"李退朝外面叫喊道。不需多等,李进走进大帐。

"哥,我之前教你的话背熟了么?"

李进点点头。

李退满意笑笑,然后把写好的绵帛缠好递给李进道:"哥,你把信送到京畿后便回家吧,见到父亲后把我教你的话讲给他听。"

"父亲不听,你怎么办?"李进憨声问道。

李退笑答道:"父亲若不听,你便好好劝他。"

李退把"劝"字说得很重、很慢。

李进皱眉有些为难,李退见状笑笑,他站起来走到李进身边,拉着自己兄长的手道:"哥,咱们这是为了父亲好。父亲年岁大了,有些事他心里想,可是却没心气胆识去干了。既然这样,这些事就得咱们当儿子的替父亲做。尤其,你是长子。"

李进听后点点头,转身离开,面上没有一丝犹豫。

四月的最后一天。

送走李进之后,游琳去了他每逢闲暇时都会光顾的一家小酒铺。

这家酒馆坐落在洛京城最北边的一条死路口,此处的酒难喝、菜难吃,装潢很烂,地点也非常偏僻。若非要说出个优点来,便是这酒铺很清静。因为这家酒铺中的食客,或许是洛京城中众多酒铺中最少的一家。

总之，就是这家从里到外没有一处好的店，却让游琳几乎每日光顾。

时间长了，甚至这家酒铺的老板都看不过去了。所以每当游琳光顾时，酒铺老板都是叫人到别家饭庄买酒买菜回来，而后再换上自己店内的餐盘给游琳端上来。

当然，留恋于这家店的游琳不是傻子。这家店对旁人有千般不好，但对游琳来讲，这里却是天下最好的酒铺。

因为这家店位于洛京城的最北偏东，距离天子所在的恒旦宫只隔着一条河。所以这里便是整个洛京城中，距离住在恒旦宫东宫中的王茵儿最近的地方。

二楼的雅间中，游琳从小木盒中捧出一个香炉。

他在香炉前放好酒杯，然后先给自己的酒杯倒满，再为香炉前的酒杯满上。与香炉前的酒杯轻碰后，游琳仰首把自己的酒一饮而尽。

他叹了口气，然后眼神眷恋地看着香炉道："趁着现在有空，我多带你来见见茵儿。以后啊，还真说不上有没有机会来了。"

游琳说完眯着眼点头，像是在听人说话。过了会，他又叹了口气道："你的事替你想着呢！咱们可说好了，事办完后，你可不能管我去哪了啊。"

此时的游琳，便好似得了失心疯一般，独自一人在雅间中自言自语。

夜。

月亮挂在头上时，抱着木盒的游琳终于回到家中。

游琳的宅邸位于洛京城西南处，院子不大不小，陈设中规中矩。他家中没几个下人，除了门房有个给他传信的哑巴老头外，便只有一个中年妇人带着她的傻闺女帮游琳洗涮衣裳、打扫房屋。

傻闺女一见游琳回来，她乐呵呵地凑了上去，游琳笑着把吃剩的饭菜递给她。

"啥好吃的呀？"傻闺女痴痴地问道。

游琳见状摆出一副夸张的面孔逗傻闺女道："肉！"

"哎哟，肉香！我都馋肉了！"

说着傻闺女接过饭盒，高高兴兴地跑到一边。傻闺女他娘从侧屋走出来，口气像是命令一般对游琳道："快去把内衫换下来，赶紧让我洗了！"

不然明儿你又没的穿了！这么大个人，也不知道置办几件换洗的衣裳。"

游琳听后也不恼，只是笑着连连点头。

回到自己屋中，游琳把窗门紧闭，用力把满是竹简的架子推开。在墙上几处轻敲后，墙板脱落露出藏在墙体中的一方暗阁。暗阁中立着一张牌位，写的是亡妻……之牌位。而牌位上亡妻二字后的姓甚名谁，则被煤灰涂黑。

游琳回身把装着香炉的木盒放进暗阁，而后他又驻足沉默了会。大约半刻钟的时间后，他才把暗阁堵上，并把书架归位。一通忙活后还没等休息，游琳便听到老哑巴在窗外呜啊地叫唤。

走出屋外，哑巴把一个手掌大小的盒子递给游琳。然后向外面指指，又在地上比画几下。游琳对哑巴笑笑，挥手让他退下。

打开小盒，盒中是一块精美的木雕。从气味闻出应是樟木，雕的物件是一条长着翅膀的小蛇。

五月初一，长沙城。

长沙王府湖中孤岛小屋门外，刘可独自一人站在门外。

屋中老者问道："既已先知时局所向，便放手去做吧。"

"想请老神仙赠一谶语。"

屋内老者慢声道："我虽身在长沙，但诸多经营却在京畿之中，此时已得天时赠你。又苦心规划长沙各处险要，帮你画路铺桥，此便又有了地利。"

刘可沉默不语，老者叹了口气接着说道："我孙儿无疾创立论阁，他们抛新法除旧理，而后你便再不用担心有人以法理压你谋乱。此外，现长沙国中还有数十万信奉老娘的百姓。这些便是你的人和。"

"老神仙操劳了，待我事成之后，定为老神仙圈山筑祠供奉。"刘可恭敬道。

屋内彭泽子听后苦笑，不理刘可所讲的供奉之事，他接着道："你此时天地人三者相宜，做什么不是无往而不利，何必偏偏求问那谶纬之道？你

第八章 —— 潮火

是人,便只去做人事罢了,旁杂的古怪玄妙,不理也罢。"

"老神仙的道理本王受用了,但此时大事临近心神难安,故仍想向老神仙讨一谶语。吉则宽心,凶则谨行。"刘可锲而不舍问道。

刘可言罢,小屋之内便没了动静,片刻后屋内有声音飘出:"且观现时象,今日五月初一,西方参宿值天。参宿七星,映在人世之上解做参商,便为兄弟不睦。此,为诸事之因由始故。"

刘可听后眼皮一跳,种种往事浮现眼前,心头不由得又更敬畏彭泽子几分。

屋内彭泽子继续缓缓道:"观时节月历,天时春过夏至,便是老阳之朱雀接替少阳之青龙。朱雀位在南方,应长沙方位之所在,对长沙王乃是天时眷顾。天子以龙自比而盘踞于华夏,便是幽州辽东为龙首,楚地南境为龙爪。长沙王借朱雀之势从南而起,显象为苍龙无足。龙无足便不得腾云,终将褪下浑身金鳞,从云雾之中堕落。"

刘可听后大喜,他强压心中兴奋继续问道:"请老神仙再钦点一吉日以作我告天之用。"

小屋内又是沉默片刻。

"便是五月廿六正午吧。那日毕宿当值,应象为毕鸟展翅,长沙王大事定得风雨兼济。那毕宿又为西方七宿之一,西方白虎主掌兵刃,此对长沙王之事又是一吉兆。王爷自可五月二十六日点兵拜将,登高台,告苍天。"

"好!本王得老神仙相助,天下又有何事可愁!"

刘可语气高昂,再也抑制不住胸腹中的万丈豪情。

待刘可乘小船离开湖中岛后,小屋中的彭泽子轻轻一叹。他想起了很多往事,有气势磅礴的古秦王宫,还有目生双瞳的威武异人,最后他想到一个故人。

这世间有千千万万的人,可对于彭泽子而言,能称得上是"故人"的,便只有一个。

良久之后,彭泽子感叹道:"青苗小子,论百般学识我皆优于你。但这识人之能,你确是比我强上少许。"

于长沙城城墙之上,刘可走了一圈又一圈。每绕过长沙城一圈,刘可心中的自信与野心便又多一分。

看着长沙城外的山峦叠嶂,刘可对西北方露出狰狞一笑。

到今年算起,他被天子分封到这瘴气密布、四野尽是蛮夷的长沙国,已整整十五年。

他心中有怨恨,因为大汉天下,有他极重的一份汗马功劳。除此之外,他更是天子亲弟。他恨天子薄情寡恩,不顾兄弟手足情分。

他也曾想过就这样算了,往日天子帐下领兵之将众多,但现在就只剩下他与白济还有西边的李老狗,毕竟身为天子的兄长留了自己一命。自己往日的跋扈专横,天子也是屡屡纵容。

"这就够了,算了吧。"

这种话每逢深夜,他也是想过无数次。直到几年前的某一天,他收到了戚博的来信,直到他在梦中见到了那位老神仙……

此时再把目光移回长沙城内,这座曾经残破寒酸的小城已有了翻天覆地的变化。长沙城内到处都是亭台楼阁,街道之上车水马龙,江流行船络绎不绝。

他有两丈高的夯实城墙,他有穰穰满仓的粮食!他帐内有谋士,营中有将军!他有兵、有马、有钱、有人!他有的东西太多了,多到长沙国已经装不下了!

可他什么都有!但他只是个王……

刘可放声大笑,把十几年来的压抑尽情吼出。

此时的刘可,天时地利人和尽在其手中,天下虽大,却再无他刘可不可为之事!

五月初二。

这日里,襄平城中人无不是欢天喜地,因为朝堂的封赏文书到了。

平胡奴大乱,京畿之中给出了令人满意的封赏。尤其是这次平乱的统帅龙琦,竟是被不吝封为新昌伯。虽然从京畿来的礼官还在路上,但龙

第八章 —— 潮火

府已经提前开始摆宴了。龙玮更是扬言,他龙家的宴席北境将士人人有份。

白某今日也一扫之前的颓靡,但他高兴的不是自己被封了个挂记将军,而是白某有后了。

乌维在五月初二的清晨,给白某生了一个女儿。

生而为人,有后乃是人伦之本。尽管也跟着折腾了半宿,但白某的脸上仍然是神采奕奕。

看着自己女儿肥嘟嘟的小脸,像乌维三分,像自己七分。白某心中有种微妙,又有种欣喜。便好像自己的胸腹之中有一个铁砧,一把剑正在上面被叮叮当当地锻打。

心中盛气盎然,白某决定即刻出去踏马游猎。

邀上同样高兴的龙玮、王铁胆,几匹快马从襄平城东而出,奔向那丰茂的密林。

穿过壮美无际的辽东原野,马蹄疾驰之间已是襄平城数里之外。

此时的白某,山林原野间的野兔鹧子已入不了他的眼,他要给自己刚刚降生的女儿寻觅一只难得的珍兽。

心中雀跃,手中马鞭飞扬,白某一马当先把与他同游的几人甩在身后。

或许是上天有感于白某心中,便是在那苍翠之间偶然一瞥,白某见到一只真正罕见珍稀之物,一头白鹿。

不忍伤其皮毛,白某收起了猎弓,从鞍袋中翻出绳索,快马一鞭向白鹿奔去。

马鸣声惊动了白鹿,这只苍白珍兽灵动一跃便向密林深处奔去。而白某,当然追随在白鹿身后一同进入了那繁茂的森林。

说来也怪,这只白鹿确实是有十足的灵性,每当白某快要追上它扔出套索时。它便轻盈一跳,随即便又在白某十步之外。如此周而复始,白某在这山林之中越走越深。

不知是人赶鹿,还是鹿带人。

白某追随这白鹿许久之后,在一阵宛绕之后竟到了一处绝景之地。

这片人迹罕至的密林之外，竟有一处平坦丘地挤在密林与山崖之间，而崖壁之后更有透射于山麓之间的残阳。云缕把阳光折射成七彩，并伴随着不息却又温婉的徐徐微风。地势山景与自然天光交融得相得益彰，便是真正的绝景。

而那头白鹿，便在这平坦丘地上，背靠着山崖再是退无可退。见如此珍兽屹立于天地绝景间，白某心中一时有些脱凡。

便在此时，从天际而来的一声鹰隼啼叫，荡漾在山谷间绵延不断。再向天望去，只见有一只灰头苍鹰在天上盘旋。

又是一声啼鸣，苍鹰向着矗立于峭壁间的白鹿俯冲而去。而白鹿微微抬起头，只是轻盈一跃，苍鹰锐利的双爪便扑了空。

先睹绝景，又见两珍兽相搏，白某心中忽有不在人间之感。

若真有仙圣之境，那便是目中所穷之景，鹰鹿相搏于天地，只此一幕便解了尘世芸芸、百态造化。

心中念着，白某忽然想参与到这场造化之中。

他不再想什么皮毛完好，拔出弓搭上箭、倾力满弦，但在放矢前这一刻，白某犹豫了。

此时眼前的景象是如此的浑然天成，那自己这一箭便是"外来"的异物。不管这箭矢是射向白鹿还是苍鹰，都免不了糟蹋了眼前这幅通透自得的景象。

只在心神一丝犹豫间，天地发生了异变。

阴云遮盖了天穹，风也在山麓间狂躁起来。而后便是一道震天的响雷在天地间嘶鸣，横劈在苍鹰与白鹿之间。

苍鹰于轰鸣的天空中盘旋，白鹿屹立在雷霆未点染过的大地之上。

此时，白某的心好像他睁圆的双眼，紧绷而颤抖，那是他从未有过的震撼与畏惧之情。

这雷便像是天数，乌云中的苍鹰也好，大地上的白鹿也罢，他们都应天数而生、继而向死，如此便是天命。

白某忽然笑了，他的笑是那么通透自然。在江夏的村落之间，白某洗尽了身上的浓彩。而今日，此时此刻，白某好似蜕落了生来的皮囊。

"鹰鹿相伴渡此天劫，既是有幸目睹，何不也参一手天命间的造化！"

白某心中呐喊道。

屏息之间,白某身由心动,抬头张臂间是从未有过的浑然自得。手中不加瞄准,心中无所愿景,只是指尖微抬随手一箭。

不顾箭落何方,白某扭扯缰绳,转身疾奔而走。

越过西海之南,流沙之滨,位于赤水之后,黑水之前。那里有绵延无绝的大山,名为昆仑。

两人从山上而下,坐在山麓平坦处歇脚。

"别说凤凰和飞豹了,就是珠树、玉树、不老树也都没见着。"

老三听后无奈地摇摇头,他递给肥憨一根烤熟的兽肋道:"那怎么办?咱回去?"

"回哪去?咱没地方可回了。"

"也是,估摸着马上就天下大乱了,不如找个地方躲起来看热闹?"老三说完嘿嘿坏笑。

肥憨傻里傻气地瞥了老三一眼,然后感叹道:"天之将难,无然宪宪。天之方蹶,无然泄泄(天下将有难,不要寻欢作乐。天下恰有乱,不要幸灾乐祸。——《诗经·大雅》)。咱们既然不掺合,就别讲风凉话了。"

老三听后轻哼一声:"得,随你便,我不说话了。"

肥憨津津有味地吃干净手里的肋排,而后一双油手在衣服上抹干净,竟是又翻出那卷《落叶宝卷》读了起来。

仅翻了几页,肥憨又把简书卷起,他语气悲哀道:"哎,咱们走吧。"

"又去哪?"老三问道。

"去西边或者北边,汉地快乱套了,反正我是不回去。"

第九章 —— 凛风

五月末,风起,南风。

南风,不光带来和煦与温暖,而是席卷着无休的狂躁与灼热。

那张从京畿发出的诏书还未到长沙,刘可那面画着殷红朱雀的大旗便已在荆州之南竖起。

"长沙王刘可奉老娘为圣宾,举旗北上,觐圣劝道。"

便像约定好了似的,便在几乎同时,荆州、扬州、豫州以南涌出了大股流民。他们响应在各部巡山之下,换上统一的衣着,有刀的提刀,无刀的扛棍,一股编做一队,十队编做一营,流民就这样成了兵。

喊着口号"逢老娘迎新王",这些集结起来的贼兵开始在大汉江南治域内四处作乱。

江湖之上的船也多了,那是满载着金银钱粮的货船,他们凭借这江河之便利,把源源不断的物资经水路运往长沙。

还不光是粮草与钱财,这些货船中小到棉布、药材、绳索,大到甲胄、铁砂、木材,所有战时物资应有尽有。

而这些商船的主人,自然是由商贾之后组成的论阁。

自无疾死后,论阁便一直无主掌舵,而就在长沙王作乱的半月多前,论阁有了新的主人,便是他们先阁主无疾的老师,传说中的老神仙彭泽子。

而论阁中的前三子,更是在长沙城内得老神仙彭泽子传道,心中向往着老神仙口中的"更迭为常,不歇则新"。

于是,论阁中人也带着前所未有的虔诚来到长沙。

或许,还有一丝贪婪。

一时间,刘可谋反的消息如风一样在大汉疆域内传播。甚至洛京城中,报信的驿马还未到,城中有些显贵大家便已得知了消息。

刘可谋反的半月后,洛京城中。

天子在朝会之上放声嘶吼叫骂,戚博匍匐在地沉默不语。当天下午,戚博之下三族便被关进了天牢之中。

之后,一切便像是被彩排过似的。次日朝会之上,郎中令何明已把太尉戚博的种种罪行罗列清楚。

太尉戚博,勾结外封藩王作乱,笼络论阁谋取民利,上胁天子,下挟百官……

御史大夫游琳更是在戚家宗眷族中发现巨量屯粮,综算下来,应有三州耕田一年之所产。而这些田粮,朝廷只追回一半以上,其余的都已在运往长沙的路途中。

关于戚博的种种罪行,是真是假已不再重要,因为就算是戚博自己也说不清这里面哪些是真,哪些是假。

勾结藩王,真假难辨。

往昔时,刘可是带兵的封王,他是掌兵的太尉,早年间他与王暮在朝中争斗,他因方便差遣刘可有功而占过一时上风,这是满朝文武都看在眼里的。

谋反作乱,真假难辨。

虽未对外人道,但戚博确实想过些大不逆的事。在自己最不顺之时,他也曾想过在京畿之中接应刘可。待刘可攻入洛京后,让天子把皇位禅让给自己侄子三皇子如意,那时他便当个摄政宰相。虽说他最终也没有胆量做到这一步,但说他有这想法也不算错。

笼络论阁,亦是真假难辨。

在洛京城中,谁不知道戚博身边有个名叫梁辰的幕僚。戚博待这个梁辰如同亲子,更是到处与人炫耀自己得论阁十杰相助。

谋取民利,还是真假难辨。

在大汉之中,但凡是士族之家,哪家没多占过一亩田?哪家又没吃过豪商送的利?如此,就算那三州粮产之事他是真不知道,但这粮既已经过论阁的手运到长沙,他便是如何也都说不清了。

......

六月初七。

天牢之中,吃了几日杂粮菜汤的戚博有些头晕,他无论如何都想不通事情是怎样成了今天这个地步。

但戚博虽然迷茫,可心中的希望却还没消失。虽是一身扎人的囚服,但他头发依旧梳得整齐。

他心中窃喜自己之前没有与刘可撕破脸,只要他还没死,便仍有出路。他在等自己的表兄,掌管京畿左道禁军营的卫尉田钰。

他侄子田辛不在戚家下三族之列,所以没有被关押在天牢。田辛管着洛京城门门禁依旧,想必这会应是逃出洛京城了。

只要等到田钰带兵解救自己,而后便如同他之前构想那般行事即可。

先逼天子禅让,拥立自己侄子如意皇子登基。此后他再因势利导,无论是选择与刘可里应外合对抗白济,还是以天子之威命白济镇压刘可,这都不失为一条绝处逢生之路。

只是,又是一白日过去,二更天。

囚牢中的戚博终于等到有人来找他了,只是来人却不是他盼望的田钰。

当戚博在昏暗的烛火中看清何明的脸时,他的心顿时凉了一半。

何明站到戚博面前,什么话都不说,就只是那么眼观口鼻地站着。牢房内很安静,连灯油燃烧的声音都能听清,渐渐,隔着一道铁笼与何明面对面站着的戚博开始心慌了。

在这压抑的安静中,戚博的眼睛开始泛花,好像昏暗灯火之中站着的不是何明,而是那个瘫病在老家的何老头。何明此刻的眼神让他感到熟悉,好像很多年前,这种眼神便几次出现在他的余光中。那是曾经在朝堂上,莫名其妙与他"结盟"对抗王暮的何义老头,站在他身后时的眼神。

第九章 —— 凛风

便在戚博眼神不清不楚间,他的腿渐渐发起抖来,站得挺直的气势也开始褪去。戚博慌了,他趴在地上痛哭嚎叫不止。他开始讲述自己此时的委屈,又说起了曾经的岁月经历。

而黑暗中的何明仍是什么话都没说,他就一直站在那里,看着眼前的戚博从站着变成匍匐,整齐的束发变成散乱的灰丝。

戚博有些悲切,有些可怜,而何明却不会施予怜悯,反而……

何明走上前,把一个箱子放在地上,然后将箱子在戚博面前打开,说出了今晚的第一句话。

"田钰送来的。"

便在短暂的惊愕后,戚博大呼道:"恶虎尚且不弑子啊!"而后戚博忽然开始狂吐,先是把这几日吃的杂米菜叶吐得干净,然后是绿汤胆汁。一直等到他空张着嘴再也呕不出任何东西时,戚博把手伸进口中开始往外抠。

戚博的舌头被手指划烂,手指被牙齿咬断,他年轻时英俊的脸上,此刻尽是鲜血淋漓。

最后戚博的身上再不剩一丝力气,他直挺挺地趴在地上,双目无神,嘴里流着津液。虽然他未受皮肉之苦,可却再也不像是个人了。

而何明,仍是静静地看着戚博,到最后,当戚博成为他脚下这个凄惨到无以复加的老头时,何明说了戚博能听到的最后一句话。

"陛下说,你不坏,但蠢。"

说罢,何明转身离去,带走了戚博眼中最后一丝属于人的神情。

戚博,出身青州定陶戚家,古梁国国卿士族后裔。曾倾尽家产助天子征战天下,更为当今皇后之亲兄。虽不曾立有军功,却仍可称为定鼎之柱石。

天子告天登基后,戚博官拜太尉,位列三公。

虽有人说戚博之所以能坐上掌兵的太尉,正是因为戚博不会打仗。但戚博身为外戚,又有从龙之功在身,所以这三公之位他也踏实坐了十几年。

今朝月圆,明夜月亏。

位在天地之外物亦逃不出无常,何况肉身之人。

便在今晚,享受了近二十年的荣华富贵后,戚博在天牢中自尽。戚家自戚博以下被夷三族,戚家亲宗眷属以及戚博在朝中的一众党羽,也各自受到株连。

六月十六日,汉水之南,襄阳。

甲胄整齐的白济将一卷竹简重重摔在地上。
"你懂个屁打仗!"
何皓迎着白济的凶狠目光,神情没有一丝退让。他上前一步,对白济据理力争道:"刘可此时已占据大江之南,我军若不在江陵将其堵截,难不成还要等他过了汉水?"

从刘可起兵谋反起,不足一月的时间刘可已占据荆州江南各郡,此后刘可号十五万大军在江陵对岸集结,渡江北上指日可待。

面对来势汹汹的刘可,朝堂也调动了三路大军迎击。

三路军势之首,也是平乱大军统帅的白济是第一路,号七万大军,以襄樊城为据点,一路向南在宜城、当阳成守势驻扎。

第二路是从西峡关而出的京畿右道禁军,以中垒校尉李退为将,军势号三万战兵。此时大军已至宛城正在集结整顿,其前锋轻骑两千由参军司马何皓率领先行到襄阳。

第三路则是众人都没想到的一路奇兵。远在张掖的抚西将军李行麾下,竟有一支三千人的骑兵,由李行长子李退率领在京畿左道驻扎已久。此时朝堂用兵,这支骑兵也由西向东,走汉中往襄阳集结。

而此时,三路大军还未集结完整时,大军统帅镇北侯白济便与参军司马何皓就战略布置争论起来。

"镇北侯久经沙场应当知晓,所为军争,争的便是地利得失。得城者胜,失地者负!我等应火速赶往江陵,强拒刘可于大江之南。待到三路大军集结完毕,咱们再坐等战机一举过江!"

何皓此言一出,堂内众参事一阵嘀咕。

白济眯着眼对何皓骂道:"放屁!谁告诉你打仗打的是地域之得失?小兔崽子大言不惭!仗都没打过一场竟跑来给我讲些屁话!"

"古吴兵圣有云……"

"再讲废话我把你打出去!若不是看你老子的脸面,这军议你连站的地方都没有!"何皓刚要引经据典便被白济打断。不过,不知是否因为何皓的据理力争投对了白济的脾气。白济沉默了会,虽口气仍是不善,但他竟然对何皓开口传授起来。

"小子!我且问你,若有大国征战已是十战十败,但仍强集结大军与敌国对峙。你如何看此国战事?"

"十战十败,士气尽毁,国土沦陷,此国必亡。"何皓确信地道。

白济听后不屑笑笑,他沉声对何皓道:"已有十败,国仍有集结再战之力。如此国家,纵使不胜,亦是难败。你记住,地,须有人有粮才是地,无人无粮,那便只是土。"

何皓听后垂目思考。

陈怀见两人不再争吵,他默默起身对堂中诸军使讲起了军势调动。

没有一丝废话,也没讲一句原由。三路大军的行军路线,驻扎区域,游击范围被陈怀利落地安排清楚。

便是以白济军先锋,黄栎将军驻守的当阳为最前线,白济领大军在当阳之后的宜城驻扎。李退军进驻到当阳东南的竟陵城中,与当阳黄栎对南方成夹角防守。李进军则在当阳以西、汉水以南以修筑好的营寨中待命。

陈怀布置清楚以后,堂内众参事军使也都大概明白了白济的意图。便是放弃江陵给刘可,而平乱大军则是三路包围江陵布防。但如此的战略布置让众人迷糊,他们疑惑为何白济要把被称为江北大门的江陵城拱手让人。他们不懂白济既然要守,那为何不守江陵?他们质疑白济把大军拆成三路,好让刘可能各个击破。可是今天他们想了很多,但却不敢明说。毕竟先前的何皓是何等出身,还不照样被白济一通训斥。毕竟发号施令的人是白济,白人屠。

众军使领命退下后,只有何皓留在议事堂内没动。白济低眉扫了他一眼,三分像问七分似骂地道:"你还杵在这做甚?"

何皓没有被白济喝住,他不卑不亢回道:"镇北侯军令自然有人带回我部,我站在这是想对镇北侯问个究竟。"

白济扫了他一眼没搭理他,只是对陈怀说了句:"这鬼地方刚到六月就热得待不住!走!咱们出去溜达溜达。"说罢白济卸下了上身甲胄,露出湿透的单衣。理都没理何皓,径直向外面走去。

何皓见状一咬牙,心中暗自发狠,他用力扯开衣襟,跟在白济身后,一步不离地随白济往哪走,他便往哪跟随。

白济走到襄阳城中未满的粮仓时,何皓在后面。白济在巡视那些分不清是百姓还是军卒的士兵时,何皓在后面。白济对着军械库中发潮的木杆摇头叹气时,何皓仍在后面。看着眼前一幕幕景象,何皓脸上的愤愤不平渐渐褪去,他开始疑惑踌躇。他不懂为何经营了这么多年的白济大军,实际上竟是如此羸弱不堪。连驻扎在襄阳的白济军主都是如此,那此刻在当阳城的白济军先锋又能好到哪里去?

就这样,何皓在白济身后一声不吭地走了一整个下午。白济终于没辙了,他假做对陈怀说话,实则是对何皓说道:"老弟,后面有条什么拧狗跟着!我不懂狗语,你懂得多,赶紧给它训走!好不碍眼。"

陈怀无奈笑笑,尽管何皓站得不远,能把白济的话听得一清二楚,可陈怀还是走到何皓面前。

何皓出自清河何家,他当然知道陈怀是谁,所以绝不会小看陈怀这个"区区"参事。

何皓对陈怀屈身,做了一个军礼。陈怀对着何皓无奈笑笑,他把何皓拉到远些,用如同慈爱长辈的语气对何皓道:"何贤侄啊,你还是早些回去吧。侯爷就是那个脾气,你拗不过他。其实啊,侯爷是十分看好你的,若是旁人,他哪里肯多说一句废话。"

何皓听后摇头,他面色已不再是之前那般执拗,他叹气道:"陈先生,晌午时我确实想分出个究竟。但这下午跟着镇北侯在襄阳城中走了一圈,镇北侯军中的诸多无奈,我看在眼里。"

　　说到此处,何皓又叹了口气继续道:"哎,我是真不好再开口讲什么究竟、道理。此时,我只想听镇北侯告诉我这里到底是怎么回事?我想知道为何大战在即,这里却兵不足粮不满?我更想知道镇北侯到底想如何打这场仗?"

　　陈怀听后摇头苦笑,有些慈爱有些感慨地说道:"何贤侄啊,你只比我家世子大上几岁,这里面的算计勾当不听也罢。不过何贤侄你放心,这场仗镇北侯绝不是冲着输去打的。"

　　何皓眉头紧蹙,他着急道:"陈先生放心,家兄位在京畿高位,若镇北侯军中真有难处,我定能如实报到京畿。趁现在还来得及,先生尽可与我言明,我即刻快马赶回京畿,亲自与兄长分说!"

　　陈怀听后拍了拍何皓什么都没说。他看着何皓,想到了身在辽东的白某。年轻人啊,都是一样的满腔热血,一样的纯良无垢。

　　拉住何皓的手,陈怀把他牵到白济身边。

　　白济挑眉对陈怀道:"一条赖狗没打跑,怎么还让你给牵回来了?"

　　陈怀摇头对白济笑道:"我是没辙了,这孩子有股子劲像极了某儿,没辙没辙。"

　　听了陈怀的话,白济横眼看向了何皓。上下打量几眼之后,白济叹了一口气对何皓道:"哎,我说呢,你小子一说话我就想踹你。烦你亲哥都没像这么烦人。我现在没空搭理你,明日我带兵赶往宜城,路上你想问什么再问吧。"说罢,白济瞪了何皓一眼后迈着阔步走远了,而何皓听后鼻头微微抽动下,没说话。

　　次日一早,白济率兵从襄阳进驻宜城。

　　在路途中,何皓点数过白济麾下部队,发现白济所为的"大军"实在是不足看。

　　步阵之中,超过八成战兵没有甲胄,兵刃也只是一根木杆铁矛。虽有三部弓营,但并未满编,并且箭矢存量很少。

白济军中唯一能看的便只有骑兵,何皓一眼就看出,这些身披黑色两当的精骑就是传说中的辽东黑甲骑,可惜这支骑兵的人数实在太少了,若是战时战线绵延数里,这支骑兵能起到的作用便很有限了。

最令何皓震惊的还不光如此,他发现白济此行中,队伍里最多的不是兵,而是流民模样的苦役劳力。经过反复推算预估,何皓认为白济军号称的七万大军中,真正战兵有满万便是顶多了。

骑行到白济身边,何皓神情纠结。

一时间心中无数的问题,却不知道从哪里开始问起,白济瞥了眼何皓没搭理他。

何皓心下又合计了会,他叹了口气问道:"镇北侯,你在荆北三年有余,怎么军中却是如此状况。"

何皓话刚出口,便发现自己话中有问题,这样说得像是在质问白济。他重新措辞刚要张口,白济却开口了。

白济语气竟没有一丝怒气,只是平淡回答道:"不这样,我在荆北待不了三年。"

何皓听后叹了口气,有些事情何皓虽不深谙其中道理,但他毕竟出身清河何家,白济话中深意他也是能听懂的。

沉默片刻,何皓不再纠结那些与战场无关的事,他单刀直入问道:"镇北侯想怎么赢下这场仗?"

白济没有回答何皓,而是想了会后反问何皓一个问题。

"你可读过兵圣的典籍?"

"当然。"何皓答道,古吴兵圣的典籍他当然读过,不光读过更是倒背如流。

"那兵圣典籍之中,作战篇是怎样论述兵争一事的?"白济又问道。

何皓不解白济接连问出这些问题是什么意思,他只得耐着性子把《孙子兵法》中的作战篇原文背诵:"子曰:凡用兵之法,驰车千驷,革车千乘,带甲十万,千里馈粮……"

"行了行了,别背了。我背不下来这些字,你背的是错是对我也不知道。"白济打断道。

像是想了些什么,过了会白济才开口:"小子我问你,若是交战时两军统帅都读过《孙子兵法》,这仗要怎么打?"

"《孙子兵法》既已成卷,那便是人人可阅。但真正战时,单是熟读兵书亦是不足,还须看为将者对书中道理理解得是否透彻。若只是照搬条例,引经据典,就算把《孙子兵法》闭眼默出又有何用?"

何皓说完,白济点点头,而后又沉默起来。

白济的数度沉默让何皓越发猜不出底细,但他又不敢催促只得闭嘴等着。又是半刻,何皓没有等到白济开口,他等到的只是白济的骂娘声。

"狗娘蛋的!和读书人说话真费劲!难受!真他娘的难受!"

听着白济莫名其妙的叫骂,何皓一脸茫然,他不知道自己又怎么惹到这个难伺候的镇北侯。

白济骂了会后对身旁的何皓开口道:"不和你扯鬼话了,我就说一遍,你能听懂就听,听不懂也别问!"

何皓听后莫名其妙地点点头,白济清了清嗓子给何皓讲道:"打仗,不光拼的是勇猛、奇谋,最重要的是不犯错。战场之上,为将者任何一个错误都会导致兵败如山倒。这个道理你明白?"

何皓点点头。白济继续讲道:"好,那我再给你讲。所谓善战知兵之人,他们或许不勇猛、不聪明,但他们却有一个共同点,便是不容易犯错。而刘可那小子,虽是个烂人,却是善战知兵之人。现在咱们和他打仗,兵马粮草都比不上他,正合对攻打不过。他知兵善战,所以也别想着他能露出什么破绽让咱们以奇取胜。可这仗我又想打赢,你说我该怎么办?"

说罢,白济马鞭一指何皓,意思让何皓开口回答。

何皓口中有些结巴,经白济这么一说他也不知道怎么办了。但白济的问话他还得回答,好不容易得到白济这样的名将赐教,就算胡扯他也不能让自己显得像个"不可教化"的书呆子。

无奈之下,他只得硬编答道:"正面已是难敌,就算是刘可周密善战,咱们也得用奇破之。他一日不犯错,咱们就等他十日、百日到犯错那天。就算他百日都不犯错,咱们也可诱他发错、逼他犯错。"

何皓答完,心中暗骂自己胡说八道。

但当他已做好被白济怒斥的准备时,白济的反应却大大出乎何皓的意料。何皓说完,白济竟是没有半句训斥,而是瞪着眼睛看着他,并且眼神之中全是孺子可教的意味。

"你倒是机灵啊!"

白济不知何皓是胡扯,他满意地点点头继续给何皓讲道:"打仗就是这样,猛攻奇谋这些都是进取之道,但战争之中亦有以退为进之法。我只让你犯错,一而再再而三地犯错,我只管以逸待劳,等你错到无以复加之时再补上一脚即可。"

何皓眼中尽是震撼,若不是亲耳听见,他绝不敢相信这番言论是出自人称白人屠的猛将白济口中。

白济说到兴起,嗓音更嘹亮了几分继续道:"这道理中最重要的便是这'错'字。如何算错?什么他娘的都算错!落阵出错,行军出错,天出错,地出错,下雨时晾衣裳算错,大中午去打猎算错。有第一错,便有第二错,而后更会连连出错!"

"那到底什么算错!刘可是否犯错?刘可是否会犯错?"

何皓被白济的气势感染,他的嗓音也比之前激昂了几分。白济则很满意何皓的反应,他哈哈大笑道:"我告诉你什么算错,你只需翻出兵书,看清楚兵书里不让你做的那些事,再让敌军把这些事做全了便算错!刘可算是个什么东西?他当然会犯错!这小子从起兵那一刻起便错了!"

何皓终于露出了笑容,他把怀中揣的竹简展开,扬着眉毛兴致高昂地从头高声读起。

"兵者,国之大事,死生之地,存亡之道……"

白济抬手一鞭打飞了何皓手中兵书,他昂首对何皓豪气道:"刘可看似兵多钱多,实则不过扑食土狗罢了。他以为自己运筹帷幄、步步为营,想大军过江打堂堂正正之正合之战,岂不知道从他谋反的那刻起,战机便在我不在他。管他扯出花来,他也只是个反贼!既是如此,我便以为我'能'示与他,以为我'用'示与他,以为我'勇'示与他,以为我'骄'示与他。我越是故弄玄虚,他便狐疑难安,到时自己平白拖累时间,不消一年,刘可士气尽散。"

"即使如此,为何不守江陵城?"何皓问道。

"我守江陵,他必全力进攻,以彰显其勇猛。我军军力不足,刘可强攻我军难守。到时送刘可一场大胜不说，我还损兵折将。既如此，我何不送江陵与刘可？刘可大兵在江南集结已有一月之久，到时他过江轻松占据江陵，必又被这座大城拖累一月。如此算的话，我若大伤元气守江陵，能拖刘可半月。若我放弃江陵，不废丝毫兵力，却少说能拖刘可一月。"白济得意道。

"以失地换时间？这……这怎能如此计算？"

何皓本想说这是卖国懦夫所为，但毕竟面对白济，这话他是不敢说出口的。并且与白济聊了半路，他知道白济绝不是个油滑懦夫。

白济扫了眼何皓，轻哼一声像是在嘲笑何皓的幼稚。

"给我二十万大军，五百艘战船，我即刻便能打到长沙。但以我军现有之力，只能以地幅换时间。抛开兵、粮、钱、人这些不谈，这场平叛之战我们唯一的优势便只有地多，而刘可唯一的劣势便是时间少。打仗便是以我之长，击敌之短！"

何皓听后思考了起来，他尽量不去纠结那些大义廉耻教条，而只从这场战争本身去思考白济的话。

这期间白济没有再开口，何皓想了很久很久，忽然间何皓好像感悟到了些什么，那些光荣、勇敢、忠义之类的词渐渐远去，战争变成了一场锱铢必较的算计。

"镇北侯是想在江汉平源上与刘可打乱战？"

"对了！算你小子有点灵性！"白济哈哈大笑道。

何皓眼中带着确信，但声音仍然难以置信地道："江陵是座大城，把江陵城给刘可，是为了把他拖在江陵。彼时刘可想要补给前线，必须隔江运输。咱们以当阳为中心在江汉平源北分三处据守，亦是为了拉长刘可补给线。"

白济点头道："江陵城是个饵，他吃了，便再吐不出来了。"

"那在江夏平原之上，我军又如何对抗刘可十万大军？"何皓问道。

白济听后得意一笑道："等你部到了竟陵城便知道，我在荆北这几年都做些什么了。"

看着白济豪爽并自信的笑，何皓有些发愣。他忽然觉得眼前被世人称作白人屠的镇北侯，身上有种力量，那是不同于他见过的那些高人大家的别样风采，是一种极正极阳的力量。

这种力量让人愿意相信他，让人愿意跟随他，让人觉得只要有这个汉子在，便有虽千万人吾往矣的勇气。

就是这样的白济，忽然间叹了口气，竟不知为何忽然对他扯起了家常。

他对何皓问道："你小子娶妻了么？"

何皓一愣，摇头道："还没，少时爱玩耽误了。"

白济听后忽然发自内心地大笑道："那何老头可赶不上我，我崽子都有后了，虽是个丫头，但也算有后了。"

听白济称自己父亲为何老头，何皓却不恼火，只觉得有些亲切。他也笑道："我兄长有一双儿女。"

白济听后不屑一哼道："何明那小子还不如你呢，年纪轻轻顶没意思，就同何老头以前一个德行。见了我就烦他。"

何皓只得无奈笑笑。

白济看了眼何皓，有些得意又道："你虽比你哥有意思，但比我家那小子还差点。"

何皓曾经听自己弟弟何朗说起过镇北侯府中世子一二，于是他好奇问道："不知侄子比镇北侯家贤弟差在哪里？请镇北侯赐教，侄子也好多做改正。"

白济听后扑哧呛了口气，然后大笑道："你小子别和我文绉绉的！我家那崽子可称不上贤，但有一样他比你强，便是他比你损些。就我刚才讲给你的那通废话，我家那崽子定是一点就透。不光如此，他还能举一反三损出花来。"说罢，白济满脸欣慰地摇头苦笑。

见到白济露出如此表情，何皓心底虽有意外，但也觉得有些暖。白济今日像是忽然转了性，对着何皓，他的话多了好多。

"不过有一点，你和我家崽子倒是有几分像。"

"哦？敢问镇北侯是哪里相像？"

白济笑道："你俩骨子里都是蠢人。"

何皓听后连连苦笑，不知为何，被白济骂了声蠢人，他竟有些高兴。又扯了三两句碎话，白济忽然一声感叹："我家那孙女我还未见呢，真想瞧瞧长什么样。"

何皓不知该如何回话,只得微笑点头。

"行啦,懒得和你废话了,我在马上眯一会,你哪凉快去哪吧。"

说罢,马上的白济身形稍松,抱着马脖子闭上眼,只是三两息工夫,便传来了阵阵鼾声。

之后,何皓默默地骑行在白济身侧不语。他在思考……

何皓少时游走过大汉千里疆域,结识过无数奇人异士,而这些所有人带给何皓的开悟,都没有今日白济一人点醒他的多。

这不单单是关于行军打仗,而是一种新的思路。除此之外他对白济还产生出一种特别的情感,白济的言行举止阳刚威武、威风堂堂,像是所有孩子向往的父亲一样。何皓今日由衷地感觉到,自己投身行伍是一件对的事情。男人不该是那副纤指柔腰的样子,名为风雅实则矫情。玉绶圜冠怎比得过钢盔铁甲?软绢香炉更比不得三尺寒芒。

男人,便应如镇北侯白济这般大丈夫。

何皓的坐骑走得越来越慢,渐渐的,他只能看到白济的背影。

何皓今年二十有七,便在此时立志,欲为白济这般顶天立地的汉子!

志向已立,虽晚但不迟。

六月廿正,辽东襄平城。

季节虽是盛夏,但辽东却不炎热。

襄平城陈府中,白某正哄着女儿白宁玩耍时,有一封信送到了陈府。

把女儿递给乌维,白某接过信件,信的名帖上写的是清河何朗。独自走到安静地方,白某抖开绵帛。

何朗的信写得很长,除了一些寒暄话外,何朗在信中推测了几件大汉天下将要发生的事情。白某边读边感叹,论对时局的感知,自己真的不如何朗。就在何朗这封信千里迢迢往襄平送达之时,何朗所推测的事情尽数发生。

比如京畿朝堂之上的纷争，比如荆州一带的动乱。白某平时往来信件走的是军报，或是北境自己的暗哨，所以在何朗的信到襄平前他就已经知道了这些。终于在信件最后，白某得到了自己想要的东西。关于白某曾问何朗的问题，在未来局势之中北境应该何去何从？何朗并没有直接告诉白某该如何去做，而是给出了何朗自己风格的答案。

信中，何朗先是极其隐晦地给白某讲出这些年，世间诸多风云事的原因。

在何朗看来，从早先他父亲何义在朝中之时，到今天白济与刘可隔江对峙，其根源在京畿之中恒旦宫之内。所有的这些冲突的起始，便是对权力的掌控。至于之后的王、戚两党争斗，刘可的伺机而动，谢寻的算计，这些都是这场由上而下的风波中衍生的变数，只是这些各怀鬼胎的众人，在这场风波中求生求好的方法。

至于那些外在的东西，譬如士族、百姓、土地、民生、道统等等这些，都只是包装在这场权利纷争之外的皮囊。除此之外，何朗没有再多费口舌去讲各人的各种算计都是为何，他只大概讲清了这其中的根源后，便把这话题收回不谈。

说完这些后，何朗给了白某一个答案。关于北境的未来，镇北侯府的未来，白济的未来，答案便只有一个字，便是"避"。

白某收起何朗的信，坐在陈府小院的石阶上，他在想何朗的这个"避"字何解？

白某不笨，何朗这个"避"字对他来讲并不晦涩难解。他犯愁，正是因为他懂该如何去"避"。若是要避，很简单，只要在荆州的白济肯打几次败仗，而后再借故告老回襄平，这就算避过去了。至于这场风波之后将会如何，便和北境再无关系，毕竟辽东实在太远了。

退一万步讲，就算是大汉天下被这些人搞烂了又怎样？北境手里有兵，天高地远，之前种种克制只是因为自己父亲怕遭到天子忌惮。真到那天下大乱的田地时，只怕北境的日子比现在还舒服。

只是，白某虽想得好，可这事对北境来说却是做不来的。因为北境之主是白济,并不是白某。

正在白某踌躇之时,乌维抱着孩子从屋内走出晒太阳,白某见状赶忙把乌维往屋里推。

"太阳大,别晒着我闺女。"

说着便要把乌维怀中的白宁抱过来。

乌维听后皱皱眉道:"没事,孩儿没这么娇。我在屋里待了一个月,难受,想见太阳。"

白某听后硬把白宁从乌维怀中抢过来道:"那你去晒太阳,我抱闺女回屋,可不能晒着她。"

说着白某边往屋里走,边对着小人儿做起了难看的鬼脸。

经父母这么一折腾,本来睡得香的白宁睁开眼,见到白某的鬼脸后哇的一声哭开了。

见女儿哭,白某顿时焦急起来,他身子乱晃,脸上一副哄人赔笑的怂样子。乌维瞟了眼白某,没搭理这对父女俩,自己撇着嘴坐到了刚刚白某坐的石阶上。

在折腾出白某一身汗后,小白宁终于又睡着了。

白某看着女儿小鼻子小眼睛的乖巧模样,他心中那些以往不曾有的感觉又多了几分。

女儿带给了白某很多东西,有温情、有感性、有一切可以称作美好的情感。

但,除此之外,也带给了白某一丝犹豫。

"若父亲肯避,那这襄平城中该是如何一副安详景象啊。"

白某心中感叹。

七月初四,当阳城。

白济由黄栎伴行,在当阳城中检视各项物资补给状况。

此时的当阳城,经过刘可几次强攻,虽在城墙之上有不少破败,城池东南两处箭楼也塌陷了几座。但这座城池并没有辜负白济这几年的心血,城池守备要紧处丝毫无损,城墙夯土仍然坚固。

眼前的当阳城,任谁也看不出来在一个月的时间里,它已经历过十余次大战了。

刘可过江夺下江陵空城后,又整顿了近一个月。

之后刘可大兵继续北上,他们第一个目标便是挡在江陵城北边的当阳城。

起初,刘可先是大军强攻当阳。

但当阳城修筑得异常坚固,当阳城中守军更是白济军中最精锐的将士,所以就算刘可军势强盛,当阳城仍坚挺地屹立在那。

数次强攻毫无成效后,刘可选择了围城。除了城北的湖泊水路外,当阳城其余三侧被刘可大军围得水泄不通。

但只要围城的刘可大军刚站住脚,便是不到一日工夫,驻扎在当阳城左路的李进便会带着骑兵倾巢而出,扰击刘可大军的补给线以及各处仓储营地。

若刘可分兵去追击李进,当阳城右路在竟零城驻扎的李退便出兵,帮当阳城解围。

不过,这场围城战中最让刘可泄气的还不是被汉军三路守军骚扰,而是他发现自己的围城,并没有使当阳矢尽粮绝。

汉江之上,从当阳城身后宜城送来的补给每三日便有一次,可刘可对此却毫无办法。有江汉平原之上这三处守军相互夹击辅助,他实在没办法绕开当阳北上直取宜城。

围城十日,当阳城岿然不动,刘可大军每日却顶着巨量的消耗。除此外,刘可还要应对李进的绕后骚扰,以及李退时不时从竟陵出兵偷袭。

如此,不到十五日,刘可只得率大军退回江陵。

再之后的半月,当阳城下又经历了无数次惨烈的争锋后,刘可望着这座让他吃瘪近一月的小城想了好久。他终于下定决心,不再纠结什么大势所趋堂堂正正,准备直接走水路北上直取宜城、襄阳。

但等到这计划开始实施时,刘可才发现走水路北上是不可能的。

秋季雨大,水流由北向南,加之汉江之上又无大风助行,水路北上速度太慢。更要命的是,刘可的哨骑发现,北上的水路之中每逢要处浅滩,便都被人用巨石圆木沉江堵死。别说是战船,便是商船都过不去了。

不过这一个月来的战事,虽然白济这边看似非常顺利,可实际上白济却比刘可要难熬数倍。

原因无他,依旧是那最开始、最头疼的问题,便是补给。

人是血肉之躯比不得城池,不吃饭会饿,受了伤会死。所以此刻的当阳城虽然依旧坚挺,但城里的人却快熬不住了。

经过一个月的猛烈进攻,刘可虽然没拿下当阳城,但这并不代表刘可无能。相反,长沙王刘可丝毫无愧于他"猛将"的称号,他的攻势是远超白济意料的凶猛。

尤其是刘可军中的步卒,在战场之上,他们无惧死亡,齐唱着口号,面上带着近乎疯狂的喜悦神情,永远都在向前冲锋。

他们眼中的那抹狂热,震撼到了每一名与之交战的汉军士兵。

单说当阳城内,几场硬仗下来,不管是物资还是承受伤亡的界限,都已快到极限了。就算不说此刻的当阳城是风中稻草摇摇欲坠,但后继乏力这词却是一点也不夸张。

可以说,此时的当阳城,全只靠一口气在撑着了。

便是在此局势之下,没等到刘可犯错,而白济的第一处失算却出现了。

开战之前,因白济定下的战略是慢战拖延,所以为应对旷日持久的消耗战,白济把极为有限的饷银中的大部分购买了粮草。而纱布、绵帛、药材这些,就实在说不上是足够了。

经过一月有余的连番作战,刘可又是远超白济预期的悍勇,所以白济军中伤员越来越多。因此,这会别说是作为前线的当阳城,便是宜城、襄樊之中,药材、纱布的储量亦是不足了。

白济是当然不会放弃当阳的,所以药材这些,他是无论如何都要弄来的。

无奈无奈,此处,便是白济的第二个失算。

天下熙熙,皆为利来。

对一些人来讲,刀不架在自己脖子时,钱永远是比命重要的。

知道江汉平原之上战事紧张药材价格飞涨,中原的各世家大族们便看到了机会。他们有的是让自家下人乔装,有的是找到熟识的商贾,反正不管是用什么方法,这些人全都隐姓埋名跑到了荆北,出售药材、棉纱。并且这些假"商贾"十分"厚道",若是钱不足采买他们物资,用粮抵换也是可以。

虽然这些人的背景被白济手下暗哨查得一清二楚,可白济却拿这些士族大家毫无办法。毕竟打仗不是生意,一日都拖拉不得。况且,若白济在此时对他们"逼捐",这些士族的屁股还真不一定会坐到哪里去。

在白济无奈妥协之下,这些"士商"越发过分。起初只比寻常时多两分的价格,三天便是五分,再三天则是翻倍。

不过白济想着,等到八月秋收时便有新粮,陈怀也跑到京畿去催促下一批饷银了,所以虽是无可奈何,但也只好咬牙认了。

然而,如此多的状况出现,此刻在当阳城中的白济,却丝毫不担心这场战争的结果。

他对身旁打着绷带的黄栎说道:"黄栎!我知道你打得不痛快。再忍一个月!陈怀正在四处游走。等时机到了,咱们便不守了!直接打江陵城!最多冬时,我让你打过去!"

黄栎一听就乐了:"哎哟!侯爷你这话说到我心里去啦!既然侯爷讲明白了,那我之前憋着的那些话也敢说了。说实话,这仗我打得是真不痛快!咱什么时候打过这种憋屈仗啊?兵烂粮少不说,还天天在土墙里窝着。从来都只有咱们打别人的份,现在是天天等着人来揍咱们!"

黄栎叹了口气后,换上一张兴高采烈的脸继续说道:"不过有了侯爷这句话,老黄我就不憋屈!等咱打过江那天,侯爷您可一定让咱老黄当先锋啊!"黄栎说完后一口气没换,又接着讲起了废话:"不是咱老黄吹!就刘可那票子神叨兵,把咱襄平虎背营全拉来,一个营打他几万人、几十万、几百万都富裕!要我说啊,这南人不行,除了能抗累,根本不会打仗。要说打仗还得是北人,力气大还听话!侯爷,就说咱十五年前在……"

"行了!"

白济喝止了黄栎的喋喋不休,黄栎立刻把嘴闭上,嘿嘿看着白济傻乐。

"黄栎!"

白济忽然喊令道。

"在!"

"能再守一月否?"

"最少两月!"黄栎斩钉截铁应道。

"好!"

白济对黄栎满意地点点头。

"侯爷!末将有求!"

黄栎忽然大喊道。白济有些纳闷,在他的记忆里。黄栎跟了他几十年,这是第一次和他要东西。

"说!"

"啊,那啥!末将想把侄女送到世子屋里当妾!"

白济听后一愣,随即哈哈大笑道:"准了!打断小崽子的腿也让他带你侄女回屋!"

黄栎听后大喜,眼中是掩饰不住的兴奋道:"侯爷放心!当阳城!老黄守它一百年!"

白济听后重重给了黄栎一拳,苦笑道:"你他娘的守一百年有啥用?就一个月!给我守住了!"

黄栎没说话,而是对白济郑重行了个军礼。忽然间黄栎脸上庄重神色一泄,一副想起些什么的样子,他有些别扭地对白济说道:"侯爷,你还是别打断世子的腿了。不然我侄女进屋后,世子肯定记恨她。"

白济怔怔看向黄栎许久,终究是一句话都说不出口。

时久,白济忽然放声大笑起来,他好似又看到了往昔那个黄大舌头。心中想着,白济冲着黄栎屁股就是一脚,骂道:"娘蛋!话多屎多!滚!"

　　黄栎挨了一脚,而后笑嘻嘻地去给白济牵来马,之后又如同小兵那般亲自将白济扶上了马。

　　白济的队伍走远之后,黄栎冲着白济离开的方向看了好久好久。

　　直到身旁的亲兵提醒他道:"黄将军,该换药了。"

　　黄栎这才发现自己臂膀上缠着的绷带又溢出血来。他转头对亲兵阔声笑道:"没事!这算什么?想当年我在侯爷手下当小兵那会,有次啊……"

　　七月五日,京畿洛京城。

　　早间,在何明家中短暂住了一日的陈怀离开了,何明亲自送陈怀出城后便去了御史台。

　　虽然今日是值休之日,但他知道自己要见的那个人,除了睡觉外,白日都会待在那里。

　　御史台理事正堂内,游琳正叼着一把刻刀躺在大堂正中,眼睛直勾勾地盯着梁顶发呆。

　　见何明到了,他随意一摆手,意思何明找个地方坐。

　　"游大人这是在做什么?"何明坐稳后好奇地问道。

　　游琳把嘴中刻刀往旁边一吐,懒洋洋地回答道:"躺着。"

　　"哦……"何明支吾一声,心中大为尴尬。

　　他认识游琳也有些时日了,两人虽不是好友,但也因公事常常来往,可每次见到游琳都让他十分烦心。就好比此时游琳的这句"躺着",虽在意料之中,但还是让何明的心中一阵阵犯堵。

　　"好好的休日,你不在家跑我这来干吗?"

　　游琳身子一侧对何明问道。何明暗自调整心境,对游琳道:"我来催荆北战场的补给物资。"

　　游琳听后坐起来揉了揉脸道:"怎么,北边的人找过你?能让郎中令亲自过来催,是陈怀老哥来的?"

第九章　——　凛风

何明点点头没接话。游琳站起来伸了个懒腰道:"嗨,陈老哥是真不待见我啊,人来了也不言语一声。"

说着游琳坐到了堂内正座之上继续道:"不过既然陈老哥都来找你了,那这事我还是挑明了讲好些。"

"怎么?物资出差错了?"何明问道。

"差错是没有,但这物资给不给,什么时候给,咱俩得论论。"游琳的口气十分市侩。

何明皱眉道:"陈先生带着我弟的帖子来的,荆南的战事十分惨烈,并已到了关键时刻。如此境界,难道还要在这论给不给,什么时候给?"

游琳听后眉头一挑,也不回答何明,只是盯着何明的脸笑而不语。何明被游琳盯得有些烦,他目光迎着游琳看去,凛然道:"兵争乃国之大事,御史大夫莫要戏谑。"

游琳听后无奈地叹了口气后,语气中带着些遗憾地对何明道:"枉你是何家长子,又在天子身边理事这么多年。这帝王心思你可以不喜,但却不可不知。"

何明听后没吱声,只把看向游琳的双眼瞪得更紧些。游琳避开何明的目光,他看向远处口气轻松地道:"这军中所用的补给是一定要发的,但怎么发,发多少,什么时候发,这里面可大有讲究。我且问你,从夏时开战之日起,荆州战事可有一场捷报?"

"白济军当阳部,击退刘可数次围城不算捷报?"

游琳听后笑着摇头道:"造反的是刘可,又不是白济,击退反贼的围城也算捷报?若我说,白济弃守江陵放任刘可过江,又在江汉平源龟缩了数月按兵不动,这说法是否也说得通?"

"非也!怎能只以表象妄下结论?镇北侯军中多有难处,况且镇北侯对军事也有自己的诸多布置打算。我弟在书中详细与我写道……"

游琳抬手打断何明的表述,苦笑道:"可白济布置战略我又不知道,我只知道白济把江北大门江陵城丢了,几个月的时间只守不攻。况且,就算我如郎中令一般理解白济,可你能指望每个人都能理解白济的难处?世人只会看见,被称为世间第一猛将的白济,在荆北丢了江陵,被谋乱的反贼堵在当阳当了数月王八。"

何明听后一推手,据理力争对游琳道:"荆北前线战损军报、各项物资消耗,难道御史台中看不到这些?竟如此臆测领军之将?镇北侯在制衡之下苦苦经营好些年,此时已开战数月,难不成咱们还要玩这些算计?游大人也不用多费口舌教授我'技艺',总之,我这里就一句话,镇北侯军中的物资多久能拨出去?"

看着何明面色激动,游琳也是一愣,随即他哈哈大笑起来。

"哎呀,哎呀,你先消消气,我又没说不放物资!先喝口水,缓缓!缓缓!"

说罢游琳招来下人给何明端上泉水果盘。

何明没动面前的吃食,依旧正襟危坐看着游琳。游琳无奈摆摆手,忽然他换上一副推心置腹的神态对何明道:"何老弟,咱们不按辈分算,只单论,我大你些叫你声老弟不吃亏。我再多讲一句,若你仍听不进去,那我便不废话了,你说怎么做我全依!怎么样?"

游琳问完还不等何明答应,他便自顾自地讲了起来。

"荆北的事呢,有人觉得……"

游琳把"有人"两字说得极重,见何明的注意力到了自己的话语中,游琳接着开口道:"有人觉得啊,白济是有意把江陵送给刘可的,为的就是把前线放在荆北,从而恐吓豫州与京畿中的大族们,到时白济养寇自重,要挟大族们给他放粮放钱。久而久之,刘可未灭,他白济倒成了一匹拴不住的野马。之后就算是刘可被平定,天下又多了个比刘可更吓人的白济。"

何明听后眉头一皱,刚要开口便被游琳抬手止住。

游琳的手往下压压,意思何明稍安毋躁,之后游琳接着意味深长地说道:"这人啊,就怕合计。有些事呢,越细想越真。白济有多能打,全天下都知道,怎么如今会在荆北被刘可打得避而不战?说白济年岁意高?不能,白济刚四十出头正是壮年。说刘可厉害?当年天子征战天下时麾下的猛将,刘可怕是排不到前五吧?"

游琳正说着,忽然做出一副想起些什么表情,他恍然大悟接着开口道:"唉!在荆北经营了这么多年,他都在干些什么呢?白济好像还有个儿子,年初刚打退了来犯的胡人,也是个知兵的良将。这么好的孩子现在哪呢?在天边的辽东待得好好的。哎呀,这有人就想深了,并越想越深,白济在荆北养寇自重,他儿子在辽东守着十万能战之兵。这么算的话,好像白济比刘可还让人睡不着觉啊。"

何明一拍桌子,从来都是端正的面容此刻已经怒极。不等何明发飙,游琳又对他连连摆手,脸上带着赔不是的表情。

强抢过话,游琳接着说道:"何老弟先别急,那人也不愿意这么想。毕竟是白济,那可是白济啊,怎能是不忠不义之人?但话又说回来,若非如此,白济为何丢了江陵?为何据守不出?为何辽东的能战之兵没有南下?为何给了他好些年运作经营,可这才刚开战几个月就缺粮缺饷到如此地步?"

说罢,游琳笑着看向何明,眼神中充满了玩味。此时,何明面上再不见一丝怒色,反而满脸都是不可置信的表情。

"游大人,你说的这人是?"何明问道。

游琳站起身走了几步,背对着何明感叹道:"何老弟啊,你在那人身旁能待这些年,难道是只靠着你爹往日的情分么?"

何明听后咽了咽唾沫,并在心中拼命地寻找反驳游琳的话,可惜,他根本找不到游琳的话中有哪点说错了。他在天子身旁辅助政务多年,对天子的性情非常了解,他知道游琳的话没有一丝夸张。尤其是今年戚博死后,天子的疑心比以往还要更重几分。

游琳扭头看了眼发愣的何明,随即他满意地笑了。给了何明半刻时间厘清心神,游琳转身面向何明道:"所以我才说,这补给物资是要发,但得讲清要怎么发,发多少,什么时候发。"

何明抬头看向游琳,游琳眼神上抬,想了会道:"何老弟,你弟弟何皓此时便在前线任职吧?"

听到游琳把话引到自己弟弟,何明一愣,然后点头道:"嗯,家弟职位在京畿右道禁军营,现在随军驻扎在竟陵城。"

"好,那便分批把粮饷物资送到竟陵吧,到时再由竟陵城给白济按时按需拨出粮饷。你弟弟因何老弟你这层关系,算是半个朝中人。让他负责发放,看上去京畿对白济也有个操控。并且我从何老弟你的话中听出,你弟应该是与白济走得很近,把物资放在他手里,也不怕白济那边会少东西。最后御史台再拟一道旨意,催促白济出战,只要白济出去打仗了,那他在舆境上也宽松些,咱们很多事也就好办了。我这主意如何?反正以我的脑子也就能想到这些了,不知何老弟你是否另有高见?"

游琳说完看向何明,何明想了会后点点头。确实,游琳的法子的确是此时最合适最稳妥的办法。

"行,就按照游大人所说,刚才是在下失礼。但还有一事得好好计算,若把粮饷运到竟陵,路途定会经过樊城。到时白济知道粮饷物资过而不停,很多事情怕是说不清。"

游琳听后一摆手道:"这还不好办,绕开襄樊水路,从豫州走陆路送去,迟不了几天的。"

何明听后点点头,不再言语。

游琳伸了个懒腰道:"哎,好好的一个午觉,被你搅和了,怎么就不能可怜可怜我这老光棍?难不成你看腻家中美妻,休日不愿在家中待着?"

听到游琳忽然开了个莫名其妙的玩笑,何明有些懵愣。缓了下心思,他连忙摆手,可游琳并没给何明开口解释的机会,他把衣裳紧紧接着道:"也是,估计何老头那个老顽固给你找的媳妇也是一样顽固不化。这样吧,我带你去个好地方!那儿呀,全是戎胡女子,清一色的白蜡皮,虽然长得不如汉家女子秀丽,但野味也有野味的香。"

说着游琳拉起何明便往外走,他不理何明满面苦色、不住地推手相拒。游琳边拽着何明边兴奋地道:"说起这帮戎胡女子啊,还是多年前皇子盈大婚时的事。那会啊,李退那白小子带了一堆戎胡歌妓进洛京城!说来不怕你笑话,你老哥我嘛,那会任在司直,所以便搞了点手段把这帮戎胡歌妓弄了过来。谁知道我老师,对,王老头,他给我一顿数落,然后呢……"

随着游琳的絮絮叨叨,两人已扭拽出了御史台。

八月十五,仲秋夕月佳节。

宜城南十五里水路码头处,白济紧绷着脸看着从船上卸下的粮饷物资,远处的陈怀正督促兵卒把刚运到的物资装车,连夜送到当阳。

待押送队伍走陆路向南慢慢走远,陈怀回到了白济身边。两人对视无言,均是叹了口气。因为二人都知道,这莫名其妙由竟陵送来的物资,完全不够用。

"京畿中又来信了。"陈怀沉声道。

"催战倒是比物资来得频。"

"哎……"陈怀叹了口气。

两人又沉默了会,白济抬头看着天上的圆月,他心中竟是有些惆怅。

吸了口微凉的空气,白济感叹道:"这还不到打的时候啊。"

"不打不行了,京畿之中怕是容不下咱们到来年了。"

白济点点头,对着南方踌躇了会,转身上马返回宜城。

在返程的路途上,皎洁夕月并没让白济与陈怀的眉头有所舒缓。不要说往事家常,两人这一路上连半句话都没说。

就这样沉默地前行,直到能看清灯火之中的宜城城门时,白济一行人停住了马。

接下来白济与陈怀将要分路前往不同的地方,白济要去城外军营处探望兵卒,陈怀则是要回城继续计算往后的各种战事细则。

这时,白济忽然对陈怀问道:"若让何皓小子回趟京畿,诸事能否有些转机?"

陈怀没有回答,并不是他不知道答案,而是他在想怎么告诉白济这个答案。

陈怀了解白济的性格,他明白一向是性子强硬的白济,此时竟开口问旁人求助,这到底意味着什么。陈怀知道,白济心中对一些事不再笃定了。所以陈怀在想,自己是该把答案如实相告,还是藏在心里言表其他。

最后,当他把目光瞥到白济那双有些浮肿的手时,陈怀心中一阵叹息,打算把一些他心底中深藏的所悟所感对白济讲清楚。

有些事没时间犹豫了,东南西北四方天地,总要找条路去走。

"让何皓贤侄回京畿并无意义,这里面的事咱们被迷住了,甚至就连天子也被人算计了。"

白济瞳孔微睁,随即翻身下马用双足往宜城方向走去。

陈怀也下了马,走在白济身旁自嘲道:"我总不愿把人把事往坏处想,一是觉得没必要整日来回算计,二是觉得这样没意趣。可现在想来,竟是我一把年纪活了个不知世故。"

白济没说话,仍是昂首阔步向前走着,陈怀一双枯瘦的手在袖中揉搓暖了些后继续道:"这粮是从竟陵运来,可以看出咱们被人构陷了,此时咱们每半月还能乞到些粮饷,应也是因何皓贤侄一直待在宜城,那放粮饷之人是看着何皓贤侄的关系才肯接济我们。想必何皓贤侄,也是从他兄长何明处知道些其中的端倪,这才一直待在咱们营中不肯回竟陵。"

白济听后没有说话,陈怀忽然在原地站住,曲眉垂眼道:"这里面啊,有些事复杂了。局中各人都有各人的盘算,这各人与各人之间还互相算计。现在想来,从皇子大婚那时起,这场算局便开始了。而后,从咱们于荆北屯兵,到此时与刘可对峙在江汉平原都在这场局中。只不过,这之后的种种,或许我全都想差了。"

"不用讲得太烦琐,直说便好。"白济平静道。

陈怀听后摇头苦笑:"我自是想把事讲简单,如往日一样只与侯爷讲如何做便好。只是这其中的乱事,哪一个又简单呢?只是一年的光景,往京畿之中看去,曾经的王、戚二府都已是辉煌不在,何明贤侄力竭难撑。京畿之外方兵祸汹涌邪人乱世,老娘教、彭泽子、论阁、刘可这些邪祟一个又一个地蹦出来。此时再回想当日咱们在洛京城隆院之中的那场会晤,竟像是一出大戏般把当日众人都唬了个遍。"

白济听后嘶吸几声,什么都没说。

陈怀继续说道:"现在想来,只有我简单了。怪我,辽东太安生了,确实远离算计纷争太久。在与刘可开战之前,我还以为这场局虽有些乱,但仍在天子的掌控之内。但此时我能确信,天子也是被人算计了。"

"这天下还有人能算计着他?"白济道。

陈怀点点头解释道:"若非如此,咱们用三年时间已把纯臣姿态做足,却为何会在战事正紧时缺粮少兵?朝堂之上的权术纷争天子可以养,那是为了操纵御人制衡权术。可谋乱兵祸这等凶事,古往天下有哪个率土称王者会姑息纵容?"

白济听后把头扭开沉默不语。

陈怀摇摇头,想开口接着讲,只是他接下来要讲的话却不那么好说。

任凭张口时的哈气越来越淡,可他就是一句话也没说出口。

白济感到了陈怀的怪异,他又扭头看回陈怀,闷声道:"于我,万事皆可言。"

陈怀听后面色开始越发愁苦,那是白济从未在他脸上见到过的神情。

但最后,陈怀还是开口了,他的话十分简洁。

"卖江陵与刘可,对刘可避而不战,于京畿南门拥兵沽度局势,此时只要有人开这个口,咱们便走在戚博之后了。戚博什么都不知道,所以他先没了。而还在的这些人中,咱们知道的最少……"

八月十五月圆夜,世人常对天上的皎洁圆盘寄托各种美好的事物,岂不知圆盘便只是个圆盘,它的阴晴圆缺都与世人无关。

这个圆盘唯一能告诉世人的一件真理便是,中秋夜迎寒,亦如之。

"此事仍有转机!"

良久沉默后,白济的声音又汹涌激昂了起来。

陈怀看着白济忽然魁梧起来的胸膛,他眼神深处恍惚了下,然后声音有些颤抖地询问道:"难道……"

只是陈怀的问话还没出口,他便知道自己误会了白济。白济不是刘可,即使是山穷水尽的地步,白济也不会行到那欲加不轨之上。

白济重手拍在陈怀的臂膀之上,傲然自信道:"这维谷境地拖不死我,待我从这绝境中杀出宰了刘可,刘可的脑袋便为转机!"

陈怀看着白济宽阔的面孔,他的眼神中也渐渐燃起了没有理智的火光。

"我明日便去扬州!若求不到粮,我便撞死在义博侯府门之外!"

白济也被陈怀的气势感染,他放声大笑道:"置于死地才能有生!早让我死,刘可活不到现在!明日我送陈老兄出城!"

次日清早,陈怀简装远赴扬州求粮。

宜城之外,来给陈怀送行的人并不多,但这些人都是白济从辽东带来的老部下。伶仃十余人之中只有一个外人,便是最近久驻在宜城的何皓。

白济与陈怀牵着马并肩走在前方,其余人走在他二人之后。

徒步漫漫五里路,白济仍走在陈怀身侧。两人就这么一直走,谁都没有开口说话。两人一路相伴二十余年,有些话说了没趣,有些话则不必多说。

终于行到宜城外的码头处,陈怀南下的小船早已等候多时。陈怀扭身看着白济,笑着想说些什么告别的话。白济则是抬手止住了陈怀,忽然张口扯了句家常。

"我想着那小崽子还得再给我生个孙子,到时候这名字可不能再乱取了。这样吧,待咱们回襄平时,我大孙子的名字便由老兄你来取了。"

陈怀笑笑,话语间不再有往日时的拘谨,也是有些玩笑地对白济回道:"孙女还没见着便想孙子,不如把孙女放在我这养,可不能再像某儿一般,十几岁了才把字认了个大概。"

白济听后哈哈大笑应道:"好好,孙子孙女全放你那都行,反正养在谁家不一样。"

陈怀听后摇头苦笑,笑中却有无比的欣慰,眼中好似看到了明日之后的明日,那儿孙绕膝的美好愿景。

白济颔首看着陈怀,陈怀迎着白济的目光,两人从彼此的眼中只看到了岁月。

还有什么好说的？没什么可说的。

陈怀对白济作礼深躬,白济把胸膛挺起对陈怀双拳交叩。

夫礼,天之经也,地之义也,民之行也。

此二人的这一礼,便包含了这世间所有的茌苒,天地人中所有的和谐相盈。

"走了。"陈怀笑道。

"走吧！彼时长沙城下再聚！"白济豪情道。

陈怀点头,他相信着白济的话。

转身走到轻舟之上,陈怀没有回头,因为白济说了,再见之时、再见之地是在长沙城下。

江波之上,陈怀忽然想起了儿时在学堂中背过的一首童谣。时过境迁,童谣详细都已记不大清楚,只是依稀口随心动念出:"嘤其鸣矣,求其友声。相彼鸟矣,犹求友声。矧伊人矣,不求友生？"

八月廿五。

宜城与当阳之间有一座可堪称为城池的营寨，这座营寨与白济在荆北兴建的数十座营寨不同。不光因为这座营寨很大，也不是因为这座营寨的围墙箭楼是用夯土垒成的，这座营寨不同，是因为这座营寨有名字。

营寨的名字叫作虎口寨，白济亲自取的名字。虎口，便是应在"羊入虎口"这句民间谚语。虎口寨，便是白济这头老虎，吃掉刘可这只羊的开始。

三年之前，白济刚到荆北之时，在整个荆州境内考察了半年地势山要。也是在这次半年之久的考察行动中，白济确定了以守为攻、消耗反掣的战略。

至于为何白济能兴建起这么雄伟的营寨，却没有资源过江直击刘可？原因很简单，白济没有兵没有粮，但荆北有的是可以充当劳役的流民，与取之不尽的良材树木。

只是虎口寨的名字与初衷虽充满了豪情壮志，但此时虎口寨中却多少弥漫着一丝无奈的氛围。

白济终于扛不住洛京城中下达的催战指令了，所以此刻宜城白济本部尽数集结到虎口寨，江汉平原的竟陵、当阳、枝江三部驻军也都派出了军使到达虎口寨。

虽然这不是白济原本的计划，但汉军要反攻江陵了。

虎口寨的主帅大帐中，白济坐在正座，其余三部军使落座与其左右手下。

白济仍是那副不怒自威的面孔，但这军帐之中，还是有两人看出了白济藏在深处的勉强意味。一个是从襄平跟随黄栎到荆州，现在当阳城作为黄栎副手的参军。另一个则是这一月以来一直跟在白济身边，说不上是助手还是学生的何皓。

白济向下环视一圈帐中众人，目光所到之人无不让他觉得厌烦。

竟陵李退部派出的军使倒平平常常，除了不像军人外也挑不出什么毛病。最让白济感到反胃的是枝江李进部派出的军使，一个个都是胡衣戎帽别着弯刀,更有两个棕眼橘皮的西戎人。还好是秋季,不然他们身上的腥臭味道定会在整个大帐弥漫。

白济对身旁的何皓摆了下手,何皓一愣犹豫了会,然后才对着白济点点头。

何皓对外面招呼,而后军卒搬来一张羊皮拼接的硕大地图平铺在大帐内。何皓从白济桌上拿过长杆,清了清嗓子对大帐众人道。

"镇北侯已决定于九月初一攻取江陵,现在由我来分配战略布置。"

说着何皓用长杆在竟陵往当阳方向画上一条直线。

"我军竟陵部,与当阳部需于九月初一之前在当阳集结,并与九月初一当日协同向江陵方向缓步进军。此点是为了做出决战之假象,引贼军江陵城主力出城与我军决战。"

说罢,何皓长杆指向枝江李进部。

"待刘可主力与我军竟陵、当阳两部相隔五十里时,我军枝江部骑兵便扰击敌军大军与江陵城之间的各处哨所、散营。敌军势大,此举乃是防止敌军摊开军势使战线延长。枝江李进将军部切记,你部不可力战只扰袭即可。"

何皓言罢,李进那边的一个汉人对同来之人呼噜呼噜地说起了戎语,待到几个戎人都点头后,何皓才对着当阳部那边接着开口道。

"当阳城黄栎将军部注意,当阳城守军除去出城应战之精锐外,需留下人手在当阳城中接应。镇北侯本部,将于九月二日之前全数驻入当阳城。以上,战前布置全部交代清楚,各位将军请讲出不明之处,若无不明疑惑,我便接着讲解下一阶段。"

说罢何皓向众人看去,但环视了一圈帐内众将都是默不作声。何皓有些疑惑,他不觉得此次的战略布置很清晰,所以他对众将的表现很是奇怪。

何皓再次确认道:"战事为大,还望各位将军重视。想必诸位都是久经沙场之人,应该懂得战前谋划,便是出了差错也不会死人的道理。"

何皓说完后又环视了一圈众人,这时从当阳城而来的那位参将才有些尴尬地开口。这参将站起身,话没说给何皓,而是对着正座上的白济拱手苦涩道:"侯爷,哎……黄栎他不让我说。但,这有些话不说怕是会耽误事。"

对待从襄平来的老部下,白济没有表现出急躁,一如对待他军中每一位将士那样,白济如同对自家兄弟般的语气说道:"你只管讲,黄栎若找你事我抽他!"

参将点点头,像是下了决心一般说道:"黄栎将军之前一直报喜不报忧,其实当阳城内的状况有些难。此刻只有死守的余力了,若是拉出去打正面,真是一营完整人马都没有了。"

白济听后眉角一颤,但神色仍是如常道:"无碍,让黄栎只把能站着的将士拉出去走一圈便好。一会你便知道了,这场仗不是用人打的!倒是黄栎这小子敢和我耍诈,待到咱们进江陵城时,我非给他几鞭子。"

白济说完哈哈大笑起来,参将也跟着笑起来,并小声道:"侯爷还是别责罚黄栎了,到时候您抽他几鞭子,他定在我身上找回来。"

"他敢!"

解决完当阳参将的问题后,何皓再向下看去,但回应他的却是沉默。何皓摇摇头,便继续开始接下来的讲解。

"待刘可大军集结完毕,我军竟陵部与当阳部毋须与其交战,只管有序向当阳城撤退。并在此时,李进将军部猛攻贼军左翼,使其难以全力追击我军撤退军势。若刘可调转进攻枝江李进将军部,李进将军切莫与其对战,只凭马快逃脱便好。此节布置的重点是,使刘可首尾难顾,进不得好进,退又不舍战机。"

等李进部的翻译乌拉乌拉地转述完后,何皓接着开口:"最后,也是最重要的一条。待我军镇北侯本部、当阳部、竟陵部全数集结于当阳城时,便是此战的真正开始。之前做的所有布置都是为了调出刘可主力,接下来我军的方略只有一个,便是尽全力把刘可大军留在当阳城外。在这期间,枝江李进将军部在刘可大军后方,可随机应变骚扰其补给押送车队。而后,便是静待天时!"

众人看向了何皓,何皓咽了口吐沫继续道。

"此战选在秋冬交际,此时是荆北最多雨水之时。荆北山林茂盛,河泊密布,各地由北向南穿插交错。在这雨多之时,荆北便是一道天然的铁笼。只要拖住刘可,他便进无粮草补给难以继力,退又撤军好行之路无序混乱。而我军,赌的就是刘可的退无可退与混乱难退!彼时我军便有可乘之机,只在乱军溃阵中直取刘可!"

何皓讲完之后才发现,自己的身子在抖。虽然他早就知道了白济的战略,但当众与人道出之后那种激奋,还是让他的手脚冰凉牙齿打颤。

白济这天马行空的战略,算人心、算天时、算机运,把天下最难算之物都算在其中。若是旁人提出这等战略,何皓定会嗤之以鼻。但想出这战略的人是白济,实施这战略的人也是白济。所以何皓敢去相信,有白济在,人心也好天时也罢,这些冥冥之中的事物便再不由玄妙的机运主宰。

他知道白济会胜,因为白济在,所以白济会胜。

众将各自离去后,何皓又回到了白济的大帐内,白济此时正独自坐在大帐正座上闭目冥想。

自从陈怀走后他便不再饮酒,因为他知道,从陈怀上船那时起,他便一刻也不能让自己脑中混沌了。

见到何皓到来,白济睁开眼看向他。何皓对着白济躬身行礼道:"侄子是来向镇北侯辞别的。"

"嗯,你回竟陵也好。此战的详要你清楚,回竟陵对战事布置稳妥些。"

何皓听后摇摇头笑道:"侄子要回京畿。"

白济听后挑眉,他虽知道何皓回京畿并不是因为贪生怕死,但他却不知道何皓为何要在大战在即时抽身离开。

"怎么?你小子不是一直在等着真刀真枪地干一仗么?"

何皓摇摇头笑道:"此战有侯爷在便是胜了,而侄子回京畿是为了侯爷取胜之后的事情。"

白济听后看向何皓没说话,何皓接着说道:"侄子在侯爷营中待了一月有余,虽说是助手,但却是在侯爷身旁学习。这一月多的时间,侄子已看清楚侯爷身后的处境并不明朗。侄子能看出,想必陈先生也能看出,所以陈先生才在如此紧急之时只身前往扬州,为侯爷奔波出一片余地,而侯爷此时出兵,应也是想用这场胜利换来一线生机。"

白济没说话,只是把看向何皓的眼神盯得更仔细些。何皓收起笑容摇头道:"虽然侄子才疏学浅,但有些东西也是明白的。只是,侯爷这丝生机还不够坦荡,所以侄子要回京畿替侯爷四处走动,把在前线的所感所悟

第九章 —— 凛风

如实讲出。想必，就算侄子不才，但凭着兄长与家父的浅显余德，多少也能助侯爷把后路行得宽松些。"

白济起身，走到何皓面前，眯着眼上下打量起面前这个年轻人。他想说些什么，比如像往日一般，豪迈地一推手拒绝何皓提议，从始至终自己都是那个刚强如铁的镇北侯白济。

可话到嘴边，他却从何皓的身上隐约看到了儿子白某的影子。

很多人以为白济持勇骄矜，好杀跋扈，甚是摆出这个样子久了，白济都觉得自己是这样的人。

但他此刻注视何皓时，心底忽然有了些别的感慨，便是自己老了。

在战场杀了这么多年，本就比那朝堂之上卖口舌的人更懂冷暖无常，如此也更容易变老。

白济想着，若是能有个地方安生过活，喝点小酒逗逗孙辈，没事再与老友扯些闷子。这样的日子，也是不错。

白济看了何皓许久，最后他终于没多说什么，只是走下来拍拍何皓的肩膀叹了口气感慨道："你小子比你哥有意思，比你老子也有意思。"

何皓已习惯白济对自己父亲一口一个"你老子""何老头"，他知道白济并无恶意。

何皓对着白济笑笑，施礼转身离开大帐。

"小子！"白济在何皓身后叫道。

何皓回头。

白济搓了一把半白的胡须道："你小子太死板，以后做事跳脱些也无妨。"

何皓奇怪白济为何说起这些，他对白济笑道："侄子知道了，以后若有机会见到侯爷家世子，侄子定向他学习。"

白济摇头皱眉，而后挤出一张又别扭又难看的笑脸。

何皓连夜回了京畿，白济则是对着大帐中的地图，再一次彻夜未眠。

八月廿七，夜，竟陵城。

这天夜里,李退在暂住的府中摆宴,邀请的赴宴之人皆是麾下的领兵之人,宴席的名目便是为明日出征助威。

虽然赴宴的只有十几名将士,但李退的酒宴摆得极为阔绰,与白济营中的面汤咸块形成鲜明对比。甚至除了酒肉以外,宴席间还有二十几名美艳舞伎,在众将怀中各有一名之余,还能空出来一支歌班在堂中载歌载舞。

席间,李退连连举杯起酒。赴宴之人都是好酒的军中将士,身边又有美姬陪伴,所以各个都是斗狠般狂饮。

十余轮酒后,随着堂中舞伎的衣裳越舞越单薄,渐渐有将士开始酒力不支醉过去了。

看着堂下或是伏案或是躺在地上的将士越来越多,李退放下酒杯,往堂中舞伎中的领舞打了手势。领舞即刻起了个收势停下了舞蹈,拂袖轻甩后便带着堂中一众舞伎退下了。

堂中赴宴的众将无不是对李退此举感到纳闷,但众将相互对望之后,很快便明白这里面的意思了。此时席间还醒着的人,无论是一身裘锦翎羽,还是身披当甲铁铠,无一不是李退的心腹。

"来人,把几位不胜酒力的将军抬下去休息。"李退对堂外唤道。

而后,几个一看便是军士的壮硕下人从堂外进来,每两人托着一个"醉酒"的军士,像拖死猪一般把人拖出堂外。

待堂中稍微清静些后,李退自斟了一盏酒,边斟边道:"哎,喝了一肚子凉水,我先暖暖肚子再说。"

待李退满饮杯中酒后,他对堂下众人露出那张洋溢着无比俏丽的笑颜。

大约二更天时,李退府中终于清静了,而明日便要出征的李退仍未睡去。

在李退的书房中,李退正一丝不苟地擦拭着自己的甲胄,本就是亮银的连肩当铠,被他擦得在夜幕烛光下隐隐反光。

这时,李退书房外有下人叩门。李退听声未动,只对外面问道:"办妥了?"

第九章 —— 凛风 | 603

听到外面答应后,李退又问道:"干净?"

外面又是嗯了一声后,李退这才起身走到书桌处,分别拿起了一卷竹简一张绵帛。打开门,李退先把竹简给了门外下人道:"把这卷给我哥,让他看完后再给我爹送去。"

说完李退又从怀中拿出一包女人用的香囊,把绵帛塞进香囊后,他把香囊手贴手交到下人手中。

"这包你亲自送到江陵,挑我的马,骑一匹带一匹。务必要快!"

下人听后神色没有一丝犹豫,只是迎着李退的双眼认真地点点头。

九月初一。风轻云淡,秋高气爽。

上午时分,驻扎在虎口寨的白济军已全数集结完毕,即刻准备向当阳进驻。

行军队伍的最前头,便是骑在一匹小兽般黑马之上的白济。

白济一身乌黑重甲,肩铠上雕画两头图腾似的猛虎回首。马后鞍插着三把环手直刀,分别是两长一短。白济一身全黑,便是连身披着的大氅都是入了墨色的。

如此黑甲黑马,远观之下竟像是一头从画中扑出的墨色猛虎。

再往白济身后看去,虽胯下骏马颜色不一,却也都是一身黑甲的骑兵足有两屯二百骑,便是闻名天下的辽东黑甲骑。

在这支天下闻名的重骑之中,却有一骑与周围魁梧的骑士有所不同。

这是一个年过花甲的老者,虽也是一身黑甲,但却是身形消瘦,神情有些疯疯癫癫。老者骑在白济身后,把白济的钢刺雄戟抱在怀中,此刻正神神叨叨地嘟囔着什么。

"老狗!你又在那念叨啥呢?"白济豪声问道。

老头看都没看白济一眼,好像是在和怀中的雄戟逗笑似的念道:"狼孙咬了老虎腚,长虫一蹿两丈高!"

不过,老者这副样子并没让白济生气,白济反而哈哈大笑起来,边笑还边对身后黑甲营骑士大声道:"来!咱们赌一顿酒,就赌这老狗什么时候不中用!"

言罢,身后黑甲营骑士也都是哈哈大笑叫应着。

这个疯癫老头便是每逢大战之时,在白济身侧为白济扛戟牵马的近侍。别看老头老迈疯癫,但只要白济出战,便定会把这老头带在身边。不为别的,只为这老头有一项极为特别的能耐。

而至于这个老头到底是谁,只有黄栎、周揽等跟随白济多年的下属才略知一二。

老头出身关西,没名字,反正军中人都叫他老狗。早在白济年轻还未掌兵时,他便是白济家中老仆。

之后白济起兵响应霸王攻秦,又遇到当今天子跟随其四处征战,最后助天子一统天下。跟随白济的将士换了一茬又一茬,白济手下的兵更是三年一批人,可唯有这个老狗,从始至终被白济带身边。不为别的,只为这老头有一项极为特别的能耐,便是运气极佳。

这老狗历经过百战,身受过重伤,却每每都能活下来。

在讨秦时,他能从定陶的死人堆中钻出来,在昌邑城的城墙摔下来两次都没死。等到天子与霸王争天下时,这老头还活蹦乱跳,彭城一役时当今天子大败,连白济都差点溺死在睢水,这老头硬是把白济于睢水尸海中拖上岸来。

也是在那之后,这老头的脑子出了问题,开始疯癫起来。不过老头越是疯,他的运气便越好,甚至说他是万箭射来不沾身都不为过。

也是因此,但凡白济征战,这老头便跟在白济身边,算是白济以及黑甲营的保命符。

白济抬头看着万里无云的蓝天,心中道了声"无云好起风,风来雨常至"。

时气应了所求,白济的自信越盛。

吸了口微凉的空气,白济对身后将士喝道:"全军换一息三步疾走!骑兵变跑,先行到暂驻处歇马!今夜骑兵先进当阳!"说罢白济马鞭一扬,胯下墨兽嘶吼一声疾蹄奔出。

不等身后的传令兵一层一层把白济的军令向后传令,白济身后的黑甲营已随着白济整齐飞奔而出。

老狗骑在白济身侧,风吹得他嘴有些瓢,只听他迎着风呜噜噜地喊道:"山里过年摆堂会!老鳖山羊一盆鲜!狗咬狼,狼吃虎!黑虫白虫分不清!"

　　入夜。
　　两月后,当白济再次见到当阳城时,当阳城已是四处残垣断壁。若不是看到城楼上随风舞动的将旗还在,任谁也不会相信当阳仍未失守。
　　当白济从焦黑残碎的城门进城后,他发现黄栎留在当阳用做接应的兵,没有一人不是截肢动骨的伤。想必,当阳城中只要能动弹的人,应是全被黄栎带走了。
　　务须留守在当阳的校官向白济一一报告,白济要来了当阳城军政账目亲自翻阅,又连夜把当阳城中的各处仓储处转了个遍。
　　随着越发深入了解当阳城内的状况,白济不禁感叹,黄栎是怎么撑了两个月的。此时的当阳城,已不光是缺粮少药了,只说军械库中,竟连一根翎羽完整的箭矢都找不到了。
　　如此直到一更天时,白济刚刚坐稳,只是他屁股虽然沾了椅子,可脑子仍未休息。心中谋划了会,白济喊来了军中哨骑道:"你快马追上黄栎,先替我骂他一顿,然后叫他原地等我粮草,待明日过午之后再行军。"
　　接着白济叫人又安排了诸多事宜后,这才随便找了个空铺盖开始休息。
　　二更天时,白济刚刚迷瞪入睡便听见外面传来叫嚷之声。
　　起身披袍向外走去,便看到刚刚那个接了自己军令的哨骑又回来了。除此外,他身后还跟着几个一看便是刚从战场上退下的兵卒。
　　白济看看那个折而复返的哨骑,还没等问他为何又回来了,那哨骑已是慌张地对白济大声回报道:"侯爷!我军前军遇袭!"
　　白济听后耳根一绷瞬间抽了口凉气,但他并未惊慌失措。没有一句废话,白济直接对那哨骑身后的兵卒下令。
　　"简短些讲!"
　　那些兵卒从穿着来看都是轻骑,应是黄栎专门遣来送信的。兵卒得令后,一个伤势较轻的站出来回答白济道:"回侯爷,酉正日沉之后我军忽然御敌,敌军数目不清,来向不清。敌军来势汹涌,我军难以招架,故黄栎将军命我等一队轻骑回当阳,请侯爷出兵接应我部撤退。"

"黄栎怎么安排的?李退部呢?"白济再问道。

"黄栎将军已安排大部队回撤,并亲自带兵殿后。我部与李退将军部隔五里扎营,我等出发时不知李退将军部是何状况。"

白济听后不再多费口舌,当机立断下令道:"传令,当阳城内只要是摸黑看得清的,全数随我出阵。"

就在白济下令的工夫,刚刚跟白济回话的那个军卒把左肩的袖子撕开,露出缠在胳膊处的一条黑色锦绣。看到了这个细节,白济便明白了这个兵卒的身份。

而后白济又下了数道军令后,他对那小兵道:"你进来,抓紧把情形再说清楚些。"

进了白济账内,暗哨没多做礼数直接开口道:"侯爷,我军遇袭古怪,请侯爷多做考量。其一,申时我军扎营前最后一班哨,是李退部巡的,那时我军结营地南三十里内未见敌军踪迹。其二,这次与竟陵部合军之时,我并未见到我们放在竟陵城中的哨子。"

白济听后眉头皱得死死的,这两件古怪事,哪一条白济都不想深想,因为只要有一件是真的,那便说明他此时所做的一切都再无意义了。不过可惜的是,这两件事,每件都是真的。

"你们哨统呢?"白济问道。

"哨统仍在江陵,五日前通信已做好接应准备。"小兵回道。

白济点头,抬手让这个化作小兵的哨子退下。听着大帐外面一营一营的集合报到声,白济独自在帐内沉思起来。

他在想一个问题,进,抑或是退?

进,之后呢?还能博出一条前路?

退,已在坠入深渊的凌空中,又能退到何处?

或是不进不退?困兽已在泥潭,上有亟雷下烹烈火,不动亦是被湮灭。

在短暂的沉默中,白济没有去想自己脚下这万般算计是从何时开始,而是用尽了脑力想清了这场算计中,自己的归处将在哪。

第九章 —— 凛风　　607

"报侯爷！黑甲营全数二百一十三骑已上鞍待命。另轻骑、哨骑连带可上马的将士共编出六营现已整装完毕。"

白济回过神来，便也在这一瞬间他心中做出了决定。

白济这辈子，关于这个决定，他从未想过哪怕一次。但这个决定只要他去做，那这天下所有对他的猜忌、算计便全都不值一提了。

此时此刻陈怀没在自己身边，白济没去细想自己这个决定做得是否正确，是否能行得通。因为他与刘可不同，他的这个决定是被逼出来的。

"做了！做了！便是做了！"

白济低沉的声音从喉咙中挤出，再向帐外跨步时，白济的每一步都越发意气风发！

只是掀开大帐的门帘后，眼前的景象让白济的决定瞬间崩塌了。不是因为在白济目光所及没有声势浩大的军队，也不是他没有信心用眼前的困顿之兵搏杀出一条"前路"。而是因他看见了一张张人脸，是每个将士或迷茫或疲倦的脸。就是这一张张年纪不一、表情不一的人脸，让白济忽然想起了很久之前的事。

每一个将士的脸白济都似曾相识，那是很多年前同样在他脸上出现过的神态。

疲惫、茫然，看不到明天在哪，忘了昨天为何，连现在都是恍惚。

白济十六岁那年，在一场几十万人的大战中，他营下的一百将士只活了他一个。那时的白济走在死人堆中，看着一张张没了气的人脸，他竟发现这些死人的脸与他们活着的时候没什么两样。

杀一个人会手抖眩晕，杀两个人会肩膀发紧，但若是一路杀下去，便像是杀死了自己似的，活着的人也都一个个长着那张死人般的脸。

再之后，小将白济又是继续四处征战，春夏打乱军，秋冬打胡人，一年四季打仗，十二个月杀人。

如此几年过去，白济渐渐发现一件事。这天下东南西北四方，除了杀人的与被杀的外，竟也是所有人都是长得那同样的一张面孔，全都是那副只有今天没有昨天明天的死人面孔。修城筑墙的役夫顶着这张脸，盖着死孩子卖媳妇的庄稼人也是这张脸。

见得多了，白济开始有了疑问，别人在马背瞌睡时、在饮酒作乐时，白济却一直在思考两个问题。

"是否人就该长着这张脸?"

"为何人会长着这张脸?"

当这两个问题出现在小将白济脑中后,时光转瞬即逝,顷刻间便是此时的镇北侯白济,此时又见到了那似曾相识的面孔。

白济只轻轻叹了口气,这一生中,只在自己心中出现过一次的决定随即荡然无存了。

为了不再见到那张脸,白济易帜抗秦。

为了不再见到那张脸,白济杀了很多人成了白人屠。

为了不再见到那张脸,白济从辽东世外,毅然决然地趟进了京畿这摊浑水。

白济之所以能成为今日的白济,正是因为他讨厌极了那张脸。

再次一声叹息,白济撇下了身前身后事。

他有挚友、儿子、部下,还有自己从未谋面但心中却甚是想念的孙辈,虽然太多事仓促未及,但若此时去了也不算亏。

白济终于做了决定,便是去做自己认为对的事情。

白济的济,是济世救人的济。

九月初二,夜。

江陵城外,莲脱掉一身老娘教巡山的衣裳,马鞭狠抽几下如同要了马命一般向当阳方向奔去。一些事的来龙去脉被他弄清了,虽然他手中的证据不足以颠倒世间,但至少能让白济觉醒自保,此时他只恨自己弄清这些的时间太久。

同夜,往扬州的水路小舟之上,刚刚入睡的陈怀忽然心悸惊醒。一时间陈怀只觉得船中小舱憋闷,便披了衣裳到船头甲板处换几口新鲜空气。

越往东南走空气越是湿润,对于久居在北方的陈怀来说,这湿润在鼻腔中的空气便是家乡的味道。他细细想来,自己已有近二十年未回过祖地,口中的乡音也染上些北腔味道。

第九章——凛风

不经意抬头,陈怀竟是瞥见了一幅绝美的苍穹星景。

陈怀幼时也曾好玩些星象神秘事,今偶得了一幅天赠的明朗星图。反正长夜难眠,他便定准了紫宫观算起来。便只是这么随心一瞥,陈怀竟是对着天穹惊住了。

星图之上,只见将星与华盖双星交缠,齐齐向天涯边际奔去,瞬时后燃在双星旁侧点缀星火也闪了起来,各个跟随这双星坠落的方向画起了线。

陈怀顿时双目充血,他闭紧眼用力甩甩头,再用拇指死扣住太阳穴。再抬头时,天上依旧是繁星闪烁再不见一丝异景呈现。

又是倚在船案忖量半刻,陈怀叹息一声,苦笑暗嘲自己果真是老了,定是老眼昏花看差了这星空中的天衍。

再回船舱之后,睡是睡不得了,陈怀便又开始对往后事一夜苦思计算。

九月初三,丑扭拧夜之时。

白济军黄栎部于当阳城南三十里遭友军李退部袭击,黄栎命所部向当阳撤退。黄栎亲自率精锐殿后,最终力战不支,斩敌数名后死于乱矛贯腹。

而前去接应黄栎的白济并没有等到黄栎的退兵,因为黄栎部余兵在撤退途中,遭李进部骑兵击溃,至此黄栎部全军覆没。

而后,白济身陷李家兄弟两部包围,一夜的战斗后,在白济身旁的便只剩三十余骑。

九月三日清晨,朝阳初上之时。

在包围之中的白济集结起最后一批黑甲骑,而后三十余骑齐齐把马头朝北,在老狗的一声声疯话中,白济向李进发起了冲锋。

也就在这日,第一次见到白济的李进,从此以后便再不会忘记白济的相貌了。

在一轮一轮的箭矢之下,李进没有等到黑盔黑甲的白济跌落下马,他只看到了白济胯下黑兽的轮廓越来越近。

李进的手有些抖,甚至忘了要调转缰绳远离那头向他冲来的猛虎。此刻在他心中,他只想知道这头凶兽是死是活。

渐渐的,李进看清了用布条缠在白济手上的长戟,白济死了么?

不,李进看清了白济那如吃人似的涨红双眼,白济还活着?

到底是死了,还是活着?!

当李进的马被白济的黑兽撞翻,当白济手上缠死的长戟插入他身侧的泥土时,躺在地上的李进终于得到了答案。

白济还活着,因为白济将化作他余生永远的梦魇。

可白济也死了,因为此时,他的脖子还没被咬断。

九月中旬。

白济身死的讯息到京畿时,是九月十五日。

便以这日为起始,在这天下棋局围观的有心人们各个乱套了。

关于白济正书入册的记载是:"白济与刘可勾结,商议以黄河为界南北共据天下。而后白济为谋反之事顺利,计划把汉军大军送败与刘可,故此在不占胜算之时出兵南下。白济谋反之事暴露后,李退率兵攻伐白济,白济事败不甘受辱自刎而亡。"

而满朝文武竟无一人替白济喊冤,甚至连一句"蹊跷"都没人喊出。

说白济谋反,朝中趟在这摊浑水中的众人当然不信。

可不信又能怎样?白济已死,刘可大军就在江陵蓄势北上,难不成彻查此事?拿回在前线的李家人询个究竟?

就算讲清楚是李退杀了白济,但李退既敢杀白济,必是已有恃无恐。此时,李家人已成朝中抵御刘可唯一指望,所以白济的谋反便是"真"的。

这道理何明明白,所以他沉默。便是连天子此刻都……

第九章 —— 凛风 | 611

可若说没人相信白济谋反？这也未必，甚至大多局外看客都认定了白济谋反。

虽认定白济谋反的各人都有各自的考量，但所有这些人的心思集合起来，都不如在洛京城中酒肆水座中流窜的爷们儿懂。

不用两天的工夫，再说到白济谋反这事来，爷们儿们早就把这里面的道理盘顺了。

先说白济这人，那是响彻天下的白人屠，世间最为好杀无情之人。

每说到这时，便有人如同亲眼所见一般，讲述白济十几年前如何坑埋楚军，在辽东时又是怎样屠杀胡人。

再说白济是否有此祸心？

白济当然是个狼子野心的跋扈人啊！要不然怎么被天子放到天边辽东十几年？

天子那是早看出他包藏祸心，却因他曾经的战功不忍除他，这才把他放到辽东十几年，希望他在天边好好自省改过。

你看最后怎么着？不是刚把这头老虎放出来它就开始咬人了么？

况且这事还被爷们儿们编排得有根有据的。

甭管这些根据是从哪来的，反正把典客府的行人与宗正寺的主簿讲的话汇到一处去，白济造反的证据便坐实了。

都不用说白济在荆北好几年，兵没练出来粮也没屯出来的事。单说刘可从南边往北打，白济上来便把江陵扔给刘可，只这一条白济就是反贼。

至于为何白济三番五次地向朝廷要粮，这便更不用提了。待价而沽的道理，就连市井中的百姓都明白。

最后有人打听，白济造反这事是怎么个计划，又是怎么败露的？

爷们儿们仍能分说清楚。

白济的计划是先与刘可在荆州对峙，两人假攻假守，刘可那边可慢慢养精蓄锐，白济这边也好消耗朝堂气血。待时机成熟时，二人合兵直攻京畿，而后再以黄河南北为界共据天下。

更有人说得还再清楚几分，说是白济是想借朝廷之力削弱刘可，待两边都余力不支时，白济便返回辽东，从辽东发兵南下。若不然，为何荆州都打了快一年了,北境大军的屁股怎么半点没挪过?

至于怎么败露的?

这个最好说,便是白济急了呗!他怕河北秋收新粮下来后,汉军士气再起,所以偏挑这时候去打这没胜算的仗。

七万残兵去碰刘可的十五万大军,况且刘可有江陵城守着,就算是天下人都不如他白济知兵,也知道这仗就不是冲着赢打的。

一般各处酒肆中,点评完白济后这顿酒正好差不多吃完。而这时,便会有人再讲一出英勇李家兄弟的事迹做收口用。此时,最近洛京城中,最寻常的一顿酒就算喝完了。

与世人对白济的戏谑议论不同,洛京城中真正的显贵门阀则是都被白济的死轰震了。

但凡稍有些算计心思的人都看出来了,从多年前老相国王暮与太尉戚博的争斗,再到戚博被抄家,最后今日白济谋反自刎,这诸多事中都隐隐约约串联着一条线。虽外人看不清因势利导,但也各自打起了十二分警惕应对着。

而那些或多或少与白济有些关联的人,则表现各异了。

因回到京畿而避开白济"谋反"的何皓,在听闻白济殒命时当即喷出一口脓血,而后直接晕厥过去。待他稍清醒后,立刻强撑起身子翻身提剑,大呼要去找李退索命。只是下床没走五步,口中又是一口脓血,身子一软再次瘫在地上。

在重新翻修过的龙家老宅中,刚到洛京述职在缇骑中垒营的新昌伯龙琦,此刻正痛饮饮哭。

在朝堂时,他如所有人一样对白济谋反没多说一句蹊跷。但不一样的是,那日朝堂之中,齐齐匍匐在天子脚下的众臣中,唯有他一人掩面哭到颤抖。

与白济相交多年,他自然不信白济谋反。只是他身上的东西太重,不光有高义龙家的义,还有龙家再兴的使命,所以龙琦不能多说一句肺腑之

第九章——凛风

言。可即使说了又能怎样,以他在京畿中的分量,多说一句少说一句对白济没有一丝帮助,反而会让自己身陷囹圄。

但不管龙琦如何有城府知世故,他到底是高义龙家的族长,是白济同袍。便趁着酒醉,龙琦写了一封信,将信亲手交到跟随自己多年的亲信手上。

龙琦嘱咐道:"走军驿挑快马,务必将此物赶在朝廷驿马前交到我弟手上!"

同在这夜中,王暮府。

支开王芳,王暮在床榻上询问跪抚在他身侧的游琳:"你仍怪为师把萍儿嫁走?"

游琳替王暮掖了掖被子,抬起头看向王暮的双眼,笑着摇摇头。

凭着床案灯火,王暮向游琳的眼神深处看去,而后王暮满意地点点头。游琳的眼神与游琳的笑容,那是把他从小养大的王暮也从未见过的真挚。

只是还不等王暮想遣词与游琳再说些什么,游琳那真挚宽慰的笑容忽然狰狞起来,那也是王暮在他脸上从未见到过的阴毒。

"当日皇子肥与萍儿被困之时,老师未曾出一言相救之语!"

听着游琳的话,看着游琳的双眼,尽管王暮盖着两层裘被,但他后颈仍是渗出了冷汗。瞬时间,好多让他百思不得其解的事情,王暮竟忽然想到了些缘由,只是现在想到太晚了。

时机太晚,诸事无可行之余地。年纪太晚,他王暮已经老了,心力难继了。

太晚了,王暮再无与游琳算计的余力了。他看着游琳,眼神从惊愕变得愁苦起来,哀声道:"天子性情你会不知,我说又有用? 他连自己的儿子都舍得下,会管我这个女儿的爹? 那日我若开口,天子非但不会去救,反而会迁怒我把他陷入不仁不义之境地。若是如此,日后莫说一个萍儿,便是芳儿、茵儿,就是你也好不长的。"

游琳听后收起了那张骇人的面孔，笑容再次温婉起来："所以学生刚说了，学生并不怪老师。"

王暮愁然道："可你做的这些，到底是要把我王家置于何地？非要我王家、要你师兄、要茵儿为萍儿赔命么？"

游琳听后仍是微笑，他摇摇头，用如同寻常人开解固执老父般的语气说道："老师言重了，别的人先不论，但此事与茵儿无关，这学生还是分得清的。"

王暮听后有些莫名其妙，但只稍一深思他便是瑟瑟发抖。

游琳说与茵儿无关，那游琳心中定以为王茵儿的归处有了盘算。既是如此，王暮便又懂了几分，他顿时想到，游琳不单单只在戚博、白济的事上有算计。

"你与刘可⋯⋯"王暮颤声问道。

游琳点点头。

"早在你被我唤入京畿前？"

游琳依旧点点头。

"你是何时、如何勾结上刘可的？"

游琳听后终于开口，他摇头道："回老师，学生并不认识刘可，也从未与他勾结。"

"那你这是要做什么啊！"

王暮终于喊了出来，但这声训斥却耗尽了他最后一丝余力，只是话音刚落便吐出一口血痰。

游琳不紧不慢地从床边拿起痰盂，恭敬地捧到王暮面前后又空出只手给王暮抚肺。

看着面前这个一夜便僵垂至此的老头，游琳心底忽然泛起一丝感叹唏嘘。他想起往昔时，这个严肃老头总是训斥他，不准他与老头的女儿来往过密。可每当自己愚笨犯难时，这老头却又总会为他额外多费些口舌。

心想至此，游琳心中稍有些动容，于是便懒得再多啰嗦了。

游琳面上仍是那副笑容，像是小儿得功自夸一般对王暮道："老师啊，您可千万保重身子⋯⋯若您早亡，那学生可就是天下第一混账的贼人啦！学生已经不忠不义了，总不能再落个逆师叛道吧？不过学生还得说句实

第九章 —— 凛风 | 615

话,老师到底岁数大了,也是一躺下便再难爬起来的岁数了。我师兄呢,虽是个才杰,可论权谋诡计这些勾当,师兄他算计不过我。就好比学生现在讲给老师这话,学生想老师是听得懂的,可我那师兄就未必能明白了。哎,总之啊,老师您可千万把身子养好,心疼心疼学生,可不能让学生当那十足恶贼啊!"

王暮看着游琳的脸,他双眼越瞪越圆,脸憋得通红,好像就是这一口气,匀出来便能再苟一阵性命,匀不出来便再了无牵挂。

游琳放下痰盂,笑着为王暮又塞紧了些被子,然后起身走离王暮远些。接着游琳跪拜、俯首,对着床榻上的王暮做全了整套师礼,而后转身信步离去。

当夜,旧相国王暮痰凝气倒,咳喘一夜未有排解,便是还未等到来日,只在三更天便去了。

第二日一早,王府挂丧,王暮长子王芳谢过诸家祭奠后,又是一日清晨时便早早扶老父灵柩归乡了,说是要按王暮家乡习俗出殡至祖地入土。

至于王家的新族长王芳,先因与王暮逆徒游琳冲突落败而遭贬,又因老父病故丁忧。关于他的凄凉话,便也在洛京城的各处宴局上被人感叹唏嘘好几月。

镇北侯白济的死,颠覆了天下的格局,但在世间寻常人口中却只热闹了一个月。

最终,京畿中用对李家人的一系列封赏为白济谋反画了结尾。先是抚西将军李行被封赐了安定伯,长子李进蒙荫袭位,而李退则是另被封为破邪将军,连带荆州前线的统帅也一并交到李退手中。

再之后,荆南晚稻收成时,这天下忽然安静下来。便是刘可的反军竟也像是与谁达成了合约一般,此时却全没了动静。

如今,若有人再看向那残破不堪的当阳城,定会感慨这场造反好似场儿戏,大幕一换便是天差地别,戏词还没念完,各人竟都各自散去了。

如今,长沙江畔的灯火依旧通明,而洛京城中的酒席也没少了一样菜。

可唯有忠义二字,全像是笑话。

一场大幕熄灯,自有另一边挑帘开场。
白济殒命,幽州辽东便不再宁静了。
白济诸事传到京畿后,又只经过一月有余的工夫,便有两封文书从京畿快马到了幽州。
一封稍早些,停在了幽州治所蓟县,是由御史台发出传达给幽州太守。令其与辽东太守龙琦协作,妥善处理襄平镇北侯府后事,不要在北境再弄出兵祸。
另一封稍晚些,但却直接到辽东襄平城,是从京畿送达到襄平城龙府的。

十月十四日,辽东襄平城内。
龙玮面色死灰地瘫坐在大堂内,正巧龙玮五岁的幼子手拿着一把酸枣枝小弓从堂外颠颠跑来。
小孩子朝着正堂上的龙玮奶声唤了声父亲,龙玮却好似没听到儿子呼唤一般,仍是一脸铁青愣在那里。小孩儿纳闷父亲为何不理自己,遂颠着碎步跑到龙玮身边,把小弓在腋下一别伸开胳膊对龙玮推闪了一下。
便是这一推闪,龙玮瞬间回过神来,一双涨红眼睛死死看向自己儿子,面上是无比瘆人的神情。便被龙玮冷不丁这么一吓,小孩儿顿时哭喊了出来。
龙玮此时正心绪躁恐,经小儿哭闹更觉心中悬决无处着落,便是甩手一推把幼子推搡在地。小孩儿被父亲推倒,惊恐之下哭声更剧,而后龙玮之妻被孩子的哭声唤来。
龙玮妻刚想寻丈夫问个究竟,因何寻幼子撒气,却在开口前也被龙玮那张死灰脸吓得把话咽了回去。见小儿哭闹妻子惊恐,龙玮回过神来,但他并未理睬儿子,只把儿子抱起放到妻子怀中,然后对妻子令道:"你带鹍哥回屋,然后带人把府门锁上,没我言语府中人一律不准外出。"
说罢,龙玮便快步离开中堂去寻亲姐龙白璧了。

龙玮寻到龙白璧时,龙白璧正带着下人准备晚饭。

见到弟弟神色慌忙地来寻自己,龙白璧刚想笑话龙玮一番,却发现弟弟脸上的神情并不是玩笑。

连拽带推把姐姐拽进屋内,又回身把屋门紧锁。正当龙白璧一脸不解地想问自己弟弟时,龙玮竟直接放声嚎哭起来。

见到弟弟如此模样,龙白璧便知定有大事发生。但龙白璧虽是女人却自有一股豪杰气概,她强定住了心神,拽住哭嚎的龙玮上手就是一嘴巴。

"先别哭,是大哥出事了?"

龙玮挨了一耳光后心神稍稳了些,他摇头回道:"不是哥,是侯爷!哥来信说侯爷在荆州谋反,自刎在了阵前!"

龙白璧听后也是脑中一晕,脚下闪软差点摔倒。但龙白璧冷静得倒是比龙玮快,她强稳住几步,深喘了几口气张口对龙玮问道:"大哥可说要你如何做?"

龙玮摇头,眼神中充满了慌乱回道:"哥没说,只把侯爷的事讲了。"

龙白璧叉着腰在屋中转了两圈后忽然站住。

"现在襄平城中咱们应是第一个知道侯爷遇害的。你好好想想,大哥抢在朝中文书到襄平前,特用私人给咱们带了这么一封信,这还不明白么?"

龙白璧说完后看弟弟仍一副半知不解的样子,她一跺脚急道:"大哥是让咱们帮衬下小某子!"

龙玮听后点点头,而后又摇摇头问道:"得帮他,对,该帮他!可侯爷被定了谋反!咱们怎么帮?姐!哥真是这意思?要不你再看看哥送的信?"

说罢龙玮把信塞给了姐姐,只是龙白璧并没有去接,而是用一双细长有力的手又扇在了龙玮脸上,并对弟弟骂道:"你慌傻啦?我不认字!来!你现在就给我一字一字地念,我告诉你大哥是什么意思。"

龙玮脸上又挨了一下,脑中有些晕眩,听到龙白璧让他念,他便真的抖开信帛念了起来。龙琦的信中只是讲了白济的遭遇,以及朝中是什么态度,关于要他们姐弟怎么处理的事一概没写。

但虽如此,信中有一句无关联的话,却让龙白璧在信中听出了龙琦的真正意思,这一言便是信结尾处的龙家的家训。

"高义龙家,忠义两全。"

待龙玮念完信后,龙白璧对弟弟训斥道:"忠义两全是什么意思?便是这两头你都要顾着!为天子之臣的忠你要占,为小某子义兄的义你也要占!若不然就把你的姓扔了,别唤做龙玮,只叫个牛玮、羊玮都可!"

龙玮听后寻思了会,而后面色逐渐坚定。但这份坚定只在脸上挂了两息,他便又纠结地向龙白璧问道:"能帮我当然想帮,可这谋反的大罪,我怎么帮才能忠义两全?总不能撺掇世子起兵替侯爷报仇吧!"

龙白璧听后没回话,眼球翻转攥紧了双拳想了会道:"这事我安排,你听我的!"

未时末,日央之前。

龙府正堂中,几个在龙家三代效力的心腹到齐后,龙白璧便把堂门掩死。而后龙玮对众人简略下令,隐去白济的遭遇只让他们去北境各军营中寻人。

交代完诸事后,龙白璧在前,龙玮在后,两人急步离开龙府。

姐弟出门之前正巧碰到了修值归家的龙白璧之夫乐毅,乐毅一看妻子急匆匆地出门便要张口问询。谁料不等乐毅开口,龙白璧便怒气冲冲地对乐毅叫骂道:"老娘厌了你这闷蛋子啦!又愣又蠢!哪里像我龙家的男人!我这就让我弟送我去姐妹儿家待几天,你自个好好反省几日罢了!"

说完便扔下一脸惊恐并莫名其妙的耿毅,头也不回地走了。

呆站在原地半会,乐毅才委屈地小声道:"这怎么说的?这不就是你娘家么?怎么还能躲出去呢?"

不消一刻工夫,日头已向西沉去,龙白璧与龙玮到了陈府门前。

便在这从龙府到陈府短短的一刻路程,龙玮在马背上被冬日的寒风彻底吹醒了。冷静下来后,他一直在想自己哥哥所说的忠义。什么是忠义?怎么忠义?如何才能既忠又义?

这忠与义的问题让他绞尽脑汁而不得开释,他甚至去回想自己最讨厌的经典,想从自己那没读全的寥寥几卷书中找到答案。

忠,自不用说,简单可解尽其意。可这个义字则不然,便是他没读过多少书,也懂得这义字有无数可解之说。

当龙玮在陈府门前下马时,他脑中最后一个关于义的说法是:"为大义而灭亲,真纯臣也。"

如此,便是两全忠义,纯臣为忠,又有大义。

叫开陈府的大门,龙白璧回头看向龙玮。发现龙玮正在发愣,龙白璧扯了扯他,龙玮向姐姐看去,姐弟间只是一个对视便让他心生惭愧。此刻龙白璧眼中的神情是坚决的,那是天下多少须眉都不能与之相比的毅然。

"别像女子一般!"龙白璧对龙玮道。

龙玮强撑一笑没言语,可他心里的纠结却没一丝好转,并感叹自己姐姐确实是女中豪杰。只是姐姐虽有豪杰气概,可到底是女人,女人哪里懂什么大义。

进到陈府中时,白某正用短须摩挲着怀中的女儿,白某怀中的白宁还不懂说话,只是口中吱呀着推抚自己父亲的"折磨"。

见到龙玮与龙白璧来访,白某把女儿交给乌维,对二人一乐道:"今儿是什么好日子啊,龙大哥与龙姐姐一同来寻我。这才十月中,莫说是年节了,便是冬至也还早着呢!"

而龙玮见到白某这么一副阖家美满的样子,他心中又是翻腾起来。

白某见到龙玮一脸别扭,他刚想玩笑龙玮几句,可让白某从小就十分发怵的龙白璧在场,所以他便把消遣话收了,只是有些不解地在龙玮与龙白璧脸上来回扫去。

白某对二人的招呼已落地半天,龙玮仍然没有说话,只是站在那里面有难色。白某再向龙白璧脸上看仔细些,发现这个母老虎脸上也是十足古怪,见此白某才收起了玩笑之心。

眉头放平,白某对二人问道:"龙大哥与龙姐姐有事?是哪里的事?北境的,京畿的,抑或是荆州的?"

龙白璧先回过神,用力摆出平日对待白某时那副嫌弃的嘴脸道:"小某子,我找你可没事,我是来找陈姨娘说话的。只不过正巧碰到龙玮这小子过来寻你,这才与他一道来此。"

白某听后点点头,然后看向龙玮问道:"哦,龙大哥那咱们里面坐着吧,外头天黑有些凉了。"

龙玮听后愣了下,然后支吾着随口应答了下白某。龙白璧则走到陈夫人身旁,弯起了陈夫人胳膊道:"陈姨娘,我这有些话不好意思当他们面说,咱们里面去,您听我念叨行么?"

陈夫人虽然也有些不明所以,但还是跟着龙白璧走了。

虽觉奇怪,但白某仍是展开手把龙玮引进厅堂。让礼之后,白某转身走在龙玮前面,边走着边嘟囔道:"这可真是怪了,到底什么事弄得这么扭捏。"

龙玮仍是一声不吱,白某心中更觉闷怪又说道:"龙大哥今日这是怎么了?竟像失了声一般?这到底……"

便是这话还没说完,只听一声闷响,白某后脑一热顿时眼前发黑。强撑着脚下闪晃,白某把头向后转去,只是他的脚却不听使唤,好似踩在绣球之上难以立足。

最后,在跌倒之前,白某看见了龙玮闪躲的眼神,听到了乌维与陈姨娘的叫喊,还有自己女儿的哭嚎。

便再是噗通一声,白某的眼前黑了,远处龙白璧的嘶叫声也渐渐不那么清晰了。

"龙玮!你个王八……"

当白某再次清醒时,他发现自己正躺在一间昏暗小屋的草垛中。

眼球翻转几下,渐渐把周围看清楚些。随着五感重回,后脑勺的疼痛也让白某想起自己昏迷前发生什么了。

当白某想坐起来时,他发现自己此刻竟是被绳子捆起来了,没手用来撑地,白某只好腰腹用力一蹦,靠坐在草垛上。

先看向坐在自己对面稍远的龙玮,又低头扫了眼身上的绳索,白某声音平静地道:"龙大哥,这是怎么说的?"

龙玮见白某醒了问自己话,他并没回答,只是倒了碗水捧着给白某喝了。

白某喝完水后脑子又清凉几分,于是便索性就不问了,只等看龙玮说什么、怎么说。

待白某把一碗水喝干后龙玮没有走开,他把空碗放下,直接坐到了白某身边。

"世子,我把你敲晕捆到这来确实事出有因。"

"嗯,我知道。龙大哥你直说什么事吧。"白某淡淡地道。

龙玮叹了口气,又是沉默了会后才对白某开口道:"侯爷谋反了。"

"不可能,父亲若有此心……"

"你先听我说!"

龙玮的叫喊打断了白某斩钉截铁的回答。

听到龙玮的叫嚷,白某的心中忽然有种奇怪的念头。这种念头不是预感,而是一种近乎清晰又类似混沌的感觉。好像他已经知道龙玮要讲什么,可在清楚之前又隔着一层纱帐。

"侯爷是否真的谋反再没的好说了,因为侯爷死了。"

"啊?"

白某一下子没反应过来,但只是在一个瞬间后,他的脑中好像是被什么东西一搅,如同在水袋中灌下整个大江的水那般,白某的头要炸裂了。

死是什么意思?人之终也,为死。

死便是没了,消失了,走到最后便再也没之后了。

像是被自己用短斧钉死的胡人,像是那些被大火烧死的胡人部落遗民,像是江夏郡商贾们找的打手,他们都是死人了。

人都会死,便是那无疾,是何等脱凡上人之资?说他是人中之圣、气运冥选也不为过。到头来却也是被窝心一刀,匍匐在肮脏的泥土上喷了满口血沫死不瞑目?

只是死字好说,但白某的脑中却没有空隙把死字与自己父亲联系起来。

那是白济,就算抛开镇北侯、白人屠、天下第一猛将这些名号,单是白济这两个字,在白某心中便是一种信仰。

因为白济,是白某的父亲。

龙玮讲完沉默起来,给白某一段消化此事的空隙。

但一刻过去,白某的脸上仍是那副惨白的呆愣表情,全然像失了魂似的没有半点像人的样子。

龙玮见状也是难受,白济对龙家自不用说,对他亦是如子侄一般提携。但此时此刻却不是讲情理之时,因为对于白某来说,已经没时间了。

龙玮叹了口气,也不顾白某是否能听进他的话,便把白济这"谋反"之事的前前后后,连带自己兄长寄信的事全讲给白某了。

龙玮讲完这些又用了半个时辰,而白某那边仍是傻愣愣的。

见到白某这副样子,龙玮心中焦急,无可奈何之下他起身提来水壶,对着白某就是一泼水。

"没工夫给你愣啦!侯爷被定的是谋反!你再愣下去,不光你小子,连你妻女全都陪你完蛋!"

这是自从白某长大成人后,龙玮第一次对他斥责,再没什么世子了,以后便只有你我了。

"宁儿呢?"白某的嗓音干涸地问道。

"那是我侄女!"

龙玮没有直接回答白某,但只是这一句侄女便够了。

把心落到女儿上,白某的眼中多了一分人神,但等他身子稍懈时,却发现自己仍被绳索捆着。

白某抬起头看向龙玮,虽然仍是一双迷茫眼,却也再多了两分神情。

龙玮见状离白某走远些,背过身又叹了一口气才说道:"我现在要问你个

第九章　——　凛风

选择,你回答完我自会解开你的绳索。"

等龙玮的声音落地半会,他身后才传来了阵阵气力不接的惨笑。

"事已至此,我能有什么选择?便给个结果罢了。"

龙玮转身向白某看去,不顾白某的萧索样子只凝重说道:"我给你两个选择。其一,我送你离开襄平,你带上妻女往北走,从此隐姓埋名,再不管侯爷身后之事。若你如此,只要我龙玮在辽东一天,你便能好生过活。"

龙玮说完后,白某仍躺在那里一声不吭。龙玮眼睛一抖继续说道:"其二,我现在便放你离开!侯爷在襄平现有亲兵家将,你便点了去,先占幽州再杀入京畿为侯爷报仇。"

此话说完,龙玮走到白某身旁,把白某绳索解了继续道:"只是,若你选这其二,你须先用这绳索把我绑了!"

"龙大哥你这是为何?"白某的声音有些颤。

龙玮听后歪起嘴角一笑,便是他少年时一般的笑,笑中充满不屑与自傲。而今日,白某在这抹熟悉的笑容中,又隐约读出了一丝凛然。

龙玮仰起头,哼笑道:"我高义龙家,自是忠义双全。我无论如何都会放你,这便是义!但你若要替侯爷报仇,须得先杀我,这便是忠!如此,我便全了龙家忠义双全之名!"

白某笑笑,然后艰难地站起身,他看着龙玮。虽然龙玮高昂的双眼未与之对视,但白某还是看了龙玮很久很久。

"陈先生呢?"白某问道。

"不知道下落。"

"那陈夫人……怎么办?"白某又问道。

"按我哥的话,这事只有侯爷一人被构陷,旁人自无瓜葛。往后便是陈先生回不来了,陈府也有我照料着。"

白某的眼神下移,嘴中挤出几声苦笑,再之后竟双膝一软朝龙玮跪了下来。

经白某这么一跪,龙玮也是一阵慌神。

"龙大哥……"

"诸事难托,你快决定吧!"

"龙大哥,北边太冷了,我不去。"

龙玮听后一愣,他倒吸口凉气,一双鹰眼死死地盯着脚下的白某。但白某并没让龙玮慌神太久,随即他便说道:"我带着妻女去南边,我先去寻陈先生,日后之事寻得陈先生后再慢慢计议。"

听了白某的回答龙玮长舒一口气,但他仍对白某追问道:"你如何计议?"

"不知道,若能寻到陈先生,听他的吧。若寻不到,呵呵,便……便不知道了。"白某气息衰垂地答道。

听到白某如此回答,龙玮才把心彻底放稳。他长吁一口气,脚下一软肩并肩同坐到白某身边。

展开长臂,环在白某肩上用力拍拍,龙玮对外面喊了声:"都进来吧!"

话音刚落,便从屋外走进来两人,分别是双眼已肿得看不见眼球的速仆丘,还有见到白某后便扯开嗓子大嚎的王铁胆。

走出这间小屋后白某才发现,自己竟被带到了襄平城北四十里外,速仆丘的胡骑营屯所。

等到众人移到一安稳处时,胡骑营外传来阵阵马蹄疾驰声,便是龙玮早时派人去找的最后一人到了,来者便是白济的家将之一,替白济率领黑甲营的周揽。

至于为何周揽姗姗来迟,这是龙玮有意安排的。因为若让周揽早到,他必询问不到白某的"选择",甚至以龙玮对周揽的了解,周揽会直接带兵把白某抢出,而后鼓策白某起兵为父报仇。

龙玮给白某找来的助手便是眼前这三人,只认白济不认天子的周揽与速仆丘,以及白某自己的亲随王铁胆。

这三人,便是北境中对镇北侯府一门最忠诚的三人。只是光有忠心是不够的,关于之后白某该怎么办,三人加上龙玮谁也没个办法。

周揽在详知白济遇害后只顾着怒骂,然后果真如龙玮所想,他怒急之后便硬拽着魂不守舍的白某,准备起兵为白济复仇。

第九章 —— 凛风 | 625

速仆丘因早些知道白济遇害,所以这会情绪已经平稳些,但他汉话都说不利索,只是一个劲地自言自语不知叨叨些什么。

　　至于王铁胆更不必说了,他在这三人之列只因他是白某心腹,关于白某往后该怎样,他并没有说话的份。

　　而白某则仍是那副失魂落魄的样子,眼看几次周揽与龙玮就要争吵到大打出手,而白某仍是没有任何反应。

　　不过争吵并没有持续太久,渐渐各人都不再言语,而是互相面面相觑起来。

　　情绪是好发泄的,可事情却不能不办,至于到底这事该怎么办,除了白某外的四人竟是谁也没有个好办法了。

　　平日里,速仆丘的胡骑营是没人愿意来的。这并不是因为白济麾下众将对速仆丘身为胡人有什么成见,而是这胡骑营屯所当真是又脏又臭,胡人喜欢饮酒喝多了便到处乱吐,时间长了不要说屯所中,便是胡骑营的人都一身馊糟味。

　　而今夜,胡骑营屯所却是不情愿地热闹起来了,不光是先前来的周揽与王铁胆,这会竟又跑来了几个女人。

　　速仆丘的大帐外,龙白璧连传喊一声都没有,只掀帘便进。而后,走在她身后的乌维抱着女儿也进了大帐。

　　白某见到妻女到来,回过些神来,颤抖着起身向乌维走了过去。乌维见状什么话都没说,只从抱女儿的双臂中空出一只手来,环住比她高出一头的白某,轻轻抚着他的背。

　　龙玮扯过龙白璧,小声问道:"怎么把她娘俩带来了?"

　　龙白璧瞟了眼龙玮:"小某子总是要跑的,到时哪还有工夫让你们回襄平接人?"

　　龙玮哦了一声点点头,龙白璧反问他道:"你们可商量出结果了?"

　　龙玮摇摇头:"哪有什么结果?都烂成一锅粥了。"

　　"怎么回事!眼见四更天啦,再拖下去,蓟县的文书明日不到后日也到了!"龙白璧嗔道。

　　龙玮无奈焦急道:"我有什么办法!莫说旁人,你看白某那小子自己还痴着呢!"

说完龙玮向白某那边打了个眼神。

龙白璧听到龙玮不再称白某为世子,她白了眼龙玮道:"你改口倒快!你们麻利点吧,我这几日就住在陈府不回家了,陈姨娘那边有个人陪着,免得受牵连。"

说罢龙白璧便走到乌维身旁,想安抚乌维几句便离开。而这时,一边的周揽看到白某一家团聚,他忽然对白某大声道:"世子!这下你一家人都齐全了,咱们也再没掣肘之物了。不如就此起兵为侯爷寻仇,便是打不到京畿,咱们凭北境之兵也可夺了高丽!好赖是不伺候京畿那帮猪了!"

龙玮听后急躁道:"刚把这话扔开,这回又提作甚!若白某谋反,那侯爷作乱之罪从此便坐实,往后也再无翻案的可能!"

"你这话倒好像世子不起兵,那侯爷的谋反之名便能清了似的!再者说,侯爷都死了,此时就算是清了谋反之名又有何用?怎么着都是被冤死的,这个仇得寻回来!"周揽反驳龙玮道。

龙玮听后刚想再开口,周揽却没给他机会,胳膊一抬又指着他继续喝道:"龙家小子!你若贪图头上那糨糊功勋,此刻便只管离去,看在你救出世子的份我今晚不追你。待明日我等起兵为侯爷寻仇时,咱先在辽东打上一仗!"

龙玮听后眉头一竖,刚被压下去的火又被周揽挑起,但他刚要回语周揽时,站在他身边的姐姐龙白璧抢出一步对周揽道:"周揽将军!你若想造反便自己带兵反了罢!到时你打向京畿或是高丽也没人管你。小某子这正懵怔着呢,到现在一句整话还没说呢,你若真为他好,便是先把嘴闭上听听他怎么讲!"

被女流之辈一通训斥,周揽气得不行却不能与女人计较。心中喘匀两口闷气,回过头来再想龙白璧这话说得也没错,再深看向白某那副可怜模样,周揽便也不再言语了。

龙白璧走到白某身边,把白某从乌维怀中扯出来,她抬起头盯着白某的双眼问道:"小某子!你到底怎么想的!赶紧说句话,再磨叽下去可谁都帮不上你了。"

白某没回答,只下意识想避开龙白璧的双眼,但还没等扭头,龙白璧便伸出手摁住白某的头喝道:"你再躲一下试试!"

便是被龙白璧这么一逼,白某终于开口了:"我说过了,先去南边寻陈先生再论以后吧……"

安静。

放下白某的脑袋,龙白璧没多一丝犹豫,直接转身对着屋中另外四个汉子发号施令道:"事不宜迟,你们别争了,都按我说的做。先找个僻静地方,把小某子藏进去。这样也好让他缓缓,等这段紧张时候过了再把他往南边送。周揽将军今夜便带兵出去,对外只说是巡境。侯爷的部曲领兵在外,想必来襄平抄没镇北侯府的人也不至于太过火。最后……"

龙白璧把话停住,脸色为难地看向速仆丘道:"速仆丘将军是经侯爷归化入其麾下的,关于小某子的安排,最重要的一条布置还得请你……"

速仆丘没说话,只对龙白璧点点头。龙白璧这才有些歉意开口继续道:"请速仆丘将军明日率胡骑营离开汉土只往北走,如此便能做出小某子逃了的样子。往后若让人去寻,我们随意敷衍则好,时日一长这事也就淡了。"

速仆丘听后仍是没说话,他笑着点点头,好像龙白璧的要求是件无比理所应当的事情一般。

待龙白璧又一一与各人校对过他所派遣之事后,还不等众人感慨她真是十足的伶俐、果断,龙白璧便完语道:"行啦,将军们既都清楚了,便紧张操弄着吧。我先把小某子一家安稳放好再谢各位将军。"

说罢,她便扯着白某与乌维往外走。在这期间一直也没个言语的王铁胆见状也跟在了他们身后,因为他的事是最清楚的,便是保护好白某一家子的安危。

"姐,你往哪安顿他们啊?"

龙玮在她身后问道。

"这就是你的事啊!你给找个地方,快!"

十月十八日。

在龙玮得知白济遇害几天后,从蓟县而来抄没镇北侯府的人马才到襄平城。

在这队人马中,除了那胖子幽州太守所领的携旨官吏外,被分封在代国的天子幺弟代王更是领了三千战兵同来,如此举动,其意图为何自然不言而喻。

只是,虽来襄平的人马准备周全,但龙玮等人为救出白某所做的安排,在这三天内都已做好。

等到代王与幽州太守坐到襄平治府内时,龙玮先是对白济谋反之事表现出十足难以置信,而后他又捶胸顿足好久。可最后,他能给出的答案也只有:"逆贼之子白某几日前去胡骑营巡查了,前日一早便率整个胡骑营北上巡边。今早我还奇怪,怎么巡边要带这么多人?想必应是早知道此事跑了!"

龙玮答完,代王又询问了龙玮关于白济部曲的事,龙玮回道:"白济没带去荆州的心腹只有周揽一人,而他则是在几日前率兵去了高丽,说是接高丽国的岁贡。"

而后代王又陆续问了龙玮些别的关于白济的事,因龙玮早有准备,所以都妥善回答,言语中也无矛盾之处。代王因对襄平的事无处下手而十分不悦,好在那胖子幽州太守一直帮龙玮递话宽慰代王,于是代王再叫骂了会白济后也只得罢休。

最后作为这次清算白济余党的钦使,代王决定暂时留在襄平城观望几日,若白某不回他便就地点兵去巡拿白某。除此之外,他还命人在辽东郡各城中张贴白某的画像,并发下一笔丰厚的悬赏,只要有人提供关于白某的踪迹便赏银一斗。

十月末。
襄平城西南十五里处有座刚落成几年的新村,名字叫作要儿村。
这要儿村有一特别之处,便是这要儿村中的耕地非常大,算下来每户都有四五亩之多。但这村中却有一点不妥,这不妥便应在了这村名之上,要儿要儿,便是要儿子。
这村人丁实在稀薄,如此大的村子却只有不足二百人,能充作劳力的男丁农妇也只一百人不到,因此虽户户都有好几亩地却无人去耕。

这要儿村,便是当年白某安置那些从辽东部落归来的汉人的村落。

而今日,白某的藏身之所也正是在这要儿村中。

要儿村村南一所三房大院中,马毛抱着一袋米刚入院就看见乌维在院中洗洗涮涮。

马毛见状赶紧把面放到仓库后跑到乌维旁边道:"夫人你放下吧,让我来!"

乌维抬起有些疮破的手摆了摆:"你歇着吧,铁蛋走一白天了,去哪了?"

马毛当然不依,他蹲下把乌维的水盆挪到自己手边道:"铁胆哥去村长那置办田了,说是住在这不种地不干活会让人生疑。"

乌维擦了把手,倒了碗水放在马毛身边。马毛对着乌维傻笑了下,喝干了对乌维问道:"夫人,世子好些了么?怎么这么大太阳也不出来晒晒。"

"不知道,他晚上也不睡觉,白天就在屋里和女儿说话。"

"和小姐说的什么啊?"马毛随口问道。

乌维叹了口气道:"怪气,说他小时候与大老爷的事。"

马毛听后也是叹了口气,然后呜鲁呜鲁说了句胡语,像是感叹祈祷了些什么。听到乡音乌维一愣,随即也用胡语对马毛说了句话。马毛听后是愣住了,然后便又呜鲁呜鲁地对乌维回了句什么。

就这样,两人你一句我一句用胡语聊了起来。

因听到亲切的胡语,加上马毛也是能说会道的,三两句话后乌维脸上的愁色也消退不少,心结舒展之下塞给马毛一个饼子便去准备晚饭了。

太阳西去,小院炊烟袅袅之时,王铁胆回来了。

王铁胆刚进了门便往灶房寻去,一副饥肠辘辘的样子对乌维问道:"夫人!晚上吃什么啊?"

"三滚肉,饼子,秋菜。"

王铁胆听后用力闻了闻,随即腹中发出一声雷鸣,王铁胆不好意思地道:"夫人见怪了,我今日去选田,走了好几里的路。这村太大了,全是空田啊,可真让我好选。"

"嗯,待会多吃碗肉。"

乌维的语气虽平淡,却让王铁胆感到了关切之心。

"好嘞!那夫人,我先去陪世子说说话,待会你弄好饭让马毛端到仓房就好。"

"一起在屋里吃吧,热闹些。"乌维仍平淡地道。

王铁胆听后面色则有些为难,但嘴巴张张却只扯出一堆"这,这"。乌维见状也没多和王铁胆言语,她把铁锅盖上头也不转地道:"你快闪出去吧,站这挡害。"说罢便不再搭理王铁胆。

晚饭时候,乌维在主房堂中支了张圆桌,四人围在同一处吃饭。白某仍是那副失魂落魄的样子,抱着女儿随便吃了几口便不在动筷了。之后也不顾旁人还在吃饭,他只走到一旁坐下又给女儿讲起往事。

"那会啊,你爷只要寻到我便要一通好打。没办法,为父那会确实太顽了,便打了也是应该的。可就有一次,为父好端端地在营中走着正巧遇到你爷,你爷不由分说便又对为父一通好打。但那次为父什么都没做,便委屈地冲你爷寻个究竟。然后这乐事便来了,你爷知道错怪为父后也没说两句好话,只仍是板着脸道,啊,打错就打错吧,你小子要不服,等你能打过我了便再打回来。"

白某讲完,也不管女儿是否能听懂,便只一个人在那呵呵地乐了起来。

王铁胆与马毛见状都是深深叹了口气,而后便只闷头吃饭不再言语了。马毛偷抬起头看向乌维,乌维仍是那般冷淡的表情,端着碗默默地吃饭,好像对白某的疯癫状熟视无睹一般。

马毛见乌维没发现自己在看她,眼睛便多在乌维脸上停了会,只是这么稍稍一瞥便让他心中酸楚,只见乌维的冷淡表情,却藏不住她眼角那抹晶莹。

这日夜。

当晚,乌维很早睡下,这几日她确实有些累了,自从她来到襄平做了夫人以后,便很少像这几日般劳累了。

因入睡太早,夜深时乌维忽然醒了,睡眼惺忪的乌维下意识去揽女儿时,却发现白某不在床上。四下望去,发现白某竟在地上坐着,手里还拿着自己那三把短斧不停地擦拭。

"你怎么不睡?"乌维撑起身子问道。

"我就想不明白。"

"想什么不明白?"

"什么都想不明白。"白某在月光下对乌维惨然一笑。

乌维叹了口气,她翻身下床给白某披了件衣裳没说什么,只是把白某手中的短斧拿走收起,而后便静静地坐在白某身边。

"铁胆买了几亩田啊?"白某默然问道。

"不知道,你明日去看看吧。"

"辽东这边得种麦子,况且只能收一季。"

听白某忽然念叨起农事,乌维没说话只看着白某的脸。白某像是很认真地在想什么似的,片刻后又对乌维道:"还得买头牛,不然可真耕不过来。"

乌维见白某的样子有些魔障,便只好哄着他道:"听你的,你想再牵条狗也可。"

白某听后点点头道:"是,得牵条狗,跑来跑去地还能给人提个醒。这会不像咱在江夏给肥憨种地了,自己家的地该仔细些。"

乌维听后点点头,什么都没说只抬手把白某搂在肩头,白某也由着乌维抱住自己,并把头埋进乌维的脖颈间。

"能不能不报仇了,咱们在这种地过日子可好?"

"好,听你的,都听你的。"

而就在这一晚过后,再到白日时,白某早早便起了。

安静吃过早饭后,白某竟换了一身新衣,迈出了自己的小院。

在昨日置办的田地间走着,王铁胆与马毛小心翼翼地跟在白某身后,观察着白某的一举一动,生怕眼前白某的"正常"只是一种假象。然而在这一路上,白某没有露出一丝疯癫行径。

白某时而蹲下翻翻土,时而张目远眺,指着脚下的田给王铁胆他们讲如何耕农。如此这般只是一个上午的工夫,王铁胆他们便欣喜起来,自己的主人总算是缓过来了。而到下午时,王铁胆他们便确认了,白某不光是缓过来了,更是彻底"痊愈"了。

白某坐在田垄间,神采奕奕地给王铁胆与马毛安排他的计划。

先被安排的是王铁胆,白某要王铁胆在冬日歇农时把来年农忙时的农具置办好,连用几把锄头,推什么尺寸的犁都交代得清清楚楚。

之后是马毛,白某要马毛去买一头公牛帮农,再买一头母牛配种。然后便是买马和车,说是自己运送卖粮不光能省下一份利,还可以把车马租出去换钱。

便只在这一日中,白某已把他们往后几年的日子都布置好了。

在白某的计划中,第一年须得自耕田,不为别的,只为了解辽东一带的水土地产。到了第二年,田便交给雇买的劳力去耕,他安排王铁胆重操旧业弄一个铁匠铺,生产些精良的农具不卖只租给村人。等到第三年,则让马毛去买车买马,到时秋收季节他们便能干租车运粮的买卖了。

此时,虽然白某眼中蹦出的热情让人觉得古怪,但这样的白某总好过他那疯癫样子。所以,不管王铁胆与马毛心中是否真的愿意与白某经营日子,但面上却都是十分配合白某。

再到第二日,令众人高兴的是,白某昨日的"痊愈"并不是假象,今日的白某仍是那般神采奕奕。

只不过,他神采奕奕得有些过头了。

吃过早饭白某便带着王铁胆与马毛出门了,他打算到要儿村中的几户村老家中拜访。但王铁胆在得知白某的想法后,他虽不愿提起白某的伤心事,但为了白某的安全着想,他还是提醒白某最好不要四处露面。况且,这村子人本就是当年白某迁来的,说不准有谁会认出"白某"便是镇北侯府世子。

而白某却没因王铁胆的提醒神伤起来,他反倒对王铁胆开解道:"没事,且不论当日那些见过我的乡老是否健在,且说这好些年过去了,我的长相已与往日大不一样。我先用个化名,只说咱们是从关内逃难过来的,再故意编些好说的难言之隐卖给他们。如此,于情于理咱们也露不了馅。"

最好,在白某拜访了两三家村老之后,王铁胆那悬着的心终于放下了。

事实证明,王铁胆到底是多虑了,这些村人大都朴实没有见识,见到白某的礼与"礼"后,无不是好言好语留他在屋中喝水吃饭。

再之后的几天,白某爆发出惊人的热情,那是就连乌维都没见过的白某对生活愿景的欣欣向往。这几日里,白某扩了院子,给王铁胆与马毛都修了遮阴耐寒的大屋,之后将院子的篱笆墙重新翻修,最后又在院中筑了马棚粮仓。

如此忙碌起来后,时间很快过去了半个月。

关于白某的神思,此时别说是王铁胆与马毛相信他已痊愈。便是连乌维,也从白某夜里的阵阵憨声中找到了生活的安宁。

十一月。

到深冬时,在这要儿村生活的几人像是正在做一场大梦,他们全然忘了这世上还有个地方叫襄平城,更忘了自己为何到这村中隐姓埋名。

那些梦外之事,自是没人愿意提起。甚至这段时间里,白某一次都没让王铁胆去打听下襄平城中是个什么样子。

说是梦或许有些不妥,可能在白某的脑中,眼前的田地家宅、良妻乖女才是真实的。

至于那些前尘往事,襄平也好幽州也罢,这人与那人都算在内,那些未尝就不是黄粱一梦。梦里梦外,真真假假,讲什么道理都没用,这世间的真只有一条是真,便是白某认为是真,那自然是真。

白某这场梦注定要继续做下去,为了把这场梦做成真。

十一月中旬时,白某终于没什么事可忙了,加上天也黑得越来越早,日子越发变得乏味起来。白某当然不肯罢休,便在这离新年还一月有余时,他便督促起王铁胆置办年货。每日只要王铁胆在家清闲一天,他便要遣他去四周乡间寻些特产回来。

相比马毛,王铁胆倒算是好的,随便找个白某看不见的地方消磨一天也就罢了,马毛则是日日陪白某到山林中打猎。

在这辽东深冬里,不要说那些冬蛰的动物,林间便是连野鸡都看不到一只。往往一日下来归家时,手里不见半只野兔獐子。但白某却每日都是乐此不疲,并宽慰马毛道:"得到冰化了咱就不打猎了,我教你摸鱼!"

若是真时,人在梦中惊醒,若是梦时,真从梦外来扰。

世间原本便是真与梦交织,可唯有人分不清楚。便是如那漆园傲吏般知真知伪的贤达,却也被苦困于鱼乐之间。

或许虚幻之间的真真假假本就无从辩证,但在这真假之中确有一事永远为真,便是一个"扰"字。

人可活的亦真亦幻,可"扰"却永远那么真实。

而白某的日子,"扰"来了。

十一月末。

某日下午,早间被白某打发去买羊回来的王铁胆空着手,神色慌乱地回了家。

原来他在四周村落中寻不到一只整羊,便去了被他们扔到世外的襄平城。而王铁胆在襄平城中的见闻,却让他率先从大梦中惊醒。

在襄平城中,白某的画像已贴满在城中,悬赏的金额足够让一个小户人家吃穿用度几世。

再说襄平城中的人,现在的襄平城已不是龙玮说了算,而是一个藩王在那指挥调度,几千大军驻在襄平摆出一副不见白某誓不罢休的样子。

最后说襄平城外的人,速仆丘跑得决绝,整个大梁河西南都寻不到他一丝踪影。周揽比速仆丘更甚,千骑的黑甲营,消失在高丽国再没后闻。

但当王铁胆归家后拉过白某,劝他离开此地再躲远些时,白某却犹豫了。

这天夜里,白某到了三更仍是难以入睡,他摇醒了睡在身边的乌维,但他并不知道此时的乌维也并未睡去,因为白某的叹气声是那么绵长。

"铁蛋说……"白某的声音显得有些低沉。

"我知道。"

乌维打断了白某的叙述。

"你怎么知道?"白某问道。

"我听见的。"

"哦……"

白某点点头在床上坐了起来,用手抵住下巴叹了一口气。乌维也坐起来,她为白某披了件衣裳,自己则是钻到了衣裳中的白某怀里。

白某环住乌维,嗅着乌维头发上的烟火气问道:"你说咱们要不要离开这?"

"要去寻仇?"乌维很轻易撕开了白某那张遮掩伤口的纱布。

白某沉默了会,然后摇摇头道:"换个地方,再像咱们此刻这般好好生活。"

"你不想寻仇了?"

白某听后再次沉默,因为乌维这个问题,也是他这段日子里一直藏在心中的问题。

便是自己到底想做什么?寻仇,生活?

当白某的指尖第三次从乌维发梢滑下时,他终于想到了一个还算说得过去的答案。

"不了,寻仇不如我们活下来,站在世外看那些人彼此算计。如今我身在世外看不清局中纷争,但我却是明白,在那场算计里没人能得以善终。我们只要活下来,安生地好好活,这就够了。已经跳出来,何必再进去?便只当一看客吧。"

乌维听后抬起头看向白某。

在月色中,乌维那似懂非懂的眼神显得格外明亮。

白某说的这些话乌维不懂,但乌维有乌维心中的清楚,她心中的那份清楚白某也不会懂。

正如白某不知道刚刚乌维也没有入睡一般,他同样不知道在这段日子里,在他的这场大梦中,乌维却一直清楚真实为何物。

"嗯,你不寻仇,咱们就不走。开始逃了,就难停下了。这里与那里都一样。"

"哪里与哪里?"白某疑问道。

"这里,与逃去的那里。"乌维淡淡道。

白某听后若有所思地点点头,两人相拥着,彼此都有一丝困意。

最后一个问题是白某撑着眼皮问出的。

"你喜欢这里?"

乌维打着哈欠轻声嗯了声道:"嗯,到底比那里冷些,离生我的地方近些。"

次日清晨时,白某邀上了脸色有些不好的王铁胆一起遛马,而马毛则被留在家中拆卸过年用的猪羊。

白某邀上王铁胆并不是为了安抚他,而是想给王铁胆一个答案,另还有一个选择。

两人纵马慢踏在要儿村郊外,马蹄在雪原上踩出一条来路。

"铁蛋,咱俩认识多久了?"白某忽然对王铁胆问道。

王铁胆一愣,想了会才回道:"这我记不得了,反正世子幼时跑到黑甲营喂马时我就见过世子。"

白某点点头笑道:"其实我也见过你,当时就觉得你蠢,所以曾经父亲点名你与我对练时,我才想玩些不正经的捉弄你。"

王铁胆听后憨笑几声,原来多年前二人那第一次对练,竟不是他们第一次彼此相知。

在回忆中遨游片刻,白某开口又对王铁胆问道:"铁蛋,我对你怎样?咱们在这般境地,你如实说便好。"

"世子对我自然是如同再造,若没有世子,我这一辈子最大的福气,可能就是没死在战场上了。"王铁胆斩钉截铁地道。

"谁问你这个了! 就只说平日我待你怎样? 是好是坏? 是凶是厉?"

白某问完,王铁胆有些狐疑,他想了会才回白某道:"世子平日里待我也是极好,说句僭越的话,我若有亲兄便也只如世子待我这般。"

白某听后玩闹似的白了眼王铁胆道:"谁是你亲兄,你大我好些岁数呢!"

第九章 —— 凛风

两人又在马背上沉默了会,白某扯住缰绳下了马。他望着辽阔雪原好久,半刻后白某眼神微眯,收起玩笑的语气对王铁胆认真道:"铁蛋,我决定不走了,就在要儿村生活了。现在我给你两个选择,一是回到襄平到龙大哥麾下继续建立功勋,以我和龙大哥的情谊他必不会亏待你。二是继续留在我身边帮衬我,我许你几年之内必能当个寻常富户。你肯护我逃难,这就算报了我往日与你的恩情,这两个选择你只平心而选,不必考虑太多。"

王铁胆听后睁大了眼睛,他没有回答白某的选择,而是反问道:"世子!这襄平城内的状况你也知道了?咱们继续留在这太险了!"

白某摇摇头平淡道:"铁蛋,我意已决。此时我若逃,便再也没个头了。你只说你的选择吧,这两个选择对你而言都是善终,也算你我主仆一场,我报你的耿忠之情。不过你留与不留,你我二人都不再是过去那般的主仆,以后只当是好友相处。所以我再说一次,你平心而选。"

王铁胆沉默了,许久许久之后,他有些艰难地开口道:"世子帮我选吧。"

白某背对着王铁胆摆摆手。

"须得你自己选,并必须选。"

白某的话又落在地上好久,他身后的王铁胆仍然没有给出答案,然而白某的心中却已知道了答案。

白某对着苍凉的皑皑白雪,忽然心生一抹悲意,不经意间,一句他平日里极为延误的那种感怀话语脱口而出。

"这雪原之上只有一条来路未免太过孤独,回去吧铁蛋,给这条来路填上一条归途。"

说完后,转身对脸涨得通红的王铁胆笑道:"铁蛋,咱们先回去吧,等你想到了再告诉我就好。"

王铁胆低着头,没吱声,只是点了点头。

于是这雪原上孤独的来路旁,又多了一条归路。

人从雪中归来,为的是归来后的温暖。

而此刻白某的眼前温度,却不是暖。

那是熊熊大火在他眼前翻涌出的炙热、狂躁、窒息!

火!好大的火!

如同他多年前在胡人部落中放的那把火,同样的耀眼,同样的无情,同样的把人心湮灭。

白某通红的双眼快崩裂出眼眶,他用尽全身的力量却无法从嗓中挤出一句:"救人啊!"

王铁胆死死捂住白某的嘴,用尽他全身所有的力量,把白某摁在荒草垛中。

要儿村中,白某的家被点燃了。

而白某那正在燃烧的小院外,此刻被要儿村村民围得水泄不通。

只不过,他们不是来救火的,而是来放火的。

这场熊熊大火,映在村中人的眼中,透射出比火焰还炙热的贪婪。便如同曾经,他们在辽东部落时听到白某说起分地分粮时的样子。

他们,以及他们的父辈,曾猜到了白某要对他们生活多年的部落不利。

但他们,以及他们的父辈,却为了土地与粮钱,欣然牺牲掉一起生活了数年的胡人与汉人。

并在贪婪之余,他们眼中的那抹狂热也同样令人熟悉,那便是白某曾经放火时的眼神。

白某燃烧的家门外,站着好多的白某。

······

王铁胆捂死白某口鼻的那只手,此刻已被白某咬得血肉模糊,他的手指更是被白某掰折疼到撕心裂肺。

但王铁胆仍是一动不动,他满脸热泪,咬碎了牙死死地摁住白某。

"世子!不能去啊!去了就没命啦!"

"世子!你别看!你别看!"

"世子!世子啊!世子!"

第九章——凛风

王铁胆也低下头,把眼睛埋在白某后颈呜咽着。

　　好久好久,当凶猛的烈焰只剩下噼啪作响的干柴声时,龙玮走进一片废墟之中。
　　看着残檐下面目皆非的三具尸体,龙玮流下了眼泪。
　　代王捂着鼻子站到龙玮身边,对着地上两大一小三具尸体看了会,咂舌道:"这死得可够惨的,应是先被呛死,而后才被烧成这样的。"
　　龙玮没说话,他蹲下把三具脆尸并到一处,而后卸下背后大氅盖了上去。
　　没理会在身后请赏的吵闹百姓,代王幸灾乐祸地对龙玮道:"龙将军,这三人可确是白济孽子一家?"
　　"是了,白某身子细长,这具高些的就是他。其余两个是他妻子与女儿。"龙玮背对着代王说道。
　　"身子细长?之前怎么没说过?胖官!你曾见过这孽子,是否身子细长?"
　　胖子太守听后脸色铁青走到代王身边,对着大氅下尸体轮廓不忍地看了会道:"回代王,看这身高轮廓,应是白济余孽无疑了。"
　　代王听后点点头,他走到龙玮身旁,拍着龙玮的肩头调笑道:"龙将军,你可再看仔细些!这到底是不是你那好兄弟?可是别弄岔了,襄平这地方太没劲,我可不想再来了。"
　　代王这话刚落地,忽然间,龙玮抬臂甩开了代王搭在他肩头的手。
　　龙玮肩宽臂长十分壮硕,他这么一甩差点把代王甩在地上。还不等代王发飙,龙玮双眼恶狠狠贴到了代王脸上,他的声音从牙缝中挤出,嗔怒并冰冷。
　　"回代王,看不差,白某是我兄弟!"

　　好炙热的冬日。不过就是一把火,熟悉的一把火啊,将一切都烧得一干二净。便是这所有的真实与虚幻,此刻全化作一把灰罢了。
　　真与伪,说到底,不过一捧飞灰。

第十章 —— 霜雨

幽州渔阳郡刚下过一场新雪。

皑皑的雪原之上,一匹倦马走在从渔阳郡往河间国的官道上。

在冬天饮风前行,这匹马看起来有些摇摇欲坠,好像随时都要跌在雪上从此便僵住了。

不过好在它是头驮马,虽矮小腿慢但耐力惊人,即使它的一只马蹄已经冻僵只能拖在地上,但它仍倔强地前行着。

这匹驮马已连走了数天未休,自从昨夜它的伙伴累死在雪原上后,它身上多出一人的负重,更是让它多迈一步都很艰难。所以有人说马比狗还要通人性,它仍在前行,只是因为背上的主人也还撑着。

雪下得很厚,厚到无论脚下的路是否坎坷,但在眼中却都是白茫茫软绵绵的。走在这样的路上,马蹄下是一脚深两脚浅,便是忽然这么一颠,马没摔倒,但马背上的人却跌落下来。背上的人落了地,马便再没有坚持下去的理由了。

驮马甩鼻啼吸一声,三蹄一卷便也倒在了雪原之上,可怜的它眼睛还没来得及闭,眼皮就已被冻住,圆目望天好不凄凉。

王铁胆的脸埋在雪中,正要昏迷睡下时,他猛地抽吸了一口气。就这一口气,人就算是活过来了。

晃着身子站起来后,王铁胆把身旁的白某拖到马腹处躺好,然后用手捂了把雪水抹在白某脸上。

待白某那尸骸般的眼睛再次睁开,王铁胆便不再搭理白某。他从怀中摸出把短刃,口中念了句"好畜生",而后对着马前腿一撕。

折腾了一会后,王铁胆把尚带有余温的马血涂在白某脸上,防止白某被冻坏。之后又卸了两条马肉，一条往自己嘴里送，另一条强塞进白某嘴中。

这一餐用过，王铁胆搬开白某，在死马身上扯下几张完整带着血肉的马皮裹在白某身上，而后他扛起白某，继续缓慢向南行走。

中午时，早间天上因降雪而聚集的阴霾已全散了。

好和煦的冬日阳光照在雪原上，眼前的路闪着金光，人的心神也要恍惚了，王铁胆走得有些眩晕。或许是太阳出来的原因，他身上又酥又软，好像每一步都是踩在池中莲花之上。

渐渐的，他看到了终点。

这时他才发现，他要去的方向并不是南方，而是那金光与祥云交织的尽头。

"你往哪？"

有人询问王铁胆。

"你带我去哪我就去哪。"王铁胆迷离道。

"你背后背的什么？放下吧，这样走得快些。"那声音又问道。

"不能放，他跟我一路的。"

王铁胆说完后，那声音再没回话，而后他眼中所视景象渐渐五彩斑斓起来。

王铁胆踩了空却未跌倒，他的身子飞了起来，穿过六枚精光圆盘后，于三层碧海蓝天间来回跌宕。

有声音响起了。

"醒了？"

王铁胆垂着眼向声音处望去。他皱皱眉，这声音的主人他不认识但却见过，至于在哪里见过，或许是在他找不到的记忆深处。

"你是？"

说着，王铁胆睁眼起身，但他刚坐起便被人摁住，在他身边又有另一道声音传来："别乱动，折腾猛了小心以后没手没脚。"

王铁胆扭头看去,他身边正有一人用水在他身上浇浸。

看清楚些,身旁这人他倒是认识,是他常去的一家酒肆的伙计,名字叫作猴子,只不过这猴子怎么会在这?

不过这些都不是最重要的,他神志重回片刻,忽然像是丢了东西一般,紧张地在屋中四处张望。

"人没丢,在别屋睡着呢。"

远处的声音渐渐向王铁胆走进。

"你到底是?"王铁胆再次问道。

"我是侯爷的人,来接白某。"莲在王铁胆面前蹲下道。

王铁胆听后不语,只警惕地看着面前的莲还有身边的猴子。莲见他这个样子也不再解释什么,只继续说道:"你叫王铁胆,从某儿第一次出去巡哨起你便在他身边。之后他跟着速仆丘去胡人部落,再到皇子大婚时去京畿,都是你跟在他身边。"

"这⋯⋯那你?"

听着莲说出自己的身份经历,王铁胆虽仍不清楚面前这人是谁,但也不再怀疑了。况且怀疑也没用,这人既知道自己扛着的是白某,若有歹意也没必要与自己废话。

莲则没理会王铁胆的莫名其妙,他直接问道:"我是什么身份你不必管,你只需告诉我侯爷遇害后北境发生些什么便好。"

王铁胆点点头,默然了会后,便把他知道的,从龙玮的人找自己去胡骑营见白某,再到龙白璧如何计划让白某逃生,最后到了他们逃到要儿村被村人出卖放火,所有的所有都坦言了。

王铁胆的嘴笨,当把这些事都清楚讲清后,屋里已经点起了灯火。

在王铁胆说话的这期间,莲什么都没问只是听着,直到王铁胆不再继续说了他才开口问道:"那小子现在怎么样?"

王铁胆知道莲指的是白某,他叹了口气声音悲难道:"那日我揞着世子躲了好久,直到夜深才逃走。那之后世子就傻了,话也不说动也不动,吃食全得人喂,除了还喘着气外就像死人一样。"

莲点点头没再说话,他看了眼猴子,猴子起身道:"我去弄些东西吃。"说完便端着水盆离开了屋子。

第十章 —— 霜雨 | 643

猴子走后,莲与王铁胆二人谁都没说话。

屋中安静会,莲忽然站起,而后竟对着王铁胆屈身跪拜下去。

王铁胆见状一愣,他虽不知眼前这人是谁,但也猜到这人的身份地位不低。此刻见到如此大人物向自己跪拜,王铁胆赶忙起身要拦,只是他现在身子行动不便,虽是情急不愿,但也结结实实地受了莲这一拜。

"没你,那小子死了。这一拜你当得起。"

王铁胆听后连忙摆手道:"这位将军,我这……世子对我有……"

但王铁胆的话还没说完,莲便抬手制止了他道:"你的忠从此以后便尽了,明日养好了就离开吧。我会给你一张路引,一个干净的证身照,再给你一笔重金,你只找个地方安生富足地生活吧。"

王铁胆听后一愣,随即他急道:"我不,我就跟着世子,他想干啥我都跟着!"

"你不能再跟着他了。"

"怎么就不能跟着?我本事也不小,就算在侯爷的黑甲营里,我也是一等一的上等好兵!"王铁胆怒道。

只是这话他说得虽爽,但说完后心中却不妥起来,他觉得自己语气似乎有些失敬,于是又想再说些什么找补回来。

但莲却没让他继续开口,仍是不平不淡的声音对王铁胆道:"你是个好兵,但在白某身边已无用了。待白某清醒过来,无论他要作何选择,都没有你能参与进来的位置了。"

一听这话,本来还想赔两句好话的王铁胆更怒了,心中边骂面前这个"将军"过河拆桥,口中边喊道:"什么参不参!我为世子连命都能扔!何况……"忽然间王铁胆便不再继续说了,因为刹那间一把短刃已抵在他的喉上。

"我已说你没用了,若你仍是固执,不如死了。"莲的话说得冰冷无情,但对王铁胆却没什么效果。王铁胆瞥了眼下颚的刀刃,面带不屑道:"那将军就宰了我吧,反正我和世子都在你们手上,死活还不是随你们便。"莲听后点点头,手里丝毫没有犹豫,就轻轻地往王铁胆咽喉一松劲。

王铁胆闪躲不能,他浑身一颤双眼瞳孔张得老大。但瞬间之后,王铁胆并没有感到疼痛,再往脖颈看去,莲的一双手指点在了他的咽喉处。

在意识到自己没死之后，王铁胆的牙齿开始打颤，他确实不怕死，但莲的杀意却仍让他湿了后背。

莲沉默了会对王铁胆道："若日后白某做出了选择，并且完成了他的选择，那时他需要一个归处。说白了，就是后路。而现在除了你以外，我找不到他安全的后路。若我如此说你还不明白，下一刀你必定是个死人。"

王铁胆听后沉默了，好久好久之后，他终于做出了选择。

王铁胆憨，并不傻，他点了点头。

汉廿年，腊月，冀州，清河郡青阳城。

清早时，在清河大族何家的府邸内。

何朗在向父亲拜过早安之后便回了自己所居的别院。这几日他并没有到家学中给同族子弟讲学，而是日日待在自己院中，照顾一个只有他与他爹知道的客人。

白某是在三日前忽然被放到何朗屋中的，至于是谁放的，为何放在他屋内，这些何朗一概不知。

虽与白某熟识，但收留白某这等大事何朗却不敢擅自做主，但在与父亲何义沟通后，不知何义是出于什么目的，最后何家还是收留了近乎痴傻的白某。

白某在何府的第一日时，人仍是痴痴傻傻，给饭就吃给水就喝，其余别的便如同是婴儿一般。但因白某身份特殊，所以何家并没有请大夫前来诊治，何朗因长年照顾父亲略通医理，所以便由他负责诊治照顾白某。

那日折腾半天后，何朗得出结论，白某肌体无疾，现在这样子只是失心疯了。

因此，之后何朗便每日给白某朗诵些百家典籍，想着白某听后脑子或许能转动些。

如此又是两天后，何朗的这个法子果然有些效果，白某竟然会反问他一些问题了。

尽管白某的问题都是一字两字的词语,这些词语也大都是些似是而非的东西。比如冷不丁地问一句"好?坏?",又比如在何朗讲完一段《左传》中的故事时,他会补上一句"真的?"。

而在今天,何朗给白某念完了一段出自远周《小雅集》中的《雨无正》。这是一首讽刺诗。作者处于西东周交替之际,亲眼目睹社会混乱的现实,既埋怨老天爷的失常和周幽王的过失,又埋怨那些"正大夫、三事大夫、邦君诸侯"自私自利、不勤王事并且嫉恨忠于国家、勤于王事的好人,只有"鼠思泣血",直陈时弊。这时,白某终于开口问了一句完整的话。

"三勿是什么?"

何朗一愣,思绪瞬间被白某的问题拉回到很多年前,在河内那绵延大河边第一次见到白某时的场景。

叹了口气,何朗卷起竹简放到一边,他看向白某,眼神仍是那么温文雅韵。

在确认白某的眼神确实清明之后,何朗低头苦笑一阵,然后迎着白某的目光道:"第一勿,若天下风云再起,希望镇北侯克制麾下不过河北。第二勿,若世事无常,望镇北侯之威不入函谷关。第三勿,无论是何境地,恳请镇北侯勿引胡人入中原。"

"三勿是什么?"白某直视着何朗再一次问道。

何朗迎着白某的目光不闪不避答道:"第一勿是谏,谏镇北侯只身料理君王事,莫要太深牵扯其中。第二勿是劝,劝镇北侯行事需有度,莫因着急成事而落下口舌,从而难以善后。第三勿是求,求镇北侯为了天下苍生着想,莫要因己身冤委,而让天下再陷兵乱之中。"

"为何会有这三勿?"

白某问后何朗沉默了,但何朗的眼神却没有一丝慌张,过了许久何朗回答道:"这三勿是家父所出,我虽能猜其意,却不能妄断其真谛。"

白某听后顿了会,然后丝毫不加掩饰地对何朗道:"我想知道。"

何朗深吸口气,看了白某一会。白某的神情不悲不喜,仿佛他的音容相貌并由心驱动似的。

"白兄在此稍等。"说完何朗便作礼转身。

何府的宅邸很大，但就算再怎么大，也远远没有大到让白某刚走了一会便双腿发软。在雪映出的阳光照得他几近眩晕时，白某终于到了一间院子门前。

何朗对白某打了个手势，意思白某在此稍等后便先进了院子。等到白某扶着院门缓过了口气后，何朗从院中出来把白某迎了进去。

走进小院，一个裹着厚厚棉被的黄须老者坐在板正的椅子上。待白某再稍走近些，老者的相貌身形也渐渐清楚了。

老者很瘦，尽管身上裹着棉被但看起来仍是单薄。

老者应该很高，因为他正坐在长椅之上，可双膝却仍然弯曲。

老者应是个严厉刻板的人，他已老得崩不紧面上的皱纹，但却仍显得严肃。

面前的这个老者便是传说中的天下四才之一，世间文法道统的执锋者，冀州清河郡何家家主，何义。

"屋里药味大，今日太阳好，晒晒。"何义对面前的白某道。

白某什么都没说，连礼都没有作，只是站在那看着何义。

何朗捧着一个热水袋走来，掀开被角塞到父亲的棉被中，之后又搬来了一把凳子让白某坐下。白某坐好，没有一句多余的客套话直接问道："为何会有这三勿？"

何义点点头沉缓了半刻，然后反问白某道："你可曾看过这天下的样子？"

白某没有回答何义的问题，只又重复了遍："为何会有这三勿？"

面对着白某的无礼，何朗眉头皱皱想说些什么，但看向自己父亲后，他还是没有开口。

何义缓了缓道："除非你先回答我的问题，若不然我这里便没什么可说的了。送你来的人能把你静静地放到我儿屋中，想必我何府满门性命对他来说也不足挂齿。你不说，我便也无话，往后想怎样随你去吧。"

说罢何义闭上了眼睛，从神情看来，他很享受这冬日的阳光。

在经历一段沉默后，不管白某心中在想些什么，他最后还是在何义面前开口了。

"天下太大，我去过很多地方，干过很多事，但我仍没法看清它的

第十章——霜雨　　647

样子。"

何义听后睁开眼,看向白某有些好奇地问道:"你都去过哪里?干过些什么?"

"在辽东杀过人,在洛京城胡闹过。河北、豫南都走过,江夏也待过,最南边到过扬州。"

何义听后点点头又问道:"那你眼中的天下可是安生太平?"

白某听后嘴角一抽,他什么都没回答只是皱眉看着何义,白某的眼神像是在问为何这个名满天下的智者会问出这么蠢的问题。

虽然白某并未回答,何义还是点了点头。又沉默了会后,何义忽然开口解答起白某的问题。

"这三勿并无多高深的见地,它本就是个无奈之举。说什么三勿,只是老朽赔出脸面不要,到你父亲那里替天下安宁讨个保而已。"

何义的话虽显得苍老无力,但白某却并不满意他的答案。

"但这三勿,我父亲哪怕做了一条都不会死,我妻女也……"

说着,白某的眼神惨绝起来,并在这惨绝之中还有一丝凶光。

但何义却对白某的样子没有什么反应。何义什么都没说,只是静静地看着白某,眼神如同他看树看草一般无二。

待白某把气息稍调匀些,他又向何义问道:"这一切始在何家,你也好何明也罢,我想知道这些事是怎么开始的,而后又是怎么到今天这样的。"

何义听后点点头,深吸一口气说道:"这诸多事并不起于何家,而是起于天下,但我明白你的意思。"

说完何义看向树杈上的寒鸦,寒鸦那僵住的翅膀终于被阳光化开,翻腾三两次后便展翅南飞了。

何义忽然笑了,这笑容透着一股对年轻生命的赞颂之情,几息之后他缓缓开口继续道:"天下事,始于天下,往后诸事都是使然之事。往日,我站在天子之侧,天子忧虑天下,我便为他解忧。天子眼中天下的样子比你的简单,仅两字,即可概写为权势二字。权势一词,各人解法各有不同,但老朽以为,天下人都不得这二字之真解。权势二字,便是最多选择者为最有权势之人。而你所说的这诸事的起始,便从天子觉得他的选择变少那一刻起。"

何义说完顿了顿,在确认了白某确实把他的话听进去后他才接着道:"天子虽为天下之主,但亦要做出妥协,让出一些选择。这本没什么,只要他仍是这天下选择最多的人便好。但有这么一天,天子发现,他的妥协比选择多了,而他的妥协都变成了别人的选择。比如他的兄弟们,大汉有许多封国,这些封国自有国相刑法,甚至可私发印钱。再比如朝中官卿,他们面前放着万万人生死相关的权利,背后有各大世家彼此的盘根错节。又比如各郡县中的豪族大户,他们逐年扩并土地使地方百姓无地耕种,百姓不为流民便只能依附于他们。这些各色人中每个人手中的选择都不如天子多,但他们却能互相笼络,把彼此手中的'选择'相加,拧成一股巨大的'权势'。"

何义说完后歇了会,他显得有些体力不支,看样子应是很久没说过这么多话了。

等何朗在他身后揉了会后,何义才继续道:"权势,天下九成人都为其趋之若鹜。人从有它的第一刻起,往后便再停不下来追寻它。故权势只会越来越盛,或被他人所夺而消散,却从没听说有永恒稳定之权势。"

说着何义把棉被中的水袋扔到地上,然后看着水袋说道:"这天下所有的权势好像一块这么大的饼,不管怎么分都是有数的。而权势又像我刚才所说,任何拥有它的人都不会停下追逐它,所以权势是个此消彼长的东西。而天子作为所有权势的主人,他要的是任何人手中的权势都比他小,并保证他能收回一切从他手中分出的权势。"

说完何义停了下来,等到何朗把一个新热水袋塞到棉被中后,他才对白某继续开口:"某一日,当天子分出的权势,已扩张到危及天子手中的权势时,天子便要行天子之事了。而这天子之事,便是你口中的因。天子之事,便是天子去想做什么,老朽去想如何做。至于那会老朽是如何做的不说也罢,因为这事到底也没做成,所以老朽离开了。老朽在时,天子之事是老朽去想去做,老朽不在时,便只能由天子亲自上场博弈了。"

说完,何义看向何朗,而后转头又对白某道:"再往后,那便是老朽也不得知的往后诸事了。你问老朽,老朽也只能猜测,如今老朽身形衰竭心力已大不如前。你若硬是要问清那臆测之断,便问我朗儿也是一样。"

说罢何义闭上了眼睛休息,看起来,刚才讲了这么多话确实耗了他不少心血。

白某沉默了会,他没有问何朗,而是又对何义道:"起因不在何家,但这三勿却是出在何家。细去回想,这三勿中的每一勿都是我父的救命之法,我可说正是这三勿杀了我父?况且现在是何明替天子谋事,那我父殒命也是他们所谋之事?因为我父所谓的权势选择大到让天子忌惮?所以我父亲便成了该死之人?"

何义没有回答白某仍是闭目养神,何朗夺过一步站在白某与何义之间。尽管何朗是至柔温润的性子,但白某一而再对自己父亲的失礼冷语,让他的眉头也稍稍皱起。

"白兄这是妄言,切莫因情急而失智。这三勿非但不是算计镇北侯之法,反而是他的救命之策,为的是让镇北侯自知处境,不至于被天子忌惮。你细想,若镇北侯真行这三勿救命,那镇北侯成了什么?辽东的刘可么!"

白某听后眼皮一跳,何朗只稍作喘息便又言道:"再说我兄何明,这局是天子所设,他不过是在天子身侧辅佐,便如我父曾经一般。天子之事,事成是为天子所成,事败便由他替天子领过,诸事抉择岂有他可选之余地?"

说完,何朗又朝着白某走近一步道:"若白兄定要在何家问出镇北侯殒命之详细,那何家能给出的只有臆测。若白兄定然要听,那在下便妄言一二了。天子之局,王暮与刘可为上宾,戚博等权宦为次席,各州郡世家豪门为宴席末客,而镇北侯与我何家则是天子用来'待客'的。在下以为,天子在设局之初并不想把这场算计弄成死局,只是想稍稍敲打各家一番,让各家懂得见好就收,并交出些权力还与天子。"

这些话何朗几乎一口气说完,满脸通红的何朗换了口气后接着道:"天子选了镇北侯与我何家做待客,这意图很明显。便是我兄长何明在京畿内游走,帮天子制衡敲打各家,镇北侯在京畿外驻军,恐吓刘可之余压制各地世族。按在下的猜测,在天子的设想中,无论是戚博的死还是王暮的下野,这些原本都不在计划之内。包括刘可在荆州谋反,亦是。"

白某听后冷笑道:"朝中太尉已死,相国下野,我父亲死在阵前,刘可公然造反也有了除掉的理由,天子所忌惮的人都已不得善终。如此圆满的结果,你却说这不在天子的设计之中?"

白某笑中越发寒冷,那是何朗在他眼中从未见到过的神情。但何朗并未退缩,何朗迎着白某凶寒的目光再向前一步道:"白兄如此想,正是因为白兄不懂何为权势,更不懂天子心术。天子之责并不是揽天下权势到自己怀中,而是如何把权势合理分配出去,既让各人得了利潜心为他所用,又让各人手中权势不至威胁己身。若天子把天下权势尽揽怀中,结果只会有两个,一是累死亦不足以平治天下,二是被天下趋利者群攻而夺其权。而这道理,天子比任何人都懂得,那天子想要的,又怎会将手下掌权之人尽数杀光?且白兄再看此时朝堂之上,李家人与游琳之权势,比之已往王、戚两家更是有过之而无不及!"

在何朗说话间,白某眼中凶色渐渐消失,随即而来的是一种萧索意味。因为若何朗说的是真的,那他想做的事便很难厘清头绪了,这里面牵扯的人与事太多了,完全不是他凭着刀快再填上几条人命即可了结的。

而何朗的话在白某听来,是真的。

"我先不论这些道理,只说我全家到底是因为谁才死得那么惨?"白某问道。

何朗听后叹了口气:"白兄,就算你问,在下能言的也仍只有臆测。白兄如此问,想必是要去索命,在下不想因臆测妄言而送了他人性命。"

"呵呵呵……"

何朗的话说完白某竟低头笑了起来,何朗见状满脸疑惑,白某笑了一会后慢慢抬起头看向何朗。

便只这一瞬间,何朗的身子下意识往后一闪,他脸上的疑惑渐渐变成了惶恐。

何朗乃是公认的年轻一辈中世间才学第一人,而白某落在他身上的眼神却如同看着笼圈中的蠢物。

"何兄,你会悲悯活人,那死人呢?"

何朗皱眉盯着白某没有说话,白某笑着摇摇头道:"在荆州死的不光只有我父亲,还有看着我从小长大的数百袍泽。倘若战死也算是个归处,但他们却被定为谋反。辽东我父亲的旧部还有几千人,因为我,如今也不知道逃到哪了。不过他们能逃,他们的家室妻儿呢?落得什么下场不用讲清吧?"

何朗的眼神渐渐闪烁,白某接着道:"再说我,我带着妻女躲起来。我脑袋不好,想了数天也想不出个究竟,最后我甚至想就这么算了,只要有妻女在旁,便找个地方苟活安身也好,可谁知……"

白某在笑,可眼泪顺着他的嘴角流到嘴里。白某缓了会,然后摇摇头道:"不提也罢,反正都死光了。我只感叹何兄你这样的人太少了,若有人在他们活着时也会多些恻隐之心,或许他们就不会死了。可怜他们没有,而那些混账东西却博得了何兄你的高尚怜悯。"

"白兄,这……"

何朗刚想说话便被白某抬手制止,白某用手拍着自己的头道:"我笨,何兄的品性学不来。你若不说也无妨,反正这些事总要有人偿命,我有我的办法,什么李家、游琳、刘可,便只一家一家找上门,问了杀了罢了。"

说完后白某便冷冰冰地看向何朗。何朗转过身侧对着白某,连连数声叹气之后才艰难开口道:"白兄只看当今朝中是谁人得利罢了,天子分出的那一半选择,在谁手里便是谁。再多的话,在下这里也没有了,白兄若想得一份真,便去扬州寻觅吧。"

"扬州?"

何朗点点头道:"如此搅动天下的浪潮,少不了义博侯谢寻在其中左右顾盼。天子那边也好,刘可那边也罢,两边之事应都有他的参与。其中真相为何,白兄自去挖掘罢了。"

白某听后想了会,而后忽然低头冷不丁问道:"何家是否也在其中有所牵扯?"

何朗听后一愣,随即他从来温雅的脸上竟然生起一丝怒意。

"白兄这话再问不到我,而我亦不会答你。"

说着何朗撤下自己腰间的弯月玉绶扔给白某道:"我另有一兄长,名唤何皓,镇北侯生前他便在其麾下效力。你若真想把镇北侯这事寻个究竟,终有一日会遇到他,那时你自可问他何家是否对镇北侯有过一丝坑害!而后白兄再来时,我何家满门要杀要剐悉听尊便。"

白某不语,只对着手中玉绶打量了会,然后将它收进怀中。

沉默了会,白某撑着身子站起来,然后对着面前何朗抱手一礼道:"白某谢过何兄这几日照料开悟之情。"

何朗一愣,还没等反应过来,白某便虚弱地晃着身子转身要走。还没等到白某走到院门,何朗身后何义的声音忽然响起。

"少年人稍等。"

白某停下脚步,但他没有回头,只是背对着何义原地站在那里。何义苍老的声音再次响起。

"留在何家吧,更名改姓作我义子。何家会庇护你,并会用何家的方法替白济讨回道义。"

白某听后头也不回地道:"我已是半个死人了,何老先生已有三子,不缺一个行尸般的义子。"

说完白某走出院门。

在何家宅邸穿行少会,打开何府的后门,白某迈出了何府。

何朗在他身后忧心地道:"便是要走也再歇息几日才好,想要去哪我遣人送你,你这样子能走到哪去?"

白某转身对何朗一笑,是何朗所熟悉的笑。

"既然有人把我送到你这,他们便不会让我死在路上。这几日,谢过何兄了,想必把我送来的人,也是想让我在何兄这里得以解惑。何兄放心,我走后,何府再见不到辽东的鬼了。"

何朗拉过白某的手,声情并茂道:"你只记住,诸事不可勉强,若有难处时,可凭我的玉绶去寻我两位兄长相助。我有一言相告只怕白兄不信,镇北侯之事绝非你一人寻仇便能了结,这乃关乎天下社稷之事,只要是关乎天下社稷,我何家自有作为。如有日白兄真到山穷水尽之时,只要白兄未曾干出伤天害理之事,我何家便永远是你的归处。"

白某听后笑笑,他推开何朗的手什么都没说。

看着何朗的脸,露出他那张说不上是微笑还是苦笑的脸,就只是笑笑,然后便转身走了。

何朗看着白某的背影,直到白某那颤晃身影消失在街角的巷口。

叹了口气,何朗关上了门。

朗月当空。

青阳城两里外,白某的身体再也坚持不住了,他在路旁找了根枯树根靠着虚弱地喘着气。歇了会,等到稍微有些力气时,白某望着星空吹起哨子,还是记忆中的长短节奏,过了会后几匹马停在了他面前。

一个身披兜帽的男子,带着四个同样衣着的人走到白某面前。

"莲师傅,带我吃点东西。"白某虚弱地道。

莲没吱声,只一抬手,然后一个黑衣瘦子把白某扛起放到马上。

在清河郡往兖州去的路上,一座邮所外拴着几匹马。

邮所前厅里猴子对莲问道:"哨统,这邮长怎么处置?"

"见光没?"

"没有。"

"捆了放在那就好,走时把邮所里的财物搬空,别碰信件。"

说完,莲离开前厅来到后院的一间屋内。

莲看着地上的骨头与空碗对白某问道:"好了?"

白某没回话,莲又问道:"在何家弄清楚些没?"

白某先是点点头,然后摇摇头。莲把兜帽摘下找了个地方坐稳。白某张口问道:"荆州的仗是怎么打的?"

莲听后点点头,然后从怀中扔给白某一张绵帛。

"你先看。"

白某抖开绵帛,帛书的正面是江陵城各项物资的入库备案,反面是南郡各城的车马船运调度记录。随着白某逐列阅读,他的眼神渐渐疑惑起来。

按这帛书所记,江陵城每日都会入库大批军用物资,粮草更是不计其数,城中所有车船全部调度起来仍不足运送之用。

更为奇怪的是,运往江陵城中的物资发出地很杂,抛开刘可手下的武陵与长沙两郡,江夏、章安、豫南皆有送往江陵的物资。

而各项物资中,最令白某感到惊讶的是棉布与染料的数量。这意味着,刘可的后备兵源远超人们的预想。

"我父亲究竟在与谁作战?"白某眼角抽动问道。

莲抬手制住了白某的问题,低头想了一会后,他漆黑的瞳孔看向白某道:"我不讲猜测,不讲战况,只讲暗哨,还有暗哨在荆州做了什么。"

白某点点头,莲运了口气,第一次向白济以外的人揭示了有关暗哨的详细。

"北境暗哨编制共三十人,这三十人都是我亲自提选出的。其中二十人是静哨,负责在各处潜伏接应、刺探情报,余下十人是响哨,实施各种行动的就是他们。春夏时侯爷在荆州作战,除去留在幽州的五名静哨,其余哨子全部到了荆州。"

白某听后点点头,莲接着讲道:"在荆州,十名响哨的分布是襄阳、竟陵、枝江各有一人。侯爷军中一人,当阳黄栎将军部一人。江夏、武陵各一人,另三人在各地游走接应,我独在江陵。"

莲说完后从怀里取出一张绢布递给白某,白某展开后发现,绢布上写着密集的名录,每个名字下面都有关于此人的注解。这些注解所含的信息或多或少,但格式大体相同,只不过有的名字被画掉了,有的还在。

白某只随意看过一条后便皱起了眉头。

吴贺,江夏人,族内经营粮站生意。现任贼下参事。出身论阁。

蒋巨,江夏人,祖籍章安,族内经营货站船运,性夸浮。现任贼下武陵城主簿。出身论阁,十杰。

腥官儿,南郡人,流民,性淫。贼下门牙将。出身老娘教,巡山。

……

便在白某阅读时,莲沉声念出一个名字。

"王唤。"

白某听后在绢布上找了起来。

王唤,定陶人,其余不详。贼下校将,并竟陵李退部骑都尉。出身论阁、老娘教,十杰二席,角宿巡山。

"韩奎。"莲的声音再次响起。

韩奎,长沙人,性持勇。贼刘可眷军都尉,并枝江李进部携骑。出身老娘教,奎属巡山。

"碧眼儿。"

碧眼儿,皆不详,另男女不详。洛京城歌坊"西纱月"二东家。出身老娘教,翼宿巡山。注,西沙月,楼中皆为戎胡歌姬,大东家为陇西李退。御史大夫游琳常光顾。

这三个名字说完后,莲沉默了。白某把手中绢布折好塞到怀中,看着灯火不知作何思想。

许久之后白某问道:"我父亲死时知道这些么?"

莲摇摇头:"这些大多是侯爷遇害后哨子们摸出的,为此,现在暗哨只剩五人了。"

"那我父亲死时?"

"侯爷死时我在江陵,当时手中只有这份江陵各仓库出纳名录。我虽感不妥但并未着急上报,直到在竟陵安插的响哨被拔了,我才意识到这里面涉及的事深了。而那时,晚了。"

之后,屋中又开始了长久的沉默,白某躺在草垛上望着屋顶,随着他对各项隐秘之事的了解越来越多,关于自己父亲殒命背后的真相也在他心中渐渐成形。

这么多乱七八糟的东西掺在一起,这已不是一场平叛之战或是权术较量能概括的事了。

甚至,就算对天子来说,局势也已经失控了。

论阁、老娘教、刘可。

刘可、论阁、游琳。

游琳、李家、王家。

王家、何家、天子。

"这太乱了……"

白某越是深想,他的手心越不断冒着虚汗,这是一种他前所未有的手无顿挫之感。

就在这时,莲忽然开口道:"告诉你那个你一直想知道的秘密?"

白某睁开眼睛看向了莲,莲仍是那张没什么表情的脸。白某坐了起来,面色越发疑惑。

"我不是汉人。"

"我知道。"白某点头道。

莲点头继续道:"我是东夷人。"

"嗯,猜得出。"

白某听后仍毫不吃惊。莲则淡淡地又道："我从倭国来。"

这下白某终于吃了一惊，他睁圆双眼看了莲好一会才问道："当真有倭国？"

莲点点头。

"那你是怎么？"

躲开白某的眼神，莲那从来毫无表情的脸渐渐复杂起来。

"我族中先人应是古秦时从汉土到倭国的。倭国不大，百姓多为未开化的夷人，别说文法礼教，就是农具铁器都没有。我家族因从汉土迁来，因此比未开化夷人懂农耕礼教，手里的兵刃也锋利，所以很快便有了封藩之地。因藩地靠近大海，海岸有很多白石，所以我姓白石。"

"白石莲？"白某念了声。

莲点点头继续道："在倭国，汉土乃至高丽的渡来人很多。这些渡来人很快便各自画地成立藩国，然后度化倭国夷人以作百姓。如此仅隔几代，倭国竟成了藩国乱战之地。乱战打得久了，大越吃小越大，慢慢便有了大国藩主。当有了大藩主后，小藩主只能归顺或者被灭，如此一来，倭国的战乱竟开始少了。"

"那白石族是？"白某问道。

"小藩主，并且没有归顺。"

白某听后叹了口气，莲的样子倒显得不是很在意，语气平淡地继续道："我族藩主是我长伯父，我是他阵前近侍。那时，倭国最大藩主率领一千大军进攻我族藩地。"

"一千？"白某诧异道。

莲点点头："在倭国，一千便是大军了，当时我族内将士算上孩子也不到一百人。结局自不用说，我族大败，全族老幼皆被屠戮干净，唯有我带着少藩主逃了出来。"

稍顿了下，莲沉声继续讲道："倭国太小跑不出多远，所以我便带着少藩主出海了。起初我们本是想去高丽国，但路途上却遇到了麻烦，最后，我们的船落难到了扬州。而这时，整条船除我外再没有一个活人，包括少藩主。"

"那你是怎么遇到我父亲的？"白某问道。

"碰巧遇到。汉土海巡虽严,但那时正逢天子与霸王争夺天下,战乱之下我便带着少藩主的尸体藏匿起来。不过也就躲了三天,三天后我出去巡食,碰巧赶上侯爷亲自带领骑巡哨,便被他们把我当成探子擒住了。"

"你本事那么大,是怎么被擒住的?"白某又问道。

莲听后只答了一个字:"饿。"

白某听后点点头,莲又继续给白某讲起了往事。

"我被关了两天,虽挨了刑罚,不过到底是吃了饭,再者他们确实在我身上审不出东西,为此对我的看管就松了些,所以那时我想脱身非常容易。但我却没逃走,而是想在这事上赌一把。"

"赌什么?"

"在倭国,我这等武人是要为主尽忠到最后一刻的。我逃离倭国时,藩主把我放到少藩主膝下尽忠,但我却没有护住少藩主,这对武人已是不忠。而让少藩主暴尸荒野不得安葬,这更是天大的不忠。于是为了能让少藩主安葬,我便要博一把。"

说完后,莲那从来毫无表情的脸上竟是多了些人味。

"当日被侯爷擒住时,我便看出侯爷的身份必定不低,他身上的气势绝非寻常军长可比,因此我认定他是个大头领。所以我心里想了个计划,我先去刺杀侯爷,而后用放过他来证明我的本事,最后用我的效忠以换取他帮我厚葬少藩主。于是当夜我逃出牢笼,在军营中找到最大的帷帐,然后把短刃抵在侯爷脖颈上。不过在一个瞬间之后我便折服了,因为侯爷根本就没理我,甚至没理我手中的短刃,他看都没看我,只说一句,不下手就滚!"

白某听后叹了口气,莲接着道:"往后我便跟在侯爷身边,再往后因我精于行刺、伪装所以便有了北境暗哨。这一晃,十几年了。"

说到这里莲的故事讲完了,这是莲第一次同别人讲起他的往事,这也是白某第一次听莲讲了这么多话,甚至比莲从小到大教导白某时说过的所有话都多。

"莲师傅,怎么忽然给我讲这些?"

莲把漆黑的眼球在白某脸上停了会,他认真对白某说道:"与我来讲,对主上尽忠便是全部意义,但算上这次,我已是第三次失去了主人,所以我懂你此时的心思。但我告诉你一个道理,有些事,你不能为了做而做,你该想的是做完之后的事。"

白某听后脸上似懂非懂,他把目光移开,眼神对着灯光闪烁。

"莲师傅,你的意思我明白。但人嘛,都是为了念想活着,这念想不管是大、是小、有何意义,人活着总得有个念想。而现在的我就剩一个念想了,我只能活在这个里面,只能把这个念想当成我活着的意义。往后事我想不了,因为'往后'这两个字对我没意义了。活在我这唯一的念想里,这就是我此刻还活着的意义。"

"可你必须去想往后事。"莲冷声道。

白某看向莲的眼神有些不解,莲认真道:"我见过的,所有和你一样想法的,全都死了。而他们的事,没有做完,并且那些事,再没人替他们做了。"

白某听后苦笑道:"好,所以想往后事的意义,便是为了确保我能完成我想做之事?"

莲摇摇头道:"你错了,想往后事是为了活着,而做人的意义便是活着。"

之后,大约一个时辰里,白某与莲谁都没有说话,直到快要燃尽的灯棉发出噼啪声响。

忽然,外面起风了,或许这座邮驿真的老了,尽管它抵挡住了风袭,但枯烂的檐柱还是发出了阵阵呜嚎。

在摇曳的灯火中,影子在墙上不休舞动。

莲伸手稳住了烛台,当影子安静下来后,他对白某道:"明日猴子带你去扬州,陈先生在那,你自己想办法见他。有他在,很多事你就不用乱撞了。"

"莲师傅,我们不同去?"

"不,我有我的事做。北境暗哨还剩五人,猴子留给你,剩下的我带走。"

莲说完,白某心中忽然有种怪异的感觉,他认真并带有一丝恳请道:"莲师傅,父亲不在了,那我便是你的少主。你跟着我,我的事需要你,你的事我也能帮你做。"

忽然,外面的寒风瞬间汹涌起来。并在此刻,当莲刚要开口回答白某时,屋里出现了一个偶然,虽然风被墙壁止住,但好巧不巧,风起时,烛火中的灯芯燃尽了,灯灭了。

莲的声音在黑暗中响起。

"灯并不因风而灭,但风起时灯却灭了,这或许便是宿命吧。我已死了三个主上,不愿以后再有第四个了。况且,你的事,是你的事。我的事,只能是我的事。"

莲在黑暗中的轮廓渐渐清晰,白某看清了,莲在笑,白某惊愕。

他吃惊,并不是因为这是他第一次见到莲的笑容,而是吃惊莲这个游走在黑暗与阴谋中的人,竟有如此无瑕的笑容。

莲的手一定是沾满了鲜血的,他的眼一定见遍了世上的污浊,可唯独他的笑,竟如莲花一般纯洁无垢。

或许莲花才是最像人的,它光影之下是无比的洁净,而在水底中却是肮脏扭蔓。

人也是这样,污洁共存。

从泥土中来,沾了满身污秽,却总要在心底寻一处雅洁。

次日一早,当白某托着酸疼的身子走出小屋时,邮驿内已再看不见一个黑衣的暗哨了。

一身素衣的猴子从灶房走出,见到白某他咧嘴一笑问道:"世子,往后我怎么称呼你啊?"

白某摸着自己的杂乱胡茬道:"随你吧,只别叫我白某就好。"

猴子点点头,然后扔给白某一包干粮问道:"公子,咱们去哪?"

"去扬州。"

用过早饭,二人驱马一路向南。

此后的漫漫长路中,两人定下了以后行事用来掩人耳目的身份。

白某与猴子，两人一会是逃荒的难兄难弟，再下一刻便是替人要账的外乡人。

在这路途中，二人也偶尔闲聊，脱了暗哨这层衣裳，猴子的话比以前多了。甚至连他离开垦川剑门，是因年少时犯了家规都和白某说了。

但二人无论聊到哪里去，可唯有关于莲的事二人都是只字不提。

关于莲以及那四名最后的暗哨去了哪，猴子知道，但他不能说，白某不知道，但他不想问。

白某同样不知道的是，两个月之后，在正月的彩灯华盖还没有卸下的洛京城中，此时朝中最是风光无限的封疆重臣，天子新封的安定伯李行，在年前才搬进的洛京城新宅中遇刺。

刺客于李行宴请洛京城权贵的宴席中动手，宴席中上百人的酒菜里唯有李行的吃食中被下了毒。

便在这宴席中，上百人看着李行口吐白沫，于众目睽睽之下狼狈挣扎。

但李行到底是半生戎马武艺精湛之人，身子骨自然是极好的。所以他虽出了丑，却在洛京城的名医护理下保住了性命。

不过他虽得幸未死，但从此之后便口吃舌麻嘴中唾津不断，并半身瘫痪再也不能跃马纵横了。

而关于李行遇刺，最让人啧啧称奇的是此事调查的结果。

李行乃是现在朝中权柄最重之臣，再加上朝中新任的廷尉是李行提拔的，所以关于李行遇刺一案，洛京城拿出了大汉立朝以来最大的调查力度，但结果却令人难以置信。

在把洛京城来回翻转折腾两个月以后，关于行刺李行的刺客，廷尉府的大牢中关了数百人。但却只有一人多少有些嫌疑，便是一个老老实实的寻常厨子。可这个可怜的厨子还不等在认罪状上画押，便被打死在囚牢之中。

此后，李行遇刺一案线索全无。

时间再久些，自从镇北侯造反、王暮垮台之后，空了数月的洛京城爷们儿们又闲不住了。

按照从御史台某文书那得来的消息,刺杀安定伯的事是天子的意思。

李行从陇西来京畿,那是因为天子为了提防领兵在外的李家兄弟。说白了,安定伯李行来京畿是为人质的。

自从白济死后,这几月荆北前线风平浪静,天子恐前线有变,所以才来这么一手提醒李家兄弟,要不然李行怎会还留一条命?

但很快,这个猜想便靠不住了,因有人说出了更劲爆更靠谱的真相。这条真相从何而来不得知,只知道最开始流传于太常寺临街的酒肆中。

说,李行遇刺一事根本就是自说自演。李行知道自己是来洛京城为人质的,他恐天子忌惮自己与自己在前线领兵的儿子,所以才弄出一个遇刺来麻痹天子。

更有夸张的言论说,李行其实心中已有反意,弄这一出假象不过是为了卖苦,等到时机成熟后他便可借此事发难,给在前线领兵的儿子们留一个造反的由头。

但这几条消息虽耸人听闻又引人入胜,却没有传得很久。因为这话没传五六天,洛京城的囚牢中便又住满了人。而后,洛京城中便再没人对李行遇刺多聊一句了。

与此同时,另有一件与李行遇刺不太相关的事发生。

洛京城外,一处荒山野岭之间,白济的坟冢便坐落在这。

白济虽是罪臣,但天子因体恤其往日功勋,再加上一些莫名其妙的原因,白济竟被准许入土下葬。

但白济到底是谋反之罪,所以既无墓室也无陪葬。而就是这样无利可图的白济坟冢竟被人掘了,掘墓者只带走了白济的尸首,其余东西一概没有损毁。

便从此时起,很多洛京城中真正的权贵人家开始偷偷去白济的枯冢上吊唁。来的人多了后,这些人竟合资在此盖了一个祠堂,取名镇北祠。并雇上打更人在此看管,保证祠堂供奉不断。

这些权贵人并非与白济有何深交,而是他们都听闻了一件只在他们圈子中流传的秘事,便是李行遇刺一事是白济化作厉鬼干的。

而李行为何只残未死？这是因为对于李行这种枭雄来说，苟延残喘比死还痛苦。

为何这些权贵人如此笃定这事？为何他们如此畏惧白济化作的厉鬼？因为他们都对白济真正的死因略知一二。

汉廿一年，春。

很多年前，若问在洛京城中的诸多乐坊中，哪座院子是魁首？洛京城中的纨客大约都会答道"洛水顾"三字。

但自从洛水顾那位名震京畿的歌伎青娥被某豪客买走后，洛水顾便渐渐冷清了。

现如今，若在洛京城中问纨客同样的问题，十有八九都会答道："西纱月。"

乐坊这行，其实培养一个歌伎是极其困难的，耗资甚巨不说，还得遇到好苗子。且就算有好苗子，这唱念弹弄门路哪一个都得费上数年光景调教。而西纱月这间歌坊其实新开没多少年，真正讲究的歌舞器乐西纱月也并不见长。

但就是这个既没脱凡伶伎，也无年久恩客的西纱月，却能坐得洛京城中六院八楼乐坊的头魁。

其实这也并不匪夷所思，西纱月能红到这个地步的原因有二。

其一，西纱月中舞女歌伎全是高鼻棕发的羌胡女子，她们热情洋溢，身姿矫健，歌舞之中又独有一番异域风情。这让很多腻了歌坊中老路数的纨客们，在西纱月感到别有一番趣味。

其二，西纱月的经营不同于其他歌坊。在其他歌坊中，歌伎们轮番献艺，观客再凭心意赠礼，最后歌伎再选一中意者邀入闺中留宿。往往一夜过去，满堂宾客只有几人才能留宿楼中，其他的都是喝了一肚子憋闷酒后各自离开。这些来玩歌坊的爷们儿们，虽大多嘴上都说是为仰慕雅艺而来，但又有几人不想在美伎闺中美梦一夜？

第十章 —— 霜雨

而西纱月则与之前的寻常歌坊不同,不用如竞价似的献礼,只要入了西纱月的院门,便一定有位俏丽的戎女陪伴消夜。且西纱月的装潢酒水都是上佳,戎女们又被调教得既洒脱又知礼,所以宾客们丝毫不觉西纱月是艳门那种下烂地方。再加上戎女们性情奔放灵动,漫漫长夜里自然与羞柔的汉家女子不同,这便更为西纱月添了抹玩趣。

二月初三,洛京城。

西纱月一间独院内,御史大夫游琳此刻正宽衣卧躺在一张绵软的异域毛毯上。

他口中呢喃着不入耳的艳调,闭着眼睛跟着节奏摇头晃脑,每一段唱罢腿便随意一踢。此刻的游琳,怎么看都像是一个喝醉了的流氓。

正在游琳唱到兴起时,一个白皙高挑、左眼异变为翠色的女子走进屋内。女子是西纱月的管事,也是这西纱月中唯一的汉人女子。

"怎么单你自己进来?西纱月没姑娘得空陪我了?"

"你不愿我来?"女子反问了句便要转身离去。

游琳见状连忙坐起,嘴中怪声哀求道:"哎哟,好碧眼儿,好师妹。我这不是玩笑你呢么?你快坐我身边来。"

碧眼儿听后得意一笑,轻柔地附到游琳身上。

游琳从果盘中挑了个果子喂到碧眼儿口中道:"叫你来啊,确实是有件事要你亲自去办。"

碧眼儿听后不悦嗔娇道:"是,师兄你没事也不找我。"

游琳听后搂住碧眼儿,把头埋在她脖颈处呢喃道:"这事办完后,我便天天找你来。"

碧眼儿推开游琳翻了个白眼道:"行啦,师兄直说吧。哪次也没见你真在我这过夜。"

游琳听后笑着摇摇头,然后把两个锦囊塞给碧眼儿。

"一个送到李退那,一个送到长沙老师手里。"

"怎么?师兄想做什么?老师不是说要安静一段么?"碧眼儿接过锦

囊问道。

游琳又躺回毛毯上道:"麻烦事,我懒得讲了。你若好奇便自己拆了看,反正我的事也没瞒过去,毕竟咱俩这层关系便是连老师也不知道。"

说着,游琳用脚轻点了下碧眼儿那紧弹的美腿。碧眼儿听后莞尔一笑,笑中尽是藏不住的得意与幸福。

"我才不看你东西呢,谁跟你有什么关系啊。"

说罢碧眼儿把游琳的腿放在自己膝上,修长的双手在游琳的脚上按摩起来。游琳闭着眼长吁一口气后又道:"你就帮帮我吧,我是真找不到人帮我了。这锦囊里的东西,除了你,别人我都怕他们看。"

"我帮你,这不逗着玩呢么?怎么就认真上了?还是你现在位高权重了,我不能逗了?"

说着碧眼儿在游琳脚心一用力,游琳哎哟一声后又变成舒服的喘息。

碧眼儿愠了会后又对游琳问道:"师兄,你这锦囊里传的什么信儿啊?怎么非我送不可?这么怕人看?"

"怕,老师在洛京城中的徒子徒孙里,只有你能替我送。因为,嘿嘿嘿,送到老师那里的信是假的。"

碧眼儿听后瞬间一颤,她在游琳脚上的双手开始不停颤抖起来。游琳把脚抽回坐了起来,他凝视着碧眼儿翠色的左眼认真道:"师妹,我想把长沙扫干净,只有这样,你才能不当什么鬼的翼宿。所有知道你我来历的人都要除掉,不然咱们怎么干干净净当人?当不了人,你怎么进我家门?你不在我家中,我此时的荣华富贵又有何用?"

碧眼儿看着游琳认真的双眼,她的手渐渐不再颤抖。但只是一瞬间碧眼儿便把头低下,她小声呢喃道:"可师兄,我这身子……"

游琳听后愤然站起,他对碧眼儿怒吼道:"我就是恨那帮蠢人说你不男不女!你自小跟在我身后,我知道天下再没女子像你这般好了!不然为何我年已四旬仍未娶妻?等到什么狗屁的老师、师兄都完蛋了,天下还有谁敢非议你?我是当朝御史大夫,我说你是女子,你就是女子。"

碧眼抬起头看向游琳,游琳俯身环住碧眼道:"师妹放心,这事你知晓便罢,锦囊你再不要看了,免得送信时露出马脚。师兄已把诸事都计划好了,到时老师那边会把老娘教这些乱七八糟的东西都送过江,而李退那小

第十章 —— 霜雨

子便替咱们除掉他们。这事我对李退只说是从密谈中得知,他也不知道咱们二人底细。就算他办事不力,漏掉一两个狗屁巡山咱们也不怕。除掉老师的人是李退,便是寻仇也找不到咱们身上!"

碧眼儿听后点点头,而后依偎到了游琳怀中。游琳又在碧眼儿耳旁轻语道:"往后事师兄也计划好了,凭如今师兄之势力,先给你按在一个好人家洗干净名声不难,只需一年半载师妹便是个大户人家的清白女子。等长沙叛乱除掉后,师兄便娶你过门,咱们就算安生下来了。那时,咱们才算真正地活成一个人啊。"

说着,游琳的手便在碧眼儿的身上摩挲起来。

"到时就没人再叫你碧眼儿了,他们都会叫你夫人。"

游琳的手划过碧眼儿平坦坦的胸部到达空荡荡的股间。

"再给你取个新名字,就叫萍儿吧。"

碧眼儿白皙的脖颈间,那小小的喉结不断颤动。

窗外,月挂西纱月。

吴县以西有一大泽,名为震泽。

震泽不同于汉土盛名的云梦、彭泽,并没有什么传说典故,但这震泽却是有两处比云梦、彭泽更好的地方。其一便是震泽珠,震泽珠既是华贵的珍品,又可入药治病,早年间义博侯谢寻便是靠此发家。其二便是震泽之中的三白,即白鱼、白鲦、白虾这三种令天下老饕向往的食材。

扬州的春季正是驱船游江的好时候,而此时的震泽之上便有一艘大船在湖上漫无目的地飘着。这条船的船楼有三层,乃是此时汉土能造出的最大的船舰。但如此大的一艘船却不是战舰,而是被改造成了游船。

游船上挑着艳色幅幔,各种雕花挂满了船楼舱檐,船舱内更是装潢得比陆上的酒肆还要华丽。

只是这艘大游船虽是豪华,但却有些怪异,因为这艘船太安静了,如同面前只见乐伶抚琴却不闻其声。

白某从船楼走出到甲板处,他大口喘息着想把腹腔中的血腥味排出。而后他在背风处点起一盏灯,借着灯火展开莲给他的那份名录,然后在上面画掉了几个人名。

过了会,猴子走到白某身后往地上扔了一块腰牌。白某回身捡起腰牌,抹干了血迹后他看清了腰牌上的字,正是一个"谢"字。

"这应是义博侯谢寻的次子,义博侯府中只有他与论阁中人走得近,义博侯府与长沙那边的联系也是他在负责。公子,咱刚到扬州就把人弄死了,这下义博侯那里咱们要怎么办?"

白某把腰牌扔到水中道:"无妨,反正扬州这边的事我也没打算与义博侯谈。也罢,这段时间清了不少论阁的人,先停一段吧,不然就太明显了。"

猴子听后点头。想了会白某又对猴子道:"猴子哥,你去收拾下船,吃的用的只要咱们用得上就全带着。咱们连夜往章安走,我要先见一个人。"

"船留么?"猴子问道。

"不留,我去放小船,你弄好了就凿船吧。"

猴子点头转身离开。

小舟之上,猴子看着渐远的大船徐徐沉入湖底,他有些遗憾道:"公子,我还是觉得有些不妥,这次其实可以再细致些,比如找些流贼合伙,弄得真像是图财害命一般。在湖里凿船,这得落下多少破绽啊,稍有心调查就知道这不是偶然。而且,好巧这船上还多了个谢家二公子,咱们以后在扬州做事怕是费力了。"

白某听后摇头道:"要的就是不干净,义博侯谢寻最是首尾两端,在他吴县老家死了一船论阁的人,还碰巧把谢老二也捎上,我想的就是把他往刘可那边推。"

"这是为何?陈先生或许还在谢寻手里,咱们这么早招惹谢寻,若陈先生还活着这不是害了他?"

白某又摇摇头:"北境已灭,对谢寻来说陈先生已无用处,若他不杀陈先生那必定有他的道理。所以不管谢寻最后是坐在天子与刘可哪边,对陈先生都没影响。并且,我需要一个光明正大的身份去长沙。"

"那咱们怎么混进义博侯府?谢二公子死了,义博侯府怕是对外人更查得严了。想来就算公子你那位谢大哥,也难把咱们安排稳妥。而且你与谢念公子这几年来往不多,这么多事过去后,你不怕他心思有变?咱们这么明目张胆地去章安是不是险了点?"猴子有些担心问道。

白某摇摇头,有些神秘地答道:"不会,我混入义博侯府这事与谢寻无关。谢大哥那边也无妨,无论他现在对我是何态度,义博侯府我都是要进去的。"

猴子听后沉默了会,然后感叹一声道:"公子,我真不知道你现在究竟是想做什么了。"

白某看着月色下震泽的碧波,多年前他游历到扬州时也曾在这湖上调虾烹鱼,那时他还抱怨过自己的女人在食材上撒了太多盐,掩盖了食材的鲜味。

白某抬起头对猴子笑道:"其实我也说不清楚,但我知道现在的我,不只是想取一两条人命就完了。"

猴子听后感慨道:"是啊,若什么事都能杀人了事,那这世道就简单多了。"

二月廿二日,扬州境内,章安城。

仲春时节的扬州已是穿不住厚衣了,临海的章安更是已有炎热之感。

时隔多年,章安城却与白某离开时变化不大,这蛮荒之地虽能看出开垦的痕迹,但也只是人稍多些、田更密些。如此可见,不管是有心没心,谢念都没有把此地经营得很好。

小小的章安城内,最大的并不是章安城治吏的治所,而是位于城中央的谢念府邸。尽管谢念的府邸是这城中最豪华的大宅,但这府中的一应布置用度也远比他在吴县时简陋很多。

因春季到来,白昼越来越长,田间土地也到了整地的时候,所以谢念一直在外忙碌到天色渐暗才回家。

谢念归家换完便服后没去正厅,而是瘫坐在寝室的起居隔断中两眼无神地望着梁顶。

此时的谢念,胡荏唏嘘神形萧索,衣着虽干净整齐,却仍藏不住他身上那股沧桑寂寥意味。在这样的谢念身上,是再也寻不到一丝他曾经的翩翩倜傥。

过去的谢念,无论悲喜,哪怕是放声大哭都散发着一股纵情洒脱,那是一种全身心倾情而动的真挚。

而现在的他却如同僵朽枯木一般,坐在那,像这人已经死了似的。

下人把晚饭送到了他屋中,谢念一天劳累却只麻木地捡了几口小菜,而后便不停地往口中灌下浊酒。几杯酒下肚,谢念的眼神越来越空洞,他闭上眼,看到的却只是一片混沌,便是连梦都没有了。

便在这时,谢念浑浊的耳中竟听到了一声熟悉又遥远的叫唤。

"谢大哥。"

当这声音响起,谢念眼中的混沌渐渐有了色彩,他竟做起了梦。

"谢大哥。"

随着这声音再一次响起,谢念猛然睁开双眼,他向声音处望去。身旁这人的面貌已不再是他记忆中的模样,但从依稀可认的轮廓中,他仍然认出了面前这人是谁。

谢念愣住了,瞬间他的眼睛湿润了,自从去年他哭干了眼泪之后,这是他第一次如此动情。他双手向这人碰去,指尖上的感觉让他明白眼前之人是真的,是活着的。

谢念的双齿打颤,声音从他的口中含糊不清地嘶出。

"怎,怎落得如此啊,怎落得如此啊!"

随后呜嚎声在谢念的寝室中响起。

当谢念的哭嚎声渐渐平稳后,谢念寝室的屋门被人推开。

白某向来人那边看去,是谢念的妻子青娥被谢念的哭嚎惊到,所以领着孩子来看谢念这边发生了什么。

此时的青娥已再不是白某印象中的模样,她一身素衣,身材也有些发福,虽不再像以往那般灵动娴娜,却多了一番娴熟典雅。

青娥见到白某出现在谢念屋中也是一愣,但她只是稍微一分神后,便转身把屋门关紧了。

白某看到青娥手里牵着的孩子,他边打量着边向这个孩子走去。

"嫂嫂,这是我侄儿?"

随着白某越走越近,青娥下意识把孩子往后微微拉扯,但当她快速打量了下白某后,便又把孩子推到腿前。

"是,小名叫瓯柑儿,大字按谢家的规矩等入学后再取。"

说着,青娥轻声对儿子道:"瓯柑儿,叫世叔。"

小孩见了生人有些发怵,虽有娘亲昐咐叫人,但他还是往娘亲身后躲。

白某在瓯柑儿面前蹲下,笑道:"鼻子像谢大哥。"

"这孩儿鼻子像他,不过眉眼像我多些。"

白某听后脸上忽然生起一抹苦色,他看着瓯柑儿的小粉脸感叹道:"若我宁儿还在,让两个娃娃结个亲也是好事。"白某说完后,屋中便沉默起来,只有谢念轻轻的抽泣声在屋内回荡。

沉默了会,青娥忽然对白某道:"贤弟,你饿么?嫂嫂去给你弄些吃的。"

白某听后只是笑看着青娥,什么都没说。青娥见状俯身对儿子道:"瓯柑儿,这是你世叔,比你亲叔还疼你呢。你世叔舞刀弄枪是最厉害的,你去世叔那讨两下学学。娘出去为世叔弄饭,一会就回来。"

说罢她又对白某道:"贤弟你现在仍不喜吃青菜?"

白某笑着摇摇头:"嫂嫂还记着,有心了。经嫂嫂这么一说,我还真有些饿了,那便有劳嫂嫂了。"

青娥对白某笑着点点头,然后把儿子轻推到白某身边便转身出了屋。

在青娥准备吃食的这段时间,白某给谢念大概讲了自己这段时间来的经历。

因此,当青娥端着热腾腾的饭进屋时,刚才已止住哭泣的谢念又是泪水满面了。

见到娘亲回来,瓯柑儿赶紧跑到青娥怀中。白某接过餐盘,也不等青娥帮他放好小桌,便坐在地上端碗吃了起来。

谢念起身走到白某身边坐下,青娥揽着孩子站在稍远些看着二人。

谢念看了会白某,他感叹道:"好兄弟,你到大哥这就好。以后就和大哥待在章安吧,你我兄弟就在此地避世,也好相互做个伴。"

白某听后没说话,只专注地啃着自己手中的排骨。直到他把自己面前的东西吃得一干二净时,才抹了把嘴笑着对谢念道:"谢大哥,我并非过来投你。"

谢念一愣,显然不明白白某的话是什么意思。青娥见状脸色一顿,然后攥紧了瓯柑儿道:"贤弟你先坐着,我去给你们兄弟俩弄点东西下酒,吃喝着才好聊。"

"嫂嫂不用忙了,弟弟要说的话无需避讳嫂嫂。"白某笑着对青娥道。

青娥看着白某说话时的笑脸瞬间打了一个寒战,她强把腿站住,尽力保持着若无其事的语气对白某道:"嫂嫂不避讳,但你侄儿还小呢。"

白某看着瓯柑儿点点头,青娥赶忙把瓯柑儿往屋外推:"瓯柑儿乖,你找孙大娘玩会。娘陪着父亲与你世叔叙叙旧。"

瓯柑儿虽不情愿,但仍是听从母亲的话乖乖出了屋。谢念听着青娥与白某的对话满肚莫名其妙,等到瓯柑儿走后他才对二人问道:

"青娥,白兄弟,你二人怎么这般古怪?"

白某听后笑笑,他没回答谢念直接开口说道:"谢大哥,我来寻你是想问一些问题,这问题有关于令尊义博侯。当然,谢大哥可以不答我,但倘若谢大哥肯答我,那便请答我真话。"

谢念听后面色渐渐了然,他提起嗓子对白某道:"我若不答怎样?我若答你怎样?我若骗你又怎样?"

白某从怀中摸出一柄短斧递给谢念道:"谢大哥若不答,我或许要对义博侯府用强。谢大哥若答我,便请谢大哥协助我对义博侯府用强。谢大哥若骗我,便不如拿这短斧敲死我更省力些。"

谢念听后怒意再不遮掩,他一把拿起怀中短斧,怒视着白某。白某仍是坐在那里,抬头笑看着谢念。青娥见状赶忙抢步拽住谢念道:"老爷,贤

第十章 —— 霜雨 | 671

弟千里迢迢来此不易,瓯柑儿还在外面玩呢。你先把这凶物放下,且与白贤弟先好说几句。"

青娥的言外之意说得很清楚,便是白某能从千万里外的辽东逃来此处,那必然不是一人独来,若谢念在此冲动对白某做了些什么,那她们这一家子的安危便无从保障了。

但从谢念的反应来看,青娥的话谢念显然没有听懂。

谢念怒视这白某,然后扬起举着短斧的手。白某看着谢念,他没有动,脸上仍是那副看不出悲喜的笑。

但,便是下个刹那间,谢念手中的短斧便被扔出很远,随后他垂头丧气道:"你要对义博侯府怎样,我能如何?骗不骗你我又能怎样?就算你站在这让我劈你,我仍是下不去手。你问吧,知道的我不瞒你。"

"在长沙之乱中,义博侯府的位置在哪?"

谢念听后眼神空洞地叹了口气道:"还能在哪?义博侯府,左右顾盼骑墙罢了。扬州离京畿太远,长沙离扬州又太近,刘可大军多往北一些,义博侯府便多站南边半脚。往日镇北侯还在时,义博侯府仍会多少左右逢源些。而如今这局面,我猜想家父应是半边屁股坐到刘可那边了。"

"我父死于李家兄弟算计,现在我已知李家兄弟与刘可暗通款曲,义博侯府是否也在这事参与其中?"白某沉声问道。

谢念摇头苦声回道:"我又哪里知道?说有,可义博侯府行事从来是两头下注的,时机未到之时又怎会亲自上阵动手?说没有,那也是不准的,我弟整日与论阁中人厮混在一起,论阁和刘可是什么关系想必你也知道。况且,义博侯府与长沙的事都是他在联络,我在这蛮荒之地又能比你多知道些什么?"

白某点点头,而后他收起笑容认真对谢念问道:"我家陈先生在哪?"

白某问完,谢念不假思索便给了他答案。很显然,陈怀的下落在扬州并不是一件隐秘事。

"陈先生去年到吴县时镇北侯已遇害,因他与我父有些幼时交情,便被我父藏匿起来了。此时陈先生正在山阴谢家族中学堂教书,若你想寻他,到山阴谢家旧宅即可。"

谢念说完之后白某虽面上没有太多表情,但感觉上像是显然松了口气。白某浅微的神态变化被青娥察觉到,而后她一直紧攥着谢念的手也稍稍放松了。

沉默了会,白某问出了最后一个问题,或说是一个要求。

"谢大哥,谢家家主之位,你可还有余力去拿?"

谢念听了愣了半会,而后他苦笑起来,声音垂丧地对白某道:"白兄弟啊,我虽不知道你要做什么,但我现在这光景你也见到了,在这蛮荒之地了此残生罢了。往日我身边有你和姐夫帮衬着,那会我还有些心气去搏一搏。不瞒你说,此时我的境地虽不比你惨,但也好不上多少。"

谢念越说越是悲切,眼泪在他的眼眶中闪烁着,他声音有些抽泣继续道:"姐夫死后,我倚仗着与白兄弟你这层关系,在谢家多少还有些分量。毕竟谢家从来两头下注,若是镇北侯平叛成功,我自然能重回义博侯府。但现在,诸多变故之后,家中除了我姐常思还能想着我些,其余人都巴不得我死在这蛮荒之地。可我这为她挣脸面的弟弟是这副样子,她又是个寡妇,她不被我牵连便已是万幸,更不要说能拉我一把了。别的不必多说,我只说一点你便知道我是何处境,我现在连吴县家中都不敢回,生怕被我后母算计死。"

说着,谢念的眼神往向远处,神情渐渐变得唏嘘悠苦。

"我有时会想,今日我落到这等地步全是咎由自取。我年轻时只会恣意妄为,全不顾书卷中的学问。退了过门的姻亲,又娶了乐坊女子为妻。空活了三十余年,既无手段也没志向。如今我活得像缩头乌龟般战战兢兢,失宠于父亲,又遭后母排挤迫害,这能怪谁?只得怪我自己是个不成器的东西。"

青娥揽着谢念也轻声啼哭起来,此时的青娥脸上再不见一丝城府与从容,全是自怨自艾的女儿样子。谢念看向了青娥,神情毫无一丝怪罪之意,他眼中有泪嘴却笑道:"可我不后悔,我虽不成器却比旁人活得自由,纵使我活得只剩下一身骸骨,却仍有真情真爱。于我,这便够了。"

说罢,谢念看向白某道:"白兄弟,你想做什么便去做吧,但我却是无力也无心了。为兄能帮你的,也只有在章安给你留一个归处。往后事,为兄只求你在扬州行事时能顾及你我的情分,莫要多伤无辜性命。"

谢念这番真情意切的话说了好久,在这期间,白某一直没有说话,只是静静听着。

当看到谢念深情与青娥对望不再开口,白某平淡的声音再次响起:"谢大哥,你没的选了。你弟弟游船时落水死了,义博侯又坐错了位置。想谢家好,谢家家主必须得是你。"

谢念惊讶地望向白某,嘴巴开合间竟是什么都说不出来。

白某起身把地上的短斧捡起,然后像变戏法一样让短斧消失在自己身上,他对谢念笑道:"谢大哥,我早前看了下,章安练的兵虽荒废了,但百人的队伍还是能组起来的。你今晚收拾下,明日我来找你点兵出发。吴县那边我都布置好了,路上我再给你细讲如何操作。"

说罢,白某便转身往门外走。

谢念仍是杵在那里,满脸没反应过来的样子,一直等到白某将要消失在夜色中时,谢念才有些磕巴地喊道:"白……白兄弟,你到底想做什么?"

白某回头看向谢念,他脸上的笑,与许多年前在洛京城面摊上初见时的笑容相差无多,只是谢念却再难透过这副笑容看到他的心。

"我也想不清楚,但很多事情不能等我想清了再做。"

说罢,白某便消失在谢念与青娥惊异对视的刹那之间。

这几年来,天下的局势是真正的混乱不测。

若说早几年的各种权谋算计,还只在位高权重者的帷幕之中,那去年刘可在长沙的谋反,算是彻底把混乱搬到了台面之上。

就在这一两年的光景,连中原地带的世家大族都开始担心未来,大汉南方便更不必说,哪怕是寻常的贩夫走卒都感受到了生活的变动。

但不管天下如何动乱,扬州却是一直偏安于纷争之外。可就在今年春夏交替之际,荆州那边的天下头等乱局,竟莫名其妙地暂时变得稳定对峙了。而一直安然处在世外的扬州,却开始乱了起来。

说到扬州,义博侯府既代表了整个扬州,扬州的混乱当然根源于义博侯府。

这场混乱的开始是在二月初的某天,起因是吴县外,一艘游船沉到了震泽之中。随着这艘游船一起沉入湖底的,还有数名论阁人士,以及义博侯府二公子谢得。

义博侯府二公子谢得,乃是义博侯谢寻最疼爱的小儿子,他年纪还未满二十,却已在义博侯府料理一众堂前事务。在才学上,谢二公子也是个俊杰。他母家便是家学深厚的河北大族,少时更是拜在大家门下求学,满腹学问堪比所谓的论阁十杰。

总的来说,这个谢得谢二公子,是既有得天独厚的条件,自身又是聪慧过人。

在世人眼中,谢得公子可比他那不成器的大哥强太多太多了。为给这个小儿子席爵铺路,义博侯谢寻更是把长子打发到天边。可如此人杰,就这么不明不白地死了,而义博侯府却只能低调处理此事,不敢太过声张追查谢得的真正死因。

义博侯府如此处理的原因也很简单,在此时的言论局势中,论阁便意味着刘可,而谢得与数名论阁中人一起死在船上,这其中的意味就太深了。

不过,义博侯府虽冷淡处理此事,但这并不代表谢得与论阁的关系是一个秘密。

谢家二公子并非是个讳莫如深的人,生前也毫不遮掩自己替义博侯府在长沙游走的事,所以他与论阁的人混在一起也不是件大新闻。

不过既然义博侯府已如此摆出态度,洛京城便没有理由深究此事了,毕竟在如今的局面之下,义博侯屁股两边坐,无论是京畿还是长沙,谁都不想把谢寻逼得太死。更何况,义博侯府完全有理由怀疑,是京畿来的刺客,为了逼义博侯谢寻择边而弄死了谢得。所以有关于谢得的死,京畿只是遣使到扬州吊唁一番,至于论阁的事倒是只字未提。

春末。

这世间的灾厄,从来都是接踵而至的,便如同扬州义博侯府,今年春天便是如此。

在二月的最后一天,刚刚处理完谢得后事的义博侯府又传来了噩耗,便是义博侯谢寻的夫人在家中自缢了。或许是因为噩耗不断,此时的义博侯府已有些麻木了,所以关于义博侯夫人的死,众人都认为她是因痛失爱子才选择自缢。

第十章 —— 霜雨

有人故去,最可怜的往往是活人。义博侯谢寻先失幼子再丧爱妻,他已是年近花甲,一而再的打击让他心力交瘁,没等到义博侯府的灵棚撤下来,谢寻便得了重病卧床不起了。又因长子谢念不在身边,所以义博侯夫人的后事,包括谢府的日常事务便全落到守寡的女儿谢常思身上。

　　在扬州吴县,义博侯府的名声不错,哪怕只是寻常百姓也是受过谢家修桥补路的恩惠。所以吴县中人,无论贵贱都是替义博侯府惋惜,感叹怎么那么好的义博侯一家会遭到这样的灾厄?真是可怜义博侯谢寻,那么好的一位老先生,长子远在天边,幼子爱妻接连死去,自己又身患重病,最后竟得一个寡妇女儿出头露面操持家事,这人世间的无常也不过如此了吧?

　　随着漫长痛苦的二月结束,三月终于来了。或许是诸天祖巫听到了百姓哀思,义博侯府终于迎来了一丝欣喜与转机,因为义博侯的长子谢念回来了。

　　谢念,作为义博侯府的长子,曾经的义博侯府世子,他的风评并不太好。

　　提到谢念,常人想到的往往都是关于他的叛逆行径,比如纵情声色,再比如娶了一个乐坊女子为妻。

　　三月初,谢念带着精壮亲卫面色凝重地重回了吴县。并在他回到义博侯府第当晚,便从姐姐谢常思手中接管了义博侯府一应大小事务。之后的几天,谢念分别安抚了京畿与长沙在吴县的两股势力,并且明确表示扬州不会有大的变动,一切事务一如既往。而后,谢念召集了簇拥在义博侯府门下的扬州各郡大族,稳住了这些心猿意马的大族族长。

　　当谢念把义博侯府稳定接手后,这段时间以来,一直灾厄不断的义博侯府终于迎来喜事,便是义博侯府中的寡妇谢常思又结亲事了。

　　家有亡者,丧期未过,加之义博侯谢寻还重病在床,所以义博侯府这时候办喜事,本是十分不合体统的。但义博侯府的这一举动却没人说三道四,反而十分认同义博侯府这么做。

　　原因是某日,吴县忽然出现了一个巫汉,巫汉在吴县的集市上支起一个卜摊,免费帮人卜甲,测运寻物更是极其灵验。与吴县百姓相处熟了后,这巫汉自称是感应到吴县将有三年大灾,所以到吴县看看是怎么回事。并称现在吴县灾厄未显,是因为有贵人帮百姓顶着,等到贵人一家死绝吴县便大难临头了。

听到巫汉如是说,吴县的百姓们立即就联想到义博侯府的近况。首耳相闻间,巫汉的话很快便传到了谢念耳中,谢念听闻后更是亲自款待巫汉恳求破解办法。而这用姻亲冲喜,便是巫汉给义博侯府的法子。

义博侯府的新女婿是一名叫作甘木的年轻人,他是跟随谢念从章安到吴县的,从行事做派来看,应该是谢念在章安那边的手下随从。

这甘木的家室出身不值一提,他出自章安一带的蛮酋之家,算是被开垦章安的谢念归化来的夷人。若论这些,甘木这么一个蛮夷是绝对配不上谢常思的。可谢常思毕竟是个寡妇,年岁又有些大了,再加上谢府最近多灾多难冲喜这事确实着急,所以谢常思到底是嫁了甘木这个蛮夷小子。

总之,在吴县百姓看来,甘木这个小子是傍上大户要走运了。

三月十一,宜嫁娶。

因是冲喜的亲事,加上谢常思又是个寡妇,所以义博侯府的亲事办得并不盛大,只是按照规矩成了礼后便把新人送到了洞房。

义博侯府内,谢常思的独院红灯似锦,但这对新人所居的屋子却十分安静,完全没有新婚夫妇之间莺歌燕舞。

在红烛华彩之中,白某一身礼袍坐在通红的婚床上,他望着坐在身旁的谢常思有些出神。

谢常思一身红装锦簇,头上的钗饰在烛光中泛着闪闪光辉,唇上那一抹朱红不多不少、不殷不浅,便是正正好好透过白某的双眼刻吻在他的心中。

谢常思很美,三十岁的女人很美。

"常思姐姐,弟弟欺辱你了,但往后弟弟一定会好好待你,敬你如同亲姐。"

谢常思听后对白某温婉一笑,她摇摇头,柔声道:"好弟弟,无论你我这般是真是假,你都没欺辱姐姐。姐姐知道你是在帮谢念,就算谢念不说,姐姐也替他感念着你呢。"

白某听后苦笑:"姐姐,这话让我惭愧了,说起来,倒是我胁迫了谢大哥。"

谢常思听后把玉指轻轻放到白某手背上:"弟弟莫要如此说。谢念的性情我是知道的,若没有你的经营运作,谢念现在仍在天边没有出头之日呢。便说是胁迫,这也是该得。"

谢常思此话说完,渐有些恍惚的白某瞬间清醒了几分。

他早就知道谢常思其实是个极为厉害的女人,他在吴县的一切行动之所以能这么顺利,也全是因为这个女人的帮助。但听着谢常思把他们做的种种事,仅用一句经营运作便盖过了,白某还是对这个女人的城府感到有些惊讶。

白某把手抽出道:"姐姐,弟弟不愿瞒你,弟弟其实是在利用谢大哥。但姐姐放心,弟弟绝不会害谢大哥,弟弟做的事也绝不会牵扯到义博侯府。"

"我知道。"

谢常思神情没有一丝变化,仍是那么的温婉贤淑。

两人都是沉默了会,谢常思忽然对白某开口道:"弟弟,你站过来。"

白某听后有些莫名其妙,但他还是听从了谢常思的话,起身站到了谢常思面前。谢常思抬起头对白某莞尔一笑,而后便开始为白某宽衣。白某见状连忙躲开,他有些尴尬道:"常思姐姐!这,这我自己来。"

谢常思见到白某这副反应没说什么,她只是微笑着点点头。

等白某换下礼袍后转头再看,谢常思已褪下红衣露出贴身的内衬坐在婚床上对他笑望着。

白某咳嗽一声道:"常思姐姐,你给我扔个枕头,我睡地上便好。"

谢常思轻轻摇下头,柔声道:"地上硬。"

白某把头低下道:"我已是对不起徐山大哥了。"

说罢,白某便躺在地上把后背留给了床上的谢常思。之后,屋中的灯被人吹灭了,白某的身后传来一声轻叹。

许久之后,谢常思的声音轻轻从床榻上飘来。

"弟弟,姐姐睡不着,你若没睡便陪姐姐说会话吧。若是你不想理姐姐,那便不用理会姐姐。姐姐问你,你与乌维妹妹在一起时是怎样的?"

谢常思的话像是被黑夜吞噬一般并没有得到回答。过了会,床榻上传来了一声叹息。

"哎,徐山是个好人。姐姐曾经对自己生为女人非常不满,那时总想着,若我是男人就好了,那样我便能做很多事了。不过姐姐虽是女人,可也没闲着,年轻时也做过好多荒唐事,骑马游猎、扮男装喝酒这些都做过。可直到有天遇到了徐山,徐山固执冲动又不精于算计,但他却比我见过的所有男人都坦率真挚。遇到了他,我心中忽然涌出一种把自己交给他会很安全的感觉。"

谢常思沉默了会后,声音再响时已不似刚才那般平稳,仿佛在压抑这什么似的颤抖说道:"说来也是我害了他,那样好的一个人,因我到了这尽是算计的地方,最后落得客死他乡。好弟弟,是你的话当然看得出,姐姐不是那种十足好的女子,因为姐姐与你是一种人,无论咱们是否愿意,都已在这泥潭中翻滚个浑身污浊,并要一直在这里苟且下去。好弟弟你说,咱们这样的人,活得有意思么?"

之后屋中便安静了下来,渐渐,床榻上的呼吸沉了。

"我说不清乌维还在时我是怎样的,那时,就连乌维是怎样的我都不知道。她不怎么说话,就算能把汉话说顺时也不爱说话。她也没什么喜好,每日就在各处忙来忙去,反正我饿了就找她,困了冷了也找她。做饭也是,不咸不淡的,谈不上好吃但也不难吃。现在想来,她的事我真的知道得不多,甚至连她到底多大都不知道。我知道的只有,她待我很好。"

白某翻了个身,望着被月光照得一清二楚的房梁,他喃喃自语道:"乌维在我身边好几年了,还给我生了个女儿,但只在这几个月,她的样子才在我心中有了些轮廓。可惜了,她永远只能是轮廓了,因为她再也没有以后了。她活得真难,太可怜了,这世上没有她活过的踪迹。若是女儿还在就好了,看着女儿多少也能看见她一些。或许再过几年,她的轮廓也会在我心中消失吧,这样她便真像一根枯草似的,被烧得一干二净了。"

说话间,白某的声音竟出现了一丝笑意。

"我们俩啊,真是从头到尾都是这么莫名其妙的。我莫名其妙把她捡回来,莫名其妙把她放在身边游历世间。成亲也是莫名其妙,最后还莫名其妙有了个女儿。现在想来,我们俩还真是两个糊涂鬼,就这么莫名其妙地过了好些年。"

又是一阵沉默之后,白某声音低沉地道:"但她不能这么莫名其妙地被烧死,这事,定要算个清楚。"

月光西走,一间屋子中的二人停止了对黑夜自言自语。这些呓语好在是说给了黑夜,明日的夜又是新的了,不会留有一丝记忆。

三月末,春夏交替。

最近一直饱受磨难的义博侯府,为了祈福显然不只满足于办一场冲喜的婚宴。

三月末,此时谢家实际上的家主谢念便带着族中子弟回山阴县祖地祭祖,除了卧病在床的义博侯谢寻,谢家全族包括一些以更了姓的外戚表亲,也随着谢念一起去了山阴。

走了快半个月,谢家一行近百人的队伍才到山阴,好在是春暖花开的好时候,路途上踏青春游也不算难熬。

山阴。

山阴县的谢家祖宅中,谢家五服内的子弟共聚一堂。

酒宴之上,一些与谢念同辈的谢家族人便瞄上了甘木这个蛮夷,他们轮番向甘木敬酒,没几轮酒的工夫,甘木便被喝翻在地。这些族人见状非但不饶,反而变本加厉戏弄甘木,几人围住甘木竟是掰开嘴硬灌黄汤。

后来便是谢念都看不过去了,呵斥了这些顽劣子弟一顿后让人把甘木拖下去休息。

谢家祖宅,谢常思这一房暂居的院中,白某边扣嗓子边趴在一个木桶边狂吐不止。吐干净腹中的酒水后,白某接过谢常思给他的毛巾把身上抹干净。

换过衣裳,把谢常思端来的甜汤一口喝光后,白某抹了把嘴道:"常思姐,有人问就说我还睡着呢。"

谢常思温柔地对白某笑道:"去吧,我懂怎么应付。"

谢家家塾位于谢家祖宅一条街外。

这里原本是山阴县富户谢家族中子弟读书认字的地方,而随着谢家发迹,举家搬迁吴县成了如今的义博侯府,谢家便把这所家塾捐成了公塾。山阴县内,只要愿意让子弟读书的人家,都可以到这里来听书认字。

只可惜山阴县这种小地方,百姓之家都不愿为读书而牺牲一个劳力,最后在这塾中读书的也仅有几个本地富户子弟。

这是三月的最后一天,明日天再亮时便是夏了,但太阳却不管人定的日子,夏日的和煦阳光早已普照在大地之上。

午后阳光下,陈怀躺在院中的一把摇椅上,他手里捧着一卷书,但头却是歪倚在摇椅的枕头上。

陈怀睡得很香,看他的表情应是在做一场好梦。

渐渐,陈怀的鼻子被和煦的阳光照溢出一滴汗,但这种炙热之感只是一会便消失了,因为一缕微风轻轻在他周身拂过。

陈怀睁开眼睛,一个少年正手持着摇扇给他带来惬意的清凉。

"陈先生。"少年笑着唤道。

或许是到了年纪,老眼昏花了,陈怀睁开的眼睛越发模糊。

"某儿,就知道你能寻过来。"

在私塾院中摆上一张小桌,白某坐在地上,陈怀仍在摇椅上。

白某就着一碗蜜水两三个果子,给陈怀讲述了自己这段时间的经历。在白某讲述时,陈怀没发一言,只是眼神随着白某的话越发苍凉。

白某讲完后,陈怀抬起头望向天空好久好久,他似乎在压抑着什么,或是在释放着什么。

"某儿,你想不想知道先生是怎么来这里的?"

白某摇摇头道:"过去事不重要了,先生不必再费心力提它。"

陈怀叹了口气,然后他神情认真地看向白某道:"某儿,你现在想做什么?"

白某直应着陈怀的目光答道:"不知道。"

陈怀听后闭上眼,凝重地点点头没再说什么。

过了会后,陈怀对白某道:"某儿,你知道先生为什么现在要待在这里么?"

"某儿知道,先生是在等某儿。"白某答道。

陈怀点点头,又问道:"你怎么知道先生是在等你?"

白某听后苦笑:"先生虽是音信全无,但只稍作调查便不难得知先生下落。更何况父亲遇难后,先生没有动作却在此安然生活,以某儿对先生的了解,先生定是在等某儿来寻你,并有话对某儿说。"

白某说完,陈怀又是一声悠长的叹气。

白某看着陈怀的脸,确实比他记忆中老了很多,不过四十出头的人却已须发挑灰。

"先生是在等你,也确实有话想对你说,但先生却不想见到你。"陈怀说完后,满眼尽是忧愁地看着白某。

"先生?"白某有些惊讶。

陈怀从摇椅上坐起,把手搭在白某肩上,眼中是不舍与可怜。

"某儿啊,你既能来寻先生,是因你仍想要做些什么。但先生想对你说的话却是,算了吧,别再扎进这摊泥垢中了。"

白某目瞪口呆地看着陈怀,随后他的脸渐渐变成疑惑。

陈怀看着白某无奈道:"这世道不对,全错了。我也错了,如今成了这个样子,是我没用,谋划计算得简单了。从头到尾我都想差了,是我害的。"

"这不是先生的错!是这天下太荒唐了!"白某猛然站起叫嚷道。

"某儿,荒唐的不是天下,而是先生。"

听到陈怀的话,白某刚想再说什么,而陈怀却抬手止住他。

"某儿,先生想与你说几句肺腑之言,你肯听么?"

白某面色纠结地点点头,陈怀把目光低垂,声音感怀地道:"某儿啊,先生曾有一个可笑的抱负,便是以君子仁义之学,制善天下。说起来先生这辈子实是幸运,因为我遇到了你父亲,而你父亲,也有同样的抱负。"

说着,陈怀苦涩笑了会才继续道:"先生的幼稚便正是因为这份幸运,我曾以为这天下只要有安人乱世,便会有真君子救世。便如同你幼时我教你念的那般,'大道废有仁义'。先生遇到的第一个,也是唯一的主公,你父亲便是这样一个真君子。可也是因为这样,先生竟把这句话的后半段忘了,'智慧出有大伪'。先生这辈子啊,只看到那些在天上高悬的抱负,所以思略行事都是极为自负,只愿抬头望天,连平看一眼周围景色都不肯,弄到最后,竟忘了在这世上的芸芸众生,都是活生生的人。人啊,不是活在天上的,是在地上走的。现在想来,或许侯爷早已看出先生的这份幼稚,不过他不忍点破罢了,这才因我计划不周落得这般下场。"

白某听后心中十分苦楚,他想说些什么宽慰陈怀,但却一个字都讲不出来。他语塞,并不是单单他感同身受到陈怀的痛苦,更多是他知道自己没有评价陈怀的资格,因为他活在世上这短短的二十多年,从未看到过陈怀所说的天空是什么样。

陈怀干涸的双唇艰难闭合几次,声音也越发衰垂下去。

"某儿啊,说句妄语你或许不信,其实在先生得知侯爷遇难后便想投江殉他去了。因自己的自负害了这世上唯一的主公与至交,我有何颜面再苟且下去?但那夜的江风让我冷静了些,先生想到了你,想把在那时候才开悟明了的道理告诉你。"

说着陈怀猛然站起身,这应是白某第一次见到从来慢条斯理的陈先生,做出如此猛烈的动作。

陈怀攥住白某的双手,抬头盯着白某的眼睛,声音恳切并带着哀求道:"某儿,先生想和你说。这世间大道已废,仁义无用,满地尽是些大伪若智之徒,你既已出世,又何苦入世啊!这世间从伊始之时便是浑浊的,连先古圣人都只能教化于它而非匡正,我等庶子便是穷尽一生之力也仅能成全个忠义罢了,可忠义显露时,便等同于是大道崩坠之时。如此世间,有何趣味?它不值得,更不容你穷尽气力去讨一个清楚。走吧!找一个远在天边的地方,无论是否安生,便是好好活着吧!"

白某听后沉默了。

他脱开陈怀的手,盯着地上泥土缝中长出的新芽发呆。陈怀这段酝酿好久才对白某说出的话,白某听后反而不意外了,他甚至觉得这才是陈怀该对他讲的话。

疼爱自己的陈先生,怎么会让自己去报仇?

但陈怀并不知道,白某心中想的却不单单是复仇,或是说他的所求,凌驾于复仇之上。

"先生。"

白某唤了声,而后他声音低沉地缓缓道:"先生,虽然某儿不能参透你讲的高深道理,但某儿却知道自己的所作所为并不为了复仇,某儿是为了自己。之前,某儿也曾选过好好活着,但……"

白某顿了顿才继续开口道:"某儿现在,虽不知道该具体做些什么,但却一定要去做些事,因为我若不去做些什么,便再难活着了。"

说着白某把陈怀扶回到摇椅上,他笑着对陈怀道:"先生,某儿明白先生疼惜某儿,所以不愿让某儿去复仇,但有些事某儿是非做不可的。某儿见到先生无恙便放心了,往后也能无牵挂地去做事了。这样吧,先生暂且在此地好好生活,等过段时间风声松些,我让谢念想办法把姨娘从辽东接过来。某儿先去把该做的事做了,若某儿得幸完成那些事并安然无恙,到时某儿再回先生身旁伺候尽孝,陪着先生一起避世隐居。倘若某儿不在了,凭着某儿与谢念的交情,义博侯府会替某儿为先生尽孝。"

陈怀听后沉沉地叹了一口长气,整个人像是脱了力一般瘫坐在摇椅上,眼神也渐渐衰垂下去。

陈怀没看白某,只是低头发呆。好久好久之后,他缓缓抬起手臂向身后的房屋一指,有气无力地吩声道:"你进屋吧。"

说完,陈怀便躺在了摇椅上,闭上眼不再说话。

推开门,走进陈怀所居的小屋,当阳光照进这间腐朽小屋的一瞬间,白某愣住了。

小屋中是垒成山一样高的书卷,地板上四处点染着墨渍,屋中随处可见剪短的灯芯与洒在各处的灯油。

在各处杂乱之中,有一张一人张臂宽的地图立在最显眼的地方,地图上有数条用各色描绘的线,在各城池之间串联。再走近些,地图上更写满了密密麻麻的小字。

白某在地上捡了碟油灯点亮,站在这张地图上看了起来。

便在这张地图上,这些年中各处明里暗里的纷争,全被陈怀推测标注在上。并且在这地图上,陈怀从来工整的字,写得非但不好,甚至可以说是有些狰狞。

许久之后,灯的残油燃尽,屋中忽然再不见一丝光亮,因为屋外的天黑了。

原来,原来,原来只是有些妄人,把这并不复杂的事搅成今天这副样子。

原来,原来,原来无论是戚博、王暮等门阀覆灭,还是镇北侯府全家惨死,都是这场经年累月的算计中一场意外失算。

原来,原来,原来这天下是一个可以被人游玩的棋盘,各方博弈你来我往,都想自己来制定下一盘游戏的规则。

白某伫立在原地,他的脑中得到空前的清澈后又渐渐开始晕眩起来。

他想的不是这地图上各人与各人的算计,他想的是他自己,是他自己之前种种行为的或许与不该。

很多年前,北境的冬天,若自己在巡边时发现胡人哨骑后,没有再次出兵烧光胡人部落,那父亲白济,是否能以北境不稳为理由避开这场算计?

两年前,在偏远的章安,若自己没有因盛怒去刺杀害死徐山的论阁中人,而是一直留在章安帮助谢念垦边。那当荆北大战之时,自己是否能从扬州尽一份力援助父亲?

同在两年前,大江旁的沙羨渡口,若自己没有在无疾胸口上插入那窝心一刀,那是否长沙刘可便不会那么快起兵作乱?父亲白济也能多些时间筹备运作?

一年前,胡人大军进犯辽东,若自己没有竭尽全力与其对战,而是放任辽东战况胶着,那是否便是已半只脚踏入坟墓的父亲,仅有的一线生机?

在这场浪潮之中,到底自己是一粒随波逐流的尘埃,抑或是不自知戏浪的弄潮儿?

若说是弄潮儿,白某却是无论任凭着自己如何东来西往,到最后都没逃出这浪中翻滚的波涛。若说是尘埃一粒,可白某这微不足道的一粒尘埃,却总能激起道道充满了"也许""或许"的浪波。

譬如命运一词,到底是注定还是也许?

是有人操控了天下,从而操练了天下人的命运? 还是命运操控了天下人,从而操控了天下?

那么,到底,是否,恐怕,也许,是白某自己害死了父亲?

"你入赘谢家,得到一个新身份,这与我的计划不谋而合。"

白某回过神,发现陈怀悄无声息地站到了自己背后。

"先生?"

此时的陈怀身上散发着一种与以往截然不同的气息,这是一种很冷很决绝的气质,这种感觉与白某心中的陈怀形成了强烈反差,以至于让白某对面前的"陈先生"感到陌生与诧异。

陈怀没有回白某的话,他走到地图旁,弯腰在地上捡起了一卷帛书塞到白某手中。

"某儿,你把它背下来,然后烧了它。"

说罢,陈怀便颤巍着身子回了里屋的卧房。

白某凑到灯下扯开帛书,无须细读他已瞠目结舌,那个从来温仁宽厚的陈先生,怎么可能与这卷帛书的作者是同一个人?

在这卷帛书中,无数人被毫无底线的怀疑串联成一张大网,那是对人心对人性全无保留的险恶猜测。除此外,帛书中最重要的,便是一条环环相扣的周密计划,这条复杂计划的目的只有一个,便是对帛书中那些名字复仇。

白某不知道陈怀是怀着怎样的心情写下这些东西,他更不知道写出这些东西的陈怀,在院中劝自己放弃复仇时是怀着怎样的心情,但这卷帛书无疑就是白某需要的陈怀的帮助。

屏息凝神,白某尽全力把自己心中污浊排空,以留出一片空隙承载这更为肮脏的帛书。

第一个名字,长沙,彭泽子……

夜深时,陈怀的小院中,白某正把一卷卷书扔到熊熊燃烧的火盆中。等到满屋的书卷都化作月光下的飞灰后,白某在院中打了桶水开始打扫起这间院子。

又忙活了一阵后,白某回到屋中站在卧房紧闭的门扉之外。

"先生,某儿走了。"

屋内没有回音,仅仅传出一声叹息。

"先生,某儿走后望您多保重身子,再过段日子,某儿会把陈姨娘接来与您团聚。某儿与谢常思虽无情,但却有义,往后她会替某儿照顾好您二老。"

屋内仍是一片沉寂。白某又在门外站了会,而后当他苦叹一声正欲转身离去时,陈怀苍苦的声音从屋内响起。

"某儿啊,不然,就算了吧。"

白某听后悲苦地无声一笑:"先生,某儿是为了自己。"

说话间,白某眼角无意瞥到了角落堆叠的一罐罐灯油,他瞬间好像明白了些什么。

"先生放心,您只要在扬州一天,某儿便绝不生舍身之意,先生等着某儿回来在您与陈姨娘膝下尽孝。"说罢,白某对着门扉跪拜下去,重重地磕了三个头。

当白某赶着黑夜离开这间小院时,早前因醺醉睡在大街上的甘木,被这间院中传出的一阵阵无力又悲痛的呜啼声惊醒。

甘木摇晃着身子悻悻道:"难不成还闹鬼了不是?"

第十一章 —— 拔雾

四月初一,立夏。

长沙城,仍是长沙王府那座湖中岛。

湖中岛的小屋外坐着一个中年人,中年人名叫桓谭,乃是长沙国的国相。

长沙王刘可亲征远在荆北前线,长沙国中便留下这桓谭辅佐刘可之子监国。至于为何桓谭能在这长沙王府中最为隐秘的湖中岛上,这是因为桓谭还有第二层身份,他是论阁中人,更是那论阁十杰之首。

湖中岛的小屋门被从内缓缓拉开,从屋内递出一袋锦囊,桓谭恭敬地接过锦囊问道:"仙师,这是?"

"游琳让人带来的,你拿去看吧。"桓谭听后犹豫一阵,但仍没有拆开锦囊。

"仙师,这为何让徒儿看?"

"为师想借你坦诚之心一用。"

屋内苍老的声音让桓谭一愣。应是猜到了桓谭的反应,老者在屋内问道:"桓谭啊,拜在我膝下共有四个徒儿,老大没得早不论了。剩下三个徒儿,你最年长,游琳其次,最小的是无疾。游琳我早早便不管他了,无疾我也让他去创立论阁。但只有你,我却一直留在身边,甚至显得对你三人有些厚此薄彼,你可知为何?"

桓谭听后立即对小屋拜跪下去:"仙师并无丝毫亏待徒儿之处,徒儿愿留在仙师身边侍候。"

屋内的彭泽子叹了口气道:"你怎么想便怎么罢了,但为师只把你留在身边,却是看中你身上一项无论游琳还是无疾都没有的长处。"

彭泽子话语稍停片刻,继续道:"你们师兄弟三人,各有长处却也各有缺陷。游琳机敏，但到底是过了，以至于他越机敏越无度，所以我才让他走远些自生自灭。无疾的聪慧不容于这浊世，为师更是把一身传承希望寄予他身上，让他创立论阁，也是想使他沾染些人气，懂得这世上还有闲于天地中的事物，只是可惜啊……"

这句话说完，门扉内外都是一声叹息。顿了顿，彭泽子接着道："桓谭，你身上的长处与他二人都不同，并且十分特殊。为师把你身上的长处称为坦诚，便是任何纷扰诡秘都不能困住你，只要是你目视口谈之事物，便为真实。因此游琳的这封信，我想让你去看，然后复述给我听。"

"仙师不信任游琳师弟？"桓谭问道。

"游琳与为师，从来就没有过相互信任的处境。"

桓谭叹了口气，没再说什么只把锦囊打开。过了会后，桓谭把帛书收回锦囊之中。忖度了会桓谭开口道："游师弟在这信中讲了下北边现在的情况，从这信中写的数目看，北边的各项军备物资确实出问题了。游师弟还说了，他在京畿中的布置都办好了，如需启动提前知会他。"

"你是怎么看的？"彭泽子听完问道。

桓谭低头想了会答道："依这信所说，长沙王一鼓作气的时机确在今秋之前。再晚，中原的秋稻便收了。"

"那，长沙国的国相又怎么看？"

桓谭听后想了会才又答道："不好说啊，经去年连番交战，长沙的仓储也不满了，虽说在江对岸站住脚，但江陵城也同样捆住了兵势去守。去年和游师弟暗通停战之时，长沙其实便有些吃不消了，以半州之地养数万战兵还是太难了。长沙王一直待在前线也是因为这个，无非是摆出蓄势待发状唬唬人，最后还是想把劳力遣回田里抢一季耕收。"

桓谭叹了口气，有些踌躇地继续道："再细细想来，这信中所记无论真假，都未免不是一良机。今年不打，明年这场仗怕是更加难打。倘若把这事再拖到明年，北上更难了，荆南贫瘠地带是耗不过中原沃土的。东取扬州也是不易，义博侯府到现在还没个清楚态度，若我们东进，便等同于把他推向北边。除此外，更重要的是咱们这些年的布置，论阁也好老娘教也罢，这些都不是能长远的东西，时间久了这层纸不难捅破。还有咱们在京畿之中的细作、笼络的那些公卿世家，这些人哪里有什么忠诚，时间一长对咱们倒戈相向也不奇怪。如果细算这笔账,便是这信中写得有差错,今年出兵也好过明年。"

小屋内的彭泽子听后没说话,桓谭也没再开口,师徒二人就这么沉默了起来。

过了会后,彭泽子长吁一声道:"哎,这信中所记,真伪倒没大关系。只是不知,在这真伪之外还有没有别的什么东西。"

桓谭听后有些疑惑,但他没有去问老师的话是什么意思,因为思考并不是他擅长之事,他擅长的是做事。

"仙师,那咱们现在要做什么?"

桓谭的问题没有立刻得到回答,小屋中又沉默许久后,彭泽子的声音才缓缓飘出:"不做什么,再等等,再等等看吧。"

"嗯。"桓谭答应一声。

"桓谭。"彭泽子忽然唤道。

"仙师?"

"为师打算出来了。"

桓谭听后一惊,还没等他把彭泽子的话反应过来,湖中岛小屋的门被拉开了。

忽然,一个白发白须的老者刚刚好好坐在门槛处,桓谭张着口向仙师的双眼望去,只是一瞬间他的心便得到安宁了,仿佛自己身处的这片天地便在彭泽子那深邃的双眼之中。没错,凭这个眼神,哪怕面前之人是一个孩童,桓谭也能确认,这就是自己的仙师彭泽子。

桓谭五体投地匍匐在彭泽子面前拜道:"仙师,弟子拜见仙师。"

彭泽子臂幅微摆,随后桓谭感到有种力量把自己扶起。

"桓谭,论阁与老娘教先稳妥好,然后安排我与游琳说说话。这往后的路,走还是停,往哪里走,等我与游琳说完再论也不迟。"

谭恒听后再次于彭泽子足下恭敬叩拜。

五月五,长沙国。

五月初五端五日,乃是仲夏端午,苍龙七宿正南中天。

长沙属南国，夏季亦符火行，苍龙从南而出占据正穹，这暗合了一贯信奉神秘的刘可此时的心境。所以虽反王刘可人不在长沙城内，荆北前线的南军与汉军也仍在对峙，但长沙城内却在端五日办起了空前盛大的庆典。

　　在今日长沙城的庆典中，最令人兴奋的并不是被唤做"苍龙入海"的龙舟竞赛，也不是在晚间被唤做"星满苍穹"的放灯会，而是有一位在世仙圣下凡到长沙传道。

　　彭泽子这个名字，这天下但凡有些见识的人都是听说过的，但在各地各阶层中，这个名字背后的意思是全然不同。

　　比如在中原大地，那些家学深厚连青苗先生都看不上眼的门阀氏族，彭泽子便等同于方士术士一类的骗子，至于传闻中的彭泽子与青苗斗法，他们更是嗤之以鼻。

　　而对于百姓来讲，彭泽子也好青苗也罢则更像是一个传说，关于他们的奇幻故事不但引人入胜，而且便于他们了解那些复杂的旧时天下往事。

　　但在长沙城内，关于彭泽子的认知便全然不一样了。先不说彭泽子乃是论阁阁主无疾的老师，只说老娘教这边，彭泽子可是除老娘主母外辈分最高的人，甚至要高过老娘教的三位哥儿。

　　在老娘教教典中，老娘在被十二祖巫联手封在骊山下后，老娘为从骊山脱困先联感到了腾蛇。将腾蛇收服后，老娘才由腾蛇护法造了天、地、人三位哥儿。

　　而彭泽子与老娘教的关系，便应在这条腾蛇上。关于这条腾蛇，相传它本是彭泽中无根生的妖物，因远古时霍乱人间而被老娘主母降服成法兽。但后来老娘教一位巡山得哥儿附身时，对老娘教教众道出了腾蛇的真相。原来这腾蛇并非无根生之物，乃是彭泽子成圣时脱去的一身浊气所化。本质上，彭泽子与腾蛇乃为一气双体的等同仙圣。

　　但就是因这些缘故，得彭泽子垂爱的长沙王刘可，才能同时得论阁与老娘教这两股截然不同的势力鼎力相助。

　　长沙城。
　　在长沙城最繁华的街道上，有一座名为阐辟楼的楼阁，这阐辟楼是论阁所建,也是论阁中人用来讲学集会的场所,而今日彭泽子传道的地点便就在这栋闻辟楼中。

已近正午时,在闻辟楼对面的饭庄内,有一桌三个年轻人在讨论着什么。

"高兄!咱们这等的人是多大的来头啊?竟能劳你这位论阁三席在这白等他半个时辰?"

另一人听后也点头附和道:"是啊高兄,这个甘木我是听闻过的,据说除了出手极为阔气外没什么见长之处啊。就这么一个庸碌之辈,怎能得高兄你亲自邀请去听圣贤讲学?"

听到两人询问,高阳看也不看二人,只是意味深长地缓缓摇头。但他仅是这随意间的举手投足,却是像极了论阁的已故阁主无疾。

"二位,阁主曾说过,言之不谙为妄,妄而不端为狂。我辈在论阁中学理研习,狂妄最是大忌。"

说着,高阳拾起一块饴糖放入口中,待他品足了滋味后才对二人道:"这甘木确实是庸碌无能之人,但他却值得我亲自陪同款待,因为无能却并非是无用。"

"这话怎么讲?并非在下狂妄,不瞒高兄,甘木我不光听闻过,并且见过。他在长沙各奢华处一掷千金,日夜留宿于乐坊,这样的人要来何用?就算甘木真是家财雄厚,可钱对于论阁,与粪土何异?"

高阳深看说话人一眼,就这一个眼神,便把论阁阁主无疾那种俯瞰却不藐视的傲然劲学足了八分。

"这甘木,是义博侯府的入赘女婿。"

听高阳说完,两个论阁中人恍然大悟。之前声称见过甘木的那人小声对高阳问道:"高兄,谢二公子遇害后,扬州那边便是由这甘木?"

高阳听后没回答他,只是凝重地点点头。

又是近一刻的工夫,从饭庄外走进一个身着华丽但举止却十分畏缩的年轻人。

再走近些可以看出年轻人长得很俊,尽管有些缩脖领首,但还是要比路上行走的人高大上些。

此人站在饭庄厅堂,探头探脑地四处张望,举手投足全无一丝气度风范。

高阳这桌的一人看到此人,碰了下正闭目养神的高阳小声道:"高兄,不会就是这人吧?"

高阳睁眼看去,然后点点头。得到高阳确认后,同桌论阁中人眉头一挑讥道:"长得倒是不错,难怪被义博侯府的大寡妇看上。不过这人气质嘛,真是十足的猥琐不堪。"

"待会莫要胡言乱语。"

说着,高阳起身向甘木走去。

"甘兄,别来无恙啊。"

甘木见到高阳连忙走上前去,满面生怯地悻然道:"高兄,这长沙城太大太繁华了,我晕迷了眼找不到路这才迟了些,你包涵啊。"

高阳听后摇头微笑:"哪里,甘兄来长沙,我亲自没带甘兄转转已是招待不周。来甘兄,我介绍几个论阁才俊与你结识。"

说着高阳握住甘木的手把他领到桌前。

见了甘木,高阳桌上刚刚还言语不屑的二人,顿时像换了一张脸似的,一副面孔不说谄媚但说讨好却是有余。

几人落座后相互寒暄一阵,但没过多久桌上的气氛便冷下来了,原因当然是甘木。

仅是三两句话的工夫,甘木便没了言语,无论是经史子集还是道论人情,甘木是一句都接不上来。

四人面面相觑了会,桌上一人看到甘木坐在那里左顾右盼,他疑问道:"甘兄在看些什么?是这里有何奇怪之处么?"

甘木听到回过神来,什么都没说只是怯笑着摇头,十足一副鼠目寸光的小人物样。

几人又尴尬坐了会,算算时间对面阐辟楼也快开始讲学了。高阳起身引甘木道:"甘兄,时间也快了,咱们移坐阐辟楼吧,到里面后我再介绍些师兄与你认识。"

甘木听闻赶忙答应,而后便畏缩地走在高阳三人身后,往街对面的阐

第十一章 —— 拔雾

辟楼去了。

阐辟楼。

进入阐辟楼后,可以看出高阳在这里的地位很高,每个人见到他都是拜礼问好。应付了一会后,高阳带着甘木来到阐辟楼用于讲学的院中,尽管此时院中非常拥挤,但高阳还是把甘木安排在一个靠前的席位,并自己也坐到他身边。

只屁股还没坐热时,甘木那副没见过世面的样子便显露无遗了。

他坐在那显得局促不安,偶有人与他说话,他也只是笑应着再多一句话也没有。再坐一会,渐渐便没人搭理甘木了,等到高阳与人寒暄问候一阵后再回看甘木时,甘木竟已抱膝睡去。

甘木不知睡了多久,忽然被人晃醒,他抬起头正懵时,高阳扯了他一把小声道:"快俯首,仙圣要入座了。"

甘木听闻赶忙把头深埋,猛然一下连头上配冠都甩得有些发歪。

而后,这间挤满人的大院渐渐安静下来,当鸟落枝头轻鸣之声都听得真切时,院中刮起了沁人心脾的和煦南风。

正当满院人都沉浸在这种静谧愉悦的惬意时,一道温和慈爱的苍老声音在各人耳间响起。

"学生们坐稳吧,老朽不值你们如此恭敬。"

待众论阁学生抬起头时,只见院中席台之上坐着一位白衣白须白发的老者。

再细细看去,老者的眼睛微垂,但眼中流露的光却丝毫不浑浊。老者的身形枯朽,但他的仪态却好似融入了这亘古不变的天地之中,便是连呼吸间都透着通透自然之意。

无疑,这位老者便是彭泽子,彭泽子真如仙圣一般。

彭泽子缓缓抬起头,对着天空长吁一阵后,他抬手搂开被风轻浮的须发,苍老悠长的声音响起道:"惭愧了,老朽无甚高深法门传授与诸位学生,更无力使汝等皆得开悟。思来想去,老朽今日能做的,不过解惑而已。"

说着,彭泽子用垂爱的目光将座下论阁学子环视一圈。令人称奇的是,院中每一个人都感到仙圣正在与自己对视,各人的心底都仿佛被仙圣看破一般。

但有一人例外,便是甘木,因此刻的甘木没有抬头,他仍然匍匐在地瑟瑟发抖。

风起。

"说到惑字,老朽以为是人之新生。便如天地造人是第一生,人洞悉心中之惑便是第二生,而当困惑不再时,便是如同老朽一般了。人这第一生都是麻木不知己身之惑的,当人面对茫茫世间问出为何,并百思不得其解时,人便开始走向第二生。这时,有人会辛苦读书求师问道,人心中的诸多疑惑渐渐明了了。如此长久后,当解开无数惑事后,人终于看清了心底那唯一不可解之惑,这便是真正到了第二生。"

彭泽子的话使院中的绝大多数人扪心自问,有人摸到了一丝领悟,有人却仍在此惑与彼惑之间纠结。

"若人活不过这第二生,便永世无法触碰名为真伪的玄妙。若人在真伪之门外不得内窥,纵使老朽稍有些微末见识,却对汝等学生无半点益处。但老朽并非全能,没有让院中所有人窥见真伪之门的本事。思来想去,老朽想到一个渡人精进的办法,便由你们向老朽问出心中之惑,老朽再以真伪之门内的玄妙解惑。问题无所不禁,天上日月地上五谷皆是可问。你们仔细体会老朽解惑时的意味,细品其中之缘由脉络。"

说罢,彭泽子闭上了眼睛不再言语,看样子是在等待论阁学子向他发问。

只是过了许久,院中仍是很安静,不过彭泽子仍是闭着眼睛坐在那里,没有催促也没有开导。

又过了会后,终于有一人起身打破了满院沉寂,高阳向彭泽子行礼问道:"扰烦仙圣,学生有诸多惑事,但大多都有可寻解之径。可唯有一惑,学生连解答的丝微灵触都感受不到。"

彭泽子仍旧闭着眼,高阳再施一礼后继续问道:"学生五岁开始认字明理,二十余年过去,至今仍在求学,但学生这一惑却是越学越惑。我等

第十一章 —— 拔雾

求学之人,自小学的都是圣贤所悟之人理。但越是深入学问之中,越能发觉圣贤人理之渺小。只因久学之人皆能感知到,在人理之外,还有着更为辽阔的天地之理。天地之理可观却不可测,常恒却又未知,亦真亦假无从琢磨。天地之道,借古圣贤所言,乃是造化世间却不偏仁万物之道。即如此,那我等毕生所学之人理,便等同于被归于天地之理中的小理,是规中小理便不再是真理。"

说着,高阳摇头叹了口气才问道:"故此,学生想问的是,何为真理?真理是否存于天地之理中,抑或说天地之理便为真理?"

彭泽子听后点点头,一直等到树枝上鸟鸣三声飞回天际后,彭泽子才睁开双眼看向高阳。

"汝想求真,便要去问何为真,这与人理、天地本不相干。天地间星辰交替被你看在眼中,若当你闭上眼时,天地间是否就不再星辰交替?那到底是天地间的星辰交替为真,抑或是你或睁或闭的双眼为真?你无法测定天地,所以难说天地间的星辰交替是真。可若按此理,你亦无法确认睁眼时所见之物为真。"

高阳听后表情更加困惑,他苦笑道:"虽是求真,可如此解的话,这世间一切便是不真不伪了。学生愚笨,倒是越发困顿了。"

彭泽子对高阳微笑,仙圣的笑让高阳心中恍惚,他顿时体会到了一种比父母亲情更为升华的怜爱之情。

"学生啊,你已得幸摸到真伪之门,我便从门内助你一程。你且去想,这世上何为真?何为伪?真伪从何而来?存于真伪中的真伪二字还有何意义?是心为真,物为伪?还是物为真,心为伪?最后一个问题是,真伪有意义么?若你能在二十年内想清这些,真伪之门便再困不住你了。"

彭泽子讲完,高阳杵在原地好久,而后他对着席台之上的彭泽子深俯一拜。再抬起头时,脸色虽仍不见释然,但之前的那股迷惑意味却再也不见了。

在高阳开了一个好头后,院中论阁弟子也渐渐不再拘束了,陆续开始三三两两举手问询彭泽子心中疑惑。

只是继高阳之后论阁学子问出的疑惑,层次上便再没有高于高阳的了,再二再三之后甚至已开始有人询问"世俗"问题。

"敢问仙圣,如何才能万世富贵绵延?"有刚入论阁不过半年的学子问道。

"先取四季不谢之花。"彭泽子闭眼念道。

"学生拜过仙圣,学生身边有一处处与学生做对之人。但凡学生行事,此人必在其中妨碍,敢问仙圣,学生该如何对待此人?"一年轻学子怒目厉声问道。

"意之所欲,体之所载。汝之念出于意,汝之行规于体,意体相配,诸事可为(借改自王阳明心学理论经典《传习录》)。"如沉睡一般的彭泽子蓦然道。

"敢问仙圣,学生所惑是一情字,有一情愫乃学生毕生所欲、所虑、所忧。但此情,最终却不可得,学生已是意气丧去大半,往后余生不知该如何自处。"

"问情不得,便问己意,己意不查,情亦不正(借改自王阳明心学理论经典《传习录》)。"彭泽子摇头道。

再往后的问题便更加似是而非了,别说是学问上的问题,便是世俗欲望都没人问了。但也是因为这些问题出现,可以看出长沙城的并不十分戒严。便如今天,这场本应只有论阁中人能参与的传道,似乎多了些弄不清来路的人。

"学生见过仙圣,仙圣既已至不惑之境,那想必这天下便再没有仙圣不明之事了。即使如此,那学生便有疑问了,敢问仙圣是否知道,这世上何事为仙圣不明之事?"

当方正脸的高壮男人问完后,满院论阁学子对他侧目相视。各个嘀咕,这算是什么问题?可知是否未知?问出这种似是而非的问题此人怕不是来搅局的?

但彭泽子听后却不在意,他的双眼仍旧紧闭,口中不假思索回答道:"此惑非彼惑,彼之惑,老朽不查不知事众多。如何烹煮佳肴,我不知,如何耕耘田亩,我亦不知。但这诸多老朽不知之事,对老朽而言却谈不上是玄机。佳肴有其五味,五味因人而异,田亩有其生衍,生衍凭天时而定,便如此道理,老朽可回你的问题。你问老朽可知自己未知之事?老朽可答,不知却又知晓。"

第十一章 —— 拔雾

彭泽子话毕，不等院中论阁学子称赞，方正脸男子便道："学生得教了，还另一事，学生望先生阐明。"

说着，方正脸男子不待彭泽子答应，作了一礼直接开口问道："学生想问，仙圣自称无高深玄妙法门，却在世间留下种种传说。更有如老娘教者，甚把仙圣视作与祖巫一般的至尊。在长沙城，虽说老娘教与论阁关系融洽，但老娘教与论阁境界上谁高谁低轻易可见，就是这两个有如高山与泥泽般差别的组织，仙圣却是这两者共同的源祖。在下敢问仙圣，若仙圣并非玄妙之人，那老娘教算是什么？惑弄人心之邪教？若仙圣确实是玄妙之人，那仙圣与论阁弟子讲这些人理作甚？便施展神通证明玄妙后，为我等指出大道所向便好。"

方正脸男子问完后满院安静，他说的这些问题，论阁弟子不是没人想过。

尤其是在这半年论阁急速扩张后，那些新入论阁的弟子更是疑惑，疯疯癫癫的老娘教到底与论阁是什么关系？因由缘何，到底是怎么个论法？

在满院的沉寂之中，彭泽子缓缓开口了，他的声音是那么的空冥悠远。

"雨从天降，雨却不是天之意。便如人信步于坦途之上，一爬蚁在人履下被碾，人却无意毁其身躯。此，亦如老朽之来历、生平、行事。不惑便无惑，无惑便无缘，老朽不自比天地，却宛如天地运行之道，只凭来与往，无念且无意。"

说着彭泽子抬起一只手悬在身前，而后便是一个眨眼的瞬间，在满院人众目睽睽之下，他苍枯的手上竟然凭空生起了一团火！

"老娘教也好，论阁也罢，便如同这火。火，究竟是因燃烧而生，还是有了火才能燃烧万物？火是因，还是果？"

彭泽子说完抖了下手，熊熊烈火瞬间消失。

而后彭泽子睁开双眼，他的眼永远在注视着每一个人，但又仿佛是在透过每一个人的躯壳，看到了更远的地方。

"老娘教与论阁都在我这一团火的因果之中，而这团火却只是我无意念之间的随手燃起。我之火，便如天地之雨，论其因始并无意义。因于人来讲,天地本身便没有意义。"

彭泽子话落的一瞬间,方正脸男子竟一个趔趄,生生往后退了几步才得站稳。

众人再看向这方正脸男子时,这男子竟手持一把三寸短刃扎在自己股间。

还不等满场论阁弟子反应过来这男子手中短刃,与满地鲜血的关系时,方正脸男子站直身子对远处席台上的彭泽子大喝道:"妖孽方士,以遮眼蛊术迷惑人心,使谶纬之论搅乱天下,该杀!"

说罢,方正脸男子把股间短刃拔出,甩干血渍后指向彭泽子大喝道:"为国除贼!"

便在这一声叫喊后,院中陆续跳出几条壮硕汉子,拔剑直向彭泽子而去。

满院的论阁弟子在短暂的惊异之后也反应过来了,只不过虽是反应过来,但每个人的表现却大不一样。有人反应过来后不顾自身安危紧紧拽住身边的刺客,但却有更多人或是躲藏或是四处逃窜。

场面混乱了一会后,这些刺客虽然武艺高强,但到底院中论阁子弟人更多,有几名刺客在刺伤一两人后便被群起而攻之制住。但也因为好多人逃散走了,院子显得更开阔了,剩下没被制住的刺客反而行动起来更自如了。

刺客们前面有人拦阻都抽刀伤人,若是拦阻的人多他们便闪身脱开另寻进路,渐渐这些刺客离彭泽子是越来越近。眼见情形危急,坐在前列的高阳一咬牙,纵使他对拳脚功夫一窍不通,但还是毅然起身向彭泽子跑去,想把刚刚指点自己的仙圣护在身后。

但没迈出两步,高阳便跑不动了,他扭头向膝下望去,甘木竟趴在地上死死地拽着他的腿瑟瑟发抖。高阳见状又急又恼,不假思索间,口中也失了早前对甘木的礼貌。

"快放开!甘兄你怎如此怯懦!你快放开!"

"高兄救我!高兄救我啊!他们杀完二公子又跑来杀我啦!"甘木把头埋在高阳腿间哭喊道。

高阳见状,情急之下竟伸出另一只脚踢向甘木。

"你快放开！他们与你不相干，他们是来刺杀仙圣的！"

便在这时，有三名刺客已只距彭泽子一步，几名挡在彭泽子身前的论阁弟子皆被捅伤在地，高阳见状又急又惧。急的是彭泽子面前已再无阻挡，眼见刺客下一次刀落便是彭泽子身首异处之时，惧的却是若刚刚不是甘木拽住自己，恐怕自己此时也倒在血泊之中了。

只在高阳心念瞬转之间，他看清了席台之上的彭泽子。

面对来势汹汹的刺客，彭泽子仍闭着眼，神情与刚刚讲学时一般安之若素。便在刀芒落至彭泽子眼前时，彭泽子动了，他睁开双眼看向刺客，口中轻轻叹了一口气。

彭泽子的这声叹息，竟被站在远处的高阳听得真切，那是一声不惋惜、不怜悯、不愤愤、不无奈的叹息。仿佛吹在山麓间的风，只是天地间自然而然的一声动容。

紧接着，高阳看到刺客手中的刀芒停了下来。在之后，彭泽子的周身生起了一阵飘袅的烟，烟不浊，很香。

便在下一个眨眼之间，彭泽子消失了，烟也随风散了。

等高阳回过神时，院中多了很多持刀提剑的侍卫，从系在臂间的白绳能看出这些人来自老娘教，刚刚院中的刺客便是被他们制住的。

再看刺客们，除了死的，大多都在行刺失败后自尽了，剩下两个被捆起来的，看伤的样子应也是活不过今晚了。

阐辟楼中的后续事自然有人解决处理，高阳把蜷缩在地上的甘木搀起，只见甘木满脸鼻涕眼泪，双腿仍在不停打颤。

高阳本想安慰甘木几句，但在此情景下他也不知该说些什么好，只得替甘木揉背道："哎，甘兄受惊！"

甘木抬起头看到高阳后又是哇的一声哭了出来，边哭边喊道："我家二公子便是死在这帮人手里的！什么落船！就是他们杀的！我说我不来长沙，非让我来！家里都死一个了，非得再搭进一个么？"

甘木看似抱怨的哭诉，已冷静下来的高阳却听出了些更深的意味。

"甘兄，依你看这刺客是？"

不等高阳问完，甘木哭喊道："他们都是北人！一张方脸又高又大，都杀了好些人啦！下一个就要杀我啦！"

高阳见状连忙稳住甘木,语气安慰道:"甘兄莫慌,这次是个意外,在长沙没人能动甘兄。"

甘木听后却甩开高阳道:"我哪也不去,送我回扬州,我不待了!"

"送甘兄回扬州也可,但这路途上嘛,只怕是……"

高阳的危言耸听果然奏效,甘木一听便没了动静,只愣在那里呆若木鸡地看着高阳。高阳笑道:"走吧,我先送甘兄回驿馆,晚些再去找甘兄替你压惊洗尘。"

甘木懵怔地点点头,而后便任由高阳牵着他的手离开了阐辟楼。

傍晚。

晚些,在长沙最豪华的湘霂驿馆中,一间有景有水的三房独院内,白某蹲在假山石景旁说话。

"刚才幸亏你没补一箭,不然就麻烦了。"

立在假山上的鸟听后道:"哎,刚就算你打出招呼我也放不稳那箭。当暗哨警觉惯了,心思都敏感些,稍有些异感心就慌乱。刚那老妖物不知什么底细,一说话我心就颤颤巍巍的,颠得我很不舒服。"

白某点头道:"嗯,我也是被他分了神才忘了打招呼的。不过今天看来,这老妖物是有防范的,且不论那阵烟是怎么回事,单说后来的那些老娘教也来得太快了。看来得重新想办法弄这老妖物了,先把他没防范地引出来,而后在他张口说话前弄死他。"

山石没有回话。

沉默了会后,白某对石头下的青苔问道:"那些刺客什么来路?"

青苔回道:"确实是北边来的,却不知是谁派的。"

"也好,多了这么一出咱们便更干净了几分。借着这层乱子多在长沙待一段,弄老妖物之前清清长沙城中的'贵人'也好。"

说罢白某没再等青苔回话,他站起身向院外走去,挺拔的身姿一步一拐。

站在院门处,白某喷了一声,皱眉念叨了句:"北边?江北,还是河北?"

第十一章 —— 拔雾

再等到院门推开后,院内之人的身形举止神态竟已是换了个人。

京畿,洛京城内。五月初六,下午。

何府内的庭院中,何皓坐在鱼池旁的石凳上晒着太阳。已是夏季的天气,但何皓却穿得有些厚,除了内衬外袍外,脖颈上还围着一条丝巾。此时的何皓显得有些百无聊赖,他手中攥着一把鱼饵,一粒远一粒近地向鱼池中扔去。如此玩了会后他便没了兴致,只攥着鱼饵在石凳上昏昏欲睡。

便在这时,院外的脚步声越来越近,何皓撑起精神向脚步声望去,只见自己大哥何明手里拿着一个盒子走进了庭院。

何皓见何明一身朝服未褪,猜应是大哥刚从恒旦宫中归家,还没来得及更衣便来寻自己了。何皓瞥见了何明手中的盒子,他面色瞬间变得欣喜,起身把手中鱼饵一把扔到鱼池中向何明迎去。

"哥,拿到了?"

何明的面色却不似弟弟这般喜悦。他点点头,手中纠结了下才把东西给了何皓。

"东西是拿到了,但……你这身子,不然在诏命正式下来前还是推了吧。"

何皓听后没理会自己兄长,他一刻不待将盒子打开,盒中之物乃是一块虎型赤金。何皓紧握这块金虎的手微微颤抖,他声音同样打颤地感伤道:"若是当初镇北侯有这金虎,又怎会落到那副下场?"

何明见状眉毛微皱,沉默了会后对何皓道:"这金虎虽说可让你无拘行令,越过虎符调遣各路行运补给,不报而斩各级官吏。但,持金虎者除天子谕外不遵外令,这只是一个说法,终究仅是个象征罢了。有些人有些事,不是靠这金虎来办的。还有,这金虎因何能放在你手里,这里面的事你要想清些,可不要因拿了这金虎,便失了度量。"

何皓听后点点头笑道:"哥,我懂的。这金虎乃是天子在无人可用的局面下才被迫放出的,在洛京城中还有用来拴着我的大哥与将要到来的三弟,甚至可以说,现在咱们何家满门都被绑在这块金虎上了。但想平国难,却非得这块金虎不可,如今这局势之中已掺了太多杂乱东西,便是凭曾经镇北侯之能都被其拽入泥潭。现在有了这块金虎,弟弟便能心无旁骛地去干了,任谁如何在其中搅弄都再不能撼动我丝毫行事。"

"二弟啊,你还是不懂。二弟,你是聪明人,为兄只再劝说一句,你好好思量下。金虎若是滥用起来,定然是不好收手,荆北那里各种关系错综复杂,千万莫因义气坏了未来的前程,这金虎在用时千万三思啊。"

听完大哥苦口婆心的稳健意见,何皓只是微笑一声轻声感慨道:"哎,前面还有路走才好想前程。路都快没了,再论前程还有何意义?"

何明听出了何皓的意思,他刚要开口再教育弟弟几句,但何皓已把头扭过去。

与三弟何朗不同,何皓幼时何明还并未出仕,可以说,何皓是何明看着从小长大的,所以自己这个二弟的性情他是最了解。

自己这个二弟,幼时便不顾家中规劝,十余岁便只身游历世间,二十岁时更是推掉了家族推举的仕途,独自牵着两匹马跑到河套以西。因此何明知道,就算自己此时劝阻弟弟,怕也是没用了。

话欲开口又咽回腹中,顿了会何明把话题调开问道:"右虎符明日或后日便能交到你手中,点哪支兵想好了么?"

"想好了,以豫北兵与陈留郡十二营为主,再遣益州东路关隘守军为协军。我算过了,大约战兵三万七千人,再加上荆北前线李家兄弟的军势,共可号十万大军。"何皓信心满满地答道。

"豫北与兖州的营兵可中用?这都是经年未战之兵了。还有这益州之兵,是不是远了些?好差遣调度么?"何明担忧地道。

何皓听后得意一摆手:"大哥,想平荆北之乱,靠的不是勇猛,便是勇猛如镇北侯,最后也得一悲惨下场。再者说,我军荆北前线并不乏猛将,比如李家兄弟的塞西军。比起勇猛,更重要的是如何让这些人调动起来。大哥,我是这么想的……咳咳咳。"

话说到一半,忽然何皓剧烈地咳嗽起来,何明见状赶忙上前把何皓扶到石凳上坐好。

"这么大人了,怎么还一说话就着急。"

过了会,何皓咳嗽停了。何明坐到何皓身边,轻轻抬起自己手,放在何皓紧握金虎那只手上,用一种比起商量更像是试探的语气对何皓道:"算算日子,派到长沙的刺客这会应该也动手了。去的都是河北的好手,领队的又是咱们何家出众的后辈,想来刘可那幕后高人的性命也并不难取。若是这招真的成了,二弟便留在家中好好再休养一番吧。这金虎之事不用多虑,我只说二弟痨病未痊上不了马了。况且这金虎本就是一个象征,仅表陛下信任咱们何家罢了,交还回陛下也并无不妥。"

何皓把掩嘴的手帕塞回怀中,摇头道:"大哥啊,去长沙的表哥回不来了,这行刺之策起初便没想着能成功。"

何明听后皱眉道:"既无可能,那你为何极力促成此事?又为何三弟也是极为支持你?再者说,怎得就不能成功呢?"

何皓叹了一口气答道:"我在荆北前线待了近一年,清楚刘可那边是什么情况,所以我知道这事成不了。三弟也知道,刘可他够聪明,知道我想干什么。"

何明听完刚想说些什么,何皓却没给他机会。

何皓把眼光望向悠长,隐约看到一个模糊的身影后,他缓缓道:"打仗,不光拼的是勇猛、奇谋,最重要的是不犯错。这次刺杀,仅做扰敌之用,目的便是把刘可的幕后之人困在长沙,并让前线的刘可屁股别坐得那么稳。此时看,此举仅是稍稍惊扰敌军一番,但放长远后,这不惊波澜的一颗石子未必就不能掀起一阵浪。只要他们记住这次刺杀,以后便再也忘不掉了,行动时忘不掉,决断时忘不掉,只要忘不掉,便总有出错的那天。"

何明听后又是重重的一声叹息。

"可你的身子,这才刚好些,怎么就不能等到来日方长时呢?"

何皓听后苦笑道:"大哥,不是弟弟自负,此时朝中,除了弟弟再没人能平荆北之乱了,因为那里根本就不是在打仗,而是一帮人在那进行无休止的算计。真等到那大哥所说的来日方长时,大汉的粮、大汉的兵、大汉的百姓,还能打得起几仗啊?"

何明听后不再说话,只是摇头叹气不止。

何皓幽幽地望着鱼池沉默着,一条条肥鱼挤在一起,已是被撑得难以游动了,却仍都张着嘴想从水面上再多滤些吃食入口。鱼可以不想若今日把食吃光,明日又何以为继,因为人会每日给他撒饵。人能想到这个道理,却也如鱼一般想把眼前的一切都揽进怀中。但人与鱼到底还是不同,因为没什么东西会日日给人撒饵喂食。

"哥。"何皓忽然唤道。

何明看向弟弟,何皓笑道:"哥,你在洛京城中还得小心。有些事,太险了。"

何明点点头,顺着何皓的目光看向鱼池。

"嗯,我知道。我同你一样,也吃过亏。"

五月十五。

李退帅帐的隔间内坐着一个女人,这女人很美,但细看下有些怪异。因为她身材虽曼妙,但却比一般女子稍有些高,手脚也稍稍大些。但这些所有异处放在这女人身上后,便都不足为奇了,因为这女人还有着更奇特的地方,让人轻轻一瞥便再难移目,这女人有着一双异色双瞳。

女人一边吃着桌上的干果,一边打量着背对着她读信的李退。过了会,李退把信塞好叹了口气道:"哎,好歹也曾与我一同征战沙场,于心不忍啊。"

听到李退的话,碧眼儿仍旧平静吃着桌上的西域干果。说着,李退又是叹了口气感叹道:"看来,不论是心狠还是驭人,我都是比不过游大人的。碧眼儿啊,游大人到底对你用的什么法子?你多聪明的一个人,竟用命来给他送信?"

听李退的话说得越来越奇怪,碧眼儿剥干果的手停下了,她疑惑地看向李退,不知李退到底在说什么。

对着碧眼儿疑惑的脸盯了会,李退忽然换上一副恍然大悟的表情,然后便摇头笑了起来。李退的笑声很清脆很悦耳,听起来像是无奈的苦笑,但在碧眼儿的耳中却听到了十足的嘲弄。

李退收起笑，他看着碧眼儿，于是两个美丽的人四目相对。

渐渐的，其中一张美丽的面孔开始变得惊讶与恐惧。碧眼儿看到了李退手中的信，那是她带给李退的，是她几经周折帮游琳带给李退的。

这封满含着碧眼儿心中希望与寄意的信，此刻在碧眼儿眼中却如同白纸一般，因为这封信上所写的，不是什么名单更不是什么计划。

这封所谓的信，就只单单是一张干净的白麻。

"我曾与游大人有个约定，游大人说，当时机到时他会告知我，到时我便只管动手。这封信来前我还一直好奇，游大人打算怎么告知我，但我是真没想到，游大人会这么告知我。"

"什么约定？这就是一张空白的麻纸？怎么什么都没有啊？"

碧眼儿的声音渐渐慌乱，她的话不知是问向李退还是问向自己。

李退摇摇头，随手把那张白纸扔在地上道："游大人用来告知我的并不是这张白纸，而是你，西纱月的管事碧眼儿，老娘教的翼宿巡山。"

"怎……怎么，什么，怎么了这是？"

看着碧眼儿惊慌失措的面容，李退继续道："从游大人把你送到西沙月时，我就知道你的来历了。不光是你，王唤、韩奎他们是什么来历游大人也早告诉我了。若肚子里没点情报压着心，我又怎会唯游大人马首是瞻地做事？"

碧眼儿听后浑身都僵住了，她想站起来，但双腿却怎么都不能挪动半分。

她看着被李退扔到地上的那张白纸，脸上表情渐渐消失，只剩下两道晶莹的泪流挂在她麻木的脸庞上。

李退见状摇头叹了口气，他重新把地上的白纸捡起，而后轻轻把白纸放在碧眼儿手中道："这里的事，以你的聪明，应该能想明白吧？"

碧眼儿听后没有任何反应，只有泪水不休地从眼眶流出。李退蹲在碧眼儿膝下惋惜地道："哎，你若是个男人，游大人是不好瞒你的，可你却变成了个女人。女人啊女人，多聪明的女人也是女人，到底是比男人多了一分笃信。"

说着，李退又笑了，他轻拍了拍碧眼儿的膝盖站起身继续道："可碧眼儿啊，游大人却是个真男人，无论你是男是女，他从来都无所谓。就算你途中打开锦囊又如何？不过是一张白纸而已，让你带一张白纸而来，便说明在游大人的算计中，你从来都不是一个女人啊。"

李退说完后望向碧眼儿，碧眼儿的表情仿佛从刚刚就已经凝固了，泪水干了便如同一尊石人。李退摇摇头，没再说什么掀开帐帘走出大帐。

喊了一声西戎语，一个手下屈身在李退面前，李退用西戎语说道："把人都绑了吧，首级送到京畿游大人府上。"

手下应了声刚要离去，李退又叫住他继续道："去我哥那里时，从他帐中挑一个好看的女子，把脸弄花，首级放到送给游大人的那堆人头中。"

手下听后有些犹豫，李退不悦道："和我哥说是正事，我让的，他听。"

李退说完，手下这才点点头走了。

手下的背影远去后，李退却没转身回到帐中，他站在原地神情有些怪，像是在想什么又像是在发愣。

时久，李退轻叹了口气，这声叹息与他平时的笑容相比显得那么真实。

"女人啊。"李退轻声感叹道。

五月二十五。

长沙城北，翻新了一座三重围院十五间房的大宅。

大宅的主人很神秘，宅院的主人从置地、翻新、摆设、筑景一直到完工从来没有出现过，而替宅院主人操办这些事的，却都是长沙城中有头有脸的人。

宅院中，甘木领着高阳几人观摩新宅。走了一圈后，高阳随行的几人均是感叹着这间宅院的豪华。听到众人的奉承，宅院的主人甘木很是受用，他把众人领到一处流水望山的小阁中，便在这雅处传来酒菜款待宾客。

甘木提第一轮酒，祝词感谢宾客莅临他的乔迁之宴，然后他又提了第二轮酒，谢席上几人帮他操持筑宅之事。

两轮酒后有人奇怪问道："甘兄，这便是你乔迁新宅的酒宴？怎么就咱几个人?"

甘木听后不好意思地笑笑,什么都没言语只自己倒了杯酒,然后向那人一拱礼仰头喝下算是答话了。

高阳看出了甘木的窘态,于是他开口替甘木对那人道:"甘兄的为人喜清净,设宴只请咱们,是说明甘兄当我等为知己至交。友人贵在珍重,不在多少,甘兄不请那些不相干的人,这也说明甘兄恬淡。"

既然高阳开口了,那桌上来自论阁的众人便不好乱讲话了。

眼见桌上的气氛冷了下来,甘木的脸上又尴尬起来,他合计了会才有些为难地对众人道出了真相。

"哎,其实啊,我不开门摆宴是因为害怕。说这话可能诸位好友不爱听,这长沙城着实有些危险。前段日子,连老仙圣都有人敢刺杀,那近期死的这几人估计也不是好死的。我是真害怕,所以才从驿馆搬出,置办一座新宅子藏在里面。反正都是要在长沙久住的,这钱花也就花了,也不是什么大钱,总比哪天莫名其妙送了命好。几位都是我在长沙最信任的人,除几位外我是谁也信不过,万一我开门摆宴,茫茫多来客中混进歹人怎么办?"

甘木说完众人都是由衷点头,的确,最近的荆南确实不安全。

且不说长沙城外的几处仓库、驿站被毁,单是长沙城中,这个月就死了两个人。

不过,虽然众人听完甘木的解释都理解了甘木,但也同样让酒桌上的气氛又冷了几分。

众人面面相觑了会,桌上一人咳了声对甘木坏笑道:"甘兄,我看你置办新宅不单单是因为害怕吧?"

甘木好奇看向那人,那人先给甘木斟了一杯酒,然后又自己满上一杯道:"甘兄啊,我先饮此杯。待会我说完,若是我说得错,这杯便算罚我的。若我说得占些道理,甘兄也不必解释什么,且陪我喝了这杯如何?"

甘木点点头,那人对桌上众人坏笑着环视一圈道:"方才甘兄带我等观游新宅时我便注意到了,这宅中的莺燕可不少啊。哎,也怪我听力见长,这院中虽瞥不见绮霞艳丽,但轻柔细语之声却是再怎么也藏不住的。"

甘木听后一愣,随即脸便涨红起来,他刚想开口解释,但那说话人却一抬手制止了他。这位论阁子弟满脸得意接着道:"况且甘兄,别的不论,就是你这宅中的丫鬟女仆,我看来也比外面彩楼中的穿堂女子生得还俏些。就连衣裳,也是颜色艳了些,料子薄了些。"

"这,这不是⋯⋯"

还不等甘木解释,那人又一次抬手打断了甘木的话。

"早听闻甘兄之妻是义博侯长女,这侯门家的女子都是娇生惯养的,想必平日里不少给甘兄气受。况且我还听闻,甘兄之妻大甘兄十岁,且不论这义博侯家的女儿长相如何,但这岁数怕也是让甘兄房中无趣吧?这么想来,也怨不得甘兄在长沙另起一'房'啊。"

在满桌大笑中甘木的脸越来越红,他把头低下默默把面前的酒喝干。

这时,没有笑的高阳咳嗽一声,桌上人才反应过来玩笑是有些开过了。无论甘木怎样,他好色也好窝囊也罢,可他的背后却是长沙此时最需要拉拢的义博侯府。

见状,刚才开甘木玩笑的那人把脸板了板,换了一副表情对甘木歉意道:"甘兄,你看我这人,两杯酒下肚玩笑就不知深浅了。我自罚三杯,干脆喝躺下让他闭上嘴最好。"

说罢那人连饮了三杯酒,从面色来看,这三杯酒真很让他为难。甘木见状赶忙摆手,跟着提了一杯酒后无奈感慨道:"玩笑而已,不打紧。不过我这家中确实⋯⋯哎。"

说完,甘木便开始连斟连饮起来,接着,众人眼见着甘木喝干了一小泥瓮酒。或许是借到了酒胆,不需人劝甘木便把话打开了。

"哎,我在义博侯府啊,真是不好活啊。大妻厉害,处处压我一头,谢家族中同辈更是欺我,就连那些子侄辈也从未给我一句尊称。就说这来长沙吧,外人看着都是件好差事,像是族中器重我,可实则不然。"

说着,甘木摇头叹了口气继续道:"诸位都待我不薄,我也不瞒诸位。我虽不那么聪明,但我也不真傻。我家二公子的死,义博侯府里都认为这是京畿对谢家的警告。那事之后,义博侯府便不太愿意掺和到天子的家事中了。但到底长沙离扬州近些,扬州与论阁的关系一直以来也不错,所以义博侯府也不想得罪长沙这边。可这个节骨眼上,没人愿意到长沙这纷乱之地。最后他们选来选去,终于选到了我这个不是人、也不姓谢的东西身上。"

甘木的声音渐渐颤抖,眼圈越来越红。

"我死了活了的,对他们都无大所谓。长沙王胜了,姓谢的得意,义博侯府还是义博侯府。长沙王败了,我姓甘的死,义博侯府也还是义博侯府。我啊,算个什么东西啊?"

说到这里甘木终于哭了出来,他的声音越来越激动,扯着嗓子咒斥道:"最恨的就是我那大妻,她怕是有了新人了,知道我要涉险她连句拦着的话都没有。还有谢念,现在是把家主的位置坐稳了,当初他狼狈逃到章安时,还不是我跟在他后面帮他维持着?要不是我家,他早在章安时就死在瘟疫上了!我也是汉人,不过是逃荒到章安,怎么就一口一个蛮子地称呼我!我还得入赘!儿子都得姓谢!什么义博侯府,天下最无情无义的就是他们谢家!"

听着甘木的狂吠,满桌人瞠目结舌,就连高阳都睁大双眼惊讶地看着甘木。

可能叫骂累了把酒气泄出来了,气喘吁吁的甘木脸上的表情忽然变成了懵愣。过了会,等到他反应过来自己说了什么话后,他脸上的懵愣变成了恐惧,甘木的脸越来越白,双眼在空中飘忽不定。

在双手颤颤巍巍地捧起一杯酒抖进腹中后,甘木气音微弱地颤道:"我刚喝急了,都是些胡说八道,诸位能不能忘了?"

同席人听后愣了片刻,彼此对望一番后都拱手应下了甘木。

但不管旁人忘与不忘,高阳却把甘木的酒后狂言全部记在心间了。

他想着,想着,似乎一条路通了。

同晚夜间。

毗邻着长沙城的河流上,一叶小舟收了帆在随波逐流。

小舟上,彭泽子端坐在船首凝望着月光,桓谭坐在他身后焚着一盏香炉,高阳在船尾亲自摇弄舵桨。

"仙师,我想过了,游琳的信无论真假,这仗都要打。江北王唤等人这个月的传信没到,想来是人没了。江北这些人是游琳出卖的也好,或是他们自己查出的也罢,总之江北已经开始活动了。此时,似乎没有选择的余地了,无论先取扬州还是休养生息都是没办法的。我计算了下,最迟九月秋收之前,江汉平原上便会再开一场大战。"

桓谭说完后,彭泽子没有说话。

桓谭拿起摇扇把香炉中的炭吹旺些接着道:"长沙城这里也有些乱了,这个月论阁死了两个人,长沙城应是有人混进来了,但老娘教的人太杂,混进来的人不好查。老娘教本身也有些麻烦,咱们放在里面牵绳的巡山没剩几个了,老娘教扩张得又太快,贴补他们多少有些吃力。而且老娘很久没显圣了,教众的心怕是有些慌了。还有论阁与老娘教之间的矛盾也快藏不住了,毕竟不是一路子的东西,强撑不久的。"

彭泽子仍旧沉默着,仿佛天上的月光比人间的天下更令人神往。

小舟上沉默了会,桓谭对船尾的高阳问道:"高阳,那个甘木怎么样?"

高阳很聪明,只是一句"怎么样",他便知道桓谭是在问什么。

"回师伯,很好。甘木清楚了,甚至又更深挖到一些东西。扬州的事,就算义博侯府难办,但甘木却是好办。"

桓谭听后眉毛一抖:"取而代之?"

高阳对着漆黑的水面摇头:"不急,取而代之太久,先照计划游说便好。但,慢慢扶持却不失为远虑之策。"

桓谭点点头,而后又把目光放到了彭泽子的背影上。

小舟与江面都很安静,入夜蝉歇了,鸟也不鸣了,便是连蚊虫的嗡鸣声也听不见了。

风起,彭泽子的声音便藏在南风中:"老娘,我去见。那根旺火的甘美良木,带他见我。"

六月初一,夜。

尽管繁杂的挂印仪式耗了不少时间,但这一日入夜时,何皓的前军还是驻扎到了汝梁。

何皓营帐安扎在霍阳山北的山脚下,明日过了霍阳山便到了豫州,在豫州何皓会在颍川编训已集结完毕的大军。而后大军入境荆州,中军驻至襄樊,前军停驻宜城,一应布置如同白济曾经的分毫不差。

夜里,一阵阵咳嗽声从何皓简易搭起的大帐中传出,何皓还没睡,因为他总觉得军中主簿们计算的军资运送得太慢了,所以何皓白日行军,晚间还要在帐中复算优化。

但夜里的艰辛,却不是何皓独自一人苦熬,京畿名医钟老把刚熬好的药端到何皓桌旁,而后满脸不悦道:"恁这娃儿这么熬,早晚撑不住。年轻轻咳得像个老头,不像样!"

何皓笑笑没说话,捧起汤药喝干后便接着在地图上描画起来。

钟老叹了口气独自溜达到一边,找个地方坐下后,他从怀中摸出酒壶独自喝了起来。没喝两三口,显然老头的气仍是不顺,他扭头又对何皓没好气道:"恁别再给自己熬死了,我这一辈子只随医过三个人,前两个全没了,恁再死了,老头我一辈子的名声就毁了。"

何皓听后没说什么只是无奈摇摇头,目光仍留在地图上。钟老又闷了几口酒,今日他显然已经过了每日饮酒的定量。

"前两个吧,没也就没了,算不上是我医死的。恁就不一样了,恁要是咳死了,钟家以后还怎么行医?"

听着钟老的喋喋不休,何皓终于把目光从地图上移开,他把描笔放好拉扯着身子道:"行,睡觉。"

听到何皓的话,钟老这才一脸满意地把酒袋拧好,看来今日他又磨成了。

"报!"

正在这时,帐外忽然来了报令。何皓应了声把人传唤进来,而后一个身材消瘦的亲兵在钟老的怒视下走了进来。

"报将军,发现一物。"

说着亲兵便呈上一条玉绶给何皓,何皓接过玉绶,瞬间便吃了一惊。

在抬头再望向亲兵时,何皓满脸都是诧异。这玉绶何皓太熟悉了,与这块玉绶成对的他也有一条,不但他有,他长兄何明也有一条。

何明那条为镂月圆玉,他的那条为镶玉金盘,而他手中的这条墨玉弯月,主人正是他弟弟何朗。

不等何皓发问,亲兵便信自开口念道:"明明昭昭,皓日显行,蒙月蔽之(借改自宋玉《九辩》。原文节选:忠昭昭而原原皓日之显行兮,云蒙蒙而蔽之。见兮,然露曀而莫达。)。"

听到这话何皓再度沉默了。

何家三兄弟,取名明、皓、朗三字,天下人都以为明、日、月这三字出自"明明乾坤,皓日昭空,朗月垂夜"。但,尽管这个寓意很大、很美,很符合何家世代公卿、国之栋梁的地位,可这个说法是错的。

明、日、月三字的真正寓意,只有何家家主何义与何家三兄弟知道,便是"明明昭昭,皓日显行,蒙月蔽之",乃是一从古楚国出走至古秦国入仕的名士所著,其真实寓意更不是气宇轩昂之意,而是怨。

不等何皓反应过来,站在一旁的钟老先发觉不对了,他眯着双眼看着这亲兵,越看面色越怪、越看走得越近。

何皓没有注意到钟老的怪异举动,他稳住心神把玉绶放进怀中,沉声问道:"你是何人?玉绶从哪来的?"

"小人是来助将军的,玉绶是将军的弟弟赠予,刚那段暗号也是。"

何皓听后摇头道:"你私潜于军中乃是重罪,若说不清因由,便先领了罚再来助我。"

"将军军纪严明,但小人确实没工夫领完罪再说话,并且小人的来历也不好说清。不如这样,小人把东西放下马上就走。有这玉绶,将军便知小人所带之信不假。至于罚么,将军就当没见过小人吧。"

说罢,亲兵把一包裹东西放在地上后就要转身离开。还不等何皓叫住他,钟老先开了口。

"猴子?"

猴子站住,转身对钟老做了个礼笑道:"扮成这样都能被您老看出,本事还是稀疏了些。"

"恁就是扮成鬼,只要脉络里还留着人血我就认得出。我问恁,恁们那……都还行么?"钟老的声音有些难过,有些别扭。

猴子笑着摇摇头。钟老叹了口气又继续问道:"恁莫唬我,老汉我也不是怂的,嘴严着呢,恁放心说实话。"

而猴子,仍旧是微笑摇头。

第十一章 —— 拔雾 | 713

听到两人的对话,何皓大体猜出猴子的来历了。当初白济的北军南下,因水土不服出现大量疟症,所以才请了钟老在白济帐下行医。

此刻钟老跟在他身边,也是当初他替白济回京畿请援时偶感了寒症,白济让钟老陪他一同回的京畿。之后何皓的寒症越发重了,慢慢变成久疾,钟老便一直留在他身边照料着。

想到这层关系,何皓便知道了,面前这个神秘的瘦子来自北境。

钟老叹了口气,又唏嘘问道:"那小子和妮子呢?小子的小子呢?"

猴子听后看向何皓,沉默了会才回答道:"丫头没了,小子的小子和丫头一起没的。小子,也不再是小子了。"

猴子的话说完,钟老双眼流出一道浑浊的泪。

颤巍地长吁一声后,钟老从怀中又掏出已经拧紧的酒袋,坐在小凳上目光愁悯地喝了起来。

何皓听不懂钟老与猴子的对话,但他已确认了面前这个瘦子的身份,即是辽东来的鬼。如此,再论军纪刑法也没有意义。

"这包裹内是什么?"何皓问道。

"地图,刘可在南郡、长沙、武陵北的各座营寨屯所都有标注。还有押送粮草的路线,行军的驿道也有标出。"

"是谁送的?为何送我?"何皓又道。

但问完后,他随即摇摇头,显然觉得自己这两个问题有些没意思。既然知道送东西的人来自北境,那便是问了,想必这个猴子也不会答。

至于为何送到自己手里,自己弟弟的玉绶都在别人那,那这东西自然便是送到自己手中。

心中想着,何皓再次开口询问,直截了当,没有一句赘言。

"你们还能帮我什么?"

猴子想了会回答道:"若是运气不好的话,将军能得一个略知荆北一带地理风土的哨子。"

"运气好呢?"

"运气好的话,长沙可不谋自乱。"猴子笑着道。

何皓凝视了猴子许久,很多事被他回想起来。

在何皓还没有如现在这般崇敬白济时,白济曾说他与一个人很像,因为那个人与他都很蠢。而关于那个人，何皓记得白济还有另一句评语，便是那个人很损。

想到这里，何皓渐渐看穿了藏在猴子微笑后的虚影。于是何皓也笑了。

七月十四，七月半。

长沙城外的河流旁有一座茅庐，彭泽子坐在庐中凝望着河面上漂浮的河灯。

一辆华丽大车停在茅庐外的小路上，车上下来的锦袍中年人让护卫留在原地，他推开门独自走进了茅庐。

"仙师，果如您所言，江北要开战了。北军军士除了李家的并州兵外，主力全调自兖州豫州，号十万之兵，挂帅者为何家次子何皓。这个何皓不简单，他虽是年轻人，但曾在白济麾下效力，据说与白济也很亲近，说他是白济的弟子也不为过。"

桓谭说完后才发现，仙师的衣裳在这秋夜中有些单薄，他褪下自己的衣袍披在老师身上后才继续开口道："幸亏有仙师深谋远虑，咱们江陵城的粮草早已备足，北军便是八月抢攻江陵城，咱们的用度也是足数的。可还有一事却有些麻烦，江北咱们的手眼几乎一个都不剩了，游师弟那边也仍旧是音信全无，只怕是……"

"察其智，观其行，明其势，知其意。游琳毋须多虑，他心意已不在这里了。"

彭泽子叹气道。桓谭听后也是摇头一叹。

"桓谭啊，你实说一期限，长沙的剩余粮饷还够多久？"彭泽子问道。

桓谭不假思索答道："库存可至今年初冬，但算上八月收割的新粮，用度到明年五月前应是无碍。但……"桓谭在话语的最后留下了一个但，而但之后的话，往往都不是什么好消息。

"但，若江北开战，那战时押运的人力用度便要算进去。还有兵丁劳役也要再征,如此的话今秋的收割期会长些,新粮最快也要十月才能收仓。除此外,马、铁、药这些物资都需填补,钱还是紧张些。木材本地倒是不缺,可我算过之后认为,与其另分人力伐采运送,不如从他处购之划算。把这些都算上,再刨去两成的耗损,今年怕是难撑过去了。"

"你可想出解法?"彭泽子问道。

桓谭摇头答道:"弟子才浅,非但没想出解法,反而以为往后的局势会更糟。这两月,好多论阁中人遇刺,看似意外,实则或为暗杀。加之端五时,仙师遇刺一事,看来北边的刺客已混入长沙了。长沙至今未找到这伙刺客,若近期开战,难免这些刺客在长沙会有所行动。长沙情况本就不济,再把这事算进去,这……哎。"

桓谭叹了口气接着又道:"现在若想破此困境,须得借扬州之势,若义博侯能站到长沙这边,这些便全不是问题了。但通络扬州却不顺,那个留在长沙的甘木很是难搞,倒不是因他有多精明,而是他实在太过庸碌。高阳屡次邀请他到论阁议事,这甘木不是推脱便是在阐辟楼中昏昏欲睡。道理、时局、势利全都讲得清清楚楚,可这甘木并非不信,而是完全听不懂。在我再三催促下,高阳便对他开门见山,言明局势后请他来见仙师您,可这甘木听后却更是不来了。说是害怕被人刺杀,更害怕见到神仙。至那次以后,便是连门都不出了,整日窝在家中玩娼妇,外人一概不见。"

说到这里,桓谭的语气有些愤慨。

"甘木到长沙已有两月,笼络扬州一事却全无进展,可面对如此庸碌畏缩之人,实在是无从下手啊。早前我也曾派人到扬州,那时想着若甘木这条路走不成,能与义博侯谢寻本人搭上话也好。可前几日我派去扬州的人回来了,说义博侯府内谢寻已经隐居,一切事物都由其子谢念做主。而这个谢念则是模棱两可,言语之意便是不愿参与到荆州的局势中。徒儿无能啊,若游琳真的心不在此,徒儿真再无破解困顿之法了。"

话说完后,桓谭有些沮丧,他垂着头对着老旧的地板连连叹息。

便在他的余光之中,一席白衣的彭泽子站起来了。他抬起头来看向仙师的背影,心中涌动起一种如解脱、如超凡的感觉。

"可解,你等候在此,今夜正是取良木旺秋冬火苗之良机。"

说罢,一阵秋风吹迷了桓谭的眼睛,再看清些时,彭泽子已经不见了。

河面上只多出一叶小舟,于黑暗中徐徐前行。

夜深,长沙城北一豪宅中。

这几日白某很少睡,每夜他都在冥想之中模拟陈怀给他的计划。

这份计划还剩下的人不多了,但却各个都很棘手。想除去这些人,只有一份详细的计划已是不够了,他还需要一些机会,一些运气。

为了让运气与机会来得快一些,白某已经一个月没有动手了。甚至很多次,有些很重要的人已经送到了他的手上,但他都没有下手,因为他在等,把最好的机会、最好的局势留给那个最重要的人。

但,尽管白某没有动手,还是有很多人消失了。白某对此很高兴,虽然他不能吃准是谁除去了这些人,但他知道,此刻长沙城内越多人死,自己的机会与运气便越多。

若用火,怎样?周全。

若用箭,怎样?周全。

若用毒,怎样?周全。

在白某的脑中,那个人已被不同方法杀死过无数回。但在白某睁眼时,他却清楚地知道,那个人还活着。

旁边的两个女人睡得很熟,白某甚至都有些羡慕这些娼妓,无论何时她们都能睡得心安理得,而白某却已经很久没有体验过熟睡的滋味了。

伸了个懒腰,白某躺在了两个女人中间,虽然他从未碰过这些用来掩人耳目的娼妓,但躺在她们身边睡上一觉,白某却觉得没什么不妥。

便在半梦半醒之间,一道身影滤过月光穿透门上的绢窗,恰巧不巧地出现在白某的眼中。

背影端坐在屋外,举止却宛若月下的主人一般自得。从那缕缕飘扬的须发月影来看,屋外应是有风,风随着屋外人呼吸起伏,仿佛这人便如同风,令人有所感但却无形,睹其形却又无感。

有一种感觉,名曰虔恳,其意虽有诚、敬、尊、信等诸解拟感,但形容虔恳二字心感之源却都不够贴切。真正与虔恳之感同义的词,应为幽冥二字。虔恳与幽冥,皆源自相不可睹、理不可穷、感之难通、极之有滞的申报罔极之感。

这月下之人,有让众生都心感到虔恳之能,而这种虔恳在白某的心中,则是幽冥,则是恐惧。

"神仙? 神仙?"
甘木匍匐在地板上,边向门外的身影爬去边口中喃喃自语着。
"良木啊,又何必做这般猥琐姿态?"
门外的声音不太响,但却清楚传到了甘木心中。甘木身心一顿,表情渐渐痴傻起来,口挂着津液不断重复着:"做梦? 神仙? 做梦? 神仙?"
"蝉不可语于蛹,蜕了这层伪壳吧。"说话间,遮挡月光洒到屋内地板的那道身影消失了。

待屋内屋外彼此都安静过后,声音再响起时,仍是同样的嗓音,只不过贫弱的甘木消失了,取而代之的是冷厉与漠然。
"屋中还睡着他人,不然老神仙等我穿好衣裳再到院中听您教诲?"
"院中月色正佳。"彭泽子的声音不知从何处传来。

安静的夜中响起穿衣系带的摩挲之声,而后卧房的门被缓缓推开。屋外,院子是明亮的,因有月光映在院中湖景之中。屋内,却是黑暗的。
"老神仙,你在哪里?"声音从漆黑的屋中传出。
"良木啊……"
但只彭泽子的话还没说完,便听到嗖的一声,一根羽箭从屋内向着声音方向射去。紧接着,在箭矢击中假山的碎石之声未熄间,白某从黑暗处跳到院外,他左手持弓,右手搭着三根箭矢,朝着假山中的黑暗、乔木下的阴影连续放箭。

白某居住的院子是他亲自设计,景观看似繁杂,实则视野却是十分开阔。除了为猴子隐身用的假山与乔木,这院中之景致,站在卧房门前便可一览无余。

但接下来的三声响,哪一声却都不是箭矢射入肉身的闷声。白某把短弓别在胸前,从腰间摸出一把短刃边走向假山处边对空问道:"老神仙是怎么看出我这假态的? 小子这一路伪装得周密,纰漏之处还请老神仙指教。"

白某话音刚落,院中起了一阵风,声音在风中行走却不在山石间传出。

"良木啊,老朽识破你,正是因你毫无纰漏,把这皮囊卖弄得太像了。那日老朽在阐辟楼讲道时你也在台下,虽是做的一副匍匐状,但我的话应入了你的耳。那日我讲真伪间的玄妙,其实人亦在这玄妙之中。人,生于真伪之门内,却被困于真伪之门外,故人之一物,皆是混沌。甘木啊,这件皮囊实在太真了,可这天下,又哪有全真全伪之人?"

彭泽子的声音不大,却刚好能让白某听见。白某顺着声音的方向寻去,可环视一周之后他仍没见到彭泽子,因为彭泽子的声音便是风,风在空中漂浮不定。

"老神仙既已看出我在诈伪,又为何在这夜里出现在我府中?小子脑筋不够,猜不出老神仙的用意。"

"良木啊,你并非蠢人,该知道老朽既知你身份,却仍只身前来寻你,便是不怕你图老朽性命。况且,你该知道,老朽寻你是为何事。"

白某再次看向声音处,只是眼中仍然不见一丝人影。

"老神仙可真高看小子了,小子虽不似甘木那般傻,但也没么聪明,有什么话还望老神仙明说。"

"哎,你若真这么想见老朽,那便见吧。长夜漫漫,老朽不急,只先让你试过手中利刃,再说也无妨。"

话音将止,瞬时间风停了,云散了,彭泽子的声音落到了白某的近处。白某猛然回头,他的身后五步之外竟凭空端坐出一个老人。

老人一席素衣,须发皆白,老人如光耀一般的纯白在夜色之中无比醒目。可就在片刻之前,在这黑夜之中却寻不到他一丝踪迹。

白某向着彭泽子慢慢走去,他脚下的每一步都走得很缓慢,握紧短刃的手溢出了汗。白某每迈出一步,彭泽子都已死了万回,因为他手中的短匕,将在下一瞬间插入彭泽子的五脏六腑之中。

但,在白某的步伐中,彭泽子同样也重生了万回,因为短刃在每一次插入彭泽子身体前,白某都放下了它。离彭泽子还差一步,白某的手开始抖。太多事,因他面前的这个人开始,很多事,也将因这个人结束。

第十一章 —— 拔雾

可就只是一个心跳间的瞬息,彭泽子睁开了眼睛,那双已把一切看透却又垂怜着一切的眼神落在白某身上,落在白某的心中。

"良木啊,你才是开始。"

这句不长不重的话落地,白某手中的短刃也落了地。

诡秘的云渐渐散去,天上又是一轮无瑕明月。风止住了,夜中又响起了吟蛩之声。院子里的肃杀气氛已经褪去,此时正弥漫着一股怀秋悠远的韵味。

白某已与彭泽子相隔不足两步面对面盘坐,散落白某身后的弓与刀仿佛如隔世之物般遥远。

"老神仙可是识出了我?"

彭泽子摇头:"你往先是谁并不重要,义博侯府也不重要,因为你现在只是良木,良木很重要。良木将为天下的寒冬留住一丝火种,待冰雪消融之时,那火种更会成为那燎原之火的契机。只有到那时,你才能重生,只有在重生之后,你是谁,才很重要。"

"老神仙,你的话太过隐秘,小子不懂。"白某皱眉。

彭泽子看着白某的双眼摇摇头:"良木啊,既已坐到老朽对面,这些欲盖弥彰的话又何须再讲?"

白某叹了口气,沉默了会后答道:"老神仙高看小子的能耐了,小子只有在浪中苦撑的本事,没有翻江倒海之能。"

彭泽子听后闭上眼睛:"义博侯府得宠的二子与其母意外身亡,不久后,曾被义博侯遣到蛮夷之地垦荒的长子以雷霆之势归家,再过不足一月义博侯谢寻便被逼到隐居。良木啊,这些事中,你的手段占上多少呢?"

白某听后沉默不语,彭泽子仍闭着眼道:"在那之前,义博侯府离坐到长沙只差一个契机,但其长子掌家后,义博侯府却又开始游离左右。所以良木啊,你与你的背后都不简单,纵使你现在不能翻江倒海,但只要等到某一契机,你便能成为江流甚至是大海。而这个契机,便是此时,把你的曾经倒掉,给江海之水留出一片空隙。我会给你第一滴水,这滴水源源不绝,会将你变成江流大海。"

听着彭泽子的话,白某的心神有些飘忽。

"老神仙可想听我的曾经?"

彭泽子摇头:"你是谁、从哪来,无论京畿也好扬州也罢,于老朽,这些都没有意义,因为你已是良木。但你想说便说吧,你的曾经,是说给你自己的。曾经由口而出,你这躯壳便又是崭新的,如此,便容得下老朽给你那滴源源不断之水。"

"我出身豪门,一家人都被害死在乱世中。想报仇,可又不知道除了杀人还能做什么。"

白某的眼神开始迷离。便在一个刚好合适的空隙,彭泽子悲悯的声音响在白某心头。

"死于刘可之手?难怪你杀了那么多论阁的孩子。"

白某点点头又摇摇头:"我杀了很多,却不全是我杀的。"

"那杀完后,你可好些了?"

白某听后又是摇摇头:"没有,但除了杀人我不知道该做什么。"

"那你可想过杀完人之后的事?"

白某迟疑了下再次摇头:"我以为想过,实则没有。我家覆灭于乱世,而乱世之过,位高者共有之,长沙、京畿太多人了,我杀不干净。"白某的头埋得更低,仿佛真的如彭泽子所说,把这些藏在他心间许久的话说出口,他的心确实渐渐空出了一片天地。

"你能这么想,说明你懂得刘可只是一个结果,是这世间选择出的存在。就算是没了刘可,结果仍在,存在也不会消失。"

"便如同天道?"白某喃声问道。

"并非天道,而是人伦。天道无源无尽无所关系,而人伦却有源有尽,更关系这世间一切。"彭泽子的声音很近,近到白某能闻到彭泽子衣袖上散发出的香木气息。

忽然间,一只手放到白某头上,手很大有些暖。这只手让白某觉得很舒服,他仿佛回到了已消失在自己记忆中的童年,有襄平城那只总追着他叫唤的狗,有陈姨娘那南方手艺的蜜糕。

"良木啊,刘可不是你所追求的,你所追求的不过是一个答案。你的答案在人伦之源中歇息,老朽带你去见它,从此以后,你便再不会迷惘了。"

"好,好,好。"

白某的声音开始颤抖,眼泪不能自已地流了出来。

彭泽子的声音从风中走出,来到白某耳边,从这声音中白某感受到了无边的悲怜与垂爱,在层层迷幻之中,只有这一道声音是真实的。世间如浪潮般汹涌,而这声音却是一叶安逸的小舟。

"人之所以长于万物,乃是因人有心。可心之一物,却难让世人自识清楚,所以在心之外便另生了欲。欲不同于心,乃是昭然若见之物,如此,欲便成了人得以自鉴之物。故,人皆是因心而生,却纵欲而活。我曾讲过,真伪并无意义可言,能变得有意义的,只有欲。而世间各人皆因欲而碌碌,故人间之世,乃是欲望之世。"

彭泽子的声音把白某带到诸天之上俯瞰底下的苍生。

"再说兽,兽无心只有欲,于是兽之世便是彼此相食之世。因此,当世间之人,都离心而遵欲时,人之世与兽之世便再无区别。畜生之世,乃一兽饱食另一兽亡去。可如此周而复始千万年,却未见兽之一族消失,彼时鸟兽仍是今时鸟兽。缘何欲兽之世有此造化?皆因兽之世乃顺应天道之世。"

彭泽子的声音又把白某带到无垠大地对天上繁星望去。

"说回人道,人世间若要大同,则需要世人皆识己心,有心才能明理。如此,人间道便成了能与天道同载长恒的大道。但人皆识得己心乃是痴话,因欲起之时,便再难看到心了。故,如今人间之世,实与禽兽之世无异,皆为欲之世。既如此,人世若想长久,便应效仿兽之世,全遵欲往,当物竞天择强者继强,彼此纵意相食反而长盛不衰。"

最后,彭泽子与甘木来到一道幽泉小瀑之侧。

"良木啊,你现在便是强者,你要强者继强。"

当彭泽子话说完的一瞬间,幽泉旁的流谷小瀑忽然停止了水流,在小瀑之后有一道通往幽处的小谷门。白某站在门前,眼前是一条漆黑的小径,小径的尽头是无边的光明。

白某走了进去,他来到那片光明之中,这才是真正的光明,是没有阴影的光明,在这光明之中他感到喜悦与满足。

天空是光明的,云无法遮掩光明,只任光明穿透它软绵绵的身躯。

地上有雪,从味道能闻出,那是辽东的雪,雪把光明映得更加耀眼。

这光明将白某的浑身都照得很舒服,五脏六腑都洋溢着无尽头的暖意。在光明之中,彭泽子的话无处不在,每一个字都是那么清晰。此刻,在真理与光明的沐浴下,白某终于得到了解脱。

"这番话很对,很好,很熟悉。"

忽然有一个声音掺杂在光明之中,诧异之下,白某在光明中寻找起这个声音来。

"有人曾讲过类似的话。"声音又响起了,白某转了个圈,仍没找到声音的来源。

"那人讲完后还打了你。"

"谁?"白某对着光阴大喊道。

便在这时,白某的后脑勺剧烈地疼了起来。闭上眼,白某看到田野的阴凉处有个又蠢又黑的中年汉子,中年汉子正对身旁少年人讲大畜生与小畜生的故事。

汉子看着很蠢,少年人看着很愣,不过少年人的愣应该比汉子的蠢更傻一些,因为少年人没看到,汉子背在身后的手中有一个棒槌。

接下来便是啪的一声响!肥憨说道:"这些污秽话语,若有他者再言于你,此人当诛!"

瞬间。

白某猛然睁开了眼,光明的穹顶碎裂了!

渐渐的,前后左右都变成了黑暗,四周寂静又危险,令人不禁发抖。天空的裂口越来越大,扭曲的血肉触手从裂口中伸出,在天空上画出无尽的噩梦。

脚下满目的苍白雪原也不在了,雪原变成了血原。血原上有马蹄印,有车轨压出的路,只是不知道这些路通向何方。

白某沿着血原上的路狂奔,每迈出一步他的身后都塌陷成了无垠的深渊。终于,他再也跑不动了,深渊快把他吞噬掉了。

白某在坠落,他的眼开始眩晕,喉咙紧绷,胸中难以呼吸,四肢也全部麻木。

"白某,我是谁?"那个声音问道。

"你是白某。"白某回答道。

便在这时,从无垠的深渊中飞出一只乌鸦。乌鸦很大,大到能驮住人,恍惚之间,白某匍匐到了乌鸦的背上,亦如在他没有记忆的儿时,匍匐在父亲宽厚的背脊上那般。

乌鸦在血肉触手间翻腾,风如锈掉的锯一般撕破这一方天地。终于,又一个近乎无限的世界出现了。

那是一片盎然的生机勃勃,那里有好多的鹿,还有北归的雁。

那里是春天,融化的雪水滋养着脚下的土地。

便在这片土地上,出现了一个孩子。

孩子在笑、在哭、在玩着泥巴。

此间。

垂头的白某睁开了眼睛,他脸上的泪痕已经干了,嘴唇也有些咸。他的头上有一双大手,有力却很冰凉,不过冰凉也好温暖也罢,白某感触到了这只手传达在他头上的真实。

"老神仙要我做什么?"

"回扬州,我助你做义博侯府之主。你要帮助刘可,在未来的人间之世,你将重生、你将成长、你将从良木长为参天大树。"

彭泽子的声音与他的手一样,很近,很真实。

"小子知道了,但小子还有一事不敢瞒老神仙。"白某的声音听起来很难过。

"良木啊,往事再不重要了。"

"小子是青苗传人。"

白某头上的手微微一抖。

"小子曾经杀了个人,叫无疾。"

伴随这话语,一声悦耳的闷声在院中响起。

而后,院子里再次安静下来,便是连院中人也仍如之前那般一站一坐。稍不同的是,此时站着的人是白某,坐着的人是彭泽子。

"哎……"彭泽子看着自己腰肋间的斧头一声长叹。

白某看着彭泽子面无表情,他曾在夜不能寐时,想过无数次自己杀死彭泽子时的样子,他也想过在手刃此人后,自己该有或是会有什么样的感慨。但此时,面对眼前这个乱世之源,白某心中什么想法都没有。

或许是因为刚刚彭泽子的话确实对白某起了作用,白某的心虽没有得到释怀,但却很轻盈。这是一种虽仍是诸事不解,但已准备好了倾听诸事的状态。

"青苗传人,难怪杀得了我孙儿,难怪我也……"

彭泽子的声音很遗憾,但并不沮丧。

"老神仙,其实刚才有件事我说得不清楚。"

彭泽子没说话,只是闭上了眼。

白某从腿后衣摆间抽出又一把短斧继续说道:"我不是扬州人,也不是甘木。我叫白某,我从辽东来,我是白济的儿子。"

一声闷响后,彭泽子睁开了眼睛,他的表情并没有因为血肉模糊而产生一丝扭捏。彭泽子的声音仍然平静,仿佛疼痛被他剥离出五感之外似的。

"哎,该想到的。可惜啊,就算小白某你把老朽肉身毁掉,此世也不会就此换新,因为老朽并不是此间纷乱之源头啊。呵呵呵,老朽不过是一阵风,一阵见到微弱火星后把它吹旺的风。说来可笑,世人常把刘可比作乱世之火,可他们不曾知,这乱世之火其实并不烧在长沙,而是在洛京城御史台之中。"

白某听后点点头,他没接彭泽子的话,只又抽出一把斧头。

"我妻子叫乌维,她是个胡人。我们有个女儿,名唤宁儿。"

而后又是一声闷响。

七月半,午夜。

深更之时,长沙城之北起了一场大火。

这场火很大,火势足足蔓延了一整条街,长沙城的军民用了一整夜才止住了火势,到火焰变为废墟时,天已经亮了。

在这场大火中,算上来救援的军民共有近百人伤亡,城北数座宅院化为飞灰。但当火势被扑灭后,长沙城却没有调查这场大火的起因。

不去调查并不是因为无力调查,虽然这场火烧得很大,但长沙城北不算繁华,几处大宅产业都是有名有姓的,想查出这火是从何而来也不算难。

长沙城之所以草草处理这场火灾,其实原因很简单,因这场大火与另外几件明里暗里发生在长沙城的事相比,实在是无足轻重了。

七月半的午夜,就在这场大火在长沙城北熊熊燃烧之时,长沙国国相桓谭从长沙城外紧急飞奔回城。便在桓谭距离长沙城西城门只剩不足两里时,他看到了城中照亮夜空的大火,同时,刺客也看到了他。从桓谭遇刺的场地可以看出,这位平日从来慢条斯理的长沙国国相,在死前应是很着急,因为他没有死在自己的车中,而是在骑马时中箭坠马身亡。

桓谭的死因很简单,若不是被箭矢射死便是坠马摔死,可他死亡的背后却又有很多解不开的谜题,并且这些谜题再也无法解开了。

在那个夜里,没人知道身为长沙国国相的桓谭为何要简装出行,他要去哪里?他为何要去那里?

另外,也没人知道,桓谭为何要那么急地赶回城,以至于他连乘车都觉得慢,从而卸下拉车的马亲自骑了回来。

还有,长沙的这场大火,是否与桓谭有或多或少的关系?

在长沙城诸事暂时安定后,桓谭的灵堂才被他的学生操办搭起。

等到桓谭生前相熟之人前来吊唁时,人们才发现桓谭这个人,原来除了死因以外还有好多谜团。

桓谭的灵堂中来了很多人吊唁,有他的同僚、学生,还有一些因为公事私事与他结识的人,可在这诸多人中却没有一个桓谭的亲族家人。这时众人才想起,这位长沙国的国相好像从未有过妻妾、儿女,便是连曾经他府中的仆人此刻都显得很是怪异,因为在桓谭身亡后,他府中无论管事还是门丁,全部都在一日之内消失了。

众人心中关于桓谭的怪异感觉,终于在灵宴提酒致哀时集体共鸣出来。

在前来吊唁桓谭的人中,地位最赫者乃是此时长沙国的监国,长沙王刘可之长子,也是桓谭名义上的学生。桓谭的这杯起灵酒,无论从哪里论,长沙王世子都是最佳的提杯之人。

长沙王世子是个口才极佳的人,在念完他早已默熟的悼词后,本想讲些有关于桓谭的生平事以作缅怀之态,可这时这位世子才发现,有关于自己老师桓谭的事,他竟然多一个字也讲不出口。

桓谭从哪里来?不知道,莫名其妙便出现了。

为何做了自己老师?不知道,父亲长沙王安排的。

桓谭生前最好什么?不知道。桓谭生前最恶什么?不知道。

直到长沙王世子当着众人的面发了好一会愣后他才发觉,原来自己连老师喜欢吃什么都不知道。

再往后,长沙便乱了,仿佛长沙城的那场大火,烧尽了长沙最后一丝底气。

最先乱的是论阁。

开始的论阁,不是一座楼或一座学堂,他只是一个结社,是由一个叫作无疾的人杰所创立的。

在没有论阁时,天下人分士、农、工、商,在此四类中,除士者外三种皆苦。

农者有产无钱,一生被拴于土地之上为他人苦耕。某日天灾恰逢人祸时,便要卖地赊钱,若再遇巧人在其中搬弄算计,便只得舍了土地为眼前苟活,往后便只剩流亡一路可走。

工者有钱无产,力壮时可凭手艺本事过活,但生计如何全看东家施舍。待到年老力竭时,屋为他者屋,食无己所食。若再没个一儿半女养老送终,便又是街上一摊骸骨。

商者有产有钱,却可悲。行商者被归于律法之下不得研习经典,聪慧不能明理,机敏不可读书,因此只能把满腔热血放在钱中。钱之一物食髓知味,便如红肉香甜白肉亦是滑美之理,朝得其一夕思其十。如此之下,无论是巧取豪夺或是敲骨吸髓,商者都使得出来。再加之商者不明理,不懂人伦纲常失了天然善恶,所以农者、工者大多深受其害。

某一日,无疾看到了这些,无疾认为这是错的,所以无疾想了一些别的东西。便是虽士者为束民之源,但商者才是责民之鞭。他想教化商者,让商者明理知真,从而使商者泽惠于百姓。百姓乐道,便是世间盛世,盛世之下商者更填其产,商者得惠便愈为善道,此后便有了源源不断之善。

这还只是其一,让商者明理之事最重要的还在其二,便是此举可模糊士者之天然权利,松动那些框架天下的规尺。

无疾认为,人世不同于天道。天无衰老反复,人却有生死无常,所以天道可长恒,人世却是注定覆灭之物。

若要人世不灭,人世间须得日日新,须得永远褪掉颓壳长出新皮。而士族所定下的框架,便是那颓壳,是困死人世之物。

无疾运气好,那时天下乱象初现,士农工商四者矛盾渐渐激烈。最重要的是,因为一些人、一些事,无疾的愿景有了实施的地方,那个地方便是在长沙国。

而后,便有了论阁。

无疾的论阁,引得天下豪商之后慕名而来。这些聪颖的年轻人加入论阁当然有人是为图利,也有不少人是为了谋势。

但在他们听无疾讲学后,这些怀着不同目的的人全都折服在无疾的才华之下。那一年多,长沙国真的是一片人间乐土,江上大湖商运船舶络绎不绝。一条街上,一月便能新开两三家铺面。

百姓们也得了惠,田中的农民能得一份公道卖粮不说,欺压强迫之事也少了很多。卖手艺力气的人也过得好了,因为论阁,长沙国东家雇佣工人不再勾结压价,有些劳力活更是多出一份力便多给一分钱。如此看来,论阁的一切都很好,这或许便是天下大同之道了。

但这并不说明论阁是全好的,论阁此时的全好是因为有无疾在。只不过,只要无疾在一天,论阁的恶便成不了气候。

有些人聚拢在论阁之下,勾连在一起操纵货价谋利,无疾会惩罚他们。

那些垄断百姓吃喝用度之物强买强卖的,无疾会惩罚他们。

那些逼迫百姓贱卖自己做工的,无疾也会惩罚他们。

然而,某一天,无疾死了。

无疾死后,曾经的论阁十杰大多也死了,或是隐退了。

从此以后,论阁便不再是明理知善的地方了。

虽说论阁仍在讲学,可所讲之学却毫无新意,千百年前的经典又被摆到了台上供起。加入论阁也变成了件难事,原先的论阁不光有一方豪商,更有小本经营的老板,而之后加入论阁却变成了一场金钱的博弈,便是连论阁十杰都变成了靠捐金排序的东西。

当然,加入论阁的好处也很明显,那便是生意做起来越发无往而不利了。

因此,长沙国有了更多的钱,也有了更多的粮,有了更多饷,还有了更多的兵。

然而如今,今日的论阁,便再没有论阁了。

那场大火之后,因为那个名叫甘木的人也死在这场火中,所以长沙国与扬州注定要形同陌路了。而在此时的天下局势中,任谁都能看得出离开了扬州,长沙国的前景似乎并不乐观。

商人们天生就是逐利的,读书明理虽然好,不过这个好只是锦上添花而已。便如同钱可以买来很多书,但很多书,却是换不来多少钱。

桓谭也死了,他是长沙国的国相,亦是实际上的论阁之主。

无疾死后,虽然论阁的意义变得不同了,但论阁还在便是因为有桓谭,有被称为老神仙的彭泽子。可桓谭死了,而在这对于长沙国与论阁都很紧要的时候,老神仙却没有出现,所以论阁很自然地便不在了。

渐渐的,长沙国的人少了,船少了,钱也少了。

不足一月的工夫,长沙城便萧条起来,甚至比三四年前还不如。

此时还留在长沙城论阁中的人无非两种,一是宁可不要命也想在这个混乱中多牟一分利之人,二是对论阁或是对长沙国还存有一分期待之人。而不久之后,这两种人便都陆续消失了。

因为老娘教动乱了。

老娘教,无须多言,邪教耳。

老娘教不知从何时兴起,却借着天下动乱迅速蔓延。老娘教中曾都是活不下去的良民，但因扩张太快，他们被各地打压清剿。而在清剿之下还能活下来的老娘教教徒，大多原本就是山贼流寇之流，而这些人在日后却大多成为了老娘教的领导者。

所以今日的老娘教，早已丧失了理想，便是曾经的良民，在今日也都变成迷信诡秘的暴徒。

老娘教的教义很简单，同时也漏洞百出。但对于老娘教的人来说，简单是件好事，因为他们听得懂，漏洞百出也不是坏事，因为这样便永远可以自圆其说。

在某一次显圣之后，老娘教莫名其妙地与论阁、与彭泽子扯上了关系，所以老娘教来到了长沙。

老娘教曾经为长沙带来了用之不尽的人力与兵源。

有老娘教，刘可便有了十万大军，有老娘教，长沙便有了繁荣的基石。

只不过老娘教之利却不是白来的。通过玄幻，老娘教或许可以心甘情愿为人所用，但没有吃喝，玄幻便没了意义。长沙可以驱使老娘教，是因为被称为腾蛇的彭泽子，是因为论阁。

民与商，天然便带有矛盾。

无疾在时，商者肯为长久之利而让利于民，这时的老娘教是民。无疾不在时，商者开始专注眼前之利，但因彭泽子的存在，老娘教还能屈服于玄幻，所以他们还是民。

而现在，老娘教离开了论阁的滋养，少了鞭策他们的玄幻预兆，他们便只是一群暴民了。

此时的老娘教，虽然还没有向着长沙城揭竿而起，但在他们垦种的农田、做工的工坊中，冲突逐渐多了起来。他们冲突的对象可以是任何人，甚至是同为老娘教的兄弟。原因大多也很简单，或是因一碗饭，或是因一串钱，他们渐渐学会肆无忌惮地发泄自己，并乐于以这种方式宣泄不满。

开始是打架，慢慢变成三五人要挟东家，最后连各巡山堂口之间斗殴也不为怪了。

终于有一天，两个巡山堂口间爆发了一场带兵刃的冲突，在被长沙城官兵镇压之后，其中一个堂口的巡山被斩首了。这件事便成了一个引子，那个被斩首的巡山堂口之下,上百人彻底没了约束。他们取来了刀又煽动起几个堂口,而后一起杀到那个斩了他们巡山的官吏府中。

而后,那官吏家眷十七人全部惨死,女眷更是在死前惨遭奸淫。

最后,还是驻扎在长沙城外的战兵进了城,经过一夜的巷战镇压了这起老娘教动乱。

然而,这还只是开始。因为老娘教教众早已遍布在了长沙国治下的各种地方,农田、码头、饭庄、衙所,甚至是军队……

九月初九,重阳,江夏郡。

大江之侧,沙羡渡口,高阳从一艘客船上走了下来。

曾经在长沙城意气风发的高阳,今次归乡则是十分简便,他身边仅跟着两个下人。或许是因为如今世道乱了,大张旗鼓容易被歹人盯上,但无论如何,此刻高阳流露出的那份萧索,却是怎么都遮掩不掉的。

高阳在渡口的饭摊中随便找了个座位,他的下人一个跑去租赁车马,另一人往租的马车上搬运行李。

高阳对着蓝天黄草深深地叹了口气。

此地离他的故乡还剩不足三十里的路,在那里,他遇到了无疾,而后他跟随无疾离开。从那以后,他明理向学刻苦用功,在学问之道专研久了,他竟在自己身上发现了做学问的天赋。

不过也是因这份天赋,尽管他的家势并不大,对心计权谋也并不擅长,但他还是被无疾选为论阁十杰之一。

再往后,便是他此生最为风光的时光了。无疾在时,他潜心向学;无疾不在时,他更在长沙身兼要职。

只是,这好风光虽长,但对此时的高阳却如同转瞬。若只说是荣华富贵这些东西,高阳并不十分看重,真正让他心灰意冷的是,他的信仰没了。

在长沙艰巨之时,阐辟楼人去楼空,那时高阳未走,他站出来担下了重任。

虽然高阳在政事上不算精通,但他还是苦苦在长沙城中支撑周旋,只不过他的这份苦撑并没撑得太久。

监国的长沙王世子,为了维护稳定向老娘教妥协。而老娘教提出的第一件事,便是尽快去骊山救老娘,之后他们搬空了荆南两郡所有的粮草辎重,又编出了"几十万"却毫无建制的混乱大军。最后,这"几十万"大军开始北上,计划与江陵的长沙王刘可合流,在今年攻到骊山。

看到这一幕,高阳绝望了,因为在未来,这"几十万"大军会把长沙毁得一干二净。而在现在,此时的长沙,也再不是个能容他得以施展抱负的地方了。

并且,这天下,也再没这样的地方了。

秋时草木多凄凉。

高阳听着大江上渔夫的哨声,他望向远方的山与路,忽然他心间一阵酸楚,而后又是一声叹息。

"你并非此道之人,归家安心向学吧,也算是善终。"一个头戴斗笠的力气伙计坐到高阳桌上说道。

高阳扭头看去,虽看不清这人斗笠下满是泥泞的脸,但这个声音他确实很耳熟。

"敢问这位朋友,此道为何道?"

"此道兴,此道亡。老娘教与论阁都沦为'此'道,长沙兴于此,自然也会败于此。"

高阳听后皱起眉头,更细致些向此人看去。

虽然此人的气质与他想起那人完全不同,但这声音、身形却太像了。他记忆中的那个人,虽整日都佝偻着身子,但在长沙,那人的身高却仍是十分醒目。

"甘兄?"

白某听后点了点头,但他头上的斗笠仍然没有摘下。便在白某点头这一瞬间,高阳的脑中思考了无数的事情。

甘木是假的?甘木没被火烧死?火是甘木放的?甘木是敌是友?长沙城的状况与甘木有何关系?甘木究竟是谁?甘木要对他怎样?

但一瞬间到底是太短了,纵使高阳聪明,但这些问题高阳一件也没想明白。

不过虽这些问题他没想明白,可有一件事他想明白了,便是若甘木要杀他,纵使他现在再做些什么都没用了。

这个问题想明白后,高阳错愕的神情消失了。他叹了口气,语气不平不淡地问道:"甘兄,可否是你?"

"不全是我。"

高阳听后若有所思地点点头,而后把目光看到远处又问道:"那甘兄,你今日不杀我了?"

白某从怀中摸出一把黏米,一边吃一边答道:"本来是没想好杀不杀的,不过既然是在这见到你,那我便不杀了吧。"

"为何?"高阳问道。

"杀你简单,但我也不好走了。"

"甘兄有从长沙行凶后轻巧离开之能耐,怎得在这小小渡口杀了我却走不了?"

高阳的话没有一丝挑衅意味,反而透着十足的无奈与唏嘘。

白某听后没答他,只抬手指向远处的饭摊厨灶那里。

高阳顺着白某的手看去,饭摊厨灶后,有一个身高近六尺的伙计正往长杆上晾着粉皮。而生得如此高大还不是这伙计的怪异之处,再细细看去便会发现,那伙计用来晾米粉的长杆足有一丈八尺长。

"这莫非是?"

高阳隐约认出了这个人,等再回头看向白某时,却发现身边的座位已经空了。

他四处张望一番,终于在一群流民中寻到了一个背影。那人佝偻着身子,拄着拐,步履蹒跚却刚刚好与那伙流民的速度吻合。

高阳站起身来,他想对着那个背影拱手一礼,但又觉得自己行礼有些不妥,最后他只是抖抖袖子,又是长叹一声后重新坐了回去。

望着渐西的夕阳,高阳感叹道:"终于回家了。"

汉廿一年,秋冬。

第十一章 —— 拔雾 | 733

这年天时很怪,将到九月中旬中原地带就飘起了第一场雪。

大雪从河北而起,然后一路向西南行去,从河北的棉价飞涨,到荆北都飘起雪花,也不过只用了十天时间。

今年的冬天来得猝不及防,整个大汉疆域都因为这场早冬发生一些变动。

有的变动很小,可结果却很意外,比如很多人压在箱底的冬衣来不及拿出,因此一夜大雪之后染了风寒,最后各地的医馆生意竟便好了。再比如在这天寒地冻的天里,柴火的价格翻了近一倍,百姓该买不起仍是买不起,可开饭庄的生意却不好做了。

但有些变动很大,结果却并不意外。这场雪,像是老天都急于把一些事在今年完结似的,有些既定的结果因为大雪来得更快了,比如已持续一年的荆北之乱。

九月末,长沙王刘可费尽艰辛,终于攻下了当阳城。

在这场旷日持久的大战中,当阳城守将李进苦守了近一月,但面对倾尽全力的刘可,靠着一座孤城的李进仍是不敌。

不过李进运气是好的,在某个夜里,他带着近千名亲卫骑兵,向城东老娘教教军驻守的防线冲锋。虽然突出重围时,他身边从并州带来的骑兵已不足百人,李进自己也受了重伤,但好在他活下来了。

当然,在李进逃走后,当阳城次日便被攻破。但这并非刘可有意放走李进,此时的李进与刘可已再无一丝勾连。便是他想与刘可苟同也没有办法,因为他的弟弟李退,此时正被何皓软禁在身边,而在何皓身边,没有一个并州兵。

当阳这座小城不大,却很重要。

这是汉江之南的第一座城,也是扼守荆州南北通路的战略要地,可以说,得当阳者便可纵横南北。而就是这么一座极为重要的城池,入驻其中的刘可脸上没有一丝喜悦与豪气,却是他整个人都透着一股子迷茫。

此时,刘可已知道了长沙城的状况。

在没有选择之下,为了稳住治地他向老娘教妥协了。包括在此时长沙忧患已深的情况下,他不先整治内忧,而选择贸然出兵也是为了妥协老娘教。

不过对于刘可来说,打一场举步维艰的大战还不足以让他感到忧虑,战争对于刘可来说是一种本能。在白济死后,这天下便再无他畏惧的对手,便是连已经成为废人的李行来了他也不怕。但当他看到老娘教所谓的援军时,他便知道自己的时间真的不多了。

在江陵城时,刘可有大军十万,其中战兵足有近五万。那时他可占据江陵于大江之上与北军对峙。若不是当初彭泽子代表长沙与北边密谋停战,他有自信靠这十万大军打到襄樊。那时刘可想的是,再多十万兵,一举攻破京畿。

而终于,在今年八月中旬他看到了援军,不过援军的数目却不是十万,而是五十万,这五十万人,才是刘可的忧虑之源。

刘可十四岁提刀杀人,十六岁带兵打仗。他虽然没读过什么书,但他一生戎马,对战争的掌控已到炉火纯青的境地。所以刘可知道,老娘教这所谓的五十万大军,这拖家带口连女人都有的教军,早晚能活活地吃死他自己。

因此刘可要战,在自己被吃死之前战出一条出路,并且他不能败,因为这五十万"大军",一旦溃败将是一场天灾。

但这时刘可还只是忧虑,他并没有绝望。他算过了,若把长沙数年的积蓄拿出,他还能撑到今年冬天。只要他在冬天前一路北上节节胜利,到了豫州便开仓放粮重整军制,把老娘教那所谓的"教军"散于中原大地。如此,这潭死水他便算是活了。

此时,真正让刘可绝望到迷茫的原因,是彭泽子。现下,刘可正是举步维艰之时,而他最信任的仙师彭泽子却再没有露面。刘可之勇冠绝天下,刘可之智果断机敏,但无论是刘可的勇还是智,前提都得有彭泽子。因为刘可的智勇都源自信,而刘可的信源自巫蛊、卦算、谶纬,源自彭泽子。

秋末。

入了当阳城后刘可并未久驻,他只在当阳稍稍整编了下军队便接着北上。刘可的信念已近崩塌,现在的他只有一个念头,便是继续往北走,多走一天便能多活一天。

不过刘可北上之路很顺利,行军中没有遇到北军的埋伏,只是刘可的军队太过庞大,荆北最近又下起了雪,所以他的行军速度很慢,天黑时刘可的中军才行到了当阳城三十里外。

当阳城三十里外有一座巨大的营寨,这要塞是早前白济所筑,名唤虎口寨。

如今的虎口寨,虽显得有些破落,但它的根基规模仍在,稍微翻修下便又是一座难攻的野城。

在黑夜中,刘可朝虎口寨的方向望去,不一会远处闪起了灯火,是刘可的哨骑打的信号,意思是这座营寨是空的。

见到信号,刘可便决定今夜中军在此停驻,等到攻宜城时,这座营寨便可留作本阵之用。

望着不见月的阴霾天空,刘可的鼻尖感到一丝湿气,想到今日可能又会有雪,刘可心中忽然感怀起来。

"看来在这场大雪之下,不光我军困顿,北军也是运力不足啊。"刘可心中感叹着,慢慢走进了虎口寨。

稍稍安顿后,刘可连夜在虎口寨中巡视起来。看着地上被踩得乱七八糟的军旗,还有库房中很多来不及运走的弓矢、火油等物资,刘可联想到那日从当阳城突围逃脱的李进。想来定是李进在逃遁之后先到了这里,而后整编了这里的守军继续北逃了。

在虎口寨骑马巡视一圈后,回到营帐中的刘可心下稍安。又与军中参事对过一些账目后他便早早睡下了,希望在梦中等神通显灵给他一些预示。

只是可惜,刘可这一觉还未等到神通入梦时便被人叫醒。

刘可被亲将唤醒时,天还有些蒙黑,看着亲将惊慌的眼神,刘可心底一沉。

"王爷,这寨被围住了!"

刘可听后大惊,他立即翻身下床向屋外疾走。等走到虎口寨望楼时,刘可向远方环视,那是连绵独木简易营帐,尽管许多营寨的拒马木围还没有筑好,但从密布的炊烟看来,包围他们的大军已经成了建制,不再是可任凭他们冲出重围的散乱军势了。

"何时发现的?"刘可向身边将领问道。

"天亮时便在了,估计是夜里行军。"将领答道。

刘可听后点点头,他大概数了下敌军炊烟的数目,心中已对敌军军势有了预估。

"一夜之间,敌在此集结了二十余营,昨日前军哨骑为何没有发现?"

刘可的亲将听后有些为难道:"昨日天色太暗,最近又是连番作战不曾停歇,加之近段时间将士伙食上又多有减苛,人困马乏之下难免……"

刘可皱眉,想到昨夜连自己也是麻痹大意,他心中一叹。

沉默了会后他又问道:"后军呢? 老娘教教军呢?"

但这话刚问完,刘可随即脸色一白。

还不等刘可身旁的亲将回答他,只见刘可捂着胸口表情十分痛苦,呼吸困难险些晕厥跌倒。

按说领兵者,最忌讳的便是在士卒面前露出疲态,这个道理刘可并非不懂。

只是,当他想到自己问题的答案时,当他知道这个答案或许已经成为事实时,当他明白在这个事实之后会发生什么时,刘可便再没法控制自己的心思与身体了。

老娘教教军,与其说他们是军,不如说他们是拿着武器的暴民。不然在那一夜,镇守当阳的李进,也不会只靠着千余人便杀出了重围。

但老娘教教军又不同于暴民,因为他们有几十万人。

像这种乌合之军,在战场上是一触即溃的,溃败之后更会四处逃窜,以后再没有将其整编的可能了。

而这,或许此时已经溃败了的乌合之军,这几十万拖家带口的暴民乱军,他们将产生多大的破坏力,便是连刘可都想象不到。

他们北上被拒,溃败之后定是要往南走的。

在这里,往南走是江陵,在江陵过了江便是武陵,而后便是长沙。

刘可此刻近乎晕厥,并不是因他此刻被困于虎口寨。

而是他明白,自己这多年的基业,毁了。

刘可清醒后,便亲自指挥起加固虎口寨。可虽刘可打起了精神,但他以往举手投足间,那股一往无前的气势却再也不见了。

曾有精研灵感之论的前贤讲道,人因起了灵智故而失了先天灵感,但在身逢紧迫之时,人便能再度打开灵感之门,可感知诸多不可闻见之物。这日,就在这虎口寨中,长沙将士们打开了这扇灵感之门,他们在自己的将军、主君刘可身上,只感到了茫然。

当虎口寨的加固工事逐渐成形后,月色已来到阴云之中。

在这一天内,包围虎口寨的北军没有进攻,在天黑以后,整个白日都在胆战心惊的长沙将士们,终于得到了一丝喘息。

到了夜里,劳累一天的将士们仍要枕戈待旦,可身子是能停下来,但脑子却活动了。从早间开始,飘荡在虎口寨中的茫然开始传染,从刘可到将军,再从将军到每一个小兵。

而当虎口寨中,上万人的眼神都开始发散时,迷茫开始变异了。

从迷茫到恐惧,是因脑中开始闪起死亡,一旦想到了死亡,这种恐惧便再无消失的可能,这世上从未有一个活人能凭空消除对死亡的恐惧。

而当恐惧弥漫在心头,从寒露变成冰山时,恐惧便又开始变异成麻木,对眼前麻木、对未来麻木。

最后,当麻木已僵固于心时,那些如破釜沉舟、背水一战之类的旧时故事,便再无重现的可能了。

因为破釜沉舟并不茫然,破釜沉舟决绝得充满希望。

因为背水一战并不麻木,背水一战对死亡的恐惧得到了释放。

而对于此刻虎口寨中的将士来说,他们只剩下麻木了,麻木便是无知无觉、便是无感无思。

但麻木还不等于败,莫说是人,便是上万只猴子手持兵刃都极为麻烦。但麻木与败之一字的关联却很近,近到麻木只需再度稍稍变异,变成希望……

"是啊,若败了便是被俘了,被俘或许不会死……"

在虎口寨帅帐中,刘可同样也在思考,他在思考,眼前的局面下他该做出怎么样的抉择。

若是守下去以待情形好转？可刘可实在想不出,如今还能等到什么好情形。

援军是等不来了,己方的士气也会随着时间开始消磨,就算此时天降一场大雪困住了北军,可那也等同于困死了已濒临绝境的自己。

若是强攻出去从长计议？想到此处刘可心中一阵凄愁苦笑。他知兵,所以他知道自己是杀不出这虎口寨的。就算杀出去又能怎样？等他脱困时,怕是自己长沙的基业已毁,前路全无了。

想着想着刘可的思绪便开始发散了,他先想到何皓为诈他入套,竟在当阳演了那样一出好戏,简直就是用李进的性命来诱自己上钩。

他又想到虎口寨仓库中,北军留下的粮草虽不多但却刚好足够几天吃喝,这想必也是何皓设下的计策,目的便是让自己在苦思进退中消磨战意。

最后他竟又想起了白济,他这一生都厌恶白济,因为在白济面前他的骁勇、他的善战都显得那样不足为奇。而当没了这些他引以为傲的特质时,刘可便认为自己如同几个兄长一般平庸。

而刘可最讨厌的事,就是平庸。

曾经在刘可酝酿起兵时,他便幻想过自己在战场上击败白济,而当刘可知道白济被调驻荆北时,他非常高兴。世间起兵之路总少不了腥风血雨,若是这场腥风血雨是由他斩杀天下最勇的白济所化,那当刘可的名字传载于史册时,除了天子以外便还有另一称呼：万人敌。

可最终虽白济败,但却并非败于他的手上。而白济那近似窝囊的末路也一度让刘可窝火,可在窝火之余刘可却也在发笑,他笑话曾经无数次嘲讽过自己的白济竟落得那般下场,而被无数次嘲讽的自己却要成为天子。

或许多少年后,当他开心时还会给白济封一个谥号,让白济成为他的从龙之臣流芳万古。

他不在乎白济在后世的名声是好是坏,只要想到那个"白济",生前因"通敌"而死,死后因"从龙"流芳他就很开心。

只是刘可没想到的是,去年彭泽子助他谋死了白济,而如今何皓却谋算着了自己。他万万没想到,便是连死的方式自己都要步了白济的后尘。

想着想着,疲惫的刘可在椅子上睡着了……

"刘小儿!"

听见有人在叫唤自己,刘可回头望去。见到是一个外乡人喊自己,刘可擦了把鼻涕奶声奶气地问道:"你是谁? 我不认识你。"

外乡人笑着从怀里拿出一个精美的盒子,然后把盒子递给小刘可说:"我给你个好东西,你打开看看?"

小刘可接过盒子,但他没着急打开,而是皱着眉对外乡人道:"我告诉你! 我有好多哥哥,整个沛县没人敢欺负我! 你可别想拐骗我,到时候我哥哥们定回来揍你。"

外乡人听后只是笑笑什么都没说,刘可见这人没被自己吓住,于是便消了疑心认定这人不是歹人。

小手利落地把盒子打开,小刘可只见盒子中有一张棉帛。把盒子夹在腋下,小刘可抖开棉帛看了起来,可无奈小刘可并不识字,棉帛上的字写得虽漂亮,但小刘可却看不懂是什么意思。

"这上面写的是啥呀? 怎得这么好看?"小刘看着棉帛上的字对外乡人问道。

外乡人听后叹了一口气,沉默了会才说道:"哎,南风已尽,西风至。火不融金秋,赤不染白素,这个秋天你怕是过不去了。"

小刘可听后皱眉,他收起棉帛抬头对外乡人问道:"你说的这是啥? 西啊,南啊的。"

外乡人没回答小刘可,他笑着对小刘可问道:"孩儿啊,我再送你一件礼物,你最喜什么牲畜? 你说一个我便送你。"

小刘可一听眼睛顿时发亮起来,他想起之前自己三哥偷了一头羊,然后把羊宰杀炙烤吃了。当时小刘可也在场,他三哥还分了他一扇肉,那个滋味小刘可至今记忆犹新。

"羊! 你给我一头大肥羊吧!"

外乡人听后沉默了会,随后又是一声叹息。小刘可见状眉毛再次竖起娇声怒道:"大肥羊呢? 你这么大个人还说话不算数?"

外乡人摇摇头,然后抬手一指小刘可身后道:"孩儿,你看你身后是啥?"

小刘可一听顿时欢喜起来,他兴冲冲地转身望去,只见一头硕大的白额猛虎扑向自己。小刘可吓得连跑都没了力气,他扯着嗓子嘶喊道:"咩……"

夜将明。

随着一声撕心裂肺的呼喊,虎口寨帅帐中的刘可从梦中惊醒。值夜的卫兵听见声音冲了进来,满头虚汗的刘可刚见到这卫兵便张口问道:"这是在哪?我在哪?"

卫兵见帅帐中除了刘可并无他人,悬着的心也放了下来,于是他随口回答道:"回王爷,这是虎口寨啊。"

"虎口寨?"

刘可重复了遍。卫兵狐疑地点点头,然后对刘可解释道:

"是了,就是之前白济建的那个虎口寨,现在是王爷的了。"

刘可听后惨然一笑,随意一挥手让卫兵退下,而后他爬到桌案上,从怀中掏出一副龟甲随意一摇。

看着桌案上的六枚铁钱,刘可笑了。

坎为水,五行水掩火,五道北冲南,应在冬季。

"刘可啊,刘可!你自比燎原之火,岂不知烈火仍有燃尽时,落得一抹灰,终是一场空啊。"

次日。

便在九月的最后一天,一夜过去后,虎口寨的大门打开了。

在仅仅围困虎口寨一日后,北军未费一兵一卒便拿下了虎口寨,此举也意味着刘可之乱彻底结束了。

这场天下大乱,其中牵连进无数人的心思与算计,更有无数人在其中家破人亡。但当它结束时,却连一个要为此承担罪过的人都找不到,因为刘可在秋季的最后一天,冬日来临之前自刎了。

那些气势磅礴的、深思熟虑的,从来都变成了急促与偶然。而品尝结果的人,再多的不忿或不甘,却都只能化为无奈。

对于刘可一方是,对于另一方亦是。

第十一章 —— 拔雾 | 741

十月中旬,江陵。

何皓所率领的平叛大军已进驻了江陵城,但到了江陵之后大军便没有过江继续向南,而是在江陵城内停了下来。

江陵城的城楼上,何皓冷眼向下俯视,城外是一批批被捆绑起来的人。

这些人中有男有女、有老有少,他们像猪狗一般被驱使着向北走,其中若有人稍有动作便被当场斩杀。

"反正他们都活不成了,何苦拉他们在江陵城外走一圈。"何皓身后有人问道。

何皓没回头只简单回答道:"震慑。"

白某趴在城楼上,看着那群将被驱使到城北十五里外活埋的老娘教感慨道:"几十万百姓的性命,下得去手? 不怕应了杀俘不祥的噩兆?"

何皓摇摇头道:"这些人已不再是百姓了,若让这几十万人流窜到中原,会有更多人遭殃。再说不详更是妄言,刘可据说是十分笃信谶纬的,不也是得了个自刎的下场。凶吉一道,我从来不信……咳咳。"

说着何皓便咳嗽了起来,白某见状皱皱眉问道:"钟老呢? 我听说钟老是一路跟着你的。"

何皓咳嗽完摆手道:"我让钟老留在宜城了,这里会死很多人,医者仁心怕他看不下去。"

两人正说着时,一声撕心裂肺的嚎哭在城下响起。

二人侧头望去,只见在老娘教人群中,有个女人正匍匐在一具男人尸体上哭嚎。再看细些,这女人身边还站了一个衣衫褴褛的小孩,瞧样子大不过五岁。女人哭得昏天暗地,小孩畏缩地躲在她身边。

但女人的凄惨并没换来同情,刚刚杀了他男人的北军士兵见状又走了过来。士兵抬腿一脚把女人从尸体上踹开,然后又向人群方向再给女人身上补上一脚,看样子是想把女人驱逐回人群。

女人身边的孩子见到母亲被打忽然放声大哭起来,小孩这一哭激怒了这名士兵,他走到小孩面前,对着小孩胸口就是一脚,而等到小孩扑通一声落到地上时,却已不再动弹了。

士兵见小孩死了也是非常诧异,他面色尴尬嘴唇纷飞,虽听不清在说什么,不过想必是在用谩骂来遮掩良心上的不安。

骂了一会后,士兵转身走了,再也没管那个被他踢死孩子的女人仍匍匐在队列之外。而就在那士兵走出七八步后,已安静下来的女人从地上爬了起来,她悄无声息地走到了士兵身后。便在瞬间,只见女人死死抱住那名士兵,对着他的脖颈一口咬下。

只可惜,女人的力气还是差了很多,虽然士兵被她咬得流血不止,但却妨碍不到性命。而在这时,这名士兵终于暴怒了,他抽出腰间的宽剑,对着女人凌空斩下,一剑,两剑,三剑……

之后,即使是站在城楼上的何皓与白某也能看得出,士兵斩向女人的那把剑是钝的,因为女人的尸体形状怪异,如同被重物砸断筋骨的牲畜一般。

"哎……"

当那名士兵留下三具尸体,捂着脖颈阔步离开时,一声叹息从何皓与白某的口中同时发出。

城楼上的两人全程目睹了这一惨绝人寰的景象,可在事情发生时,两人谁也没张口说一句话,便更不要说去制止底下士兵的暴行。

在叹息之后两人彼此相望,二人的双眼如同镜子一般流露出了怜悯,而这抹怜悯则成了这两个手上沾满鲜血的人唯一的一丝慰藉。

再开口时,两人谁都没有提城楼下的惨剧。

何皓先开的口:"若没有这些算计纷争,我们会怎样?"

白某抽了下鼻子语气随意道:"也不会怎样,我在辽东待一辈子,可能你我不会相识吧。"

何皓摇摇头道:"也未必,其实我最喜的是游山玩水,辽东边塞应该是会去的。"

白某听后把眼神移到远处,口气不咸不淡地道:"辽东有啥可去的?死冷的天,死荒的地。"

何皓听后笑笑,但只刚笑了几声便又剧烈咳嗽起来。白某见状没说话也没有动作,只是静静地看着何皓咳得痛苦。

擦掉嘴巴上的津液,何皓缓了口气对白某道:"于理来说,无论我何家是何初衷,镇北侯的死都与何家有些关联。现在我的事大体做完了,你若要寻仇此时是个机会。但我大哥与我三弟还请你留一手,我做完了我能做的事,他们能做的事还未做呢。"

白某仍是望向远方,嘴上笑道:"平叛名将死于刺客之手,倒是好故事。"

何皓听后没有笑,他闭上眼静静地等待白某的答案。

"我为何杀你?我又不是刺客。"

何皓听后睁开眼,他发现白某仍在对远方眺望。何皓挑挑眉,他扭过头也向白某所视的方向看去,可看在眼里的不过是空无一物的天地交界。

"帮我个忙。"白某忽然开口道。

"你说。"

"给我一个身份,要何家族内的,挨着你哥仨越近越好。"白某看向何皓道。

"可以,但你要做什么?"

"做事。那些你无能为力之事,其实你那两个兄弟也不好下手。不过巧了,咱们想的事,其实算是一件事。"

何皓听后点点头,他从腰间与怀中各取了一物交给白某。这是两条玉绶,雕嵌的分别是镶玉金盘与墨玉弯月。

"你去寻我朗弟吧,反正你与他相熟,有什么需要的找他就好。"

白某接过玉绶,没说感谢的话只对着何皓点点头说道:"行,那我走了。"

"走吧。"

半月之前才刚刚结识的二人,对于离别并没有什么唏嘘,离别或是永别,不过是简单的两句话罢了。但刚走了几步的白某忽然停住了脚步,何皓好奇地望向他。白某没有转身,只是背对着何皓又开口说道:"我曾与钟老有过一段经历,这些年也见多了生死。所以……你或许命数不长了。"

"我知道。"何皓平静回答道。

"天下有亏欠于我父亲,也有亏欠于你。"白某又说道。

何皓对着白某的背影笑笑没再说什么。

白某离开后,何皓再次望向白某刚才一直远眺的地方。看得久了,他竟发现远方并不是空无一物,在渐渐出神之后,他眼中所见之物越来越多。

他猜到白某看到什么了,白某应是看到了皑皑白雪与高远苍天,那是何皓印象中辽东的景色。

在远方中,何皓也寻到了自己的一片景色,夕阳斜照之下的远方有火红的云、有暖翠的山,天上有归鸟,苍麓有叠嶂。如此景象,像极了他河北老家。

原来啊,所谓的江山便是远方,而远方总有自己的家。

十一月。

某一夜,阴冷的长沙迎来了一场大雪。因为这场大雪的原因,本就三面环山的长沙仿佛置身冰窖,往日的湿冷终于变成了沁骨的寒冷。

在这场大雪之中,在曾经的长沙王府中,何皓那每夜痛苦的咳嗽声终于停了,因为他死了。

对于何皓的死,如钟老这般长陪在何皓身边的人并不意外,因为以何皓的身体,他早该死了。

何皓之所以能撑到今夜,是因为何皓的事终于做完了。

长沙之乱,至今彻底平息。

在不久的后世,茶楼酒肆中兴起了一种叫作讲书的娱乐活动。

讲书不同于唱词、舞戏,它不需要多大的排场,只要一个人一张嘴再加上一段好故事,便能引得听客或是欢喜或是落泪。

在诸多讲书的故事中,有一篇名为《靖江伯平叛》的故事,故事讲的是大汉初时,有一位叫作何皓的将军如何平叛。

这篇书谈不上有多精彩,但讲书人却最爱在最后一段书讲他。因为悲伤的结尾总会引人深思、令人沉默。而听众在沉默感怀之下,便不会再吆喝讲书人再来一段了,这样,讲书人也好得到空隙去喝一杯闲酒。

在这段书的结尾,主角靖江伯何皓刚刚平乱便死了。每每讲到这里时,讲书人总会故作神伤感叹道:"古有云杀俘不祥,古秦时白姓大将军不信,最终因功高震主而被赐死。汉初时高祖麾下大将白济不信,而后在荆北遭人算计冤死。平息长沙之乱的靖江伯何皓亦是不信啊,竟在功成之日被老天收了去。诸位听客,西竺来的婆娑僧曾讲,天道好生。区区不才,不敢妄论功过,但还望诸位听客谨记,滥杀有违天道啊!"

十一月二十日,扬州。

吴县义博侯府中,谢常思的侧院中虽然只有五个人,但其中的热络却丝毫不亚于谢家宗族聚会。

在谢常思院的常屋中,谢念还未等到白某劝酒便已饮下不少了。

谢念的兴致很好,言语神态上满是对未来的希望,曾经年少时那份神采奕奕,又再度回到了谢念这个稍有些发福的身躯上。

谢念豪情对白某道:"白兄弟,如今诸事告一段落,你就在扬州好好地当甘木!不用怕别人问,长沙之乱已平,我就说我义博侯府的甘木得幸归来,旁人又敢多说什么?"

白某听后不置可否笑笑,然后提杯一仰什么话都没说。

谢念脸色有些红,他接着道:"终于啊,终于,日子终于要开始好过了。你就留在扬州了,若是吴县住不惯,你带着我姐去山阴再开一房也行,这样你也好照顾陈先生了。总之,你现在大仇得报,往后就留在扬州帮为兄好好经营吧。"

白某听后挠头笑笑,动作表情亦如他少年时那般。

谢念说完后发现身边的酒壶已经空了,于是他呼喊一旁带孩子的青娥给他盛酒,全然忘了白某还没答应他。

又是一杯之后,谢念发觉席上的气氛有些冷。

青娥哄着瓯柑儿吃喝,谢常思坐一旁煎梅,白某则是一直傻笑卖愣没什么话。为了活跃气氛,谢念对白某问道:"唉,白兄弟,你这一路以来可有什么奇异事?这屋中人互相都是最亲最近的,你放心讲来,咱们也惊奇一次。"

白某听后想了会,而后对谢念问道:"谢大哥想听什么样的奇异事?喜的,悲的,或是令人惊悚的?"

谢念想了想,他看向屋外的天,算不上太好稍有些阴。于是谢念道:"你讲点令人惊悚的吧,外面阴着天,讲些山精野怪的最有意思。"

白某听后点点头,又想了一会后,他便把儿时听来的一件怪异事换了个背景,又胡编乱造一番讲了出来。

谁料白某这乱扯之后,谢念竟是听得十分上心,连连催促白某再讲一两个。

可等到一个两个都讲完时,谢念仍不过瘾还要白某继续讲,可白某听过的怪事早已讲完,无奈之下他只好现编。

什么一个女人因爱上某家公子,欲求不得故化成怨鬼。还有某地农民一日劳作之后,归家时竟发现爱妻是牲畜所化。

就在白某实在编不下去的时候,青娥身旁的瓯柑儿帮他脱出了困境。

当白某讲到一个老牛所化的精怪不吃草而吃人时,小瓯柑儿忽然大嚎哭了起来。众人是怎么劝都没用,这孩子就像是亲眼见到了老牛怪吃人一般,除了哭什么都听不进去。

瓯柑儿此举可给青娥急坏了,他一边哄着孩子一边说道:"好瓯柑儿,你叔叔厉害!老牛怪被你叔叔除了!你叔叔在这呢,莫说老牛怪,就是老虎怪也伤不了你。"

青娥边哄着瓯柑儿,一双杏眼边向谢念没好气地瞟去,谢念被青娥瞪了几眼也有些尴尬。他在正座上也对瓯柑儿劝道:"对!为父也厉害,老牛怪伤不着你!还有老虎怪、大猫怪、大狗怪都伤不着瓯柑儿。"

可小瓯柑儿一听,除了老牛怪竟还有这么多怪,哭声又更大了几分。

青娥起身一把抱起孩子,向谢念瞪去:"你好端端干吗吓他!"

谢念被青娥一骂,神色明显看出来有些慌。他本想说些什么宽慰妻子与孩子,可青娥却不再搭理他,而是对一旁的谢常思道:"姐姐,借你卧房一用,我哄瓯柑儿睡会。"

谢常思听后赶忙领着青娥与孩子去了卧房。这一阵喧嚣过后,厅中只剩白某与谢念二人。谢念有些尴尬地向白某看去,发现白某脸上的表情竟与自己一样。相视片刻,二人皆是哈哈大笑,心中都是感叹岁月二字。

又过了会,白某与谢念左右闲扯了一番后,白某忽然对谢念道:"谢大哥,其实刚刚那些都是我编的。"

谢念听后却毫不意外,他点点头道:"我知道,你讲的几个怪事我儿时也听过,不过是换了个地点人物罢了。"

两人会心一笑后,白某把脸色沉了沉对谢念道:"谢大哥可想听一真事?"

谢念也收起笑容,他没言语只是好奇地看向白某。白某把目光从谢念脸上移开,眯起眼睛缓缓开了口。

"我这一路行来遭遇危险无数,每日都如同在刀刃上行走。但对此,我却从未恐惧过,甚至越在暗中行事越觉得自己精通此道。可只有一事,或是一人令我至今忌惮,这份忌惮被我压制得很好。直到如今我暂时归家,心里得到片刻安宁时才敢直面一二。"

谢念完全被白某的话吸引了,以至于他没有听到白某话中的"暂时归家"与"片刻安宁"。谢念提起酒壶从正座晃下来,一屁股坐到白某桌案对面,手里边给白某倒酒边说道:"你讲讲。我小时候听说啊,人遇到怪事只要能把事情讲出来,那就没事了。"

白某提起酒壶也给谢念倒了一杯,两人碰杯对饮后白某开口道:"谢大哥,彭泽子你是听说过的吧?"

"嗯,这会知道了,说是老娘教与论阁把他当神仙。"谢念点点头道。

白某眯起眼在谢念脸上停留片刻,然后把眼神移开道:"按理说,他是被我宰了的。长沙之乱之所以能平得那么顺利,甚至长沙城不攻自破,这与此人死在战前有很大关系。"

谢念听后瞪圆了双眼,但他没接白某的话,只是又给白某倒了一杯酒。

白某饮过之后接着说道:"可若是不按理说,我并没有杀了他。"

"这……什么叫作按理?什么叫作不按理?"谢念疑问道。

白某摇摇头,他想了会才回答谢念:"那日我把三把斧头钉在他身上,我以为他死了便回屋去拿东西,打算连夜把他埋了。想着把他埋了后就再去杀一个我盯了很久的人,毕竟彭泽子死后,甘木这身份便好用不了太久了。可等我拿完东西再回到院中时,刚刚还被我钉死在地上的彭泽子不见了……"

"这!"谢念险些惊呼出来。

白某意味深长地看向谢念继续讲道:"我当时只以为这老妖物没死透,于是点起灯在院中寻起了他的血迹。可在把灯点亮之后我才发现,这院中除了地上那一摊血外,四周再没有沾染一滴血迹,而地上那一摊血也是十分古怪。谢大哥,弟弟这一路来杀了不少人,从小又是长在军中,所以对于死人比活人还了解。就地上那一摊血的味道,绝不是刚死之人的味道,那是陈年老血才有的恶臭。"

白某讲完这段之后,他二人谁也没再开口说话。直到谢念莫名其妙地打了一个寒颤之后,白某才又开口道:"那夜情形紧急,很多事不由我细想,当时我只认为老妖物可能跑了,或是藏在哪里。其实我在长沙的住所之外一直有人监视,我若是夜里点灯寻人恐怕打草惊蛇,可若是等到白日又太久,唯恐情形有变。杀死这老妖物的机会只有一次,若一击不中便再无可能了,所以我当时便决定放一把火,把整间宅院、整条街都烧了。这老妖物受了伤行动不便,找不着他就烧死他,只要能把他弄死,甘木与他陪葬也是值了。"

说着白某叹了口气继续道:"那把火烧得很大,只是可怜了好些与此事无关的人。放火之后我便从长沙脱出,路上正巧碰到一个我本要诛杀之人,顺便把他杀死后我便一路向北狂奔,连续一夜一日不停不休。后来我便开始四处藏匿,每天都没有精力去细想此事。很多天后,我混到了一伙流民之中,与他们一路北上,一直行到江夏才得到片刻安宁。"

白某揉了把脸,神情满是疲倦。他在桌案上捡了几口吃食后才又开口:"到了江夏后,我才有心思去想彭泽子这老妖物。他的手段确实玄妙,可之前我只当他在操弄方士的诈术,那些玄妙无非是弄香、点烟、障眼、惑语罢了。可那时细想来,我与他打交道时的所观所感,那确实是真实的通感、观应手段,并且应了许多我旧事机缘之景象。那些,除了玄妙之道外我再找不出他解。在百思不得其解后,我怕影响往后行事,便把这份疑问压在心底,全然不去管它。好在那场大火后,彭泽子再未出现于长沙之乱中。如今长沙之乱已平,我又暂回家中,只有对着谢大哥你才能把这份怪异舒缓出来。"

讲到这里,白某的话终于讲完了,在他讲完之后是漫长的安静。

谢念低着头,面上表情复杂,白某则是双眼无神地盯着桌案上的骨头。两人就这么发着呆,谁也没开口再多说一句话。

悠远的静谧被重回堂中的谢常思打断,谢常思走到白某身边坐好,这屋中没有下人,便由她替白某把桌案上吃剩的骨头扫走。看到谢念与白某神情发蒙,谢常思又起身给二人盛了碗煎梅甜汤。

"吃些暖甜的,冬日喝这么多酒解不出来,伤身。"

放下甜汤后谢常思坐回白某身边,她与白某坐得不远,这距离刚好显得二人的关系亲密,却又相敬如宾。

"某弟,你打算何时去山阴?"谢常思对白某问道。

白某听后愣了下,然后他低头想了起来。

此时长沙之乱已平,白某当然想去探望陈怀,他甚至想过一直留在山阴不走了。但无论是白某与陈怀谁都知道,长沙之乱虽平,但事情还没有做完。可在这个知道之中,二人的想法或许完全不一样。

白某知道,白某想要去做。陈怀也知道,但陈怀不会再让白某去做了。

曾经在白某去长沙之前,当时已被愤恨占据的陈怀计划了全部针对长沙的行动,但他还是在白某选择行动后的最后一刻,劝说白某放弃。而如今长沙之乱已平,白某却运气极佳回来了,若此时再见到陈怀,从来疼爱白某的陈怀是绝不会再让白某离开的。

而且不光是陈怀,就连白某回到扬州后,心底都产生了一丝疲倦。所以白某从理智上不愿去见陈怀,他怕自己因贪恋这份人伦情,而失去了做事的动力。

白某正想着,一双温润的玉手来到了白某胸口。谢常思挨到了白某身边,伸出手帮白某整理有些散开的襟领。

"早些时候啊,多亏了辽东龙将军帮忙,陈家母这会也被接回山阴了。算算,还有一月多就是新年了,你若这时懒,那便再歇几天。等到年前半月时咱们再动身,今年我陪你去山阴过年吧。"

谢常思的话语很平淡,很家常。

可在白某心中,这些琐碎的闲聊话却比曾经彭泽子的感言都让他动摇,因为谢常思的话是真实的,是他向往的。只要他在这时点点头,那么一切被他深压在心底的渴望便全部能够得到。而得到这份渴望需要付出的代价,却是微不足道的。

长沙之乱得以平定有白某的功劳,这便够了,对父亲对苍生都算有了交代,再之后的事已不是白某的责任,他只需要不去承担那份与他无关的责任,便能得到所有的渴望。

"你们都走了这新年过得多无趣? 不如我也回山阴吧? 过了处处小心的时候了,我去敬陈先生一杯酒也没什么不妥。"谢念对谢常思道。

谢常思听后摇头笑笑,她整好白某衣襟后又在白某背后捋了捋,直到白某的衣服稍微平整些后才对谢念道:"你可走不了,到了新年,府中的事又杂又多。你当家主的第一年,很多场面不能离开。"

谢念听后满脸遗憾,样子像极了索要零食未成的小孩。就在这张小长桌间的欣融气氛到了最佳时,白某开口了:"常思姐。"

"嗯?"谢常思望向白某,那是慈爱与心疼交织的眼神。

"去山阴的事再议吧,我再想想。"

白某说完,不等谢常思说话谢念马上开口道:"还想什么呢? 还有什么要想的? 事情都完了,再没什么事要想了! 你现在要想的就是好好当我的姐夫! 虽然我不会叫你姐夫吧,但无论你是白某还是甘木,你都娶了我姐。"谢念的声音有些急促,因为他知道,白某这话意味着此时白某的心绝没有得到安宁。虽然他不知道白某顾虑的是什么,但他想把白某留下,想用急促的话语逼迫白某留下。

谢常思看向谢念,眼神微抖,轻轻摇摇头。谢念看着姐姐,心底叹了口气,因为他明白姐姐的意思,便是不要逼白某。

"某弟不急,时间还早呢,慢慢想就好。"

白某低头点点,没再多说什么。谢常思笑着对谢念与白某道:"吃些稠食吧,你们喝了许多东西,又只吃了果肉这些硬物,待会腹中不适就难受了。刚才我熬了些糜,你们就着渍菜吃点。"

第十一章　　拔雾　　751

说着谢常思便起身忙碌去了。

谢常思走后,白某抬起头对着谢念苦笑一下,口里有些别扭地唤道:"谢大哥,我这……"

"行了,别说了。"

谢念挥挥手,然后他先给白某倒上一杯,然后又自斟一杯道:"喝酒吧。"

这夜。

弥漫在吴县上空几天的阴霾,终于在某一夜化成了一场大雪。

谢常思的卧房中,白某应是从雪中嗅到了一抹熟悉的味道,他从地上的被褥中起身。

披上一件厚衣,白某推开卧房的门走到院中。这真是好大的一场雪啊,晶莹的雪花结着鹅毛,从天上缓缓漂浮下来。

扬州很少下雪,像这么大的一场雪更是经年未有,可这场雪下在深更黑夜中,如此的大雪,整个吴县应也只有白某一人目睹。扬州不似辽东那般寒冷,再大的雪落到地上不一会便会化成水,那么这场只有白某目睹的大雪,或许在明日天亮时,便成了不曾发生之物。

白某在雪中漫步,他闭上眼,用力把每一丝新鲜的气味吸入腹腔。雪化在白某的肩头,待得久了,雪便不再化了而是叠在肩上。白某走得很慢,肩头的雪也慢慢地叠高。披着雪的白某在一块石凳上坐稳,对着漫天银白发呆。

月光映在雪上,光纹折射出点点亮丽,这很迷幻,白某很陶醉,以至于有些眩晕。空中密布的大雪渐渐成了一个个人影,那些人影勾勒得很清楚,一些亦真亦幻的场景映到了白某眼中。

他看到纵马奔驰的父亲白济,看到了黄栎与周揽吵闹拌嘴,看到了乌维正在做饭,而女儿白宁正蹲在乌维身边用木叉划着泥土。

渐渐,白某看到的人越来越多。

那些整日披着黑斗篷的哨子摘下了兜帽,他们的长相彼此不一,有的好看些,有的丑些。一个北境裨将正心疼地望向手中的剑,那把剑曾被白某借去,然后被王铁胆的铁锤敲得稀烂。黑甲骑的将士们很开心,一天操练后,他们卸了甲终于能喝口暖酒了。有一个虎背营的汉子揉着小腿唏嘘岁月不饶人,另一个像是他子侄辈的小兵凑他身后,替他按压起了肩膀。

军中的铁匠原来姓张啊,那个有点胖的主簿好像很怕冷,怎么李马夫竟是晋阳人?

白某陶醉于眼前的景象,他闭上眼,想把这些影像印在自己心中永远记下。可当白某闭上眼后,这些景象却忽然有了色彩,在五光十色之中,景象动得飞快。

观。

很多人陆续死在了暗哨们足下,而暗哨们也是一个接一个消失。裨将还来不及换上甲胄,便被铜锤砸碎了胸膛。黑甲营的将士以堂堂正正之列,无畏地向着箭雨冲锋。虎背营营军士还来不及结阵便被打散,行囊中众多武器竟连一把都没来得及抽出。张铁匠被卸了膀子,流血疼死了。胖主簿怕疼,自缢了。李马夫临死前最后一刻放空了马厩里的马,而那些马却是一匹都不肯离去。

白某在颤抖,景象也有了声音。

闻。

先是叫骂声!黄栎被数杆长枪穿膛破腹,直到死前最后一刻都在怒骂。

甲胄破碎声!白济的身上多了一根又一根箭矢,而后又被贯进数根短矛,但白济握紧缰绳的手却从未放松。

风啸声!周揽骑着马一路东行,渐渐被风雪淹没了身影。

最后的声音,是火焰在噼啪作响。

乌维与她怀中的白宁蜷缩在一片通红与炙热中焦骨焚躯,与她裹在身上的裘皮一起,化作一团气、一团飞灰。

示。

在这些光与影中,这些动与声中,白某胸膛内复仇的火焰开始燃烧。这火焰超脱了死亡与绝望,它开始焚烧白某的身躯。

等这团火把白某淬炼成灰后,这世上任何人的任何话语都不再能让白某有一丝动容,那时的白某想要的只会是破坏,纵使自己粉身碎骨也要破坏一切,纵使一切都不能重现他也要破坏一切。

便这时,雪被火焰融化作水,滴到了火焰之中。

一滴水时,水滴还未触碰到火焰便化作了气,但一滴水化作气后便会有第二滴水,然后是第三滴、第四滴。

水与火交织成的气化作了虹光蜃气,蜃气中有人向白某走来。那是一家三口,男人、女人、男孩。

他们三人生活在豫州以耕种为生,辛劳却平静。

女人有些姿色,因此被村中农绅看中。农绅为得女人,设计巧放了一笔粮贷给男人。男人辛苦耕种一年,但在丰收时粮贷却变成了田贷,如此男人只得更加辛苦,可又是一季丰收时,他竟发现纵使卖了田也还不上贷了。无奈,男人只好带着一家三口离开了家乡。

离开家乡后,男人竟走了运,他本以为带着女人与孩子会多有不便,可在路途上他却结识了一些好人。那些人虽也都是流民,可是这些流民团结、谦让,别说对他一家没有任何不轨,反而处处照顾。如此,男人虽然没了家乡,但他对生活却更有期望了。当这一家三口随着同伴前往长沙时,男人、女人、孩子的脸上都是笑的。

在这时,白某终于看清了这三人的脸,那是他有些熟悉的面孔,是在江陵城城墙下的三具尸体。

三张笑脸慢慢远去后,越来越多的脸孔出现在白某景观之中,这些脸有男有女,有老有少,张张面孔都是不一样的人。可这些各不一样的面孔上的表情却是相同的,都很麻木、都很茫然。

"哈哈哈"在一阵笑声之后,这些脸孔也都开始大笑起来。

"呜呜呜"又来了一阵哭声,脸孔也同样开始哭了。

白某被这些密密麻麻的脸搞得有些反胃,他伸出手想把这些脸扫开,可抬手一扫后脸虽然动了却没有消失,不过是刚才那些人脸走了,取而代之的又是另外一批人脸。

再连番十余次挥臂后,白某垂下了手臂,并不是因为他累了,而是他渐渐明白这些脸代表着什么了。

这些面孔中有些他认得,比如被他杀死的论阁中人,比如死在战场上的北境将士,这些同笑同哭同麻木的脸虽都是不同处境,并且大不一样的人,甚至他们有些还相互为敌厮杀。但实际上这些面孔却又都是一样的,因为他们都是芸芸众生。

芸芸众生,同喜乐,同悲切。

芸芸众生,皆为父母之精华,生而为人又有什么不同?

境。

在一个没有长短的瞬间,白某眼前的景象碎了,一张张面孔被他看破了,他周围变成了空无一物的虚无。黑暗之中,白某心中的火焰渐渐熄灭,当最后一丝微弱火苗燃尽后,黑暗变成了永恒。

在名为无限的黑暗中,白某的心中没有一丝恐惧与茫然,而是有一种透彻在他的心中蔓延。当澄明占据整个心灵时,对诸事的透彻渐渐淡了,取而代之的是一种孤独感。

这种孤独感源自俯视与透彻,当白某再望向密密麻麻的面孔时,他便不在面孔之列了。当白某把每一张面孔看透彻时,他便不再是面孔了。

白某好孤独啊,他望向众生,众生却没有回望向他。

这世上白某便单单只是白某了,除白某之外,天地之中的一切都是万物,而唯独白某不是。于是白某在脸孔中寻找起来,想找到一个同样站在面孔之外的人。在穿过无数的面孔后,白某发现了一些不同的面孔。他们,离那群拥挤在一起密密麻麻的脸稍远些。

忽然,特别的脸孔中有一张脸笑了,接着拥挤的脸孔全都笑了。另一边,一张特别的脸孔苦了,拥挤的脸孔全都苦了。原来之前操纵脸孔们笑声与哭声的,就是这些特别的脸孔。

"喂!"

白某走到特别的脸孔旁边叫道,特别的脸孔没有回应他。

"为何他们的哀乐由你们发号施令?"

白某问道,但特别的脸孔仍旧没有回应他。如此白某才发觉,这些脸孔虽然特别,但依旧是脸孔。最终,他还是孤单的。

"这太孤独了,我不想这样。"白某说道。

就在白某话音刚落时,周围的黑暗开始有了色彩,色彩在一阵扭捏之后迅速变成了景象。

辽东的胡人部落开始熊熊燃烧,树苗从火中生长,阳光透过树杈的缝隙照到洛京城中的静好岁月。阳光太大,恍到眼中一片眩晕,再清晰时是江丰村丰茂的农田。农田败了,一片枯草有如章安的荒地野岭。野岭上有生长得郁郁葱葱的植被,那是襄平城外的起伏山峦。山峦间有河,河通往云梦大泽,大泽以南便是长沙。长沙城内有好多人,而江陵城城外的泥土中同样也埋着好多人。

白某飞速在一幕幕中穿梭,而每一幕中的每一个人都望向白某。

每当白某离开一个世界到了下一幕时,之前世界中每一个人的脸孔都会离开身体跟在白某身后。

便在某一个瞬间,白某驻足下来,随着他的驻足,世界不再乱跳。

这时白某回过头,漫天无数的面孔齐齐望向他,有的哭、有的笑。

"以后你们的喜怒便由自己做主了,你们便是我的责任。"

白某对表情不一的面孔说道。

然后马毛的脸碎了,接着是老娘教井宿巡山的脸,再是张铁匠的脸,再又是一论阁学子的脸……

白某重新回到那空无一物的黑暗之中,他仍是澄明,却不再孤独。

微微睁开眼,白某发现自己躺在一张又香又暖的床上。灯火下,谢常思正坐在床案给白某擦着身子。

"这个季节睡在地上,难免你着凉吃语。"

"常思姐,我……外面的雪呢?"白某的声音有些疲乏。

"雪?"

谢常思望着白某问道。

就在这时,忽然间外面起了一阵大风,啪嗒一声窗栏被风吹开,卷着边的鹅毛大雪从窗外被风带了进来。

白某看着雪落到屋内,然后在月下化成了水,他笑了,笑得很澄明透彻。

谢常思见状把窗栏掩好,月光下,轻薄宽透的谢常思走入了白某的眼帘。丰腴的线条,是艳红到了极致的桃花。还有那雪白的肌肤,比起月与雪更多了几分皎洁。

　　谢常思关好门窗又回到了白某身侧，从水盆里又拧了把温水继续给白某擦身子。当温湿的巾布擦拭到白某胸口时，几缕发丝从谢常思耳鬓间垂下，发丝点在白某胸膛有如蜻蜓掠过水面，一阵涟漪荡在白某心间。

　　"常思姐，有劳了，我没事，不必麻烦，我下去睡了。"

　　"今夜你就在这里睡。"

　　谢常思的声音平静，但不容拒绝。

　　吹灭了灯，软床上白某躺在里侧，谢常思躺在外侧，两人之间隔着一根长杆的距离，不远，却又咫尺天涯。

　　"某弟。"

　　"嗯，常思姐。"

　　"山阴的二老也留不住你了？"黑暗中谢常思的声音无喜无悲。

　　而后，屋中是许久的沉默。

　　"某弟，看到你方才看向窗外的眼神，我便猜到了。"

　　"弟弟对不住你。"白某平静道。

　　"再多留半月吧，总归你要给我一个交代，给我留下些东西。你走了之后，我还需要用他留住陈家翁。"

　　"什么交……"

　　白某的话还没问出口，他的胳膊便感到了一团温软，接着有一种香袭到了他的脸庞。白某心中一颤，他刚想说些什么，双唇便被咬住。

　　白某的耳尖被三寸绵滑包裹，手臂上的温软也挪移到了胸间，等他的腿被一条滚烫紧致的白蛇摩挲到有些黏稠时，白某的唇感到一丝疼痛，接着他唇上留下的猩红被舌尖舔舐。

　　白某的心颤了，目花了，耳鸣了。

　　他翻身，折断桃花，使花瓣散尽……

　　腊八。

　　这天白某走了。

　　吴县外，送别白某的人很少，算上谢念的小儿瓯柑也只有四个人。

第十一章　——　拔雾

一直到马夫把白某简单的行李卸到驮马上时,站在稍远些的谢念脸上仍带有一丝震惊与意外。一直到昨天他还认为白某不会走,此后便好好生活了,但在昨夜,就在一顿平常如故的晚饭上,白某最终还是选择了离开。

谢念不知道白某为何要离开,也不知道白某要去哪里,做什么。所以他认定,白某是在自我放逐,是怕在日后给义博侯府添麻烦。

谢念很是不悦,送别白某的这一路上他一直沉着脸,纵使白某怎么与他说话,他都是一言不回。因为谢念觉得,若是白某因那些想法而离开,便说明在白某心中,他这个谢大哥从来是一个外人。

不同于谢念的意形于色,谢常思的表情无喜无悲,好像她早已知道今日的结局。她把一包衣服亲自放到白某的手上,然后轻声对白某道:"这次走后,你不会回来了。"

白某接过包裹低着头,什么都没说。

"上次走时,我知道你会回来,因为你还有惦念。这次,你惦念的东西不全在这了。"

"我……"白某的声音有些干涸。

"那夜你看雪时的眼神中有太多东西,既有怜悯又有漠视,太多太多的东西,我说不好那是什么。但我知道,人不该有这种眼神,因为你眼中有一切,却唯独没有生与死、未来与愿景。"

"常思姐,我……"白某看向谢常思的眼神很愧疚。

谢常思抬手抚到白某的额头:"别说了,你啊,很机灵,但不聪明。让你把所有事都弄清楚太难了,若你还有以后,慢慢想吧。"

"常思姐,我对不起你。"

谢常思的手贴到白某脸颊上:"何必讲什么对不起,谢念能有今日,义博侯府能在浪潮中生还,你帮了我们。"

说着,谢常思收回白某脸颊上的手,放到自己的小腹上继续道:"你应该早知道,姐姐不是那么单纯的女人,姐姐喜爱你,但这份喜爱并不倾以全情。可你不一样,在你身边,姐姐很安心,安心得让我懒得算计,觉得再多想一丝都是劳累。这种感觉真的很好,所以某弟,你没有对不起姐姐。"

白某的双眼向下移开,深深叹了口气。

"谢念,你过来。"

谢常思转身对站在远处的谢念喊道。谢念听后望向姐姐与白某那边,虽然仍是皱着眉头,但还是乖乖地走了过去。待谢念走到近处,白某与谢念驻足对视,白某悻悻叫了声:"谢大哥,我走了。"

谢念则是完全不理会白某的叫唤,长叹一声把头扭开。

"你们兄弟互道一声珍重。"谢常思平静地对二人道。

谢念听后仍然是一声不响,谢常思见状伸手轻轻拉扯谢念。谢念则甩开姐姐的手,语气不忿道:"既不把这里当家,走便走了。"

"道一声珍重。"谢常思的声音冷了下来。

"我就不明白了! 就算你真想做什么事,告诉我啊,难道义博侯府不会助你么?"谢念正过头对白某急道。

"道一声珍重!"谢常思命令道。

"你到底在想什么? 这里有陈先生,有我,有我姐! 到底是什么仇怨,值得你随口一声便扔下这些说走就走! 你以为我不知道? 我告诉你,镇北侯的仇已经报了! 难道你要把京畿中的人全杀光? 你若这样纠结此事,那这天下一半的人都要死,便是连我义博侯府都要死光。你在此事中执迷了,这样下去你成了什么? 你不是白某也不是甘木,你连个侠客都不是了,你就是个杀人上瘾的魔!"

谢念的声音很悲愤,话到尾处时,他的双眼已尽是涨红。

但白某却什么都没说,他看着谢念的脸,只有苦笑,是只有白某最亲近的人才能看到的苦笑。

"你们互道一声珍重吧。"谢常思颤抖地说道,声音里尽是恳求。

在这苦楚的声音淡去后,谢念紧缩的眉头终于还是解了,他看着白某的脸,心中千言万语都化作一声叹息。

白某也看着谢念,不再风流倜傥的谢念,不再是比他高比他壮实的谢念。

现在的谢念有些胖,还比他矮些,风流更是早不见踪影了。但面前的谢念,仍是多年前洛京城中的谢念。而他自己呢? 白某自己也不知道。

"谢大哥,珍重。"

谢念听后,抬头望向上空,一声无可奈何的吁吟讲不清他心中的千言万语。但他张口的下一句话,却让所有肺腑之言都不再具有意义。

"珍重吧。"

白某躬身拱手,谢念亦是躬身拱手。

远方,熟悉的那人背影终于看不真切了。

瓯柑儿扯了扯青娥问道:"叔叔走了?"

"嗯,叔叔走了。"

"是父亲赶走叔叔的么?"瓯柑儿裹着嘴问道。

"瓯柑儿怎么这样觉得?"

"刚才叔叔和父亲吵,然后叔叔就走了。哎,没人带我打鸟了。"瓯柑儿擤了把鼻涕遗憾地说道。

"瓯柑儿,娘亲告诉你。叔叔和父亲没有吵架,叔叔是你父亲最好的朋友。"

"那为什么……"

瓯柑儿的话还没问出口便被青娥一把抱了起来。

"娘,你怎么也哭了?"

"娘可怜你父亲,也可怜你叔叔。"

青娥的泪落到瓯柑儿的小手上,瓯柑儿对着手上的眼泪舔了一口,是咸的。

第十二章 —— 船歌

十二月初八,夜。

在震泽北岸的荒郊野地上闪着一盏微弱的灯火,白某在灯火近处下了马,然后牵着两匹马缓步走到灯火处。

"何茂见过义客!"挑灯人对白某拜礼道。

白某打量了这人一会,看年纪身形确实与自己有几分像。

"你是?"白某疑问道。

"在下与何朗为堂中同辈。"

白某哦了一声,又问道:"我多问一句,你没露过相吧?"

何茂摇头答道:"在下一直为何家行于暗中,便在清河也无甚名声。此前也仅有过一次露头,且是在幽州。"

白某听后点点头,没再说什么只继续前行了。但走了几步后,白某才发现不对,何茂并没有跟上他,还仍站在白某身后一步未动。白某停下了脚步,眼神渐渐发冷,右手伸向股侧新做的三把短斧。

"怎么不走?"

"在下并非来与义客同道,而是来为义客送东西的。"

"送什么?"白某转身,双指已环在短斧的提柄处。何茂对白某躬身一拜,然后从怀中掏出一个包裹扔向白某,而白某却没有伸手去接,只看着这团包裹落在自己脚下。

"送什么?"白某又重复了一遍。

"送何茂之命予义客一用。"何茂的声音中气十足。

白某皱起眉头,他没听懂何茂是什么意思,但手已离开了短斧。弯腰捡起地上的包裹,白某拆开后见包裹里是几张文牒另还有一块腰牌,腰牌正面镌刻着一个何字,反面印有何茂二字。只在这时,白某余光中几步外的火光忽然落了下去,白某抬头向何茂看去,只见何茂委身蜷在地上,手中的一把匕首已窝到自己胸口深处。

"你这是!"白某快步向何茂走去。

"还有劳义客埋了我……"摇曳的火光中,何茂的脸很痛苦,但又很满足。

离白某一步之外的何茂死了,像白某见过的许多人一样,何茂死得很从容。叹了一口气把马重新拴好,白某又开始掩埋起自己的尸体。

随着何茂的脸渐渐被泥土覆盖,白某心中开始叹息苦笑。他在一场雪夜中找到了真知,本以为自己心底已充满了笃信,为了这个笃信他已不在乎手段了。但可笑的是,他重现在这世间的第一天,身上便又背上了一条性命,这可真是莫大的嘲弄。

不过在白某的苦笑中他并没有迷茫,他只是有些感慨,同样是要人命,同样是满足地死去,何家与彭泽子有什么区别?自己又与刘可有什么区别?

都是血肉凝成的人命,又何来的草芥与美玉之别?

说白了,什么天子、长沙王、何家甚至包括自己,都是在驱使人命。彭泽子的话并非全是惑言,善恶对错皆是真伪之门外的噱头,而人的本心,却还被锁在真伪之门内。

压实了土包,白某对着荒冢凝视一会,便在不长的时间里,何茂又活了。

汉廿二年。

洛京城。新年正月,初一。

恒旦宫东侧有一座单独开门设堂的宫殿,便为太子所居的储宫。

在去年秋时,空了多年的储宫终于重新装饰完毕以待人入住。搬入储宫之人没有任何悬念,便是二皇子盈。

在戚家被灭后,三皇子如意尽管仍受恩宠,但朝中也知他再没成为储君的希望了。何况二皇子盈才德兼备,不管是论长幼尊卑还是人望德行,储君之位都再无第二人选。所以,虽然皇子盈在今年春时才会被正式册立为太子,但他还是得到天子的授意,早早搬入了储宫之中。

下午,储宫中皇子盈摆下的宴席已结束,在来拜年的众多太子属官中,平日为皇子盈讲学的太子少师何朗,与他的兄长何明是最后离开储宫的。

这日天气晴好,无风无云,冬日阳光和煦,从太子储宫回何明府上的路,何明何朗兄弟两人走得有些散漫。

"弟,太子欲年后谏劾游琳,并有意由我领头此事。"

"为何?"何朗微笑看向大哥。

"作制衡之用。游琳与李行勾连已深,往后只会在朝中越做越大,此时若我等新臣不站出来立帜,待除此二人时,朝中难免又会有许多被牵连其中者。"

何朗听后不语,何明思忖了会接着说道:"况且我想过了,陛下偏爱制衡之道,亦如从前父亲与王暮,再到后来的王暮与戚博。若按此点深想,这时也该有人站到游琳与李家对面了。"

"大哥要立这杆旗?"何朗询问道。

何明点点头,长吁一声对弟弟道:"朝堂之事,总不能让太子殿下出面摇旗吧?"说完话,何明发现弟弟驻足停了下来,他站住侧身看向弟弟。虽然何朗仍是那副温和的微笑,但何明知道,弟弟这是有话要说。

"怎么?"何明询问道。

"大哥,你不觉得殿下搬到储宫太快了么?"

"这又怎么?"

"天子急于摆正殿下,其意并非望殿下制衡游琳。天子圣意恰恰相反,乃是为保全殿下。"何朗的笑变得有些意味深长。

"所以我才说,由我站出来立帜。"何明的话虽说得肯定,但脸上的疑惑却渐渐变浓。

"大哥,你出来与太子出来没有区别。我如此说吧,太子的储宫不是用来制衡臣子的,而是用来保全臣子的。太子的储宫,是如今洛京城中,唯一可以让臣子独善其身的地方。这节不晦涩,大哥只想,天子的制衡之局,是否从来是此消彼亦消?无论是父亲、王暮还是戚博,是否从来未有善终者?如此,太子怎会在那制衡之局中?便如大哥所说的新臣,储宫便是新臣们的驻脚处。"何朗说完,何明深吸了几口气。年节的阳光虽暖,但风终究是寒的,这寒冷的空气几息便让何明清醒许多。

"况且……"何朗沉了沉继续开口,"况且,大哥可曾想过,游琳一党之罪,是否真的是昭然于世之罪? 跋扈可不算是共愤之过啊。再说李家,虽说他与游琳权武勾结。可李家人做事却极有分寸,从未听闻过李家在明面上有何跋扈过界,甚至可说,他们行事作风十分规矩。故,游琳与刘可戚博之乱不一样,他们只有官怨没有民怨,与百姓生计也无大碍。这等位高权重的望臣,不可构谋处之,还要些昭然若世的罪名。"

话说多了,热乎气也泄了许多,何朗的身子明显有些发寒。好在身子打颤,牙膛却仍是解释,话依然温润清晰地从他口中继而说出:"说到李家,他们却又是极麻烦的,纵使行事再怎么敦厚,可到底是领兵之将门啊。就算李行现人在洛京,又得了瘫痪之症,可其进退二子手中的兵权至今还未放回。再想想李家的封地西疆,到底太远了。对这等人,若操之过急,险。"

何朗的话没有在寒冬中凉太久,很快他的身子便暖和起来。何明把自己的外袍披在弟弟身上,哈着寒气感叹道:"哎,朗弟你这话虽是在理,但等到权柄尽落于他人之手时,便是动,也再难动了。"

何朗紧了紧兄长的外袍笑道:"大哥勿忧,储宫不动,大哥也不必动。"

"你动也不行。"何明摇头道。

"弟也不动,不过这事自会有人动。"

"如何动?"何明又看向弟弟。

"自古孽臣,从来都是狼狈为奸。继而,同室操戈。"

何朗的话说完,何明的眉头几次伸展,不过终究没有再往下深问。兄弟二人,继续走在了春光与寒冷不和谐交错的大路上。

正月初八,洛京城。

这日,安定伯李行府上坐进一位稀客,这位客人自身没什么来头,非官非吏,非雅客非大学。但这位客人背后所代表的意义却很大,大到安定伯府邸今日把时间只留给这么一位客人,因为这位客人来自清河何家,是在何家三子皆有所归后,继而替何家四方游走之人。
客人是何家三子的同族堂兄,名叫何茂。

安定伯府正堂内,何茂已在席下端坐许久,但他的脊梁却仍是挺拔不移。一直到桌上的胡汤都凉了,李行还是没有出来,可何茂的眉宇间却未见一丝焦躁,眼中的英姿丝毫不泄。

又过了少许工夫,堂内渐渐能听见木材摩擦的吱呀声,随着吱呀声越来越近,李行终于出现了。

李行瘫在一张抬床上,由下人们齐力抬到正座上,何茂起身作礼,李行的声音迟缓飘出:"哎哟,身子不好用,磨蹭了会,贵客多担待。"

何茂听后赶忙让礼,连道几声叨扰。

抬起头,何茂正视李行,这是他第一次见到李行,但李行的样子却与他想的完全不一样。现在的李行很瘦,瘦到已看不出来这位纵横沙场的将军曾经的模样。

李行刚说话时,声音有些含糊,嘴角也没有随着声音抖动,想必嘴已经瘫了。眼睛虽是好的,但或许是因为口舌僵硬的原因,他眼中看不到多少神采。

"哎,去年遇到刺客。他没要我命,只把我弄成这样,贵客别见怪啊。"

李行说完,何茂才发现自己刚刚失了态,连忙拱手道,"安定伯为国遇难,在下叹息却又敬佩。"

李行听后呼呼两声,看样子像是在笑:"没啥可叹的,像我这种打一辈子仗的,死了残了都不白来。贵客坐吧,我手不好让你。"

何茂听后再施一礼后便入座了。等何茂坐稳,李行问道:"我是莽撞人,便直话直说了。贵客出身何家,我知何家是名门,看不起咱,所以贵客今日这是为何来访啊?"

何茂听后微微躬身道:"安定伯言重了,何家虽得几分谬赞,但从来对安定伯都只有敬佩。在下堂兄何皓曾经便游访过凉并,他回来时与我等同族讲述时,言语中更是对安定伯大加赞赏。再者说,平定长沙之乱的功劳,虽被在下堂兄占了头鳌,但世人都知道,这其中离不开李家两位兄弟的辅助。所以说,安定伯方才之言,确实折煞何家了。"

第十二章 —— 船歌 | 765

正座上的李行听后呼呼几声沉重的喘息，座下的何茂正不知缘故时，李行开口道："哎，靖江伯到我那时啊，最爱吃羊肉，但吃多了又难以大解，这事现在我还记得。多好的才俊啊，可惜了。"

听着李行忽然开始回忆起往事，何茂有些不明所以，但也只能附和着叹息摇头。

顿了顿，李行又开口说道："哎哟，我这人老多怀旧，不讲那些勾人感怀的事了。贵客啊，你寻李家是为何事啊？若是公事，李家可不好办啊。咱到底是带兵出身的，朝局的事不懂，所以在这洛京城中是处处小心谨慎，生怕落了个跋扈的名声。若何家遣贵客来，真是为了公事，那便爱莫能助了。还望贵客体谅，免开尊口了。"

何茂听后连忙摆手道："安定伯多虑了，在下并非为了公事而来。"

"哦？若是私事那更不必寻我了，贵客去找我两个儿子也是一样的。现在啊，我不管事啦，想管也管不了。正巧啊，我幼子李退现在洛京城。这样，我遣人把你引荐给他，有什么事，你们哥俩商量。我不行啦，气力心思都跟不上啦。"

李行的声音虽然微弱，表情也是瘫僵着的，但这话语中透出的感觉，却像极了休养在家的赋闲老汉。

何茂听后笑道："在下这事啊，还非得来寻安定伯。因为，在下是前来讨一门亲事的，这族中姻亲大事，当然该询问长辈。"

李行听后没说话，但看样子像是愣住了，过了好一会他才开口道："这姻亲……是何义老先生的意思，还是郎中令何明大人的意思？"

"回安定伯，这事自然是家伯何义提出的，这才由区区晚辈前来京畿。若是何明兄长的意思，那他自然要亲自登门。"

又是过了好一会后，李行才张口问道："不知何义老先生想牵我门下谁的姻亲？"

"听闻李进兄膝下有一女。"何茂笑答道。

"配的又是谁？"

"何家何芒之长子。"何茂躬身施礼道。

"可是如今代国的新任国相何芒？"

"正是在下的亲兄，何芒。"何茂微笑点头答道。

接着便是漫长的沉默,李行不语,何茂不催,堂中安静得连李行那微弱的呼吸声都听得见。

"好事。"许久之后,李行才慢慢开口。

"多谢安定伯,在下即刻便去京畿右路禁军营中寻李进兄。"何茂显得非常高兴。

"这便免了,进儿到底领兵在外,若让他督办亲事多有不便。不如这样,让我次子李退协同何家料理亲事如何?"

何茂听后想了想点头答道:"也好,李退兄作为叔父也是合适,但在下还想去亲自拜会下李进兄。这姻亲大事,何家不好失了该有的礼数。"

"也好,但还有一事得请贵客传达何义老先生。"

"安定伯请讲。"

李行口中呜咽了一声,听起来像是叹气。

"这亲事的排场还请办得小些,若不然再惹些流言蜚语,我李家可就真正艰难了。"

何茂听后站起身来,对李行深深一躬。

同夜。

洛京城东五里外一座热闹的集镇中,猴子与白某正在一座酒肆独间中吃饭。

虽然猴子此时也是一身富贵端正扮相,但因独间中没有他人,所以他举手投足间毫无伪装,白某还在斯斯文文地进食中,他却已是吃饱喝足了。

"公子,你拿了何家的身份,相见李家兄弟很容易,何必还要绕这么大个圈子先找到李行?"无事可做的猴子与白某搭话道。

"李家兄弟曾见过我,若毫无预兆出现在他们面前,我怕他们会胡思乱想。"

猴子听后一乐:"我是觉得他们认不出你来,那会你的相貌身形与现在简直判若两人。当初你找到我说要杀无疾时,已是几年前的事了,那会我都没马上认出你,这就更别说他们了。"

"还是小心为上。"白某淡淡地回答道。

猴子点点头安静下来,只是,他并没有安静多久嘴巴便又开始闲不住了。

"公子,那李行帮你引荐至李退那时,你为何拒绝啊?"

"我见李退时,便是我杀他之时,现在还未到取他性命的时机。"

白某虽是这么回答,但他不见李退还有另一层原因,便是在白某心底,不知为何对李退总感到有些棘手。这感觉来源于很多年前,他初到洛京城第一次见到李退时便有了这种感觉。不过这话,白某却不愿意对猴子说起,这不是他不信任猴子,而是因他自己也琢磨不明白,这种"棘手"的感觉是从何而来。

猴子听后哦了一声问道:"那咱们这次不杀李进?"

"不杀,李进是要笼络的。"

"笼络?什么意思啊?"猴子又问道,白某放下碗筷皱眉看向猴子,对着猴子那张百无聊赖的脸盯了会后才开口答道:"分化这两兄弟,若分化不成便拉拢他帮我对付游琳。"说完白某又端起碗筷吃起来。

"对付游琳便直接杀游琳就好,这么折腾一圈又是图哪样啊?"猴子不解道。

白某听后对着桌上菜肴叹了口气,他把碗筷放下,然后把面前盛着饭菜的桌案彻底挪走道:"游琳与李家兄弟,单独杀哪一个都不难。但杀掉一个后,再想杀另一个便难以下手了。还有,我答应了助我之人,李家兄弟与游琳不能死得太'生硬',所以我们要做的不仅仅是杀人这么简单。"

猴子听后点点头,然后便瘫躺在地上发呆。

"猴子哥,怎么今日话这么多?"白某问道。

猴子看着房梁叹了口气答道:"就没话找话呗,咱们在江陵分道后我便一直在各处潜藏。这么久了,一句话都没说过,今日见到你就想多说两句话。"

"这就憋着了?你怎么做到暗哨长的?"

"那会不一样,兄弟们见面了还能扯扯闲话,虽然干的活又累又脏的,不过还算好玩。而且那会也有个地方落脚,不像现在这样苦大仇深,累心啊。"

猴子把腰带稍稍解开,躺在地上跷起了腿,看样子很舒服。

白某见状也抹出一片空档躺了下来,对着猴子眼中那根房梁说道:"行,那我就陪你扯会闲话。猴子哥,你是怎么混上暗哨的?相处下来我发现,你虽胜任各种黑活,但你的性子却不合适暗哨啊。"

"怎么混上的?就瞎混呗。我也觉得不合适,不过明白得晚了,等到我知道自己其实不喜欢做暗哨时,又没办法把你扔下不管,哎,胡混吧。"猴子晃着脚道。

"哎,那可谢谢你照顾弟弟了。那你给弟弟讲讲,你是怎么从艮川剑门的俊杰,混到今天这步田地的?"白某笑问道。

"不是说了么,瞎混呗,睁眼一摸瞎,这身黑皮就套上了。"

"唉,瞎混算是怎么混?可是你要闲聊的,话都到这了还往回缩,差两口酒。"白某侧身看向猴子道。其实就在这几句话的工夫,白某也来了兴致,这种随意的扯皮,对于现在的他来说也变得十分陌生了。猴子想聊闲话,他其实也想,正巧这两个人的闲话只能对彼此开口,那今晚此时此地便是最好的时机场合。

猴子听后用指甲剔了会牙,又呸呸吐了两口后才说道:"我讲可以,但你可不能乱说去。"

"行了吧,快说,咱俩都这样了,想乱说也得有人去说啊。"白某佯怒道。

猴子听后叹了口气,想了会后才有些尴尬地道:"你还记得我说过我有个三叔么?"

"记得,你不是说你三叔剑术无双么?"

"嗯,那你还记得你以前去艮川剑门见过的我二叔么?"

"记得,老江湖嘛。唉?说你的事呢猴子哥,你扯这些做啥?"白某催促猴子道。

"嗨,着什么急?反正今天又不赶路。我的事啊,还得从这几个门中长辈说起。"说着,猴子又是悠长地叹了口气。

今晚猴子的叹息,比白某从认识猴子起听过他所有的叹息都多。沉默片刻,猴子徐徐开口讲起了自己的事。

"艮川剑门不是我爹管着,而是我二叔,其实这说起来是因为我与我三叔的那些破事。"

"哦?"白某来了兴致,曾几何时他是最愿意听故事的,而今夜的白某找到了些曾经的感觉。

又是一声叹息后,猴子先把灯吹了,然后才继续开了口。

"我啊,说起来就是个混蛋。门下的那堆破事都是因为我。"

"你倒是说啊!"

白某重回的好奇心已被猴子磨到极限,一声催促不带一丝伴装,是真的急了,真的好奇。

短暂的沉默后,猴子的声音响起,取而代之的是白某开始沉默了。

"我与我三婶……偷了一段。"

"……"

"我三叔吧,比我大不了多少,再加上他是个武痴,所以成亲晚了些。他成亲以后仍是每日痴迷剑术,对我三婶可能有些冷落。那会我岁数也不大,刚懂了人事,我爹平日经营家业也没空管我。然后这不就……就巧了么。"

"……"

"后来吧,我和我三婶的事被我二叔撞见了。当时我爹与我三叔都不在家,我二叔也不知道该怎么办,就只把我俩关起来了。但家里面关人毕竟不是大牢,再说这事我二叔也不好声张,所以关得就不严实……于是我就带着我三婶跑了。"

"……"

"跑了以后吧,我俩也没个主意,就在外面乱逛了好久,最后花光了盘缠不好生活了。我三婶呢,也开始后悔了,她本就是因生气我三叔不管她才与我……的,时间一长她想清楚了,便开始自责。我当时就是个毛头小子,更是早没主意了。最后我俩在外面逛了大半年还是回家了,可这回家以后啊,才知道事情麻烦了。"

话到此时,猴子刚刚那有些尴尬有些戏谑的声音变了,变得沉重与伤感。

"回家啊,第一个看见的就是我三叔的丧事。后来才知道,我三叔与我爹回来后,我二叔没敢把我与我三婶的事告诉他俩,就只说我三婶回河内的娘家了。我三叔是个极要颜面的人,听到我三婶回娘家后,再多问一句话都没有,立即便去我三婶娘家寻人。我三叔走后,我二叔绷了两天,最后他也是慌了,就对我爹把事情原原本本讲了出来。我爹听完当时就晕了过去,再醒时又隔了一天。最后等到我爹带着我二叔,到我三婶的娘家去寻我三叔时才发现,晚了,我三叔死了。"

两声叹息同时响起,而后沉重的声音继续下去。

"原来啊,我三叔到了三婶娘家厉声怒喝,说我三婶不守规矩,在丈夫出门后私自离家折了艮川剑门侯家的面子。我三婶家里也是河内当地习武的世家,听到我三叔莫名叫骂当然不依,于是几个后辈子弟便出来驱赶我三叔。我三叔本事高,又在盛怒之下,手上当然不知轻重,一把剑连挑了数人。更有一个我三婶家的长辈,被我三叔失手戳了脖颈死了。最后我三叔被三婶家中好手合力擒下,把他关了一夜,待我三叔冷静后又带他亲眼在家中寻了一圈,这时我三叔才知道自己犯下大错。我三叔火气虽大,但他并不是跋扈无理之人,媳妇家一大两小死于自己剑下,我三叔羞愧得不能自已,于是便在我三婶家门前拔剑自刎了……"

"猴子哥,我这,不知道,你若难讲就算了吧。"白某愧疚地道。

猴子没理会白某,仿佛他这些话没有在对白某说,而真的只是对着屋顶那根房梁倾诉。他只顿了少会便接着开口道:"后来呢,我三婶听完这些事,当夜便就自缢了。至于我嘛,我爹当然好打了我一顿,但到底给我留了条性命,可他自责于教子无方便归隐山林伺候我爷爷去了,所以之后家里的大小事,便都落在我二叔头上。再往后,虽然这事被我家与我三婶家的长辈合力压下,但我是无论如何都不能再待在家里,于是家里便送我去当兵了。"

说着猴子便沉默在黑夜之中,等到白某熟悉的声音再次响起时,悲凉的声音不见了,取而代之的是爽朗的嬉笑。

"哈哈哈,说来可笑啊,其实最开始我家并不是送我到辽东当兵,而是把我送到了代国,只不过我半路跑了。后来北境的暗哨在幽州四处抓作乱的逃兵,我赶巧被他们堵到,他们追我就逃,逃了好久,最后还是莲哨统亲自出手才把我捉到。后来因为一些机缘,也觉得当哨子挺好玩的,所以我也当了哨子。"

"好玩?"白某有些莫名其妙地问道。

"是啊,好玩,我活着就是为了好玩,我活了二十多年,说白了就是玩了二十多年。小时候觉得练武好玩,玩到同辈之中无敌手了就换别的玩了。然后又觉得女人好玩,可最后玩过头了害了一家人。后来又觉得当哨子好玩,就当到了现在。"

听到猴子的话,白某有些出神,他这时才发现,在有些地方自己与猴子是那么的像。都是那么没头没脑,都是那么毫无担当。猴子口中的玩,何尝不是白某曾经憧憬过的玩。

于是有些话被白某说出口,这些话并不是说给猴子听的,而是他自己说给自己听的。

"可这世上除了好玩,还有太多很重要、很麻烦的事。"

猴子听后嗯了一声,淡淡回答白某道:"是啊,所以我直到现在还是个哨子。"

之后的这段沉默很长很长,长到独间外的灯火都渐渐暗去,长到独间内再听不到屋外交杯换盏之声,而只留下窗外的风声。

"世子⋯⋯"猴子叫出一个熟悉并真实的称呼。

"哦?"

"大事完成后,我不想当哨子了。"

"行。"

"睡了。"

"睡了。"

正月十七,京畿临汝县北十五里。

京畿右道禁军营外,李进与何茂二人正结伴遛马。

临汝一带西高东低,山水地貌齐全,正是策马游景的好地方,不足一个上午的工夫,二人已奔驰出三十里开外。

中午时,李进与何茂在颍水岸边驻足,拴好马匹后,二人支起一副烤架熏烤着随身携带的腌肉。

"倒是小瞧你了,马背上的功夫不错。"

李进饮了口酒对何茂说道。

"河北虽不似李进兄家乡那边人人精通御马之术,但也是惯于策马的地方。"

李进听后点点头,然后把酒袋递给何茂,何茂接过酒袋豪饮一口,但随即便开始剧烈地咳嗽。李进见状哈哈大笑,然后拿回酒袋又是猛地一口。

"怎么样?西边的酒可好喝。"

"别有一番滋味。"何茂脸色难看地答道。

"你们是怎么知道我家有个姑娘的?"李进问道。

何茂听后没着急回答,他掏出水袋先漱了漱口,然后才气喘吁吁地道:"何家能绵延十几世,当然有何家的办法。别说李进将军这种名满天下的人了,便是小县中的治吏家中上下人等,何家想知道也能弄清楚。"

"你们这些中原人啊,这点最让我佩服。比不了,比不了。"

李进从袋子里抓了一把粗盐撒到肉上说道:"但我先讲好,省得你们到时古怪。我家女儿可不同你们中原女子,她不懂那么多规矩,酒肉吃得也多,别人欺负她,她敢抽刀子。就像刚才那口烈酒一样,呛人。"

何茂听后笑笑答道:"虽然那口酒确实呛住了我,但何家也不是文弱之家,河北男子多尚武,咱两家结亲定是相得益彰。"

"行,只要你们别被我姑娘吓倒,我这边是没话说的。"

说话间李进又翻出一堆何茂没见过的香料撒在肉上,瞬间这炙肉的香气便升华成一种异域芬芳。

"李进兄这话说的,好好个女儿家,怎么还会吓倒人?"

"我姑娘同我一副长相。"

说着李进把一双靛灰色的眼睛看向何茂,这时何茂才把李进身上的异人之处看得清楚,李进的头发微卷,发色深棕,颧骨与鼻梁都与汉人有些差别。

"怎样？吓倒了？"李进问道。

"这怎么会？不过……唉。"何茂有些结巴。

"行啦,别费脑子想说辞了。就直说这亲事还结不结了？"

"李进兄豪爽,那我也不废话了。这亲事无论如何都是要结的。"何茂笃定地说道。

李进听后抖肩乐乐,然后用小刀剔下来一块肉叉给何茂。

"我不明白,你们何家为何非得结这门亲事？"

何茂用手接过肉放入口中,瞬间津液四涌,这种味道真是他前所未尝的,任何他知道的形容美味的词汇,都不足以描绘这种味道。何茂瞪圆了眼看向李进,他没有回答李进的问题,而是反问道:"这是什么味道,没想到李进兄如此擅长烹调。"

李进听后又哈哈地乐了起来,他从怀中取出几个小包甩给何茂。

"这是西域那边的香料,烹调时撒上些,只要有手都能做出这味。"

何茂接过小包打开挨个闻了一遍,每一种香料都让他打开了一扇新的感尝之门。惊奇之下,何茂自己从怀中掏出小刀,剔了一条肉放入口中后,每一次咀嚼都让何茂感叹造物之神奇。同一片天空之下,竟会诞生如此天差地别的味道。

皱眉入迷了许久,何茂才回过神来,他尴尬地对李进拱手道:"李兄,这,见谅了。"

李进见状倒没说什么,只是随意摆摆手,像是对何茂的举动司空见惯一般。

何茂整束了下衣襟,又把神情板正了下后开始回答李进刚才的问题。

"我实话与李进兄说,如何嫁这等大族的姻亲,从来为的都是结盟。"

"何家要与我家结盟？"

"正是。清河何家要与安定伯府结盟。"

何茂的声音很是诚恳端正。

"我虽不聪明,但也知道结盟都是为了攻敌,是什么人让何家都觉得棘手？"李进有些疑惑地问道。

"御史大夫游琳。"何茂正色道。

"这……"李进听后脸上露出明显的犹豫。

"何家知道御史大夫游琳与李进兄之弟走得很近，但其实这游琳，无论是对于何家还是安定伯，都是麻烦。"

何茂说完后深看向了李进，发现李进的脸上尽是茫然之情，继而他又道："其实在如今这局面上，李家已到功成身退的时候了，只要肯休养生息，一世之后便又是一门新贵豪族。在下说句僭越的话，还请李进兄勿怪。李家之势起得益于两人，一是刘可、二是白济。李家先灭白济叛乱，后再守荆北，最后与在下堂兄何皓直捣长沙。这一番功绩下来，背后除了征战的苦劳外，想必更多的还是依靠运气吧？这种上苍眷顾的运气，李家能否保证往后仍有？"

何茂从怀中拿出一张面饼在火上温烤。

"再者说，李家不同于我何家这种氏族，李家是掌兵之门户，而掌兵之门户却往往是最遭人忌惮的。军旅之家，行事上但凡有一丝冒头，便被人斥责为跋扈。而这跋扈二字，若听到天子的耳中，时间一久难免变味。这个道理安定伯懂，所以他行事低调休养生息。但这个道理游琳却是不懂，他依靠李家之功勋得势，在朝堂之中专行跋扈之道。如此时日一长，那跋扈的到底是游琳，还是李家？"

说着，何茂把软脆的面饼分给李进一半。

"在下说的这些话，安定伯也是懂的，所以他同意了这门姻亲。但安定伯却又不懂，所以他让在下前来拜会李进将军。"

"老头到底懂还是不懂？懂的是什么？不懂的又是什么？"李进的声音显得焦头烂额。

何茂笑笑，在自己手上的那块烤面上撒了些新得到的香料，等到香气扑鼻后，何茂云淡风轻地道："安定伯若是能动，便什么都懂。可安定伯现在不好动了，所以他便什么都不能懂了。"

"你这些话我听不大明白，你应该去找我的弟说，与我说，我头疼。"

李进脸色很痛苦，看样子他确实认真去想何茂说的话了，只不过他真的是想不清楚。

第十二章 —— 船歌

"既然说到李退兄,那在下不妨再多说两句连安定伯都不知道的事吧。在下记得,李退兄好像还没有成亲吧?那不知李进兄可否想过,为何何家没把姻亲放在令弟身上,而是又隔了一层与李进兄之女结亲?"

"哎,行了,别再讲了,我听不明白。能说给老头听的话,你就说给老头去。能说给我弟听的话,你便说给我弟。你和我说有什么用?"

李进的脸很红,但这种红并不是羞愧与愤怒的红,而是百思不得其解后的涨红。

何茂没有理会李进的拒绝,他不带一丝尴尬地继续侃侃而谈道:"李进兄与令弟到底是不同的。这门亲事背后的意义,对于李进兄来说很简单,不过是与何家站在一起,维护家族绵延不绝罢了。但对于令弟李退,若何家这门亲事结在他身上,那便不光只是为了家族。对于李退兄,或许他更想要的是李进兄的性命。"

李进听后一愣,他瞪圆了双眼惊异地看向何茂。在李进那双靛灰色的深邃双眼中,何茂见到了疑惑、震惊,还有杀意。

何茂向李进回望过去,眼神中没有丝毫退缩继续道:"众所周知,李进兄你是长子,最终是要袭了安定伯的爵位的。但李进兄好好想想,为何作为长子的李进兄却在行伍中喝风,而李退兄是正经封的将军,可怎么是他在洛京城里替李家游走?"

李进的眼神下移,何茂见状口气越发变得意味深长:"李进兄或许对汉家典籍并不熟读,在我汉家源远流长的往昔中,为谋得身位,弟弑兄、子弑父那再正常不过了。李进兄虽也是我大汉血脉,但到底生是异相、长在异域。而李退兄则不然了,他是汉人,知书故而明理。"

便在这段话说完后,何茂敏锐察觉到了一抹稍纵即逝的迟疑。何茂咽了口唾沫,他没有再多给李进一瞬留作思考,紧接着便道:"若在下是李退兄,或许会这么想。自己虽是幼子,但却是嫡出,长得也是端端正正的汉人面孔。论才智,自己比起大哥聪慧,论人望,自己身在洛京更是容易结交各方贵人。那这安定伯的袭位,怎么就不能是自己的呢?"

说着何茂口气一转,变得阴险起来。

"如此一想后,我或许会这么做。不如先借着御史大夫游琳的便利打下根基,等到自己袭爵众望所归之时,再给自己的蠢大哥设一个套使其获罪,等大哥老实让出世袭的爵位后,再借何家之力把游琳甩开。最后一切风平浪静,李家站住了,我李退也站住了。"

李进听后暴怒,他踹翻了篝火把何茂一把拎起怒道:"我诚心待你,你却离间我兄弟感情!说什么姻亲,你到底想做什么?"

李进力气极大,被拎起的何茂脸涨得通红,但他的神情却显得十分得意:"李进兄,我只想何家与安定伯府的联盟稳定。试问,若几年后游琳未除,可你李进兄身死,我何家可还能信得过安定伯府?若信不过安定伯府,难道要独力抗衡游琳?"

听到何茂预言自己将死,李进愤怒的面孔多了一份迟疑。稍稍得了少许空隙的何茂换了口气,而后他的脸变得古怪,变得很狰狞很恶毒。

"李进兄,你没读过书,我告诉你。在那些你看不懂的经史典籍中,子夺父、弟继兄后,父与兄,最后都是要死的。"

话毕,何茂落到了地上,并不是被甩落,而是放下。

"李进兄,这个月你便好好待在汝阳,无论洛京城中发生什么事,你都不要回来。"

"为何?"

"为你好。"

夜时,白某与猴子在荒野中向临汝城骑行。

因临近临汝,二人的骑行速度渐渐放缓,于是他们便开始聊了起来。

"公子,这次放过李进后,再,可就难动他了。"

"李进无智不足为虑,重要的是李退与游琳。"

"其实我可以混进李进营中,等有机会我动手也行。"

猴子提议道,但白某不假思索地否决了猴子的提议。

"不可,接下来的事我离不开你,游琳与李退要一并除掉,我自己操办不过来。"

猴子听后点点头,没有继续坚持自己的想法。过了会,猴子又张口对白某问道:"游琳与李退这边,你怎么打算的,给我交个底吧。"

第十二章 —— 船歌

白某听后轻扯缰绳让马走慢些,想了会后他对猴子讲起了自己的计划:"回到洛京城后,我会想办法把李退约出来杀掉,而后我盗用李退身份当晚便去寻游琳。等到游琳死后,再把李退的尸体留在游琳府上,最后便是把游琳的尸体处理掉就完了。"

"就这么简单?"猴子听后诧异地问道。

"嗯,就这么简单,一夜之间做完即可。"白某答道。

"若真这么简单的话,咱们干吗这么来回折腾?"

猴子的声音透着股莫名其妙。

"杀人是确实不难……"

说着白某深吸了口气,把胸中浓郁的酒气换出,然后又想了会他才对猴子开口说道:"猴子哥,咱们这次与以往不同。在长沙时是敌我分明,不需要顾虑什么,一切都是为了杀人,杀更多人,更重要的人。但这次,虽是杀人,可咱们却不再是为了复仇了。这次杀人背后还有更深的考量,我们这把刀,是握在别人手中的。"

"哎,我懂,咱们升华了,现在为了何家,为了何家就是为了天下苍生。"猴子戏谑道。白某听后苦笑着叹了口气,然后对猴子说道:"猴子哥你别急,很快了,等这些事完了后我绝不强留你。"

猴子听后沉默了会,然后小声悻然道:"我倒也不是急,嗨,没事,我就是嘴闲着和你闲扯会。"

白某笑笑没说什么,便只专心赶路。

便在这时,或许是因为路上太黑,白某的马连续踩到几处不平,这畜生竟把白某甩下马背。

白某在地上滚了几圈,身子虽然没摔坏,但腹中却开始翻江倒海。猴子翻身下马走到白某近处,把水袋拧递给匍匐的白某道:"早和你说,喝了那么多烈酒就不要骑马了,动弹动弹,看有没有哪里折了?"

白某接过水袋漱了漱口道:"没事,和喝酒无关,酒我早吐干净了。"

"那你这是?"

白某翻身坐在地上摆摆手,他虽喘着粗气,脸上却是在笑。这笑容中有很多东西,无奈、苦楚、唏嘘……

"哎,近来总觉得自己恶心,言谈举止、所作所为,总感觉自己越来越像彭泽子那老妖物了。"

二月初二,苍龙抬首之日。

在这几年间,已休养生息十余年的大汉开始多灾多难起来,先是朝中各路各派相互冲突。只从天子右手边的相国往下数,几年的工夫,朝堂上的三公九卿竟足足换了一半。这其中每换掉一人背后,便是无数次勾心斗角。

而后,大汉又遇到了自创年号起最大的一场谋反,几次发生在荆北的大战中,大汉几乎打光了所有能征善战的将领,甚至连那位被称为白人屠的镇北侯白济,都不明不白地死在战场。

除将领之外还有十余万兵丁、徭役,他们要么成了死尸,要么成了不在籍的流民窜匪。而若是再深挖战争的苦楚,那在这些兵丁、徭役的背后,更有着无数为其辛苦耕造出粮食、马草、布匹、铁器等等的百姓。

百姓们经年累月的辛苦,最后全化作战场上杀戮的燃料,而百姓们的辛苦得到的则是颗粒无收,生活艰难。

可就是这么惨烈的战争,若论对大汉根基的触动,那也比不上这场谋反的身前身后事来得大。

如今,刘可失败,论阁与老娘教便成了深深刻印在大汉脊梁上的两根刺。

论阁覆灭,天下商人无论好坏皆受清算。在世间,士与绅原本就是牵连极深,所以论阁这团火开始蔓延,烧到了商贾豪绅,烧到了士族之家,从而燃到了无数在朝中任职的士族子弟。

就在恒旦宫朝堂内,每日都有官吏因与刘可论阁牵连而被罢免,甚至是斩首。

官吏之道,学问天赋最末,小心谨慎其次,经验才干为首。能十年为官任吏者,无论其是否能行得公事得当,只要不是大奸大恶之人,那便都有可取之处。

便在如今恒旦宫中配冠系翎者，先是因王暮离任少了一成，而后戚博覆灭再少了一成，继而受刘可谋乱牵连又少一成，等到最后刘可谋乱被灭时，竟是再足足少三成。

朝堂除去满朝六成官吏只有一年，但想等到恒旦宫中再次人才济济时，非十年是不可见了。

而老娘教之祸更甚，邪教之祸，不在于大汉凭空少了好些纯良子民，也不在于大江之北流民四起。老娘教之祸，祸在民心。

从此，圣人流传的士农工商有了裂缝，往后的百姓，是任谁都不会再信任，甚至连彼此之间都不会信任。拜老娘教所赐，百姓彻底站到了士族与商贾的对面，以后若再有活不下去的百姓，四处流窜为贼为寇也不再是一个"不敢想"的前程了。若以一言蔽之，大汉之民皆不纯矣。

"而所有的这些，皆起于人祸，酝酿这些天下大罪的人，便是游琳。游琳是论阁的心，是老娘教的皮，是彭泽子的影，是刘可的因，他这一切罪恶的果。而游琳，此时仍在，并已权倾朝野。"

何朗的这些话，白某都懂。只不过他不像何朗这样，能很清楚地说出来。

白某辞了何朗的送别酒，今天他不想喝酒，更不想说话，所以刚刚何朗对他侃侃而谈时他一言不发。

在何朗义愤填膺地给他分解天下大势时，白某听得很认真，但纵使他一字不落地听进耳中，也不妨碍他在这个春暖花开的下午分心。

多少年前，他在洛京城龙家老宅暂住，那时在他面前或讲学问或讲经典的，也是何朗。

多少年后，物是人非了，可初春的阳光依旧与夏末的阳光很像。

白某的神念中，有了一种时光交叠的恍惚感。但这种恍惚感仅仅是一瞬之间的感触，在只言片语的夹缝中，白某在诸多熟悉感怀中发现了一抹陌生，于是白某的心念便又回到了此时此刻。

不过刚回过心念，白某却又开始分心他事了。虽然何朗字字珠玑，但白某仍有脑子去想些别的问题。他在想，刚刚脑中那抹陌生是什么？

是自己么?曾几何时的自己像一团糨糊,终日浑浑噩噩地混日子,却乐得废脑子去享受每一刻眼前的愉悦。

怒便是怒了,怒得不深邃并且无来由。喜便是喜了,奇妙也高兴折腾也快活。而现在的自己却像一块透明的大石头,看着是清清楚楚的,却再懒得喜也懒得怒了。

又或者说,那抹陌生不是自己?但也不应是何朗。

初见何朗是在河内的黄河边上,何朗温文尔雅的笑让白某觉得自己就是个毛头小子,虽然那时候白某确实是满头杂毛。时隔这么多年,何朗的笑容从未变过,在洛京城传授他理学之道时没变,在寄往辽东襄平城的信中没变,在自己的一切将要幻灭时于清河何府照顾自己时也没变。

今日的何朗依旧是那么儒雅敦厚,他的眼睛纵使看在白某这摊黑泥中,也仍是那么熠熠生辉。

"的确,变的应是自己,而不是何朗。"白某这样想着。

何朗怎么会变呢?帮助白某在长沙杀了那么多人的何朗依旧温润如泽,把何茂送给白某的何朗仍是德厚流光,此时在白某身后谋划一切的何朗亦是光明磊落。

原来变得只是白某,白某杀人放火、构害谋杀、欺诈算计,他是一块透明的石头落进无底的深井。

石头在黑暗中下坠,它望着越来越小、越来越暗的天空,便在天空将要浸没于黑暗中时,井口忽然涌现了一道光。因为光的原因,白某停止了下坠,他抬头满怀憧憬地看向光,而令人惊喜的是,光也在看向他。

何朗便在那光芒之中,向深渊中的白某温润地笑。

白某吃饱后开始对着夕阳发呆,何朗并没有打扰他,只是安静地在白某身后稍远些端坐。

月亮带着夜色从东边而来,把一片金黄驱赶到西方变成了红。白某睁开眼拎起身边的包裹。

"走了。"白某背对着何朗说道。

何朗起身对白某躬身深施一礼:"往后,世间人虽不曾知君之名讳,但若天地之间有冥念,人世必定感怀白兄之义气。"

"不必感怀我,我也不相信什么冥念。只要这一切过后,你仍记得对我、对芸芸众生的许诺便好。"

"我何朗之余生,便凭此信念而活。"

白某身后,何朗的声音堂堂正正。

"好,往后的事靠你了。"

放下一句听不出悲喜的话,白某的脚步踩在风中向着院外走去。

何朗没有说话,白某没有回头。

因为何朗相信,白某将在今夜为世间诸事画上完结。而白某也相信,何朗将在明日天明时给天下一个开始。

走出这间不起眼的院子,何茂的眼前是夜色中安静的隆院。

二月初二,苍龙抬首,洛京城隆院,夜。

或许是因为世间明眼处的灾厄在去年都已了结,在今年的龙抬首,洛京城的百姓拿出了十二分喜气用来庆贺。

入夜时,白日在洛京城中祈雨游街庆祝的队伍点起了灯,算着夕阳浸没在西方时,这城内马上便要开始举行第二轮灯会。

在这喜庆的夜里,与洛京城其他的热闹地方不同,作为洛京城老字号邸馆的隆院,依旧是那样冷冷清清的。

隆院从来都是那样,生意不温不火,名气不弱不响。算下来这间邸馆每日都有客,但却从没有过生意好到爆满的时候。

今夜的隆院也不例外,有客人,但不多,刚好一席。

因只有一席客人,又赶上苍龙抬首日,所以隆院的伙计们都得了假玩去了,就连那个在隆院中勤勤恳恳的大管事都得了假休息。因此,此时的隆院中,只有几个最近新来的伙计与管事伺候着。

大管事是最后一个离开隆院的,可得到难得的休息,大管事的脸上却一点都高兴不起来。临到离开前一刻，他还在对最近新来的侯管事无比细致地交代各种注意事项。

侯管事是个年轻后辈，平日总是笑着脸，待人接物十分和善。面对他孜孜教诲的大管事，他十分恭敬地一直把大管事送到隆院后门。

站在隆院后门外，大管事的脸有些忧愁地对侯管事道："后生啊，今晚你可得把这隆院仔细看住了。别看咱隆院生意不好，但这洛京城中，少了哪家邸馆都行，可唯独这隆院不能没啊。"

"师傅，你放心吧，今儿就一席客人，出不了差错。"侯管事笑着安抚大管事道。

大管事听后叹了口气，摇摇头没再说什么转身走了。但只等他刚迈出一步，这老头腰一扭脸又转回来了。大管事面色难看地对侯管事又道："后生啊，我该再叮嘱你几句。把你手下的人看住了，这隆院中好些地方可不能乱跑啊，乱跑是要有大麻烦的。"

侯管事听后脸上有些古怪，但他的脸仍是笑嘻嘻的。

"师傅，您老就别操心了。没事！"

大管事听后摆了摆手，但看脸色倒好像是更闹心了。老头站了好久后，为难地对侯管事道："后生啊，你叫了我这么长时间师傅，你看老头我可有一次拿你当徒弟使唤？"

"师傅，怎么了这是？"侯管事摆出一张受宠若惊的表情。

大管事低下头又叹了口气，踌躇了会才开口说道："按理说啊，不该说的话，老头一句不多说。但这隆院啊，真不是一般地方。有些地方你们不能乱闯啊。"

"师傅难不成把我当个贼了？"侯管事惊讶道。

大管事听后赶忙摆手道："可不敢，可不敢。我啊，干了一辈子伺候人的事，眼力多少还有几分。其实啊，你们来那天我就看出些东西了。你们这伙人，从伙计到厨子，一个个举手投足间哪里像北上的难民啊。更何况，你以为这隆院是收一般人做工的地方么？"

说完，老头叹了口气继续说道："不过，既然东家同意你们在这做工，那老头我就不便多问了。可今天，二东家亲自来告诉我放假，我就知道这里面的事深着呢。十几年了，老头我放过一天假么？"

第十二章 —— 船歌

"嗨,您这话说的,谁还没个成亲的婚假?"侯管家顾左右而言他,把话题岔开道。

"呸,我这样的人还成什么亲!"

当老头说完这话时,轮到侯管家傻眼了,他这才发现,大管家的胡须似乎从来都是不长不短得刚刚好好。

大管家看向猴子的眼神有些愁:"行了,你也是个机灵人,话说到这也不用再挑明了。总之啊,你记住,这隆院和别的地方不一样,不能胡来啊。"

话说到这里,侯管家也不再说什么了,他只看着老者,微笑着点了点头。

之后,大管家寂寥的背影进入微寒的初春夜风中,他每一步都是越发佝偻。

隆院之夜,至此。

猴子回到隆院中,把席间的诸多准备都向人安排了遍。

虽然今晚要做的事情很多,但好在分到他手下的这五个人还算机灵,各种事务一点就透。

事情有了手下人去忙,猴子也乐得清闲,于是他便先到了今夜用来招待客人的风院。到了风院后,在等候客人入席的工夫,猴子找了个能依靠的地方舒服坐了下去。

最近他的心情越来越好,胸口那颗安静好久的心又开始活泛起来了。

他在想,要不要改个名字,以后总要有个新身份才好过活。再说,猴子这名字确实也有点难听。心里想着,猴子便开始给自己起新名字了。

只是可惜,他小时候读书不专注,往后也一直混暗哨,所以肚子里的文采就那么些,想来想去都没想出个好听的名字。可猴子还来不及懊恼自己胸腹中没有学问,只在转念之间他便想到,猴子不就是自己的外号么?他可是有大名的,姓侯名渊,叫作侯渊。据说这名字啊,还是他爷爷给起的,说是猴子出生前一天梦到了一个清潭。

得了名字,猴子十分欢喜,他又开始想自己拿回侯渊这名字后要去做些什么。不过只又想了一会,他便再度开始纠结了。

因为他既想去探望自己在襄樊时曾遇到的一位姑娘,又想去瞧瞧渤海之上是否真的有神仙。想了一圈猴子才发现,自己想做的事太多了,除了不想回家,他哪里都想去看看。

心底正纠结时,忽然外面传来了动静,猴子知道这是要做事了。

起身掸了掸灰尘,再把脸板正下,猴子打开了风院的大门,并躬身候在门侧。

远处,一个士族子弟打扮的公子,被人引着,信步朝风院走来。

接引的下人把这位公子交到侯管家处便告退了,而后便是由侯管家亲自为这位公子接引到风院的正堂席上。

等到这位公子安坐后,侯管家又候到了风院门侧。

这次他等得稍久一些,等了大约半个时辰左右,他才在灯火中见到几个来客。客人有些多,这和请帖上有些出入。不过这并无大碍,因为那群来客中,有一个身着胡服的人,他有一张俊俏白皙的脸。

身着胡服的人们别着刀,他们簇拥着俊美男人信步朝着风院走去,风院的大门越来越近。俊美男人看到了在大门旁等候的管家,但男人太自信了,虽然他面带笑容,可眼睛却没有在管家身上多停留一刻。

多美的男人啊,他的脚步是那么从容而自信,他的脸庞是那么秀丽而无暇,便是风吹过他的身姿,都能染上醉人的馨香。

请帖由一个胡服汉子交给管家,管家恭敬地接过请帖,并没有对赴宴的人变多了产生什么疑问。

几位客人步入风院后,管家没忙着接引他们到宴席入座,而是先对把引客人进来的伙计下令道:"客至,传菜。"

说完,侯管家转过身对客人深施一礼,做出一个恭请稍候的手势后,他转过身把风院的门轻轻掩上。

背身面对着大门,在用一道暗锁把门悄悄锁死后,彬彬有礼的侯管家不在了,取而代之的是笑容渐渐戏谑起来的猴子。

便在这夜、这时,在繁华的洛京城中、在冷清的隆院中,忽然响起了几

第十二章 —— 船歌 | 785

声不协调的声音。是静谧在山林中的山魈声,还有掠食与原野上的鹞子声。

曾经,在北境有这么一伙人,他们或是哨马或是战兵,更有时甚至是小商贩与百姓。但只要响起这两种声音,那么这伙人便有了同样的身份,北境暗哨。

山魈,人面长臂,黑身有毛,反踵,见人笑亦笑,唇蔽其面。

山魈,人面大猿,猴子。

鹞子,如鹰鹯之逐鸟雀也,诛无理无义于世间者。

鹞子,鹰鹯,白某。

猴子的手碰触到藏在院门后的长剑,在他作为暗哨的最后一晚,他选择了艮川剑侯家祖传的三尺长剑作为武器。

侯家的剑,很长,三尺长,可单臂劈砍,亦可双持挥舞。艮川剑门的剑,很重,半掌宽,无甲者一剑截其血肉,披甲者纵劈碎其筋骨。

艮川剑侯家的剑,不是用来刺与削的,而是用来劈砍的。

猴子的左手已攥住剑首,他很自信。

猴子的右手已抵到剑格,他开始自负。

有一种力量,从双腿间涌到腰腹,再从腰腹转达到肩背,这股力量越来越快,快到不在臂膀上多停留一刻便到了剑芒之上,于是,剑斩向了风中。

剑太快、风太慢,来不及闪避的风只留下一声哭嚎,下一刻,剑便嵌入了血肉之躯中。

当面前的壮汉倒地后,众人应能看到猴子满是鲜血的脸,这张脸没有丝毫狰狞,而是在笑。

只是,如同众人把猴子看清,猴子也看清了院中人。

那个看向猴子的俊美男人,脸上的表情与猴子一模一样,他也在笑,并且笑得同样自信与自负。

看着俊美男人的笑容,猴子的笑容变得有些诧异,而就是这一瞬间的诧异,猴子慢了。

胡服壮汉抽出一把弯刀斩向猴子,猴子反手用剑脊抵住,随即顺势一个剑花削飞了壮汉的脑袋。紧接着,在无头壮汉喷涌的鲜血中刺出一把手矛,猴子来不及收剑格挡,只得侧身迎着手矛闪避,并用剑首向手矛刺来的方向砸去。

重剑的剑尾砸掉持矛人的肩膀,猴子把剑芒下压,而后抬臂向上挥舞重剑,而后便有一条胳膊喷着鲜血在空中飞舞。

连续斩杀三人,剑已回报了猴子的自负。但他终究还是慢了,从一开始他就慢了,从他的笑容变得诧异时,他就慢了。

空中飞舞的一滴血点进猴子的眼中,他的眼下意识地眨了眨,就在眼皮这一瞬闭合之间,猴子的腰肋被拧进一把冰冷的短刃。

猴子收剑,想把剑格在身前,但他手中的剑太长太重,他渐渐有些拿不稳这柄三尺重剑了。

猴子对自己此时的感觉有些不可思议,他如何都想不明白,这从小陪着他长大的三尺剑为何不听使唤了。最后当手中的剑落到地上,剑发出一声脆响时,猴子终于知道了,原来是他的肩膀被人从腋下撕开,手臂与肩膀之间,便只剩下几条烂肉了。

猴子坐在地上,如同一个血人,他叹了口气。李退从人后走到猴子面前,看着猴子赞赏地说道:"你可真是厉害,这几个被你砍翻的人本事都不差。不过可惜了,我准备得充足。"

说罢,李退露出了那副自信的笑容,他看着猴子,如同在欣赏一只珍兽。

猴子抬起头,迎着李退的目光看去,而后他也笑了。

"你在笑什么?说来听听。"李退问道。

猴子没回答他,只是呵呵地笑着。李退见状也不恼,他先摆出一副思考的表情,而后只是瞬间他便换上恍然大悟的样子。

"我知道你笑什么了。"

李退高兴地说完,他看着猴子竟也笑了起来。

第十二章 —— 船歌

在这满院残肢鲜血中,这两张笑脸显得有些瘆人,因为无论哪一张笑脸,都意味着之后还会死更多人。

嘭!一声巨响砸在了风院的院门上。嘭!又是一声巨响,风院的大门被顶开了。

随后,一张笑脸凝固了。

猴子低下头,看着从身后贯入胸膛的长矛,他收起了笑容,叹了口气。

"哎,再没的玩了……"

起风了,夜便没那么黑了。

风院中,那座孤零零的阁屋被十几人围住,李退站在人群外围,满面笑意向阁屋看去。

"出来吧,你是何家人,咱们可以好好说话。"

李退的声音没有得到回答,但这屋内确实有人,因为屋内的灯火被吹灭了。

"就一点想说的都没有?何家不会真只找了个刺客吧?"

李退的声音很从容,没有一丝急躁。

可就在这句话刚刚落地,嗖的一声,一支箭矢从屋内寻着李退的声音射来。

便在一声箭矢破风声未息时,第二声、第三声响起。紧接着便是箭矢射入血肉之躯的闷响。

只是,待风院内再度安静后,李退的声音却又响了起来,并且听起来,他的精神依旧很好。

"三声响,四支箭。厉害!厉害!幸亏我生得矮小些,有人帮我挡住了。不过我的人又死了一个,你若再不出来,我可管不住他们了。待会他们进去把你砍成肉糜,那会你就是想说话,怕也张不了口了。"

李退说完后,院内又安静了许久。李退见屋内人仍没有出来的意思,于是对手下打了个手势便转身离去了。可就在他转身的一瞬间,阁屋的门猛地被拉开,一人手持弓箭从黑暗中跳向李退。

李退的手下因都是手持好藏匿的近战短兵器,所以在这人跳出的第一时间,竟没人有能力制住此人。便就在这一瞬间,李退那张还来不及回头的脸上,笑容终于不见了,取而代之的是对死亡的惊恐。

他漂亮的眼中,瞳孔剧烈地伸缩,仿佛时间都变慢了。耳中无数的声音成了一条条直线,连风声都变成了迟缓的耳语。

李退的眼中,倒映着火光,还有一根离他越来越近的箭矢。

啪的一声响,李退愣住了,随后他的后脊梁溢出了涔涔冷汗。

刚刚那根箭矢,贴着他的鼻梁掠过,深深地射入身后的院墙上。

箭射歪了,因为放箭的人在箭矢离开弓时便被人扑倒了,因为刚刚好巧不巧,刮起了一阵风。

李退向地上的刺客看去,眼中尽是由惊恐演变成的愤怒。但,当他借着火光定睛许久后,愤怒便成了惊骇,惊骇又变成了诧异。

"白家兄弟?好兄弟?"

不知昼夜,黑。

白某在眩晕中,似乎经历了无数的推搡与翻腾。而后他开始神志不清,脑中仅剩的模糊印象便只有颠簸,以及阵阵奇异的香气。

再醒来时,白某发现自己正坐在一张宽大的椅子上,晕着眼四下扫了一圈,看样子他应是在一所地牢。

当他意识清楚些后想从椅子上站起,但却发现别说起身,此刻的自己就是稍稍动弹都很困难。听着花花的铁链声在墙壁上回响,白某发现自己被几根铁索捆得非常结实。

"我真没想到,好兄弟你竟然还活着!先前我还在想,怎么何家做起事来忽然这么果断,如果是白兄弟的话,那便说得通了。"

远处昏暗灯火下,李退轻抚着白某随身的三把短斧,声色动容地说道。

白某向李退望去,虽然灯火很暗,但他还是看清了李退。没想到这么多年过去了,这个李退还是那般白净,身形也没有一丝变化。

第十二章 —— 船歌

"你怎么认出我的?"白某的声音听起来很干涸。

"哈哈,不瞒好兄弟,我这人呢,有个长处。但凡是我中意的人,我只要深看上几眼,无论他怎么易容变装我都能识得出。难不成好兄弟忘了?几年前,在龙家老宅,白兄弟请我吃了碗我这一生尝过的、最好吃的清水擀面。"

白某听后叹了口气什么都没说,事到这般田地,他实在没有心思再胡扯些别的了。并且他也明白,此刻自己还能说的话,便只有废话了。

"好兄弟,你这斧子可真漂亮,不如送给我?"李退把玩这白某的短斧,看样子是真的很喜欢。

"随你,本就是给你准备的。"

李退听后笑笑,他明白白某的意思,不过他并不在意,"其实啊,好兄弟今日之败确实可惜。若不是有些细枝末节的东西白兄弟算差,恐怕我的命还真被你拿去了。"

白某低着头,双眼闭合沉默不语。

李退把三把短斧一一收好,然后捧在怀中继续道:"好兄弟,你用一个空头亲事来游说我的哥陷我于不利,恐怕你想要的不光是我的性命吧?嗯,我想想,若是没了我,李家元气大伤。那时,我的哥又不愿意替我报仇,并且会与我这些年经营的一切人脉断绝,以后他行事时,会与我行事的方针彻底背道而驰。"

说着,李退从灯火中走出,在这间空荡荡的地牢中踱起步来。

"若是李家元气大伤,若是与我背道而驰,若是与何家联姻,若是……"

啪!李退满脸惊喜的一拍手,然后有些得意、有些高兴地对白某道:"难不成好兄弟除了我以外,还要对付游琳大人么?怪不得!我说好兄弟你怎么同何家走到一起了,这就不奇怪了,难怪何家这么帮衬着你做局,甚至连郎中令何明大人都亲口认了这门亲事。"

与兴高采烈的李退不同,白某仍是不声不响地低着头。

李退走到离白某近些,他看着白某,像是很可惜地叹了口气。

"哎,可是好兄弟啊,虽然你这计划确实缜密,于情于理都挑不出什么大问题。可是到底你不是李家人,我家中有些秘密,好兄弟你不清楚。不然,你又怎会使上兄弟阋墙,这对于我们兄弟俩来说,最没用的招数?"

听到李退的话,白某抬起头看向李退,虽然他的眼中没有露出过多神情,但这一个抬头便足以表示,白某是在好奇。

看着白某的样子,李退轻轻一笑,像是对白某的反应非常满意。

李退就站在离白某不远不近的位置打量起了白某,他落在白某身上的眼神很怪,像审视又更像是欣赏,甚至更有一丝不明所以的期待藏在眼底。

"好兄弟,你想不想知道这个秘密?"

李退的脸渐渐贴近白某。

"我小声告诉你……"

声音在白某耳边响起。

"其实我是个……"

白某猛地瞪圆的双眼,他侧头惊奇地向李退与他近如咫尺的脸庞看去。

李退,作为一个长在西域并且上过战场的人,不该有这么白皙光滑的皮肤,不该有这么纤细的脖颈,不该有这么曲延的睫毛。

可白某很难不去相信耳边的轻语,因为李退鬓间的发丝好香,他曾闻过这种香气,在……

哗啦!捆锁白某的铁链猛地一收紧。在这声清脆而沉重的声响之间,刚刚还俯在白某耳边的李退瞬间跳开。

"好兄弟,你别急,这捆你的铁索可是用精铁打造。我啊,早前一见是你,便命人把他取出来了,说来也巧,你是第一个用上他的。这新东西嘛,都是又好又结实的,不容易坏。"

"弄死我吧。"白某低头道。

李退听后轻笑,俏声道:"我舍不得。"

"快弄死我。"白某重复道。

李退叹了一口气,然后笑着摇摇头:"好兄弟,既然何家的刺客是你,那有些话我便好好说了。我弄死你容易,可你真的想到死都不明不白的?就算你认命,可镇北侯能么?那些你以为死在我手上的北境将士们能么?"

白某把头低下没有回答。李退见状又叹了口气道:"好兄弟啊,我可以帮你松绑,但还求你不要乱动,有些话我想讲给你听。"

　　白某没理会李退说的是"求你",而不是"请"。他冷声回答道:"别费劲了,直接讲吧。把我松开,你活不成。"

　　李退听后撇了撇嘴,犹豫片刻后,虽然没有为白某松绑,但还是在墙的机关上搬弄几下,让束缚住白某的铁索稍微放长些。

　　只是得到一丝松懈,白某便瘫坐在了椅子上,其实白某,真的很累了。

　　在放松些白某后,李退没着急对白某讲话,而是拍了拍手。在拍手声悠长的回音刚刚消失时,一个女人端着酒菜站到了地牢中。

　　李退从女人手里接过餐盘走到白某面前说道:"好兄弟,你饿了吧?我喂你吃些东西,你不要伤我,接下来的话由这个女人对你讲。"

　　白某抬头看了眼李退,又看了看刚刚进来的女人,然后对着李退点点头。李退把餐盘放在白某身侧,在深深呼吸几次后,他夹起一块肉缓缓地朝白某口中送去。

　　白某抬头,张嘴,咬住了筷子上的肉。

　　看着白某乖乖地咽下了这块焖烧羊肉,李退长长舒了口气,随后她朝站在地牢中的女人使了个眼神。

　　女人点点头,在对白某躬身一礼后,她开口说道:"见过,侠客。奴家名唤碧眼儿,曾是老娘教的翼宿巡山……服侍过游琳。"

　　之后,这些年白某与自己身边的人,曾对于天下局势的各种猜测,终于在此时得到了印证。

　　关于游琳这些年的行径,白某虽不知道细枝末节,但碧眼儿所言却和陈怀猜想的大体一致。

　　果然,这些年间朝堂内外的一切事物,皆有游琳参与其中。

　　不过关于游琳,虽然白某已知的不少,可在听到碧眼儿的话后,他仍是吃惊到瞠目结舌。因为白某原以为,无论游琳做过什么事、有过怎样的阴谋算计,他也不过是一个弄权的妄人。可白某万万没想到游琳的背景竟然那么深邃,他不仅仅是老相国王暮的学生,更是老妖物彭泽子门下的高徒。

　　若是这么算来,那在很多年前,白某还在襄平浑浑噩噩地混日子时,游琳便早踏入这局中开始布置计算了。

在碧眼儿的讲述中，有很多白某已经知道的往事，虽然在碧眼儿口中，这些往事与白某所知的原委并不相似，但关于游琳，她却能准确地追溯到游琳还是徐州太守之前的事。

在很久很久以前，洛京城的恒旦宫中爆发了一场争论。

说起这场争论的起因实在不足挂齿，争论的双方是旧相国王暮与何家的族长何义，二人的争论无关于政事，只是讨论大汉的文法教化。可若再往后看几年，那么这场争论将是大汉多年乱局的开始。

在这场争论之初，王暮与何义二人只是以学问相互辩论。

但看在其他朝臣眼中，这辩论却像是以何义为首的河北士族，与以王暮为首的河洛士族相互争斗。恒旦宫中，出自这两地士族的官吏占了朝堂中三分之一。随着加入到这场争论中的人越来越多，这个小小的学问之争，竟变成了党同伐异。最后在河北一党渐露下风时，何义选择归老离朝，而天子也同意了。

在何义走后，朝堂中的权利出现了真空，而这时太尉戚博便自然而然地出现，接替何义，统率一班官吏站到了王暮对面，在这之后便是游琳登场了。

与很多人以为的不同，别说白某了，就算是已成了死人的戚博恐怕都不知道，太尉戚博的掌权，其实离不开看似是王暮亲信的游琳。

众所周知，戚博是国戚，又与反贼刘可勾结。

但实际上，并不是戚博找上刘可，而是刘可找到戚博。那时，刘可为戚博提供了大量金银不说，更在荆州一带对戚博麾下的官吏给予各种照顾便利。

如此，位列三公的戚博，既占着外戚的身份，门下的官吏也都行的好功绩事务，暗里他又与亲王刘可同气连枝，所以他想不成为朝中的党魁之一都难。

但戚博不知道的是，刘可与他能勾连到一起，其实是因为游琳在其中操作，毕竟游琳的老师，便是彭泽子。

之后的故事便与许多人知道的差不多了，王暮在最棘手时把游琳召回京畿任司直,而游琳初回京畿便以雷霆手段制住戚博,以至于天子都忌惮王暮之势,而纳了王家之女为皇子妃以作安抚。

不过这里面还有一处隐晦,虽然戚博是因游琳的手段而被制住,但这手段却不是游琳的唇枪舌剑。游琳的手段很简单,仍旧是刘可,在那段时间里刘可展现出了极其古怪的"不安分",行事作风处处显得非常跋扈。这才是游琳真正的手段,当刘可跋扈时,戚博为了避嫌必然隐忍。

再往后,便是白某亲历或亲闻之事了。

在荆州之北,老娘教与论阁四处兴风作浪,是游琳替身在长沙的彭泽子操控的。毫无反意的戚博身死,也是游琳构害的,为的是给一直与戚博"交好"的刘可在名义上有了被逼起兵的理由。就连游琳的老师王暮一家,也是游琳逼走的。从王暮举家归乡后,游琳便彻底手握了朝中大权,只等刘可攻破西峡关进军京畿时,他便与刘可里应外合。

说到这里时,游琳一直都还是彭泽子放在京畿的一颗棋子。而再之后碧眼儿口中的游琳就不一样了,他的行事越来越古怪,有些时候竟是连彭泽子的意思他都违逆。虽然每次游琳都有自己的理由,并且每次他都能说服彭泽子同意自己的做法。但彭泽子那里,无论游琳掩饰得多好,其心思上的变动是无论如何都瞒不住的。

而彭泽子也确实高明,就在游琳暗藏的心思就快遮盖不住时,彭泽子却没有用老师的名头强制驱使游琳,或是以向京畿告发来要挟游琳行事。彭泽子选择平等地坐到了游琳对面,与游琳讨论并交易。

而这二人的第一个交易,便是白某那至亲至爱的父亲,镇北侯白济。

游琳与彭泽子的交易很简单,只要游琳想办法妨碍白济,彭泽子便给予游琳在处理京畿事务的自由。

于是,白济在荆北的这几年,没有好好练一月兵,也没有完整收过一季粮。他带着北境来的寥寥战兵,吃着四处乞食来的粮草,在荆北豫南一带打了近两年的老娘教流寇。

不过即使这样,在戚博死后荆北大战一触即发时,几次交战之后,刘可仍不能轻易越过白济驻守的江汉平原。于是游琳与彭泽子开始了第二场交易。

这场交易的内容很古怪，彭泽子提出的是要游琳除掉白济，而游琳提出的却是在除掉白济后，刘可在一年之内不能越过江汉平原北上，然而彭泽子却答应了。

按照碧眼儿的话，游琳对彭泽子的解释是"这一年时间，长沙可用来休养生息，他也好在京畿搅弄作梗"。不过游琳的话彭泽子是不相信的。

但，至于为何彭泽子答应游琳，并且在白济死后一年，刘可确实如约按兵不动，碧眼儿却是不知道。

在这个交易达成后，游琳便通过手段彻底断了白济的补给军粮，而白济却选择孤注一掷主动向江陵城的刘可进军。这时游琳向同在前线的李退传达了一道密令，密令的内容匪夷所思，但却盖着天子的玺印。

之后，便有了所谓的"白济投敌谋反"，大汉镇北侯白济就此不明不白地死在友军的袭击下。

讲到这里时，白某身旁的餐盘早已空了，而李退却仍站在他身旁许久。

李退低头看着神情无悲无喜的白某，她叹了口气对白某道："白兄弟，镇北侯确实是死在我的哥李进手上，但你也曾是行伍之人，你好好想想。那时别说是我与我的哥，就算是已故的靖江伯何皓，若他当时没有返回京畿，那接到这诏书的人便是他。以当时的情形，他会怎么做？他能怎么做？"

李退说完后，白某仍是面无表情沉默不语。李退抬起手慢慢地搭在白某肩头，见到白某仍是没有反应，于是李退对碧眼儿打了个眼神，碧眼儿点点头便继续开口了。

碧眼儿最后的故事很短，并且在她口中，那些影响了芸芸众生喜怒哀乐的天下大事，竟变成了她与游琳间的恩仇情怨。

总的来说，便是游琳在长沙最举步维艰之时，与彭泽子彻底分道扬镳，并且不遗余力地在暗中帮助京畿对付长沙。而后，所有在荆北甚至京畿潜伏的老娘教巡山，都被游琳挖出并铲除，洛京城内，那些与长沙王刘可暗通款曲的官吏们也被游琳除去。

可以说游琳凭着一己之力，撼动了这些年刘可近乎半数的苦心布置，以至于从来神秘的彭泽子要现身入世稳固长沙的局势，以至于长沙王刘可的北伐之路，竟行得如同逃命一般仓促。

到这，碧眼儿的话都讲完了，她长长地舒了一口气，此时整个人看起来像是泄掉了一般。

碧眼儿走后，李退把马凳搬到白某面前坐下，她把手很自然地放在白某膝盖上问道："白兄弟，你信不信她的话？"

白某没回答李退，而是低着头反问李退道："你也想杀游琳？"

李退凝重地点点头："是，虽然我巴结在游琳大人身旁，但他太毒太狠了，我得防着他些。"

"好，那你杀了我吧，我是游琳派来的刺客。"

李退摇摇头笑道："刚我说了，舍不得。"

见到白某不理自己，李退把手抽回来，神情稍稍板正些对白某又道："白兄弟，你虽机灵，但有时候却太想当然了。杀人可没那么简单，不是光有一两个人证物证就够了的。反过来说，有时杀人倒也简单，便如游琳勾计杀镇北侯。什么造反、倒戈之类的污名，那都是事后补的。"

白某把头稍稍抬起看向李退，李退见到白某的反应很高兴，她笑道："我送白兄弟一个礼物吧？"

"……"

"今夜我便将游琳大人送给你如何？"

"何意？"白某眉毛微皱。

李退站起身，白某的目光也随着李退抬起。

"好兄弟，我先说句不讨巧的话，就算你今夜真的如愿要了我的命，但之后你也是寻不到游琳大人的。"

轻笑几声，李退转过身背对着白某继续说道："自从正月以来，游琳大人便不在洛京城了，他躲在城郊的一处宅邸里不知道做些什么。不过说来很巧，他的这处宅邸我知道在哪。"

"你想让我去杀他？"白某看着李退走开的背影问道。

"嗯，我放好兄弟你去杀他。但好兄弟你也得答应我一件事。"李退站在刚才松开白某铁链的机关旁说道。

"何事？"

"杀完游琳后你更名改姓与我一同回张掖，到时你除了听我差遣外想做什么都行，哪怕是在张掖另一姓门户生活都行。但只有一条，往后若非与我同行，你再不能回中原。"李退的手放在机关上说道。

白某听后冷笑一声："我没心思扯谎了，我不瞒你，你若放我，他日我必定杀你。"

"好兄弟，你此刻被我擒住，以后便再杀不得我了。"李退自信道。

"杀完游琳后，我不会再被你擒住。"白某同样自信道。

"那可未必……"李退的声音更为自信。

说着，李退的手轻扣下机关，几声哗啦作响后，白某又感到了一阵轻松。不过等白某想松松肩膀时才发现，扣住他手脚的铁索虽被放松些，但仍是把他锁得结结实实。

白某不明所以，他抬起头疑惑地看向李退，但就在这一眼睛刚放到李退身上时，白某惊呆了。

只见李退已解开身上华丽胡服的衣扣，满眼都是渴求与喜悦地朝着白某走来。

"你这是！"

白某的话还没出口，脸庞便被两团温糯掩住。

夜过三更。

在一个被蒙着黑布的大铁笼中，白某睡得很安稳。

在暗处生活了这么多年，白某早已有了无论何种境地都能安然入睡休息的能力。

不知睡了多久,铁笼被猛地放到地上,白某从震动中惊起。在黑暗中,白某听到铁笼外有声音说道:"这是李公子送给游大人的礼物,还鲜活着呢。"

这句话说完后,一个老妇的声音响起:"这是什么东西啊,这么大个?要是活物我们可不要,咱府里人少吃不了,且这府里也没个会屠宰的人啊。"

"大娘,这不是吃的,是给游琳大人办正经事用的。"

可能是听到了正经事,把人拦住的老妇松了口:"哦,那你们直接抬进内堂吧,不然你们走后我可搬不动。"

老妇说罢,铁笼再次被抬起。又是一阵晃悠后,铁笼落地了。

而这次铁笼落地后,白某能很清楚地听出,他现在所处的环境与刚才不同,应是在一个很大或者很空旷的地方,并且这个地方没有人。

"侠客出来吧,这里没人了。"

碧眼儿凭空响起的声音让白某吃了一惊,他没想到这女人还有如此本事,竟能把气息隐没到连白某都感知不到。

白某解开手上的活扣从铁笼中钻出,他此时正身处在一间院子中,这院子有些简朴并非常空旷,但却没有多一丝装饰布景。

"铁笼底下有一柄剑,还有一把短刃,侠客自取了吧。"

白某听后俯身把兵刃取出,借着月光让宝剑出鞘,这两把兵器都是上好的材质。

"你怎么也在?"白某把兵刃系在腰间对旁边的碧眼儿问道。

"奴在此,是想与他再说说话。"

"你若死了,李退还有其他指认游琳的证人?"白某边浏览四周边问道。

"没有,但若李公子不许奴来,奴便自尽。"

"……"

白某听后没说话,只是仍是四处张望寻找这间院子中的玄机。

"侠客随我来吧。"碧眼儿说道。

"你识得路?"

"不识得,但猜出来了。侠客你听,风吹在地上的声音有些不同,这院子下应另有一处空间。风是东南风,咱们在院中听不到风潲进空穴的声音,那这地下空间的入口定是藏在院子东南角,靠近院墙的地方。"

说完碧眼儿便朝着她所说的方向走去。白某跟在她身后,走了十几步,果真在一处杂草中找到一块掩盖。白某见状,心底不由得开始佩服这个曾是老娘教巡山的女人。

沿着地宫下径昏暗的灯火,白某与碧眼儿转了两个弯后,终于见到了不远处地宫正堂的灯火。

在小心谨慎地走完最后一段路后,白某从怀中掏出了短刃步入正堂。

"亏得你们能找进来!哟,这不是我的好师妹碧眼么?怪不得你们两个这么容易就进来了。怎么?李退那小子终于想对我下手啦?唉,这位小兄弟不是李退啊,还请问你是?"

白某看向十几步外的中年人,而后他脸上的表情有些震惊与怪异。

白某惊讶,并不是因为游琳的心思果然如传闻中那般敏锐,仅在一个照面间说出这么多事情。白某是在惊讶,远处的游琳竟把自己关在一间大牢之中,隔着冰冷的铁窗与自己说话。

"你是游琳?"白某问道。

"游琳是我,你是?"游琳的声音很沉稳,但语气中透着一股说不出的诙谐。

"白某,白济的儿子。"白某向游琳走去。

"嗬哟!李退这小子可真厉害,竟连死透的人都能挖出来。不过按说,白济是被李家兄弟弄死的啊,你小子怎么帮着他来杀我?"

白某没搭理游琳,他用短刃在铁牢上噼啪作响地划着。

"别试了,铁牢怎么能用小刀撬开。"

白某试过这铁牢确实无从下手后看向游琳,游琳身高长相俱是普普通通,除了很瘦以外,相貌上没有一点出众之处。简直就是洛京城,甚至全天下大街上,随处可见的中年人。

游琳没有与白某对视,而是转身在一个蒲团上坐下,他对站在稍远处的碧眼儿喊道:"好碧眼儿,难不成你也想来杀我?"

"嗯,我先杀了你,然后也不活了。"碧眼儿走上前来,声音颤抖地说道。

游琳嗤了一声,像是嘲弄又像是可惜地说道:"碧眼儿啊,你平时还挺机灵的,怎么一见了我就这么笨呢?曾经让你送信时,为何让你最后再把信交给李退?怎么你到现在还想不通?把你交给李退,便等同于把我的把柄交给他。只有成了把柄,你才能活!你以为我到现在还没把李家人甩开,是因为我怕他们?放屁!我权倾朝野还怕他们?那还不是因为我想保你性命!你可真是个蠢女人。"

碧眼儿听后摇摇头,她的神情没有因为游琳的话而产生一丝动容,反而充满了释然的平静。

"我是蠢,所以你说的话不懂,也不想去懂了。若你的话能骗过你自己,那便随你吧,反正今夜过后,咱俩都是要去死的。"

"你的脑子!成了女人时就丢了!"

游琳坐在蒲团上全无气质地对碧眼儿怒声叫骂道。

便在这时,一把短刃从白某手中飞出掷向游琳。铛的一声响后,只见游琳抱头匍匐在地,样子十分狼狈。白某的短刃掷空了。

"你带了几把兵刃?"

游琳在地上撅起头对白某问道。

"两把。"

"那你可别再扔了,若是还不中,便杀不了我了。"游琳坐起对白某说道。

白某听后望向自己空荡荡的腿侧,想了想后他点点头,把长剑又放回腰间。见到白某收起武器,游琳舒了口气,转而他又对碧眼儿道:"你口口声声说要杀我,你看看,有这大铁笼在,你要如何杀我?"

碧眼儿看着游琳沉默不语,游琳回望着碧眼儿的眼神良久,忽然他扑哧一笑道:"好碧眼儿,你杀不了我,但我却能杀你。"

"若你杀,便杀了我吧。我死了便化成青烟绕在你身旁,一直等看到你也死了才肯散。"

碧眼儿的声音很凄绝。但游琳却丝毫没有动容,他呵呵笑了起来不再看碧眼儿,而是对白某开口道:"白家小崽子,那把这女人杀了,我便把命送你。"

白某听后微微皱眉,他把眼睛眯起向游琳看去,但游琳的神色却毫无变化,仍是那般戏谑无耻。

"侠客。"碧眼儿的声音打断了白某的凝视。

白某向碧眼儿望去,碧眼儿对他屈身一礼后说道:"奴命本贱,侠客身负国恨家仇,若凭奴之贱命得以解侠客大恨,侠客毋须多做顾虑。"

白某把目光移开:"这无关仇恨。我要杀的是他,不是你。"

"奴之性命,侠客取了吧,只记得帮奴了结遗愿便好。到时把奴与这妄人形骸放到一处僵腐,奴也算是了了心中怨气。"

碧眼儿站到白某面前,抬头寻着白某的目光望去。

望着碧眼儿的异色双瞳,白某感到了一种决然之情,这种决然有别于大义气大悲悯,它孤寂凄零却又有着一种极其强大并凌乱的力量。

"好。"

手起刀落间,白某在飞溅的血色瑰丽中见到了一个很漂亮的女人,女人露出很漂亮的笑容。

站在女人的尸体旁,白某向铁笼中的游琳望去,他什么话都没说只是看着游琳,眼中没有一丝催促。

游琳见到碧眼儿的尸体,神情上没什么变化,他仍是安然坐在蒲团上摆出那张令人讨厌的笑脸。

"你倒是不纠结,这与我记忆中的你有些出入。"

"我没见过你。"白某也坐了下来。

"可我见过你,很多年前在洛京城中,你与谢家的世子醉醺醺地躺在洛京城城墙处,赶巧是我把你们各自送回府里的。"

"哦。"白某没在往事上纠结,只是轻声应了下。

说着游琳叹了口气,做出一副悲天悯人的样子感叹道:"哎,我原以为能把酒喝大成那样的人都是重情义的,但你看着却不像。按说你这少年人,从小长在军中沐浴着袍泽之情,我看你也不是极聪明的那种人,怎么心这么狠?想必,这些年你是吃了不少苦吧?"

"拜你所赐,没少吃苦。"白某冷声道。

游琳听后笑笑,而后他站起身竟从身后搬出一桌酒菜来。自斟自饮一杯后,游琳对白某笑问道:"怎么不急着杀我了?"

"不急了，你在求死。"白某平静道。

听到白某的回答游琳表现得很意外，他兴高采烈地又问道："你怎么看出的？万一我就是想在这笼中待上一夜以待援助，那你要怎么办？"

白某没有被游琳的话激怒，他的声音仍旧很淡。

"虽然我不聪明，但我认识很多聪明人。无论他们性子是否自傲，但在危急时，他们却从不会放过任何机会，除非是他们的目的还没达到，或眼前的危急对于他们来讲，谈不上是危急。"

"你自己都知道自己不聪明，那你是怎么看出我放过了机会？又是怎么看出我认为你来杀我不算是危急？"游琳把青菜挑到嘴中咀嚼说道，看样子他十分从容自得。

白某也坐了下来，把剑横在膝上，他平静地答道："一进门你便言明李退是要来杀你的，虽然我不懂你是怎么想到的，但你明明能想到此处，却没做什么准备，这便是放过机会。"

"我不是备下这座大铁笼了么？你看看这铁笼困住的是我，但其实被他锁住的人是你。"游琳得意道。

白某听后摇摇头，他盯着游琳良久，然后叹息一声道："看似被锁住的人是我，但实则，你锁的人还是自己。"白某回答完，一直满脸无所谓的游琳终于露出了微微惊讶的表情，白某看得出游琳的惊讶是发自内心的。

"我先前说错话了，你虽不聪明但却很机灵。长夜漫漫，讲讲吧，怎么看出我是把自己锁起来的？"游琳认真地问道。

白某听后又是摇了摇头："我没看出，只是感觉，杀的人多了，各种感觉就会敏锐些。藏身于地窖也好，放铁笼也罢，这些应急手段对于绝顶聪明的你来说，太简单也太牵强了。"

游琳听后点点头，又一杯酒后游琳对白某问道："你可着急杀我？"

"不是很急，杀完你我还要从李退手下逃出，就算你现在死了我也会在此休息会。"白某的声音因闭眼调息所以很小，但好在这地窖很安静，喃喃之音也会被回音放大。

"好，我这也吃饱喝足了，饿死鬼看来是不用当了，但闷死鬼我也不想做。不如这样，你陪我说说话解闷，你放心，我绝不拖着你絮叨，闲话扯完我立刻就死。"

"随你。"

白某冷声回应游琳兴致勃勃的邀请。游琳清了清嗓子对白某神秘地开口道："你知道我小时候啊，最爱听奇奇怪怪的故事了。我看你也没多大，不如我先给你讲个真正有过的怪人，就当是给我俩这次聊天开个彩头？"

白某仍闭着眼没有理会游琳。

"你听过有个叫彭泽子的老神仙么？"游琳故作神秘地问道。

"老妖物是我杀的。"白某随口回道。

听到白某的回答，游琳瞬间瞪圆了眼，与刚刚他那副微微惊讶的表情不同。此刻游琳的面孔，真正可称得上是震惊了。

"你……你可太厉害了。你快给我讲讲，你是怎么杀的他？"

"就那么杀了，或许还是拜你所赐。"

"拜我所赐？我可从没想到连他也能被弄死。"游琳脸上的震惊丝毫没有衰减。

"因你背叛他，长沙的局势很糟，所以他入世了。不管什么妖怪，只要入世便能被杀死。"白某的口气很淡，好像彭泽子的死是一件很自然的事情。

"你讲讲细节！你用什么手段把他弄死的？"游琳催促道。

白某听后没有回答游琳，依然闭着眼养精蓄锐。过了会，游琳见白某不理会自己，他尴尬地笑笑，随即叹息一声感慨道："哎，你一个侯门之后，能一步步走到今天这步田地，这路途上想必是经历了许多事情。不过这也说明你与我是同道中人。既然如此，在此时此地中，我那些憋了大半辈子的话对你讲讲也算合适。这些烦心事我是不想带走了，就对你讲了吧，反正你同我一样，也是个死人了。"

"你会死，我未必。"白某睁开眼睛说道。

游琳见到白某睁开眼睛，他哈哈大笑，仿佛是在这一生中初次找到了个可以知心倾诉的人。

"我会死，一个时辰之后就会死。你也会死，而且并不会远我太久。"

白某看了眼游琳，没有回答也没有表情。游琳伸了个懒腰，在蒲团上侧躺下来，他目光离开白某向远方的黑暗望去。在他的眼神变得悠长又

第十二章 —— 船歌 | 803

迟缓时,平淡的声音响起了。

"我是颍川阳翟人,幼时的记事晚,所以记忆不多,现在印象中我的儿时好像一直是又冷又饿的,除此外还能记住的大概就只有我父亲。我先祖是古韩国贵族之后,古秦灭韩后隐姓逃了,而后家道便败了。小时候啊,那会真的饿,但他不准我要饭,如果发现我乞食就往死里打我。后来我父亲死了,我母亲走了,我也就开始四处流窜了,直到后来被老师王暮捡到并收养。"

说完,游琳提起壶往口中倒了口酒。

"老师能收养我是因我会识字,但我的天资其实并不好,在老师众多门人之中只算是中人之资。老师王暮出身颍川王氏,那是真正的一方望族,老师年轻时又是一代才俊,所以当时拜在老师门下的不乏名门之后。可能是我笨,又是被捡来的,所以时间一长我倒成了同窗之间玩笑的对象。不过也是因此,老师膝下有个大我几岁的女儿萍儿待我倒是很好。每当我被戏弄得极惨时,都是她来安慰我,有时还会给我一身新衣或是几块点心。如此时间久了,到我与她也长大些后,我俩自然便……呵呵呵。"

说着,游琳笑了起来。那是没有一丝杂意、满是天真无邪的笑容。

"如此又过了几年吧,我俩都长大成人,两人相处时的话语渐渐变成月梢蜜言。我自然想娶萍儿,可就凭我,何德何能啊?"

游琳摇头叹了口气,沉默片刻后他的眼神变得美好起来。

"萍儿长大后生得很美,比她妹妹茵儿长大后还要美。因老师的家势,不少士族高第前来攀亲,但不等萍儿反对,这些亲事便都被老师一一谢绝了。那时,我只当是老师发现了我和萍儿的情愫,他这是有意成全我俩。因此往后的日子里,我便更拼命地替老师做事,只希望自己有日能配得上萍儿。又过了很久之后,虽然我天赋不佳,但凭着股韧劲,倒也在各位师兄中崭露头角。而老师自然也是待我不薄,在我才华展现时,他对我各种栽培也胜过了其他师兄。"

说到这里,游琳渐渐收起了幸福的笑容,他情绪变得忧愁起来。

或许是因为在此时此景中,亲眼面对着游琳的此人此事,本来对于游琳的往昔无甚兴趣的白某,竟然开始也慢慢把这个故事听进去了。

"哎,可我最终还是会错了意……"

一声叹息后,游琳再度徐徐道来。

"后来天下大乱了,老师身在颍川四通八达之地,他又是当时名盛之人,前来拉拢老师的访客自然络绎不绝,但老师却都一一回绝了。慢慢,随着抗秦大势愈演愈烈,老师门下的这些弟子基本都走了,有的出仕到一方豪强,有的回归家族经营运作。但我却留下了,因为老师还未做出选择,我在等待老师落下那颗悬而未决的棋子,老师的选择便是我的选择。"

"终于,在某一天老师做出了选择,他把身家性命压在了当今陛下身上。但在那时诸多逐鹿天下的豪强中,天子绝不是最强之人,甚至说他是最孱弱的一方也不为过。因此,在看到老师选择陛下后,老师门下仅剩的几位师兄也走了。但我,仍然没走。我留下,一是我相信老师,想着老师做出如此选择必有他的原因,二是我心存侥幸,想着若老师见我忠诚,那会不会最后把萍儿嫁给我?"

说完,游琳呵呵地傻笑好久。

"不过之后证实,老师果然是有慧眼识人之能啊,说得难听些,陛下竟然咸鱼翻身了。在陛下越做越大期间,清河何家、定陶戚家这些大族也都簇拥到了陛下身边,并且像白济、李行这样的猛将,在陛下的营帐内也渐渐多了。往后陛下借着天时人和,只用了不足两年的工夫,竟成了天下最强的一方势力之一了。而老师则更加笃定陛下乃是他所押中的瑰宝,因此他决定把全部身家性命都押在陛下身上。"

渐渐,游琳的笑容没了,他的脸开始变得悲伤。

"也就是在这时,我才终于知道老师为何一直把萍儿留在深闺。原来萍儿是老师的赌当,他把萍儿嫁人了,嫁给了当今陛下的长子,皇子肥。至此,我做了这么久的梦,终于醒了。"

"所以是……为了女人?"

静静聆听许久的白某问道。游琳听后没有直接回答,他换了个姿势平躺在地上,然后气力衰颓地答道:"是,也不是吧。不过,在我知道萍儿要嫁人那日,我也终于看清楚了自己。我算什么啊?怎么配得上萍儿?能嫁给主公的长子为夫人,这对萍儿也好,只要萍儿好,那便是最好的了。往后我更加用心辅佐主公便是了,哪怕是呕心沥血,我也要让萍儿成为皇后。"

说完后,游琳陷入了一阵深思,他沉默许久,直到他微弱的呼吸又有了些节奏后才继续缓缓开口。

"终于在某一天,一场在那时看来会决定天下主次的大战来了。只是在那时,陛下虽是一方豪强势力,但却称不上是最强的。不论其他,就只单从能征善战这一点上来论,陛下麾下李行也好刘可也罢,甚至是白济,他们虽是猛将但都不能称之为世间无双。当时,在军略兵争上论,能配得上举世无双这一称号的,只有霸王一人。"

"果不其然,面对霸王,尽管陛下筹备了几十万大军,联络了各方诸侯,但他还是迎来了一场大败。陛下的数十万大军被霸王一举击溃,甚至连陛下的中军大帐都被霸王亲率铁骑踏烂。那时,若不是白济找到陛下扛起他不要命地跑,今日坐在龙椅上的便不再是陛下了。说来,这或许就是为什么,比起别人,陛下更信任你老子一些。"

说完游琳侧头看了白某一眼,白某闭上眼躲开游琳的目光,神情无喜无怒。

"汉军兵败如山倒,因此有许多在原先的布置里作为后勤据点的城池变为孤城。而皇子肥驻守的一座城,便是这些孤城里其中一座。此消息被霸王得知后,他立即率兵围住此城,并以城中的皇子肥作为要挟,要求陛下停止撤退与其决战,不然霸王便攻城屠之。"

白某听到此处叹了一口气,而后他替游琳把这段历史的后续讲了出来。

"但天子却没有援救皇子肥,于是你爱恋的女人与皇子肥一起死在这城。"

这段历史,在白某儿时便听陈怀讲过。但在陈怀讲时,这段仅仅是二十多年前发生的事,听在白某耳中却真的就是一段故事、一段历史。对于儿时的白某,二十年前与二百年前没有区别,二百年前更是与两千年前的远古五帝一样,都是传说。

可此时此刻,听到一个亲历者讲述传说中的故事,纵使这个亲历者与白某有着深仇大恨,白某想杀他的心思甚至高过自己活!

但,故事与讲故事的人无关。

故事有时会变成往事,往事就在那里,它既已发生,便永远都会在那里。往事无关于任何现在的人,因为任何人都只是往事的看客。

"你想报复王暮与天子,想让大汉的天下破碎混乱。因为天子与王暮没有去救你爱慕的女人?"白某问道。

听到白某的问题,游琳小声嘿嘿笑了起来。而后,他看向白某,表情变得不屑与鄙夷。

"呵呵呵,救?救自然是不会救的,无论是萍儿还是皇子肥的性命,与全盘皆输相比都不足为奇。没有人会选择救的,打不过霸王何谈救人啊?"

"那你不是为了女人?"

"是也不是。"

"是,还是不是?"好奇的神情第一次出现在白某那张如同失去表情的脸上。

"是怨恨。"游琳答道。

"怨恨何解?"白某与游琳的对话这时才刚刚开始。

游琳猛地一下坐起,他的脸色看起来很差,虽然嘴角仍是笑的,可眼中全是怨毒的诅咒。

"不救萍儿我忍,但能张口说出不救萍儿的,必须得是陛下自己。可那日情形却是,陛下故作珍重情谊按言沉默不语,开口说出不去救援的是我的老师王暮,萍儿的亲生父亲!我最亲最敬的老师,那时就像一条贱狗,他用自己女儿的命奉承足了刘老三的颜面!王暮令人恶心!还有何义老头那帮人,他们满口仁义礼信,可那时却都一言不发装聋作哑!最恶心的就是李老狗,他那一路大军离皇子肥驻守之城不足二十里,兵败时他跑得最快,快到他的骑兵连接上皇子肥与萍儿的工夫都没有。就连你老子白济,平日里看似重情重义,在听到不去救援皇子肥时,他也只是愤怒甩身离开帅帐,可到底一句话语没有出口。"

这段话说完后,游琳像是泄掉了全身的力气,他消瘦的身子不断颤抖,看样子是连坐在那里都十分吃力了。又重新躺下后,游琳微声道:"萍儿啊,我与她自小一起长大,我知道她的性子。我知道在霸王围城的第一刻她便不会活了,她会为了不成为人质俘虏而自己了结。我就是可怜她,已经死了的萍儿,被他父亲为了天子的颜面又弄死一回。"

第十二章 —— 船歌 | 807

"就在那天我看明白了,什么天下社稷、百姓苍生,说到底都是权术算计的遮掩。在平时,那日天子大帐中的所有人都能扯些礼义廉耻的话,就连不认字的刘可都会。可真到不要脸的时候,腹中学问越多的越不要脸,越让人恶心。我站在远处看着他们每一个人都想笑,笑他们都是一条条贱狗!"

说着,游琳在地上捧腹大笑起来,他笑得声嘶力竭,嗓子嘶哑后又开始手舞足蹈。他的身子滚出蒲团,手拨倒了酒壶,脚踹飞了餐盘。

白某从没见过这样的笑,比哭闹还让人厌烦的笑。

"自从那日后,我便没跟在老师身边了。我军大败之后人才紧缺,再说我的资历也够独当一面了。从押送粮草,到督营建寨,虽说负责的都是一些小事,却游历了那乱世中的山野河间。我见过易子相食的百姓,也见过遍野荒芜的农田。哎,天下四处战乱,别说人了,就是山上的树皮都不完整。"

"哎……"白某叹息一声,他见过与游琳所见相似的场景,所以很自然地陷入了游琳言语中的情景。

"之后又过了一年吧,霸王把他治外之国的许多城池都放空了,其中就有萍儿殒命的那座城,于是陛下便计划重新占回此城。而我,正巧就是负责率先督运粮草过去的参军。那座城不大,先前我曾为探望萍儿而去过那里,也算是一座气候宜人、井井有条的小城吧。可时隔不到一年,我再次进入那座小城之后,却看到了幽冥一般的景色。城有多惨我就不说了,你就只想象一座城,没有一个人该是什么样子?"

"当晚在那座城驻扎下来后我便睡不着了,我心中涌现出一种巨大的不甘与愤怒,我想做些什么,我不想当一个对眼前事只能低头认命的人了。可我想了一晚才发现,尽管我师从王暮,尽管我在天子麾下资历都很深,但却仍然没有力量。与陛下帐下的那些才俊相比,我是那么平庸无能。看清了这点后,我的不甘与愤怒变成了绝望,绝望到我能安然入睡了,因为那时我放弃了。"

"可也就在那夜之后的一天,我在城外荒野勘察地势时遇到了一个高人,我见到他时有种感觉,好像我早就与他认识,我的一切他都清楚。他对我说'若当人太累,又太无力,不妨把人的那副皮囊扔掉,反而能看到些新的天地'。后来我便夜夜与他相会，他开悟于我，传授我各种有异常识之学。而后，我按他所教之法审时度势，时间一久，我这默默无名的庸碌之辈竟然愈发上了台面。后来我才知道，这个高人便是彭泽子。"

讲到此时，游琳的声音已经很哑了，他躺在地上除了胸口起伏外身子一动不动。

"再往后便如戏词一般了，什么天子得人心，把天下四才尽收麾下。霸王无道短志，酒色财气因女人丢天下。反正这些话你应当也听过，真真假假，你爱怎么信都行，总之天下就变成了这样，我也就变成这样了。"

这漫长的故事结束后，白某也长舒了一口气，他对游琳问道："所以这些年死在你算计中的人，还有这世间无数因你而受难的百姓，他们全都算是替萍儿陪葬？"

"萍儿已有肥皇子与一城人陪葬了。"

"那你是？"白某终于还是对游琳这个人产生了好奇。

"世间妄人太多了，王暮、何义、戚博、谢寻、李行还有你老子白济，甚至是我自己。这世上就不该有我们这种人，我们没了，天下可更好些。你若不懂，我也懒得再讲了，就这样吧，你与我有些相似，总会懂得的，看到的。"

游琳的嗓子越来越嘶哑，他撑起身子向白某扔来一把钥匙，然后瞬间又跌躺在地上。

"讲完了？"白某问道。

"讲完了。"游琳答道。

"你快死了。"白某淡淡地道。

"嗯，就差一大口酒。"游琳的手狼狈向身旁酒壶摸去。

"你饭菜里没毒吧？送给我吃可好？"白某问道。

"送你可以，但你还得帮我件事。你把碧眼儿的尸体挪到我身边，让她与我一起烂了吧。"

白某把地上碧眼儿的尸体扛起来，然后他把大牢打开走了进去。

"为何一定要她去死？"白某把碧眼儿放到游琳身边问道。

"她不死，李退便有我的把柄。若我死成了逆贼奸臣，李家人便是新的王暮、何义、戚博。"

"你死后她定会自尽,你又何必让她死于你手……"白某的话不是询问,而是感叹。

"她恨我,在幽冥就不会再见我了。她太苦,不见我更好些。"

游琳把酒壶中最后一滴酒洒在脸上,他的声音近乎嗡鸣,像是一团在暴雨中的微弱火星。

"这女人对你便如你对萍儿。"

"……"

地牢一片安静。

白某低头望着地上的两具尸体沉思良久,一声叹息后,他捡起碗,把散在地上的残羹剩菜塞到碗中。

坐到两具尸体旁,白某眼神直勾勾地把掺杂着尘土的菜饭放入口中。

光与暗。

把这间地窖所有的光亮熄灭后,白某离开了这个掩埋着太多黑暗的地方。

当月色成为白某在这崭新一天中见到的第一抹光亮时,白某发现了件幸运的事情,李退的卫兵没有出现在这间荒芜的院子中。

白某的四周很安静,风声草声徐徐而来。这间宅邸地处城郊,府内空荡荡的。还有今日的月色也很好,足够为他习惯黑暗的眼睛照亮前路。

眼前这些景象,无疑说明着白某十分意外地获得了自由。而忽然间,白某压抑多年的疲惫涌上了身躯。

强打起精神,白某向府邸外走去。

虽然他还没想好往后要去哪里、要做什么,但他却不想再杀人了,也不想把很多事情弄得再清楚些了。甚至包括李家,白某此刻也无心再去索命了。至少李退的那条命,他要等到半年后才能做出决定。

不过对于白某,游琳的死已像是一场交代,已经足够说服白某放下他本不情愿怀有的仇恨了。游琳这一源头没了,再往后的事,那便是别人的责任了。

他在雪夜幻境中背负的责任与承诺也兑现了,哪怕还有再多不甘,但这也与白某无关了。因为"白某",已同游琳一起为这些愤恨与不甘葬在黑暗中了。

走出这间府邸后的白某,不再是甘木、何茂、流民、小贩,他名正言顺地卸下了一切。

属于他的卸下了,不属于他的也卸下了,

他自己背上的卸下了,强加于他的也卸下了。

白某又是白某了,如同多年前一样,从此他的喜怒哀乐、聪明愚蠢都属于他自己了。

而父亲、乌维、白宁、猴子,还有所有在他这一路来消失的人,他们都从枷锁变成往事了,依附着白某却不再束缚着白某。

终于,白某走到了这间府邸的前堂,他离令人欣喜的余生仅剩十余步。

白某向着夜空深深嗅去,多静好的夜啊……

多熟悉的气味啊……

是血的腥味……

白某瞬间瞪圆了双眼,疲劳再次被强压下去。他飞快蜷缩到一处阴影中,为了能听到更多的东西,他把心跳都抑制到几乎停止。

安静,安静,还是安静。

在安静中,白某能听到的仅有一阵阵微弱的抽泣声。

"你是谁?"

白某对面前的少女问道。

"我是傻闺女。"少女痴声答道。

"你怎么在这?"

"我藏起来了。"傻闺女的声音渐渐响亮。

"为什么藏在这?"

"外面的人打架,杀人,我娘让我藏的。"傻闺女开始哭嚎。

"打架的人有多少?"

傻闺女没有回答白某只是惨声痛哭。白某伸出手放在傻闺女额头上轻轻地抚摸着,已长成少女身姿的傻闺女得到了"大人"的安抚后,哭声不再继续变大。

白某从怀中卸下剑对傻闺女道:"你告诉叔叔,刚才看见什么了?说得好,叔叔就把剑给你,有了剑,坏人就伤不到你了。"

傻闺女见到白某手中的剑马上停止了哭泣,她眼神中充满了笃信,好像有了剑这世上就真没人能伤到她了。

"早在外面的人等急了就进来了。后来外面又来人了。后来的人把门叫开后就开始杀人,后来的人多,等着的人打不过就跑了。"

白某听后皱起了眉头,烦心事又出现在他的脑中,看来在游琳与李退之外,今晚还有着一个"渔人"伺机潜藏。

"那之后呢?"白某问道。

"先来的人跑后,后来的人也走了。"

白某听后点点头,然后把剑交给傻闺女道:"剑给你了,你要不要和叔叔一起走?"

傻闺女接过剑冲着白某摇摇头:"我不走,我在这等我娘和哑爷爷。"

白某听后笑笑,然后又在这个少女头上摸摸。没再说什么,白某转身离开了。

府邸外的确有很多尸体,一些尸体清晰可认,从穿着兵器来看,无疑都是李退的部下。而另一些,则完全看不出来了。

那些不可辨认的尸体穿着不一,使用的兵器也各不相同,每个人的身上都找不到明显的相似之处。

便在白某正从这些尸体上寻找蛛丝马迹的线索时,忽然间他听到远处一声风响冲自己而来,这声音白某很熟悉,是箭矢的声音。

白某应变得很快,他瞬间把火把扔开,往旁边一个翻滚。但纵使他反应快也没用了,因为在那一声箭啸声后,紧接着是更多放弦破风之声。

白某咳了一口血,他向箭矢袭来的方向看去,可他的双眼中却渐渐模糊。

便在这刹那间,朝阳从天地间升起,万丈红光贴着地缝射入白某同样血红的眼中。

而在那无尽的血色光芒之中,有一些人,离白某越来越近。

天亮了……

过了不知多久后的某日,一个阳光和煦的清晨。

清河青阳城内的何家大宅,有个老人如夏季的蝉鸣一般焕发了生机。

何义眯着眼,他望向朝阳凝视许久,忽然间,中气十足的感慨在院中响起,"好儿郎啊!得祖宗护佑,我何家又能绵延一世。"

尾 声

许多年许多年后。

洛京城东的集镇上,忽然凭空出现了一个乞丐。

乞丐看着岁数不大,所以不太容易激起人们的怜悯之心而得到食物。不过乞丐的手很快,他总能在饭铺驱赶他前顺走桌上的剩饭。

可虽然乞丐每日都能有口饱饭,但乞丐并没有在这里久待,不过十天半月乞丐便消失在这里。

乞丐沿着一条弯弯曲曲的大河一路东行,他困了便睡,饿了就讨些吃的。

这一路上,也曾有路人见到乞丐生得高大,想把乞丐收留当作劳力使用,但最后这些人都没有得逞。不过这并非乞丐不愿意,而是乞丐的神志有些不清楚,疯疯癫癫的像是听不懂人言的样子。

不过这些没有得到乞丐的人也很幸运,毕竟对于一个被囚禁了无数岁月的人,乞丐只是疯癫了些,而没有到处见人就闹。

走在路上,乞丐撞到了一队接亲的队伍。乞丐很高兴,不知为何,他就是喜欢这接亲队伍中,人人都背着的那把宽剑。

可乞丐虽高兴,别人见了乞丐却是讨厌。这接亲的队伍没施给乞丐一碗吃食,反而是揍了乞丐一顿。

可怜的乞丐没有还手,结结实实地挨了顿好打后便躺在了大路上,说来也怪,之后这条路,竟一天一夜都没人经过,于是乞丐便饿得晕了过去。

不过乞丐也是幸运的,他最终还是被人救起了。

乞丐吃着一个少爷施舍的酒菜,而全然不顾小少爷仆人的漫骂讥讽。

当乞丐舔干净碗中最后一滴油后,这时他向着已经走远的救命恩人望去。乞丐嘿嘿一笑,像是在祝福这个叫作王纯的少爷。

走啊走,走啊走。

乞丐走到了个一江南北有两城的地方,但在那里乞丐没多停留,仿佛之前有什么人告诉过他不准来这里似的。

可之后的路却是越走越难了,沿着江奔流的方向走着,乞丐路途之中到处都是穷乡僻壤。那里生活的人连自己的饭都吃不饱,更别说施给乞丐了。但好在乞丐在路途中遇到了一个贵人,是个身披黑甲的老头。

这老头也是个乞丐,别看他平时痴傻疯癫的,但他却总有门路搞到东西吃。于是一个老乞丐带着一个小乞丐便再继续来时的旅程。

而当他们走到一条无比宽的大江时,老乞丐却不走了。可小乞丐想走,于是两人便在这条大江旁分道扬镳了。

又沿着江走了不知多久,乞丐莫名其妙地寻到一座荒废的小村。

在这小村子,乞丐摸到了条鱼,他终于能饱饱地吃一顿了。可在这座小村中,乞丐也没停留太久,因为在这里乞丐会做梦。那些梦无论好坏,却都是乞丐不想见到的东西。

走回大江边上,乞丐在江畔的人家偷了一艘小船,不知怎么地,乞丐就是会撑船。

他沿着这条江划啊划啊,这一路上他就靠着偷渔民之家过活。

终于在某天白日,他在江面上见到了一艘巨大的船。乞丐好喜欢这艘大船,它太气派、太漂亮了。

乞丐把小船划到离大船稍近些,但等他看清站在大船船首上贵人们的长相时,乞丐停下了自己的小船。

船首上,那是一个胖中年人,还有分别身着青、红二色的两个女人。贵人们当然看不到乞丐,可小孩却是机灵的。

大船上红衣女人拉着的小男孩很不老实,他挣开了母亲的手跑了出去。很快,趴在船边远眺的小男孩便发现了乞丐。

乞丐抬起头与小男孩对视,而这小东西可真他娘的讨厌,小孩身边的少年一个没留神,这小孩竟从兜里翻出石头砸向乞丐玩。

不过别说,这小混蛋手上的石头还真有准头,乞丐被砸得是痛哭流涕,只能慌张地撑着小船赶紧离开。

或许是因为在大江上被砸得满头血包,乞丐开始不喜欢有水的地方了。

乞丐背对着大江,决定往相反的方向走。

就这么一路走着,虽饥一顿饱一顿,但乞丐走得很随性。

他高兴时,无论春夏秋冬都不能阻挡他的脚步,他无趣时,就算花香鸟语也不能让他多挪一步。

曾经漫长的囚禁,让乞丐丧失了计算时间的能力,他不知道自己走了多少年,也记不清自己被雨淋过几回、被雪埋过几次。

总之,只要他没死,他就一直走。

时间长了,乞丐也不知道自己走了多远。他只知道他越继续走,受冷挨冻的日子便越长。

终于有一日,乞丐踩着大雪来到了一个他觉得很喜欢的地方。

蓟县这地方有一个王姓大富豪。大富豪虽然只是第一世的新富贵,但在蓟县却十分有影响力。

据说这王姓大富豪曾个将军,杀过人打过仗的那种,而且据说他与襄平的龙将军似乎也有旧,所以在蓟县这个地方却没人敢招惹他。

这日,是王富豪第一个儿子的满月酒。

王姓大富豪连续生了两个女儿,终于在这次是个儿子。于是他与老婆黄夫人在欢喜之下,包了一条街的酒档饭铺,并放下豪言道,整个蓟县的人都能来吃他儿子的满月酒。

这日,便是乞丐人生中最幸福的一天。

乞丐穿梭于香气满满的大街上,任何有吃食的地方都不驱逐他。

乞丐就这么一路走一路吃,换桌时扯下一只鸡腿,窜店时更要拎走一坛好酒。可很快,乞丐的行为就引起了人们的注意。

王富豪的家丁把乞丐截住,从乞丐手里夺下鸡腿,还抢走了酒。

乞丐很生气,他挨打挨骂都无所谓,但谁也不能抢他的吃食!于是失去了一切的乞丐立即与那家丁扭打起来。

而后真正令人吃惊的事发生了,那些号称以前都是兵的王富豪家丁,竟然一个个都被乞丐掀翻在地暴打。没多久,在这场斗殴外就围起了一群人观看。

直到乞丐打躺第四个家丁时,王富豪被惊动了。

见到有人敢在自己宝贝儿子的满月酒上捣乱,脾气火爆的王富豪把锦袍一甩,撸起袖子就打算亲自教训这个不长眼的乞丐。

王富豪力大无穷,曾有人亲眼见过他扛起过一头牛,这瘦弱的乞丐哪里是他的对手?

王富豪拎起乞丐用力一甩,乞丐顿时飞出去好远。

但只把乞丐扔飞,王富豪仍不肯善罢甘休,今日这么多人看见这乞丐给他捣乱,他若不打死这乞丐,以后还怎么在蓟县混下去?

王富豪气势汹汹地走向乞丐,他的妻子黄夫人不想在儿子的满月酒上见血,可却怎么都拽不住王富豪。

王富豪拎起乞丐,手抡圆了便朝乞丐的脸上敲去。

便在这时,令人意想不到的事发生了。

王富豪的拳头停住了,他瞪圆了熊眼看着手上的乞丐,乞丐同样也在看着他。

王富豪哭了。

乞丐笑了。